U0946738

勵耘语言學刊

2019年第1辑
（总第30辑）

北京师范大学文学院 主办

中 华 书 局

图书在版编目(CIP)数据

励耘语言学刊.2019年.第1辑/北京师范大学文学院主办.—北京:中华书局,2019.5
ISBN 978-7-101-13872-6

Ⅰ.励… Ⅱ.北… Ⅲ.①中国文学-文学研究-丛刊②汉语-语言学-丛刊 Ⅳ.①I206-55②H1-55

中国版本图书馆CIP数据核字(2019)第080143号

书　　名	励耘语言学刊(2019年第1辑)
主 办 者	北京师范大学文学院
责任编辑	白爱虎　俞国林
出版发行	中华书局 (北京市丰台区太平桥西里38号　100073) http://www.zhbc.com.cn E-mail:zhbc@zhbc.com.cn
印　　刷	北京瑞古冠中印刷厂
版　　次	2019年5月北京第1版 2019年5月北京第1次印刷
规　　格	开本/787×1092毫米　1/16 印张23¼　插页2　字数420千字
国际书号	ISBN 978-7-101-13872-6
定　　价	98.00元

《励耘语言学刊》编委会

（按姓氏笔画排列）

目　　录

◎训诂学研究

◎语法研究

◎辞书研究

◎章黄之学研究

《黄侃手批尔雅义疏》符识解析

刘会龙

（武汉大学文学院）

提要:《黄侃手批尔雅义疏》中加注有三十余种各式各样的符识,其含义十分丰富而复杂。由于黄先生并未明列这些符识的含义,给后人阅读和研究该书造成了很大障碍。笔者经过通盘整理和悉心考察,已基本弄明这些符识的含义,现稍事罗列解析于此,以求正于方家。

关键词:黄侃;《尔雅义疏》;符识

黄侃先生"为学务精习,诵四史群经义疏皆十余周。有所得,则笺识其端,朱墨重沓,或涂剟至不可识。得书,必字字读之,未尝跳脱"①。对于清人郝懿行的《尔雅义疏》(以下简称郝疏),黄先生自不例外,不仅指出郝疏"有驾邢轶邵之势,今之治《尔疋》者,殆无不以为启辟户门之书"②,而且身体力行,对其细加批注与删订,"朱墨烂然,批注细字如蚁须蚊脚"③,多至十余万言④,其中还加注了大量符识,是为《黄侃手批尔雅义疏》(以下简称黄批《义疏》)。

---

①潘重规:《黄季刚先生遗书影印记》,《黄季刚先生遗书》(一),台北:石门图书公司,1980年,第6页。
②黄侃:《尔雅略说》,《黄侃论学杂著》,上海:上海古籍出版社,1980年,第394页。
③潘重规:《黄季刚先生遗书影印记》,第8页。
④黄侃笺识,黄焯编次:《尔雅音训序》,《尔雅音训》,上海:上海古籍出版社,1983年,第3页。

从《尔雅》本经、郭璞《尔雅注》(以下简称郭注)到郝疏,黄批《义疏》一一笺识,可谓"字字读之,未尝跳脱"。对此三者,笺识的内容各有侧重,大致说来:笺识本经重在罗列异文、音读;笺识郭注重在说明句读、补苴未详和发明旧注;笺识郝疏重在指明文献出处、补苴漏略、正讹纠谬和删订冗言误说。三者皆分别加注有大量的符识,而关于这些符识的含义,黄先生并未作明确的说明,黄门后学(包括黄焯、潘重规等)也很少提及,晚近的学者也往往语焉不详①,有鉴于此,下面我们即从本经、郭注、郝疏三个方面对黄批《义疏》所涉相关符识作一系统、详实的解析,以期为更好地阅读和研究黄批《义疏》提供一些便利和参考。

一、关于黄批本经的符识解析

以开篇第一条黄批本经作为样例(原批为竖排白文,此处为便于观瞻,一律改成横排并加注标点,以下所举样例皆仿此):

初、哉、首、基、肇、祖、元、胎、俶、落、权舆,始也。(P27)②

(1)在文字上加注斜线(\),表示相应文字在陆德明的《经典释文》(以下简称《释文》)中载述有异文。如上例中"哉""胎""俶"在《释文》中分别载述有:"哉,亦作栽";"胎,本或作台";"俶,字又作俶"③。黄先生曾详论"治《雅》之程序",其中"关于文字之部分"提到"校勘本书异本"④,该符识应当就是为了凸显这方面的内容。

(2)在文字右侧加注短竖线(|,该类短竖线有朱、墨二色,应是批注时间有先后,大致墨批在前,朱批在后,别无深意),表示相应文字在典籍中存在用字通假现象。如上例"哉""肇""胎""俶"四字。其中"哉"字,邢昺《尔雅注疏》(以下简称邢疏):"哉者,古文作才。《说文》云:'才,草木之初也。'以声近借为哉始之哉。"⑤邵晋涵《尔雅正义》(以下简称邵疏):"《诗·大雅·文王》云'陈锡哉周',郑笺:'哉,始也。'《左氏昭七年传》引作

①就笔者目力所及,仅刘瑞红的《黄侃手批〈尔雅义疏〉研究》(新疆大学硕士学位论文,2009年5月)对此辟有专门章节进行解析,但略显粗疏。

②黄侃:《黄侃手批尔雅义疏》,北京:中华书局,2006年,第27页。为了避免繁琐,以下凡出自本书者皆仅随文用括号标注页码,不再出注。

③〔唐〕陆德明撰,黄焯断句:《经典释文》,北京:中华书局,1983年,第407页。

④黄侃著,黄延祖重辑:《训诂学笔记下》,《黄侃国学讲义录》,北京:中华书局,2006年,第312页。

⑤〔宋〕邢昺:《尔雅注疏》,北京:北京大学出版社,2000年,第9页。

'陈锡载周'。《周颂》云'载见辟王',毛传:'载,始也。'是哉通作载也。"①又如"俶"字,郝疏:"俶者,《说文》云'始也',又《土部》'埱,一曰始也',则其义同。《释名》云:'荆豫人谓长妇曰孰。孰,祝也;祝,始也。'是孰与埱音义又同也。"②黄先生论"治《雅》之程序",在"关于文字之部分"中提到"先辨字之正俗,次辨字之正假……次校本书与他书(原注:经、传、子、史皆是)字之异同"③,正是该符识所要凸显的内容。

(3)在文字右侧加注短竖线而又复于其上加细密斜线,使得整个符识呈耙梳状(彡),表示该符识删除作废。该符识通常标注在本经条目的训释词上,且只出现在《释诂》的前几条(从开篇至"展、谌、允、慎、亶,诚也"条下即鲜有出现),背景上往往有朱批"广同"二字。黄先生曾云:"《广雅》虽为模拟《尔雅》之作,而实为集群书之训诂以续《尔雅》者也。"④该符识所反映的应当就是黄先生有意通盘考察和比较《广雅》与《尔雅》的初步尝试,只是黄先生很快就放弃了这一作法。如上例"始"字在《广雅》中涉及到的条目为:"古、昔、先、创、方、作、造、朔、萌、芽、本、根、櫱、蛙、萿、昌、孟、鼻、业,始也。"⑤两相比较,作为训释词的"始"字相同,而作为被训释词的文字迥异。黄先生将二者相应条目按"每条中多字声音相关(原注:或双声,或叠韵)"⑥的原则分别进行重组,并将重组后《广雅》的相关内容附录在《尔雅》的相应内容之下。不过这一作法也很快被放弃(这一作法也只是出现在《释诂》前几条下,从开篇至"遹、遵、率,循也"条下即不再出现),所附录的《广雅》的相关内容也全部被删。

(4)在文字左侧加注数字,表示相应文字在《释文》中载述有多种读音。如果加注的是单个数字,则所标数字即表示相应文字读音的数量。如上例"胎"字左侧标有数字"二",即表示它在《释文》中有"天才反,孙炎大才反"⑦两种读音。另如"弘、廓……莋、昄、晊、将、业、席,大也"(P33)条中"昄"字左侧标有数字"八",其音读情况在《释文》中载述为"沈旋蒲板反,此依《诗》读也;孙、郭方满反;《字林》方但、方旦二反;施干蒲满反;顾音板;又普奸、普练二反"⑧,即有八种读音。如果加注的是用类似顿号隔开的多个数

①〔清〕邵晋涵:《尔雅正义》,余姚邵氏家塾本,乾隆戊申年(1788)刻本,第11页。

②〔清〕郝懿行:《尔雅义疏》,上海:上海古籍出版社,1983年,第3页。

③黄侃著,黄延祖重辑:《黄侃国学讲义录》,第312页。

④黄侃著,黄延祖重辑:《黄侃国学讲义录》,第318页。

⑤〔清〕王念孙:《广雅疏证》,北京:中华书局,第5页。

⑥黄侃著,黄延祖重辑:《训诂学笔记下》,《黄侃国学讲义录》,第312页。

⑦〔唐〕陆德明撰,黄焯断句:《经典释文》,第407页。

⑧〔唐〕陆德明撰,黄焯断句:《经典释文》,第407页。

字,则表明相应文字在《释文》载述中有读音不同的异文,所标数字依次表示相应文字在《释文》中先后出现的异文的各自读音数量。如“壑……漮,虚也”(P163)条中“漮”字左侧标有数字“一、一、”,即表示“漮”在《释文》中有两个异文,分别各有一种读音,具体载述为:“漮,字又作歋,同,苦郎反;郭云本或作荒。”①黄先生论“治《雅》之程序”,就“关于声音之部分”所列的五项任务中,第二、三两项分别为“每字多音(原注:可考《类篇》),有前师异音,有陆德明所注异者”和“每字多音”②,正是这些数字符识所要凸显的内容。

二、关于黄批郭注的符识解析

以下列几则黄批郭注的内容作为样例:

A.在堂隅坫堬也。(P657,见《释宫》“垝谓之坫”下)

B.其△馀△皆△义△之△常△行△者△耳△。此△所△以△释△古△今△之△异△言△,通△风△俗△之△殊△语△。(P28,见《释诂》“初、哉、首……权舆,始也”下)

C.齐⊙楚⊙之⊙会⊙郊⊙曰⊙怀⊙,宋⊙曰⊙届⊙。……詹⊙、摧⊙皆⊙楚⊙語⊙,《方⊙言⊙》云⊙。(P44,见《释诂》“迄、臻、极……詹,至也”下)

D.今8河⊙北⊙人⊙云⊙䰐⊙叹⊙,音兔罝。(P278,见《释诂》“嗟、咨,䰐也”下)

E.即﹑,犹﹑今﹑也﹑。尼﹑者﹑,近﹑也﹑。……暱﹑,亲﹑近﹑也﹑。(P363,见《释诂》“即,尼也。……迩、几、暱,近也”下)

(1)在文字上加注斜线(\),或在左侧加注数字,与本经相应符识的含义相同,即表示郭注相应文字在《释文》中载述有异文或多音的情况。如上例A“堬”字既加注有斜线,又于左侧标有数字“二、一、一”,其在《释文》中的异文与音读情况载述为“墆,达结、达计二反;或作堬,丁果反;本或作端”③,即“堬”在《释文》中异文有三(墆、堬、端),其读音数量分别为两种、一种和一种。

(2)在文字右侧加注连贯的三角符(△),强调、发明郭氏训诂之条例。如上例B不仅指明了《尔雅》被训释词中的恒言常语(郭氏《尔雅注·序》所谓“其所易了,阙而不论”),还揭示了《释诂》一篇的总体旨趣。另如“省△、緍△、毂△未△详△其△义△”

①〔唐〕陆德明撰,黄焯断句:《经典释文》,第408页。

②黄侃著,黄延祖重辑:《训诂学笔记下》,《黄侃国学讲义录》,第312页。

③〔唐〕陆德明撰,黄焯断句:《经典释文》,第415页。

(P50),标明了郭注盖阙之处。黄先生指出郭注的优点之一是"阙疑不妄","《尔雅注》中称未详、未闻者,百四十二科"①。又如"通△谓△谋议耳"(P62),"皆寿考之通△称△"(P72),指明通言不别;"二者又△为△有也"(P43),指明同字异训;"亦△为△充盛"(P110),指明一训兼两义;"亦△转△相△训△也△"(P74),指明同条之字皆可互训;"方△俗△语△有△轻△重△耳△"(P94),指明一语之变;"此△皆△诂△训△义△有△反△覆△旁△通△,美△恶△不△嫌△同△名△"(P354),指明相反为训,等等。黄先生又指出,《尔雅·释草》以下有关物名诸篇最难,而郭注之要义,正在《释草》以下诸篇②。对此,该符识也给予了揭示。如"菲,芴"下注"即△土瓜也"(P987),是为直训或以今语通故言;"薜,白蕲"下注"即△上△山△蕲△"(P987),是为同训分条或一物分言;"楸朴,心"下注"槲楸别△名△"(P1161),是为同物而异名;"菖,蔓茅"下注"蔓△、菖△一△种△耳△,亦△犹△菱△苕△,华△黄△、白△异△名△"(P1001),是为同类而异名;"榜,山樗"下注"榜似樗,色小白,生山中,因△名△云△"(P1106),是为"物有同状而异所者,其名则同"③,等等。此外,该符识还涉及到郭注校勘的相关内容,如"葵,芦葩"下注"葩△宜△为△菔△"(P981),"蒁,茎著"下注"《释草》已有此名,疑△误△重△出△"(P1116)。

(3)在文字右侧加注连贯的圆心符(⊙),强调郭氏引证《方言》、俗语或今语常言(引述今语往往还在"今"字右侧加标"8"形符)之处。如上例C与D。黄先生曾历数郭注五大优点,其中谈到:"三曰旁证《方言》。《方言》之作,与《雅》相通,咨惟子云,能知古始。郭氏兼综二学,心照其然,注《雅》引扬,二途俱畅。此一事也。四曰多引今语。《释草》一篇,言'今言''俗言''今江东'者,溢五十条。故知其学实能以今通古,非徒墨守旧说,实乃物来能名。此一事也。"④是故黄先生总结郭注之功,"一在通故言,一在证今语"⑤。这大概正是黄批《义疏》通过该符识再三致意的原因所在。

(4)在文字上加注方框(□,个别处加粗竖线),强调郭氏注音的有关内容。如上例D中"音兔罝"三字。《隋书·经籍志》注云"梁有《尔雅音》二卷,孙炎、郭璞撰",可惜今已不传。黄先生曾指出治《尔雅》之关捩在明声音,"音不明,则训之流变不能明",而

①黄侃:《尔雅略说》,《黄侃论学杂著》,第374页。
②黄侃著,黄延祖重辑:《训诂学笔记下》,《黄侃国学讲义录》,第311页。
③黄侃著,黄延祖重辑:《训诂学笔记下》,《黄侃国学讲义录》,第305页。
④黄侃:《尔雅略说》,《黄侃论学杂著》,第374页。
⑤黄侃著,黄延祖重辑:《训诂学笔记下》,《黄侃国学讲义录》,第314页。

“《尔雅》郭注,于音理知之甚深”①,故黄批《义疏》,对此特别留意(黄批就《释文》《太平御览》等凡有关郭氏注音的内容皆一一录于书端,可与此互参)。

(5)在文字右侧加注连贯的双重顿号形符(⸌),指明郭注承袭前人(特别是孙炎)旧注的有关内容。如针对上例E,黄批云:“《书·高宗肜日》疏引孙云:‘即,犹今也。尼者,近也。’臧镛堂说,郭注《尔雅》,袭用旧注,于孙氏尤多。”(P363)又据郝疏:“《说文》暱或作昵。《书·大誓》正义引孙炎曰:‘昵,亲近也。’”②可见上例E明显袭用了孙炎注。在黄先生所论“治《雅》之程序”中,“关于训诂之部分”的任务之一就强调了“郭注与前师异同”③。黄先生指出,郭氏《尔雅注·序》云“错综樊、孙,博关群言,剟其瑕砾,搴其萧稂”,“是郭于旧注中,本之樊、孙为多”;同时还指出,“郭《序》但云‘错综樊、孙’,其实袭取李注亦不少也”,并揭示郭注的缺点之一在于“袭旧而不明举”,“郭注多同叔然,而今本称引叔然者,不过数处,又或加以驳诘,一似叔然注皆无足取者”。④ 由此可见,黄批《义疏》加注该符识的用意正在于指明郭注承袭前师旧注的情况。

三、关于黄批郝疏的符识解析

以开篇第一条黄批郝疏的有关内容作为样例(引文加注有括号的内容为黄先生批注。笔者对引文进行了分段,将原文由竖排改为横排,对某些符识的形状也作了相应调整,如删除线由原来竖贯改为横贯,右划线改为下划线。此外,对其中与解析相关符识关系不大的黄批文字作了大量删减):

> ~~此释始之义也。~~《说文》云○:“始○,女丶之丶初丶也○。”《释名》云:“始,息也,言滋息也。”~~按始与治通。《书》云“在治忽”,《史记·夏纪》作“来始滑”,《汉书·律历志》作“七始咏”,是始、治通也。~~(《说文》:)初者,裁衣之始(也);~~哉者,草木之始;~~(\《夏小正》传:“初者,始也。”《谷梁·隐五》:“初,始也。”《说文》:)基者,~~筑~~墙~~之~~始(筑也);~~肇~~者,开(庫,)户~~之~~始(开也);祖者,~~人之~~始(庙也);~~胎者,生之始也。每字皆有本义,但俱训始,例得兼通,不必与本义相关也。初既训始,~~《觐礼》及《檀弓》注~~又训~~(初,)故者(也),(\案)故亦古也,古亦始也。始与治通,故下文又

①黄侃著,黄延祖重辑:《训诂学笔记下》,《黄侃国学讲义录》,第283、314页。

②〔清〕郝懿行:《尔雅义疏》,第338页。

③黄侃著,黄延祖重辑:《训诂学笔记下》,《黄侃国学讲义录》,第313页。

④黄侃:《尔雅略说》,《黄侃论学杂著》,第369、371、374页。

云:“治,故也。”

/哉者,才∘、之∘叚∘音∘8。《说文》云丶:“才丶,艸木之初也丶8。”经典通作哉。《尚书大传》云:“仪伯之乐舞饕哉!”《诗》云:“陈锡哉周8。”郑丶俱丶以丶哉为始也8。郭注下文“茂勉”引《大传》“茂哉茂哉”,释文:“或作茂才。”《书》云“往哉汝谐”,《张平子碑》作“往才汝谐”。“哉生魄”,《晋书·夏侯湛传》作“才生魄”,是才、哉古字通。又∘通∘作∘载∘、8。“陈锡哉周”,《左氏宣公十五年传》作“陈锡载周”8;《周书》“载采采”,《史记·夏纪》作“始丶事丶事丶”;《诗》“载见辟王”8,传亦云“载丶,始丶也丶8”,是载、哉通。《尔雅》释文○“哉亦作栽8”。《中庸》“栽者培之”郑注:“栽,读如‘文王初载’之载。栽或为兹。”兹、、栽、、哉、,古皆音同字通也。

/首者,与鼻同意。《方言》云○:“鼻,始也○。兽之初生谓之鼻○,人之初生谓之摇8。”(〈《方言》“祖,上也。祖,摇也。祖,转也”,注:“动摇即转也。”)是首、鼻其义同。特言此者,人生之始,首、鼻居先也。

/胎者,《一切经音义·一○》引《尔雅》旧注云○:“胎,始养也8。”(〈疑注。)《汉书·枚乘传》云“福生有基,祸生有胎”,服虔注:“基、胎,皆始也8。”通作殆、8。《诗(/七月)》“殆及公子同归○”,传○“殆丶,始丶也8”,(/疏:“《释诂》云:‘胎,始也。’说者皆以为生之始,然则胎、殆义同,故为始也。”)释文殆作迨、、○,“始丶也丶”。《尔雅》释文:“胎,孙炎大才反○,本或作台8、○。”是台、迨、殆俱胎之叚音矣。

/俶者,《说文》云○“(/一曰)始也○”,又《土部》“埱,一曰始也”,则其义同。《释名》云:“荆豫人谓长妇曰孰。孰,祝也;祝,始也丶。”是孰、与埱音义又同也○。

/落者,《诗》“访子落止”,《逸周书·文酌篇》云“物无不落”,毛丶传丶及孔晁注并云:“落,始也○。”落本殒坠之义,故△云△殂△落△,此训始者,始终代嬗,荣落互根,《易》之消长,《书》之治乱,其道胥然。愚者闇于当前,达人烛以远览。落之训死又训始,名若相反,而义实相通矣×。

/权舆者,《广雅疏证》以为“其萌虇、蕍、”之叚音○,则与才、落义皆相近。《诗》“不承权舆”、《文酌篇》云“一幹:胜权舆”、《周月篇》云“日月权舆”8、《大戴礼·诰志篇》云“百草权舆”8,皆以“权舆”连文。

/古书多叚借,今略为标举。如基、肇、祖三字俱训为始,《诗》“夙夜基命”,《礼·孔子闲居》“基命○”作“其、命○”;《书》“丕丕基”,汉石经作“不不其”;《仪礼·士丧礼》注:“古文基作期、○。”是期、其通基也。肇乃肁、之叚音○。《说∘文∘》:“肁丶、〈始开也丶8。”《诗》“后稷肇祀丶”,《礼·表记》作“兆丶祀丶”,是兆、肇通肁也。

祖，古金石文字作且、○，《书》"黎民阻饥"，《史记集解》据今文《尚书》作"祖饥"，《索隐》据古文作"阻饥"。《诗（〆四月）》"六月徂暑"笺："徂，犹始也。"是徂、、阻、8通祖矣8。凡声同之字，古多通用。（P28—30）

黄批郝疏所涉符识较为复杂，就其作用或含义而言，大致可分为四类：

3.1 表示修正郝疏或自我修正

（1）在文字上加注删除线（文字），表示删汰郝疏相关内容。如上例"此释始之义也"，"按始与治通。《书》云'在治忽'，《史记·夏纪》作'来始滑'，《汉书·律历志》作'七始咏'，是始、治通也"等等，皆黄先生所不取。早在黄先生之前，王念孙即已就郝疏作过大量的删削工作（王氏删订的具体内容后来基本上由罗振玉以单本形式刊出，"凡百十有三则"，是为《尔雅郝注刊误》①）。黄先生所删，较之王氏，可谓有过之而无不及。所删内容，大抵或文理冗碎，或事涉谬误。

（2）在文字附近加注插入曲线和相应批注（╲批注），表示就郝疏相应位置补入相关内容。如上例"《夏小正》传：'初者，始也。'《谷梁·隐五》：'初，始也。'《说文》"，"一曰"等等，皆黄先生所补。黄先生云："邵书先成，郝书后出。先创者难为功，绍述之易为力。世或谓郝胜于邵，盖非也。"②故其所补内容，多取自邵疏，而大抵为郝疏漏略或引据失检之处。

（3）在文字上加黑圈（文），或斜线（文或文），或删除线（文），并于其旁附以相应的批注，或用批注文字直接加以改定（文），表示改订郝疏相关内容。如上例"基者，筑墙之始（筑也）"，表示郝疏当改作"基，墙始筑也"；"《觐礼》及《檀弓》注又训（初，）故者（也）"，表示郝疏当改作"《觐礼》及《檀弓》注：'初，故也'"；"人之初生谓之摇"，表示郝疏该句"首"字当改作"摇"字。改订的内容与上述删补的内容在性质上略同。

由于黄批《义疏》为草创的手稿而非定稿，保留了一些反复修改的迹象，故也出现了少许表示自我修正的符识：

（4）在文字外加红圈后又在红圈上加斜线（○），表示删除相应红圈。如上例"说文"。黄先生原先给"说文"二字加注红外圈，应当意在强调《说文》在治《雅》中的特殊地位。黄先生指出，"治《尔雅》之始基在正文字"，"字不明，则义之正假不能明"③，而

①〔清〕王念孙：《尔雅郝注刊误》，影印上海辞书出版社图书馆藏民国十七年（1928）东方学会石印殷礼在斯堂丛书本，见《续修四库全书·经部》第 188 册。

②黄侃：《尔雅略说》，《黄侃论学杂著》，第 392 页。

③黄侃著，黄延祖重辑：《训诂学笔记下》，《黄侃国学讲义录》，第 283 页。

"《说文》为一切字书之根柢"①,"盖无《说文》,则不能通文字之本,而《尔雅》失其依归"②,又兼"《释诂》字大氐本义"③,故黄先生原本有意于开篇强调《说文》。不过就文字外加红圈这一作法后来别作他用(见下文),且强调《说文》可就《说文》内容进行强调,不必拘泥"说文"二字,故黄先生进行了修正。该符识仅见于上例。

(5)在被删文字附近加注或红或黑的三角符(△),表示相应文字属误删而予以保留。如上例"旧△注△"表示"旧注"二字应予以保留;"故△云△殂△落△",表示"故云殂落"四字应予以保留。另如"先、旧义俱为古也。是皆故训古之证。《墨△子△经△上△篇△》云△'故,所得而后成也'"(P214),即表示保留"墨子经上篇云"诸字。

3.2 标明句读起讫或分章断节

(1)在文字右侧(或下方)加注或红或黑的不连贯圆圈(○),或加点(、),表示于相应位置断句或停顿。如上例"《说文》云○:'始○,女之初也○。'""《礼·孔子闲居》'基命○'作'其命○'","《汉书·枚乘传》云'福生有基,祸生有胎',服虔注",等等。

(2)在文字(通常是被训释词的字头)左上角加注或红或黑的撇形符(/),表示于相应位置另起一节或分段。如上例在"哉""首""胎""俶""落""权舆"这些疏释较为详细的字头,以及"古书多叚借,今略为标举"一句,左上侧皆标有该符识,即标明应于相应位置分章断节。

3.3 揭示字际关系或义疏条例

(1)在文字右侧(或下方)加注连贯小圆圈(∘),揭示字际通假关系。如上例"哉者,才∘之∘叚∘音∘","又∘通∘作∘载∘",表明哉与才、载相通;"《说∘文∘》"肁,始开也",表明肇、肁相通;"《土部》'埱,一曰始也'",表明俶、埱相通;"传:殆,始也",表明胎、殆相通;"《诗》'六月徂暑'笺:'徂,犹始也'",表明祖、徂相通,等等。

(2)在文字右侧加注连贯黑色顿号形符(、)或点状符(、),揭示字际音转关系。如"且、在、存、俱、一、声、之、转、"(P355),"僭、酋、就、又、俱、一、声、之、转、矣、"(P373)等等。

(3)在文字外加注连贯大红圈(○),揭示本经字头本身与训释词相同或相近的义项或义证,即凸显本经被训释词和训释词直接相关的义项或义证。如上例"郑俱以哉为始也","俶者,《说文》云'始也'","毛传及孔晁注并云'落,始也'",等等。

①黄侃著,黄延祖重辑:《文字学笔记下》,《黄侃国学讲义录》,第110页。
②黄侃笺识,黄焯编次:《尔雅音训序》,《尔雅音训》,第1页。
③黄侃著,黄延祖重辑:《训诂学笔记下》,《黄侃国学讲义录》,第285页。

(4)在文字右侧加注红色顿号形符(丶)或点状符(丶),揭示本经字头的本字或通假字(有时则是异文)与训释词相同或相近的义项或义证,即显示本经被训释词和训释词间接相关的义项或义证。如上例"《说文》云"始,女丶之丶初丶也","《说文》云'才丶,艸木之初也丶'","《传》亦云'载丶,始丶也丶'","传:'殆丶,始丶也'","《土部》'埱,一曰丶始也丶'","笺:'徂丶,犹丶始丶也丶'"等等。又如"《周书》'载采采',《史记·夏纪》作'始丶事丶事丶'","《诗》'后稷肇祀丶',《礼·表记》作'兆丶祀丶'"等等,亦为由异文证相通,由相通而证本经,辗转求证的表现。

(5)在非删削的文字附近加注红色连贯三角符(△),揭示《尔雅》各篇内部或各篇之间互为照应或可互证的内容。如"辟者,下△文△云△法△也△"(P33),"坟者,《释△丘△》云'坟△,大△防'"(P36)等等。

3.4 为了清醒眉目或着重强调

(1)在文字右侧加注不连贯的黑色顿号形符(丶)或点状符(丶),凸显与本经字头相通的关键字、词。如上例"哉者,才丶之叚音","兹丶、栽丶、哉丶,古皆音同字通也","权舆者,《广雅疏证》以为'其萌蘿丶蘛丶'之叚音","《礼·孔子闲居》'基命'作'其丶命'",等等。

(2)既在文字外加注红色大圈,又在其右侧加注红色"8"形符(○8),凸显《释文》中与本经字头相通的关键词。如上例:"《尔雅》释文:'哉亦作㦲8。'""《尔雅》释文:'胎,孙炎大才反,本或作台8。'"该符识仅见于上例。

(3)在文字右侧加注黑色"8"形符(8),凸显承袭邵疏的有关内容,即黄先生所明举的"同邵者,两圈8"(P28)。如上例"哉者,才之叚音。《说文》云:'才,艸木之初也'8","《诗》云:'陈锡哉周'8",等等,皆见于邵疏。王念孙曾批评郝疏"用邵说十之五六,皆不载其名"①。黄先生也指出郝疏"凡邵所说,几于囊括而席卷之"②。是故黄批《义疏》于此致意再三,以示掠美而不可不成人之美。

(4)在文字下加注下划线(文字,原批是在文字右侧加注连贯的竖线,,此处是就所举样例而言),凸显征引有关《尔雅》的旧注、旧说。如上例"《一切经音义·一》引《尔雅》旧注云:'胎,始养也。'""《尔雅》释文"胎,孙炎大才反",等等。

(5)在文字右上角加注红色的捺形符(㇏),强调与邢疏引述相同的有关内容。伴随着该符识,黄批往往于天头相应位置批注有"本疏同""引某某同"或"同"等字眼。如上例"《说文》:'庫,㇏始开也'",原批天头相应位置批有一"同"字;又如"㇏《书》正义引舍人

①〔清〕王念孙:《尔雅郝注刊误》,《释草》下第20页。

②黄侃:《尔雅略说》,《黄侃论学杂著》,第395页。

曰:'冢,封之大也'",原批天头相应位置批有"本疏同"三字(P41),皆表示相关内容与邢疏引述相同。

(6)在有关《尔雅》旧注旧说的文字右侧加注连贯的红圈(○),着重强调舍人、樊光、李巡、孙炎等郭璞之前治《雅》名家的注说。如:"《荀子·哀公问篇》注引舍人云○:'辂○,车○之○大○也○。'"(P40)"《史记·司马相如传》云'爰周郅隆',索隐引樊光云○:'郅○,可○见○之○大○也○。'"(P42)

(7)在文字右侧加注连贯的黑圈(○),凸显行文表述的重点内容。这些内容较为复杂,或揭示《尔雅》一训兼两义,如"《尔雅》'豫、康'为安○乐○之○安○,'宁、绥、柔'为安○静○之○安○"(P251);或说明字际声音远近,如"是○雉○、引○古○音○又○近○"(P102),"刘者,与○摺○声○近○义同"(P103);或说明连语、单文与训诂之关系,如"其实单○文○亦○通○"(P116),"又左○、右○二○字○连○文○,其义亦同"(P135),等等。

(8)在被删文字(个别地方不在删削之列)附近加注或红或黑的叉错号(×),强调相关内容事涉错谬。与此相应,黄批往往或但以"谬""大谬"等字眼指斥其非,或加以重新疏证。如上例:"~~落本殒坠之义,~~故△云△殂△落△~~,此训始者,始终代嬗,荣落互根,《易》之消长,《书》之治乱,其道胥然。愚者闇于当前,达人烛以远览。落之训死又训始,名若相反,而义实相通矣~~×。"对此,黄先生新疏云:"下文郭注:'以徂为存,犹以乱为治,以曩为向,以故为今。'然则以落为始,犹此例也。落本草木零落之名,引申训始死,又引申而训始,故《左传·昭七年》注:'宫室始成,祭之曰落。'明落之义由始死来矣。作为始,始死字别为殂(殂古文);落为始,而未制字,此所谓叚借。"(P29)可见黄先生新疏要义有三:一则援据郭注以明相反为训之例;二则揭示以"落"训始之由来;三则指明《尔雅》用字之正假。较之郝疏望文生义、不辨正假的皮附之见,自以黄先生为长。

此外,黄批本身也加注有一些符识,如用"8"或"⅔"表示接续分散的长段批语的起讫位置;用"㇄"(多数情况直接批以"查""再校"等字)表示相关内容有待进一步核实文献;用大红圈凸显本草医书中与《释草》以下七篇名物相照应的物名,等等,于此不赘述。

值得补述的是,郝疏所涉符识虽然种类繁多(二十余种),但是某些符识并未贯穿始终,如上述揭示字际关系或义疏条例的各种符识,至"怞、谧、溢……静也"条(P91)以下基本上不再出现;凸显承袭邵疏有关内容的"8",至"舞、号,雩也"条(P605)以下即已不再出现(虽然黄批云"'舞、号,雩也'以下,黑笔再对邵疏"(P607),但事实上这一后续工作并未进行)。且某些符识的标记符号并非一成不变,如凸显《释文》中与本经字头相通的关键词的"○8",仅见于上例,此后则只保留了红色"8"形符(8);强调与邢疏有关内容相同的"乀",也有不少未加标注而但批以"同"字的情况。另外某些符识及其含义或作用之间并未形成严整统一的对应关系,如红色顿号形符(丶),在上例中既可以揭示与疏证本经间接相关的义项或义证,个别处又可以表示着重强调某些文献依据(如"郑丶俱丶以丶哉为始也","毛丶传丶及孔晁注并云");揭示字际音转关系,既可以如上例在文字右侧加注连贯黑色顿号形符(乀)来表示,个别处又在文字右侧加注相连的黑圈来表示,如"过、辨、湠、辟声又相转"(P924),等等。这些都是黄批《义疏》作为未定稿不断摸索、取舍所必然留下的痕迹,然而这些并不影响我们就上述符识作出解析的结果,以及借此一窥黄先生"为学务精习",苦心孤诣,殷勤传学的大师风范。

A Decipher and Analysis of the Marks of *Huang Kan Shou Pi Er Ya Yi Shu*(黄侃手批尔雅义疏)

Liu Huilong

(Wuhan University)

Abstract: There are more than thirty kinds of marks made in the book *Huang Kan Shou Pi Er Ya Yi Shu* (黄侃手批尔雅义疏), which suggest or represent various and complex meanings. As Mr. Huang did not specify the meanings of these marks, it caused some obstacles for people to read or research the book. Based on the overall sorting and checking of the book, the author of this article has mainly made clear the meanings of these marks. And now here a brief decipher and analysis of them is presented to be examined or discussed by experts.

Keywords: Huang Kan; *Er Ya Yi Shu*(尔雅义疏); Marks

◎文字学与文字研究

《越公其事》“⿸疒⿱首犬”字试释*

陈晓聪

（中山大学中文系）

提要：《越公其事》简16“亡（无）良边人爯（称）[illegible]怨恶，交斗吴越”，[illegible]可隶定为⿸疒⿱首犬，从疒从首从犬，从字形线索来看，“⿱首犬”字与金文的“猶”应为同一个字，也应是“髮”字异体，文中可读为“發”，训为起。“称”也应训为“起”。“称發怨恶”即“挑起怨恶”，与后文正可互证。

关键词：越公其事；称⿸疒⿱首犬；称發

近年新出的《清华大学藏战国竹简》（七）中有《越公其事》一文，主要记载越王勾践灭吴的史实，对于吴越史的研究有重要的意义。因其中大部分文句可与传世文献对照，简文基本可以通读。然而其中有个别疑难字颇为费解，如简16中的[illegible]。该字首次出现，诸家意见莫衷一是。今试作解释，以就正于方家。

该字所在简文为：“亡（无）良边人爯[illegible]怨恶，交斗吴越，使吾二邑之父兄子弟朝夕粮然为豺狼，食于山林菡莽。”

* 基金项目：本文获得2017年度国家社会科学基金重大项目“战国文字诂林及数据库建设”（编号：17ZDA300）、“出土文献与中国古代文明研究协同创新中心博士创新资助”（编号：CTWX2017BS031）及北京大学翁洪武科研原创基金的资助。本文蒙陈伟武师、杨泽生先生、任家贤先生审阅指正，谨致谢忱！为便于排版，本文采用宽式释文。

整理者认为:“瘼,或以为当隶作‘瘼’,均不见于字书。称瘼,《国语》‘称遂’,意义或相近。《国语·周语下》:‘有崇伯鲧,播其淫心,称遂共工之过,尧用殛之于羽山。’韦昭注:‘称,举也。举遂共工之过者,谓鄣洪水也。’”①

王宁先生认为“称遂”,典籍多作“称述”,并引《说文》训述为循。② 萧旭先生则认为“称遂”不成词,并认为遂是随顺、放纵义。按,王宁先生所说是,整理者引《国语》失当。

,孙合肥先生认为该字从首从犮,读为“發”,训为起。③ 王宁先生认为从疒从首从犬,会犬出首突冒之意,此字形当为“突”或“猝”字之本字,读为“遂”或“述”。④ 网友汗天山读为“雠”或“咎”,训为怨。⑤ 萧旭先生认为从首得声,读为“道”,称道同义连用。⑥ 按,孙合肥先生读为“發”,训为起,较诸说为优,但他认为该字从首从犮则误。要对该字形体作较为准确的分析,需从金文说起。

金文有以下字形:

(髮钟,《集成》35)(或者鼎,《集成》2662)(召尊,《集成》6004)

、(史墙盘,《集成》10175)(𪎳公盨,《新收》1607)

(瘐钟,《集成》246)(王子名缶,《铭图续编》905)

(1)髮钟:福无疆,猶其万年,子子孙孙永宝。

(2)或者鼎:或者作旅鼎,用匄偁鲁福,用绥猶禄,用作文考宫伯宝尊。

(3)召尊:伯懋父赐召白马,妦黄,猶敚。

(4)史墙盘:繁猶多釐……怀猶禄,黄耇,弥生。

(5)师酉鼎:用祈眉寿,猶禄,纯鲁。(《新收》1600)⑦

①清华大学出土文献研究与保护中心编,李学勤主编:《清华大学藏战国竹简(七)》(下册),上海:中西书局,2017年,第123页。

②王宁:《清华七〈越公其事〉初读》,简帛网(http://www.bsm.org.cn/bbs/read.php? tid=3456&page=10)2017年4月29日。

③孙合肥:《清华七〈越公其事〉札记一则》,简帛网(http://www.bsm.org.cn/show_article.php? id=2786)2017年4月25日。

④王宁:《清华七〈越公其事〉初读》,简帛网(http://www.bsm.org.cn/bbs/read.php? tid=3456&page=10)2017年4月29日。

⑤汗天山:《清华七〈越公其事〉初读》,简帛网(http://www.bsm.org.cn/bbs/read.php? tid=3456&page=19)2017年5月20日。

⑥萧旭:《清华简(七)校补(二)》,复旦网(http://www.gwz.fudan.edu.cn/Web/Show/3061)2017年6月5日。

⑦按,师酉鼎仅有照片,“猶”字与史墙盘近似。

(6)𨟭公𨟭：复用猶禄。

(7)瘼钟：匃永令，绰绾、猶禄、纯鲁。

(8)王子名缶：黄猶眉[寿]。

(1)-(7)中的“猶”，郭沫若认为从首犬声，读为“颜”；戴家祥先生读为“眉”；高田忠周、唐兰、裘锡圭等先生认为是“髮”字。① 按，郭说字形分析不确。戴家祥先生误认为“猸”字。诸说当以释“髮”为优。《说文》：“髮，根也，从髟犮声。䯽，髮或从首。𩠐，古文。”高田忠周等诸位先生根据《说文》“髮”的或体“䯽”认为“猶”是“髮”字，或读为“祓”，或读为“福”，或如字读。从字形和释义来看，均较为妥切。(8)《铭图续编》释为“堇道铸”，谢明文先生认为应是“黄猶(髮)眉[寿]”②。从字形和文义看，释为“黄猶(髮)”较优。典籍中“黄髮”习见，若谢明文先生所释无误，则更可进一步证明金文“猶”即“髮”字。

楚简中有以下几个字：

A.𩠐(《筮法》45简)

B.䯽(信阳简2-09)

C.𩑶(上博九《灵王遂申》简2)𩑶(上博九《邦人不称》简2)

(1)《筮法》45简：五乃梎莫。

(2)信阳简2-09：一笄，其实：一浣帽，一沫帽，一捉夏之帽。

(3)《灵王遂申》简2：绅城公澌其子虎未畜頍。

(4)《邦人不称》简2：頍天之。

B字形刘云先生认为从首从犮，乃“髮”之异构。③ C字形网友汗天山、单育辰、侯乃峰等先生认为从犮从页，乃“頍”字，也是“髮”的异体。④ 其说皆正确可从。A字形整理

①以上诸说参见周法高主编：《金文诂林》，香港中文大学，1975年，第1204号。周法高编撰：《金文诂林补》，中央研究院历史语言研究所，1982年，第1204号。

②谢明文：《金文丛考(三)》，邹芙都主编：《商周青铜器与先秦史研究论丛》，北京：科学出版社，2017年，第49—57页。

③刘云：《释信阳简中的“髮”字》，复旦网(http://www.gwz.fudan.edu.cn/Web/Show/2185)2013年11月30日。

④参看单育辰：《占毕随录之十六》，简帛网(http://www.bsm.org.cn/show_article.php? id=1798)2013年1月9日。侯乃峰：《读上博(九)脞录》，清华大学出土文献研究与保护中心编，李学勤主编：《出土文献》第十辑，上海：中西书局，2017年，第107—108页。

者释为"䶥",疑是"魃"字。网友无绎认为从犬从页,疑为"臭"字。网友子居认为即"臭"字,焦胜男赞同其说。① 按,此字从犬从首,与《越公其事》中所从相同。"犬"与"犮"区别甚明,"犮"字下部有一短横,而"犬"字无,此一短横当是区别符号。如《系年》中"犮"作,而"犬"作;《篮法》47 简中"伏"作。刘云先生对"犬"和"犮"的区别亦有所论述,可参。② 从字形看,"臭"字与金文的"猶"应为同一个字,也应是"髮"字异体,只不过金文作左右结构,而楚简中变成上下结构。以下我们用图表将其中的脉络梳理清楚。

↗ 1.

、 → 2. →

↘ 3. 、 → 5. 、 → 6.

↘ 4. 、 ↗

(按,1 和 2 字形为楚系文字;3 和 4 字形为秦系文字,其中 3 来自王辉《秦文字编》,4 来自《睡虎地秦简文字编》,5 来自《张家山汉简文字编》,6 来自《封孔羡碑》)

从上图可以看出,西周时期,"髮"字作"猶"。到了东周时期,尤其是战国时期,楚系文字和秦系文字的写法各有不同。楚系文字或作"臭",将西周金文的左右结构改为上下结构;或作"㚒",将西周金文"猶"改为上下结构,同时将"犬"声化为"犮",此即说文"髮"字或体"䯻"的来源;因"首"与"页"义近常通用,故又作"颰"。秦系文字则将西周金文所从的"首"改为意义相近的"髟",又将"犬"声化为"犮",构成从髟犮声的形声字,或作左右结构,或作上下结构,以上下结构多见。西汉时期基本写作上下结构。到了东汉,又加上"彡",这即是"髮"字小篆的来源。值得注意的是,汉代之后还出现"髥"字,乃"髮"的俗字。《龙龛手鉴·髟部》髥即髮的今字。唐刘禹锡《乐天沽酒致欢聊以奉答》:"蹴踏青云寻入仕,萧条白髥且飞觞。"其构形与金文的"猶"和楚简的"臭"正相呼应。

西周金文"髮"字为什么从犬从首? 高田忠周先生认为"犬"乃"犮"之省。然而从我们以上的分析来看,"髮"字早期从"犬",后来从"犮",应是形声化的过程。③ "犮"字在

---

①以上诸说参看焦胜男《清华简(肆)〈篮法〉集释》,安徽大学硕士学位论文,2016 年,第 58 页。

②刘云:《释信阳简中的"髮"字》,复旦网 2013 年 11 月 30 日。

③蒙杨泽生先生垂示,犬和犮的使用在具体的字例中较为复杂。大徐本《说文·口部》:"吠,犬鸣也。从犬口。"小徐本作"从口犬",唐写本《口部》残卷作"从口犬声"。王筠《说文释例》:"吠字当入《犬部》,鸣字在《鸟部》,是其比也。"钱坫《说文解字斠诠》也说"此字当入《犬部》"。段玉裁《说文解字注》:"《字林》作吷,则为形声字。《太玄》曰:'鴟鸠在林,吷彼众经。'"唐写本"从口犬声"当是原本,只是"犬"当为"犮"。徐锴注有"或云从犬"语,因篆体本已从犬,注文"犬"当是"犮"之误。隶书犮有时写作"犬"。小徐本"从口犬",当是形体变化后,后人以为"犬声"与声不合,而删去"声"字。

甲骨金文均未见。《说文》:"犮,走犬皃,从犬而丿之,曳其足则剌犮也。"段玉裁《说文解字注》改"走犬皃"为"犬走皃",并认为"丿,余制切,抴也。抴,引也。剌犮,行皃"。"犮"表示的是"犬走的样子",从其意义和形体来看,"犮"应是"犬"后来分化出来的。高田忠周先生认为"犬"乃"犮"之省,则是颠倒了文字的演变序列。从"犬"还有一种可能,即"犬"形也有"犮"的读音,一个字形表示两个读音的现象是存在的。然而我们考察了《说文》从"犬"及从"犮"诸字,發现"犬"几乎都表意,"犮"都表音,"犬"有"犮"的读音的可能性较小。因此,从从"犬"诸字多表意这个角度出發,我们认为,"髮"从犬也应是表意。其构字原理或与"哭""笑"相似。"哭""笑"在古文字中皆从"犬"。段玉裁认为:"窃谓从犬之字,如狡狯狂默猝猥㹼狠犷状獳狎狃犯猜猛犺犹狟戾独狩臭獘献类犹卅字皆从犬,而移以言人,安见非哭本谓犬嗥,而移以言人也。凡造字之本意有不可得者,如秃之从禾。用字之本义亦有不可知者,如家之从豕,哭之从犬。愚以为家入豕部从豕宀,哭入犬部从犬吅,皆会意而移以言人,庶可正省声之勉强皮傅乎。"陈炜湛先生亦有相同的论述①。从造字本义来看,"髮"西周金文作"猶",或指犬头上的毛發,而在用字时移指人的头發。

从以上论述我们可知,《越公其事》中的"瘼"应从疒奠声,"奠"即"髮"字。字书中没有从疒从髮的字。从读音上来看,该字或为"癈"字异体。《说文》:"癈,固病也,从疒發声。"孙合肥先生读为"發",训为起,可从。"發"和"髮"皆为帮母月部字,声韵相同。"爯",读为"称",亦应训为兴、起。传世典籍中"称"常训为"举","举"有兴起、發起之义。《左传·襄公八年》:"女何故称兵于蔡?"杜预注:"称,举也。"《吕氏春秋·孟春》:"是月也,不可以称兵,称兵必有天殃。"高诱注:"称,举也。"《越公其事》27-28简:"不爯(称)贞役泑涂沟塘之功。"整理者训"称"为举行、实施。此处"称"亦可训为兴起、發起。《荀子·王霸》:"县鄙将轻田野之税,省刀布之敛,罕举力役,无夺农时。"正可参照。"称發"乃同义连用。《越公其事》62-63简:"吴师未起,越王勾践乃命边人菆怨,弁(变)乱私成,舀(挑)起怨恶,边人乃相攻也。""舀(挑)起怨恶,边人乃相攻也"正可与"亡(无)良边人称發怨恶,交斗吴越"相互参照。此句意为"无良的边人挑起两国的怨恶,使吴越交斗"。吴王将两国交恶的责任推诿到"无良边人"身上,以显示自己的无辜。当然,这只是粉饰的外交辞令,并不可信。

《筮法》45简"五乃楒奠",由其上下文可知,"楒奠"一词应表示疾病灾殃,"奠"或可

---

①陈炜湛:《且问"哭""笑"为那般》,《汉字的故事——古文字趣谈》,北京:文化艺术出版社,2010年,第256—260页。

读“瘊”,然由于上下语境无法卡死,尚有待进一步考证,姑志此备考。

参考文献

清华大学出土文献研究与保护中心编,李学勤主编:《清华大学藏战国竹简(七)》,上海:中西书局,2017 年。

周法高主编:《金文诂林》,香港中文大学,1975 年。

周法高编撰:《金文诂林补》,中央研究院历史语言研究所,1982 年。

中国社会科学院考古研究所编:《殷周金文集成》(修订增补本),北京:中华书局,2007 年。

吴镇烽:《商周青铜器铭文暨图像集成续编》,上海:上海古籍出版社 2016 年。

Trying to recognize 瘨 of Yue Gong Qi Shi

Chen Xiaocong

(Sun Yat-sen University)

Abstract: The component parts of 瘨 in Bamboo 16 of Yue gong qi shi are ne(疒)、shou(首)and quan(犬).Judging from the form and structure ,𩠐 and fa(猶)are the same word. They are fa(髮),whicn can be read fa(發),meaning provoke.The meaning of “chen fa yuan e” is provoking hatred.

Keywords: Yue gong qi shi;Chen fei;Chen fa(發)

基于秦汉简帛语料库的“倍”“背”记词变化考察*

张再兴

（华东师范大学中国文字研究与应用中心）

提要：现代汉语中记录脊背、违背类意义的“背”字产生于西汉早期。战国楚简中用“伓”字记录脊背、违背类意义。秦文字中用“北”记录脊背义，用“倍”记录违背类义。用字习惯具有明显的地域差异。西汉早期开始，“北”字增加义符产生“背”字，用来记录脊背义，这一过程在西汉晚期可能已经完成。西汉晚期以后，一直用“倍”字记录的违背类意义也开始用“背”字来记录。魏晋碑刻材料显示，当时的违背类意义用“背”字记录已经相当普遍。

关键词：秦汉简帛语料库；用字；记词；背；倍

现代汉语中，“倍”字只表示加倍、倍数，背对、违背等意义都用“背”字记录①。在先秦两汉传世文献中，背对、违背等意义虽然使用“背”字者不少②，如《大雅·瞻卬》“谮始竟背”，朱熹集传：“背，反。”陈奂传疏：“背，犹违也。”但同时，也常见用“倍”字来记录③。

---

* 基金项目：上海市哲学社会科学规划课题《基于语料库的秦汉简帛用字习惯研究》（项目批准号：2018BYY007）。

①中国社会科学院语言研究所词典编辑室编：《现代汉语词典》（第7版），北京：商务印书馆，2018年，第57—58页。

②宗福邦、陈世铙、萧海波主编：《诂训汇纂》，北京：商务印书馆，2003年，第1853页。

③高亨纂著、董治安整理：《古字通假会典》，济南：齐鲁书社，1989年，第435—436页。

对于“背”、“倍”两字的关系，或认为是借用①，或认为是同源②。秦汉简帛文献整理中对于“倍”字违背一类的意义，或标注读“背”，或不标注。战国楚简中意义相同的“伓”，或读“倍”，或读“背”。可见学术界对两者之间关系的认识尚待明确。田炜对战国秦汉文字中用“北”“倍”“背”记录{背}这个词的情况进行过考察，但未对秦汉文字材料进行充分的讨论。因此对其在秦汉时期用字发展变化过程尚有进一步讨论的必要。③

通过对秦汉简帛文献中两者的使用情况进行穷尽性的计量考察，可以发现其使用具有明显的规律性变化。由于这个变化发生在秦汉时期，因此不能将秦汉时期笼统地作为一个时间单元来讨论。本文将依据秦汉简帛文献，在更加细致的断代情况下考察两个字的记词变化。

一、若干用字标注的讨论

秦汉简帛文献中表示违背义的“倍”字，各种简帛释文大多标注读作“背”，但是也有一些未加标记。这种不一致会影响到统计结果及用字规律的认识。下面秦汉简帛中的用例，整理者未标记读法，我们在统计时，统一读成“背”。

(1)凡徙、【取(娶)妇】：右天左地贫；【右地左天吉；倍地迎】天辱；倍天迎【地死；】（马王堆帛书《阴阳五行乙篇·天地》003-005)

按：下文“倍天”“倍地”《长沙马王堆汉墓简帛集成》(下文简称“《集成》”)均标注了读“背”。此例语境相同，亦当标注读作“背”。

(2)倍荆(刑)【迎】德，将不入邑。(马王堆帛书《阴阳五行乙篇·刑德占·刑德解说》025)

按：此段文字前后有多处“倍刑”与“倍德”，《集成》都标注了读作“背”。

(3)倍潏在外，私成外；倍潏在中，私成中。(马王堆帛书《刑德甲篇·日月风雨云气占·月日》004)

(4)倍潏在外，私成外；倍潏在中，私成中。(马王堆帛书《刑德乙篇·日月风雨云气占·月日》063)

①郑权中注，涂宗涛、王兆祥、崔志远整理：《通借字萃编》，天津：天津古籍出版社，2008年，第485页。

②王力：《同源字典》，北京：商务印书馆，1982年，第262—263页。

③田炜：《读金文偶记二题》，《古文字研究》第29辑，北京：中华书局，2012年。又见所著《西周金文字词关系研究》，上海：上海古籍出版社，2016年，第26—30页。

刘乐贤说:“倍潏,古书又作‘倍僪’、‘倍谲’、‘背僪’、‘背潏’、‘背谲’、‘背璚’、‘背穴’、‘背鐍’,日月旁气之名。《吕氏春秋·明理》:‘其日有斗蚀,有倍僪,有晕珥。’注:‘倍僪、晕珥,皆日旁之气也。在两旁反出为倍,在上反出为僪。’……倍潏在外,指倍潏在月晕之外。”①

(5)十日东井,雨。不雨,倍矞见。(北大汉简《雨书》002)

(6)日俉(倍)儘,智氏亡。(银雀山汉简《阴阳时令、占候之类·一二:【占书】》2092)

(7)反景,俉(倍)蚀。(银雀山汉简《阴阳时令、占候之类·一二:【占书】》2094)

整理者注:“倍蚀,当即倍僪。”②

(8)约而倍之,胃(谓)之襦传。(马王堆帛书《老子乙本卷前古佚书·经法(亡论)》064下)

(9)伓(倍)天之道,国乃无主。(马王堆帛书《老子乙本卷前古佚书·经法(论约)》067下)

(10)反义伓(倍)宗,其法死亡以穷。(马王堆帛书《老子乙本卷前古佚书·十六经(五正)》095上)

《集成》注:“整理小组(1976:56):倍,背叛。宗,宗主。陈鼓应(2007:239):背叛宗主,即背叛黄帝。”③

(11)南首伏,名曰倍天,闻言圣(听),有求不得,有为不成,不吉。(马王堆帛书《木人占》030)

(12)壬辰,不可见贵人。□午,可见长者。凡见小子,倍可,吉。凡巳,不可□□。(香港中文大学藏简牍《吏篇》094)

刘国胜释“可”为“时”,读“倍”作“背”。④

(13)一小妇人,亦甚易伓。(北大汉简《妄稽》66)

“易伓”,整理者注“义不详”。⑤ 按:“易伓”当读作“易伓(倍-背)”。秦汉简中“易”、“昜”常互作。如本篇61简“赐”字所从即作“昜”。“伓”即“倍”,读作“背”。

①刘乐贤:《〈日月风雨云气占〉甲篇考释》,载《马王堆天文书考释》,广州:中山大学出版社,2004年,第164页。

②银雀山汉墓竹简整理小组:《银雀山汉墓竹简(贰)》,北京:文物出版社,2010年,第244页。

③裘锡圭主编:《长沙马王堆汉墓简帛集成》,北京:中华书局,2014年,第4册157页。

④刘国胜:《港中大馆藏汉简〈日书〉补释》,《简帛》第1辑,上海:上海古籍出版社,2006年。

⑤北京大学出土文献研究所编:《北京大学藏西汉竹书(肆)》,上海:上海古籍出版社,2015年,第73页。

本篇 55 简“将怀(倍)去之”,整理者即读作“背”。据上下文,虞士曾做过背叛之事,故周春有此语。

二、“倍”“背”在记录背脊义时的差异

根据《说文解字》,“背”字本义为背脊,但是先秦出土文献中尚未见“背”字①。秦汉简帛材料中,记录背脊义所用的字有“北”和“背”。背脊义引申表示背面,意义密切相关,也作为此类讨论。具体使用频率见表一。

表一

用字	总计	秦	西汉早期	西汉中期	西汉中晚期②	东汉
北(背)	56	13	41	2		
背	15		1	1	12	1

1.“北”。秦汉简帛中共有 56 例,是记录“背脊”义的主要用字形式。秦简牍中都用“北”(睡虎地简 7 例,里耶简 4 例,放马滩简 2 例)。西汉早期绝大多数也用“北”(张家山汉简 22 例,马王堆帛书 15 例,银雀山汉简 4 例)。西汉中期用“北”2 例,见于北大简。《周驯》156-157:“昔管夷吾为公子起〈赳〉射齐桓公,中其钩北(背)。”《苍颉篇》2:“冯奕脊北(背)。”③

2.“背”。此字目前尚未在秦简材料中见到。北大秦简《鲁久次问数于陈起》147 中整理者释作“脊、背、肩”的“背”字作,其实是“脅”字。

西汉早期的 1 例见于张家山汉简《引书》101,字形作,为左右结构。简文内容为:“熊经以利腜(脢)背。”“腜”即“脢”,“脢”字《说文》释“背肉”,与“背”字同义连用。

西汉中期的 1 例见于定州汉简《儒家者言》0844“□其口如名(铭)其背”,摹本字形

①田炜认为金文備尊“備”字左所从作,即“背”字初文,推测早期古文字中“脊背”字“背”很可能是用“卩”字来表示。(见田炜:《西周金文字词关系研究》,上海:上海古籍出版社,2016 年,第 26 页)不过很显然这个字并未被后世继承。

②绝大多数西北屯戍汉简的书写时间在汉武帝以后至汉末,但具体时代区分存在一定难度,故此单独列为“西汉中晚期”。

③张存良:《〈苍颉篇〉研读献芹(四)——北大简〈苍颉篇〉释文商兑(二)》,武汉大学简帛网,2015 年 12 月 18 日。

作 ,整简左半残,但是能清楚看出是一个上下结构的字。

西汉中晚期的12个例子,都出自西北屯戍汉简。居延汉简49.31+49.13、居延新简ESC117都是对背部进行治疗操作。居延汉简184.15、24.13两例为人名“韩青背”、“青背”,应该是以身体特征命名。悬泉汉简中的“白背”为马的特征。肩水金关汉简T05:073“肩背皆青黑”,“肩背”连用,“青黑”说明斗殴的伤状。《英藏斯坦因所获未刊汉文简牍》中的柿片2973、3271、3340、3580、3696各有“青背”,上下或残,但是从残存语境看,应该就是《苍颉篇》里的“脊背”①。

东汉的例子,见于武威医简22:“人生三岁毋灸背,廿日死。”

秦汉简帛中未见用“倍”记录脊背义者。武威医简里的一个例子需要特别说明。武威医简12:“倍恿(痛)者,卧药[中],当出血久瘀。”第一字作 ,字形有些模糊。整理者隶定作“倍”,读为“背”②。田炜作为“倍”表“背”之罕见特例③。不过此字何双全改释为“倚”,通“畸”,引《集韵》:“异也。”④周祖亮、方懿林从⑤。“倍”、“倚”形近,传世文献中即有两者混同的例子。如《吕氏春秋·异用》“杙步而倍之”,毕沅新校正引孙云:“御览七百十作杖步而倚之。”此处字形比较模糊,字形确认尚有困难。学者也有并存各说者。如张延昌并存两说⑥。刘立勋列举各说,未加按语,但文字编部分将其列于“倍”字下⑦。故暂时将此例排除在外。

战国新蔡葛陵楚简用“伓”字记录脊背义者有25例,多“伓(背)膺”连用。其中,2例作“肧”,2例作“骬”,当都是“伓”字更换义符的异体字。裘锡圭先生已经指出马王堆帛书、银雀山汉简、武威《仪礼》简皆有此字,“多用作‘倍’、‘背’、‘陪’等字。……‘伓’从‘不’声,‘不’、‘倍’古音相近,此字似可直接视为‘倍’字异体”⑧。《古文字谱系疏证》认为“伓孳乳而派生出倍字”⑨。

---

①张存良:《〈苍颉篇〉研读献芹(四)——北大简〈苍颉篇〉释文商兑(二)》,武汉大学简帛网,2015年12月18日。

②甘肃省博物馆、武威县文化馆:《武威汉代医简》,北京:文物出版社,1975年,第2页。

③田炜:《西周金文字词关系研究》,上海:上海古籍出版社,2016年,第30页。

④何双全:《〈武威汉代医简〉释文补正》,《文物》1986年第4期。

⑤周祖亮、方懿林:《简帛医药文献校释》,北京:学苑出版社,2014年,第416页。

⑥张延昌:《武威汉代医简注解》,北京:中医古籍出版社2006年,第116页。

⑦刘立勋:《武威汉代医简文字编及集释》,吉林大学硕士学位论文,2012年,第24页、147页。指导老师:冯胜君。

⑧裘锡圭:《〈上博(二)·子羔〉释文》,2006年,未刊稿。转引自裘锡圭主编:《长沙马王堆汉墓简帛集成》,北京:中华书局,2014年,第4册157页。

⑨黄德宽主编:《古文字谱系疏证》,北京:商务印书馆,2007年,第279页。

综合上述分析，记录脊背义的字既有明显的地域差异，又有明显的时代差异。地域差异方面，楚文字用“伓（倍）”，秦文字用“北”。时代差异方面，结合“北”、“背”两种用字形式的比例变化，可以认为脊背义的用字形式存在从“北”到“背”的转移过程。秦与西汉早期流行用“北”，西汉中晚期以后逐步转移给“背”字。值得注意的是，《苍颉篇》“脊背”一句中的“背”字北大汉简中作“北”，英藏柿片中均作“背”。可见，这一转移过程在西汉晚期可能已经完成。因此，前人所认识的“北”“背”古今字的关系应该是符合这两个字的发展规律的①。“背”应该是为了分化“北”字背部义而产生的加义符分化字。

三、“倍”“背”在记录违背类义时的差异

背向、违背、背叛等义均是背脊之义的引申，各义虽有差别，但是在实际用字选择时没有差异，因此这里放在一起讨论。具体使用频率见表二。秦汉简帛中的此类意义尚有其他字形，为方便讨论，一并列出。

表二

用字	总计	秦	西汉早期	西汉中期	西汉晚期	东汉
北	1	1				
背	1				1	
倍	94	3	79	11		1
伓	12		10	2		
徣	1		1			
掊	1		1			
伓	4		4			

1.“北”。只有 1 例，见于北大秦简《公子从军》013“何伤公子北（背）妾”，朱凤瀚先生解作“背弃”②。这一用法也见于战国楚简。清华简《系年》第九章 52-53 简：“乃皆（皆）北（背）之曰：‘我莫命卲（招）之。’”《说文》：“北，乖也。从二人相背。”唐兰先生认

①〔清〕段玉裁《说文解字注》引韦昭注《国语》：“北者，古之背字。”徐灏《说文解字注笺》：“北、背古今字。”

②朱凤瀚：《北大秦简〈公子从军〉的编联与初读》，《简帛》第八辑，上海：上海古籍出版社，2013 年。

为:“北由二人相背,引申而有二义:一为人体之背,一为北方。”①

2.“背”。只有额济纳汉简1例:“张掖大尹　虏皆背畔罪　皆罪……”(2000ES9SF4.12)此例“背”与“畔”同义连用。据《汉书·王莽传中》:“改郡太守曰大尹。”则此简时间为新莽时期。先秦传世文献中,“倍畔”与“背畔”并见。作“倍畔”者如《墨子·尚贤中》:“使治官府则盗窃,守城则倍畔。”《礼记·经解》:“聘觐之礼废,则君臣之位失,诸侯之行恶,而倍畔侵陵之败起矣。”孔颖达正义:“倍畔,谓据倍天子也。”作“背畔”者如《逸周书·时训解》:“鸿雁不来,远人背畔。”《汉书》也并见两者。如《汉书·贾谊传》:“下无倍畔之心,上无诛伐之志,故天下咸知陛下之仁。”《汉书·淮南衡山济北王传》:“使天下明知臣子之道,毋敢复有邪僻背畔之意。”

3.“倍”。《说文》:“倍,反也。”段注认为倍反之义是本义:“此倍之本义。”这是秦汉简帛中的最主要用字形式,共94例。时代上从秦一直延续到东汉。秦简牍中的数量较少,只有3例,分别见于周家台简2例,岳麓简1例。不过其他秦文字资料中还有同类的例子。如《诅楚文》“兼倍十八世之诅盟”、“倍盟犯诅”。《史记·秦始皇本纪》引《会稽刻石》:“六王专倍,贪戾慠猛,率众自强。”“饰省宣义,有子而嫁,倍死不贞。”其数量高峰出现在西汉早期,有79例。其中,张家山简7例,马王堆简帛56例(见于《战国纵横家书》、《刑德甲乙丙篇》、《阴阳五行乙篇》、《五星占》),银雀山简14例(见于《孙子兵法》、《论政论兵之类》、《阴阳时令、占候之类》),香港中文大学藏汉简2例。西汉中期的11例见于北大汉简8例,定州汉简3例。表中所列东汉时期的例子只有五一广场汉简1例,除此之外,东汉晚期碑刻中还有3个例子:

> 永寿二年《鲁相韩敕造孔庙礼器碑》:“倍(背)道畔(叛)德(德)。”
> 建宁元年《卫尉卿衡方碑》:“倍(背)荣[向哀]。”
> 中平四年《谯敏碑》:“君商时度势,引己倍(背)权。”

4.“伓”。共12例。与“倍”相比,不仅数量很少,而且其分布具有明显的规律性。都出现在抄写时间比较早的文献中。

西汉早期的例子见于马王堆帛书9例。其中,见于老子乙本卷前古佚书4例:《经法(四度)》2例,《经法(论约)》1例,《十六经(五正)》1例。此篇中只有《经法(亡论)》中有1例“约而倍之”,作[illegible],其语言环境与《四度》40上之“伓(倍)约则宭(窘)”相同。原

①唐兰:《释四方之名》,《考古学社社刊》1936年第四期。

整理者在《出版说明》中认为四篇佚书"大概是汉初或战国末期的著作","抄写年代可能在文帝时期,即公元前一七九至一六九年间"①。另有5例见于《式法(阴阳五行甲篇)》,此篇没有写作"倍"者。整理者认为此篇"很可能是马王堆帛书中时代最早的抄本。若然,则《阴阳五行》甲篇的抄写,最有可能在秦统一之后至楚汉之际这段时间"②。

银雀山汉简1例见于《晏子》554,但是图版字形不清晰,摹本作"伓"。西汉中期的例子见于北大简《妄稽》篇2例。总体上看,用"伓"表示背叛义的例子在逐渐减少。

"伓"字在秦汉简中还有10例其他用法,如银雀山简0563读作"偪",北大汉简读作"培"、"否"、"伓",武威汉简读作"陪"等,应该都可以看作是通假用法。可能这一时期"伓"、"倍"已经分化成二字。

5."�京"。只见于银雀山汉简0176,字形作[字形]。"彳""亻"在汉简中常混同,因此"𬨎"其实应该就是"倍"的异体。

6."掊"。只有马王堆帛书《战国纵横家书·见田㚇于梁南章》294的一例:"若秦拔鄢陵,必不能掊(背)粱(梁)、黄、济阳阴、睢阳而攻单父,是计二得也。"《说文》释"掊"为"把也",用作"倍"应该只是临时的借用。

7."仳"。共有4例,都见于银雀山汉简《论政论兵之类·十三:地典》,表示向背之"背"③。如1116:"仳(背)丘而战……仳(背)陵而战。"

陈伟武认为此字是"背"的异体字,而不是通假字④。田炜则说此字"亦'偝'、'倍'、'伓'诸字之异体"⑤。

在汉字分化发展的过程中,从原来形体中增加义符分化而出的新字形时常会有不同的义符增加形式,这可以看作是一种不同的尝试。西汉早期银雀山简的这个"仳"和张家山简的"背"应该都是这种尝试。只不过前者没有成为最后的定型字形。而在尝试的过程中,还会出现不同的义符叠加形成新的字形。如病愈的"愈",汉简时作"偷"、"愈",后来又出现了一个专字"癒"。传世文献中的"偝"也是同样性质的专字。这个字形段玉裁认为是"倍之或体"⑥。郑权中认为背叛之"背"是"偝"的省借字⑦。两说可能都不太恰

①国家文物局古文献研究室编:《马王堆汉墓帛书》(壹),北京:文物出版社,1980年,第1—2页。
②裘锡圭主编:《长沙马王堆汉墓简帛集成》,北京:中华书局,2014年,第五册66页。
③敦煌汉简1015中的"仳"用作人名,无法判断其意义,故未统计在内。
④陈伟武:《银雀山汉简通假字辨议》,《古汉语研究》1997年第3期。
⑤田炜:《西周金文字词关系研究》,上海:上海古籍出版社,2016年,第29页。
⑥〔清〕段玉裁:《说文解字注》,上海:上海古籍出版社,1988年,第378页。
⑦郑权中注,涂宗涛、王兆祥、崔志远整理:《通借字萃编》,天津:天津古籍出版社,2008年,第485页。

当。“偝”字见于传世文献,如《荀子·非相》:“乡则不若,偝则谩之,是人之二必穷也。”《汉书·贾谊传》:“无倍畔之心。”颜师古注:“倍,读曰偝。”

总结此类意义的用字情况,虽然《说文》所训“北”字本义为乖违,但是在秦汉简帛中违背类意义主要使用“倍”字来记录,且使用时间贯穿整个两汉时期。分化的“背”字表示背脊之义后,相关的违背类意义也从“倍”字中转移了过来。但是这一转移过程似乎相当迟。新莽时期虽已见使用“背”字的例子,但是目前所见秦汉时期的简帛、碑刻中例子极少。因此,违背类意义用“背”字来记录的流行最早也当在西汉以后。

四、音义相关的“负”字

秦汉简帛中的“负”字使用频率很高,有470多例。其主要用法是负算之“负”,也常用作背负之“负”。少量例子用法与加倍的“倍”和向背的“背”相同。“负”与“倍”、“背”古音相近,具有同源关系。王引之《经义述闻·尔雅中》“丘背有丘为负丘”条:“负与背,古同声而字亦相通。”因此可以作为同一个词的不同用字来看待。

1.用作加倍的“倍”。共7例,都见于西汉早期。

集中见于银雀山汉简《论政论兵之类》。其中,《十问》4例,《客主人分》2例。如:

(1)不能分人之兵,不能案(按)人之兵,则数负(倍)而不足。(银雀山汉简《论政论兵之类·十四:客主人分》1149)

(2)交和而舍,我人兵则众,车骑则少,适(敌)人什(十)负(倍),击之奈何。(银雀山汉简《论政论兵之类·四六:十问》1565)

马王堆帛书中也有1例:

(1)民利百负(倍)。(马王堆帛书《老子甲本·道经》126)

此例郭店简《老子甲》作“伓”。

此义用“倍”的例子,银雀山汉简也有3例,马王堆帛书有5例。从整个西汉早期简帛来看,共有33例。比较而言,以“负”表示加倍的用法并不很普遍。

2.表示向背的“背”。此种用字形式见于传世文献。《尔雅·释丘》:“丘背有丘为负丘。”王念孙《读书杂志·战国策第一·秦》:“《汉书·高祖纪》:‘项羽背约。’《史记》‘背’作‘负’。”秦汉简帛文字中比较少见。共3例,西汉早期2例,西汉中期1例。

(1)右负丘陵,左前水泽。(银雀山汉简《孙子兵法 · 地形二》0188)

整理者注:"《史记 · 淮阴侯列传》曰'兵法:右倍(背)山陵,前左水泽',文字与简文极为相近。'负'、'倍'(背)音义均近,也可能'负'即'倍'之借字。"①

(2)故尧伐负海之国而后北方民得不苛。(银雀山汉简《孙膑兵法 · 见威王》0251)

整理者注:"负海之国指远方之国。《开元占经》卷四十五引石氏曰'阳为中国,阴为负海国',以负海国与中国对称。"②不过这个"负海"更有可能指背靠海。相似的例子如《战国策 · 齐策四》:"齐南以泗为境,东负海,北倚河,而后无患。"

(3)万物负阴抱阳,中(冲)气以为和。(北大汉简《老子上经》016)

五、余论

基于上文的讨论,我们可以得出以下一些结论:

1."伓"、"伾"、"倍"本来应该是一字异体,后来才产生分化。秦汉简帛中"伓"数量较少,且见于早期的抄本。战国楚简中多写作"伓",秦汉文字写作"伾",所从"否"上增加缀加符号后分化出"倍"。

战国楚简中,脊背义、背叛义、倍数义三类意义的用字没有多大区别,大多使用"伓"字表示。如新蔡葛陵楚简中的 25 例"伓"字表示脊背义。郭店楚简《缁衣》、《忠信之道》等篇中的"伓",表示违背义。而郭店楚简《老子甲》中的"民利百伓",则表示倍数。

秦文字中背脊义都用"北"字,"违背"义则大都用"倍"字,偶见用"北"字,两类意义的用字有明显的差异。可见秦楚两地这一组用字有着明显的地域差异。西汉早期文献中,"脊背"义主要继承了秦文字的用字形式"北","违背"义则保留了秦楚共同的用字形式"伓/伾/倍"。

2.后世脊背义、背叛义都用"背"表示。此二义用字从"倍"到"背"有一个清晰的转移变化过程。这个转移过程应该是在汉代完成的。不过细分来看,二义用字转移开始和完

①银雀山汉墓竹简整理小组:《银雀山汉墓竹简》(壹),北京:文物出版社,1985 年,第 34 页。
②银雀山汉墓竹简整理小组:《银雀山汉墓竹简》(壹),北京:文物出版社,1985 年,第 49 页。

成的时间似有不同。其开始的时间,脊背义比较早,应该在西汉早期就已经开始,西汉中晚期基本完成。而背叛义的转移则要晚一些。现有的最早例子是西汉中晚期的。而其转移完成的时间,由于秦汉简帛文字中的用例太少,其他秦汉实物文字也缺乏足够的资料,尚难判定。从西汉中期仍有 11 例“倍”,东汉晚期碑刻也有一些“倍”字来看,其时间不会太早。另外,据《汉魏六朝碑刻异体字典》,所收 11 个“背”字以及相关的三个义项所举的例子都是魏晋南北朝时期的,没有汉代的①。相反,“倍”字下的相关义项的例子则都是东汉时期的。因此,我们可以推断,背叛义所记的字从“倍”转移到“背”真正流行可能是汉代以后的事情。

另外,从一些汉唐注疏也可以理解当时人对字义的理解。《礼记·大学》:“上恤孤而民不倍。”郑玄注:“民不倍,不相倍弃也。”《左传·昭公二十六年》:“倍奸齐盟。”孔颖达疏:“倍,即背也。违背奸犯齐同之盟也。”说明郑玄注解时,“倍”的倍弃义不需要用“背弃”来解释,而孔颖达则已经需要解释成“背”了。

“倍”字《说文》解释其本义为“反也”,但是违背义最终却转移到了“背”字上,其中的原因可能与“倍”记录倍数义的广泛使用相关。段注:“以反者覆也,覆之则有二面,故二之曰倍。俗人鎃析,乃谓此专为加倍字,而倍上、倍文则皆用背,余义行而本义废矣。”②秦汉简帛文字中共有 67 例表示倍数的“倍”字③。汉代玺印中也有“日倍利”、“万倍”等语。④

3.“伓”,各种注释中或读“倍”,或读“背”,其实都是违背义。记录违背义的字汉代通用“倍”。如果按照现代的标准,应该统一读作“背”。

基于这些结论,我们可以重新思考先秦传世文献中常见的“背”字。“背”字是在“北”字的基础上增加义符而形成的一个分化字⑤。目前出土文献所见最早的时间是西汉早期。但是先秦传世文献常见“背”字⑥,这与出土文献得出的结论很不一致。

学术界一般都认为传世先秦古籍都经过了两汉人的整理。整理过程除了用通行隶

①毛远明主编:《汉魏六朝碑刻异体字典》,北京:中华书局,2014 年,第 23—24 页。

②〔清〕段玉裁:《说文解字注》,上海:上海古籍出版社,1981 年据经韵楼藏版影印,第 378 页。

③秦简牍 20 例,西汉早期简帛 33 例,西汉中期以后简牍 14 例。另外,孔家坡汉简有 1 例写作“棓”。

④周晓陆主编:《二十世纪出土玺印集成》(中)SY-1268、SY-0190,北京:中华书局,2010 年。

⑤王力先生所说:“例如‘背’‘北’二字同源,一定是先有‘背’,后有‘北’。”(王力《同源字典·序》:商务印书馆,1982 年,第 1 页。)所指应该是词,而非字。

⑥十三经中有“背”字 77 例。见海柳文:《十三经字频研究》,北京:高等教育出版社,2011 年,第 136 页。

书改写古文字外,应当也包括了用字习惯的改变。这种改动在先秦传世文献中并不少见①。传世先秦文献中的“背”字很有可能也是经过了汉代人改动之后呈现的面貌。传世文献中“倍”“背”相对混乱的使用情况应该正是由于这个改变造成的。如古书中的“倍僪”之“倍”与“背”的异文相当常见。当然,由于材料的匮乏,目前只少量的例子有出土文献或传世文献的异文证据,得以一窥其改动前的原貌。更多的证据尚有待新的发现。

首先,先秦传世文献作“背”者,目前所见对应的出土文献作“北/伓/倍”。这些是相当可靠的证据。

(1)今本《周易》“艮其背”,上博简作“伓”,马王堆帛书《周易》、《二三子问》三例“背”字均作“北”。

(2)今本《尉缭子·攻权》“力分者弱,心疑者背”、“其心动以疑,则支节必背”,银雀山汉简《尉缭子》495、496简“背”字均作“北”。

(3)今本《尉缭子·将理》“笞人之背”,银雀山汉简《尉缭子》516简作“佰(掐)人之北”。

(4)十一家本《孙子·军争》“背邱勿逆”,银雀山汉简《军争》篇81简作“倍丘勿迎”。

(5)十一家本《孙子·行军》“必处其阳而右背之”,银雀山汉简《行军》篇93简作“而右倍之”。

(6)十一家本《孙子·九地》“入人之地深,背城邑多者”,银雀山汉简《九地》篇106简作“倍”。

(7)十一家本《孙子·九地》“背固前隘者,围地也”,银雀山汉简《九地》篇第124简有两处均作“倍固”。

(8)今本《晏子·内篇谏下》第十八“及夏之衰也,其王桀背弃德行”,银雀山汉简《晏子》554简作“伓行弃义”。

其次,先秦传世文献的一些异文反映出“倍”字曾有“北/倍”等写法。由于无法穷

①如裘锡圭先生认为:“传世先秦古籍中借‘汝’之例,似皆后人所改。”见所著《文字学概要》,北京:商务印书馆,1988年,第191页。夏含夷先生认为《尚书·君奭》篇“汝有合哉”的“哉”字,“几乎可以肯定的是,汉代传世本整理者手里的《尚书》这个字写作‘才’(无论是伏胜的今本《尚书》还是孔安国的古文《尚书》)”。见所著《重写中国古代文献》(周博群等译),上海:上海古籍出版社,2012年,第37页。

尽,这里只列举部分。

(1)今本《诗经·卫风·伯兮》“言树之背”,程大昌《演繁露》引作“言植之北”。袁梅认为此诗“背”为今文,古文当作“北”。①

(2)《诗经·大雅·荡》:“时无背无侧。”王先谦《诗三家义集疏》:“韩背作倍。”今本《韩诗外传》卷八、卷十引作“陪”。

(3)《礼记·明堂位》:“天子负斧依,南乡而立。”注:“负之言背也。”《史记·鲁世家》作“(周公)南面倍依”。

(4)《礼记·经解》“而倍死忘生者众矣”,《韩诗外传》卷三第十一章引作“则背死亡生者众”。

(5)《韩诗外传》卷四第十八章:“百姓与之则安,辅之则强,非之则危,倍之则亡。”许维遹校释引周廷寀云:“‘倍’刘作‘背’。同。”②

(6)《孙子·行军》:“必依水草而背众树”“右背高”“吾迎之,敌背之。”《太平御览》卷三〇六所引均作“倍”。

另外,虽然总体上看,先秦传世文献中的用字有些混乱,但是分析某些文献的用例,可以发现存在一定的规律性。不同的文献呈现出不一样的用字面貌。虽然具体成因尚有待探索,但是这种规律性无疑可以为我们提供另外一个角度的证据。这里仅举两种文献的使用情况。

(1)《礼记》里表示背弃类意义用“倍”字者 8 例,未见用“背”字,但是用“偝”字,共 7 例。从数量上看,两者没有什么差别。但是在篇章分布上并不相同。“倍”字见于《檀弓下》、《礼运》、《经解》、《中庸》、《缁衣》、《大学》诸篇。而“偝”字只见于《坊记》3 例,《投壶》3 例,《乡饮酒义》1 例。“偝”作为“背”的异体,分布在特定的篇章中。传世古书的不同篇章大多先独立流传。这种不同篇章所体现的不同用字习惯正反映了它们的底本来源或抄写者的差异。而同一字也存在异文的情况。《礼记·大学》:“而民不倍。”郑注:“不相背弃也。或作‘偝’。”

(2)《左传》表示背弃类意义用“背”者 55 例,而用“倍”字者只有 2 例。分别是昭公十二年的“倍其邻者耻乎”、昭公二十六年的“倍奸齐盟”。其余 11 例“倍”字均用作加倍义。

---

①转引自袁梅:《诗经异文汇考辨正》,济南:齐鲁书社,2013 年,第 108 页。

②许维遹校释:《韩诗外传集释》,北京:中华书局,1980 年,第 149 页。

A study on the word recording changes of "Bei(倍)" and "Bei(背)" based on the corpus of Qin & Han bamboo slips

Zhang Zaixing

(East China Normal University)

Abstract: In modern Chinese, the character "Bei(背)", which records the meaning "violates", was seen in the early western Han dynasty. In the warring states period, "Bei(伓)" was used to record "violates". In Qin dynasty, "Bei(北)" was used to record "back", and "Bei(倍)" was used to record "violates". There are obvious regional differences in usage habits. From the early days of the western Han dynasty, "Bei(北)" was added a meaning symbol to create "Bei(背)", which was used to record the meaning of "back". This process may have been completed in the late western Han dynasty. After the late western Han dynasty, the meaning of "violates", which had been used to record by "Bei(倍)", transferred to "Bei(背)". The materials of Wei and Jin steles show that it is quite common to use "Bei(背)" to record the meaning of "violates".

Keywords: The bamboo slips and silk corpus of Qin and Han Dynasties; Character usage; Recording words; Bei(背); Bei(倍)

法藏敦煌草书写卷P.2063两种因明文献校补*

张　航

（河北大学文学院）

提要：法藏敦煌汉文写卷P.2063以草书抄录了唐代大德净眼的两种因明论著。本文围绕草书字形，结合上下文意，比较佛经异文，依据高清图版，从误认草书、忽略校正文字或符号两方面对前人录文中尚存之问题进行校补。

关键词：敦煌写本文献；草书；《因明入正理论略抄》；《因明入正理论后疏》

法藏敦煌写卷P.2063正背面以规范、圆秀的草书分别抄录了唐代大德净眼所作《因明入正理论略抄》（以下简称《略抄》）、《因明入正理论后疏》（以下简称《后疏》）两篇因明论著。本卷"不仅是敦煌草书中最有代表性的作品，甚至也可以讲是唐代草书史中最优秀的写本之一"①。其书体"与今草之标准写法，已基本相似"②，在书法界久负盛名。本卷所载净眼法师两种因明论著于传世文献中久失，此本可补其佚。前人对本卷作过录文的有武邑尚邦、沈剑英、黄征、吕义几位先生，其中，武邑尚邦释录最早，释义较详且多征引相关异文③；沈剑英在句读、释字方面愈加精进④；黄征据前二位先生未见之写本彩版对《略抄》进行释录，多有高见⑤；吕义着眼于草书字形，亦颇多正解⑥。今总结上述四

＊本文承蒙杨宝忠老师、梁春胜老师指导，由田学东老师、玉海彬同学提供技术支持，谨致谢忱！

①沈乐平：《敦煌书法综论》，杭州：浙江古籍出版社，2009年，第86—87页。

②郑汝中：《敦煌书法管窥》，《敦煌研究》，1991年第4期，第32—42页。

③〔日〕武邑尚邦著，杨金萍、肖平译：《因明学的起源与发展》，北京：中华书局，2008年，第238—294页。

④沈剑英：《敦煌因明文献研究》，上海：上海古籍出版社，2008年，第244—299页。

⑤黄征：《法藏敦煌草书写本P.2063净眼〈因明入正理论略抄〉残卷校录整理》，《艺术百家》，2014年第2期，第113—137页。

⑥吕义：《唐净眼因明论草书释校》，北京：中国商业出版社，2015年，第3—161页。

家之录文,据法国国家图书馆网站新近公布之高清图版①,从误认草书、忽略校正文字或符号两方面对前人录文中尚存之问题作出校补。不当之处,敬请方家指正。

一、误认草书

草书草法有省、简、连三途②,经过省略、简化、连笔而形成的草书字形较其他书体而言降低了区别度。本卷所载内容为因明学论著,因明学源于古印度,其专业性强,较为难懂,又增加了释读的难度。前人录文中多有误认草书之处,以下列举十例加以校补。

(1)(a1)③

按:此六字为本卷首行残字,上下文阙无。武邑④作“之□述□□□”,沈、吕作“之要述□□□”,黄作“之要述,持自□(性)”,录文逐步补充完善。前五字当依前人意见作“之要述持自”,末字“”并非黄补之“性”,而应是“他”字草写。黄注:“(末字)当为‘性’,下文有‘以一切诸法自性差别’句,此残画与‘自性’二字左边相同。”文中“以一切诸法自性差别”凡一见,其“性”字作“”(a67),卷中“性”字皆作此形,如“”(a68)等,不同于“”。卷中“他”作“”“”(a235),字形与“”残画相近。因明学讲述辩论之道,其目的在于自悟、悟他,文中常“自”“他”对举,或“自”“他”连言。此“”位于“自”后,应是“他”字。

(2)(a3)(a4)

原文:将释此《论》,略作三门:弟(第)一(此处阙约十字)《论》题目,弟(第)三分文解释言(此处阙约十字)藏圣教,广弁生死、涅槃、因果……二者因明……三者声明……四者医方明……五者工巧明……

按:武邑、吕三字阙录;沈首字补作“分”,“”作“五”,末字补作“明”;黄首字作“分”,后两字阙录。黄注:“(‘分’字)据下文‘第三分文’语例录出。‘’与其下‘分’作‘’有所不同,可能是纸张边缘皱褶扭曲所致。”卷中“分”均作“”(a4)形,如“”(b296)等。“”与“分”草写不同,并非因其处于纸张边缘,乃是因其字非“分”,而当是“约”。“约”作“”(a63)、“”(a98)、“”(a230),前两例与“”残画相同。“约

①法国国家图书馆网站法藏敦煌写本 P. 2063 高清图片网址:http://gallica.bnf.fr/ark:/12148/btv1b83031945/f1item.r=Pelliot%20chinois%202063.zoom

②陆锡兴:《汉代简牍草字编》,上海:上海书画出版社,1989 年,第 5—8 页。

③为便核查,本文于例字、例句后注明其所在行数,以“a”代指《略抄》,以“b”代指《后疏》。

④为行文简洁,文中分别以“武邑”“沈”“黄”“吕”代指武邑尚邦、沈剑英、黄征、吕义四位先生的录文。

文”即简单地说、概括地说。此处“约文”，下文“分文”，符合“总—分”这一常用的论述方式。

“”即“五明”残字。黄谓沈录“”作“五”误，因其与卷内“五”常作“”（a10）形不一致。实则“”“”写法并无不一致之处，均为承袭古文字“”①之写法，卷中“五”皆作此形，如“”（a15）、“”（b218）。下文分条介绍“二者因明”“三者声明”“四者医方明”“五者工巧明”，虽“一者内明”文残，但“藏圣教，广弁生死、涅槃、因果”即内明之内容，总计当有五明，“”作“五”不误。“”虽仅存一画，因其在“五”后，故知应为“明”，沈补正是，“明”写作“”（a6）、“”（a7）、“”（a15），可以比参。

（3）（a54）

原文：真能破，谓失当过，自量无失，故言真能破。

按：武邑、沈、吕作“斥”，黄作“行”，《敦煌草书大字典》将该字列于字头“片”之下②。三种意见中，当取“斥”为是。《敦煌草书大字典》字头“片”下所列例字均是本卷之“斥”，如“”（a56）等。本卷“行”有“”（b15）、“”（b135）两种写法，“斥”有“”（b318）、“”（a183）、“”（a55）三种写法。因明辩论中，能破指一方对另一方过失的驳斥，根据驳斥的合理程度分为真能破、真似能破、似能破、似似能破，其中真能破指既能够正确驳斥敌者的过失，自量又没有过失，是最优的一种。“斥失”即驳斥对方的过失。

（4）（a107）（a239）

原文：（a107）以法成有法不成因者，夫极成因须依极成有法，其有法既不共许，故是所依不成过也。

（a239）准此《疏》文，即是不成中含三不成，三中随一，故名“随一”。若作此解，理不然。

按：武邑、沈、吕作“必”，黄作“如”。黄注：“为‘如’字草书，卷内多次出现。”卷中“必”作“”（a98）、“”（b283），“如”作“”（a20）、“”（a40）。二字写法相似，区别主要在于“必”起笔有一点画，据形“”“”当是“必”。因明论式包括宗、因、喻三个部分，根据产生过失的情况分为宗过、因过、喻过，其中因过有十四种，（a107）句之“所依不成过”即因过之一，指宗的前陈不为立敌双方所共许而导致因无可依靠的过失。句子大意为：以法成有法但是不成因的情况：因的成立必须依靠有法的极成，极成包括共许和

①汉语大字典编辑委员会编纂：《汉语大字典》（第二版），武汉：崇文书局、成都：四川辞书出版社，2010年，第11页。

②程同根：《敦煌草书大字典》，南昌：江西美术出版社，2017年，第490页。

实存两方面,有法既然不能共许,就造成“所依不成”的过失了。其中“必须”表示必要,若作“如”则句意不通。(a239)句所述“随一不成”亦属因过。“《疏》”指唐文轨述《因明入正理论疏》,净眼反驳《疏》中“随一不成”包括他不成自成、自不成他成、自他皆不成“三不成”的观点,认为“随一不成”只包括他不成自成、自不成他成两种情况,若如《疏》中解,不一定是正确的。故此句当为“理不必然”。

(5)□(a293)

原文:又《疏》中解所闻性因是他不共,以声论师对佛弟子立此因,故望自既是三相具足,望他即是除声以外无所闻因,故是唯他不共过者,理□不然。

按:武邑、沈、黄作“亦”,吕作“恐”。吕注:“此草书‘恐’字,而‘亦’草当作‘□’。”本卷“亦”作“□”(a27)、“□”(a81)、“□”(a89);“恐”作“□”(a70)、“□”(a92)、“□”(a246)。此“□”写法介于“□”(a89)、“□”(a246)之间。细辨字形,“亦”末笔均作长横,“恐”则不然。本卷“心”作“□”(a305)、“□”(b300),“心”旁在上下结构中的写法更简,如“念”作“□”(b62),“思”作“□”(a325),“惠”作“□”(b127),“慈”作“□”(b434),“懃”作“□”(a120),“悬”作“□”(a151)等,末笔笔画曲折。例字“□”末笔径作长横,当是“亦”字。本文的论述结构为先提出话题“解某某中”,再列举《论》的说法和《疏》的解释,而后以“不然”驳斥《疏》说并分析原因,再以“今解”“应解”表明自己的观点。此句承话题“解不定过不共”(a250),后列《论》说,而后分三段分析《疏》解及其失误之处,此句即第三段中文句。前两段皆用“若作此释,理恐不然”来分析《疏》误,此句承上两段,以“故……者,理亦不然”来论述,正体现前后顺承之关系。围绕“解不定过不共”这一话题展开的论述凡一千三百余字,作者分条表述,用“理恐不然”“理亦不然”这样凸显行文结构的语言串联文意,用“今解云”表明观点,可谓条理清晰、论证严谨。唐慧沼撰《因明义断》(T44)通篇使用“不然……亦不然……难云……”①的结构来论述,与此相类。

(6)□(a433)□(a438)□(a442)

原文:(a433)余师义正,顺理教故。依《疏》主解,有违理教□。

(a438)故不取表,违理□也。

(a442)既有义喻,《论》取遮表,故唯取遮,违教□也。

按:武邑、沈、吕作“失”,黄作“先”。黄注:“应即‘先’字,右下角出笔略有上挑之

①本文引用《大正藏》,皆于引文后括注其书册数、页码、栏次,以便检核,如“T31/P138C”表示引文出自《大正藏》第31册138页下栏。此处“T44”表示《大正藏》第44册。

势。”本卷“先”作“”(a151)、“”(a191),“失”作“”(b316)、“”(a54)。例字当是“失”。“顺理教”“违理教”互为反义,“有违理教失”指有违理、违教的过失,即“违理失”与“违教失”。三例之“失”同为过失之义。吕注“若正显示能立过失”(b312)之“失”云:“余初误为‘先’,校而改也。”可知“先”“失”草书易混。

(7)(b19)

原文:将释《论》文,先解现、比二量义,三门分别:一明立二量意,二释二量名,三出二量体。

按:武邑作“由作”,沈、吕作“略他”。卷中“由”作“”(a21)、“”(b151),“略”作“”(a3)、“”(b505),“作”有“”(a124)、“”(b383)两种写法,“他”作“”“”(a235)。“”当是“略作”二字草写。“他”常与“自”相对,指他宗或敌论者。文中不仅论述了“他”如数论师、世亲菩萨等西方诸师的观点,而且论述了源自陈那的“自”即新因明的观点,作“略他”则不能概括文意。“略作三门分别”意指简略地分为下列三方面进行论述。上文有“将释此《论》,略作三门”(a3)句,可相佐证。

(8)(b39)

原文:若依陈那及商羯罗主菩萨等,唯立二量:一名现量,二者比量。何因立二量?

按:武邑、沈作“唯”,吕作“准”。卷中“准”作“”(a110)、“”(a186),义为依照、根据。“唯”常写作“”(a30),如前句“唯立二量”之“唯”作“”(b38),也有写作“”(b106)者,与此“”形似。例字依形似“准”又似“唯”,根据上下文意可知是“唯”。“唯”义为只、仅。前文述各宗立量之数,从立三量到立七量不等,故弟子问陈那为何仅立二量。前句“唯立二量”,下文总结又云“故唯二量”(b43),则其字是“唯”。

(9)(b149)(b209)(b311)(b288)(b176)(b215)(b269)(b450)

原文:(b149)故《摄大乘论本》云:“次,云何安立如是诸识成唯识性?”

(b209)言“次,为自开悟,当知唯有现、比二量”者。

(b311)《论》曰“次,若正显示能立过失,说名能破”者。

(b288)心缘于境,亦如是。

(b176)且如见分起我、法执时,不能称其相分解故,故非是量;能却缘自证分也,即是其量,岂可一分于一时中亦量、非量?

(b215)就真量中有二:初释二量……就前文中分为二:初解现量,后解比量。

(b269)何故《论》文已说“了知有火”讫,言“或无常等”耶?

(b450)宗义既先成,其因何用?

按:上述八字写法相同,武邑、沈皆作“復”,吕皆作“後”。卷中“後”作“”(a30)、“”(a60),“復”有“”(a254)、“”(b70)两种写法,《略抄》中“復”字写法较为统一,多作“”形,《后疏》作“”“”两形,与“後”相混。“復”起笔为横之写法并非本卷独创,如王羲之“”“”、贺知章“”①等,均是其例。吕以形考字多有正解,然而在以用考字上却略有欠缺②,如“復次”“亦復如是”乃佛经常见习语,“復次”用同“再者”,“亦復如是”意为也是如此,武邑、沈释“復”可从,吕谓其“以句意度之”,批驳不当。唐玄奘译《摄大乘论本》:“復次,云何安立如是诸识成唯识性?”(T31/P138C)唐玄奘译《因明入正理论》:“復次为自开悟,当知唯有现、比二量。”(T32/P12B)“復次若正显示能立过失,说名能破。”(T32/P12C)可为其证。(b176)句反驳前文“见分亦有两用……应不须立第四分”之问,答者先分析见分缘相分时是非量,又解释见分却缘自证分时是量,见分同时是非量和量是矛盾的,以此驳斥问者观点。“復”用同“又”。后三例句与此句同,(b215)句中“现量”“比量”合称“二量”,“就前文中復分为二”承上文“就真量中有二”而言,(b269)句中“復言”承“已说”而言,“已……復”搭配,(b450)句中“既……復”搭配,“復”表递进,文意通畅。各例均未呈现前后关系,作“後”不妥。

(10)(b207)

原文:上来总约八识,明其四分,出二量体,能量、所量、量果分别,准其心王既然,同时心所等亦尔。

按:武邑、沈作“辨”,吕作“并”。本卷“辨”作“”(b119)、“”(b139),“并”作“”(a40)、“”(a50)、“”(a175),依形则其字似“并”,但“并……分别”文句不通。其字实非“并”,而当是“弁”。吕谓本卷之“弁”如“”(a5)与此字不似,实则草书字形常有变化,即使一卷之中也并非一成不变,“并”的三种写法即可证明。改变“弁”之笔顺,以“厶”之点画与“廾”之左侧竖笔相连,即可写作“”。卷中常以“弁”代“辨”,对于常见借字,武邑、沈往往据义径录正字,此字二人作“辨”亦可说通。“弁(辨)”即分辨,“弁(辨)……分别”与“总约八识”“明其四分”“出二量体”“准其心王”均为动宾结构短语,作“弁”文意通畅且符合行文结构。

二、忽略校正文字或符号

本卷多有校正之处,或以朱笔注出,或以小字标示。前人依据之图版质量参差不齐,

①洪钧陶:《草字编》(第2册),北京:文物出版社,1983年,第1156—1158页。

②参见杨宝忠:《疑难字考释与研究》之“疑难字考释方法”,北京:中华书局,2005年,第783—878页。

武邑、沈所据应是黑白图版，黄、吕虽见彩图，但其质量或不如今所见高清图版。加之敦煌写卷中校正方式多样、校正符号较小、校正字迹较浅等原因，释录写卷时易于忽略校正文字或符号。下从正讹、卜煞两方面进行分析。

2.1 正讹

本卷正讹的主要方式是以朱笔在墨笔误字上书写正字，如“”（a3）改“已”为“此”，两字重叠则不易辨认墨迹较浅的朱笔字。今依高清图版，辅以图片处理技术，将墨笔字形与朱笔字形分析为二，以便文献的正确释读。

（1）（a29）

原文：若言“因明”，亦摄彼喻，二喻皆是因摄故。若言“喻明”，不显三相，二喻唯诠后二相故。

按：武邑、沈、吕作“三”，黄作“主”。吕注：“彩印本似改为‘言’。”其字墨笔字形作“”，是“三”；朱笔字形作“”，是“言”。卷中“主”作“”（a22）、“”（a28）、“”（a41），“言”作“”（a4）、“”（a58）。因明论式包括宗、因、喻三支，此句回答为何称“因明”而不称“喻明”之问。“二喻”指喻中的同喻和异喻，两者都与因有着密不可分的关系，故称二喻“言因”。“三相”是因的三条规则，其中后二相分别对应同喻和异喻，故称喻“唯诠后二相”，“言”“诠”照应，可证其是。

（2）（a119）（a361）

原文：（a119）问：“何故《论》文解同品中不泛明有因，解异品中泛说无因耶？”答：“因于同品不遍，亦是弟（第）二相，故解同不明有因，异品遍无，方是弟（第）三相，故解异说无因。”

（a361）言显名自相，能别极成；能别不极成，所以非自相。

按：两字武邑、沈、黄、吕均作“法”。吕注：“似改为‘须’。”“似‘须’了。”卷中“法”作“”（a51）、“”（a89）、“”（a267），“须”作“”（a107）、“”（a257）、“”（b170）。“”（a119）墨笔作“”，朱笔作“”；“”（a361）墨笔作“”，朱笔作“”，二字均是先写作“法”，后改为“须”。（a119）句论述因三相中的后二相：同品定有、异品遍无，其中异品遍无指异品集合中的所有元素均不得具有因的性质，“解异须说无因”即对“异品遍无”的解释，“须”即必须，作“法”则不合文意。（a361）句论言显宗中能别的情况。前文根据因过类型是自相过或差别过，将宗分为言显宗和意许宗。言显宗中，能别必须极成，若不极成，则不成为自相过。“能别须极成”与“能别不极成”相对而言，其字应是“须”。

(3)□(a140)

原文:《论》云:“是无常等因。”《□》云:“等者,等无我、苦、空也。”

按:武邑、沈、黄、吕皆作“缘”,并于“□”后断句。吕注:“彩本朱笔改之似‘踈’然难遽定。”其字墨笔作“□”,为“缘”字草书,如“□”(a43)、“□”(a43)等。朱笔以楷书“□”改之,“踈”同“疏”。检佛经原文,唐玄奘译《因明入正理论》:“是无常等因。喻有二种……”(T32/P11B)文轨《因明入正理论疏》:“等者,等取无我、苦、空也。”(X53/P686A)“因缘”虽成词且于佛经中常见,但于此处不合。

(4)□、□(a391)

原文:问:“同异有一实、德、业,同异非是离实有,例破(彼)有性有一实、德、业,有性不是离实有,难破师主之有;亦可同异不是即实有,例彼有性有一实、德、业,有性不是即实有,难破弟子之有耶?”答:“共相违因者,以立论之因违立者之义故,唯难师□之有,不明立者之因违□者之义故,不得破弟子之有也。”

按:前字武邑阙录,沈、吕作“还”,黄作“立”,吕注:“黑白影本是‘还’。朱笔改,似‘□’,或‘立’字。”后字武邑、沈、黄、吕均作“教”,黄注:“有朱笔改字痕迹,但不知改为何字。”吕注:“黑白本是‘教’,朱笔改之看不清。或改为‘敌’字。“□”墨笔作“□”,乃是“还”字草书,如“□”(a114)、“□”(a281);朱笔作“□”,是楷书“主”。本卷“立”有“□”(a74)、“□”(b148)两种写法,不同于“□”。“师主”“弟子”相对而言,前文有“难破师主之有”句,与此句呼应。“□”墨笔作“□”,为“教”字草书,如“□”(a5)、“□”(a188);朱笔作“□”,乃是行书“敌”,卷中“敌”字草写如“□”(a19)、“□”(a27)、“□”(b114)。前文有“违立者之义”句,与此“敌者”相对。唐慧沼集《因明入正理论义纂要》:“夫相违因,以立论之因,违立者之义故,唯难师主之有。不将立者因违敌者义故,不得破弟子之有也。”(T44/P173B)意与此同,可相比对。

2.2 卜煞

卜煞即删除误字,敦煌写本中删字号类型多样,如“ミ”“卜”“⺊”等①,本卷主要使用加点如“□”(a17)、加“卜”如“□”(a257)两种方式。卷中以删字号煞去之字往往复以朱笔涂去,如“□”(a125)先用五点“□”点去“依”字,复用朱笔涂之。

(1)□(a125)

原文:所量作无常,作性□勇发,无常勇无拟(触),依常性等九。

---

①张涌泉:《敦煌写本文献学》,兰州:甘肃教育出版社,2013年,第328—338页。

按:武邑、沈、黄作“闻”。吕本作“闻”,后改为“门”,注:“‘闻’中‘耳’用朱笔涂之,如此应释‘门’。”其字墨笔为“”,乃行书“闻”。“门”旁简省作“”。此处并非如吕所说改“闻”为“门”,而是用朱笔涂去该字,若细辨其形,可见朱笔涂去的范围也覆盖了部分“门”旁的横笔。佛经中此句异文凡五例,字均作“闻”。据沈断句“所量、作、无常,作性、闻、勇发,无常、勇、无拟(触)”,则煞去“闻”字,不足“九”数,且前后文句均为五言,每五字之间用朱笔“·”点断,煞去“闻”字则文句不协。故此“”应是书手疏忽误删。“闻”即所闻性,指能够被听到的性质。

(2) (a257)

原文:解不定过不共文中,……且如龟毛等,若有能立所闻之因及有所立常住之义为同法喻,乖不共义,可须遮防;既无能立、所立二法,云何彼以为同喻?

按:武邑、沈、黄、吕作“立”。“立”本卷多作此形如“”(b148)。“立”字右侧有一朱笔“卜”号,表示删除,录“立”则衍。“古书删去误字多用‘卜’‘卜’号或三点一类的符号”,如 P.2193“”之“”、S.5961“”之“”等①。此处论述“不定过不共”,是指因的范围过小,找不到同品为之作证的一种因过,唐玄奘译《因明入正理论》举“声常。所闻性故。常无常品皆离此因。常无常外余非有故”(T32/P11C)这一论式阐释此过:“声常”即声音永恒,为宗;“所闻性故”指由于它是能够被听到的东西,为因;“常无常品皆离此因,常无常外余非有故”为喻,指只有声音具备所闻性,除声音外,常品、无常品都不具备这种属性,且常品、无常品之外再无它物。因明论式要求喻中的同品必须具有因的性质,因的范围过小,故为“不定过不共”。文轨《疏》以“龟毛”为例解释此过,净眼斥其不妥:像乌龟的毛等没人见过的事物,若具备所闻性因和常住之义而可作为同喻,则违背“不共”之义,可以驳斥;然而龟毛等既然不满足这样的条件,如何用它作为同喻?“云何彼以为同喻”即“云何以彼为同喻”。

(3) (b161)

原文:就初废立四分中总有六义不同:初家……唯立见分,不立相分。……弟(第)二,唯相分,不立见分。……弟(第)三,相、见俱不立。……弟(第)四,相、见俱立。……弟(第)五,陈那菩萨立有三分。……弟(第)六,立有四分。

按:武邑、吕作“了”,沈作“别”。吕注:“字偏在行之左。其右无笔道。就字形而言是‘了’。沈释‘别’,不知所据。又‘了’旁有二小点,或点去否。”吕说甚详,据字形看,其字是“了”。卷中“别”有“”(a15)、“”(b34)两种写法,“”似未写全之“别”字,

①张涌泉:《敦煌写本文献学》,第 328—343 页。

“分别”常连文，此或为沈释“别”之依据。其字右侧确有两点“”，是为删除符号，则其字当删。“四分”指相分、见分、自证分、证自证分四者，下文有言“据此经文，立四分义”“此即明其废立四分也”，上下文皆称“分”，不说“分别”，故此当作“立有四分”。

（4）（b464）

原文：若与我义同时者，难云：如牛两角同时有，不名能破及所破；我立、汝破既同时，不名能破及所破。

按：武邑、沈、吕作“名”。其字为“名”，而字右有删除符号“”，故其字当删。“若与我义同时者”承上文“汝破我义，为在我义前名为能破，为当在后，为俱时耶”（b459），此解“为俱时耶”之问，“同时”“俱时”同义，又与下文“我立、汝破既同时”相照应。

The Revise of Dunhuang Cursive Manuscript P.2063's Two Hetu-Vidya Articles Collected in National Library of France

Zhang Hang

（Hebei University）

Abstract: The Dunhuang manuscript P.2063 records the great Buddhist priest JingYan's（净眼）two articles about Hetu-Vidya in cursive handwriting. This paper centers on cursive characters, pays attention to the context, compares variant texts, according to high definition pictures to revise the former interpretations' left problems in the aspect of both mistaking cursive characters and ignoring correcting characters and signs.

Keywords: Dunhuang Manuscripts; Cursive Writing; The Brief Transcription of Nyāyapraveśatākaśāstra; The Rear Commentaries of Nyāyapraveśatākaśāstra

《陕西新见隋朝墓志》录文斠读*

何　山

(西南大学汉语言文献研究所)

提要:《陕西新见隋朝墓志》著录陕西关中地区近年新见隋志50通,唐志8通,为隋唐历史、文化、语言文字等研究提供了重要的新材料。但该书志铭释读存在不少文字缺误、标点误施等问题。论文分十类举例校正了其中近40条文字及标点错误,旨在为该项材料的科学有效利用提供参考,对于后续石刻及其它文献的整理研究、碑刻文字和汉语俗字研究等也具有重要意义。

关键词:《陕西新见隋朝墓志》;释文补正;碑刻文字研究;汉字史

《陕西新见隋朝墓志》①(以下简称《新见》)辑录陕西关中2000年以后新发现的58种墓志,主要出土于长安高阳原、少陵原两地。其中既有葬于隋的墓志,又有志文首题称隋,志主主要活动事迹在隋而葬于唐的墓志,因此,从志石文字产生时代看,书名虽云“隋朝墓志”,但实际所收则包括隋志50通和唐志8通。这批墓志产生时地明确,很好保存了当时语言文字的使用面貌,有超半数墓志未见他书著录,加之著者将拓片、提要、录文一体公布,便于对照使用,故此书为学界提供了一份内容丰富、信息新颖、使用方便的石刻文献资料。编者于正文前的“概述”中云:“本书可资更细微地探讨隋朝社会状况、婚姻家庭、士族门阀、丧葬礼俗、宗教思想、人才流动、互市贸易、文化艺术等各方面……亦有

* 基金项目:国家社科基金项目“宋辽金元石刻异体字研究及新见字字形谱”(15BYY115)、全国高校古委会项目“隋唐五代石刻新见字形整理及字谱编纂”(1709)、中央高校重大培育项目(SWU1709214)、西南大学团队项目(SWU1709128)。刊物编辑部和匿名评审专家对论文提出宝贵修改意见,谨致谢忱!

①刘文:《陕西新见隋朝墓志》,西安:三秦出版社,2018年。

利于探究时空变换与历史发展的动态变化。"《新见》的价值和贡献值得肯定。

然而，各方面研究价值的有效发挥，有赖于准确可靠的碑志文本。碑刻文献多讹俗、残泐、同形等特殊文字现象，难以正确辨识；多晦涩典故语，难以透彻理解；还有一些原发性书刻问题，难以合理识断；这些都是影响碑文释读的常见障碍。我们整理《新见》墓志材料时发现，其释文在解决前述语言文字障碍方面存在一些疏失，主要表现为文字缺录或误释，亦有断句标点错误，这既有损文献信息的真实性，又很不利于文献材料的科学有效使用。扫除这些障碍，基础在语言文字，关键也在语言文字。本文以拓片为依据，并尽可能参以墓志原石或其照片，综合运用文字学、碑刻学、词汇学、语义学等多学科知识，考辨字形，破解典故，疏通文意，分类校理，补正缺误，以恢复文献本来面目，从而使这批新材料更好地服务于学术研究，同时也为后续石刻及其它文献的整理研究、碑刻文字和汉语俗字研究等提供参考、借鉴。

需要特别说明的是，《新见》碑铭释读所出现的文字缺误，影响因素往往不止一种，我们将根据字形特征、字用规律和具体语境，按造成释文缺误的主要原因、考辨对象所属主题分十类进行考辨，举例分析。校补体例为，先酌引墓志原文，并于其后标明出处，以便查验；再采用以字带词、带句的方式，择要校考《新见》录文问题；待考字直接从拓片截取，以保持字形原貌，便于比较。

一、残泐字补正

古代碑石因年久而泐蚀、残损已是常态，不可避免会殃及碑面文字。这些被殃及的文字有的整体泐蚀，完全失去字形方面的辨识线索；有的仅留下少许笔划残痕，也难以提供字形上的辨识依据；还有的或整体稍泐，或局部残泐，字形轮廓、构字元素大致可辨，可为字形辨识提供直接帮助。考辨前两类残泐字，一般只能借助语境和文例等作大致推测；而考辨后一类残泐字，则需要将字形、志文内容结合起来进行综合考察，作出科学判断。石刻文献三类文字残泐现象普遍存在，残泐字考辨成为准确释读碑文必须突破的难点之一。《新见》有残泐字未释或误释情况，举例补正如下。

1.隋开皇二年《辛韶墓志》："君济其美，含章郁起。学以[illegible]心，德惟润己。"（8 页/21 行①）

按：原石"以"后之字左部泐，《新见》释作"鼇"。谛视原刻字形，待考字下从"土"，上

①出处具体指拓片所在页码及引用志文在拓片中的起始行数。

为“畓”,整字实为“粪”之异体。写本文字常见,例不赘。粪,涤除,弃除。《说文·華部》:“粪,弃除也。”《战国策·秦策五》:“负秦之日,太子为粪矣。”吴师道补正:“粪,弃除也。”《礼记·曲礼上》:“凡为长者粪之礼,必加帚于箕上,以袂拘而退,其尘不及长者。”陈澔集说:“粪,除秽也。”碑刻文献类似用例如:西魏大统二年《赵超宗妻王氏墓志》:“虽迹非丐饭,而事合粪衣。”唐显庆三年《信法寺弥陀像碑》:“合募人等,咸粪除心垢,耰耨身田。”上引两句志文表达辛韶心无旁骛地对待学习,以高尚的道德教化自己。故后文赞其“师表人伦,善居父子”。《新见》所释之“鳖”字形不类,于文意不合,误。

2.隋开皇十七年《刘大臻墓志》:“秘书丞姚察奉令制序,圣制□。”(50页/1行)

按:拓本“圣制”后一字完全泐蚀,《新见》缺录。其实该字可据墓志文基本构成补出。古代墓志文一般由序文和铭文两部分组成,此志文前曰“制序”,则其后所云“制□”当为“制铭”。故原石磨泐之字可补为“铭”。若此判断不误,我们还可推测,志文制序、制铭分述,当由两人分别撰作,前云姚察制序,则其后之“圣”字当为人名,即由姚圣制铭。《新见》缺文可据墓志文例补之。

3.隋开皇十七年《刘大臻墓志》:“道风胜气,实英声。”(50页/3行)

按:拓本“实”前之字泐蚀较重,仅存部分笔画痕迹,难以辨识,《新见》缺录。细核原刻字形,我们隐约可辨其上部构件为“䒑”,应是“艹”之异体;下部为“戊”的异体,则整字应为“茂”。根据拓本该字所留存的构形轮廓,去其泐痕,可得字形“”,为碑刻“茂”的常见变异形体。茂实,盛美的德业。司马相如《封禅文》:“俾万世得激清流,扬微波,蜚英声,腾茂实。”碑刻文献“茂实”与“英声”常搭配使用,赞颂碑志主盛美的德业和名声。如:北魏正光四年《元秀墓志》:“追茂实于绵古,流英声于后载。”①北魏建义元年《元彝墓志》:“英声茂实,显国光朝。”北齐天统五年《于孝卿墓志》:“故刊茂实于当今,播英声于来世。”北周建德元年《达苻忠墓志》:“茂实被于江岷,英声响于云阙。”据此,《新见》缺文可补。

4.隋开皇二十年《范宏墓志》:“今所徙家,即邻城隹。”(58页/25行)

按:拓本“城”后之字左边构件残缺,《新见》录文缺。谛视原刻字形,可见其右边为构件“隹”,根据残刻痕迹和整字轮廓,残字当为“雉”字。城雉,本指城上短墙,泛指城墙。据墓志后文“于是奉迁灵柩,爰窆神京”等文句,今所徙家的地点当在京城附近,故志文“城雉”又特指帝都之城墙。由此可知,残字可补为“雉”。

---

①本文所涉碑志文献和字形材料如未特别注明,均出自本所石刻研究中心建立的“汉至清石刻语料库”,恕不一一作注。

5.隋大业十二年《陆𬴐墓志》:"□结名流,悲深华胄。"(106 页/25 行)

按:拓本"结"前之字上部残损,下部微泐,实难辨其应为何字,《新见》录文缺。谛视残字,左边似为构件"忄",右边残留"□"。根据字形轮廓和文意,我们认为此处当为"㥳"字,即"哀"的加旁异体字。《字汇·心部》:"㥳,同哀。"碑刻"哀"有时被省去下部左边的撇画,如东汉中平四年《谯敏碑》:"呜嘑□哉。"北魏正始四年《元嵩墓志》:"人之云亡,□恸邦里。""□"、"□"均同"哀",残字右下部构形与之相同。再从句式上看,志文"哀"、"悲"相应,两个文句对仗工整。《新见》录文可校补为:哀结名流,悲深华胄。两句表达了名士贵胄对志主去世的哀痛之情。

6.唐贞观八年《戴袭墓志》①:"□无可择,业惟温故。"(119 页/27 行)

按:拓本"无"前之字稍泐,《新见》录文作"官"。稍加比较可知,原刻该字上部为"亠",而非"宀",故待考字并非"官"。去掉背景底色,可得该泐蚀字的字形轮廓"言",明显应为"言"字。言无可择,谓言语合乎礼法,无可挑剔。碑志文常见用例。如:东魏武定元年《房兰和墓记》:"慧心内敏,言无可择。"北齐武平二年《张宗宪墓志》:"行归于周,言无可择,从宦出入,一变朝市。"唐总章二年《王思泰墓志》:"言无可择,善则可师。"《新见》录文可校正为:言无可择,业惟温故。

7.唐永徽五年《尹畅墓志》:"名昭雅道,绩□元勋。"(127 页/25 行)

按:拓本"绩"后之字下部泐蚀较严重,《新见》缺录。根据残存笔迹,我们可明确判断泐蚀字上部为构件"艹",中部的"土"大致可辨,据此可勾勒其整字的大致轮廓为"著",该字可转写为"著",意指表现、显扬。类似用例如:隋大业七年《赵荣墓志》:"并以绩著司庸,名高雅俗。"唐开耀二年《赵自慎墓志》:"誉出元僚之表,绩著列曹之最。"唐总章二年《王思泰墓志》:"麾旄上将,声飞金册之郊;叱驭忠臣,绩著铜梁之境。""著"与前句之"昭"均有显扬义,属近义对举,符合句意和文句对仗关系。因此,《新见》缺录字可据以补作"著"。

二、隶古定字正误

隋唐碑志文字有大量古文字因素的遗存,如传抄古文、隶古定字、夹杂古文构件的字形等。因形源和隶定方式不同,隶古定字会有不同的俗变形体,必须联系古今字形,清理文字演变的源流轨迹,方能解开字形由来之谜。《新见》出现误释隶古定字问题,兹辨正如下。

①《新见》该墓志题名误"袭"为"龙"。

1.隋开皇十九年《赵明墓志》:"□知修尌,幸克全归。"(54页/27行)

按:拓本"尌"应为"尌"的省笔俗字,"尌"又为"树"之隶古定字。尌,小篆作"尌"。《说文·壴部》:"尌,立也。"段玉裁注:"今字通用'树'为之,'树'行而'尌'废矣。"《新见》录文作"对",字形不合,表义不通。"修尌"即"修树",志文用作同义复词,表培养、修炼义。序文记志主"甫以微谴",铭辞又言其专心学习修炼,改过自新,因而能得善名以终。相同字形及表述亦见于其他碑志,如南朝齐永明十一年《吕超墓志》:"风猷日新,而修尌有□。""尌"即"尌",通作"树"。"尌"作构件亦类推。北魏正始三年《郑君妻墓志》:"参差孔樹,毫末成拱。""樹"同"树"。

2.隋开皇二十年《范宏墓志》:"况复昔之故国,久自业墟。"(58页/25行)

按:拓本"业"《新见》径录作"业",但"业墟"不知所云,不取。待考字虽与"業"之简体"业"近似,但从字形产生时代看,后者乃现代简化字①,隋代未见,故两者毫无关系。其实,"业"应为"丘"的隶古定字,碑刻文献经见,例不赘。"丘墟"指荒凉残破之地。正因为故国残破,于是下文有"今所徙家……于是奉迁灵柩,爰窆神京"等表述。《新见》应注明之。

3.隋仁寿元年《毛护墓志》:"祝良至诚,滂沲下雨。"(66页/14行)

按:拓本"滂"《新见》录文作"滴","滴沲"不辞,于意不通。谛视原刻字形,其右下部构件并非"古",而是"方",故原字右边非构件"啇",而应为构件"旁"。"旁"小篆作"旁",待考字构件"旁"明显带有隶古定特征。类似形体碑刻文字经见,如:北齐武平元年《陇东王感孝颂》"旁"作"旁",同碑"傍"作"傍";北魏普泰元年《穆绍墓志》"傍"作"傍"。"滂"实为"滂"的隶古定字,《新见》不辨而误。"滂沲"同"滂沱",意雨大貌,与志文表述完全吻合。

三、讹俗字考正

汉字系统多相近构形,字形讹变时有发生,又以构件讹混类讹俗字最为多见。书手、刻工书刻的随意性和主观性,常常会加剧字形的非常规性变化,因此,碑刻有较多讹俗字,成为文献整理的主要障碍之一。考辨讹俗字需要借助构件或字形讹混规律,以字形特征和文意分析为基础,理清字际、字词对应关系,否则,就难以正确辨识讹俗字。下面

---

①张书岩等:《简化字溯源》,北京:语文出版社,1997年,第108页。

具体校正《新见》误释的讹俗字。

1.隋开皇二年《尹昇墓志》:"锡几未加,据[illegible]犹壮。"(10页/22行)

按:原石"据"后之字较清晰,《新见》释作"峯",但字形不类。因待考字下部并非构件"夆",明显应是"革"的讹变形体;其上部也并非构件"山",而应是"安"之讹变形体;故整字应为"鞌"字。志文"锡"通"赐"。《尔雅·释诂上》:"锡,赐也。"朱骏声《说文通训定声·解部》:"锡,假借为赐。"赐几,指古代天子给有功的老年大臣赐以倚几,以示荣宠。据鞍,本义指跨着马鞍,又借指行军作战。两句铭文言志主尹昇作为有功老臣,未及皇帝加赠荣宠,又跨马上战场,老当益壮,意在赞颂尹昇爱国奉献之精神。待考字若作"峯",则于文意不谐。

2.隋开皇十三年《梁彦光墓志》:"言同帛曘,操等寒松。"(38页/6行)

按:拓本"曘"《新见》径录之,但其义费解。据碑刻文字构件"日""月"义近换用之通例,今谓该字当为"臑"的俗体,与表日色义的"曘"字同形。臑,温暖。《集韵·缓韵》:"臑,体燠也。"两句志文表达志主言语温和,节操坚贞。

3.隋开皇十七年《刘大臻墓志》:"旐翣霄陈,池慌晓引。"(50页/37行)

按:拓本"池"后之字《新见》径录作"慌",但"池慌"不知何意,释"慌"为"慌"恐失之。细品两句志文,我们很容易发现其中的对仗关系,即"旐翣"与"池慌"相对为文。前者指丧葬时引柩的丹旐与饰棺的翣,故后者亦应指棺饰和柩饰之类。则"慌"并非"慌"字。根据碑刻文字构件讹混之通例,"忄""巾"常混用不别,则"慌"或为"幌",乃"荒"的加形俗字,指棺柩上的覆盖物。《礼记·丧服大记》:"饰棺:君龙帷,三池、振容、黼荒。"郑玄注:"荒,蒙也。在旁曰帷,在上曰荒,皆所以衣柳也。"而"池"亦可指棺饰。《礼记·檀弓上》:"池视重溜。"孔颖达疏:"池者,柳车之池也……生时既屋有重溜以行水,死时柳车亦象宫室,而在车覆鳖甲之下,墙帷之上,织竹为之,形如笼,衣以青布,以承鳖甲,名之为池,以象重溜方面之数,各视生时重溜。"古书记载表明,"池幌"亦指棺饰和柩饰。则"慌"为"幌"的讹俗字无疑。只因"幌"之俗体"慌"与表恐惧、急忙义的"慌"字构形相同,释读时需结合古代丧葬文化等加以科学辨别。

4.唐贞观十四年《辛慈墓志》:"徒以牵于时網,拘彼深文。"(123页/10行)

按:拓本"时"后之字《新见》录作"綱(纲)"。但碑刻文字"綱"作"網"者较少见,且"时纲"不辞,于文意不畅,故待考字当非"纲"字。今谓"網"应为"网(網)"字。碑刻"网"常变异作"網",如北魏神龟二年《元腾墓志》之"網",北魏永安二年《尔朱绍墓志》之"網",北齐河清四年《封子绘墓志》之"網"。从词义看,"时网"指法令,如三国魏曹植《责躬》诗："举挂时网，动乱国经。"该墓志前文云"志蔑台衮，情狎薜萝。处三径其□欲，轻万钟而弗顾"，因志主蔑台衮，喜归隐，淡泊名利，故苛峻的法令对他而言就失去其应有之意。可见，释"網"为"网"，字形相合，文意顺畅。《新见》当正之。

四、同形字考辨

同形字是汉语字词关系不对应的典型表现，具有较大的迷惑性，常常给文献解读带来诸多麻烦。字形讹变，书刻者主观改造，使得碑刻文献有较多同形字。整理者理应有意识的加以区分和提示，让交叉或错位的字词关系回归其本来状态，以便为认识和利用碑刻材料提供支撑。但包括《新见》在内的一些碑刻文献整理成果，仅照录同形字，无辨析，无注释，实为不妥。

1.隋开皇十一年《梁衍墓志》："承亲以睦，逯下唯恭。"(31 页/32 行)同年《梁衍枕铭》："昔马援之亡交阯，生平已焉；廉颇之丧寿春，悲夫何逯。"(35 页/18 行)

按：两例中的"逯"《新见》皆按拓本照录，但均不合文意，则原刻该字并非"逯"字。依碑刻文字构件"录""隶"形近相混之通例推之，"逯"当为"逮"的俗字，与表"随意行走"义的"逯"字同形。"逮下唯恭"指恭敬对待下人，与上句"承亲以睦"意思及句式均相协调。"悲夫何逮"意谓悲哀无限，借以表达对梁衍去世的悲痛之情，文从字顺。由此可断，上述两"逯"字均应为"逮"的俗字，《新见》以同形的"逯"字录之，容易让读者混淆字词对应关系，产生误判。

2.隋大业二年《于斌墓志》："葦宗孰拟，盛族攸同。"(79 页/24 行)

按：拓本"宗"前之字清晰，上部为构件"艹"，下为"聿"，整字可转写作"葟"，《新见》录文作"筆(笔)"。写本文字构件"艹""⺮"讹混已成通例，根据文字构形特征和形变规律判断，"葟"可为"筆(笔)"的俗字。但不论"葟宗"还是"笔宗"，于文意皆费解，亦与下句"盛族"不对仗，故"葟"并非本字本用，而是记录了另外一个词。依"盛族"推之，待考字应为"华"的讹俗字，类似字形如：北魏皇兴五年《兴平造像记》之"華"，北魏景明三年《李伯钦墓志》之"華"，北周保定四年《贺屯植墓志》之"華"等。或因讹变，或因误书误刻，"華"下部构件被完全省去左边的短竖而讹变作"聿"，结果造成整字与表草本植物的"葟"字同形相混，影响辨识。

华宗，志文指显贵宗族。"华宗""盛族"结构相同，词义相近，碑志常见用例。既有连用者，如唐总章元年《李泰墓志》："华宗盛族，沉远基崇。"唐元和三年《王君夫人故安乡县主墓志》:“华宗盛族,有归乃立。”又有对举者,如唐永徽六年《张才墓志》:“蝉联盛族,赫弈华宗。”唐显庆四年《苏妩墓志》:“爰自华宗,来仪盛族。”因此,诸多证据表明,“𦬸”实为“华”的讹俗字,与表藜的“䔧”字和“筆”之俗字“䔧”虽同形,但代表另外一个词。

另,唐永徽五年《尹畅墓志》:“葩耀九芝,漱灵根于石濑;𦬸鲜八桂,摛惠叶于金飙。”(127页/10行)拓本“鲜”前之字《新见》录文作“莘”,但碑刻“莘”的俗字未见有“十小”这样的构形成分,且“莘”词义与句意不吻合,与前句之“葩”不对仗,故《新见》辨识错误。从字形看,该字与“華(华)”之俗体构形特征基本一致。如西晋咸宁四年《临辟雍碑》之“𦬸”,北魏延昌元年《李元姜墓志》之“𦬸”。从词义和句式看,“华”、“葩”均表“花”义,“葩耀”与“华鲜”同义对举,四句志文对仗工整,节奏和谐。由此可断,原刻“𦬸”字亦为“华”的讹俗字。

3.隋大业十一年《庞立墓志》:“遘疾不㾕,以大业十年十二月三日终于私馆,春秋廿有四。”(100页/8行)

按:拓本“㾕”《新见》径录之。“㾕”或表瘦义。《正字通·疒部》:“㾕,瘦貌。”《广韵·青韵》:“㾕,同䨩。”《切韵·青韵》:“䨩,瘦。”或表穷困、疲乏义。《集韵·青韵》:“㾕,疲病。”显然这两种意思均不合志文之意,这表明此处“㾕”非本字本用,而应是他字之俗体。

“㾕”到底应为何字,我们先看墓志文类似表述。东汉建宁元年《张寿残碑》:“旻天不吊,遘疾无瘳,年八十,建宁元年五月辛酉卒。”瘳,病情好转甚至痊愈。无瘳,即不瘳,病重无好转。北魏熙平元年《杨胤墓志》:“夏四月,公遘疾不悆,薨于京师。”“悆”为“愈”的换声俗字,义指病情痊愈。不悆,即不愈,疾病无法治愈,故薨。北魏延昌二年《张永墓志》:“遘疾不损,卒于家庭。”不损,不减少、不减轻,因疾病不见好转,最终导致志主卒于家。隋开皇十六年《罗达墓志》:“但以浮生易促,沉化难留,遘疾不痊,掩归深夜。”不痊,同“不愈”。从这些例子可以看出,“遘疾”后所加带有“无”或“不”的短语,常表病情没有好转甚至加重的意思,最终导致遘疾之人病故。循此思路,《庞立墓志》“遘疾”之后的“不”字短语也应表此义。根据字形变异规律,“㾕”当为“令”的加形俗字,可能是受其前“疾”字构形影响而类化加旁。不令,即不善,志文同样指病情没有治愈迹象,于是志主庞立因病而终于私馆。碑志类似用例如:唐天宝四年《李韶妻崔氏墓志》:“昊天不令,云如之何。”

可见,“㾕”为“令”的类化加形俗字,与表“瘦”或“穷困”义的“㾕”字仅为同形关系。

《新见》应按凡例规定在“疞”后以“( )”注出其对应的正字“令”。

五、形近字辨正

不论点画或偏旁，汉字形近字之间总有明确的区别特征，以保持系统内部平衡，而不致造成混乱。碑刻文献一些形近字经书刻者主观改造，字形区别特征发生改变，以弱化为趋势，加上碑刻文字书写较随意，部分文字稍显模糊，结果给形近字辨识提出了更高要求。《新见》录文存在误辨误释形近字的情况，现校正如下。

1.隋开皇九年《史罕墓志》①：“冻冰跃鳞，寒林抽笋。”(24 页/22 行)

按：《新见》所录之“冰”，拓本实作“水”。冻水，指寒凉之水，与下句“寒林”相对为文。且“冻水”方可“跃鳞”，“冻冰”则未必能行。因碑刻“冰”常书作“氷”，与“水”形近，《新见》未仔细分辨而误。

2.隋开皇十四年《辛瑾墓志》：“[血]洒尘飞，蔽日丹地。”(41 页/16 行)

按：拓本“洒”前之字《新见》录作“四”，初看轮廓似之，谛视则非，原刻字形上部明显有一撇画，“四”未见如此写法。根据待考字构形特征和碑刻文字变异规律，“[血]”应为“血”字。“血”甲骨文作[甲骨文]，象皿中有血之形。小篆作[小篆]，血滴抽象化为“一”。隶书血滴作横笔，楷书作撇画。书刻者或将“皿”下部长横不向左右穿插出头，于是“血”又作“[血]”。如北魏熙平二年《元遥墓志》：“追马圈之[血]诚，计大乘之义勇。”本书所收隋大业七年《周良墓志》“临泉泣血”之“血”亦作“[血]”。写本文字“四”或隶古而书作“罒”，逆推之，“血”便可书作“[血]”。如北魏孝昌元年《元焕墓志》：“痛毁慈颜，悲零宾[血]。”“[血]”与待考字构形相同。待考字所在的文句意思为：志主为国驰骋沙场，血染疆场，尘土飞扬，遮天盖地。后文云“开皇十一年十月十七日薨于战场”，表达其为国献身，英勇无畏的精神品质。故原刻应释文作“血洒尘飞”，文从字顺，“[血]”确为“血”字。

3.隋开皇二十年《范宏墓志》：“茹茹敢怀叛换，[輕]肆凭陵。”(58 页/12 行)

按：拓本“[輕]”清晰可见，《新见》录文作“轻”，谛视之，形体近而不同，“轻肆”亦不辞，不取。今谓该字为“轻”之俗体。碑刻“轻”右边构件常作此形，墓志后文“聊因[輕]疊”之“[輕]”与待考字构形相同，均为“轻”字，可资比堪。轻肆，轻率放肆。志文意指柔然恣

---

①《新见》于该墓志后注云：“据本书收录《成嵍墓志》及《大唐西市博物馆馆藏墓志》所收《成备墓志》内容，可定本志志主“‘成’姓。”因此，该书据以题名作《成罔墓志》。“罔”乃“罕”之误，详下文分析。本文依墓志首题“平州刺史阳洛县开国伯史君墓志铭”，暂定志主为“史”姓。

睢妄为,轻举侵犯。因而有下文“公受诏出师,长驱深践”的表述。

4.隋开皇二十年《华政墓志》:“岂止舂妇缀相,郊厘废市者哉。”(61 页/24 行)

按:拓本“舂”《新见》录文作“春”,“春妇”虽成词,但意思与志文格格不入,释读者因字形相近而误。细观原刻字形,其下部构件并非“日”,而是“旧”。碑刻“旧”常为“臼”之俗体,则待考字应为“舂”字。舂妇,舂谷物的妇人。相,舂谷时送杵的号子声。《礼记·曲礼上》:“邻有丧,舂不相。”郑玄注:“相,为送杵声。”缀,通“辍”,停止。缀相,停止舂相。志文以“舂妇缀相”表示对死者的哀悼。铭文“缀舂巷哭”之“舂”亦为“舂”字,《新见》录文亦作“春”,同误。

六、专名用字正误

这里的专名,包括人名、地名、职官名等,其所指是确定的,且通常具有唯一性。因此,专名与记录它的文字有严格的对应关系,不可随意改变,否则,就会造成释读错误,影响信息传递和文意理解。《新见》存在误录人名、地名等专名文字问题,校正如下。

1.隋开皇九年《史罕墓志》:“公讳罕,字子希。”(24 页/3 行)

按:拓本“罕”应为“罕”之俗体,碑刻文字常见,如北凉承平三年《沮渠安周造像记》之“罕”,北魏正光六年《李超墓志》之“罕”。这些字形上部构件两边笔画向下延伸,乃是对小篆“罕”等古文字构形的继承,即待考字上部构件带有隶古定特征。从人名取字的义理看,志主名“罕”与其字号中的“希”词义相通,这也可佐证待考字应为“罕”字。《新见》释文作“罔”,误。

2.隋大业七年《周良墓志》:“隋奋武尉尚书给事郎周君墓志铭。”(88 页/1 行)

按:奋武尉,官名。隋炀帝大业三年(607)新置散职八尉之一,秩从六品。《新见》录文以“卫”代“尉”,误。

3.隋大业十二年《窦俨墓志》:“彪以扶持屯险,诚绩居多,赐封義安郡公。”(108 页/7 行)

按:拓本“義”字清晰,下部为构件“我”的变体,碑刻习见。如:义,北魏建义元年《元愔墓志》作“義”,北魏永安二年《元维墓志》作“義”;仪,北魏永安二年《元继墓志》作“儀”,北齐河清三年《狄湛墓志》作“儀”。《新见》释“義”为“羲”,误。同书所收唐贞观八年《戴袭墓志》:“有休法师者,明解空義。”(119 页/11 行)“義”同“义”,可资比堪。再考地理,古代无“羲安”之地名,而有“义安”。义安郡,东晋义熙九年(413)析东官郡置,属广州。治所在海阳县(今广东潮州市东北)。隋开皇十年(590)废,大业初复改潮州为义安郡。辖境相当今广东梅州、平远、丰顺、宁普、惠来等县市以东地区。唐武德四年(621)仍改为潮州。故该段释文应校理为:彪以扶持屯险,诚绩居多,赐封义安郡公。

七、典故语用字考正

碑铭文体典雅庄重,常用典使事,破解典故便成为读通碑文的难点之一。只有做好探源、明典、解典等工作,才能保证正确释读涉典文字及文句。《新见》就存在因不解典故而误释文字的例子。

1.隋开皇九年《成𥧌墓志》:“而颜子庶几,叹楹奄及。”(22 页/18 行)

按:碑拓“楹”前之字本为“歎(叹)”,“叹楹”用孔子两楹叹之典,表示人之将死。《礼记·檀弓上》载,孔子将死,叹曰:“予畴昔之夜,梦坐奠于两楹之间……予殆将死也。”《新见》因不明典故,录“叹”作“欢”,当正。

另,同篇又云:“上曜星台,下连岳扙。”(22 页/10 行)碑拓“扙”《新见》录作“杖”,但“岳杖”于文意不通。据碑刻文字构件“牛”讹作“扌”之通例判之,此处“扙”实为“牧”字俗体。岳牧,指传说为尧舜时四岳十二牧的省称。语本《书·周官》:“曰唐虞稽古,建官惟百,内有百揆四岳,外有州牧侯伯。”后又泛称封疆大吏。星台,即“三台星”,借指朝廷中枢机构。两句志文意在赞颂志主上至中央,下至地方都取得优秀政绩,获得好名声。《新见》释文不明典故而误。该书所收开皇九年《史罕墓志》“霍光岳牧,位列星台”之表述,可为佐证。

2.隋仁寿三年《皇甫纮墓志》:“惟君嗣美,挺秀迁喬。”(73 页/20 行)

按:拓本“迁”后之字《新见》录作“高”。“迁高”意思似可通,但遍查碑刻文字,未见“高”上部作“𠂇”的字形,而“乔”则常见。如:乔,南朝齐永明五年《刘岱墓志》作“喬”,南朝梁天监九年《乔进臣买地券》作“喬”。“乔”作构件亦形变类推。峤,北魏太昌元年《元颢墓志》作“嶠”,隋大业十二年《陆赜墓志》作“嶠”;桥,东魏武定八年《廉富等造义井颂》作“橋”;骄,北齐武平七年《高润墓志》作“驕”。这六例“乔”的构形特征与待考字基本一致,只是后者构件“𠂇”的撇画短促,使得整字形似“高”,极易误辨。

迁乔,语出《诗·小雅·伐木》:“出自幽谷,迁于乔木。”本谓鸟儿从低处迁往高处。比喻仕进达于高位。志铭用此典故,意在赞扬志主承继先人美德,优秀出众而升达高位。因此,“喬”确为“乔”字,而非“高”字。《新见》未明用典而误。

3.隋大业十二年《窦彦墓志》:“對李识其神聪,怀橘由其性敏。”(110 页/7 行)

按:拓本“對”应为“对”字异体。碑刻“对”左边构件“丵”的上部常变似“艹”。如东魏兴和三年《李挺墓志》“对”作“對”,北齐天保八年《刘碑造像铭》“对”作“對”,两字形左上部分构形与“對”大致相同,均形似构件“艹”。《新见》著者大概因误断“對”字左上部分为构件“艹”之位移,故将该字释作“薱”。“薱”义指草木茂盛貌,于义不合。

其实,志文“对李”,用王戎“七岁辨李”之典,典出《世说新语 · 雅量篇》:“王戎七岁,尝与诸小儿游。看道边李树多子折枝,诸儿竞走取之,唯戎不动。人问之,答曰:‘树在道边而多子,此必苦李。’取之,信然。”志文用此典表达志主窦彦年幼聪慧。《新见》著者不明典故、不辨俗字而误释。下文“对扬紫殿”之“对”作“對”,可为佐证。另,同书所收唐贞观八年《戴袭墓志》:“伯鸾之陇,對要离之墓。”(119 页/25 行)“對”即“对”字异体,《新见》录文作“薱”,同误。

4.唐龙朔二年《任绪墓志》:“应受脤之隆,当出阃之重。”(131 页/21 行)

按:拓本“脤”《新见》录作“脉”,不但字形差异较大,而且词义费解,故《新见》录文误。根据碑刻文字变异规律,待考字右边应为“辰”的讹变形体。如北魏正光二年《封魔奴墓志》之“辰”,正光五年《介康健墓志》之“辰”。故“脤”应为“脤”字俗体。从词义看,古代出兵征伐前要举行祭祀仪式,祭毕,以蜃器盛社肉颁赐众人,谓之“受脤”。语出《左传 · 闵公二年》:“帅师者,受命于庙,受脤于社。”杜预注:“脤,宜社之肉,盛以脤器也。”文献又以“受脤”指受命统军。《后汉书 · 皇甫嵩朱俊传论》:“皇甫嵩、朱俊并以上将之略,受脤仓卒之时。”本志文当用此义。其他墓志文亦见用例。如,北魏孝昌三年《元融墓志》:“作翼銮左,受脤出车。运兹奇正,密算潜畐。”东魏武定二年《元均墓志》:“公受脤出郊,威信兼著。”《任绪墓志》前叙“顷以辽隧尚梗,三韩未清”,志主任绪因此而“应受脤之隆,当出阃之重”,不料“而庙谋未发,膏肓已兆。两儿落寐,方渐弥留”。可见,释“脤”为“脤”,文从字顺,《新见》录文应校正为:应受脤之隆,当出阃之重。

八、同音替代字校正

《新见》有的释文未按拓本文字逐录,而使用了同音替代字,结果改变了文献原貌和撰者之意,应予纠正。

1.隋开皇十年《耿雄墓志》:“勋恒第一,功无与二。”(28 页/12 行)

按:拓本“功”基本清晰,指功绩,与上句“勋”对文。《新见》录文以同音字“公”代之,误。

2.隋开皇十九年《赵明墓志》:“甫以微谴,未降恩敕,忽忽不乐,遂发背疽。”(53页/20行)

按:拓本“微谴”指轻微的罪过。该段志文是说志主因犯过错,皇帝未降恩诏,于是失意不乐,后来因此而犯病。《新见》录文作“遣”,改变了志文本有之意。

3.隋大业元年《长孙行布墓志》:“厥初先叶,世有名贤。”(77页/15行)

按:拓本“名贤”指有名之贤者。《新见》录“名”作“明”,与墓志原文不符。

九、字形转写正误

隋唐碑刻俗字纷呈,这包括两方面的情况:一是俗字数量多,二是字形变化灵活,有的字甚至有几十个不同的俗变形体。多样化的字形是汉字史研究的宝贵材料,但同时也给文字迻录带来麻烦,因为很多碑刻字形现有输入法都录入不了,这样就产生了俗字字形的转写问题。转写得好,可传递原有的字形信息,为文字研究提供参考;若转写失真,则不但改变了文字面貌,还可能出现错误,影响进一步研究。《新见》凡例规定“俗字、别字等原则上如实照录”,其录文在字形转写方面总体是好的,但也存在一些偏差,现举例分析,以引起学界重视,从而将后续文字转录工作做得更好。

1.隋大业九年《杨矩墓志》:“韬略制胜,钲[illegible]临戎。”(90页/31行)

按:原刻“钲”后之字《新见》录作通行字“鼓”。拓本“[illegible]”左边为构件“壴”,右边为构件“殳”,按凡例规定,应录作“鼔”,《新见》自乱体例。下文“余粮栖亩,兴廉耻之化”一句,拓本“㮴”《新见》录作“栖”。虽然凡例云“只涉及偏旁部首的俗字,如‘於’写作‘扵’等,径改为本字”,但“㮴”对应的正字应是“棲”,而非“栖”,故《新见》此处录文亦未遵照凡例之规定。

2.隋大业九年《杜祐墓志》:“维君擢玉质于崑峯,馥芳荣于兰圃。”(95页/7行)

按:原刻“峯”前之字本作“崑”,《新见》录作“昆”。崑峯,即崑仑山。“崑”为“昆”的古字,或为其类化加形字,《新见》径录作“昆”,有失字形原貌,亦违背凡例之规定。

3.隋大业十二年《窦俨墓志》:“甫绾银青,将阶枢[illegible]。”(108页/5行)

按:拓本“[illegible]”即“鎋”之异体,“鎋”又为“辖”的换旁俗字。《新见》录文作“辖”,非原刻字形,有违凡例之规定。

4.隋大业十二年《窦彦墓志》:“先零遗穜,不敢陆梁。”(110页/19行)

按：拓本“穜”为“種(种)”的换声俗字，《新见》录文径作“种”，非原刻字形，与凡例规定不符。

5.唐贞观十四年《辛慈墓志》：“[illegible]门嘉则，徙宅令模。”(123 页/25 行)

按：拓本“[illegible]”可转写作“闖”。两句志文表达志主在宫廷内外均堪称良好的典范，故“闖”实乃“闱”的换声俗字，“闱门”即闺门，志文借指妇女所居之所或宫廷。于是《新见》录文径将“闖”改作“闱”，但这样字形原貌遂失，不符凡例之规定。

十、句读校订

正确断句标点是碑刻文献整理的重要任务之一，现有碑刻著录成果误施句读现象时有发生，主因在于辨字形、破典故、审文义、明辞例等工作没有做到位。句读错误导致词不达意，句不可解，最终影响语言信息的准确传递。下面举例校正《新见》录文中的句读问题。

1.隋开皇十四年《明克让墓志》：“日衔山而落惨，云塞迴而低愁。”(43 页/26 行)

按：该段志文《新见》录文作“日衔山而落，惨云塞迴而低愁”，我们可发现其断句明显有违撰者之意，主要是破坏了文句的对仗关系。原文本来是日、云相对，落惨、低愁相应，意在表达对志主离世的悲伤、忧惨之情。故《新见》应将“惨”字断入上句。

2.隋开皇二十年《席渊墓志》：“刑部、布宪、畿伯三大夫，弘农、崤郡、竟陵三太守。”(56 页/9 行)

按：该段志文《新见》录文作“刑部布宪，畿伯三大夫，弘农、崤郡、竟陵三太守”，明显将本来对仗的文句点破，造成句式不谐，文意不通。刑部、布宪、畿伯均为官名，查检史书，三者都置有大夫系列官职。如北周依《周礼》之制置布宪中大夫，正五命，属秋官府。西魏恭帝仿《周礼》，定六官制度。在地官大司徒中，有畿伯中大夫畿伯下大夫、小畿伯中大夫、小畿伯下大夫等。故《新见》应将“刑部布宪，畿伯三大夫”一句断作“刑部、布宪、畿伯三大夫”，以便与后一句形成对仗，从而使文意顺畅，句式和谐。

3.唐贞观十七年《源伯仪墓志》：“夫人所生长子善柱，嗣官至黔安郡太守。次子善安，开国伯。第三子善积，银青光禄大夫。”(125 页/22 行)

按：此段志文均先介绍墓主三个儿子之名，再叙其官职，非常和谐整齐。《新见》录文将“嗣”字断入上句，有违撰者之意。“嗣”指继承，其对象为官位，故应将其与“官”字断在一起，而不能分开。《新见》断句结果致“嗣”与人名绞在一起，不可通。

参考文献

刘文:《陕西新见隋朝墓志》,西安:三秦出版社,2018 年。

毛远明:《汉魏六朝碑刻校注》,北京:线装书局,2009 年。

王宁:《汉字构形学导论》,北京:商务印书馆,2015 年。

王立军:《谈碑刻文献的语言文字学价值》,《古汉语研究》2004 年第 4 期。

齐元涛:《汉字构形与汉字书写的非同步发展》,《励耘语言学刊》2017 年第 2 辑。

臧克和:《汉魏六朝隋唐五代字形表》,广州:南方日报出版社,2011 年。

何山:《关于汉字形近字的几个问题》,(韩)《汉字研究》2018 年第 1 期。

To Correct and Amend the Texts of Shaanxi New Found Sui Dynasty Epitaphs for Example

He Shan

(Southwest University)

Abstract: The "Shaanxi new found Sui Dynasty epitaphs" included 50 epitaphs of the Sui Dynasty, 8 epitaphs of the Tang Dynasty that New discovery in Shaanxi Guanzhong area in recent years, these epitaphs provided an important new material for the Sui and Tang history, culture, language and other research. However, there are many mistakes such as the error and lack of characters and punctuation in the inscription of the book. This article is divided into ten kinds of examples to correct nearly 40 words and punctuation errors. It is intended to provide reference for the scientific and effective utilization of the material. It is also of great significance to the study and arrangement of subsequent stone carving and other literature, the inscription characters and the Chinese common words.

Keywords: Shaanxi new found Sui Dynasty epitaphs; To correct and amend the texts; Study on inscription characters; the history of Chinese characters

《清车王府藏曲本》疑难字形探略*

龚元华

（安徽大学文学院）

提要：车王府藏曲本目前所知约有两千多种，字形书写情况较为复杂，反映的是近代汉字书写特点。文章以车王府藏曲本材料为窗口，结合近代汉语共时语料，对“[illegible]”“吹”“厥”“埧”“衬”“冬”“[illegible]”等七则疑难字形进行考察，并分析它们的形成理据。

关键词：车王府藏曲本；俗字；戏曲

一、引言

车王府藏曲本是清代北京蒙古车王府流散出来的大批戏曲钞本文献，是中国戏曲文献史上的重要发现。这批曲本汇集了清代戏曲、鼓词、子弟书、小说、俗曲、杂曲等文献，共计两千多种，卷帙之浩繁、内容之丰富、剧种之齐全都是世所罕见的，正如王季思先生所说“它在近代的发现，将可与安阳甲骨、敦煌文书并提”（《车王府曲本提要 · 序》）。车王府曲本是钞本文献，反映的是近代汉语时期语言文字事实，对研究汉字书写系统在近代汉语的面貌和发展有着不可低估的价值；依托车王府藏曲本用字使用情况，结合同时期材料，可以揭示近代汉字形体结构变化特征和规律，为研究近代汉字简化及规范提供材料支撑。以下略举几例，讨论《清车王府藏曲本》（文中简称《曲本》）①字形书写的变化情况。

---

* 基金项目：安徽省高校人文社科重点项目（SK2017A0022）、安徽省哲学社会科学规划一般项目（AHSKYG2017D124）阶段性成果之一。本文承蒙匿名审稿专家提出的宝贵意见，谨致谢忱。

①首都图书馆：《清车王府藏曲本》，北京：学苑出版社，2001 年。

二、《清车王府藏曲本》疑难字形考辨例析

2.1 騂

唐贼生来勇又泼，手执钢鞭赛铁托，振的老爷虎口破，浑身上下战哆嗦；来至辕门忙下騂坐，见了我儿把话说。（《曲本》第四册第 201 页《白良关全串贯》）

按："騂"从马从季，《清车王府藏戏曲全编》第五册释作"驹"①。考"騂"字，字书不载。笔者所阅，《曲本》"騂"字用例如第二册第 17 页《五雷阵全串贯》："催马坐騂紧加鞭，又见娃娃到阵前。""坐騂"明即"坐骑"。又《曲本》第三册第 476 页《凤鸣关全串贯》："拉住坐騂用目望，韩德打扮赛闫王。"此"坐騂"亦"坐骑"。又《曲本》第九册第 73 页《忠孝全总讲》："我先试试你的胆量如何，命你单人独騂探探金鳌兵扎何处，速速通报。""独騂"即"独骑"，与前文"单人"相对。

据上，"騂"即坐骑之"骑"的声符改换形体。另外，实际用字中，"骑"还可作"季"。《曲本》二十七册第 73 页《西游记一》："美猴王昼夜不睡觉，滋养那些坐季，天马见了他，尽借抿耳攒蹄。"此"坐季"即"坐骑"。又《曲本》二十五册第 105 页《三疑记》："在表唐英转家乡，心急性紧催坐季。""坐季"亦即"坐骑"。又《曲本》四十四册第 118 页《锋剑春秋》："说着一磕坐下马，战季如非往上冲。""战季"即"战骑"，皆与季节义无涉。

需要留意的是骐骥之"骥"亦能用作坐骑之"骑"。《曲本》第四册 291 页《白良关全串贯》："搂马停鞭下坐骥，走上前来验分明……扳鞍下骥到堂前，见了母亲诉根缘。"又《曲本》第五册第 1 页《枣阳山总讲》："跨下一骥青踪马，铁搠狼牙鬼神惊。"又《曲本》第九册第 175 页《忠孝全总讲》："身披凯甲响玲珑，跨下坐骥恶如虎。"以上用例三"骥"皆为坐骑之"骑"，非骐骥。

2.2 㕧

二人这才杀住脚步，闪目观看，只听的吼一声，从那林中㕧出了一支要虎。（《曲本》四十四册第 8 页《寿荣华》）

按：考"㕧"字，字书不见其迹，这里应该是"爬"的俗体，即老虎从树林中爬出。下文亦有"㕧"的用例，如《曲本》四十四册第 9 页《寿荣华》："恶虎姓烈眼元争，哑哑吼叫将身挣，只急的，摆尾摇头想要㕧。""想要㕧"即老虎被下九州死死压住不能动弹想要

①黄仕忠：《清车王府藏戏曲全编》，广州：广东人民出版社，2013 年，第 201 页。

爬开。又《曲本》四十四册第 9 页《寿荣华》:“山王扑空往前走了几步,连忙掉转回来观看好汉,又且发威,又往前⿰刂穴,直扑好汉。”“往前⿰刂穴”即老虎往前爬走。值得注意的是上“⿰刂穴”还能借用作“耙”。《曲本》四十四册第 8 页《寿荣华》:“四支爪,五爪生来赛刚⿰刂穴,头如麦斗牙似箭。”此“赛刚⿰刂穴”即“赛钢耙”,以“⿰刂穴”为“耙”,正好证明上举“⿰刂穴”即“爬”,盖书手方音“爬”“耙”相同而借。

“爬”之作“⿰刂穴”,实际上还有个过渡字形“抭”。北大本《三刻拍案惊奇》卷八第二十九回:“连夜把这两个妇人戴了幅巾缁衣,不敢出前门,怕徐公子有心伺候,掇条梯子抭墙。”①“抭墙”即“爬墙”。奎章阁藏本《型世言》卷六第二十四回:“我差细作打听,他粮饷屯在隘后一里之地,已差精勇十个,抭山越岭去放火焚毁,以乱他军心。”②“抭山”即“爬山”。又明刻本《明镜公案》卷四“范侯判空女生男”:“基秀房事方了,忙起出外。英玉开床后偏门,裸体抭上嫂床曰……”③“抭上”即“爬上”。《汉语大字典》载有“抭”,入声术韵云母字,音义与“爬”无涉。以上用例表明“抭”在近代汉语文献中还能是“爬”的或体。

上揭戏曲文献“⿰刂穴”就是在“抭”的基础上演变而来:“抭”表爬,与足相涉而成“⿰足穴”,继续简化即为“⿰刂穴”。《曲本》四十四册第 9 页《寿荣华》:“猛虎来往扑人,⿰𧾷穴跳多会,恶兽四爪发酸,浑身力软。”“⿰𧾷穴”即“⿰足穴”,此例正作足旁。近代汉语中“刂”的符号替代现象比较常见,周志锋先生曾指出“刂”可以代替“女”“弓”“纟”“乡”“矣”“镸”“艮”“片”“贝”“耶”等偏旁④。我们发现“刂”不止如此,还能替代“足”旁,内在原因是“足”旁在书写时往往作“𧾷”。如《曲本》第五册第 211 页《芦花河全串贯》:“又听得夫人把帐升,但不知斩的是那⿰𧾷各兵,来至辕门下能行。”“⿰𧾷各”即“路”。又《曲本》第五册第 217 页《下南唐全串贯》:“在阵前杀得我昏迷了,醒来⿰𧾷占在地埃尘。”“⿰𧾷占”即“跕”。“𧾷”省略上部构件即成“刂”。这在《曲本》中用例繁夥。如《曲本》第三册第 250 页《姜维推碑总讲》:“番身下战马,推碑在⿰刂各旁,呵,推倒大碑⿱雨⿰刂各出小碑。”“⿰刂各”即“路”,“⿱雨⿰刂各”即“露”。《曲本》二十七册第 63 页《西游记》:“美猴王走过桥梁,但见东门紧闭,净悄悄杳无人⿰刂亦。”“⿰刂亦”即“迹”。《曲本》二十七册第 70 页《西游记》:“我俩奉差来勾取,要想逞强万

①〔明〕梦觉道人:《三刻拍案惊奇》,《古本小说集成》(第一辑),上海:上海古籍出版社,1994 年,第 1050 页。

②〔明〕陆人龙:《型世言》,《古本小说集成》(第五辑),上海:上海古籍出版社,1994 年,第 1037 页。

③〔明〕吴沛泉:《新刊名公神断明镜公案》,《古本小说集成》(第四辑),上海:上海古籍出版社,1994 年,第 183 页。

④周志锋:《说简化符号“刂”》,《汉语史学报》第 3 辑,2003 年,第 107—111 页。

不能;依我好好⿰丬艮着走,再若牛心用棍楞。""⿰丬艮"即"跟"。《曲本》四十二册第 303 页《慈云走国》:"小主抢至了跟前,也拜佛,冒冒失失⿰丬失倒在地。""⿰丬失"即"跌"。此皆"足"旁继续省略而成"丬"。《新方言·释言第二》:"《说文》'匍,手行也'。鱼模转麻,今谓手行曰爬,本匍字也。"①若此说可信,则"爬"即"匍"在中古汉语时期的书写形式,近代汉语时期演变出"⿰扌穴""⿰足穴"等形,继续简化省略即成"⿰丬穴"。

2.3 ⿸厂伏

说:代老猪前去问问他住在那里,姓甚名谁,多大岁数,几月生的。沙僧说:呆子,那个女子又不是引见知县,怎么问起⿸厂伏历来了。(《曲本》第二十七册第 251 页《西游记》)

按:"⿸厂伏",字书不载,我们考察发现应该是"履"的俗写,"履历"正符合上文八戒要对女妖精来历的盘问。"履"之作"⿸厂伏",涉及到字形笔画书写及声符改换两个方面。甲骨文"履"从人从止从舟,西周金文、战国楚简有作从页从止从舟,《说文·履部》小篆从尸,盖是早期从"人"的讹变。至迟汉碑时期"履"的"舟""止"两构件已讹变成"復"。目前所见,魏晋及隋唐书法作品中,"履"的"尸"旁有写成"厂",可作"⿸厂復"(王羲之)、"⿸厂復"(智永)、"⿸厂復"(怀素)等②。近代汉语时期承袭前人写法,因此《曲本》作"⿸厂伏"并非清人自创。实际上从"尸"的字形,具体书写中都存在简化作"厂"的可能,甚至有些形体已被字书载录,如"展"之作"⿸厂⿱共𧘇"、"届"之作"⿸厂介"、"屃"之作"⿸厂贔"等等。

上文提到"履"字偏旁"復"并非声符,而是讹变所致。但在书写中,其形体与往复之"復"相同,致使书手在大脑认知中会产生范畴化分类,把原本"舟""止"讹变而成的"復"归类到往复之"復"。这样一来,"舟""止"讹变之"復"就具备了往复之"復"的读音。因此"履"被写成"⿸厂伏",以"伏"替代"復"就是在这一背景下产生的。这种推测是因为我们发现,明清语料中,偏旁"復"习用"伏"替代。如庚辰本《石头记》二十二回:"婆娘回⿱覀伏了贾政,众人都笑说:天生的牛心古怪。"③同上六十二回:"平儿向内搅了一搅,用箸拈了一个出来,打开看,上写着'射⿱覀伏'二字。宝钗笑道:把个酒令的祖宗拈出来,'射⿱覀伏'从古有的,如今失了传,这是后人纂的,比一切的令都难。"④以上"回⿱覀伏""射⿱覀伏"即"回覆""射覆"。又《曲本》第四册第 66 页《九莲灯总讲》:"今有枉死城中逃出恶鬼数千,未知降生何地,吾等今当察访分明,好⿱覀伏奏天庭。"同上第十册第 292 页《青石山狐妖传一》:"妖

①章太炎:《章太炎全集·新方言》,上海:上海人民出版社,2014 年,第 85 页。

②中国书店:《草书大字典》,北京:中国书店,1983 年,第 274 页。

③〔清〕曹雪芹:《脂砚斋重评石头记》,上海:人民文学出版社,2009 年,第 503 页。

④〔清〕曹雪芹:《脂砚斋重评石头记》,第 1459 页。

魔技俩可惊奇，⿸厂伏雨翻云得意时。”同上二十一册第 453 页《增补文武二度梅》：“吩咐道：所有乡绅老爷，俱在迎宾馆相会，贺礼一概不收，俱以我的名帖回⿸厂伏道谢。”同上二十七册第 76 页《西游记》二：“言毕，执手转身，脚踹云头，回到天庭⿸厂伏奏玉帝。”以上“⿸厂伏奏”“⿸厂伏奏”皆即“覆奏”，“⿸厂伏雨”即“覆雨”，例多不备举。

“覆”俗写成“⿸厂伏”，既有字形讹变，楷化构件“尸”讹作“厂”；又涉及到偏旁范畴化认知的读音替代，原本无读音标记的“復”被赋予与往复之“復”的相同读音，在此基础上继而被“伏”同音替换。因此“⿸厂伏”是形与音及认知等综合因素影响下的产物。

2.4 埧

孙仲某埧江东，独把业掌。（《曲本》第三册第 108 页《孝义节总讲》）

按：单从此例来看，难断“埧”之为字。“埧”字用例如《曲本》第三册第 283 页《连营寨总讲》：“本帅姓甘，名宁，字兴埧。”甘宁字兴霸，故“埧”即“霸”；同上第四册第 201 页《除三害》：“一窑户唱西皮摇板：若是不除这强埧。二窑户白：伙计呀。唱：怎样保身家！”“强埧”即“强霸”；同上第五册第 5 页《无底洞全串贯》：“掌天曹，察人间，埧恶难逃。”“埧恶”即“霸恶”。因此，我们可以断定“埧”乃“霸”字。

“霸”之作“埧”，右边构件并非“具”，而是“贝”，这在近代汉语文献中习以为见。明清江堂刻本《剪灯新话》卷一“三山福地志”：“自实不敢隐，具言缪公之不义，令我狼犋。”①“狼犋”即“狼狈”；同上卷四“龙堂灵会录”：“江湖之渊，神物所居；珠宫具阙，与世不殊。”②“具阙”即“贝阙”，与前“珠宫”相对。明朱苍岭刊本《新锲唐三藏出身全传》卷三：“你等若是取经者，行路须要仔细，他有五件宝具，甚是利害，谨记谨记。”③“宝具”即“宝贝”，而非“宝具”。值得注意的是，因为“贝”的俗写形体与“具”形似，古籍传抄可能会致使“贝”“具”互讹。《四部丛刊》本《南华真经 · 杂篇 · 盗跖第二十九》：“唇如激丹，齿如齐贝。”郭象注：“齐贝，一本作含具。”是郭象所见本“贝”有作“具”者。又殿本《史记》卷一百十《匈奴列传》“黄金饰具带一”，宋本《艺文类聚》卷六十七服饰部“带”下引此作“黄金饰贝带一”④，一作“具”，一作“贝”。此外，曾良先生指出“埧”还能是“粑”

①〔明〕瞿佑：《剪灯新话》（《续修四库全书》1787 册），上海：上海古籍出版社，2002 年，第 503 页。

②〔明〕瞿佑：《剪灯新话》（《续修四库全书》1787 册），第 524 页。

③〔明〕阳至和：《新锲唐三藏出身全传》（《古本小说集成》第三辑），上海：上海古籍出版社，1994 年，第 193 页。

④〔唐〕欧阳询：《宋本艺文类聚》，上海：上海古籍出版社，2013 年，第 1790 页。

“糴”记音字“坝”的俗体①,亦是“贝”“具”俗写混同所致。

2.5 衬

家丁等仝白:少爷,小姐,可是要动身往羊山去?月白:便是。进白:到彼不许闯衬,就此往前。(《曲本》十三册第203页《玉堂春》)

按:“闯衬”,《清车王府藏戏曲全编》第十册录作“闯村”②。我们认为“衬”应该是“祸”的草书楷化形体,这在《曲本》中是比较常见。《曲本》第四册第266页《少华山全串贯》:“这又是衬临身一场,大难即到此。”后文有“难”,“衬”即祸字;同上四十二册第269页《慈云走国》:“这几句话今一说出,旧士起衬的苗头出来了。”此言贱妃将要谋害太子之意,故“起衬”即“起祸”;同上四十三册第276页《刘公案鸳鸯案》:“在说是,移衬与人又是官井,城隍庙内少主持,元告被告全无有,你叫我拿什么去为提。”“移衬与人”即“移祸与人”。

《汉语大字典》载有“衬”,释为“灾祸”,另立字头,实际上也是不明了“衬”即“祸”。“祸”还可讹变成“初”,《曲本》第十三册第197页《玉堂春》:“阿呀,外甥女,怎么打他,你又要闯初了。”“闯初”即“闯祸”。“祸”作“衬”,与“过”之简化作“过”,理据一样,皆为草书楷化所致。如“祸”草书可作“祸”“祸”“祸”“祸”等等③。“祸”草书楷化成“衬”,文献中与“村”的俗写可能形成混同,如明安正堂刘氏刊本《钟馗全传》卷二:“此相公必久历风尘者,非浅浅衬俗辈也,宜设酒相待方是。”④“衬俗”即“村俗”。笔者偶阅新近出版的《明清小说俗字研究》,曾良先生亦指出明清小说文献“祸”有作“衬”⑤,此正可为此条佐证“衬”的出现非限于戏曲。

“祸”的部件“咼”还能书写成“冏”。脉望馆抄本《古今杂剧·梧桐雨》第一折:“国舅,此人有异相,他日必乱唐室衣冠,受禂不小。”⑥“受禂”即“受祸”。《四部丛刊初编》影嘉业堂藏明钱叔宝抄本《华阳国志》卷一《巴志》:“蔓子曰:藉楚之灵,克弭禂难,诚许楚王城,将吾头往谢之,城不可得也。”“禂难”即“祸难”,言巴国遭受祸难。辽宁省博物

①曾良:《戏曲“填”“辆”“揉”解读》,“第十一届中古汉语国际学术研讨会论文集”,2018年,第462页。
②黄仕忠:《清车王府藏戏曲全编》,第199页。
③中国书店:《草书大字典》,第938页。
④〔明〕佚名:《钟馗全传》(《古本小说丛刊》第二辑),北京:中华书局,1990年,第2071页。
⑤曾良:《明清小说俗字研究》,北京:商务印书馆,2017年,第70页。
⑥〔明〕赵琦美钞校:《脉望馆钞校本古今杂剧》,《古本戏曲丛刊》(第四集),上海:上海商务印书馆,1958年,第4页。

馆藏元杨维桢书《周上卿墓志铭》:“母史氏怀娠时,有异僧入梦,及生,上卿果聪慧迵人。”①“聪慧迵人”即“聪慧过人”。

如上,“祸”在近代汉语文献中可作“衬”“初”“裥”等形式。

2.6 冬

当日太上冬君不服菩萨净水瓶中圣水,烦赤脚大仙金眼毛,遂缠菩萨瓶中的杨枝儿盗去……同上:观众同庆人参会,尽是长生不冬仙。(《曲本》二十七册第248页《西游记》)

按:从文义上来看,“冬”即“老”字。“老”本从“匕”,俗写变成两点,这可能与重文符号有关。《碑刻文献学通论》指出汉魏碑刻材料中重文符号就已经演变出“匕”的表现形式②,这一特点一直延续到近代汉语时期。清刻本《大明正德皇游江南传》卷六第三十八回:“于是又取出红柬一幅,内写着‘寒门敝沼,忽产琼花……’云匕,书了将来,粘在池边两傍萧亭子之上。”③“云匕”就是“云云”。这种符号还影响到汉字本身的书写,如清木刻本《新造辕龙镜韩廷美全歌》卷十六:“鸾英辞谷欲起离……鸾英又再禀分明,谷匕切勿持婚姻。”④“谷”即“爹”,原偏旁“多”符号化成“匕”,盖“多”存在重叠构件而用重文符号替代。不仅如此,“爹”的构件“多”还能用重文符号两点替代。清木刻本《思亲孝歌》:“无常一到天书降,并无儿女替冬娘……要见冬娘灵上看,止见墨迹字几团。”⑤“冬”“冬”即“爹”。明万历刻本《三遂平妖传》第五回:“独自一个取路而行,肚里好闷,如今那里去好,归去又归去不得,爷匕妈匕家里又去不得了。”⑥“爷”即“爹”。因此“爹”之作“谷”“冬”,我们有理由推断与重文符号有关。又《曲本》二十七册第73页《西游记》:“点起部下三千神兵往花果山而来,来至山前,扎下行芑。”“芑”即“营”,原偏旁“吕”存在重叠构件,亦用重文符号替代了。因此“老”的构件“匕”符号化成两点,当与此相仿。

重文符号“匕”与汉字构件“匕”形体耦合,这样一来,原本汉字构件“匕”就存在范畴

①天津人民美术出版社:《中国历代楷书珍迹》,北京:长城出版社,2004年,第317页。

②毛远明:《碑刻文献学通论》,北京:中华书局,2009年,第63—64页。

③〔清〕何梦梅:《大明正德皇游江南传》,《古本小说集成》(第四辑),上海:上海古籍出版社,1994年,第439—440页。

④〔清〕佚名:《新造辕龙镜韩廷美全歌》,《稀见旧版曲艺曲本丛刊》(第67册),北京:北京图书馆出版社,2002年,第2—3页。

⑤见东京大学东洋文化研究所双红堂文库藏光绪木刻本《思亲孝歌》。

⑥〔明〕罗贯中:《三遂平妖传》,《古本小说集成》(第四辑),上海:上海古籍出版社,1994年,第108页。

化成重文号"⺄"的可能,而重文符号"⺄"又多作两点,故"𠫔"大概就是这样出现的。此与上举"爹"之作"谷""冬"理据相类。

2.7 𡕥

小仙纯阳子吕岩是也,名迩琳扎,位列霞班,化身为三𡕥之宗。(《曲本》十三册第 283 页《四大庆总讲》)

按:据上下文义,"𡕥"当即"教"字。同上下文第 288 页:"我禅师算他无华盖,是个洪福中人,不肯将他剃度,就与他取名玉虎,把抚养,𡕥他读书写字。"此"𡕥"明即"教"。内在理据,盖"教"草书楷化所致,"教"草书可作"𡕥""𡕥""𡕥"等①。可以推测,"𡕥"下面两个"又"是"教"构件"子""支"的草书楷化而成。另外,"教"还有一或体构件也可作"又",不过来源与"𡕥"并不相同。

《北京图书馆藏中国历代石刻拓本汇编》第六册东魏《凝禅寺三级浮图碑》:"然化历世二境,𢽊尽四域之乡。"②"𢽊"即"教",字形虽漫漶,但放大亦能看出左上"爻"作"㕛"。《说文·支部》"教"古文作"效",左边"爻"后世亦往往作"㕛"。《龙龛手镜·支部》:"𢽊,古文教字。"③。行均此说非确诂,"𢽊"并非什么古文,而是"效"的后起俗写形体。古籍中,构件"乂"往往作"又",习见如"悭"之作"𢚥"④、"希"之作"希"⑤、"龟"之作"龜"⑥、"爽"之作"𡙣"⑦、"尔"之作"尒"⑧等等,故"爻"稍变即成"㕛"。综上,"教"作"𡕥""𢽊",构件"又"的来源各异:前者是构件"子""支"的草书楷化而成,后者是"爻"的俗写习惯所致。

三、结语

车王府藏曲本数量较多,字形复杂情况甚至可以和敦煌文献媲美,是研究近代汉字演变发展不可多得的材料。以上基于曲本用例,讨论了七则字形形成原因及内在理据,

①中国书店:《草书大字典》,第 553 页。

②北京图书馆金石组:《北京图书馆藏中国历代石刻拓本汇编》,郑州:中州古籍出版社,1989 年,第 53 页。

③〔辽〕释行均:《龙龛手鉴》,北京:中华书局,2006 年,第 530 页。

④〔辽〕释行均:《龙龛手鉴》,第 59 页。

⑤见敦煌写卷 S.388《正名要录》"右正行者楷,脚注稍讹"下,据国际敦煌项目 IDP 网站高清照片。

⑥〔辽〕释行均:《龙龛手鉴》,190 页。

⑦〔梁〕顾野王:《玉篇零卷·叕部》,《丛书集成初编》本,上海商务印书馆,1937 年,第 126 页。

⑧〔梁〕顾野王:《玉篇零卷·叕部》,第 126 页。

并以此为窗口,结合同时期语料,展现近代汉字书写的历时演变特点。这些形体的出现既有语音历时变化,也有自身类化及讹变。如“[illegible]”与声母群母清化成见母有关;“[illegible]”涉及到认知范畴类化而增“足”旁,在此基础上简化省略而成;“[illegible]”则要复杂一些,因其内部偏旁原来并不表音,但与常见的“复”形体相同而被赋予与“复”相同的读音,继而被“伏”所替代;“垻”的形成突破点在于右边构件并非“具”,而是“贝”的俗写,并在具体用例中习与“具”混用不分;“衬”“[illegible]”是因为草书楷化的原因;“[illegible]”可能与重文符号反推有关。因此,我们在释读曲本材料时,需要从多个角度对一些字形展开考察,特别是语音变化对偏旁替代的情况值得重视。

The Character study of Che Wang Fu Cang Qu Ben

Gong Yuanhua

(Anhui University)

Abstract: Che Wang Fu Cang Qu Ben more than 2,000 kinds about opera literature, the situation of Modern Chinese word is more complicated. The following is based on this material, Combining modern Chinese synchronic materials, discuss the formation of the six fonts.

Keywords: Che Wang Fu Cang Qu Ben, folk forms of Chinese characters, Ming and Qing novels

论《说文解字》的类聚思想*

孟　琢　尹　梦

（北京师范大学民俗典籍文字研究中心）

提要：《说文解字》具有自觉的类聚思想。这一思想源自先秦两汉类聚思想的历史脉络，受到早期"小学"形义类聚的启发。在《说文叙》中，阐明了"理群类"的文化理念、部首对类聚的统摄作用，以及部首具有的"象类""义类"的不同功能。《说文》类聚思想体现在部首体系的整体结构中，通过"以象为聚"的聚合与"以义为分"的判分统摄全体汉字，建立起严密的形义体系，全面展现汉字之"理"。这一思想影响深远，奠定了传统"小学"的方法特点，影响了中国哲学对"理"的思考，对汉民族文化的关联性思维特点的形成，更起到了重要的奠基作用。

关键词：类聚；理；以象为聚；以义为分；关联性思维

类别思维是人类理性认识得以形成的重要环节。面对纷繁复杂的外部世界，人们通过分类、归类的认知过程，勾稽关联、辨别特质、探寻规律、建立统系，形成了对世界的体系性认识。对于这一过程，《周易·系辞》用"类聚"进行表述，"方以类聚，物以群分"，韩康伯解释道："方有类，物有群，则有同有异，有聚有分也。"这句话准确揭示出类别思维中互相依存的两个维度——判分与聚合，这也是本文采用"类聚"之名的依据。判分着眼于异，根据事物的区别属性进行分别；聚合着眼于同，根据事物的共同属性进行联系。在二者的交相运动中，呈现出人类理性中井然有序、互相关联的世界图景。

* 国家社科基金青年项目"《说文解字》疑难释义丛考"（项目编号：14CYY026）国家社科基金重大项目"数字化《说文》学及其研究平台构建"（项目编号：12&ZD182）

语言文字是理性的基石,也是人类认识世界的精神符号。作为表意文字,汉字中凝聚着中国古人对事物类别的认识,义符的定型化更意味着社会性类聚标志的形成。作为中国文字学高峰的《说文解字》,通过大量的类聚工作和严密的编纂体例,将汉字中的客观类聚提炼为自觉的类聚思想。这一思想在《说文叙》中有着哲理化的表述,并集中体现在《说文》540 部首体系之中。可以说,把握了类聚,也就把握了《说文》编纂思想的灵魂。因此,探研《说文》的类聚思想既有助于理解《说文》的学术规律,也能在汉民族文化思维的大背景中展现《说文》深刻的文化价值。

一、《说文》类聚思想的历史渊源

中国古代类聚思想的发展经历了漫长的时间,这一丰富的思想历程,积淀为《说文》类聚思想的历史渊源。从人类的理性自觉开始,类聚就是一种基本的思维模式。早在《周易》《尚书》等典籍中,已经出现了阴阳五行的范畴,形成了古人特有的"以象为类"的观念。"古之学者,比物丑类""九年知类通达",先秦君子将辨类作为重要的学习内容,从自然物类的区别到人伦等级的划分,体现出对世界的理性认识。春秋战国时期,先秦诸子对"类"进行深入探讨,在《系辞》《说卦》等文献中,儒家对《周易》中的类聚思想进行阐释,充分论述了以"象"为核心的类聚模式①;而墨子、荀子、公孙龙子等人对类概念的探讨,更上升到逻辑学的高度。随着秦汉大一统帝国的建立,以董仲舒为代表的汉代思想家通过体系性的人文类聚,建立起囊括万有的天人宇宙图式。

类聚思想的发展与中国古代逻辑科学的形成密不可分。对此,陈孟麟先生进行了精当的概括:"以类命为象——察类明故——辞以类行,是中国古代逻辑史类概念发生发展的三个阶段。"②其中,"以类命为象"是根据事物的共同点进行归纳,这是逻辑的萌芽阶段;"察类明故"是根据事物的本质进行归纳,这是逻辑的产生阶段,而"辞以类行"则代表着中国古代逻辑科学的建立。值得注意的是,三阶段说体现出中国古代类聚思想的发展规律,那就是由基于感知的意象思维发展为基于语义的逻辑思维,这是类聚思想与逻辑科学的共性。而类聚思想不同于逻辑科学的,则在于它的人文性特点——类聚不是纯粹的抽象,在事物的归纳与关联中,带有先民独具特点的文化烙印。比如说,先秦两汉的

---

①参见季蒙:《〈周易 · 说卦〉中的类问题》,《中国哲学史》,2018 年第 3 期。

②陈孟麟:《从类概念的发生发展看中国古代逻辑思想的萌芽和逻辑科学的建立——兼与吴建国同志商榷》,《中国社会科学》,1985 年第 4 期。

类聚思想不仅是对事物的客观分类，更是要建立起整体性的宇宙框架，这一框架中的“天—人”结构就是人文的，而不是逻辑的。

对语言文字而言，一方面，它是古人类聚思想的基本展现，汉字的发展规律与类聚思想的不断成熟具有内在的一致性——无论是义符的定型，还是批量产生的类化形声造字，都体现出社会性的类聚观念。另一方面，类聚思想影响着古人对汉语言文字的认识、整理与研究，传统“小学”的早期形态与此密切相关。在许慎之前的“小学”传统中，类聚思想主要体现为两个角度，一是《尔雅》依据物类类聚词汇，二是字书依据字义类聚汉字。就前者而言，《尔雅》以“依物类分篇”为基本体例，在篇次中将语言与世界、人伦与外物、文明与自然进行了初步划分①。就后者而言，从《仓颉篇》《急就篇》等字书来看，早期字书出于蒙学需要，多为断句押韵，将意义关联的汉字连缀成文。由于汉字的形义统一，便出现了同义符字的类聚现象。例如，在阜阳汉简的《仓颉篇》中，C0033、C0034 两简将十个从“黑”的字集中排列，这与《说文》的部首排字法已比较接近；在《急就篇》中，类似的现象更为丰富。早期字书是《说文》直接的学术来源，其中的形体类聚为《说文》编纂提供了重要启示。正如张舜徽先生所言：“(《急就篇》)不可没之功，尤在分别部居，实开许慎《说文解字》分部系字之先。观其胪列物名，悉用七言韵语，依文字偏旁，连类而下，将偏旁相同之字，层累不绝，实为后来字书据形系联之先驱。许慎后于史游百数十年，必得启发于是编。是篇开首已云‘分别部居不杂厕’，而《说文叙》亦云‘分别部居，不相杂厕’，一脉相承，不可掩也。”②

我们看到，先秦两汉的类聚思想为《说文》提供了丰富的思想资源，也影响着早期“小学”专书的编纂体例，由此为《说文》提供了直接启示。当然，早期字书对汉字的整理仍是粗糙的，而如何通过清晰有序的多层次类聚来展现汉字的形义系统，把握汉字的基本精神，就成为了《说文》的历史任务。这一工作，既是对早期“小学”的学术拓展，也是对古代类聚思想的文化回应。

二、汉字之理：《说文叙》中的类聚思想

《说文叙》集中论述了许慎关于汉字形义类聚的思想，它主要体现在对部首的论述中，与对汉字发展脉络和六书的阐释密不可分。《说文叙》对《系辞》有着明显的继承，

①参见王宁、褚斌杰等：《十三经说略》，北京：中华书局，2015 年，第 229 页。
②张舜徽：《汉书艺文志通释》，武汉：华中师范大学出版社，2004 年，第 248 页。

《说文》的类聚思想也深受《易》学思想之启发。

在《说文叙》中，许慎鲜明地将类聚作为《说文》的基本目的——“将以理群类，解谬误，晓学者，达神恉”。和纠正今文经学的谬说相比，对众多汉字进行“理群类”的整理，从而发掘汉字的基本精神，是《说文》更为本质性的工作。“理”是中国哲学的核心范畴，什么是“理”？在许慎看来，它是事物自然形成的区别与统系，表现为“分理”和“共理”两个角度，这也是《说文》类聚思想的基本维度。先看“分理”，《说文》中说：“理，治玉也。”《段注》引戴震说：“理者，察之而几微必区以别之名也，是故谓之分理。得其分则有条而不紊，谓之条理。郑注《乐记》曰：‘理者，分也。’许叔重曰：‘知分理之可相别异也。’古人之言天理何谓也？曰：理也者，情之不爽失也，未有情不得而理得者也。天理云者，言乎自然之分理也。”作为分理，“理”体现为汉字之间的形义区别。再看“共理”，它体现为汉字之间的形义关联，《说文叙》说“同牵条属，共理相贯”，根据汉字的共性特点进行聚合条贯的整理。共理强调聚合，分理强调判分，“理群类”的实质是在二者的互相作用中，把握汉字自然的类聚规律。

《说文》如何把握类聚中的汉字之理？许慎明确指出，这是通过部首得以实现的。《说文叙》阐明了“理群类”的理念之后，接着就说“分别部居，不相杂厕，万物咸睹，靡不毕载”，强调 540 部首涵盖万物，在类聚中展现清晰有序的汉字体系与世界图景。“方以类聚、物以群分”的类聚，也是通过“其建首也，立一为耑”来实现的。“建首”是设立部首，这亦与《说文叙》对“转注”的界定相合——“转注者，建类一首，同意相受，考老是也。”我们认为，六书中的“转注”说的就是部首①。在转注的定义中，明确指出部首是汉字类聚的标志——根据汉字的意义类别建立统一的部首，再根据部首将相关汉字纳入其中。

值得注意的是，既然汉字的类聚规律反映了“自然之分理”，部首的形义类聚与汉字的发展脉络便是高度吻合的，“据形系联，引而伸之，以究万原”。“据形系联”说的是部首，在这里，我们要对“引而伸之”和“以究万原”进行深入分析。首先，“引而伸之”不是后世所说的词义引申，而是汉字由“文”到“字”的衍生过程。此语出自《系辞》：“四营而成《易》，十有八变而成卦，八卦而小成，引而伸之，触类而长之，天下之能事毕矣。”四营谓爻，由爻成卦，经重卦而成六十四卦，这是卦爻符号的不断衍生。相应地，《说文叙》中的“引而伸之”指的是汉字由独体之文向合体之字的衍生过程。其次，“原”的本义是泉水之源，“以究万原”强调部首立足汉字本源，提纲挈领地把握汉字的发展规律。由此可见，“据形系联”的实质是以部首为纲来统摄汉字形体的发展脉络。

---

①转注之说甚繁，本文取清人江声之说。

汉字经历了由“文”及“字”的发展过程,“仓颉之初作书,盖依类象形,故谓之文。其后形声相益,即谓之字。文者,物象之本。字者,言孳乳而浸多也”。其中“文”对应象形、指事,“字”对应会意、形声,在许慎对“六书”的界定中,也体现出对部首类聚规律的理解。首先,“文”构成了《说文》中基础的部首,作为独体字,其实质是代表事物类别的“象”——古人在同类事物的众多形象中选取典型、创造汉字,字象本身就具有“类”的特点,这也是“依类象形”的内涵所在。太炎先生认为“类与象本一义”,“《说文》类下云:‘种类相似,唯犬为甚。’故类有似训,似下云:‘象也。’《广雅·释诂》:‘类,象也。’《说文序》曰:‘仓颉之初作书,盖依类象形。’《周语》曰:‘象物天地,比类百则。’类与象本一义”①。这一训诂对我们理解“文”“象”“类”的统一关系,具有重要启示。“文,错画也”,对象形、指事而言,“画成其物”和“视而可识”都体现出形象性的特点,其类聚功能是标志事物类别的“象类”。其次,“文”衍生为“字”,独体字是合体字的基础,当“文”作为“字”的组成部分时,它的性质则由“象”发展为“义”。“比类合谊”“以事为名”,作为汉字类别标志(比类)的部首,携带着具体的字义(谊),体现出作为形音义统一的文字符号(名)的属性。因此,合体字中的部首的类聚功能,是代表字义类别的“义类”。

同一个部首,在“文”的阶段是“象类”,可以在意象层面进行类聚;在“字”的阶段则是“义类”,可以在语义层面进行类聚——随着汉字的发展,部首的类聚功能发生了质的变化。就汉字史而言,这与构件义化以及形声字的大量产生密不可分。正如王宁先生所言:“这种构件象物性淡化,成为具有意义的字参加构字体现构意,称为构件义化。构件义化也就同时有了声音,不但使形合字逐渐变为义合字,而且为最常见的汉字半义半声的构形方式创造了有利的条件。”②就思想史而言,这与“以类名为象”的意象分类向“察类明故”的语义分类的发展息息相关。对《说文》而言,部首所具备的“象类”与“义类”的不同功能,奠定了其类聚汉字时互相依存的两大理路——“以象为聚”和“以义为分”。对此,我们要在《说文》立部、归部的具体机制中,进行深入的说明。

三、以象为聚:《说文》部首的形义聚合

“象”是理解《说文》类聚思想的关键性概念。在此,我们先要阐释《易》象和文字之间的关联。《易》学传统中,“象”是一个根本性的哲学范畴。“《易》者,象也,象也者,像

①章太炎:《庄子解故·在宥》,上海:上海人民出版社,2014年,第163页。
②王宁:《汉字构形学导论》,北京:商务印书馆,2015年,第60页。

也”,圣人作卦,从纷繁的物象中提取卦爻符号,象征宇宙万物的基本现象。和具体物象相比,“象”的实质是一种意象性符号。“所有的八卦和六十四卦都是象征物和符号,它们如索引一般形象地代表了生活中或自然界中的真实情境。虽然《易经》没有用到‘象’这个词,但卦的符号的使用很明显就是一种‘象’的行为,也即一种索引般的形象的代表。”①“象”是万物生成过程中的本源性环节,它不断“引而伸之”,以重卦组合的方式代表世间万类。由于意象符号的本源性与模糊性,“象”涵盖了丰富的思维内容——“圣人立象以尽意”,并由此成为把握宇宙的规律与统系的枢纽。正如冯友兰先生所说:“《易》之为书,即所以将宇宙诸事物及其发展变化之公例,以简明之象征,摹拟之,代表之,以便人之取法。《易》之一书,即宇宙全体之一缩影也。”②

《说文》对部首的理解深受《易传》哲学之影响。根据“文”和“字”的不同,我们将《说文》部首分为两类:一、基本部首。指《说文》中的独体部首,包括成字化的单笔构件、象形构件以及相应的部首变体。二、分化部首(衍生部首)。指在基本部首的基础上,通过加形、合成、重合等方式形成的新部首。“文者,物象之本”,“象”相当于独体之“文”,也就是《说文》中的基本部首。具体而言,古人造字取象,从众多物象中选取典型意象作为初文,这与《周易》画卦取象的规律是相通的。《说文叙》说:“仰则观象于天,俯则观法于地,视鸟兽之文,与地之宜,近取诸身,远取诸物,于是始作《易》八卦。”这既是画卦之法,也是初文取象的基本模式。根据李国英先生的统计,《说文》中有 72 个以基本部首为主的高频义符,包括人体的头部、手部、足部,自然世界中的天文、地理、动物、植物、矿物,人造器具中的衣、食、住、行、用等等,体现出了天、地、人、物的基本类别③。其次,基本部首亦通过“引而伸之”的组构方式,由独体之文衍生合体之字。最后,基本部首对汉字的统摄,与卦象统摄万类的功能相一致。许慎以八卦为“宪象”,这是代表事物类别的“法象”,如乾坤二卦代表了天地、男女、首腹、马牛等众多事物。部首统摄全体汉字,也具有“宪象”的特点。《说文叙》强调文字的统类功能,“盖文字者,经艺之本,王政之始,前人所以垂后,后人所以识古。故曰:本立而道生,知天下之至啧而不可乱也”。最后一语正出自《系辞》:“圣人有以见天下之赜,而拟诸其形容,象其物宜,是故谓之象。”考其语境可知,无论是以文字统摄经义还是以“文”统摄“字”,都是以“拟诸形容、象其物宜”的“象”为枢纽的。关于《易》象与部首的类比关系,我们用下图进行表示:

①成中英:《易学本体论》,北京:北京大学出版社,2006 年,第 143 页。
②冯友兰:《中国哲学史》,北京:中华书局,2014 年,第 396 页。
③李国英:《小篆形声字研究》,北京:北京师范大学出版社,1996 年,第 58 页。

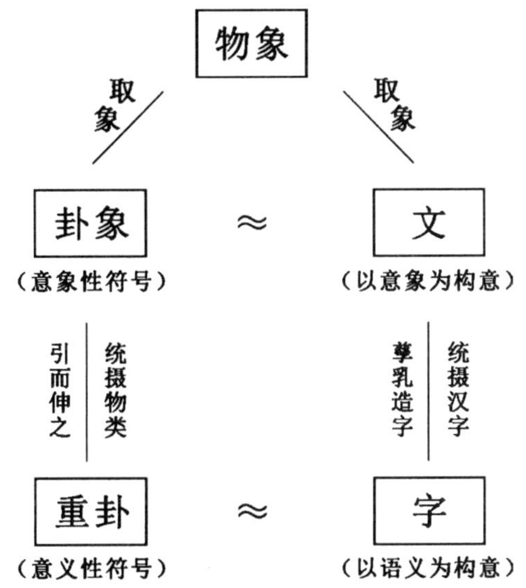

我们看到，《易》象是许慎建立部首体系的思想背景，作为字象的基本部首，同样具有意象性、本源性、统摄性的特点。因此，我们用“以象为聚”来表述基本部首对部首体系的统摄，以及在此基础上对全体辖字的统摄，这是《说文》类聚汉字的基本体例。需要说明的是，汉字的“聚”与“分”是一体之两面，“象”既是聚合的枢纽，也是判分的标志。本文的“以象为聚”“以义为分”是从不同视角来阐释类聚的整体规律，而不是割裂二者之间的统一性。此外，“以象为聚”与“据形系联”在很大程度上是重合的，之所以从“象”的角度阐述，是因为“象”更能凸显部首作为类别标志的特点——每个字都有字形，但唯有部首才是象类的标志；更是因为“象”更能体现《说文》类聚的思想实质及其《易》学渊源——透过《易》象来看《说文》部首，才能深入理解许慎的类聚思想。具体而言，《说文》立足基本部首类聚汉字，主要体现为“立象”与“聚形”两个环节。

“立象”指的是《说文》明确基本部首的象形属性，并为非象形部首赋予字象。分为三种情况：其一，基本部首为象形字，许慎根据字形说解字象。如：“气，云气也。象形。”其二，基本部首为不成字的单笔或象形构件，《说文》为其赋予音义并说解字象。如：“丨，上下通也。”“丵，丛生艸也。”前者是笔画，后者是构件，皆未独立记词，许慎将其进行成字化说解，赋予音义。其三，基本部首本非象形，许慎释为象形，赋予字象。如：“乃，曳词之难也。象气之出难。”作为虚词，“乃”本无形可象，它在文句中多表示停顿、转折的语气，故释为“曳词”。在《公羊传·宣公八年》中，辨析了“乃”的词义特点——“而者何？难也。乃者何？难也。曷为或言而，或言乃？乃难乎而也。”和“而”相比，“乃”的转折语气更为强烈，故许慎将其屈曲纠结的形体释为“象气之出难”。

在这三种现象中，第一种是常见的，后两种是特殊的，但却充分彰显出《说文》"以象为聚"的文化思路。首先，许慎为什么一定要把非象形部首释为象形？如果仅从形体考虑，无论是否象形，部首都能系联辖字的形体，这种不符字源的说解是不是画蛇添足呢？要知道，正因为立象尽意、以象统字是《说文》根本性的文化思路，许慎才会选择这样的说解方式，基于儒家经典为部首赋予字象。其次，《说文》对部首字象的说解，始终以聚合字形为指归。以"丵"为例，甲骨文中"對"作，从丵从又，"丵"象凿击物体时产生的碎屑，许慎则释为杂草丛生之象。这一说解统摄了"丵、業、對"等字的形义——叢草与"丵"密不可分，業上的锯齿之形与"丵"相似，對是口才机敏，犹如草丛的茂密生长。在这里，"丵"与辖字的关联不是语义上的，而是形象上的，充分体现出部首的"象类"功能。

许慎对"象"的说解，鲜明地指向了汉字形体的聚合，"立象"是"聚形"的基础。具体而言，《说文》以基本部首为枢纽，形成相关的部首群，这是第一个层次的类聚。进而以部首分别统摄辖字，形成了第二个层次的类聚——正如《易》象的重卦相衍一样，《说文》的"以象为聚"也是层次性的，由此实现了以基本部首为枢纽的全体汉字的聚合。例如：

一、上、示、三、王、气……

走、止、址、步、此、正、是、辵、彳、廴、延、行、足、疋……

人、七、匕、从、比、北、㐺、𡈼、重、卧、身……

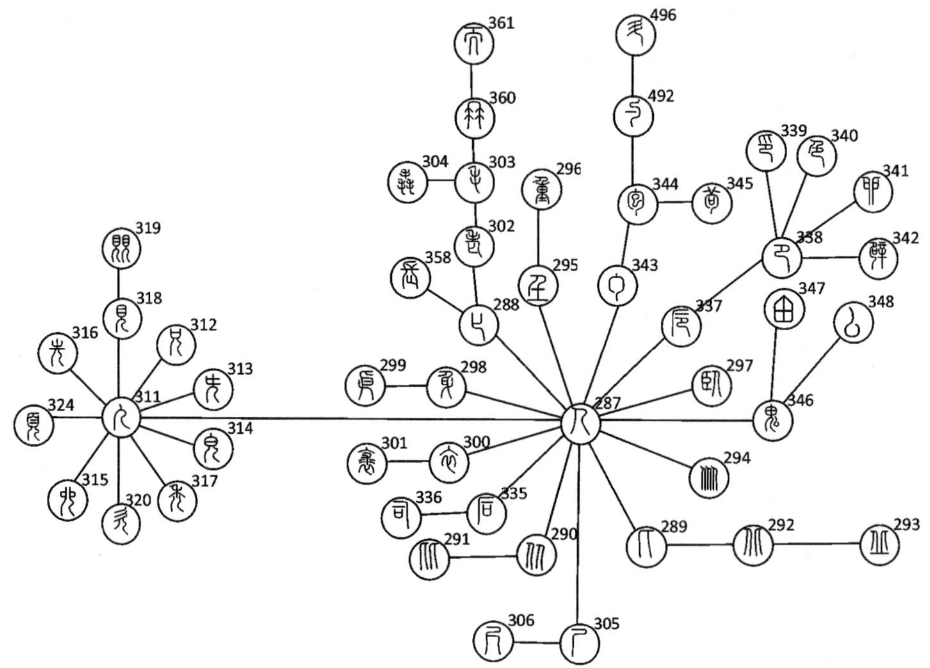

在卷一的上天类部首群中，由基本部首“一”为统摄，其核心意象是天；在卷二的行走类部首群中，由基本部首“止”为统摄，其核心意象是足；在卷八的人体类部首群中，由基本部首“人”为统摄，其核心意象是人体。这些部首分别类聚辖字，由此统摄了数百个形义相关的字形。在王立军先生绘制的《说文》540 部关系图谱中①，“以象为聚”的规律被清晰地呈现出来。

四、以义为分：《说文》部首的形义分化

类聚包括聚合与判分两个维度，在“以象为聚”的同时，《说文》还进行着“以义为分”的工作，二者之间互相依存、不可分割，形成了《说文》形义类聚的整体规律。和“以象为聚”一样，“以义为分”也分别体现在部首、辖字的不同层次，表现为部首的构意分化和辖字的据义排序。

在《说文》中，基本部首的字形能够统摄分化部首，但许慎根据二者字义不同，将后者独立立部，这一机制称为构意分化。构意分化是理解《说文》540 部首整体框架的关键，《说文》部首的数量远超其他字书，《五经文字》立 160 部，《字汇》《康熙字典》立 214 部，均不及《说文》部首的一半。因此，有些学者据此批评《说文》过于琐碎。例如：

> 《说文》部首的显著缺陷是数量过于庞大。个别部首，如“癸”“四”“五”“六”“七”“丙”“丁”“庚”“耑”“录”“丑”“能”“未”“亥”“冉”“卯”“燕”等等，有“将”无“兵”，“光杆司令”一个，便失去了立部之意义，“凡×之属皆从×”成了一句空话。汉字多有以同形构成之复体，意义上均有联系，是显而易见的，而《说文》则一一为之立部，故显得支离破碎。……总之，《说文》部首大有可归并者，以使人感到简明扼要，易于掌握，便于记忆，从而大大加快检索速度。②

这种批评主要针对《说文》部首中辖字过少，甚至没有辖字的现象，认为这些部首应当归并删减。根据统计，《说文》部首的辖字量和部首数量具有反比例关系（见下表）。《说文》中共有 375 个部首的辖字在 5 字以内，其中大量属于分化部首。如果根据批评者的意见大肆删削，也就意味着五百四十部体系的整体坍塌，这是《说文》的灾难。我们认为，更为合理的办法是要深入思考，究竟什么是《说文》的立部规律？

①王立军：《〈说文〉的内在系统及其在训诂实践中的应用》，第四届许慎文化国际研讨会会议论文。

②王海根：《据形系联、以义部居——试论许慎〈说文解字〉创立部首之贡献及其应用》，《说文解字研究》（一），开封：河南大学出版社，1991 年，第 361—363 页。

辖字量	0	1	2	3	4	5	6-10	11-20	21-50	51-100	101-200	201-400	>400
部首数	36	158	101	54	26	24	34	29	33	20	16	6	3

《说文》类聚思想是理解这一问题的重要角度，一方面，形体相近的部首围绕基本部首进行聚合，这是“以象为聚”；一方面，根据构意的不同将其立为分化部首，这是“以义为分”——立部分化以构意为依据，构意是词义在汉字上的折射，在本质上属于语义层面的分化。例如：

《屮部》：屮，艸木初生也。象丨出形，有枝茎也。

《艸部》：艸，百卉也。从二屮。

《蓐部》：蓐，陈艸复生也。从艸辱声。

《茻部》：茻，众艸也。从四屮。

《艸部》是《说文》中的第二大部，收 444 字，《屮部》收 5 字、《蓐部》收 1 字，《茻部》收 3 字，如果仅从查检考虑，后两者皆可并入《艸部》。但《说文》却将其分别立部，体现出鲜明的分化机制。在《说文》中，“屮”表示向上生长的构意，统摄“屯、每、毒、芬、岁、熏”诸字；“蓐”表示与农耕行为有关的构意，统摄“薅”字；“茻”表示茂密覆盖的构意，统摄“莫、莽、葬”诸字。值得注意的是，“卉，艸之总名也。从艸屮”。其构形模式与“茻”相同，但构意并未超过《艸部》的范围，故不立部，亦从反面体现出《说文》的立部机制。“屮、蓐、茻”的部首构意与《艸部》表示草类名称、类别、状态的构意明显不同，故《说文》将其分别立部，这是构意分化的典型现象。我们看到，在“聚”和“分”的共同作用下，《说文》部首形成了 540 部的整体规模——在“象”的关联中得以聚合，在“义”的区别下进行判分，呈现出严密的内在体系。

“以义为分”不仅体现为部首体系中的立部分化，也体现在《部首》内部的辖字排序中。在部首以象聚形的基础上，《说文》根据辖字的意义类别进行排序。**在部首字序中，许慎从生成规律、逻辑层级、人天属性、社会观念、具体事理等角度，对事物的内在之“理”进行了清晰的划分，具有丰富的思想底蕴与人文内涵。**对于《说文》字序的基本体例，清代学者已经进行了充分的探讨。如《段注》中说：“凡每部中字之先后，以义之相引为次。”《说文释例》中说：“至于后部列文，自有条理。与部首反对者必在部末，叠部首为字者必在部末。至于部中字之先后，则先实后虚，先近后远，诸大部无不然者。其或无虚实远近之可言，则以训义美者列于前，恶者列于后。”现代学者亦多有论述。在《说文》体例的基础上，我们可以进一步提炼部首字序背后的文化理念。

首先,《说文》字序区分了事物的共名与别名、整体与局部,呈现出“整体—判分”的分类模式。在思想史上,荀子的“共名”与“别名”相当于逻辑中的上下位概念。在《说文》中,先列以部首字为代表的共名,并将别名列之于后,如《马部》先立马名,再根据马的年龄、毛色等列其别名,体现出逻辑上的名称层级判分。此外,《说文》先列事物整体之名,再列局部之名,如《页部》先列“页、頭”表示整体,再根据从上到下的次第,罗列表示面目、头骨、头顶、鼻梁、颧骨、脸颊、下巴、脖子的汉字。这种“整体—判分”的分类模式不仅依据逻辑法则,更体现出“造分天地、化成万物”的世界生成规律。

其次,《说文》字序区分了事物的自然属性与人文属性,呈现出“自然—人文”的分类模式。一方面,在对于物类的划分中,自然属性多在人文属性之前,如《艸部》先列自然中的种种草名,再列各种草类的人工用度。这种先自然、后人文的分类思路,在《说文》部首中广为体现,反映出人类将自然世界改造为人文世界的历史进程。另一方面,《说文》又有着严格的“人物之辨”。“人,天地之性最贵者也”,在和器官、动作、生命有关的部首中,采用以人为先、以物为次的分类标准,如《口部》先列人之哭笑、饮食、语言,再列动物的啼啸、鸣叫等。这两种分类思路相辅相成,体现出“道法自然”和“以人为本”的统一,如果将自然与“天道”等而视之的话,更展现出“天人之辨”的整体框架与内在张力。

再次,《说文》字序体现出古人趋吉避凶、崇善抑恶的价值取向,呈现出“吉/善—凶/恶”的分类模式。在《示部》中,表示祥瑞的“福、禄、祥、祐”等字在前,表示祸祟的“祸、祟、祲、祅”等字在后,体现出鲜明的吉凶之辨。在《女部》中,表示女子貌美、德行者在前,表示丑陋、心恶者在后,体现出古人社会性的人文情感。

最后,《说文》字序体现出古人对于物类的生长规律与内在结构的认识,根据具体的“分理”进行分类。如《口部》先列婴儿之哭笑,次列表示饮食、喘息、命名、语言、感叹、吊唁、伤悼之字,终列“嗷”“嗼”二字,表示生命终结后的寂静。从婴儿降生的呱呱啼声,到死亡来临的万籁俱寂,《口部》字序展现出生命的全部历程。《说文》部首涵盖众多义类,在字序中展现对“物理”的丰富阐释,体现出许慎对世间万类的细致观察。

五、《说文》类聚思想的特点与历史意义

《说文》类聚思想既是许慎自觉的文化理念,更是浸润在《说文》整体结构中的内在思想,通过对《说文叙》的分析,以及以部首为核心的“聚合—分化”规律的理解,我们可以总结《说文》类聚思想的实质——在许慎看来,汉字形义承载着万物之“理”,它表现为事物之间整体有序的关联,而类聚则是“理”的基本形式。《说文》类聚是层次性的,在部

首和辖字两个基本层面,通过以"象"为枢纽的聚合和以"义"为标准的判分的综合作用,建立起严密有序的部首体系,从而"理群类、达神恉"——展现汉字的系统关联,把握汉字的基本精神。《说文》部首共540个,自数理言之,它是9×6×10的结果。9为阳数之极,6为阴数之极,10为全数,在《说文》部首的数目中,也蕴含着统理群类、靡不毕载的文化理想,而类聚正是实现这一理念的根本方式。

类聚是《说文》形义体系的灵魂,它是以《易》学为代表的类聚思想在汉字世界中的集中反映,既符合人类思维由意象到语义的发展规律,更体现出丰富而深刻的人文内涵。《周易》是中国哲学的源头,汉字是中国文化的基石,这二者的结合使《说文》类聚思想在语言文字与文化思维的领域中都具有重要意义,产生了深远的影响。

就语言文字而言,《说文》类聚思想奠定了传统"小学"在系统中考察语言文字的方法论基础——"夫所谓学者,有系统条理,而可以因简驭繁之法也",在类聚中呈现系统,在系统中理解本质,这一思维方法成为传统"小学"的第一要义。此外,《说文》类聚思想及相关体例,也奠定了后世字书编纂的基本模式。《字林》分540部,《玉篇》部首始一终亥,《类篇》分部一如《说文》,足见其深远影响。

就文化思维而言,《说文》类聚思想是对汉字之"理"的展现。"理"是中国文化的核心范畴,《说文》对"理"与"类"、"共理"与"分理"之关系的讨论,对象、义、理三者的贯通,以及许慎"理群类"的具体实践,对魏晋玄学乃至宋明理学的哲学思考,都有着内在影响。在更为宏观的视域中,《说文》类聚是中华文化关联性思维的集中展现。什么是中华文化的思维特性?对于这一根本问题,李约瑟(Joseph Needham)、葛瑞汉(Angus Charles Graham)、牟复礼(Frederick W. Mote)等海外学者在中西文化对比中,进行了积极的探讨。在他们看来,中国文化的特点在于关联性思维(correlative thinking),西方文化的特点在于分析性思维(analytical thinking)。对此,陈来先生指出:

> 关联思维即普遍联系的思维,其特点就是对一般人只看到分别、分立、无关的事物能看到其相互联系,特别是把天、地、人、万事万物看成关联的整体。……尽管以"天人感应"为特色的关联宇宙建构的高峰是在汉代,但关注事物的普遍联系,关注事物的相互依存、相互关系、相互作用、相互影响、相互感通,关注整体与部分的相互包含,早已成为中国思维的重要特性。①

《说文》类聚是关联性思维的经典范式。这一范式源自《周易》哲学,立足语言文字,在中

①陈来:《中华文明的核心价值》,北京:生活·读书·新知三联书店,2015年,第34页。

国文化的基因层面充分展开;它贯穿了全部的汉字,体现出关联性思维的彻底性与穷尽性;它作为文字学的经典,深刻地影响着中国人对于语言文字的认识,形成了本源性的思维积淀。可以说,《说文》的类聚思想与形义体系,对汉民族文化思维的形成与奠定,起到了不可替代的历史作用。

Study on the thoughts of classification method in *ShuowenJiezi*

Meng Zhuo Yin Meng

(Beijing Normal University)

Abstract: *ShuowenJiezi* has a conscious thought of classification method, which originated from the thought of classification in Pre-Qin and Han Dynasties, and was inspired by the form and meaning classification of early *xiaoxue*. *Preface of Shuowen* clarified the cultural concept of *liqunlei*, the dominant effect of radicals on classification and the radicals' two functions——"image class" and "meaning class". The thoughts of classification method in *ShuowenJiezi* embodied in the structure of the radical system and governed overall Chinese characters by "gathering on image" and "division on meaning", so that it established a rigorous system of Chinese characters. This profound thought influenced the characteristics of traditional *xiaoxue* methods, affected the Chinese philosophy's thought on *li*, and especially laid an important foundation for the related thinking of the Han nationality culture.

Keywords: classification method, *li*, gathering on image, division on meaning, related thinking

宋元递修小字本《说文解字》版本考述*

——兼考元代西湖书院的两次版片修补

董婧宸

（北京师范大学民俗典籍文字研究中心）

提要：徐铉雍熙三年校定的北宋国子监本《说文解字》，在《说文解字》的流传、刊布与研究史上，有着重要的意义。从版本源流看，今存的宋元递修小字本《说文解字》，祖出北宋国子监本，约开雕于南宋孝宗时期，宁宗年间修版，至元代时版片归西湖书院，入明后又移至南京国子监。参考存世的西湖书院参与刊刻或修补之其他书籍，考察《说文解字》各藏本的刻工和版片，排除描润和抄补因素后可知，今存的八帙宋本《说文解字》，均经过元代西湖书院的版片修补，而有早修本和晚修本两种印本差别。早修本经过元代一次修补版，版心下方一般有刻工姓名，保留了较多的早期面貌的文字、反切，修版约在大德前后。晚修本经过元代两次修补版，计补刻六页，并有大量修版，体现为剜去刻工、改用俗字、修改训释、更改反切、增删墨钉等典型现象，修版中的文字校改不精，反切或取《玉篇》《广韵》《增韵》等西湖书院其他印本，第二次修版约在元代末年。厘清宋版《说文解字》在元代的两次修补版情况，有助于判断清人《说文》校勘时所采用的校本性质，并在版本学上深化对元代西湖书院书籍刊刻活动的认识。

关键词：《说文解字》；版本；修补版；西湖书院

---

* 本文得到北京师范大学青年教师基金项目“《说文解字》与清代学术”（项目号 310422118）的资助。写作过程中，得到王宁先生及乔秀岩、张丽娟、瞿艳丹、董岑仕等诸位师友的帮助，并得到了国家图书馆、北京大学图书馆、湖南图书馆、上海图书馆、静嘉堂文库、武田科学振兴财团杏雨书屋等藏书机构的协助，谨致谢忱。

东汉许慎撰的《说文解字》(下文简称《说文》),是一部全面分析小篆形体并说明本字本义的小学专书。宋太宗雍熙三年(986),徐铉等人奉诏校定《说文解字》,世称“大徐本”。作为北宋早期馆阁校勘的重要成果,《说文解字》在校订完成后,即下国子监刊版,《说文解字》的文本遂从写本纷繁,归为国子监定本,并影响了《玉篇》《广韵》《类篇》《集韵》等北宋官修字书韵书。

今存的宋本《说文解字》,共十五卷,每卷各分上下,版框约高 18.1 厘米,宽 12.8 厘米,半页十行,行二十至三十字不等,清人多称为“小字本”。从版本源流看,存世的宋本《说文解字》,上承北宋国子监刊本,下启清代刊刻的汲古阁本、藤花榭本、平津馆本,是《说文》诸多版本中的关键一环。在《说文》学史上,段玉裁嘉庆二年(1797)撰成的《汲古阁说文订》(以下简称《说文订》),揭橥了王昶本、周锡瓒本、叶万抄本的异文,并云“三小字宋本不出一榘,故大略相同而微有异”,影响并推动了清代《说文》研究。围绕着小字本《说文》的不同印本,学界曾结合避讳、版片、刻工、文字的情况,对其刊刻时间、版本性质、文字差异有过探讨。但由于所见版本的局限和对版刻异文、刻工考察的不足,目前对宋本《说文》版本的研究,仍存在着不少分歧和误解①。本文拟结合版刻面貌、文字校勘、刻工梳理和清代《说文》研究,全面考察现存的八帙小字本《说文》的版本情况、刷印先后,并参考相关文献,探讨《说文》版本演变背后的元代西湖书院书版刊刻活动。

一、宋元递修本《说文解字》的递藏及著录情况

清代以来,流传的小字本《说文》盖有数帙,以下谨据相关的书目书跋和文献记载,按照整本、残本及今存佚不详的顺序,略述各本的著录情况及递藏源流。

今存整本、残本共八种:

其一,今藏国家图书馆(书号 09588,以下简称“额本”②),六册,标目并十五卷全,书中间有朱笔、墨笔校改。汲古阁旧藏,钤有毛晋、毛表、季寓庸、季振宜、汪灏等人印章,约

①清代至近代,翁方纲、桂馥、段玉裁、黄丕烈、钱大昕、顾广圻、陆心源、叶启勋、叶启发等学人,曾就小字本《说文解字》的版本做过讨论,近代以来,王国维、周祖谟、仓田淳之助、赵万里、严一萍、高明、阿部隆一、李致忠、王贵元等学者,也就宋本《说文解字》的版本源流有进一步的探讨。惜限于条件,诸家的观点或有不够全面,亦有疏失之处,具体考辨详见下文。

②影印本收入许慎撰《宋本说文解字》,北京:国家图书馆出版社,2017 年。孙星衍曾称此本为“额本”,见国图藏孙星衍、顾广圻校跋汲古阁本《说文解字》(善本 7315);由于曾藏汪喜孙、海源阁,学界亦称“汪本”“海源阁本”。

乾嘉之际归额勒布，桂馥、孙星衍、顾广圻、阮元等曾经眼，道光年间在汪喜孙处[①]，丁晏、许瀚、陈颂南、何绍基、何绍业、叶志诜等人曾借观，道光辛丑、壬寅年间(1841—1842)由汪喜孙赠海源阁杨以增，1936年归陈澄中，今藏国家图书馆。《季沧苇藏书目》"延令宋板书目"下有"说文(六本)"，当即此本[②]。翁方纲《书宋椠说文后》曾跋此本[③]，杨绍和《楹书隅录》著录[④]。《中国版刻图录》和李致忠《宋版书叙录》对此本刻工和版刻有较为详细的考述[⑤]。

其二，今藏湖南图书馆(以下简称"叶本")，六册，标目并十五卷存。书中标目、卷五上、卷九上、卷十三上这四卷的首页前四行为书贾挖去，经后人抄补，知原为四册装订，后改装为六册，缺页有抄补，书中间有墨笔校改。此本钤有毛扆、钱听默、查莹、莫友芝等人之印，中有伪印[⑥]。叶启勋、叶启发1935年购得，书前有叶启勋、叶启发跋，中有徐桢立跋，《拾经楼紬书录》《华鄂堂读书小识》著录[⑦]。

---

①杨绍和《楹书隅录》云"向藏江都汪容甫先生家"，学界多据此以为此本曾藏于汪中处。从该本钤印看，未见汪中印章，额勒布及其子宝奎的印章，在汪喜孙钤印之前。又据行年推断，汪中卒于乾隆五十九年(1794)，时汪喜孙九岁；汪喜孙《汪荀叔自定年谱》，嘉庆十二年(1807)，"盐政额勒布招置幕府会文，以《玉海》为赠"，时汪喜孙年方二十二岁，而此时《说文解字》仍在额勒布箧中。故该本实未经汪中收藏，其入藏汪喜孙之时，或在道光十年(1830)额勒布去世以后。

②《季沧苇藏书目》"宋元杂版书"下"韵书"类下，另有"说文解字十二卷""许氏说文十二卷"两种，从卷数上看，当为李焘编《说文解字五音韵谱》十二卷(卷首题"许氏说文"，录许慎《说文解字叙》)，并非始一终亥本的《说文解字》，见《季沧苇藏书目》，《续修四库全书》影印士礼居丛书本，上海：上海古籍出版社，2002年，第609、615页。

③翁方纲《书宋椠说文后》云"此本有毛氏印"，收入《复初斋文集》卷十六。该篇手稿今存，现藏台湾"国家图书馆"(书号13335)，影印本收入翁方纲《复初斋文集》，台北：文海出版社，1974年，第1286—1291页。据跋文手稿前所录的宋椠《说文》的装订、印章、行款、各卷卷首的情况，知翁方纲获阅的《说文解字》共两帙，一为额本，一为宋葆淳本。乾隆四十七年(1782)，翁氏为钤有毛氏印章的额本撰《书宋椠说文后》。

④杨绍和撰，周叔弢批注：《周叔弢批注楹书隅录》，北京：国家图书馆出版社，2009年，第127—128页。天头有周叔弢批语："白纸，公事纸，元印，比皕宋楼本为佳。丙子三月，澄中以二万二千元收此书及世綵堂韩文去，余及庾楼丈作介也。"知1936年由周叔弢、张允亮(庾楼)之介，该书转归陈清华(澄中)。

⑤北京图书馆编：《中国版刻图录》(修订版)，北京：文物出版社，1961年，第12页；李致忠：《宋版书叙录》，北京：书目文献出版社，1994年，第272—277页。然《中国版刻图录》对刻工的分期有待订正，李致忠文中，误将"王文""平山"等不在此本的刻工阑入。

⑥"毛扆之印"钤于标目页首行残缺处。考该本各卷卷首残缺处，均以汲古阁五次剜改后印本为底本抄补，而毛扆第五次剜改汲古阁本，在康熙五十二年(1713)四五月间，毛扆于是年七月去世。叶本卷首毛扆钤印处，既脱漏"汉太尉祭酒许慎记"，又在第五次剜改后印本刊行以后，知为书贾作伪。钱听默之印，亦真伪难辨。

⑦叶启勋、叶启发：《二叶书录》，上海：上海古籍出版社，2014年，第21页，第195—197页。

其三，今藏日本静嘉堂文库（以下简称“王本”①），八册，标目并十五卷存，缺页有抄补，书中墨钉、漫漶处多经后人挖补及墨笔校改。王昶旧藏，钱大昕、阮元、段玉裁、钱侗等学者曾借观，迭经汪士钟、蔡廷相、蔡廷桢、陆心源等人递藏，后入藏静嘉堂文库。《艺芸书舍宋元本书目》《艺芸书舍宋元书目详注》《仪顾堂续跋》《静嘉堂秘籍志》《静嘉堂文库宋元版图录》《日本国见在宋元版本志经部》等著录②。

其四，今藏国家图书馆（书号 01117，以下简称“黄本”），十册，缺标目，余十五卷全，书中无墨笔校改，但版面漫漶、墨钉处则多有挖去。卷一上、卷五上、卷八下、卷十二下首页钤有“黄氏志淳”印章，知为明人黄姬水旧藏③。黄姬水，字淳父，一字志淳，明代文人、书画家，《明史・文苑传》有传。李致忠《宋版书叙录》、王贵元《说文解字版本考述》等曾简述该本情况④。

其五，今藏北京大学（LSB/9084，以下简称“李本”），四册残本，存标目至卷一、卷八至卷十三，缺页有抄补，书中间有朱笔校改及墨笔抄补栏线。钤有赵宧光、黄翼、钱曾、张敦仁、张葆采、孙星衍、顾广圻、袁芳瑛、李盛铎等人印章。今残本标目至卷一、卷八至卷九、卷十至卷十一、卷十二至卷十三共分四册，而在标目、卷八上、卷十二上首页钤“钱曾”“述古堂图书记”印，他卷则否，疑原分四册，殆即《述古堂书目》著录的“许氏始一终亥《说文》三十卷，标目一卷，四本”之书，惜卷二至卷七、卷十四至卷十五，今下落不明，且分

---

①段玉裁《说文订》称为“王氏宋本”，王昶字兰泉，一字述庵，亦称“兰泉本”。后归陆心源、岩崎氏静嘉堂，学界亦有称“陆本”“岩崎本”“静嘉堂本”者。石印影印本收入《续古逸丛书》《四部丛刊》。笔者核对静嘉堂藏原书，知商务印书馆石印时描改者，不下百余处。论文引用书影及王本，均已据原书书影核对。

②《艺芸书舍宋元本书目》有“说文解字三十卷，又一部”，一为王昶旧藏本，一为黄丕烈旧藏，参南京图书馆藏《艺芸书舍宋元书目详注》，收入南京图书馆编《南京图书馆藏稀见书目书志丛刊》（第十七册），北京：国家图书馆出版社，2017 年，第 66—67 页；陆心源：《仪顾堂书目题跋汇编》，北京：中华书局，2009 年，第 299 页；〔日〕河田罴：《静嘉堂秘籍志》，上海：上海古籍出版社，2016 年，第 54—55 页。〔日〕静嘉堂文库编：《静嘉堂文库宋元版图录》（解题篇），东京：汲古书院，1992 年，第 8 页。〔日〕阿部隆一：《日本国见在宋元版本志经部》，收入庆应义塾大学附属斯道文库编《阿部隆一遗稿集 第一卷 宋元版篇》，东京：汲古书院，1993 年，第 365—368 页。

③按，“黄氏志淳”印文文字，与黄姬水草书扇页上钤印相同，参上海博物馆编：《中国书画家印鉴款识》，北京：文物出版社，1987 年，第 1139 页。

④李致忠《宋版书叙录》：“另一部亦是宋刻元修本，行数虽与丁晏跋本相同，但大小字数有异。”当即指此本，然黄本、额本实为同一印本，李氏殆以黄本缺标目，而以黄本正文与额本标目相较，故有大小字数不同之误说。又王贵元称此本为“黄志淳本”，参王贵元：《说文解字版本考述》，《古籍整理研究学刊》，1999 年第 6 期；王贵元：《说文解字版本问题》，《汉语史研究集刊》，2002 年第 5 辑。惜于版本判断上不无小失，对诸本异文亦有不少失校之处，辨详下。

册亦经改装。《木犀轩藏书题记》《北京大学图书馆善本书录》等著录①。

其六，今藏台湾“国家图书馆”（书号 00911，以下简称“葆本”），二册残本，存卷七至卷十五，缺页仅抄补一页，全书无墨笔校改。此本钤有张埙、朱筠之印，书末有朱筠乾隆四十四年（1779 年）跋文：“安邑宋君葆淳帅初旧得此书，乾隆已亥秋八月，持以见示。”知为宋葆淳（字帅初，号芝山）旧藏，桂馥《说文解字义证 · 附录》曾提及此本，乾嘉时期，该本当为四册全②。严一萍《跋宋本说文解字》、阿部隆一《中国访书志》及《“国家图书馆”藏善本书录 · 经部》曾考察过此本的刻工、版刻情况③。

其七，今藏日本武田科学振兴财团杏雨书屋（书号恭 2，以下简称“内藤本”），四册残本，存卷二、卷五、卷六、卷十三至卷十五，书中缺页未抄补，亦无校笔。今该本卷二上及卷五上、卷五下及卷六、卷十三下及卷十四上、卷十四下至卷末各装一册，而卷二上、卷五上、卷十三上则钤“香山常住”墨印，知已有改装，曾为内藤湖南收藏。《恭仁山庄善本书影》《新修恭仁山庄善本书影》收录书影，仓田淳之助《说文展观余录》、阿部隆一《日本国见在宋元版本志经部》等曾介绍其版本情况④。

其八，今藏国家图书馆（善本 07957），二册残本，存卷四下、卷五、卷七。内阁大库旧藏，周叔弢曾藏，钤“周暹”等印⑤。

---

①李盛铎著，张玉范整理：《木犀轩藏书题记及书录》，北京：北京大学出版社，1985 年，第 84—85 页。张玉范编：《北京大学图书馆藏善本书录》，北京：北京大学出版社，1998 年，第 63 页。又赵万里《宋元刻本写本经眼录》云“此北宋监本，贞、桓字不缺笔”“此本纸色黯黄，盖明初印本”，收入《赵万里文集》（第三卷），北京：国家图书馆出版社，2012 年。按该篇系据赵氏手稿整理，定为北宋监本、明初印本，似在 1948 年作《北京大学图书馆善本书录》前后。

②桂馥《说文解字义证 · 附录》云：“安邑宋君葆淳得《说文解字》小字本，有毛晋印、季振宜印，是元明间坊间本。”今按，桂馥曾先后得见宋葆淳本和钤有毛晋、季振宜印的额勒布本，此说系误将二本相混。关于桂馥、朱筠、翁方纲等人借阅宋葆淳本的始末及该本入藏台图的情况，参董婧宸：《朱筠跋宋葆淳旧藏小字本〈说文解字〉源流考述》，《版本目录学研究》第 9 辑，2018 年。

③严一萍：《跋宋本说文解字》，《大陆杂志》十九卷一期，1959 年；阿部隆一：《中国访书志》，东京：汲古书院，1976 年，C44—46 页。“国家图书馆”编印：《“国家图书馆”善本书志初稿 · 经部》，1996 年，第 241—242 页。

④〔日〕大阪府立图书馆：《恭仁山庄善本书影》，小林写真制版所出版部，1935 年；〔日〕杏雨书屋编：《新修恭仁山庄善本书影》，武田科学振兴财团，1985 年；〔日〕仓田淳之助：《说文展观余录》，《东方学报》第十册第一分，1939 年；〔日〕阿部隆一：《阿部隆一遗稿集 第一卷 宋元版篇》，第 365—368 页。又，该本钤印，阿部隆一著录误作“香山寺常住”，今据原书订正。

⑤冀淑英编：《自庄严堪善本书目》，天津：天津古籍出版社，1985 年，第 17 页。此本即《中国版刻图录》“说文解字”条下所述的“内阁大库亦有零星残帙”。书影见周一良主编：《自庄严堪善本书影》，北京：国家图书馆出版社，2010 年，第 102 页。笔者未能获见残卷的全部书影，近蒙山西大学张宪荣惠示《国图藏宋刻元修大徐〈说文〉残本小考》（未刊稿）并该本部分书影，知系宋元递修之晚修本。

今存佚不详者,共有四种:

其一,周锡瓒旧藏(以下简称"周本"),周锡瓒,字仲涟,号漪塘,又号香严居士,与黄丕烈、段玉裁等交好。段玉裁曾借周锡瓒藏本,并录部分异文于《说文订》中,原书当为标目并十五卷全,今存佚不详。

其二,黄丕烈旧藏,据《百宋一廛书录》,此本为拼配本,卷一下至卷七以白纸刷印。卷十四、卷十五以黄纸刷印。另外卷一上、卷八至卷十三为抄补①。钱大昕日记载"黄荛圃出示宋小字《说文》,与述庵家藏本无异,唯卷末多一行,有'十一月江浙等处儒学'字,殆元翻刻也"②。黄丕烈则言"最后一叶有'于二月江浙儒学'云云七字"。钱大昕、黄丕烈所记同为黄丕烈藏本,知黄丕烈本卷末有一行小字,唯二人所述文字稍有出入。该本后归汪士钟,《百宋一廛书录》《艺芸书舍宋元本书目》《艺芸书舍宋元书目详注》著录,今存佚不详③。

其三,天禄琳琅旧藏,共六册。《天禄琳琅书目》云:"监本刻印尤精,此书虽仿其式而版之长短无定,纸之质理亦粗,以牒所称何如郑重,不当有此,其为元时翻刻无疑"④,当亦为小字本,燬於嘉庆二年(1797)。

其四,傅增湘旧藏(以下简称"傅本"),存卷六下一册,《双鉴楼善本书目》著录,周祖谟《说文解字之宋刻本》亦载其异文⑤,今存佚不详。

另外,如黄丕烈《荛圃藏书题识》提及,钱听默(景开)曾以麻沙宋本校汲古阁本《说文》,云:"钱君所据以校汲古阁本者,又为麻沙宋本"⑥,《藏园群书经眼录》中曾提及涵芬楼旧藏的汲古阁本《说文解字》,上有黄笔过录的"钱景开照麻沙宋本校"校语⑦,今下落不详。因材料不足,暂时难以推定钱听默所据的"麻沙宋本"的具体情况。

此外,《说文》小字本的抄本的记载有二。其一,叶万(石君)抄本(以下简称"叶抄

①黄丕烈《百宋一廛书录》,收入《黄丕烈藏书题跋集》,上海:上海古籍出版社,2015年,第980页。

②钱大昕《竹汀先生日记钞》,收入《潜研堂集序跋 竹汀先生日记钞 十驾斋养新录摘抄》,上海:上海古籍出版社,2010年,第221页。

③据南京图书馆藏《艺芸书舍宋元书目详注》(《南京图书馆藏稀见书目书志丛刊》第十七册,第150页),知此本为黄丕烈旧藏。又王昶本卷一下末页表明,蔡廷相、蔡廷桢曾获见黄丕烈旧藏本,疑黄丕烈旧藏本与王昶本,曾由汪士钟艺芸书舍一并入藏金匮蔡氏,后下落不明。

④于敏中、彭元瑞等著:《天禄琳琅书目·天禄琳琅书目后编》,上海:上海古籍出版社,2007年,第131页。

⑤周祖谟:《说文解字之宋刻本》,收入《问学集》,北京:中华书局,1966年,第767—768页。

⑥黄丕烈:《黄丕烈藏书题跋集》,第50—51页。

⑦傅增湘:《藏园群书经眼录》,北京:中华书局,1983年,第129页。

本"①),何焯、何煌校勘汲古阁本《说文》时似曾参用此本②,乾嘉之际,该本藏周锡瓒处,段玉裁作《说文订》时曾借观,后曾归龚自珍,今存佚不详。段玉裁《汲古阁说文订》《说文解字注》中多称"叶本""叶抄本"。国图藏高鸿裁过录的何绍基、许瀚校《说文解字》(书号07959)校语中,亦曾录叶万抄本异文③。其二,孙星衍旧藏影写王昶本,今藏上海图书馆(线善756314—21)。此本为孙星衍请钱侗自王昶本影抄,后归袁芳瑛、陈鼎、李盛铎,叶德辉经眼,《木犀轩藏书书录》《郋园读书志》著录④,钤钱侗、孙星衍、洪颐煊等印,共八册,无线格,行款、版心大小字及刻工、正文文字悉依王昶本。

从相关材料看,寓目过小字本《说文》的学者,有赵宧光、毛晋、朱筠、翁方纲、桂馥、钱大昕、段玉裁、黄丕烈、顾广圻、额勒布、阮元、孙星衍等多位明清以来与《说文》研究有着密切关系的学人——他们或曾撰写过与《说文》有关的研究著作,或曾参与过《说文》的刊刻工作,或为《说文》藏本留下了题跋书录,推动了清代《说文》研究的发展。一些学人,甚至曾有幸寓目过两个或三个以上的小字本《说文》⑤。清人在《说文》研究中,已经注意到小字本《说文》不同印本中的文字异文和版式差异,并尝试结合避讳、用纸探讨各本的刷印时代。近现代以来,周祖谟、高明、王贵元等小学研究者,赵万里、阿部隆一、李致忠等版本研究者,从不同的角度深化了对《说文》宋版的研究⑥。但目前的研究中,又存在着一些局限和不足:一,今存的小字本中,额本、黄本、王本、叶本、李本,在流传中均

①叶万抄本,段玉裁《汲古阁说文订》《说文解字注》等书间有以"叶本"称之者,文中为避免误解,凡《说文订》以"叶本"称引的叶万抄本,均以括号补出"叶〔抄〕本",以别于叶启勋、叶启发旧藏本。

②翁方纲于乾隆五十一年借得吴绍灿藏何焯何煌校汲古阁本《说文解字》,撰《跋何义门手校说文》,收入《复初斋文集》,第1774—1775页。手稿天头蓝笔书:"内引叶本""心友是谁",正文朱笔书:"八上之十上'僘,帀也',何云宋本作'市',按《系传》亦作'币',此所自宋本,亦未可据。"今案,"心友"即何焯之弟何煌之字。"僘"字说解,何焯校语与《说文订》、段注所引叶抄本相合,而据笔记的"叶本",推知何焯所见当为叶万抄本。

③据高鸿裁过录何绍基、许瀚校跋,知此本曾归龚自珍,何绍基于道光十二年(1832)在京师借得,后许瀚过录。何绍基并未校完,故校语集中见于标目、卷一、卷二。中有部分《说文订》未录的叶抄本异文,并说明叶抄本有"中缝字数及人名",可作补充。

④叶德辉:《郋园读书志》,上海:上海古籍出版社,2010年,第87—92页。李盛铎著、张玉范整理:《木犀轩藏书题记及书录》,第84页。

⑤仅从可考的印章、记述来看,翁方纲、桂馥均得见葆本和额本;钱大昕得见过王本和黄丕烈本;段玉裁得见周本、王本和叶抄本;黄丕烈得见周本、王本、黄丕烈本和叶抄本;孙星衍得见过额本、影写王本和李本;顾广圻至少得见过额本、周本、王本、黄丕烈本和李本;阮元得见王本、额本。

⑥周祖谟:《说文解字之传本》,《国学季刊》,1935年第5卷第1期,修改后以《说文解字之宋刻本》为题,收入《问学集》,北京:中华书局,1966年,第767—768页。高明:《说文解字传本考》,收入《高明小学论丛》,台北:黎明文化事业股份有限公司,1980年,第29—36页。

有后人描补裂版、抄补空字、挖补讹字的情况，研究者在版本研究中，因未能排除描补的因素，影响版本判断。二，由于条件的限制，前人所利用的版本中，经常会采用孙氏平津馆本和商务印书馆影印王昶本。但平津馆本系以宋本为底本翻刻，既不免有手民之误，亦不乏有意校改，且孙星衍并未明确交代其刊刻底本实为额本①。商务印书馆以石印技术影印的《续古逸丛书》《四部丛刊》，受制于当时的摄制条件和影印理念，在版本研究中更有致命的不足：取王昶本原本比较可知，王本的版心刻工、大小字，在影印本中多有遗漏；王本存在个别挖改，由于影印条件所限，无从考察；王本漫漶处，影印本或描改版框，或另取平津馆本依样抄写；王本固有的版刻讹字，影印中则或改或不改②。总体而言，在具体考察版本时，商务石印本不能反映出王昶本的原始面貌。三，多数研究者仅能比较其中的一至两个印本，在版本考察和异文校勘的结合上尚有不足。有的研究仅关注文字差异，而未就版刻、描润等问题作出深入探讨；有的研究则仅探讨刷印用纸或版片面貌的差异，而没能结合前人校勘成果探讨异文情况。以下，即以笔者获见的七帙小字本《说文解字》（周叔弢本未见全貌）为基础，排除不同印本的描润、挖改，考察各本的修补版情况，分析各本的版刻异文，并结合刻工分析和清人校勘材料，全面探讨现存各本和清代著录的相关小字本《说文》的版本源流。

二、《说文解字》早修本与晚修本的版刻情况

根据对今存各本的裂版、修版、文字、刻工的比较，可以发现，小字本《说文》存在着早修本和晚修本两种不同情况：内藤本、额勒布本、黄姬水本的刷印版片基本一致，经过元代一次修版（以下简称早修本）；叶启勋本、李盛铎本、王昶本、宋葆淳本的版片基本一致，经过元代两次修版（以下简称晚修本）。各本之间，既有因为修补版造成的版刻差异，亦间有因描润、抄补造成的非版刻差异。

（一）《说文解字》早修本与晚修本的版片异同

从版刻来看，《说文解字》早修本和晚修本，共计有 267 版为同版（指同一版片，包括相同版刻，及在原版上修整版面、剜去刻工、剜改文字等局部修版情况），6 版为异版（指

①参董婧宸：《孙星衍平津馆仿宋刊本〈说文解字〉考论》，《励耘语言学刊》，2018 年第 1 辑。

②商务印书馆影印时，二下页六、七下页四、十二下页九等页，王昶本漫漶，影印时皆已描改。今考商务的校改来源，多出孙本。典型者如“窜”，王本作“匿也”，漫漶，影印本据孙本改“坠也”，误。又如“琲”，额本、黄本作“珠五百枚”，叶本、李本、王本俱作“珠也百玫”，影印本据孙本改“珠五百枚”；“荐”，王本作“荐华也”，讹，影印本据孙本改“荐席也”。诸如此类，致失去底本旧貌。

后来补刻新版代替旧版的情况）。

1、同版：相同版刻

《说文》版片的相同版刻，指早修本和晚修本中，所用版片完全一致，没有局部修版、剜改。如七下页一，存世六本，版心均为单鱼尾，上方无大小字，下方刻工作“蒋荣”。该页为宋刻，额本、黄本的文字和版框较清楚，至叶本、王本、葆本，大字的笔画因版片长期吸墨而显得粗肥，靠近版框的小字已经漫漶。又十三上页二，存世七本，版心上同有“大六十五，小七百四十四”，版心下刻工为“弓华”。该页为元刻，内藤本、额本、黄本刷印清楚，仅右侧有细微裂版。叶本、王本、李本、葆本则显示出版片已经断裂，叶本、王本虽经后人墨笔填上裂缝处文字，仍能看出裂版痕迹。

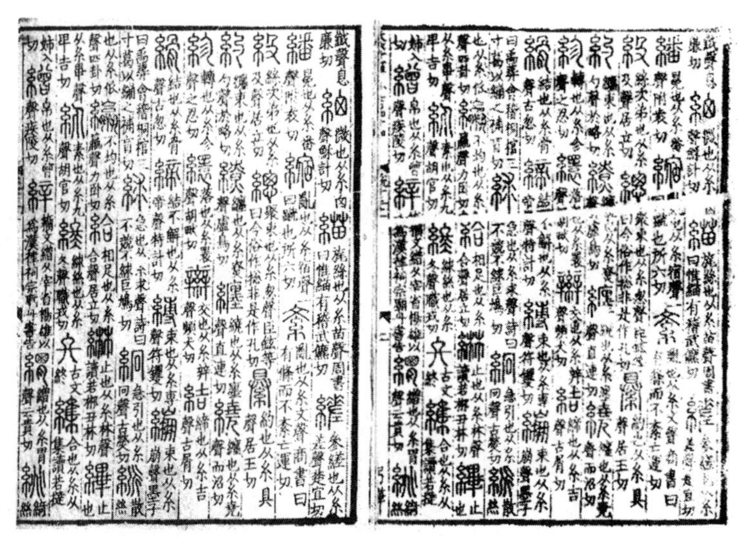

相同版刻页面：十三上页二（额本、葆本）

2、同版：局部修版

在小字本《说文》晚修本的多数页面，系承袭早修本的版片，并经局部修版，体现为版心剜改、文字修整、局部剜改、墨钉的增加或修改等不同的情况。兹以三页为例，说明典型的修版情况：

七上页四，此页为宋刻，存世六本同出一版。早修本版心刻工漫漶，额本靠上的篆文刷印较清楚，黄本稍模糊。晚修本经元代第二次修版后，版心剜去刻工，版片上方篆文处有修版：第五行“明”篆、第十行“夕”篆，晚修本与早修本不同；第九行“盟”，早修本作“篆文从明”，晚修本修版时误作“篆文以明”；第十行“夕”，叶本为版刻，已误作“月”之篆形。王本挖去了漫漶、讹误的“盟、月”二篆，另以墨笔在衬纸上书“盟、夕”，葆本刷印最晚，上方修版时嵌入的木块全部残去，靠下的部分漫漶不清①。

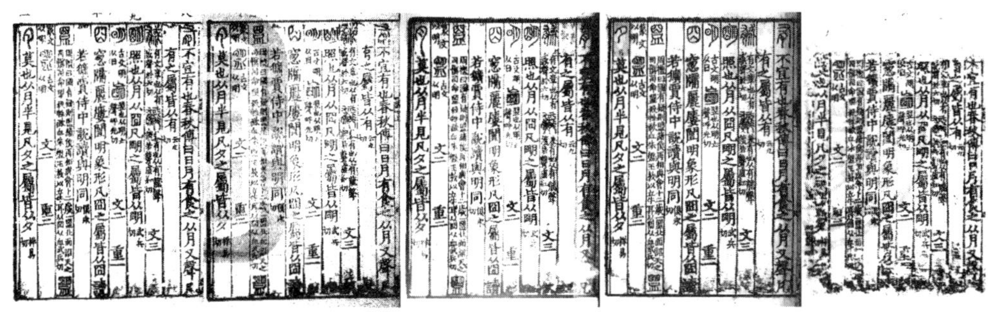

局部修版页面：七上页四（额本、黄本、叶本、王本、葆本）

十下页四，此页为宋刻，存世六本同出一版。早修本版心刻工作“信”，靠近版框上下框处，文字稍有漫漶，额本、黄本有细微的裂版，黄本裂版稍大。从李本、葆本可见，晚修本中裂版处已横断裂版。晚修本经修版，版心剜去刻工，上方的篆文、小字有局部修整，较早印本文字更加纤细锐利；版片下方各行剜改四五字不等，形成版刻异文：第六行籀文“大”之反切，早修本作“他达切”，晚修本作“他盖切”②。第十四行“竱”下，早修本作“春秋国语”，李本、葆本修版后增加墨钉，作“春秋■■”。叶本、王本则于印本上，另挖去刷印墨钉，在衬纸上以墨笔书“春秋传”。段玉裁《说文订》此字下有“宋本作‘春秋传’”之说，实出于王本墨笔描写。

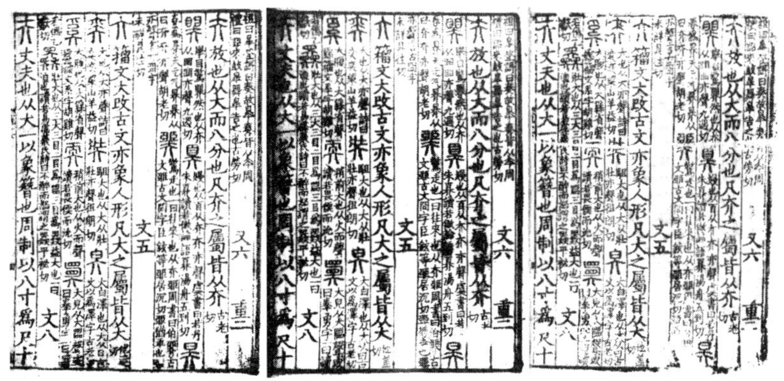

局部修版页面：十下页四（额本、叶本、葆本）

①按，修版时嵌入的木块，容易脱去。又如七下页三，叶本、王本、李本于靠近版框最上处修版，“膂”字篆形有殊。葆本修版部分已残去，与此例同。

②赵宧光《说文长笺 · 凡例》：“《韵谱》最害事处，如舛本从夊（楚危切），无从夂（陟侈切），大（他盖切正，讹他达切，非）误读入之类，不有许氏原书具在，几乎而不茫昧此道哉？割裂之流毒乃尔。”李盛铎本有赵宧光藏印，可证赵宧光所据“许氏原书”，即为此帙。

七下页九，此页为元刻，存世六本同出一版。早修本版心刻工作“何”，版心上有大小字。晚修本剜去版心刻工、大小字，墨钉多有修改：第十行“席”，早修本作“天子诸侯席有■■纯饰”，晚修本剜改作“天子诸侯席有黼黻纯饰”；十三行“幩”，早修本作“朱幩镳■”，晚修本剜改作“朱幩镳镳”，另第二十行“市”下墨钉，晚修本剜作空白。

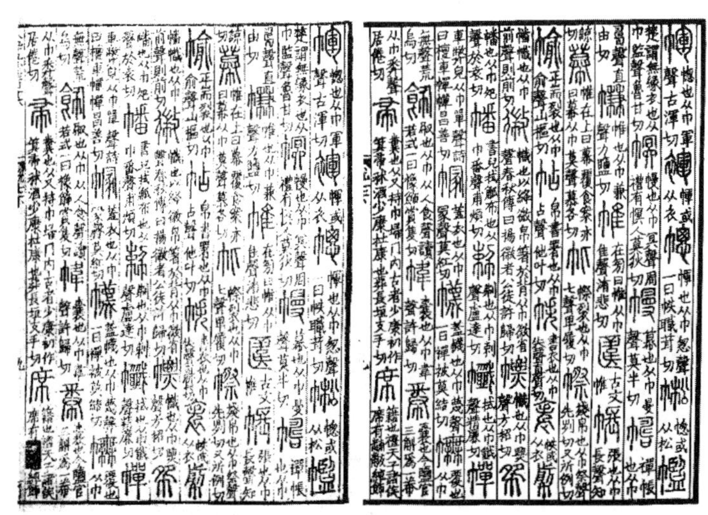

局部修版页面：七下页九（额本、王本）

晚修本在第二次修版时，对宋刻和元代第一次补版的版片，均有修版。比较《说文》早修本和晚修本，可以发现以下几种典型的修版情况：一，晚修本修版时仅修整版面，未校改文字。由于早修本经过长期刷印，吸墨涨开，版面文字相对模糊，经过修版的晚修本文字，较早修本相比，反而更加纤细、锐利。二，晚修本剜改局部版片，形成了篆文、训释、墨钉的版刻异文。三，晚修本剜去原先版刻中的刻工、版心大小字，造成版心样式变化：在早修本中共有254页有刻工，在晚修本修版时，剜去其中122页的版心刻工，约占原先有刻工的版片的一半。除此以外，五下页七，早修本为单鱼尾，晚修本修版，版心改为双鱼尾。

3、异版：补刻版页

小字本《说文》早修本和晚修本之间，有六页不同版，为补刻版页。其刻工、版心大小字、版心样式上的异同，参见下表：

宋元递修本补刻版页表

	早修本			晚修本		
	刻工	大小字	版心样式	刻工	大小字	版心样式
一下页六	詹德润	有	单鱼尾	施	有	单鱼尾
五上页三	林	有	单鱼尾	—	有	单鱼尾
六下页三	蔡邠	无	单鱼尾	—	有	单鱼尾
六下页五	陈恭	无	单鱼尾	茅	有	单鱼尾
八上页十一	钱□	细黑口	单鱼尾	平山	有	双鱼尾
十下页一	曹荣	有	单鱼尾	—	有	双鱼尾

其中,被抽换的早修本版片中,蔡邠、陈恭二版为宋刻;詹德润、林、曹荣、钱□四版,已是元代第一次修版时补刻的版页(八上页十一细黑口,为版心上原拟刻字而未剜,亦为元刻)。各页补版中,行款大体一致,唯五上页三"管"下注文,早修本"作"字在十一行首,晚修本则在第十行末,稍有不同。补刻版页的文字、反切、墨钉上,亦间有差异。如七下页九,第一行"赖",早修本误"羸也",晚修本"赢也";早修本"貶、赀、賣、贵、赌"下的墨钉,晚修本均无。

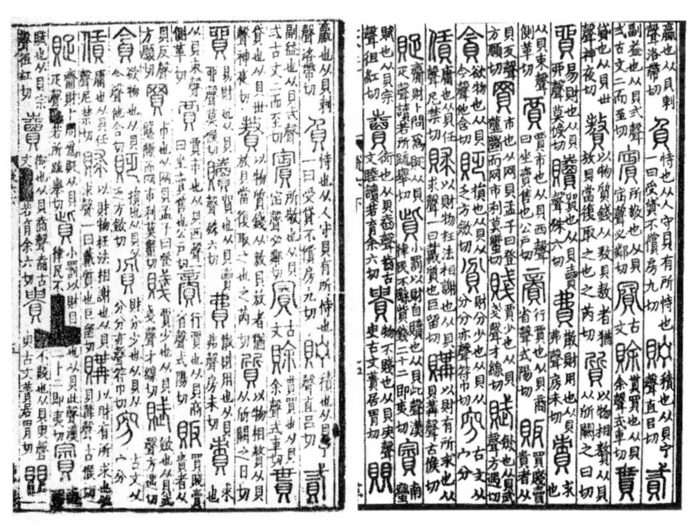

补版页面:七下页九(额本、王本)

(二)《说文解字》各印本上的抄补与描润

历经数百年的流传,现存的诸本《说文》中,除版刻差异外,有脱页、漫漶等情况,有的印本经后人的抄补和校勘,形成了非版刻差异的异文。

就各本缺页和抄补而言，早修本的额本、黄本并无缺页，内藤本六下末页、十三下页三至页八、十四下页四后半页、页五至页八脱去，计缺整页十一页半，未抄补①。晚修本中，叶启勋本四下页五至页九，六上页二、页三，六下页七，十上页八，十一上页六至页七脱去，计缺整页十一页，又标目页一、五上页一、九上页一、十三上页一的首四行，及八下末页后八行、十二下末页后四行、十五下末页后五行，此数页原有版刻，在流传中挖去②。上述缺页，叶本均有抄补，行款不依小字本，字画较为拙劣③。李盛铎本标目页五，一下页十，九上页三，九上页七，九下页四，十下页九，十一上页四，十二上页三，十二上页九脱去，计缺整页九页。李本上的抄补，行款与小字本略同，来源较复杂④。王昶本一下页十、三下页八、九上页五、九下页八、十下页一、页二和页九脱去，计缺整页七页。另一下页四、十二上页三为残页，仅上半页为版刻⑤。上述缺页，王本均有抄补，行款不尽依小字本，抄补时间和来源不一⑥。宋葆淳本整页残缺较为严重，虽今仅存九卷，七上页七，九上页四、页五，九下页二，十下页二、页八、页九，十一下页三，十二上页三，十二上页八、页九，十二下页九，十五下页六均脱去，计整页缺十二页。又十上页十、十四下页二，叶本、王本或王本均为整页，葆本仅存上半版刻，残去半页。葆本仅抄补九下页八。另外，该本十二下页七，误装入十一下页六后。

就各本《说文解字》上的校笔情况而言，内藤本、周叔弢本、葆本未见后人在传抄中的校改痕迹，较能反映版刻的原貌。黄本上亦无校改，唯墨钉、漫漶处另经挖去。额本、李本、叶本、王本上，则间有后人以朱笔或墨笔校改文字的现象。

额勒布本刷印较早，版片较为清楚，后人所加的墨笔或朱笔，多为校正原版篆形、说

①阿部隆一《日本国见在宋元版本志经部》著录缺页，少计卷一三下第三页，今补。

②关于剜去的内容，叶启勋《拾经楼紬书录》："标目及卷五上、卷八下、卷九上、卷十二下、卷十三上、卷十五末均剜去标题，及二、三、四行，以墨笔填补"，"原书本作四册装订，每册首尾均钤有元时官印，贾者惧祸，剜毁灭迹。"

③考叶本抄补来源，"樵、挌、漆"等字，与汲古阁剜改后印本相合，且"帝、腰、桂、栩、鄢、鄄、焞、灉、濩"等字下，又有先据汲古阁本抄补，后据《说文订》所言"小字本"涂改之痕，可以推测，叶本抄补，在康熙五十二年(1713)汲古阁本第五次剜版后，至于其上的涂改，则不早于《说文订》刊成的嘉庆二年(1797)。

④考李本抄补来源，九下页四、十一上页四，空字反映的底本墨钉、漫漶情况，与晚修本相合；十二上页三，"闼、阕"等字下的误字、空字等，与早修本的情况墨钉、误字一致，且与清代汲古阁本、平津馆本等刻本情况不一致，知李本抄补时代较早、来源复杂。

⑤严一萍《跋宋本说文解字》仅述及十二上页三残去，今核王昶本，知一下页四亦残半页，下为影抄。

⑥考王本抄补来源，嘉庆时钱侗影抄王昶本，于一下页十抄一上末页，且有小注："此页原本误装重出。"今王本此页为金匮蔡氏同治前后据黄丕烈旧藏《说文》影抄，行款、误字、避讳一依宋本，抄补较晚。其余诸页抄补，"蘐、恳"等篆下同汲古阁本，"敿、攸"等篆下同小字本，行款和文字上与小字本或有出入，知抄补时间或在清代汲古阁本刊行以后，但不晚于段玉裁作《说文订》的嘉庆二年(1797)。

解的讹误。如卷一上首页，黄本、叶本、李本“汉太尉祭酒许”下空“慎”字，额本以墨笔填写。校改篆形，见“乌、予、幻、重、殷”等字下；校改说解，见“草、卲、柃、辰”等字下；校改反切讹字，见“袄、壮、县、它”等字下。此外，“祐、祀、瓘、玖、蘠、莳”等字下，额本另有朱笔，以点去和校正版刻误字。

叶启勋本、李盛铎本、王昶本刷印较晚，多有刷印漫漶、留有墨钉的情况，但此三本校改的情况不尽相同。李盛铎本上，在版框残缺的地方，多以墨笔描出版框，但就版刻文字的讹误，则鲜有墨笔校勘，多以朱笔将正确的文字校勘于旁①。叶启勋本、王昶本上的墨笔校改则夥，主要包括三类典型现象：一，描补版片残缺和裂版处。与刷印大抵同时的李本、刷印较后的葆本相较，晚修本靠近版框处的残缺及中间的裂版处，叶本、王本上多以墨笔填补空字，偶或形成由于文字来源不同的文字异文。如十一上页四，晚修本右上角版片已残缺，“湳”之反切，叶本补作“奴感”，王本补作“乃感”；六上页一，晚修本裂版，“楸”之反切，叶本补作“桑谷切”，王本补作“桑屋切”。二，描润版刻误字。因版刻原有误字，后人校勘时径于叶本或王本校改，遂形成异文。如“丕”，晚修本作“牧悲切”，叶本以墨笔改“牧”作“敷”；“唬”，诸本作“呼讦切”，王本以墨笔改作“呼许切”。段玉裁《说文订》指出：“宋本作‘讦’、作‘许’，皆非也，赵本、《韵谱》作‘讶’，是。”其宋本作“许”的异文，即出自王本描改。第三，挖改版刻墨钉及漫漶。如“删”字，额本、李本、葆本均有墨钉，作“■文”，叶万抄本作空字。黄本、叶启勋本挖去墨钉作空字，王本则挖去后另以墨笔填“古”字②。另如二上页四下方，晚修本靠版框处残缺漫漶，“哉”之反切，叶本挖改“将来切”，王本挖改作“祖才切”；六上页八，版框靠上处，晚修本漫漶，叶本、王本挖改，“樢、柆、梡”三字说解，遂各有异文。

另外，值得关注的是，在晚修本中，一下页四，李本、叶本全，王本残去半页。十二下页三，早修本、晚修本有修版，此页叶本全，王本残去下半页，李本另据早修本抄补整页，葆本缺页③。同时，十上页十、十四下页二，叶本、王本或李本皆全，葆本仅存残页。这说明在晚修本中，叶本刷印稍早，李本其次，王本稍后，葆本当在最晚。

---

①如《标目》“青”，朱笔改“仓纪切”为“仓经切”；卷一“丕”，朱笔改“牧悲切”为“敷悲切”等。

②另有版刻实为墨钉，王本、叶本挖补，文字相同而笔迹小殊，见“踔、尾、㐬、垸”等字下。

③根据卷十二上页三的情况看，此页李本整页抄补，疑原亦同王本，仅存半页，故另据他本抄补。考李本抄补来源，“阒”，早修本作“倾雲切”，叶本、王本修版作“倾雪切”，“阕”，早修本作“■日闭门也”，叶本、王本修版作“事曰闭门也”，两处李本抄补均同早修本，说明此页抄补底本为早修本。至于李本“閰、闒、閮”下的空字、误字，系因抄补底本漫漶之故。

三、《说文解字》早修本与晚修本的版本异文

在版刻文字上，晚修本中的文字，大部分承袭早修本，然由于刻工偶误或有意校改，亦有用字、训释、反切、墨钉的差异，形成早修本与晚修本之间的版本异文。

(一)俗字简字

晚修本在修版、补版时，间有采用俗字和简字的现象。如“扃”下“外闭之關也”、“揜”下“自關以东”，“扛”下“横關对举也”，此三处的“關”字，早修本作“關”，晚修本经剜改后，均写作“関”，笔画简省。又“藹”，早修本作“于蓋切”，晚修本作“盖”；“闑”下“鱼列切”，早修本依《说文》作“𠛱”，晚修本简省作“列”。这些俗字、简字并不影响意义，反映出元代版刻的书写习惯。

(二)篆形和训释差异

在篆头、训释方面，《说文》早修本与晚修本的版刻异文，共三十余处，参见下表：

《说文》早修本与晚修本的篆头、训释差异[①]

页码	字头	早修本	晚修本
一上页二	鬃	先祖所以傍徨	先祖所以徬徨
一上页六	琲	珠五百枚	珠也百玫
一下页二	荩	公艸尽声	从艸尽声
一下页六※	芼(篆头)	[illegible]	[illegible]
三上页五	[illegible]septuagint	先訆叕之	先言叕之
三上页六	谯	读若嚼	读若噍
三下页四	㬰	引也	神也
三下页六	𣪧	从殳青声	从殳青声
五下页一	青	丹青之信言□然	丹青之信言必然
六上页三	梗	荚可为芜夷者	荚可为芜荚者
六上页五	橦	帐極	帐柱
六下页五※	赖	羸也	赢也

①以“※”标出的为补版，余为修版，下同。

续表

页码	字头	早修本	晚修本
七上页三	㫃(篆头)		
七上页三	旛	幡胡	旛胡
七上页四	盟	篆文从明	篆文以明
七上页八	稛(篆头)		
七上页八	稔	谷孰也	谷熟也
八上页九	裼	但也	袒也
八上页十	耇	老人行才相逮	老人行才相遠
八上页十	氅	析鸟羽为旗纛之属	析鸟羽为旗衣之属
九上页二	頨	翩省声	羽省声
九上页六	匌	帀偏也	市徧也
九下页三	庾	水槽仓也	水漕仓也
十下页七	怚	骄也	矫也
十一上页四	湝	湝湝寒也	湝水寒也
十一上页六	濻	小津	水津
十一上页七	涔	渚在郢中	者在郢中
十二上页六	招	从手召	从手召声
十二上页六	摽	一曰挈闟壮也	一曰挈門壮也
十二上页七	摡	摡之釜鬵	溉之釜鬵
十二上页八	抌	读若告言不正曰抌	读若言不止曰抌
十二下页一	娸	杜林说	杜林曰
十二下页二	嫈	蝉媛	婵媛
十二下页三	媛	爰,引也。	爰,於也
十二下页六	或	从戈以守一	从戈又从一
十四上页七	輨	毂端沓也	毂耑沓也
十四上页七	輂	直�史车轒	直輚车轒
十四上页七	輾	㞋声	㞋声

早修本以上诸字,往往是靠近版框边缘,刷印较为模糊。晚修本修版时,对其中的文字加以剜改。刊改之时,有三类典型的现象:一,早修本有误字、漫漶,晚修本剜改,见

“荩、青”等例下。二,晚修本中新增形近误字,如“芼、稛”之篆形,“訕、㱿、梗、盟、荍、鼈、頨、摽、扰、洿、暈”之说解,均有明显的脱讹或形误。三,晚修本系据他本剜改,或仅据意义校改。“橦”,《玉篇》《集韵》等引《说文》均作“帐極也”,晚修本据《系传》改“帐柱”;“旛”,《系传》《集韵》《类篇》等引《说文》俱作“幅胡也”,《韵会》作“幡胡”,晚修本作“旛胡”,似受《韵会》影响;“渣”,《集韵》《类篇》引《说文》,俱作“渣渣,寒也”,晚修本作“渣,水寒也”,为臆改;“或”,早修本作“从戈以守一”,晚修本改“从戈又从一”,与《说文》会意字的体例不合,亦为臆改;“扆”,《系传》《集韵》引《说文》均做“引也”,晚修本作“神也”,当误。可以推知,晚修本剜改时,并未获见善本,多是径据意义加以修改。

(三)反切差异

在反切方面,《说文》早修本与晚修本的明显异文,计有二十余条。徐铉校定《说文》时,反切取孙愐《唐韵》。根据元代《西湖书院重整书目》记载,西湖书院藏版的字书和韵书,又有“玉篇广韵、礼部韵略、毛氏增韵”等其他小学书籍,故以下参考《玉篇》《广韵》《附释文互注礼部韵略》《增修互注礼部韵略》及《集韵》反切,考察早修本和晚修本的反切异文、校改来源①。

《说文》早修本与晚修本的反切差异

页码	字头	早修本	音韵地位	晚修本	音韵地位	广韵	集韵	礼部韵略	增韵	玉篇
一上页一	丕	敷悲	滂脂	牧悲	—	敷悲	攀悲	篇夷	偏夷	普邳
一下页六※	蒔	时更	—	时吏	禅志	<u>时吏</u>	<u>时吏</u>	<u>时吏</u>	<u>时吏</u>	石至
一下页六※	蘀	它各	透铎	他各	透铎	<u>他各</u>	闼各	挞各	<u>他各</u>	他落
六上页八	棐	敷尾	滂尾	府尾	帮尾	<u>府尾</u>	<u>府尾</u> 妃尾	<u>府尾</u>	敷尾	方尾
六下页三※	囷	南伦	—	去伦	溪真	<u>去伦</u>	区伦	区伦	区伦	丘伦

①《大宋重修广韵》据日本内阁文库藏宋元递修本;《附释文互注礼部韵略》据国图藏南宋藏书阁本;《增修互注礼部韵略》据台北“故宫博物院”藏宋元递修本,存下平声、上声、去声、入声四卷;上平声卷参文渊阁本四库全书。《大广益会玉篇》据日本宫内厅书陵部藏宋元递修本;《集韵》据上海图书馆藏南宋明州刻本。其中,《玉篇》《广韵》《增韵》的元代补版刻工友山、胜之等,亦参与了西湖书院其他书籍的刊刻、补版工作,《西湖书院重整书目》“玉篇广韵”“毛氏增韵”,当即指上述书籍的书版。表中音韵地位据《广韵》音系,前字代表声类,后字代表韵目。其中,“—”表示反切有误,“[ ]”代表书中未收此字,据音韵地位相同的字补入反切;下划线划出的,表示与晚修本反切相同。

续表

页码	字头	早修本	音韵地位	晚修本	音韵地位	广韵	集韵	礼部韵略	增韵	玉篇
六下页五※	贮	直吕	澄语	直目	—	丁吕	展吕	丁吕	直吕	知吕
七上页九	秝	郎击	来锡	郎狄	来锡	郎击	郎狄	狼狄	郎狄	郎的
七上页九	黏	户吴	匣模	古吴	—	户吴	洪孤	洪孤	洪孤	户都
七下页三	宄	居洧	见旨	居鲔	见旨	居洧	矩鲔	居洧	居洧	古洧
十下页三	报	博号	帮号	博秏	帮号	博秏	博號	博冒	博冒	补到
十下页四	大	他达	透曷	他盖	透泰	唐佐 徒盖	他达 徒盖 他盖 徒佐	徒盖 唐佐 他盖	他盖 徒盖	达赖
十一上页四	溑	稣果	心果	蘇果	心果	蘇果	损果	[蘇果]	[蘇果]	蘇果
十一上页四	沄	王分	云文	于分	云文	王分	于分	于分	于分	有军
十一上页八	涫	古丸	见桓	古玩	见换	古丸 古玩	古丸 古玩	沽丸 古玩	孤欢 古玩	古乱 胡乱
十一上页八	洎	其冀	群至	其冀	—	其冀	巨至	巨至	巨至	巨记
十二上页二	肁	治小	澄小	治矫	澄小	治小	直绍	直绍	直绍	治矫
十二上页二	阕	倾雲	—	倾雪	溪屑	苦穴	苦穴 倾雪	苦穴	苦穴	苦穴
十二上页六	摘	竹戹	知麦	竹历	—	陟革 他历	陟革 他历	陟革 他历	陟革 直隻 他历	多革
十二上页六	搈	敷容	滂钟	扶容	並钟	符容	敷容 符容	—	—	扶容
十二上页七	扟	所臻	生臻	所巾	—	所臻	疏臻	[疏臻]	[疏臻]	所巾
十三上页一	统	他综	透宋	他总	透董	他综	他综	他综	他综 他总	他综 又音桶
十四上页七	輨	古满	见缓	古缓	见缓	古满	古缓	古缓	古缓	古缓
十四上页七	轹	郎击	来锡	历各	来铎	郎击 卢各 卢达	狼狄 历各 郎达	郎狄 历各	郎狄 历各	力的

虽然孙愐《唐韵》今已不存，由于《说文》大徐本是从同一部韵书中摘录反切，故音韵地位相同的字，反切地位当同。而从韵书反切来说，《说文》所附的《唐韵》，与《广韵》同

属切韵系韵书，而《集韵》《礼部韵略》《增韵》同属集韵系韵书。上述的反切差异，主要有三类：

一，早修本、晚修本的音韵地位相同，反切用字不同。从反切来源看，晚修本反切多本于《集韵》系韵书，如"秝、沄、輨、宄"等字，晚修本反切多见于《集韵》《增韵》等书。"庳、扒、捀"三例，则另取音系完全不一致的《玉篇》。

二，早修本、晚修本所注的音切，是多音字的不同音读，音义关系不匹配。如"大"有多个音切，早修本"籀文大，改古文，亦象人形"，下音"他达切"，透母曷韵。《集韵》曷韵"他达切"下："大，籀文，象人形也。"本于《说文》①。晚修本改"他盖切"，透母泰韵，《集韵》此切下注"太，亦作大、泰"，与《说文》的意义、音韵地位不合。轹，晚修本"历各切"，《广韵》"车辚著，历各切"，与《说文》"车所践也"义不合。

三，早修本或晚修本的音切有讹。其中，"莳、囷、阕"为早修本形讹。"丕、贮、黏、洎、摘"，则为晚修本有误。其中，"摘"例极为典型，早修本"竹厄切"，额本、黄本此处"厄"字较漫漶，修版作"竹历切"，保留反切上字，反切下字改"历"，盖仅取《广韵》等韵书"他历切"的反切下字。然"历"在四等锡韵，不与知母相拼。

总体来说，早修本的反切，除个别形近而误外，其余多与《说文》全书所附的其他反切一致。晚修本中改动的反切，很少与《说文》《五音韵谱》《广韵》反切相合，或取《集韵》《礼部韵略》《增韵》，或取《玉篇》，且"宄""摘"等仅摘改反切中的一字。从这些现象看，《说文》第二次修版时，取西湖书院所藏的其他字书反切并随文修改的可能性较大，这形成了早修本和晚修本反切的明显差异。

（四）墨钉增删

在墨钉方面，早修本、晚修本有三类情况：一，早修本的墨钉，至晚修本中，仍然保留，见"古、厄、删"等二十余字下。二，早修本有墨钉，在晚修本中经过剜改。如"蕢"早修本作"■声"，晚修本改"贲声"，"椌"，早修本"柷■"，晚修本"柷乐"等，"髡"，早修本"■也"，晚修本"髻也"等，共三十余处。三，早修本无墨钉，晚修本因文字漫漶，增加墨钉，见"旁、尾、溥"等十余处。

关于墨钉的增删，段玉裁《说文订》中也有涉及。如"删"条下，段氏云"古字宋本、叶〔抄〕本皆缺"，即指早修本、晚修本俱有墨钉，叶抄本空字。"髡"，《说文订》云："宋本

①赵振铎指出，《集韵》"引《说文》，绝大多数是根据大徐本的反切列在相应的音读下面"（《集韵研究》，语文出版社 2006 年版第 33 页）。籀文"大"及"捀""阕"均引《说文》，均可以视为《集韵》对《说文》反切的继承。

‘结’作‘髻’，非也。”“漪塘所藏宋本此字缺”，系指王本作“髻”，周本作墨钉。

从《说文解字》大徐本的版本系统看，晚修本对墨钉的改动，未必符合大徐本旧貌。如蘼，“吕■切”，晚修本作“吕计切”，去声。按，“蘼”，《五音韵谱》作“吕支切”，《集韵》引《说文》作“邻知切”，俱平声，晚修本反切有误。席，“有■■纯饰”，晚修本作“有黼黻纯饰”。按，《五音韵谱》《集韵》《类篇》等俱引作“有黼绣纯饰”，晚修本“黼黻”，与《系传》《韵会》合，非大徐本系统；髺，《五音韵谱》《集韵》《类篇》等俱引作“结也”，晚修本据俗训作“髻”，误。拂，“徐■曰”，晚修本作“徐铉曰”，案，大徐本全书通例，引徐铉说，例用“臣铉曰”，此条据《五音韵谱》《系传》，知当为“徐锴曰”。

四、宋元递修本《说文解字》的版本源流

梳理《说文》宋元递修本的版本差异，明确《说文解字》在元代西湖书院的两次修补版情况，一方面可以在版本源流上确定存世和著录的宋元递修本《说文解字》的刷印先后，帮助探讨清代汲古阁本、平津馆本、藤花榭本等《说文》刻本的底本，另一方面，亦有助探讨元代西湖书院印本的修补版和印次问题。

(一)《说文解字》的印次及刷印先后

结合版刻来看，《说文》早修本和晚修本中，多有因修补版而形成的版刻异文。由此，清人曾见但今下落不详的周锡瓒本、黄丕烈本、叶万抄本的版本性质，也可据段玉裁《说文订》和黄丕烈《百宋一廛书录》考求。《说文订》“谯、耉、怚、摽、或、铄”①等条下，曾举出《说文》周本、王本、叶抄本异文。参照《说文》早修本与晚修本的版刻异文可知，周本与早修本的文字相合，为早修本；叶万抄本的文字，除了个别抄误外，多与晚修本的文字基本相合，其抄录的底本，当为晚修本。从何绍基所录的叶抄本异文看，叶抄本标目页五有五处异文与钱曾旧藏本该页的抄补文字相合，另有部分异文，出自李本上的朱笔校改。叶万、钱曾间曾互通书籍，叶抄本的底本，似即曾藏赵宧光、钱曾而今藏北京大学的李盛铎本。黄丕烈本为拼配本，“香严本自一篇下至七篇下与此非一椠”，则黄丕烈藏本此数卷，与周本不合，当为晚修本；而黄丕烈藏本中，卷十四上至第十五下部分的刻本，及卷一上、卷八下至卷十三的抄本的祖本，当与周本同为早修本。

内藤湖南本、额勒布本、黄姬水本及周锡瓒本、黄丕烈藏本的卷十四上至第十五下部分，为经过元代一次补版的《说文解字》早修本。根据版片漫漶、裂版等情况看，内藤本刷

①段玉裁：《汲古阁说文订》，《续修四库全书》影印五砚楼刻本，第336、347、352、355、358、362页。

印最早，额本次之，黄本稍晚①。此外，傅增湘本，据周祖谟所述，“此本与孙本相近，而与王本不同”②，疑亦为早修本。抄本方面，黄丕烈藏本抄补的卷一上、卷八下至卷十三部分，其祖本也是早修本系统。

叶启勋本、王昶本、李盛铎本、周叔弢本、宋葆淳本及黄丕烈本的卷一下至卷七部分，为经过元代两次修补版的《说文解字》晚修本。从刷印时间看，叶启勋本稍早，李盛铎本、王昶本、周叔弢本大抵接近，李盛铎本或稍早，宋葆淳本刷印时间最晚，以至于版片漫漶残断，部分修版时的版木脱落。抄本方面，叶万抄本，当自钱曾旧藏而今藏北大的晚修本而出，间有因底本漫漶及朱笔校改形成的讹误或异文。孙星衍旧藏影写本，自王昶旧藏的晚修本而出。

前人在判断小字本《说文》的版本情况时，往往会因为获见的版本有限，在探讨个别异文成因、版本源流时出现疏失和误判。段玉裁《汲古阁说文订》中，没有对“唬、叕、乔、呷、竱”等条中王昶本由于挖补、抄补或描润而形成的文字差异作充分的讨论，在涉及到早修本、晚修本实际有版刻异文的“橦、庚、瀳、扰、媛、韬”等条下，段玉裁所言“宋本”，均仅述及王昶本，当为失校周锡瓒本③。顾广圻在讨论《说文》“㞢”字王昶本作“神也”时，曾认为此则异文，是“描写之误耳，其实予屡见宋椠，皆作‘引’”④。今按，王本固然存在描润，但此例审非描改，“㞢”字在三下页四第七行靠近上方版框处，“引也”“神也”之别，正是早修本、晚修本的版刻差异。顾广圻曾得见周锡瓒本、额勒布本等早修本，故顾氏认为晚修本作“神”有误，未能注意到该异文为修版所致。徐桢立跋叶启勋本，在据商务影印王昶本（因该本为陆心源旧藏，故徐跋称“陆本”）探讨叶启勋本刷印先后时，言“惟卷第一上首叶首行汉太尉祭酒许慎记，‘慎’字陆本仅剜去末笔，此则全字剜去；卷第八下首叶首行‘慎’字陆本亦仅剜末笔，此则改‘慎’为‘氏’，知此本印时较后于陆本。”事实上，徐桢立所举的例子中，卷一上首页，早修本、晚修本均空“慎”字，王昶本系以墨笔抄补；卷八下首页，早修本、晚修本版刻同作“许氏”，此页王本挖去“氏”字，改作“慎”，由于未能

---

①内藤本、额本、黄本同存而额本裂版处未经描润，可作为判断依据。参二上页七、二下页三、六下页五、十四上页四等页。

②周祖谟：《问学集》，第 768 页。周祖谟以孙星衍本、王昶本作为参校本，但文中举出的异文，多出王昶本描补。今仅据周祖谟举出的异文，不能直接判断傅增湘本究竟系早修本还是晚修本。

③段玉裁《汲古阁说文订》，第 342、349、353、356、357、362 页。按，据段玉裁序、袁廷梼跋看，段氏作《说文订》时，很有可能是在周锡瓒、袁廷梼过录在简端的校勘记上所作的笺记，并非同时翻看三本小字本并作《说文订》，故不免失校、漏校乃至误校。今王昶本仍在，按核与周锡瓒本同为早修本的额本、黄本，知段氏失校周本。

④钮树玉：《说文解字校录》，《续修四库全书》影印江苏书局刻本，第 325 页。

对照原本,徐桢立对异文性质和二本刷印先后的判断有误。在讨论刷印先后时,黄丕烈将藏本中实为早修本的卷十四上至第十五下定为“黄纸而印稍后者”,将实为晚修本的卷一下至卷七下定为“白纸而印较先者”。殆因早修本刷印漫漶、纸色发黄,致黄丕烈误说。王贵元论及“黄志淳藏本为最古”,也与实际的刷印先后不合。至于清代翁方纲、钱大昕、《天禄琳琅书目》所述的小字本“翻刻”一说,以及当代学者所说的黄本、额本、王本“并非同版之书,刊工姓名的相同是由于连同原本刊工姓名一起翻刻造成的结果”①,根据早修本、晚修本诸多裂版一致的版片情况看,显然与事实不符。

(二)《说文解字》的刻工及其反映的元代两次修补版情况

尤袤《遂初堂书目》“小学类”下著录有“旧监本许氏《说文》”,当指北宋初年于国子监开雕的徐铉校定本《说文》。南宋刊刻小字本《说文》的底本,虽然史书阙文,但从今本书后附有的徐铉等人上表及中书门下牒文看,极有可能是翻雕自北宋监本②。存世的《说文解字》早修本和晚修本上的版式、刻工信息,为考察《说文解字》的版片刊刻及其在元代的两次修补版情况,提供了重要的信息。

从版式上说,《说文解字》的宋刻、宋修页,版心上方无大小字,元代补版一般版心上方有“大×字小×字”。由此可知,早修本中的宋刻或宋修,计 157 页,元代补版,计 116 页。从刻工上看,早修本 273 页版片中,共有 254 页有刻工信息;晚修本中,补刻版片 6 片,剜去刻工共 122 页,保留原版刻工共 125 页,修改版心 1 页。

除去部分漫漶不清的版片外,早修本、晚修本共有的宋刻、宋修刻工有:蔡邠、陈寿、丁松年、丁□、董澄、方中、顾达、何泽、蒋荣、李仲、刘昭、吕信、沈茂、王进、吴中、吴祐、信、许忠、詹世荣、张亨、周成、周明、周□。仅见于早修本中的宋刻、宋修刻工有:曹鼎、陈彬、陈浩、陈晃、陈镇、陈□、丁之才、范文、范允、方至、顾澄、顾永、弓、何升、金嵩、金荣、金□、李、李□、凌宗、阮于、思忠、沈定、沈珍、沈□、石昌、宋、宋通、孙春、孙日新、王恭、王羽、吴

①翁方纲比较宋葆淳本、额勒布本,谓:“宋芝山家藏一本,是即从此本(指额本)翻刻本,尤为疏讹”,见《书宋椠说文后》手稿天头,《复初斋文集》,第 1290 页。钱大昕《竹汀先生日记抄》:“黄荛圃出示宋小字《说文》,与述庵家藏本无异,唯卷末多一行,有‘十一月江浙等处儒学’字,殆元翻刻也。”王贵元《说文解字版本考述》,《古籍整理研究学刊》,1999 年第 6 期。

②王国维《两浙古刊本考》,据书后牒文、史籍记载,将《说文》北宋刊本归入北宋监本,又将《西湖书院重整书目》所列《说文》归入南宋监本,指出了小字本《说文》与《西湖书院重整书目》《南雍志·经籍考》之间的版片传承关系,见《王国维全集》(第七卷),杭州:浙江教育出版社,广州:广东教育出版社,2009 年,第 225、71 页。阿部隆一《日本国见在宋元版本志经部》提出或为公使库本。由于目前关于南宋国子监书籍刊刻的史料记载很少,笔者以为,即便小字本《说文》确实是由公使库承担刊刻工作,也不影响小字本《说文》翻雕自北宋监本的结论。

春、吴□、徐珙、徐经、徐□、许恭、许茂、叶邦、余忠、张斌、张坚、张升、张松、郑春、致王寿、周与、朱祖、朱□。

早修本、晚修本共有的元修刻工有:曹德新、曹荣、陈才、陈宁、陈新、陈琇、春、董、多、番、范坚、费、公、弓华、圭、何、何浩、何垕、胡胜、霍、金大明、金文荣、李宝、李德瑛、李祥、良富、林、柳、茅化、齐明、仇、沈祥、史伯恭、孙元、汪惠、汪亮、王、王定、王桂、文、翁、吴、吴玉、务陈秀、祥、新明、徐怡祖、徐文、徐泳、杨春、杨十三、姚、叶、祐、因、永、詹德润、占、郑埜、朱。仅见于早修本中的元修刻工有:钱□、王□、张富。晚修本中由于改换版片,新出现的刻工,有施和平山。

《说文解字》版片中,宋代初刻的刻工多已漫漶,和宋代补刻不易分辨。结合宋刻"慎"字避讳来看,该本的刊刻时间当在孝宗年间。刻工之中,阮于见于宋代前期刻书活动,其余刻工,为宋代中期光宗、宁宗、理宗时期杭州地区刻工,并集中在宁宗时期,则《说文》宋代修版,或即在宁宗一朝①。至于该本的原版刻工,及该本是否有两次以上宋代补版,还有待更早的印本来确定。

《说文解字》元代第一次修版刻工,大多参与了西湖书院在元代前期的书籍刊刻和补版工作。其中,汪惠、徐泳、齐明、徐文、郑埜、杨春、弓华曾参与大德四年(1300)《大德重校圣济总录》的刊刻工作,汪惠、徐泳、齐明曾参与大德五年(1301)《仪礼集说》的刊刻工作,知《说文》在元代的第一次补版,当在元代大德前后。

《说文解字》元代第二次修版新增的刻工平山,在西湖书院《春秋经传集解》《文选》赣州本的元代补版,以及元刊本《文献通考》《鄂国金佗稡编》中,与倪平山并见,当为同一人。在西湖书院刻本中,平山(或倪平山)亦见于元至大元年(1308)刊后至元三年(1337)左右余谦修《六书统溯源》②、元泰定元年(1324)刊后至元五年(1339)余谦修《文

①《中国版刻图录》将《说文解字》刻工分为南宋初叶、南宋中叶、宋元之际和元时三期。事实上,《中国版刻图录》认定为南宋初叶的刻工,仅"阮于"曾见于宋高宗绍兴年间刊刻书籍的原版中,很有可能是早期刻工中年纪较小,故参与了中期的刊刻。其余刻工,主要参与了原刻于绍兴年间的书籍在光宗、宁宗、理宗间的修补版工作。《中国版刻图录》对《说文解字》刻工分期的失误,或许是由于未能区别相关刻本的原刻、补版而造成的。关于《说文解字》及相关浙刻本的宋刻、宋修、元代补版的讨论,参阿部隆一《中国访书志》《日本国见在宋元版本志》;昌彼得《跋宋浙东茶盐司本周礼注疏》,《版本目录学论丛》(一),台北:学海出版社,1977 年,第 241—256 页;张丽娟《宋代经书注疏刊刻研究》,北京:北京大学出版社,2013 年;尾崎康著,乔秀岩、王铿编译:《正史宋元版之研究》,北京:中华书局,2018 年;李霖:《宋本群经义疏的编校与刊印》,北京:中华书局,2019 年。

②《六书统》元刊本卷二十末后有"三年八月江浙等处儒学提举余谦补修"字。今案,余谦参与刊补的西湖书院书籍中,《史记》《仪礼经传通解续编》《通典》署元统三年(1335);《文献通考》署后至元五年(1339),则《六书统》《六书统溯源》的补刻,极有可能是在元统三年(1335)或后至元三年(1337)。

献通考》、至正五年(1345)刊《金史》、至正六年(1346)刊《宋史》、至正二十三年(1363)刊《鄂国金佗粹编》。明洪武三年(1370)刊《元史》亦见倪平山。以一个刻工三十年左右的工作年限推测,平山既参与了元末明初《鄂国金佗粹编》《元史》的刊刻,则他参与的《六书统溯源》《文献通考》刊刻工作,当为元代中后期的补版工作,《说文》的第二次补版,当在元代后期。

西湖书院旧为南宋国子监,至元二十八年(1291)徐琰建西湖书院,“实始收拾宋学旧板,设司书掌之”。西湖书院继承了南宋国子监的书版,也是元代刻书的重要机构。《说文解字》在元代修补版情况,与今存早印本和后印本、能反映出元代西湖书院两次修补版的两淮江东转运司刊《后汉书》情况一致①。那么,其他经过西湖书院修补版的刻本,是否有元代的一次或两次修补版?比勘其他经过西湖书院修补版的不同印本,结合其他有明确刊年的西湖书院元刊本,考察同见刻工,或可在版本学上为确定西湖书院书籍的修补版情况提供参考。

西湖书院的第一次大规模修补版,在入元之后的元代大德年间②。《大德重校圣济总录》《仪礼集说》及《说文解字》《后汉书》第一批修补版的刻工(如弓华、汪惠、齐明等),也大多见于元代前期西湖书院其他书版的修补工作。泰定元年(1324)《西湖书院重整书目》著录的《说文解字》书版,准确说来,当指目前存世的宋元递修早印本《说文解字》的书版。不妨进一步推测,《西湖书院重整书目》著录的各书书版,正是经过了元代大德年间一次大规模修补版后的书版。

西湖书院的第二次大规模修补版,约在元代后期。据相关记载,元统以迄元末,西湖书院又有一批新的补修和刊刻工作。《史记》《仪礼经传通解续编》《通典》有余谦元统三年(1335)补修题记,《晦庵先生文集》《文献通考》有余谦后至元年间补修题记,至正年

①《说文解字》元代第一次补刻刻工中,曹荣、陈琇、范坚、弓华、何浩、李祥、齐明、孙元、汪亮、务陈秀、徐文、徐泳、杨十三、詹德润,亦参与了《后汉书》元代第一次补版;《说文解字》元代第二次补版刻工平山,亦参与了《后汉书》元代第二次补版工作。参尾崎康著,乔秀岩、王铿译《正史宋元版之研究》,第67—95页。又尾崎康在“南宋刊南北朝七史”、《陈书》下,提出“元代补刻,似可分初、前、中期三次”,值得关注。唯对补版年代,笔者的认识稍有不同,详下。

②元代西湖书院第一次大规模补版的时间上限,或可据《增修互注礼部韵略》考求。《增修互注礼部韵略》以“毛氏增韵”著录于《西湖书院重整书目》,今有上图藏宋刻元印本和台北故宫藏宋元递修本两个印本,其中上图藏本未经过元代修版,纸背有元代湖州路户籍,其公文的下限为元至元二十六年(1289);台北故宫藏本则经过元代修补,其中新见的元代补刻刻工,与《说文》和《后汉书》第一次修补版刻工相合,知为经过元代第一次补版后的印本。不难推知,西湖书院第一次大规模的修补版,至少当在至元二十六年之公文纸报废以后。参王晓欣、郑旭东:《元湖州路户籍册初探——宋刊元印本〈增修互注礼部韵略〉第一册纸背公文纸资料整理与研究》,《文史》2015年第1辑。

间,先后有至正二年(1342)《国朝文类》(《元文类》)、至正五年(1345)《金史》、至正六年(1346)《宋史》开雕。排除明代补版,这些有明确刊年的新刊本中的元代刻工,除个别刻工亦见于早印本,大部分与《说文》《后汉书》后印本的新见刻工相合。其后,据陈基《西湖书院书目序》,至正十七年(1357)西湖书院书库倾圮,"书板散失埋没,所得瓦砾中者往往刓毁蠹剥",故至正二十一年(1361)至至正二十二年(1362),西湖书院"重刊经史子集欠阙,以版计者七千八百九十有三,以字计者三百四十三万六千三百五十有二。所缮补各书损裂漫灭,以板计者一千六百七十有一,以字计者二十万一千一百六十有二"。在刊刻过程中,"书手刊工以人计者九十有二,对读校正,则余姚州判官宇文桂、山长沈裕、广德路学正马盛、绍兴路兰亭书院山长凌云翰、布衣张庸、斋长宋良、陈景贤也。"①从《说文解字》晚修本中,元代第一次补刻版页中亦不乏版片残断磨损的刷印情形来推测,《说文解字》在元代西湖书院的第二次修版和补版工作,或即书库倾圮书版蠹剥之后。其中的刊刻、校对人员众多,然校勘粗疏,亦是事实。与平山同见于《宋史》《金史》及《后汉书》第二次修补版的刻工王正、林茂实、施泽之、古贤等人,庶几可作为判断经过西湖书院修补版的刻本,是否有元代第二次大规模修补版的标准。

入明以后,经过元代两次修补版的《说文解字》版片,又随西湖书院的其他版片,移南京国子监贮存。至嘉靖二十三年(1543)黄佐、梅鷟编《南雍志·经籍考》,云"《说文解字》十五卷,脱者五十五面,存者二百十四面,内半模糊"②,亦即此版。盖因《说文解字》书版,历经宋元明三朝刷印,至明代中期时版片即已漫漶,不复堪用。明代通行的《说文》,则为李焘据大徐本改编的《说文解字五音韵谱》,在版本流变中又有新的发展③。

综上,目前存世的《说文解字》小字本,均为宋元递修本,版片计标目和正文十五卷并书后牒文等,共二百七十三版。该本系南宋前期杭州刻本,祖出北宋国子监刊刻的徐铉校定本,开雕于南宋孝宗年间,南宋后期在国子监经过一次修补版。入元,《说文》书版归

①陈基:《西湖书院书目序》,《夷白斋稿》卷二十二,《四部丛刊三编》影印明抄本。

②《说文解字》有大字本与小字本系统的区别。大字本以自赵均抄本而出的汲古阁本为代表,该本每半页七行,大字十五字,小字双行约二十字,除去毛扆后来附刻的《附录》,计得540版,与《南雍志·经籍考》所计的269版相去甚远,故可推知南京国子监所存的旧版确为小字本的版片。且笔者尝考大谷大学藏赵均抄本残卷,知赵均抄本的异文,有不少祖出嘉靖以后明刊《五音韵谱》,则大字本是否有明代以前的刊本,亦可存疑。

③关于《说文解字五音韵谱》的版本源流,参白石将人《〈说文解字五音韵谱〉版本综述》,《中国经学》第二十辑,2017年。笔者寓目的《五音韵谱》看,共有宋刻早印本、晚印本各一种,明刻八种,其中弘治十四年(1501)车玉刻本、嘉靖七年(1532)郭雨山本,为版本演变中的关键环节,对赵均抄本、汲古阁本有很重要的影响,笔者拟另外撰文考察。

西湖书院。《说文解字》早修本版心下方一般有刻工姓名，保留了较多的早期版本的文字、反切，其修版时间，约在元代大德年间。《说文解字》晚修本经过元代两次修补版，计补刻六页，修版时多剜去原先宋刻乃至元代第一次补刻刻工，并有改用俗字、修改训释、更革反切、剜改墨钉的现象。元代第二次修版，大约在元代后期，距离第一次修版，大约有四五十年。从校勘情况看，元代第二次修版时，《说文》训释的校订较为粗疏，反切的更改尤为拙劣，故晚修本的文本，实逊于早修本文本。

On the Revision of the Song Version *Shuowen Jiezi* Printed in Yuan Dynasty

Dong Jingchen

(Beijing Normal University)

Abstract: *Shuowen* was first printed in Guozijian early in Song Dynasty just after Xu Xuan finished the collation of *Shuowen Jiezi* in 986. The existing Song edition *Shuowen Jiezi* is based on the Guozijian version. It was first published in Xiaozong Period, and revised in Song Ningzong Period. The wood block were stored in Xihushuyuan in Yuan Dynasty and moved to Nanjing Guozijian after Ming Dynasty. This paper discussed the two revised version of *Shuowen* in Yuan Dynasty. During Yuan Dynasty, the wood block were revised in Dade period for the first time. The wood block were revised for the second time in late Yuan Dynasty, which includes a large number of revisions.

Keyword: *Shuowen Jiezi*; version; revised version; Xihushuyuan

毛氏汲古阁本《说文解字》刊印源流新考*

张宪荣　周晓文

（山西大学文学院；北京师范大学民俗典籍文字研究中心）

摘要：目前学界对毛氏汲古阁本《说文》的刊印源流虽有大致梳理，但对该本的具体分期及各时期版本特征等尚缺详尽考证。本文结合相关文献，认为此本在清代共经四次刊印：康熙年间，毛扆在朱彝尊的影响下依其父遗留旧版首次重校印行。从存世的毛扆手校本看，此次刊印版式已定，文内已有校改，但无增阴文篆字、旁增小字及添加附录等情况。之后毛扆继续订补书版，增添了附录，但卒前未能再印。乾隆前期，书版归祁门马氏并获得重印，从《四库》本看，此本已旁增小字、且增加了阴文篆字，并添加了附录。乾隆中期，朱筠访得马氏印本进行重校翻刻，《说文》始大行于世。乾隆后期，版归苏州钱听默，钱氏参考朱氏印本等重校修版印行。此本初印里封有萃古斋印，增篆、旁增小字及附录一应俱全，文字颇有修改，后世所谓"剜改本"即指此。嘉庆以后，毛氏书版渐渐湮灭，钱氏与朱氏二印本则相继受到青睐。了解汲古阁本的刊印源流，可以把握其在不同时期的刊印动因和版本特征，进而重估其在清代说文学上的地位和价值。

关键词：汲古阁本；祁门马氏；大兴朱氏；苏州钱氏；刊印源流

明清之际，琴川毛晋、毛扆父子据家藏宋本翻刻的大徐本《说文解字》，世称"毛本"或"（毛氏）汲古阁本"（本文简称"汲古阁本"）。此本是继宋刻以来对大徐《说文》的第

* 本文为国家社科基金重大项目"基于资料库的古籍计算机辅助版本校勘和编撰系统研究"（15ZDB104），国家社科基金青年项目"小学文献学研究"（16CTQ012）的阶段性成果。

一次翻刻①,也是清代乾隆以来最为通行的本子之一。虽然清代以来的学者对之褒贬不一,但其有功于后学自不言而喻。可惜的是,一直到现在,其刊印源流仍不太明白。关于此,清代以来学者虽有涉猎②,但多为只言片语。目前论述最为详细而系统的,当属潘天祯《汲古阁本〈说文解字〉的刊印源流》一文了。此文分五部分,依次探讨了汲古阁本的刻成经过、南图所藏的三种汲古阁本初印本的特点、段玉裁《汲古阁说文订叙》(以下简称"段《订叙》")的失误、淮南书局所刻本中毛扆题字及题识的真伪、大兴朱筠重刊本所据底本等,大致展现了汲古阁本的来龙去脉。但是潘氏所说的汲古阁本,无论是毛氏初印,还是后世印本,都指的是添加了附录(包括毛扆识语和11则有关《说文》论述)后的本子③。本文则以为未添加这些附录内容的版本才是毛氏汲古阁最早刊印的本子。之所以有如此差异,是因为潘氏虽然在文中提出了一些颇有价值的观点,但因对汲古阁本各个阶段的刊印原委和版本特征未及详加辨析,且有诸多文献未及参考,故其论证颇有值得商榷之处,结论亦时有推测之辞。本文参考潘天祯等学者的论述并依据相关文献资料,对汲古阁本的刊印源流重新进行梳理。

一、明末清初毛晋刻清康熙间毛扆校印本

有关汲古阁本刊印的最早也最详细的资料,当属此本卷十五末所附毛扆识语。今节录于下④:

> 先君购得《说文》真本,系北宋版,嫌其字小,以大字开雕,未竟而先君谢世。扆哀毁之余,益增痛焉。久欲继志而力有不逮。今桑榆之景,为日无多,乃鬻田而刻成之,盖不忍堕先志也。(《说文解字》卷十五末附)

按,此段已将汲古阁本的刊刻原委叙述的较为清晰了,但仔细读来,尚有以下两点疑问值得探讨。

第一,"未竟而先君谢世",其中"未竟"二字所指为何?是指毛晋卒时《说文》书版尚

①按,存世的《说文》诸多宋本皆为宋刻元修元印本,虽印刷有早晚,但均在同一版片上。直至毛氏父子方第一次据所购宋本重新鸠工翻刻。

②如段玉裁《汲古阁说文订叙》等。

③潘文云:"严格说,只有刻印后跋和论述之本,才能算是毛版《说文》全书的初印本。"按,这是根据"剜改本"的特征推测出的初印本,可称为"剜改本"的初印本,并不完全属于汲古阁本的初印本。

④〔汉〕许慎撰,〔宋〕徐铉等校订:《说文解字》卷十五末附,清康熙间毛氏汲古阁刻本。

未完成呢,还是指版已刻完而未及印行呢?

第二,“久欲继志而力有不逮”是何原因,到底是真的“力有不逮”呢,还是别有原因呢?

为论述方便,先看第二个疑问。文中所说的“扆哀毁之余,益增痛焉”云云,据文意推断,应该指的是毛晋卒后不久的事,即顺治十六年以后①。在此前后,毛晋早已将藏书及书版分给了诸子。其中,就《说文》而言,“(家藏)宋本为毛表所得,……毛扆分得者乃未刻竣的书版及手写上版的全书写样。”②按理来说,毛扆此时既有《说文》书版,又有全书写样,若要“继志”刊刻,应该在此时最为合适③,但不知为何非得偏偏等到“桑榆之景”的晚年方卖田刊刻呢?难道那时才力有所逮吗?由此笔者颇以为“久欲继志而力有不逮”一语并不符合实际情形。其所谓“力有不逮”之“力”并非真的无力,而是无意!之所以说“无意”,笔者以为应该跟当时的学术背景有关。

我们知道,明末清初之时,学者们的研究重点并不在文字之学,而是辨明经学(考据辨伪之学)。梁启超《清代学术概论》在谈到当时的学术背景时说到:“其时正值晚明王学极盛而敝之后,学者习于‘束书不观,游谈无根’,理学家不复能系社会之信仰。炎武等乃起而矫之,大倡‘舍经学无理学’之说,教学者脱宋明儒羁勒,直接反求之于古经。”④所以,在这种学术氛围下,大量的经学著作开始产生并进行刊行。而作为藏书家兼出版者的毛扆,在是不可能主动去刊刻《说文》的⑤。所以汲古阁本的最后刊刻行世,当另有隐情。

今检朱彝尊《汗简跋》云:“予侨居吴五载,力赞毛上舍扆刊《说文解字》,张上舍士俊刊《玉篇》《广韵》,曹通政寅刊丁度《集韵》、司马光《类篇》。”⑥其中所谓“力赞”是何意?结合前面毛扆跋所说的“久欲继志而力有不逮”,很容易让人想到毛扆刊行《说文》是在

①〔清〕钱谦益:《隐湖毛君墓志铭》,《牧斋有学集》卷三十一,上海:上海古籍出版社,1996 年,第 1142 页。

②潘天祯:《汲古阁本〈说文解字〉的刊印源流》,《北京图书馆馆刊》,1997 年第 2 期,第 53 页。按,此处“未刻竣的书版”据潘文,指的是尚未添加附录的书版。

③毛晋卒时,毛扆二十一岁。此时毛扆刚分得家产和书版等,按理应有余力刊刻此书。

④梁启超:《清代学术概论》,上海:上海古籍出版社,1998 年,第 4 页。

⑤书籍刊印与学术的关系是非常密切的,笔者以为毛晋刊印《说文》也是跟当时的学术背景有关联的。叶德辉《书林清话》卷七“明刻书用古体之陋”条云:“明中叶以后诸刻稿者,除‘七子’及王、唐、罗、归外,亦颇有可采取者。然多喜用古体字,即如海盐冯、丰诸人尤甚。”而六书学著作中,《六书精蕴》《六书总要》《六书正义》《说文长笺》《六书长笺》等皆为明代晚期著作,这说明当时的知识阶层(兼出版界)有一种好篆好古的风气。而作为当时著名的藏书家兼出版商的毛晋正好身处在受这种风气影响的地域之中,这成了他刊印《说文》的直接动因。

⑥〔清〕朱彝尊:《曝书亭集》,《清代诗文集汇编》第 116 册,上海:上海古籍出版社,2010 年,第 354 页。

朱彝尊的帮助下完成的。但是朱氏是如何“力赞”的呢？今虽无明文可考，但结合《玉篇》《广韵》等的刊刻情况亦可推知。考朱氏《重刊玉篇序》云：“予寓居吴下，借得宋椠上元本于毛氏汲古阁，张子士俊请开雕焉。”又《重刊广韵序》云：“吴下张上舍籲三有忧之，访诸琴川毛氏，得宋时锓本，证以藏书家所传抄，务合乎景德、祥符而后已。”又《合刻集韵类篇跋》云：“既锓《玉篇》《广韵》，又求《集韵》《类篇》善本雠勘雕印以行。”①据此可知，所谓“力赞”显然并非出资代刊，而是代为借书（如《玉篇》）或作序（如《广韵》等三书）等非物质的鼓励。据此笔者推断，毛扆刊刻《说文》，亦当是受到朱彝尊之影响或鼓励之下进行的。

考朱彝尊康熙四十八年跋《字鉴》云：“嗟夫，字学之不讲久矣。举凡《说文》《玉篇》《佩觿》《类篇》诸书，俱束诸高阁。习举子业者，专以梅氏之《字汇》，张氏之《正字通》，奉为兔园册。饮而忘其源，齐其末而不揣夫本，差缪有难悉数也已。”②正因为朱彝尊有感于当时学人不识文字，故力倡字学，所以围绕在其周围的张士俊等皆以刊刻字书为尚。而毛扆在去吴之时不仅相邀朱彝尊观书于汲古阁，而且还多次借书给朱氏③，更参与了泽存堂本《玉篇》等的刊刻④。在与朱氏的这种密切交往与当时刊刻字书风气的双重影响下，毛扆重拾《说文》旧版，并重新加以校刊才能成为可能，也成了他不惜鬻田也要刻成的原动力。所以，笔者以为，《说文》为何在毛晋卒后近五十年方才重见于世，并非如毛扆识语中所说的“力有不逮”“不忍堕先志”，而是另有其深层含义的。

至于其具体的刊刻时间，潘天祯曾根据朱彝尊《汗简跋》中所录诸书的时间推断，认

①以上分别见〔清〕朱彝尊：《曝书亭集》，《清代诗文集汇编》第116册，2010年，第291页，第292页，第293页。按，《广韵》的刊刻在此条中虽未明言是否亦是朱氏代借，但张氏刊刻此书实受朱氏启发，考张氏跋此书云：“间从秀水朱先生彝尊游，先生欲汇抄前贤声韵之书，刊示学者。今姑录宋修《广韵》，悉仍其故。”

②见张士俊泽存堂本《字鉴》末附跋。又张士俊跋《玉篇》云：“秀水朱先生彝尊，尝病字学之不讲，鲁鱼亥豕，疑惑舛错，而俗本所刻，尤乖六书，近鄙别字，流弊学者，数与华亭高君不骞、钱唐汪君泰来、同里毛君今凤、顾君嗣立往复辨证。”又跋《群经音辨》云：“康熙己卯，始得受教于秀水朱检讨竹垞。先生常称昌黎之言，凡为文宜略识字，世儒以为小学之不讲而高文大册多用别字，俗书踵讹袭谬，为识者嗤笑。”

③按，《竹垞老人晚年手牍》（其二）云：“毛黼老留吴郡，下榻张籲三兄斋，依宋椠刻《玉篇》。相对数昼夜，力恳愚一过汲古阁，许尽出数十年之藏书。”按，此条转引自张宗友：《朱彝尊年谱》卷五，南京：凤凰出版社，2014年，第489页。

④按，张士俊跋《群经音辨》云：“虞山毛丈扆携宋本《玉篇》见过，相与抗论古今篆隶之变，日趋巧便，讹舛滋多，不可究诘。毛丈曰：幸此书之存，去古未远，犹有可考而知者。子曷不即此以授梓，令学者复见古人真面目如此也。”又云：“其斥讹反正，毛丈之功多。”并见张士俊泽存堂本《群经音辨》末附跋。

为"初印本的问世,最早也当在康熙四十五年"①。此说近似。但笔者以为尚有值得商榷之处。考此跋云"予侨居吴五载",则汲古阁本的刊刻当在此五年之中。关键是这五年到底是哪五年。今据张宗友《朱彝尊年谱》的相关记载可知,至少从康熙四十二年二月起,朱氏就寓居吴门,至康熙四十六年年底方归故里②。在此之前、之后虽亦有至吴之行,但多为游吴,且所呆时间并不长。所以,所谓"寓吴五年"应该即此五年。按,康熙四十三年春,张士俊刊刻完毕《玉篇》,是年六月朱氏作序③;康熙四十六年十月,朱氏为曹寅所校刻的《类篇》作跋。如果除去其间发行等时间,汲古阁本的初刊至少在康熙四十四年至四十六年这三年之间。前引康熙四十八年朱彝尊跋《字鉴》云:"举凡《说文》《玉篇》《佩觿》《类篇》诸书,俱束诸高阁。"此四书皆是在朱彝尊"力赞"之下刊行的,此时朱氏既然能这么随意地例举出它们,说明至少在是年前后,汲古阁本《说文》已经流行于世了。

有了刊刻的条件,接下来便是探讨如何刊刻了,这自然就过渡到前面提到的第一个疑问了。

毛扆跋中"未竟"一词成了我们解决此问题的关键。笔者以为此词应当指毛晋卒时已经将全书的书版刻成但未及刊印。毛扆在最初校勘时所用的底本,就是根据这个所分的"未竟"原版印刷而成的,所以传世的诸多所谓汲古阁"初印本"中,其卷十五雍熙三年牒文末行题"有明后学毛晋从宋本校刊",其中"有明"二字得以保留便是最好的证据。若依学者所言④,原版在毛晋卒时尚未刊成的话,那么在康熙中后期续刊的毛扆,又何必添加此二字呢?而且毛扆所交往者,皆为如朱彝尊这样的达官贵人,又怎能特意强调其明清易代之身份呢?故毛扆跋云"未竟而先君谢世",所谓"未竟",当指除去毛扆诸附录外,全书十五卷的书版已经刻成,只是还未来得及覆校和印刷而已。之后毛扆陆续修版校订,"有明"二字被特意除去,最后刊印流传于世,成为了毛氏汲古阁系统中的第一个刻本。

①潘天祯:《毛扆第五次校改〈说文〉说的考察》,《潘天祯文集》,上海:上海科学技术文献出版社,2002年,第229页。

②张宗友:《朱彝尊年谱》卷五,2014年,第489页、第541页。前者云:"二十三日,在苏州送驾北返。遂留吴门,仍寓慧庆寺。"后者同卷康熙四十六年:"岁暮,里居,送张星还吴。"

③按,南京图书馆所藏毛扆亲笔校跋《说文》的时间与《玉篇》刊刻的时间大抵同时,但属于手校样本,还未进行正式刊行。

④潘天祯:《毛扆第五次校改〈说文〉说的考察》,《潘天祯文集》,第226页。潘先生以为毛扆跋中所言"未竟而先君谢世"之"未竟"指"开雕未竟",同时又在《汲古阁本〈说文解字〉的刊印源流》(《北京图书馆馆刊》,1997年第2期,第52页)表达了同样的观点,又推测其时"上版书稿当已写完"。按,潘先生以为添加了附录的本子方是完整的汲古阁本,而传世的诸多所谓"初印本"皆无这些内容,所以他对"未竟"一词方有此推论。但如果是这样的话,真正据上版书稿雕刻版片的人应该是毛扆。而毛氏刊刻此书时已入康熙后期了,倘若此时他再遵循原稿将"有明"等字原样雕版的话,恐怕不太合理。

但是考虑到当时的学术背景，其所印之本应该很少，流传亦不广①，故乾隆中期以后小学渐盛之时，学者们欲获见汲古阁早期版本而不得。有之，亦仅仅是几部毛扆的校样本而已，亦即清人所称的"初印本"。其中，最接近毛氏原版的应该是段《订》所据"初印本"之底本，余皆较之要晚。然此本自嘉庆间段玉裁、袁廷梼、顾广圻等少数学者借阅之后便少有人提及了，其大略虽见录于段《订》，但错讹遗漏之处往往有之②，故不可据为典要。所幸南京图书馆藏有一部毛扆亲笔批校的汲古阁校样本。此本自潘天祯多次撰文介绍后方为学界熟知③，故其价值自然不菲。然可惜的是，到目前为止，仅据潘文了解此本，故观点及资料亦大致延续其说。笔者有幸在诸位师友的帮助下得以观看此本，终于弄清了其基本情况。

今观此本，版式与传世汲古阁本同，但其天头及文内有诸多毛扆朱笔批校（偶有蓝笔或墨笔），一些校语有"凿深些""修细些""修过再阅"等字样。除卷一、卷三、卷十三至卷十五外，余十卷卷末皆有毛扆亲笔题跋，主要记录在康熙四十三年（1704）至四十四年（1705）之间校过某字等情况。卷十五雍熙三年牒文末原刻"有明后学毛晋从宋本校刊男扆再校"，今圈去"有明"二字，旁书"凿深些"。

如果再仔细辨析其天头批语，可以断定其应该属于毛扆第二次校改了，因为其中有多处涂抹原批校文字的情况。如卷十二下我部义字之"宜奇切"，天头处原批"疑寄"，后抹去二字而另书"寄"。说明毛扆之前校改时有所怀疑，后确定之后便重新批注了。再从批语内容看，此次主要是根据《玉篇》《广韵》《类篇》等文献校改其底本的若干文字的，更多的则是更正笔画。其校改之字，除潘文据毛扆卷末题识指出的8个字外④，其实在文内尚有很多。今试举几例：

（1）卷三下支部改字下，原刻作"古亥切"，今圈去"古亥"二字，而在天头处批"余止"，并云："《玉篇》《佩觿》俱作余止切，从支巳声。"

①程德洽《说文广义》十二卷，刊于清康熙五十二年。其不用汲古阁本《说文》，反而使用十二卷本的《五音韵谱》，可见始一终亥的汲古阁本并不通行，当时学人仍然以始东终甲《五音韵谱》为许氏原书。又，梁启超《中国近三百年学术史》中说"康熙一朝经学家虽渐多，但对于《说文》并没有人十分理会。"见梁启超：《中国近三百年学术史》（新校本），北京：商务印书馆，2011年，第252页。

②关于此，《汲古阁说文订》袁廷梼跋及淮南书局刻本所附顾广圻跋文早有提及。笔者亦曾据诸本与之比勘，确实有不少错误。

③见潘天祯《毛扆第五次校改〈说文〉说的考察》《毛扆四次以前校改〈说文〉的质疑》《汲古阁本〈说文解字〉的刊印源流》《毛扆书跋零拾（附伪跋）》等文，均收入《潘天祯文集》（上海：上海科学技术文献出版社，2002年）。

④潘天祯：《汲古阁本〈说文解字〉的刊印源流》，《北京图书馆馆刊》，1997年第2期，第53页。

（2）卷十下炙部炙字下，原刻作“之夜切”，今圈去“夜”字，旁书“石”，而在天头处批“石”。

（3）卷十下心部怼字下，原刻作“丈泪切”，今圈去“丈”字，旁书“大”，而在天头处批“大”。

以上这些特征显示，此本应该即毛扆初次刊印时的校样本（以下简称“校样本”），据其刊行的本子即我们所说的汲古阁第一次刻本，而其所据底本便是上文提到的据其父毛晋卒后留下来的原版刊印的（以下简称“原刻本”）①。据此，我们完全可以了解毛晋、毛扆父子是如何据家藏宋本校刻的。今结合传世的汲古阁诸本进行比勘，可以发现原刻本有以下几个特点：

1.版式已经确定，后世汲古阁本之行款、字数、界栏等皆与之同。

在版式上，无论是原刻本，还是后世印本，都是半叶七行，每行楷字十四至十五字，小字双行同，行四十二字。篆字一当楷体小字六。左右双边，白口，单黑鱼尾，鱼尾下题“说文几上/下”及页码。卷端题“说文解字弟一上汉太尉祭酒许慎记”，次行三行题“银青光禄大夫守右散骑常侍上柱国东海县开国子食邑五百户臣徐铉等奉敕校定”。除了前无里封、末无毛扆识语等外，余皆同后世汲古阁本。这可以说明，后世的汲古阁本基本上是依照原版刷印的，无论其增改删并了多少。

2.正文内部首本字下没有旁增小字的情况。

后世的汲古阁本有文内之字旁增一小字的情况，共3处，分别如下：

（1）卷二上小部小字下，原刻本作“见而分之”，后增补“八”字于“而”右下角，作“见而八分之”。

（2）卷三上音部音字下，原刻本作“宫商角徵羽声”，后增补“也”字于“声”字右下角，作“宫商角徵羽声也”。

（3）卷十二下氏部氏字下，原刻本作“氏崩闻数百里”，后增补“声”字于“崩”字右下角，作“氏崩声闻数百里”。

以上3条之增字均出现在部首本字下之释文处，无疑是在重校后修版增补的。考清光绪七年淮南书局刻本之底本为所谓“第四次样本”，其书衣题有“若大字内要增者，边头增一小字”等字样，即上述3条所说的情况。而据其卷末题记可知是毛扆在康熙五十二

①前文已论及，毛晋生前已将版刻成但未及印行便去世了，毛扆在康熙间据之刊印，故准确一点可称为“毛晋刻毛扆校印本”，毛扆的批校便是添加在该本上的。又按，原刻本其实在当时并未刊行于世，不过是毛扆据以校改的底本，故本质上属于一种工作性的本子。

年左右做的校样本，如果上面书衣题记是毛扆真迹的话①，那么可以知道有这种情形的本子至少出现在该年之后了。然检刊行于康熙五十五年的《康字字典》所引《说文》中皆无此种旁增小字的情况，那么我们又可将时间推到康熙五十五年之后。其时毛扆早已去世，故有这种情况的本子可以名为“毛扆校刻某人印本”了。

3.正文内没有增加篆文字头的现象②。

后世的汲古阁本正文内有增加字头或重文的情况，凡 4 例：

(1)卷三下殳部毄字下增篆字[illegible]，并小字注：“毁也，从攴褱声，古卖切。”末墨围阴文云：“在前‘叙’字下。”

(2)卷十三上虫部[illegible]字下增篆字“蝆”，小字注：“古文蝥。”末墨围阴文云：“在第十四叶‘蝥’字下。”

(3)卷十三下土部[illegible]字下增篆字陻，小字注：“垔或从自。”末墨围阴文云：“在第九叶‘垔’字下。”

(4)卷十四下酉部[illegible]字下增篆字酓，小字注：“酒味苦也，从酉今声。咽嗛切。”末墨围阴文云：“在第十七叶‘韽’字下。”

以上 4 条在今存世的《说文》诸校样本中皆无，《康熙字典》所引《说文》亦无，首次出现在清乾隆间祁门马氏的印本中③，所以笔者推测后世汲古阁本是受此本的影响进行增补的。

4.正文内很多字已经出现了校改，即不遵从宋本刊刻。

段《订叙》云：“四次以前微有校改，至五次则校改特多，往往取诸小徐《系传》，亦间用他书。”④其实，段氏所说的“四次以前”云云是包括原刻本在内的，“五次”即所谓的剜改本。在这句话里，似乎以为在“五次”校改时主要根据小徐本，但也参考其他书籍。但是根据笔者的比勘，此话并不准确。因为很多所谓“剜改”的文字其实早在毛晋生前据宋本刻版时就出现了，并不非得等到后世通行的汲古阁本才有。

今摘取段《订》中相关条目列于下：

---

①按，关于此，潘天祯曾撰文力辨其伪，但其证据不足，故笔者暂不采用。

②按，段《订》中提到很多增篆的情况，如卷三下杀部增“杀”字，卷六上木部增“闲”字，卷十二上手部增“掔”字，等等，笔者以为这些乃是毛扆在康熙年间初刻之后继续修订时所增。此处特指墨围阴文之篆文，这种阴文篆文应该为后世修版时增补的，故而与上面的增篆有所区别。

③按，马氏印本之原本今不可见，可见者惟《四库全书》据之抄写之本，见下文。

④〔清〕段玉裁：《汲古阁说文订叙》，《汲古阁说文订》，清同治十一年湖北崇文书局重刻本。

(1)卷三上言部譀字下,原刻本及后世汲古阁本皆作“丕能”,诸宋本则作“不能”。

(2)卷四下歺部殂字下,原刻本及后世汲古阁本皆作“放勋乃殂落”,诸宋本则作“勋乃落”。

(3)卷五下食部饟字下,原刻本及后世汲古阁本皆作“曰酿”,诸宋本则作“日饟”。(按,此条段《订》云:“盖初刻时已误。”)

(4)卷六上木部栩字下,原刻本及后世汲古阁本皆作“其实阜”,诸宋本则作“其阜”。

(5)卷六上木部桼字下,原刻本及后世汲古阁本皆作“束交也”,诸宋本则作“束文也”。

我们再举几例段《订》以外的例子:

(1)卷一下艹部蘗字下,原刻本及后世汲古阁本皆作“藟”,诸宋本则作“虆”。

(2)卷三上言部诊字下,原刻本及后世汲古阁本皆作“之刃切”,诸宋本则作“之忍切”。

(3)卷三下丮部执字下,原刻本及后世汲古阁本皆作“鱼祭切”,诸宋本则作“育祭切”。

(4)卷七上禾部穖字下,原刻本及后世汲古阁本皆作“居稀切”,诸宋本作“居狶切”。

(5)卷八上老部耇字下,原刻本及后世汲古阁本皆作“从老省占声”,诸宋本作“从老省古声”。

由上可知,后世所谓的剜改本中文字之谬,其实有一些早在原刻本中就出现了。所以,如果说所谓的“剜改”是罪过的话,“罪人”并不仅仅是毛扆,还包括毛晋。

5.卷十五末未附毛扆识语及其辑录的11则历代有关《说文》的论述。

按,以上5个特征虽然归属于原刻本,但是由于毛扆当时以其为底本进行批改,并据之进行初次刊刻,所以这些特征其实也是毛扆校印本的特征,康熙间朱彝尊等见到的应该就是这种版本。

毛扆刊刻完毕之后,并未止息,而是继续进行增修校订书版,包括增加一些篆文字头、修改训释等,同时也雕刻了附录的书版。那么,这些内容是何时完成的呢?今考存世的清光绪七年淮南书局仿刻本,其底本实际上是一个较南京图书馆藏本略晚的校样本,该本同样无旁增小字、另增字头的情况,而且前文例举的“改”“灸”诸条皆已据改①。其最大的特征是诸卷末有毛扆手书题识13则,时间集中在康熙五十二年三月至五月。其中,卷九上末的其中一条题识云“(四月)十七日,续添《说文》后附录,未曾开卷”,似乎暗

①按,潘先生所引8字中,除了卷十一上“泭”字下仍作“编水以渡也”外,余皆已经改正。

示了后世附有毛扆跋及有关《说文》论述的本子当是在此年以后才出现的。但考虑到毛扆去世于是年九月①,而四月之时这些附录尚未添加完毕②,至其添加完毕再写样上版尚不知何时方能完成,在这短短的几个月内要想重新印刷确实有些困难。所以谨慎起见,笔者以为毛扆的最后所定的这个本子的书版在其生前应该大致已经修改完毕,只是未及付印而已。

二、清乾隆前期祁门马氏印本

毛扆卒后的刊印情况,段《订叙》云:"毛氏所刊版,入本朝归祁门马氏在扬州者。"黄丕烈《说文校本跋》亦云:"盖汲古阁所刊,原系北宋本校刊,而此外间所传汲古阁本,其版诚为汲古所刊,但后来曾售于扬州马氏。"③段、黄二家虽不言所据为何,但可推断在乾隆末嘉庆初之时的学界应该都是比较清楚毛氏版片的归属地的。所谓"祁门马氏在扬州者"或"扬州马氏",即扬州著名的盐商马曰琯。李斗《扬州画舫录》卷四云:"(马曰琯)尝为朱竹垞刻《经义考》,费千金为蒋衡装潢所写十三经,又刻许氏《说文》《玉篇》《广韵》《字鉴》等书,谓之马板。"④这是马氏刊印《说文》的明证,其大概即是根据毛扆最后所定的版片进行刊印的。但是毛氏之版何时归于马氏,马氏又是何时进行刊印的,以上资料皆未明言,所以尚需进一步推测。

据南京图书馆所藏《东湖汲古阁毛氏世谱》的记载,毛扆有六子六女⑤,可考者仅其

①南京图书馆藏清抄本《东湖汲古阁毛氏世谱》云毛扆"卒于康熙癸巳九月十七日戌时"。

②按,汲古阁本末所附的附录在今天看来是很草率的,比如毛扆跋中所云释梦英《字源》有"五处次序不侔"之说。然今检梦英此书,卷五"会仓"在"亼"之前,卷七"㡀㡀"在"巿"之前,卷八"丘北"倒作"北丘",卷九"包苟"倒作"苟包",实有四处次序不侔。另外11则有关《说文》的论述亦在时间上排列混乱,如李文仲《字鉴》成于元,吴均《增修复古编》成于明,而皆排在晁《志》、陈《解题》两目之前,而此两目又在《崇文总目》《集古录》之前。再从内容上看亦无次序,尤其末《集古录》一条,只说郭忠恕,而不及《说文》,实为赘疣。故颇以为这些论述乃仓促而就,未及整理。总之,这些附录漏洞百出,若不是毛扆晚年懒于检点,疏于雠校所致,那便是些十足的伪文。但是笔者更倾向于毛扆自己辑录,因为这正好体现了其晚年的实际情形。

③〔清〕黄丕烈著,余鸣鸿、占旭东点校:《荛圃藏书题识》卷一《说文校本跋》,《黄丕烈藏书题跋集》,上海:上海古籍出版社,2015年,第50页。

④〔清〕李斗撰,汪北平、涂雨公点校:《扬州画舫录》,北京:中华书局,1960年,第88页。

⑤按,《东湖汲古阁毛氏世谱》云毛扆:"子六:长绥履,次绥福,三绥德,四绥和(陆出),五绥静,六绥节。女六:一适张舍美一森,禹思公季子。一受诗氏之聘而殇。一适钱贯之焯,思勋长子。第四女殇。一适苏郡西城王耕伯于京,受桓长子。一适钱大野,梦弼宜中次子。"

次子毛绥福①和三子毛绥德，二者皆为爱书之人，其中后者曾经还陪侍其父校过《说文》②。所以笔者推断，在这样一种家世传统下，至少在毛扆卒后其子辈旋即版售他人的情况是不可能的，而且在当时的文化背景下也没什么必要。

考毛扆之诸子中，除了长子早卒，六子卒于康熙六十一年之外，余四子的卒年皆不详，但其生年则记录得比较清楚：次子绥福生于顺治十八年（1661），三子绥德生于康熙四年（1665），四子绥和生于康熙八年（1669），五子绥静生于康熙三十七年（1698）。如果《说文》版片归其次子或三子所有的话，依七十岁算，此两人卒年分别为雍正八年（1730）③和乾隆十三年（1735）。所以笔者以为，《说文》之版片应该是在乾隆初期转售于扬州马氏的。但这尚属推测，更有力的证据出现在姚世钰《孱守斋遗稿》卷二《马秋玉佩兮昆季寄齐刀及吴淩张氏雕本〈群经音辨〉〈字鉴〉二书赋此答谢并索其新购常熟毛氏所开〈说文解〉》一诗中。其诗云："小学人方昧六书，圆法谁曾穷九府。大小二篆俗益讹，眼学惟存永元许。始一终亥最初作，次以四声非旧部。隐湖镌本早流传，枣木欣闻入藏弆。何时濡纸脱其文，鹤背重烦附囊褚。"④考姚氏《孱守斋遗稿》卷四云"乾隆乙丑秋，余寓扬州马氏丛书楼"，乙丑为乾隆十年，而此诗云"寄"，显然尚未寓居马氏之所，故其必为乾隆十年以前所作。而此诗"隐湖镌本早流传，枣木欣闻入藏弆"一句显然指毛氏版片归入马氏的情况，"何时濡纸脱其文，鹤背重烦附囊褚"也暗示了此时马氏尚未进行重印，据此我们可以进一步确定马氏购得毛氏书版的时间当在乾隆十年左右⑤。而据《马曰琯、马曰璐年谱》一文记载，在这期间，全祖望（雍正八年）、杭世骏（雍正十三年）、卢见曾（乾隆元年）等一批考据学家皆与之交往，而丛书楼所刊诸书中，除了《经义考》《五经文字》《新

①毛绥福见郑伟章《汲古阁毛氏诸子孙及戚友传略》，《书志》（第一辑），北京：中华书局，2017年，第77—78页。

②南京图书馆所藏毛扆校样本卷十三下末题识云："甲申四月二日，灯下复阅一过。正当戌时立夏之时，德儿侍后。省庵。"

③据郑伟章《汲古阁毛氏诸子孙及戚友传略》一文考证，台湾国图所藏《说文解字篆韵谱》有毛晋、毛扆、毛绥福的钤印，《砚史》则有毛绥福雍正八年之跋文，可以推断，毛绥福在雍正八年尚在世。

④〔清〕姚世钰：《孱守斋遗稿》，清乾隆十八年张四科刻本。

⑤〔清〕纪昀《书毛氏重刊〈说文〉后》（《纪文达公遗集》卷十一，清嘉庆十七年纪树馥刻本）云："琴川毛氏始得旧本重刊之，世病其不便检阅，亦不甚行，其版近日遂散失。……己卯正月廿五日阅《通考》所载《五音韵谱》。""己卯"为乾隆二十四年（1759）。文中所谓"亦不甚行"，笔者以为当指在全国不甚行，所行者仅在江浙一带。所谓"其版近日遂散失"中的"近日"不知具体指什么时候，但联系到本文所论，毛氏书版"散失"的时间应该较纪氏作跋时间早一些。

加九经字样》[①]可确定刊刻在乾隆年间外,《汉隶字源》[②]《干禄字书》《班马字类》《玉篇》等一批小学著作也有可能皆在此前后刊刻[③],而这可能成为马氏购买《说文》版片并进行刊印的直接动因。今考乾隆中期纂修《四库全书》时,马氏后人马裕所呈送的诸书中,有"《说文》十五卷,汉许慎,六本"的记载[④],不知此本是否即马氏重印之本,或是毛氏旧本。但可以断定的是,在乾隆三十八年大兴朱氏刊印《说文》之前后,世间流行的本子应该属于马氏重印之本。

证据之一便是《四库全书》所收录的《说文》。此本所据底本题为"通行本"[⑤],其《提要》云:"以篇帙繁重,每卷各分上下,即今所行毛晋刊本是也。"其中的"通行本",《四库全书凡例》云:"坊刻之书,不可专题一家者,则注曰'通行本'。"[⑥]由此可知,乾隆四十六年以前通行的即毛氏汲古阁刻本[⑦],其内容即如《四库》所著录之本也。四库馆臣虽然在抄录时有些校改之字[⑧],但大体也能反映其底本的原貌[⑨]。

如果将之与前面提及的毛氏诸刻进行对照,可以发现:

---

①按,全祖望《新雕五经文字九经字样题词》(朱铸禹汇校集注:《全祖望集汇校集注》卷二十三,上海:上海古籍出版社,2000年,第1184页)云:"嶰谷昆弟之为是举,不可谓非补经苑之憾矣。"嶰谷即马曰琯。此文不记年月,但据史梦蛟所撰《清全谢山先生祖望年谱》(台湾:商务印书馆,1978年,第28—29页)可知,全氏寓居马氏畬经堂在乾隆六年,而丛书楼本《新加九经字样》末有清乾隆五年马曰璐跋,则可知二书皆刊于乾隆五年前后无疑。

②按,全祖望《汉隶字源校本序》乃是据其家藏张弨校本作的序言,不知是否对马氏丛书楼刻本有所影响。见朱铸禹汇校集注:《全祖望集汇校集注》卷二十三,2000年,第593页。

③这些著作无前序后跋,诸书目一般笼统题作康熙间刻本。从吴萍莉、张翔《清乾嘉时期"扬州二马"及其刻书》(《史志学刊》,2014年第03期)一文所收集的马氏丛书楼刊刻的诸书看,乾隆前期才是马氏刊印的高峰时期。该文将《班马字类》《九经字样》归于康熙末年,《玉篇》《广韵》《字鉴》《说文》皆归于乾隆年间,不知所据为何。

④吴慰祖:《两淮商人马裕家呈送书目》,《四库采进书目》,北京:商务印书馆,1960年,第69页。

⑤〔清〕永瑢:《四库全书总目提要》卷四十一,第9册,上海:商务印书馆,1931年,第2页。

⑥《四库全书凡例》:"诸书刊写之本不一,谨择其善本录之。增删之本亦不一,谨择其足本录之。每书目之下,钦遵谕旨,各注某家藏本,以不没所自。坊刻之书,不可专题一家者,则注曰通行本。"见《四库全书总目提要》第1册,上海:商务印书馆,1931年,第3页。

⑦按,《提要》末所署日期为"乾隆四十六年十一月恭校上",可知,此本最早是在乾隆四十六年抄录完毕的,但馆臣呈送之年可能在三十七年左右了。

⑧如卷一下艹部"茜"字下,诸本皆作"读若陆",后世汲古阁本"陆"字为墨钉,而此本则作"读若侠",乃依小徐本增字也。

⑨吴慰祖所编的《四库采进书目》中,《两淮商人马裕家呈送书目》(第69页,著录为"6本")《河南省呈送书目》(第156页,著录为"16本")《补遗·武英殿第一次书目》(第192页,著录为"10本")皆收录了《说文》,《四库》本之底本应该属于武英殿藏本。按,此本应非《康熙字典》所据之本,因为后者"小""音""氏"等字下并无旁增小字的情况,前者则有之。

(1)其卷二上“小”字、卷三上“音”字、卷十二下“氏”字下注文已经旁增了小字,显然其刊刻在淮南书局本所据校样本之后了。

(2)文内开始出现增加篆文字头的情况①。

(3)除若干字尚未修改外(如卷十一上水部泭字下仍作“编水以渡也”等),大部分文字皆同后世通行之本。

此外,此本卷十五末无毛扆跋及其辑录的《说文》论述等,盖四库馆臣故意删去。

《四库全书》所收《说文》向来未引起学界注意,一般学者皆将其底本当作一般通行的汲古阁本看待,故而其价值并未被得到充分揭示。今将之放在整个汲古阁本系统里进行观照,可见其实际上是一个非常重要的版本。

另外,有学者以为后世通行的汲古阁本(所谓“剜改本”)中的诸多校改文字是祁门马氏所为②。但从前文论述可知,其实马氏只是据旧版重印而已,而其所印之本亦不能与后世传本划等号。从祁门马氏的经历看,其至多是商人兼诗人的身份,与其频繁交往者有沈德潜、厉鹗等众多诗坛名家,其流传下来的诗词亦多为酬唱之作③,所以,说其校改《说文》实是太高估其这方面的能力了。

三、清乾隆中期大兴朱氏椒华吟舫翻刻本

前文提及,大徐本《说文》在乾隆前期乃至上溯康熙、雍正之时,虽然汲古阁毛氏等有过数次刊印,但并不甚行,甚至出现了版片散失的情况。以下两个例子可以说明此书在学界的流行状况。

(1)(清)徐坚《重抄说文系传序》云:“淮阴吴山夫玉搢氏,喜习六书学,家贫不能致书,尝借抄于诸相识中,寒暑靡间,裒然成帙。人或有过而笑之者,山夫不顾也。予来淮

---

①按,《四库全书总目》卷四十三所收《说文解字五音韵谱》之提要云:“《说文》酉部有‘醓’字,音‘咽嗛切’。”由此可知,“醓”字已经出现在了四库本《说文》之中了,只不过馆臣抄录时将之遗漏,故而在今天的四库本《说文》中无法看到此篆。以此类推,剩余的几个新增的篆文字头也应该出现了。

②潘天祯:《汲古阁本〈说文解字〉的刊印源流》,《北京图书馆馆刊》,1997 年第 2 期,第 60 页。

③马曰琯有《沙河逸老小稿》六卷《嶰谷词》一卷(《清代诗文集汇编》第 265 册),马曰璐有《南斋集》六卷附词二卷(《清代诗文集汇编》第 276 册),多为唱和送别咏物之作。今人对扬州二马的研究,也多集中在以小玲珑山馆为中心的诗人群体中,如严迪昌《往事惊心叫断鸿——扬州马氏小玲珑山馆与雍乾之际广陵文学集群》(《文学遗产》,2002 年第 4 期),胡祥云、方盛良《论“小玲珑山馆”为中心的文学活动》(《安庆师范学院学报(社会科学版)》,2009 年第 7 期),方盛良《“小玲珑山馆”诗人群体考略》(《安庆师范学院学报(社会科学版)》,2005 年第 1 期)等,而很少关注其藏书与出版事业。

之二年,始得与之交。有厚契,时相过从,间出是书相赏……予亟假阅,倩人录成。适得汲古阁所镌宋本《说文解字》,是真徐所校本也。相与校勘,字栉句比,疑窦乃生。阙者补之,讹者正之,裨益之功,盖得十之三四。”①(《湖海文传》卷二十二序)

(2)(清)李文藻《送冯鱼山说文记》云:“高邮王怀祖,戴弟子也。己丑冬,遇之京师,属为购毛刻北宋本。适书贾老韦有之,高其直。王时下第,囊空称贷而买之。王曰:‘归而发明字学,欲作书四种,以配亭林顾氏《音学五书》也。’予是年赴粤,所携书皆抄本之稍难得者,谓其易得者可随处觅之。至则书肆寥寥,同官及其乡士大夫家亦无可假是书,仅见万历间坊本耳。”②(《南涧文集》卷上)

以上第1则未题撰写年月,但《小学考》卷十一所引此文末却有“乾隆戊午冬十二月”一行,即清乾隆三年(1738)。据此序所云,是年徐坚从吴玉搢那里借得所藏《说文系传》请人抄录,又得到了汲古阁本《说文》补残校讹。这说明什么呢?笔者以为,这至少说明汲古阁本《说文》在当时流传甚少且研究亦很少。因为如果当时此本确实很流行的话,徐氏就不用说“是真徐所校本也”这样惊奇的话了。而且后来乾嘉学者大多据小徐以正大徐,此则以大徐校小徐,显然并未意识到大徐本,特别是汲古阁本的一些失误。这似乎暗示了当时对《说文》的研究尚未展开。

第2则中的“己丑”即乾隆三十四年(1769)。是年李文藻与王念孙相遇于京师。王氏欲买《说文》,卖家居然“高其直”,显然此书在当时这么一个大都市里流行甚少。而李氏去粤后,不仅书肆寥寥,而且私家所藏亦不可见,所行者乃明刻《五音韵谱》,更说明在当时整个社会上尚未形成研读《说文》的风气,而像王念孙这样的少数学者方稍稍有意识地利用此书进行别的研究③。

由此可见,在乾隆前中期,《说文》并不如我们后世想象中那么流行。相反,整个社会里,从学者至书贾,大多并未意识到此书的重要性。正是在这样的文化背景下,当朱筠在乾隆三十六年视学安徽,次年以五经本文按试诸生时,发现当时学子“不明文字本所由生”,“点画淆乱,音训泯棼”,于是在乾隆三十八年“先举许君《说文解字》旧本重刻周布,

①〔清〕王昶:《湖海文传》卷二十二序,清道光十七年经训堂刻本。

②〔清〕李文藻:《南涧文集》卷上,清光绪间刻功顺堂丛书本。

③“以配亭林顾氏《音学五书》”一语暗示了其是利用《说文》研究古音,非专门研究《说文》也。而“仅见万历间坊本”一语又暗示了李文藻是将李氏《五音韵谱》误当作了大徐本。显然至乾隆年间,学者们仍然跟其前辈学者顾炎武一样犯同一错误,由此亦可见大徐本《说文》在当时并不流行。这是学术风气使然,并非个人原因。

俾诸生人人讽之，庶知为文自识字始”。[①] 是为大兴朱氏椒华吟舫刻本。

据上可知，朱氏是根据“旧本”刊行的，但何谓“旧本”呢？《红豆树馆诗话》云朱筠“乃出宋版《说文解字》刊布，以诏后学”[②]，姚觐元《说文解字跋》亦云“大兴朱氏视学安徽依宋本重付开雕”[③]，皆以为是据宋本刊刻的。但据此本卷十五末下“后学毛晋从宋本校刊男扆再校”一行可知，显然是据毛氏汲古阁本翻刻的，所以也是属于汲古阁本系统。

值得一提的是，此本之底本原来也非朱氏旧藏，而是从别处获取的，其寻求的过程也颇为曲折。李文藻《送冯鱼山说文记》记其颇详，今将相关内容转引如下：

> 壬辰春，予调潮阳，其书院山长郑君安道为朱竹君学士分校会试所得士，锐意穷经，且以教其徒，索《说文》于予。乃为札求于济南周林汲。而揭阳郑运使适自两淮归里，专一介问：有此书否？运使实无之，而不遽报。遣健足走扬州，从马秋玉之子取数部，往返才三阅月，以其二饷予：一插架，一贻郑进士。进士喜过望。（《南涧文集》卷上）

据此可知，乾隆三十七年（壬辰），朱筠打算刊刻《说文》时，应该是委托郑安道访书的。安道求之于李文藻，文藻先求之于周永年（号林汲山人）未果，既而从“马秋玉之子”那里获取了两部。一留已藏，一则归郑氏。而郑氏所得之本自然是朱氏翻刻时所据底本了。那么，“马秋玉之子”是何人呢？马秋玉者，即扬州二马之马曰琯也。马氏无子，此处云子者，可能就是向朝廷进献书籍的马裕也[④]。所以答案很清楚了，朱氏刻本之底本不仅仅是毛氏汲古阁本，更进一步原来是扬州马氏刊印之本。

从版式上看，此本之行款字数与汲古阁本皆同，惟诸卷卷端三行下增“大兴朱筠依宋本重付开雕宛平徐瀚挍字”。里封题：“乾隆癸巳开雕 说文解字 文字十三经同异嗣刊 椒华吟舫藏板。”首附清乾隆三十八年大兴朱氏《重刻说文解字叙》[⑤]。

---

①〔清〕朱筠：《笥河文集》卷五，清嘉庆二十年椒华吟舫刻本。

②〔清〕陶梁：《国朝畿辅诗传》卷四十一，清道光十九年红豆树馆刻本。此书于“朱筠”条下引《红豆树馆诗话》。

③丁福保：《说文诂林补遗·前编上·序跋类一》，北京：中华书局，1988年，第15341页。

④明光：《清代扬州“二马”家世考》，《扬州大学学报（人文社会科学版）》，2007年第2期，第125—126页。

⑤按，检《王石臞文集补编》（《清代诗文集汇编》第409册，第570—572页）收有此文。刘盼遂引《朱笥河诗集·乙未送王怀祖诗》云：“我方叙《说文》，资子口存舌。辨体音必兼，音响穷蚊蚋。声五色亦五，北鷮和南鷩。要令江南士，通经字为揭。”又引《章实斋遗书九·与沈枫墀论学书》云：“朱竹君先生善古文辞，其于六书未尝精研而心知其意。王君怀祖固以六书之学专门名家者也。朱先生序刻《说文》中，间辨别六书要旨，皆咨于怀祖而承用其言。仆称先生诸序，此为第一。”刘先生推断此序应属王念孙代笔。

从内容上看,此本虽然据马氏印本翻刻,但并非依样刊印,而是有同有异的。今参照四库本,试述其特点。

1.四库本中三个字头下释文有旁增小字的情况,此本与之同。

2.此本正文内文字多同四库本,一些文字的增改并非始于后世通行汲古阁本。今试举几例:

(1)卷一上上部帝字下,四库本作"辛言示",增一"言"字,此本同。

(2)卷一上玉部珣字下,四库本作"医无闾之珣玗",增一"之"字,此本同。

(3)卷二上唬字下,四库本作"呼讶切",同小徐本,此本同。

四库本由于是抄本,所以存在校改之字。但即便如此,我们也可以从中发现其底本的原貌。如卷一下艹部茵字,原刻本作"读若陆",惟四库本作"读若俠"。按,原刻本从宋本作"陆",四库本则改为"俠",显然其底本原为墨钉,四库馆臣据小徐增补一"俠"字,朱氏本仍作"读若■"。

3.与四库本一样,有增篆的情况。

4.此本末有毛扆识语及11则有关《说文》的论述。

以上为两本之相同点,但是也有所差异,这主要体现在具体文字上,如卷六下鄄字,四库本作"垔声",此本作"鄄声"。卷十四下陈字,四库本作"酒泉天依阪也",此本"依"作"陈"。

综上所述,朱氏翻刻时所据底本其实与四库本是一样的,皆为祁门马氏刊印之本。但是其在刊刻过程中,又在底本的基础上修订了一些文字。同时,由于所用非人[①],故校勘时亦难免有一些失误。不过,不可否认的事实是,正是因为此本的刊行,大徐本很快在社会流行开来了。冯桂芬《重刻段氏说文解字注序》云:"厥后大兴朱氏筠视学吾皖,梓旧本《说文》于节署,其书乃大显。"[②]由此可见朱氏之本在社会上的影响。同时,随着四库馆开,南北学者渐渐聚集京师,众多考据学家在相互交流中也客观上推动了说文学的兴盛期的到来。而据笔者统计,清代很多学者大致就是从此时之后开始研究《说文》的,而很多《说文》学著作也是从此时之后开始出现的。故而大兴朱氏刻本应该是汲古阁本《说

①按,朱筠《重刻说文解字叙》(见清乾隆三十八年大兴朱氏椒华吟舫刻本《说文》前附)云:"惜未及以徐锴《系传》及他善本详校,第令及门宛平徐瀚检正刻工之讹错。"又,〔清〕陶梁:《国朝畿辅诗传》卷四十一引《红豆树馆诗话》(清道光十九年红豆树馆刻本)云:"当校刊《说文》时,命门生某司其事,某重违先生意,多所干没,先生待之如初。"两相对比,可知后文中的"某门生"即前文中的"徐瀚"。此人在奉命校勘时并不用心,故而朱氏刻本中出现了一些错误。

②〔清〕冯桂芬:《显志堂稿》卷一,清光绪二年冯氏校邠庐刻本。

文》系统中开一代风气的一个版本①。

四、清乾隆末期苏州钱氏萃古斋校印本

正因为乾隆后期《说文》学渐渐成为了一门显学,诸多学者亦竭力推崇大徐本,故汲古阁本亦渐渐受到青睐。(清)王鸣盛《蛾术编》卷十八云:"徐书便检寻矣而不知部首,李焘以部首分韵编次则又不便检寻。徐铉校定原本,常熟汲古阁主人毛凤苞之子扆依北宋小字板改大字翻刻者,奉为枕中鸿宝。参之以徐锴《系传》,足矣。汲古阁刻本布天下,其功之最大者,莫如徐铉《说文》。至《系传》几百年来无刻本,吾友汪慎仪名启淑新安人兵部职方司郎中刻之,功与毛同。"②按,此条王氏未记录年月,但据汪启淑刊刻《系传》的时间推断,其当是在清乾隆四十七年(1782)以后被记录的。由此文可知,曾经被学者推崇为便于检寻的李氏《五音韵谱》(如前引纪昀文),至今反而成了"不便检寻"之书。而曾经几乎版散的汲古本《说文》反而在此时被奉为了瑰宝③。由此可见学术风气之变化。

学术风气的转向自然逃不出有识商贾的眼睛,所以刊印《说文》在此时也被提上了日程。段《订叙》云:"毛氏所刊版,入本朝归祁门马氏在扬州者,近年又归苏之书贾钱姓。"④《汲古阁刻板存亡考》亦云:"板向存苏州钱锦开书坊。"⑤所谓"钱姓""钱锦开"即乾嘉时期著名的书贾钱听默,《藏书纪事诗》卷七有传⑥,黄丕烈、顾广圻竭力推崇之。其所开萃古斋书坊,刊印兼销售古书,最为知名。据上引段、顾两说可知,毛氏版片归扬州马氏之后,又辗转归钱氏所有了。段《订叙》作于嘉庆二年,其既云"近年",当然距是年不远了。今幸好有萃古斋刊印之本存世,故可一识其真面目。今观是本,版式、字体及卷端题名与此

①严格地说,此本当为祁门马氏印本的一个翻刻本,当合并为一本。但考虑到其影响,且与马氏印本亦略有差异,故分列之。

②〔清〕王鸣盛:《蛾术编》卷十八《说字四》,清道光二十一年世楷堂刻本。

③按,清同治十一年刻本《汲古阁说文订》在段氏叙末有嘉庆二年袁廷梼跋,云:"段若膺先生云:'今海内承学之士,户读毛氏此书而不知其恶。'"段氏之说应该是在嘉庆二年以前说的,也说明当时读《说文》已成为一种趋势了。又,严可均在嘉庆五年为其《说文订订》作的序中云:"《汲古阁说文订》一卷,金坛段君若膺纂。其助之者,吾友又恺袁氏也。段君素以治《说文》有声于时,嘉庆三年此书流播都下,都下翕然称之。"区区几页《汲古阁说文订》居然在刊刻的次年就"流播都下",且为京师学者"翕然称之",这说明了什么呢?笔者以为这其实也已经暗示了当时学者已经比较关注《说文》一书,并且《说文》刊行已经非常流行了,否则段氏《订》不至于产生如此大的轰动的。

④〔清〕段玉裁:《汲古阁说文订叙》,《汲古阁说文订》,清同治十一年湖北崇文书局重刻本。

⑤〔清〕郑德懋编,顾湘校:《汲古阁刻板存亡考》,清道光二十二年顾湘小石山房刻本。

⑥叶昌炽:《藏书纪事诗》卷七,北京:北京燕山出版社,1999 年,第 588—589 页。

前毛氏汲古阁本皆同,前有标目二卷,末附毛扆跋及 11 则有关《说文》论述。卷十五末有"后学毛晋从宋本校刊男扆再校"一行。里封题"北宋本校刊　说文真本　汲古阁藏板",而"北宋本校刊"下所钤"姑苏萃古斋书坊发兑印"朱文戳记可证,其确实为钱氏萃古斋所刊。

如果仅据以上特征,的确可以推断出其是依毛氏旧版刊印的。但是仔细检其正文诸字,却并非如此,他应该是参照朱氏刻本进行修版的。因为凡朱本与别本有异者,往往与此本相同,如前面所举卷一茵字下,二本皆作"读若■";卷二善字下,二本皆作"此义与美同意";卷八般字下,二本或讹作"比潘切"等。但亦偶有二本相异者,如卷十四下䧢字下,朱本"籀文嗌字",此本则作"隘",与赵灵均抄本同。同卷𠫓字下,朱本作"𠫓如其来如",此本则作"突如其来如",与诸宋本同。这说明钱氏在校勘时,除了朱本之外,还参照过别的本子进行校改。考《荛圃藏书题识》卷一于"《说文》十五卷校本"条下云其在乾隆五十五年曾从钱氏那里借得"手校《说文》善本",笔者以为即钱氏萃古斋印本。对于此本,黄氏又云:"今人校书多据宋本,亦有高下之别。即如《说文》,汲古阁校刊据北宋本,而钱君所据以校汲古阁本者,又为麻沙宋本。是二本安不有瑕瑜耶?金坛段君玉裁为今之名儒,取钱君校本于宋本之谬者旁抹之,诚为有识。"①据此可知,钱氏在校刊时还参照过宋本《说文》②。但黄氏以为此宋本是"麻沙宋本",与毛氏所据"北宋本"有高下之别,暗含之义即以为钱氏参据之宋本质量并不是很高。今此本与朱本有异者,盖有据此"麻沙宋本"校改者。

钱氏印本即段玉裁所称的"第五次剜改本"。在段《订》中,段氏虽然对之多加指责③,但亦偶有赞同者。后世学者则一概加以否定,直至现在,"剜改本"一词简直成了汲古阁本的一个恶名!而且还将校改之字一概归罪于毛扆,毛扆也成了妄改《说文》的罪魁祸首。但从现在看来,汲古阁版经众人之手历次刊印,其间的种种修改显然并非毛扆一人所为,我们强加给他的种种"罪行"显然有失公允。

五、嘉庆以后印本

乾隆中期以后,学者所藏多为大兴朱氏刻本。而自钱氏萃古斋印本刊行之后,二本

---

①〔清〕黄丕烈著,余鸣鸣、占旭东点校:《荛圃藏书题识》卷一《说文校本跋》,《黄丕烈藏书题跋集》,2015 年,第 50—51 页。

②按,此本今藏湖南图书馆,有钱氏钤印,还有毛扆钤印。笔者推断毛扆亦曾据此本参校过。

③按,黄丕烈《荛圃藏书题识》称"金坛段君玉裁为今之名儒,取钱君校本于宋本之谬者旁抹之,诚为有识。"据此可知,早在乾隆五十五年,段氏即对此本加以校改了。今《说文解字读》所存零星校字中所谓"汲古刻大徐本"应即此本,如"俊"字条。

遂并行于世，而后者更有取代前者之势。特别是嘉庆二年段《订》刊刻之后，至少在学界已经很少提及大兴朱氏刻本了，而“剜改本”则不时出现在诸家的著作中。今存世的在“剜改本”上进行批校题跋的本子，著录在《中国古籍善本书目》中的就有 40 多种①。其中既有桂馥、王筠这样的大家做的批校，也有一些无名氏过录名家之批语。为什么他们喜欢在这种版本上作批注呢？很显然它已经成为了当时的通行本了。

钱氏萃古斋印本不知在当时印刷过几次，但从存世的版本看，很多里封上并无萃古斋发兑的戳记，而且有些字迹比较模糊，应该属于后印本了。国图藏有一本题为“佚名校，袁廷梼跋”的所谓“初印本”，除了正文内各部首末所统计的篆文（或重文）字数及篆字下注解文字有若干差异外，余皆与后世传本同，这可能就是萃古斋本之初印本。

钱氏的卒年，沈津推断是嘉庆六年至七年之间②。之后，汲古阁版片又流于他乡。《汲古阁刻板存亡考》云汲古阁《说文》“板向存苏州钱锦开书坊，今在扬州，字已漫漶”③。按，此书初刻于道光二十二年④，文内既云“今”，则此时汲古阁版已归扬州，且字已不清。潘天祯据此推断“不会再印了”⑤，所言甚是，因为嘉、道之后至少在国内确实几乎没有翻刻汲古阁本的活动了⑥。而之前一直默默无闻的大兴朱氏刻本则在张之洞的影响下开始流行起来了⑦，如清同治十年刻本、清光绪二年川东官舍刻本等。尤其是前者，里封既题“北宋本校刊 说文真本 汲古阁藏板”，又题“同治辛未年新镌许氏说文　较正无讹”，而

①按，《中国古籍善本书目》中著录的《说文》名家批校题跋本有一些可能是汲古阁早期的版本，但大多数都是后世的“剜改本”。其中有一部分校语寥寥，其实并不能称之为善本。

②沈津：《此调书林今绝响——书估钱听默与陶正祥》，见其博客《书丛老蠹鱼》http://blog.sina.com.cn/s/blog_4e4a788a0100czsf.html。

③［清］郑德懋编，顾湘校：《汲古阁刻板存亡考》，清道光二十二年顾湘小石山房刻本。

④按，顾湘所刻《汲古阁校刻书目》末附二种，此书即其中一种。里封背面牌记题“道光壬寅仲夏海虞顾氏开雕”。道光壬寅即道光二十二年。

⑤潘天祯：《汲古阁本〈说文解字〉的刊印源流》，《北京图书馆馆刊》，1997 年第 2 期，第 60 页。

⑥国外则有日本文政九年（1826 道光六年）昌平学翻刻本。但翻刻时多有改动，如“茜”字下作“读若陆”，卷八上“裻”字下作“裻衣示反古”，凡原本中有空缺者皆已补字。

⑦按，姚觐元《说文解字跋》（丁福保编：《说文解字诂林补遗 · 前编上 · 序跋类一》，北京：中华书局，1988 年，第 15341 页）云：“大兴朱氏视学安徽，依宋本重付开雕，较之毛氏颇有订正。其版完好，至今尚在京师。同治十三年，南皮张太史香涛督学四川，以古学教授博士弟子，一时好学之士群知古籍可贵，互相搜访。于是成都书贾景朱本重刻一版，合州书贾效之，亦刻一版。市侩牟利而吝于赀，刻工既劣又不知校雠，颠倒瞀乱，至不可卒读。”又，张之洞《桂氏说文义证序》（《张文襄公古文书札骈文诗集》，民国十七年刻张文襄公全集本）云：“段、桂两书奥矣、萃矣，许学备矣。特其卷幅并皆繁重，初学者恒苦其难，而贫士每病其费，莫若取大兴朱氏仿汲古阁大字本重雕其文，简其工省，俾求进于此者得之以为津梁，而更从事于段桂两家之书以穷其堂奥，小学之兴庶有冀乎？”

开篇即大兴朱氏之序。这是否说明当时是挂着汲古阁本的牌子为大兴朱氏本做广告呢?或者说二本在当时一般的士子中已经难以分辨了[①]? 不过,从《中国近代古籍出版发行史料》中所收的晚清书坊营业书目看,大兴朱氏本与毛氏汲古阁本(此处指里封题作"说文真本"者)在大徐本《说文》的众多版本中占据了很大的比重,甚至超过了依宋本重刻的孙氏平津馆本和额勒布藤花榭本。这也说明了晚清时期二本尚在通行。

六、结论

综上所述,从毛晋在明末据家藏宋本上版欲刊,至其子毛扆在康熙中后期据原版校勘印行,再至乾隆前期扬州马氏据毛扆校改版片重印,乾隆中期大兴朱氏据扬州马氏印本修订翻刻,最后在乾隆末期苏州钱氏萃古斋依毛氏旧版,参合诸本重校重印,汲古阁本走了一段非常漫长而复杂的路程。在此过程中,如果说毛扆是真正刊印《说文》的始作俑者,那么祁门马氏、大兴朱氏是推动者,苏州钱氏则是终结者。几代人的陆续刊印中,内容的增改删并是累加上去的,其中既有有意为之,也有无意之讹,同时还有后世翻刻者新犯的错误[②]。故而在探讨汲古阁本时,我们不应该如清人那样一味笼统地批判,而是根据不同版本特征判断到底时哪个阶段的汲古阁本做出的校改。

如果再深一层看的话,毛氏汲古阁本在清代的历次刊印,其实都跟当时的学术背景息息相关的,特别是与小学的兴衰最为密切,这是大徐《说文》之所以被刊行的内在动因。

参考文献

〔汉〕许慎撰,〔宋〕徐铉等校订:《说文解字》,清康熙间毛氏汲古阁刻本。

〔汉〕许慎撰,〔宋〕徐铉等校订:《说文解字》,南京图书馆藏清康熙间毛扆手校样本。

〔汉〕许慎撰,〔宋〕徐铉等校订:《说文解字》,清乾隆三十八年大兴朱筠椒华吟舫翻刻本。

〔汉〕许慎撰,〔宋〕徐铉等校订:《说文解字》,影印文渊阁四库全书本。

〔汉〕许慎撰,〔宋〕徐铉等校订:《说文解字》,清乾隆末钱听默萃古斋翻刻本。

---

①按,前引张之洞同治九年《桂氏说文义证序》既云"莫若取大兴朱氏仿汲古阁大字本重雕其文,简其工省",又云"或谓毛斧季取宋本拓大其字,不守古式,不可用",似乎其以为大兴朱氏本与毛氏刻本并无二致。

②钮树玉在嘉庆十年为其《说文解字校录》作的序中云:"惟大徐定本,今流传最广者,乃毛氏翻刊本。而毛本又经后人妄下雌黄,率以其所知改所不知,古义微矣。"所谓"后人妄下雌黄",可知时人已知有些错误非始自毛扆。

潘天祯:《汲古阁本〈说文解字〉的刊印源流》,《潘天祯文集》,上海:上海科学技术文献出版社,2002 年。
潘天祯:《毛扆第五次校改〈说文〉说的考察》,《潘天祯文集》,上海:上海科学技术文献出版社,2002 年。
〔清〕朱彝尊:《曝书亭集》,《清代诗文集汇编》第 116 册,上海:上海古籍出版社,2010 年。
张宗友:《朱彝尊年谱》,南京:凤凰出版社,2014 年。
〔清〕段玉裁:《汲古阁说文订叙》,《汲古阁说文订》,清同治十一年湖北崇文书局重刻本。
〔清〕王昶:《湖海文传》,清道光十七年经训堂刻本。
〔清〕李文藻:《南涧文集》,清光绪间刻功顺堂丛书本。
〔清〕纪昀:《书毛氏重刊〈说文〉后》,《纪文达公遗集》卷十一,清嘉庆十七年纪树馥刻本。
〔清〕朱筠:《笥河文集》,清嘉庆二十年椒华吟舫刻本。
〔清〕陶梁:《国朝畿辅诗传》,清道光十九年红豆树馆刻本。
〔清〕洪亮吉:《更生斋集》,清光绪三年洪氏授经堂增修本。
〔清〕郑德懋编,顾湘校:《汲古阁刻板存亡考》,清道光二十二年顾湘小石山房刻本。
丁福保:《说文解字诂林》,北京:中华书局,1988 年。

New Textual Criticism of Printing Origin and Development of *Shuowenjiezi*(说文解字)of Mao jiguge Version

Zhang Xianrong; Zhou Xiaowen
(Shanxi University; Beijing Normal University)

Abstract: Atpresent, although the academic circles have generally combed printing origin and development of Jigugeversion"shuowen"(说文), there is still a lack of detailed research on the specific stages of the version and the characteristics of the versions of each period. This article combines the relevant literature and believes that this version experienced four times of print in the Qing dynasty: during Kangxiperiod, under the influence of Zhu Yizun(朱彝尊), Maoyirevised and printed his father's printing plate for the first time .from the perspective of the surviving version of Maoyi proofreading, the printing format has been set. there have been revisions in the text, but there are no Xiaozhuan(小篆) with white character with black , additions to the small characters, and additions to the appendix. Afterwards, Maoyi continued to update printing plate and added an appendix, but he could not print it again before his death. In the early period of Qianlong, the printing plate was returned to Ma shi in qi men(祁门马氏)and reprinted. from the "Imperial Collection of Four" version, this version has been supplemented with small words and increase Xiaozhuan(小篆)with white character with black, and an appendix has been added. In the middle period of Qianlong, Zhuyun(朱筠)found the Ma shi's version, and let someone re-edit and reprint, "shuowen"(说文) began to become popular in society.In the late Qianlong period, the printing plate was returned to Qiantingmo(钱听默) in Suzhou and with reference to Zhushi printed copy, Qianshibegan to reprint. cover of this early version has a "Cuiguzhai" (萃古斋)seal, and those phenomenon that addition of Xiaozhuan (小篆)with white character with black, additions to the small characters and additions to the appendix are all available. the text has been modified. that is the so-called "Wangaiben" (剜改本)in later generations. After Jiaqingdynasty, when Mao yi's old printing plategradually disappeared, andZhu shi's printing version and Qianshi's one was sequentiallyfavored. To understand printing origin and development of Jigugeversion, we can grasp its publication motivation and edition characteristics at different times, and then reappraise its status and value in Qing dynasty.

Keywords: Jiguge Version; Ma shi in qi men(祁门马氏); Zhu shi in daxing (大兴朱氏); Qianshi in Suzhou (苏州钱氏); Maoyi; printing Origin and Development

泽存堂校订《玉篇》考*

冯先思

（北京师范大学文学院）

提要：泽存堂本《玉篇》作为清代覆宋刻本，在字体、版式、刻工、避讳等方面逼肖宋本，从泽存堂本、宫内厅本之间的文本差异来看，清人覆刻古书并未放弃对文本差误的修正。虽然书前扉页号称"宋本"，其校订者依据几种稀见字书、韵书对其底本中的一些错讹、阙漏予以订正、增补，实际上包含了一些清人加工的成分。区分《玉篇》一书后人附益的成分，辨识其文本的时间层次，有助于完善大型辞书的编纂。

关键词：《玉篇》；泽存堂；校勘

顾野王《玉篇》承袭《说文》以来的字书传统，体例上又有诸多创新，标明本义之外，还能够分析义项，引证群书，标明用字习惯，沟通字际关系，已与现代意义上的字典近似。所引群书着重于经史要籍及其故训，俨然一部梁代的《故训汇纂》。因其书篇幅巨大，自问世之后，即有为之删节篇幅者①。相传唐人孙强曾刊定《玉篇》，删削释义，增订字头。晚唐五代时期随着雕版印刷的兴起，《玉篇》也有了刻本传世。与此同时，各地也出现了不少基于《玉篇》体例的增订本或者改编本，《可洪音义》《新修玉篇》等书所引《川篇》《江西篇》《鄜州篇》皆属此类②。北宋初年陈彭年等领衔校订《玉篇》《广韵》，并且刊版行世，这是我们现在能见到传世宋代《玉篇》的源头。宋元之际兴起的一种"排字"本版式

* 本文为国家社科基金重大项目（15ZDB104）"基于资料库的古籍计算机辅助版本校勘和编撰系统研究"的阶段性成果。

①《日本国见在书目》所记载的《玉篇钞》，日本僧人空海所传《篆隶万象名义》，或许正是这种删节本。

②冯先思：《〈可洪音义〉所见五代〈玉篇〉传本考》，《古籍研究》2016 年第 1 期，第 92—99 页。

布局,以其检索字头便捷而备受推崇,《玉篇》《广韵》等辞书陆续出现这种新的版式①。为求版式统一整齐,刊行者改变了原有的字序,对释义注音也加以增删。这种样式的版本元明两代最为通行②。清代初年,朱彝尊从藏书家那里看到很多宋元版字书、韵书,其中《玉篇》一书源出宋刊,与元明所流行者面目不同,于是有"泽存堂五种"之刊行。

《玉篇》一书问世于梁代,其体例、内容经唐人修改,其文本经宋人勒定,成为最为通行的字书之一。其书历经写本、刻本时代,流传不绝,其内容自然也迥非梁代原貌,渐次添加了唐宋元明清等不同时代的修订痕迹。例如,《玉篇》编成于梁代,梁代帝王萧衍之"衍"字理应避讳,故阙而未收,宋元明清诸本,亦因而未增,尚存梁代旧貌。"𨈆、𨉖"等切身字,皆唐代所译佛经用字,非顾野王所能见,此唐人所增之字。而部分字头音切与唐五代西北方音迩近,则其音切"可能也渗入了唐代具方音性的读音"③;还有一部分音切与《广韵》接近,则当为宋人所改④。如此漫长的时间,如此复杂的文本变异,其间复杂的文本层次,都有待仔细辨析,以服务于不同研究之需。本文着重介绍清代泽存堂对《玉篇》文本的加工情况。

清代张士俊泽存堂覆刻《玉篇》,其版式、字体、刻工皆规模宋本,较好地保存了宋版面貌,刊刻精工,堪称覆宋刻本上乘之作。但在内容上,泽存堂本并未完全忠实于宋本。朱彝尊《重刊玉篇序》云:"予寓居吴下,借得宋椠上元本于汲古阁,张子士俊请开雕焉。梨枣之材,尺幅之度,临槧雠校之勤,不舍晨暮。并取《系传》《类篇》《汗简》《佩觿》《手鉴》诸书,推源析流,旁稽曲证,逾年而后成书。"⑤由此可见,在泽存堂刊刻之初,校定者就依据当时见到的几种字书、韵书,对《玉篇》中的部分内容有所修订。

泽存堂据以校订的宋本今已佚失不可得见,然日本宫内厅书陵部藏宋本《玉篇》三十卷,乃现存唯一一部完整的宋本,从版式、字体、刻工等信息来看,与泽存堂本之底本系出同源,为南宋中期浙江刻本,且经元人补版。近年日本宫内厅已公开此书全文影像⑥,正可借以考订清人修改《玉篇》的情形。

清人覆刻宋本,虽然尽量保持字体、版式、文本的原貌,但是重刻的主事者若遇到底

①详见拙文《也谈〈集韵〉不显于世的原因》(待刊)。

②详参冯先思:《四库本〈玉篇〉版本考》,《图书馆杂志》2015 年第 8 期,第 104—107 页;冯先思:《〈永乐大典〉引〈玉篇〉版本考》,《文献语言学》(第六辑),北京:中华书局,2018 年,第 46—57 页。

③杨素姿:《泽存堂本〈大广益会玉篇〉与孙强本〈玉篇〉之关系考辨》,《声韵论丛》(第十二辑),台北:学生书局,2002 年,第 167 页。

④蔡梦麒:《从语音特点谈宋本〈玉篇〉的今音标注》,《中国文字研究》(第六辑),2005 年,第 164—172 页。

⑤《大广益会玉篇》卷端,北京:中华书局,1987 年,第 1 页。

⑥http://db.sido.keio.ac.jp/kanseki/T_bib_frame.php? id=043739

本不足之处,仍会有所订正。有的于书后附录校勘记记录改动情形,有的则仅仅在序言中说明。从泽存堂本《玉篇》书前所附朱彝尊序、张士俊跋来看,汲古阁主人毛扆为此书修订费心不少。张士俊跋语称:"嗣见常熟毛丈扆所购宋板《大广益会玉篇》一部,精核无缺画,相与赏叹,冀共流传。因延王君为玉缮录授梓,其斥讹反正,毛丈之功多。始于康熙癸未岁之春二月,迄明年春而竣。"①比较宋、清两本可知,泽存堂本的改定不仅仅限于修订误字,还对内容有所增补、删改、合并②。大约分为六种情形,今分述如下:

一、增加字头

宋人重修《玉篇》之后,其收字数量大体稳定。每部之前所标收字总数与该部实收字数有时不同,大概反映的是宋代重修以后收字调整。清泽存堂本新增字头两个,试析其增订理由如下。

1.䫌字。《天禄琳琅书目》所收《玉篇》解题云"今核两本③,字数俱符,而泽存堂重刻本须部反多一'䫌'字"④。宫内厅藏宋刻本《玉篇》、元明刻《大广益会玉篇》须部收录"须、顏、頿、顐、頾"五字,泽存堂本、楝亭本则增多"䫌"字。宫内厅本"頾"字读音释义为"方乎、步侯二切。短须发皃"。元明刻本释义亦同。何瑞认为"頾"字形与音义不对应,经参照俄藏敦煌本《玉篇》,须部应有"䫌"(或頶、䪿字,皆一字异体),而元明刻本《玉篇》脱漏"䫌"字。"頾"字见于《说文》,义为等待,《广韵》音相俞切。《玉篇》此字音释与《说文》等迥异,盖脱"頾"字音释,又脱"䫌"字⑤。故泽存堂本增"䫌"字,音释为"方乎、步侯二切。短须发皃。亦作頶",又据《类篇》增补"頾"字音释为"询趋切。待也"⑥。

谨案:何说不确。"頾"字音义若为"询趋切。待也",则当隶于"立"部,不当入"须"部。《玉篇》须部收字承袭《说文》,今传大小徐本《说文》及李焘《说文解字五音韵谱》等书"须"部皆收"须、顏、頿、顐、頶"⑦,从对应关系来看,宫内厅本《玉篇》"頾"字与《说文》

①《大广益会玉篇》卷端,北京:中华书局,1987 年,第 03 页。

②吕浩《关于宋本〈玉篇〉的几个问题》(《汉字研究》Vol.9.3,2017 年 12 月,第 1—18 页)一文,已经将两本比对,指出几种不同之处。本文详其所略,略其所详,讨论话题虽一,侧重仍有不同。

③两本指元明时所刻《大广益会玉篇》和泽存堂刻本。

④于敏中、彭元瑞等编,徐德明整理:《天禄琳琅书目》,上海:上海古籍出版社,2007 年,第 19 页。

⑤何瑞:《宋本〈玉篇〉研究》,北京:中国社会科学出版社,2016 年,第 86 页。

⑥从反切用字习惯来看,泽存堂所增"䫌"字反切与《类篇》相同,而与其他字书、韵书迥异。

⑦頶字从否,《说文》各版本无异文,《说文解字义证》、孙星衍刻本、陈昌治刻本《说文解字》等版本篆形实从"咅(杏)"。

“額”字相当,“䪾”当为“額”字俗体。与《玉篇》关系较为密切的《篆隶万象名义》须部收字与宫内厅本《玉篇》相同,且字形亦作“䪾”①。宋濂跋本《王仁昫刊谬补缺切韵》平声虞韵抚扶反小韵有“䪾”字,义为:“须白。亦作額。”②此“䪾”字即《玉篇》《名义》须部之“䪾”字③,为“額(額)”字俗体。

“䪾”实为“額”之讹体。《名义》髟部“髻”字作“髻”形④,其下所从之“音”亦省作“立”,字形与“立”相近。由此可知,《玉篇》所因袭的《说文》字形大概从“音(杏)”⑤,而不从“否”。俄藏敦煌本字书(Дx13996),李伟国、高田时雄以为《玉篇》之删节本,此残片“须”部收五字,最末一字正作“額”⑥。《新修絫音引证群籍玉篇》所引《玉篇》须部收“须、顲、頿、䫇、額”五字,其字形亦从“音”。

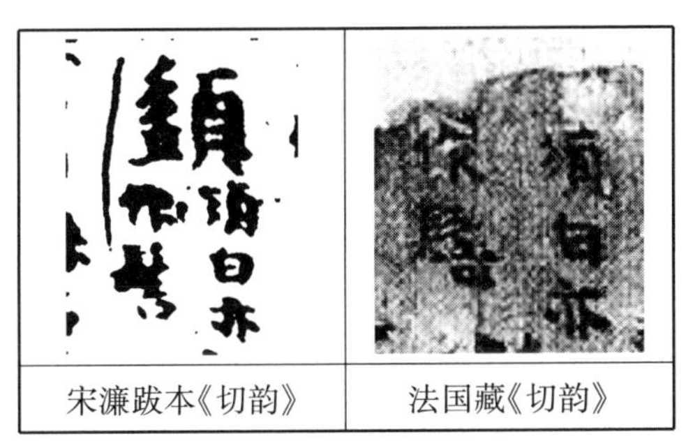

宋濂跋本《切韵》	法国藏《切韵》

既然“額”之讹体作“䪾”,则与《玉篇》立部训为“待也”之“䪾(嬃)”⑦为同形字。泽存堂本校订者不明这层关系,据《类篇》增补“䪾”字音释,又据《说文》等补“䪾”字头。胡吉宣“䪾”字注认为“原隶立部,从立须声。此处为宋人妄增,应删”⑧。实际上,胡氏所指责的并非宋人所增,而是清人所改,我们厘清文献演变的时间序列,就会得出更近事实的结论。

2.宫内厅本有两“抯”字,分别见于卷上六十二、六十三两叶。卷上六十二叶作:

①臧克和《中古汉字流变》以为“䪾”乃“額”之讹。吕浩《篆隶万象名义校释》改“䪾”字为“䪾”。

②周祖谟:《唐五代韵书集存》上册,北京:中华书局,1983年,第444页。

③此外,法国藏王仁昫《刊谬补缺切韵》(P.2011)平声虞韵当亦收此字,唯其字头残缺,而释义犹存。

④案“髻”亦为“額”之换旁异体字。

⑤《类篇》“杏”释引司马光说云“变隶或作音”。

⑥高田时雄释文作“額”(高田时雄《敦煌·民族·语言》,北京:中华书局,2005年,第308页),李伟国曾赴俄罗斯目验原卷,释为“額”(李伟国《俄藏敦煌〈玉篇〉残卷考释》,《中华文史论丛》第52辑,上海古籍出版社,1993年,第183—200页),当更为可信。细谛此卷照片,亦当从李释为是。

⑦《玉篇》立部字形略异,作“嬃”,训为“相臾切。待也。竵、竬,并同上”。

⑧胡吉宣:《玉篇校释》,上海:上海古籍出版社,1989年,第1103页。

"【担】:壮加、才野、子野三切。取也。"六十三叶作:"【担】:七个切。遇。"元刊本亦有两"担"字,音释与宫内厅本同。泽存堂本改"七个切"之"担"为"措",增加"措"字。楝亭本亦然。案《广韵》与"七个切"同音的仅有"諎、措"两字,《集韵》仅有"磋、蹉、嵯、槎、措"五字,从字形上看,最为接近的无疑是"措",故泽存堂校刊者据以改为措字。而《集韵》中"措"字训为拂拭之拭,与《玉篇》训为"遇也"不同。《汉语大字典》收入"拭也、遇也"二训,即本《集韵》与泽存堂本《玉篇》。

二、合并字头

泽存堂本《玉篇》中有部分字头重复出现,分同部重出和异部重出两种情况。据何瑞统计,同一部首重出的有六十二组,有一百二十五字;异部重出的有二百二十二组,有四百四十四字。她认为这种情况的发生有几种原因,有的字作为部首出现在此部,而作为常用字出现在彼部;有的因为联绵词上下文照应;有的因为字际关系为异体字;有的因为隶变或传讹之误;有的因为前后失去照应;有的因为承袭《说文》而重出①。

何瑞的统计依据泽存堂本,宫内厅藏宋刻本《玉篇》中也有类似现象。泽存堂本已经做部分合并校订的工作,所校订的这部分字头,字形虽然相同,但是有些字头训释、读音不同,应当视为不同的词来看待,泽存堂本将一部分字头予以合并,有些是恰当的(比如抗、掮两字),有的则难免会造成新的误解或者义项的缺失(比如琁、搘、扰)。试举例辨析如下:

1.卷一玉部(宋版卷上第八叶):"【琁】:同上。又徐宣切。"《玉篇》元刊本作:"【璇】:似宣切,美石次玉。亦作琁。""【琼】:渠营切。赤玉也。璚:同上。瓗:同上。又音畦。又羊水切。美玉皃。琁:同上。又徐宣切。"泽存堂本、楝亭本:"【璇】:似宣切。美石次玉,亦作琁。琁:同上。又徐宣切。"元刊本"琁"字同"璇""琼",泽存堂本仅同"璇",而"琁"字注云"同上",不当置于"璇"字下,而当置于"琼、璚、瓗"等三字下。宫内厅本"琁"正在"琼、璚、瓗"等三字下。《集韵》:"琁:葵营切。《说文》:赤玉也。"《新修玉篇》卷一玉部(009页上):"琁:渠营切。又似宣切。美石次玉。韵曰,玉名。"是《新修玉篇》所见《玉篇》犹以"琁"为"琼"字异体②。泽存堂本误将"琁"字合并到"璇"字中,使"琁"字脱去"渠营切"这一读音。

①何瑞:《宋本玉篇研究》,北京:中国社会科学出版社,2016年,第118—127页。

②"韵曰玉名"盖本《广韵》,"璇""璇"同用,《广韵》"璇:玉名"。

2.鬒字见于宫内厅本卷上五十六、五十七两叶。分别为:“【鬒】:争(孚)绍切。鬒,发白皃。亦作顠。”“【鬒】:符小切。又四(匹)绍切。乱发。”元刊本、楝亭本同。泽存堂本改为:“【鬒】平绍切。鬒,发白皃。又匹绍切。乱发。亦作顠。”鬒字反切,宋版作争,当为“孚”之误,本为类隔,泽存堂本不审此切,改为音和“平”(并)。元刊本、楝亭本犹存其正音。

3.捖字见于宫内厅本卷上第六十二叶、第六十三叶两处。分别为:“【捖】:呼官切。抟圆也。《周礼》注云:捖摩之工谓玉工也。”“【捖】:胡款切。打也。又苦管切。”而泽存堂本则将此二字合并到六十二叶“捖”字头下,作:“捖:呼官切。抟圆也。《周礼》注云:捖摩之工谓玉工也。又胡款切。打也。又苦管切。”于是六十二叶以下到六十三叶诸行内容,都相应往后移动,泽存堂本行款与宋本也便不同了,而楝亭本未合并此二字。

4.擆字见于宫内厅本卷上第六十二叶,其文曰:“【擆】:竹略切。击也”,第六十三叶第十行有“掿”字,作“【掿】:张略切。打也。”泽存堂本合并此二字,作:“擆:竹略切。击也。亦作掿。”将此二字合并,省略“掿”字“打也”一训①。《名义》收“擆”字,训为:“置也、击也。”《类篇》收“掿”,音义为:“陟略切。《廣雅》击也。”《广雅疏证》字作“擆”,与《名义》同。又《龙龛》收“掿”,音义为:“张略反。置也。”②

5.抶(抴)字见于宫内厅本卷上第六十二叶,其文曰“【抶】:子一、子列二切。擿也”,第六十三叶有扱字,作“【扱】:阻合切。挐也”,泽存堂本将此二字合并,作“抶:子一、子列二切。擿也。又阻合切。挐也。俗作扱”。扱字《集韵》用与挟同,训为“持也”③,与抶音义不同,泽存堂本之合并欠妥。《汉语大字典》“扱”字据《玉篇》释云“同抴”,亦当删去。

6.揗字见于宫内厅本卷上第六十二叶,其文曰:“【揗】:息伦切”,又见于第六十三叶第十行“揗”字,作:“【揗】:思尹切。拒也。”泽存堂本将此二字合并为:“揗:息伦切。又思尹切。拒也。”元刊本“揗”字亦凡两见,息伦一切下,增加义项,训为“择也”。

---

①《新修玉篇》卷六手部十一画“【掿】:张略切。打也。〇又直略切。击也。”〇后文字盖本《广韵》,其反切用字与《广韵》同,其释义亦一致。又十四画收“【擆】:竹略切。击也。韵曰,置也。”所谓“韵曰”盖亦《广韵》。

②《康熙字典》沟通“掿、擆”二字异体关系,又云“《玉篇》重出,分为二”,所据《玉篇》非泽存堂本。《汉语大字典》沟通“掿、擆”二字异体关系,所据乃泽存堂本《玉篇》。

③持、挐二字含义相同,《玉篇》《集韵》训释实一致。

三、改定字形

宫内厅本《玉篇》系翻刻前代官本,部分字形走样,在宋代翻刻本中较为常见,泽存堂本则多为之订正。这种情况多出现于生僻字、古文、籀文等字形中。试举例如下:

	宫内厅本	泽存堂本
卷上六十五叶反字古文	𠬡	反
卷中十三叶中字古文	𠁧	𠁧
卷中二十七叶斳字异体	[illegible]	[illegible]
卷中三十叶蘠字	蘠	蘠
卷中三十四叶葬字古文	[illegible]	[illegible]
卷中五十五叶榼字古文,	[illegible]	[illegible]
卷中五十七叶断字古文	[illegible]	㫁
卷中八十四叶魅字籀文	[illegible]	[illegible]
卷下六十七叶共字古文	[illegible]	[illegible]
卷下六十八叶师字古文	[illegible]	[illegible]
卷下三十七叶难字古文	[illegible]	[illegible]
卷中二十八叶蒋字	蔣	蔣
卷中八十叶州字古文	夙	[illegible]
卷下第五叶䩞字音切下字	古	占
卷下二十一叶齟部最后一字	[illegible]	[illegible]
卷下五十四叶鞋下一字	[illegible]	[illegible]
卷中三十五叶箓字	[illegible]	[illegible]

也有部分字形是宋刻本校刊不精,出现了某些字形的错误,泽存堂本能依据音释改正。例如:卷上六十一叶"捏"字,宫内厅本误脱末笔,而与版匡下方相连。泽存堂本改从"呈"。卷上六十四叶"拔"下之字,宫内厅本误作"[illegible]"。泽存堂本改正为"搜"。卷上六十六叶"躍"字下一字,宫内厅本误作"�",泽存堂本改正为"踑"。卷上八十八叶丂部最末一字,宫内厅本误作"[illegible]",泽存堂本盖据《类篇》改正为"[illegible]"。卷上九十一叶"鎌"字

训释引《说文》,宫内厅本作“叽也”,泽存堂本改为“饥也”。卷中二十八叶“藴”字,宫内厅本作“蕴”,“蕴”字已见于上一次,此字不当从纟,而当从氵,盖涉上文而误。泽存堂本予以更正。

泽存堂本改定字头字形之时,往往能依据造字原则,将部分形体错讹之处改为正体,一些比较细微的笔画差别,也不放过。正体现了朱彝尊所谓“讲究字学”的原则。例如:卷中五十二叶“䜦”下之字,宫内厅本作“鍪”,泽存堂本改为“豋”。此字隶豆部,故其字当从豆,不当从金。卷中五十三叶“瓻”字异体,宫内厅本作“罳”,泽存堂本改为“罜”。罳字为女刮切,其字当从耴声,故字形不当从取。卷下五十八叶“绥”下一字,宫内厅本误为“綷”,泽存堂本改为“綷”。“綷”字见后,作“綷”是。卷下六十四叶“衿”字训释中所列异体,宫内厅本误为“今”,泽存堂本改为“紟”,作“紟”是。卷下七十叶“腵”下一字,宫内厅本误为“膄”,泽存堂本改为“膋”。泽存堂所改甚是,此字音受,当从寿声。又如“蒎”字,宫内厅本、元刊本、楝亭本皆从“派”,而泽存堂本则改为从“瓜”,作“菰”形。《康熙字典》:“蒎:《玉篇》同菽。”杨宝忠认为“蒎、菽”二字“音义相同,当是一字之变。”杨又指出“‘蒎’字《广韵》《玉篇》俱不收录”。[①] 案“蒎”见于宋刻本、元刊本,杨文所谓《玉篇》不收录,当是据泽存堂本而言。《汉语大字典》(第二版)收录“蒎”字形之时,所引用的文献资料为《改并四声篇海》所引《对韵音训》,而《新修玉篇》所收“蒎”字则源出《广集韵》,实际上无论是《改并四声篇海》及其前身《五音类聚四声篇》[②](金元刊本)、《新修玉篇》,在汇纂诸韵书、字书之时难免会发生材料来源标注的错误,“蒎”字实源出《玉篇》,《汉语大字典》此字引用书证亦当改正。

四、修改反切

泽存堂本校刊者还对某些字头的反切进行了修改,后世研究《玉篇》音韵者多以泽存堂本为据,以为其音系大略与唐代《切韵》音系为一系,实际上部分反切,泽存堂本经过了修改,俾与《广韵》一致。虽然这部分字所占比例不大,但是一些异读的消失,难免影响结论的准确。例如:

1.“诒”字,宫内厅本作:“诒:与支切。《说文》曰:相欺诒也。一曰,遗也。”元刊本、楝亭本同为“支”韵,泽存堂本校刊者改“支”为“司”。诒字《广韵》隶“之”韵,故改为“司”。

---

①杨宝忠:《疑难字考释与研究》,北京:中华书局,2005年,第102页。

②中国国家图书馆藏金刻元修本《五音类聚四声篇》所收“蒎”字从“瓜”,不从“派”,作“菰”。

2.“蒎”字宫内厅本、元刊本、楝亭本等皆从“𠂢”，而泽存堂本则改为从“瓜”，作“菰”形。其反切宫内厅本、元刊本、楝亭本皆作“古洽切”，而泽存堂本改为“古洛切”。杨宝忠认为“蒎”为“菰”之讹①，用为“菰蓏”②；而胡吉宣则疑为“菰”之讹字，用为“菝菰”③。案现存诸《玉篇》诸版本及其他文献所引《玉篇》注音皆作“古洽切”，作“古洛切”者，自清泽存堂本始。杨说所据注音既已晚出，则“蒎”为“菰”之讹亦于音不合，胡吉宣说更合情理。

泽存堂校订者修订反切，并不彻底，有些反切误字仍然保留。例如“𠜱”字反切，宫内厅本《玉篇》、楝亭本《玉篇》、四部丛刊影印元刊本《玉篇》作“孚至切”，中华再造善本影印圆沙书院本《玉篇》作“孚王切”，天一阁藏明内府本《玉篇》、《新修玉篇》（卷十七刀部六画）引《玉篇》作“孚主切”。案“𠜱”字或体作“弣”，《玉篇》“弣”注音为“孚主、芳夫二切”，正作“主”。《篆隶万象名义》作“孚乳反”，胡吉宣《玉篇校释》据《名义》引改为“主”④。

五、增补释义

泽存堂本所增订的释义，以《玉篇》无训字为最为显著。在宫内厅藏宋浙刻本中仅仅标注反切没有释义的字头，在泽存堂本中有一百八十余字依据他书所增补增补了释义。这些字头分别为：瑔、蹴、踂、頣、蹢、蹭、踤、跨、踊、跢、軀、骸、髍、朦、瞤、朖、朧、朧、肢、胨、胗、胴、肥、臁、䏦、臕、勨、劤、勬、劼、怶、怮、悥、悤、恣、憝、忞、嚩、叭、謕、訡、詩、歆、欣、欨、歎、鎌、錆、餘、録、餺、餹、餇、餟、餅、蘖、珍、徭、徶、遭、迨、逯、遳、达、周、迸、迊、趴、弃、尭、寏、搌、攕、葙、萱、葨、蒲、蔻、茧、蔏、葶、芽、蔓、蒳、蓖、蕟、蘦、蒇、蔡、芣、蔓、蔣、蔚、蕆、蓿、草、笐、篢、篾、箵、簙、篜、稂、穗、秥、秾、秡、杲、粿、粡、糐、糙、糷、粑、糈、粃、糙、西、罤、罝、羅、罱、盃、盂、盞、鋑、罍、錢、鑵、鋌、斷、穲、䄻、猴、猙、卾、劃、劚、庞、刲、鉾、鏒、鑰、鍗、鎑、鋒、鏾、鉦、鉞、鏚、釾、鋷、鐝、鐍、鈔、鍓、鐌、鐲、鐗、敐、鏨、鬏、鬏、敁、靨、轭、鍬、䑝、洿、貼、夺、熯、嵃、庋、庎、廉、启、庤、庘、床、磨、床、斥、庭、座等。

---

①杨宝忠：《疑难字考释与研究》，北京：中华书局，2005 年，第 102 页。

②案，菰字，《玉篇》未收。《广韵》菰为“苦”字异体，“菰蓏”“苦蒌”即联绵词“果裸”之异形。

③胡吉宣：《玉篇校释》，上海：上海古籍出版社，1989 年，第 2708、2679 页。

④胡吉宣：《玉篇校释》，上海：上海古籍出版社，1989 年，第 3249 页。

《玉篇》全书的无训字有数百字,泽存堂本增加的训释仅仅占其中一小部分,且大多源自《类篇》①。例如“髁”字,宫内厅本、楝亭本无训释,元刊本训为“骨也”,泽存堂本训为“髋髁,愚皃”。《广韵》《龙龛》训释作“髋髁,愚人”。《类篇》《集韵》训为“髁:髋髁,愚皃”。由此可见泽存堂本据《类篇》增补,而非《广韵》《龙龛》。

泽存堂本不仅仅增补仅有音切的字头,还对有多个义项的字头,加以补充。例如“䅘”字,宫内厅本仅仅训为“禾”,《新修玉篇》本、元刊本、楝亭本训同,而泽存堂本则增加训释“又治黍豆也”。《类篇》又一训释正作“治黍豆也”。“阮”字头下,宋本、元刊本、楝亭本训为“山名。又关名”,泽存堂本改为“又五阮关”。《类篇》“阮”训释正作“《说文》代郡五阮关也”。又如“攢杌”,宫内厅本作:“攢:昨丸切。失途皃。”“杌:五凡切。攢杌。”泽存堂本在“攢”字训释中增加“攢杌”一词,使得两字之联绵词关系比较明确地表达出来。又如“碍”训释,宋版、楝亭本仅有“药名”一训,泽存堂本则在“药名”前增加“云碍”一词。与此类似的还有勬尣、謕誁等词。

泽存堂本还据《龙龛手镜》增补释义。例如“踊”字,宫内厅本仅标音切“与恐切”,元刊本《玉篇》、《新修玉篇》无此字。泽存堂本增补训释为“跳跃也”。案《集韵》“踊”字为“踊”之或体,《集韵》:“踊:《说文》跳也。一曰,刖足者屦。或从勇。”②《五音集韵》《四声篇海》皆为:“踊、踊:与恐切。跳也。人踊,刖者以之接足。晏子曰,踊贵屦贱也。”唯《龙龛手镜》训为“跳跃也”。

泽存堂本还据《广韵》增补释义。例如“恵”字,为“恐”之异体,宫内厅本仅标音切,元刊本《玉篇》训为“恐也”,乃指明其本字,并非训释。泽存堂本训释作“疑也”。《集韵》:“恐:《说文》惧也。或作恵。”《类篇》《集韵》《新修玉篇》《四声篇海》《字汇》“恵”字训释皆为“惧也”,《说文》《龙龛》“恐”字训释同为“惧也”。《广韵》不收“恵”字,《广韵》去声用韵:“恐:疑也,区用切。”又上声肿韵:“恐:惧也,丘陇切。又丘用切。”泽存堂据“恐”之去声训释,增补《玉篇》“恵”字。然据《广韵》的音义搭配,恵字《玉篇》音为“去勇切”,其训不当为“疑也”,当为“惧也”。

朱彝尊在《重刊玉篇序》中明确说,泽存堂本《玉篇》“去古未远,犹愈于今之所行大

---

①《类篇》与《集韵》虽然编排体例不同,但内容系出同源,释义大体相同,很难排除引用《集韵》的可能。但是鉴于《类篇》为字书,已将《集韵》中同样字形的音切释义汇纂在一起,比《集韵》更方便查缺补漏。卷七骨部“髈”字又音之后,宫内厅本无释义,而泽存堂本增补训释“胁也”,《集韵》有训释为“胁肉也”,而《类篇》训为“胁也”,或许正是取用《类篇》而非《集韵》的一个证据。

②《类篇》训释与《集韵》相同。

广益本《玉篇》"[①]，他所谓"大广益本《玉篇》"即元刊本一系的《玉篇》改编本。泽存堂本所增训释也有来自这一版本《玉篇》的。例如"䀉"字[②]，宫内厅本无训释，元刊本、皆训为"器名"，泽存堂本训为"器也"。此字《广韵》《类篇》《五音集韵》皆不收，虽见于宋明州本《集韵》"䀉、峆：羊凝血也。或作峆"，揆其训释，"䀉"（下从皿）实为"衁"（下从血）字之讹。[③]《新修类篇》皿部所收"䀉"，音"空绀切"，训为"羊凝血"，已误从皿，《四声篇海》亦沿其误。泽存堂本训释实辗转自元刊本而来。

泽存堂本可能还参考了《字汇》《正字通》，或者与之训释有同源关系的《五音集韵》《四声篇海》等书。例如"瑔"字，宫内厅本仅标反切"绝缘切"，元刊本训为"贝名"，泽存堂本作"玉名"。胡吉宣以为瑔用法同于《尔雅·释鱼》训为黄白文之"余泉"的"泉"，郭注训为："以白为质，以黄为文点。"[④]"余泉"之"泉"《玉篇》《广韵》又作"蝯"，音泉，训为"贝也"。《类篇》："蝯：从缘切。贝白质黄文曰余蝯，通作泉。"《正字通》作："瑔：讹字。玉无瑔名。《尔雅》贝属有余泉。旧注'瑔，贝名'，非。""贝名"这一训释，《汉语大字典》所引书证为明代《篇海类编》，可提前到元刊《玉篇》。张自烈并未否定"玉名"一训，这一训释又见于《字汇》[⑤]《四声篇海》《五音集韵》《新修玉篇》，此即泽存堂本所增训释的来源，若追根溯源，当自《新修玉篇》始，《汉语大字典》所引书证为明代《改并四声篇海》，可提前到金代《新修玉篇》。

总之，通过溯源泽存堂所增补宋本无训字头释义，我们发现其所增训释皆有本源，并非如元刊本所增训释那样有望文生义的现象。对于《玉篇》来说，泽存堂本据它书所增训释，是从清代才开始出现在《玉篇》之中，皆非宋本《玉篇》原有，《汉语大字典》引用宋本《玉篇》时，须剔除这些内容，或者溯源更早的书证。[⑥]

正因为训释的增加、删改，字头的合并，泽存堂本作为覆宋刻本，并不能保持每叶内容与宋本保持一致。如卷上六十三叶，宫内厅本与泽存堂本内容大体一致，但是每个字头的位置都不能一一对应。

---

①《大广益会玉篇》卷端，北京：中华书局，1987 年，第 1 页。

②胡吉宣（《玉篇校释》3083 页）、熊加全（河北大学博士论文《玉篇疑难字研究》71 页）皆认为"䀉"（下从皿）实为"衁"（下从血）字之讹。

③潭州本、金州军本《集韵》字形皆不讹。

④胡吉宣《玉篇校释》，上海：上海古籍出版社，1989 年，第 150—151 页。

⑤《字汇》训为"玉名。又贝名"，实则是综合了《四声篇海》和元刊本《玉篇》的训释而言。

⑥详参拙文《〈汉语大字典〉引〈玉篇〉研究》（待刊）。

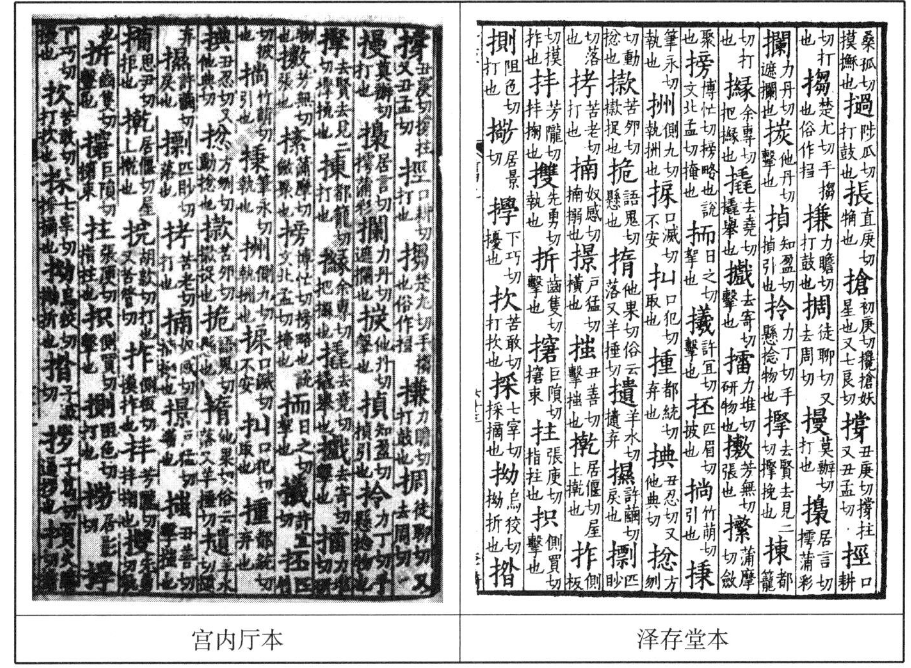

宫内厅本	泽存堂本

六、讳字阙笔

泽存堂本作为覆宋刻本，不仅仅保存了浙刻宋本的版式，还保存了其中的避讳之字。不过有些避讳字，在宫内厅藏浙刻宋本中并未阙笔（不包括补版），但是泽存堂本有意讳避，凭空造出了不少避讳现象，可见所谓宋讳阙笔可能为清人所为，并非宋刻原貌。

卷上六十叶“擿”字、卷上六十二叶“掝”字、卷中十六叶“桢”字，卷中三十二叶“蔻”字反切“古桓切”之“桓”字、卷中五十叶壬部“徵”字，宫内厅藏浙刻宋本不阙笔。

结　语

版本学的研究能为文献层次的区分提供较为准确的时间标尺，其核心议题即通过比对版式风格、系联刻工，确定了该书物质形态的时间范围，为其文本的演变确定时间下限。其次，则通过比对诸多版本文本异同，确定某些文本形成的时间范围。泽存堂本《玉篇》作为清代覆宋刻本，在字体、版式、刻工、避讳等方面逼肖宋本，从泽存堂本、宫内厅本之间的文本差异来看，清人覆刻古书并未放弃对文本差误的修正。虽然书前扉页号称

"宋本",其校订者依据其他字书、韵书对其底本中的一些错讹、阙漏予以订正和增补,实际上包含了一些清人加工的成分。

这些较为明确的时间节点,将为区分《玉篇》一书字形、语音、释义的文献层次提供了大致明晰的时间参照。这将有助于深化我们对字书文献层次的认识,也使得部分字词历时演变的研究成为可能。《玉篇》异文研究对于汉语史研究,尤其是大型字书编纂,有着重要意义。《汉语大字典》在引用《玉篇》作为书证之时,需辨识所引内容在《玉篇》文本系统里面的时间层次,这样才能不为晚出文献所干扰,寻绎出词汇释义演变的时间序列。

On the Edit of Yupian(玉篇) by Zecuntang(澤存堂)

Feng Xiansi

(Beijing Normal University)

Abstract:The publisher called Zecuntang(泽存堂) edited the text of Yupian(玉篇),We used to think that this edition of Yupian was a perfect copy pulished as similar as its master copy which was pulished in Song dynasty. To distinguish the texts emerging in different dynasty would improve the compilation of large dictionary.

Keywords:Yupian;Zecuntang;Edit

◎音韵学研究

读清华简札记两则*

孟跃龙

(北京师范大学历史学院、文学院)

提要:清华简伍《封许之命》中“灋”字写法特殊,整理者认为是受当时‘𥎿(智)’字写法影响而误写,本文认为该字当隶定为“𡘽”,右上“可”字当为声符。清华简陆《郑文公问大伯》中的“閖”字整理者读为“涧”,而未加解释,我们认为“閖”当读为“阙”,“[illegible](洢)閖”即著名的伊阙塞。

关键词:清华简;封许之命;郑文公问大伯

一、释《封许之命》的“[illegible]”字

清华简中《封许之命》简8有一句话说:“勿灋(废)朕命。”句中的“灋”字原简形作“[illegible](*[illegible]*)”,与楚简中常见的“灋”字构造不同,故整理者注云:“‘勿’字下一字应即‘灋(法)’字,右侧因受当时‘𥎿(智)’字写法影响而误写,在此读为‘废’。‘勿废朕命’,语见大盂鼎。”

按此字上半部分作“[illegible]”,与“智”字的上部的写法有一定差距。楚简中“𥎿(智)”字

* 本文写作获得中央高校基本科研业务费专项资金资助。项目名称:《清华简》语音关系字组内的等第异同研究(项目编号:310422120)。

常见形体有两种，第一种无“口”（如郭店简《老子》甲简30“”），第二种有一个“口”（如郭店简《缁衣》简3“”），且“口”字全部写在“矢（夨）”字下，目前还没见到从两个“口”的写法的“智”字，而且楚文字“智”字右上的“于（）”中间几乎没有断开写成“亏”形的。因此，整理者原先的说法恐怕并不可靠，值得商榷。

考察楚文字字形，我们认为“”字右上角的字应当是“可”，其形体与清华简《程寤》简8“可（）”字、清华简《耆夜》简1的“诃（）”字右侧形体完全一致，应当可以认同。在此基础上，《封许之命》简8的“灋（）”字可分析为从“法”、从“可”的双声字。

“法”字本从“去（盇）”声，《说文·廌部》：“灋，刑也。……。法，今文省。”宋保《谐声补逸》云：“灋，从水、从廌、去声。重文作法，去声。《广雅疏证》‘法’字注云‘去声’。保谨案：法字去声，犹狜、怯、劫、㭕，从去声也。”裘锡圭先生说：“从去得声的叶部字，则是象器盖相合的‘去’（盇）。过去认为是会意字的‘灋’（法）字也有可能是从‘去’（盇）得声的。”①裘先生的观点正确可从。“可”字古音在见母歌部，“去（盇）”声古音在匣母盍部，二字音近可通。王引之《经传释词·卷四》“盇、盖、阖”字条云：“《广雅》曰：‘盇，何也。’《楚辞·九歌》曰：‘盇将把兮琼芳。’王逸注：‘盇，何也。’……《管子·小称》篇曰：‘阖不起为寡人寿乎？’《庄子·徐无鬼》篇曰：‘阖不亦问是已。’阖不，何不也。”②

“法”在本简和出土文献中多读为“废”，“废”古音在月部。“可”古音在歌部，与月部读音相近。“何”古音通“曷”、“害”，《孟子·梁惠王下》：“夏谚曰：吾王不游，吾何以休？吾王不豫，吾何以助？”《晏子春秋·内篇·问下第四·景公问修则夫先王之游》作：“夏谚曰：吾君不游，我曷以休？吾君不豫，我曷以助？”刘师培《校补》：“《元龟》‘曷’并作‘何’。”③王引之《经传释词·卷四》“曷、害”字条云：“曷，何也。常语也。字亦作‘害’《诗·葛覃》曰‘害澣害否？’是也。”“曷”、“害”古音同在月部。

“害”声与“盇”声相通，《尔雅·释言》：“盖，割，裂也。”《经典释文》：“盖，舍人本作害。”邵晋涵《尔雅正义》曰：“《君奭》云：‘割申劝宁王之德。’郑注《缁衣》云：‘割之言盖也。’盖、割双声，义存乎声。”楚简中“害”字也可借为“盖”，如郭店简《成之闻之》：“害言疾也。”“害”读为“盖”。④

古文字中有一个从“害”得声的“䛖”字，曾见于䛖钟、䛖簋，唐兰先生认为其铭文

①裘锡圭：《谈谈古文字资料对古汉语研究的重要性》，《中国语文》1979年第6期，第437—442页。

②王引之：《经传释词》，长沙：岳麓书社，1982年，第81页。

③吴则虞：《晏子春秋集释（增订本）》，北京：国家图书馆出版社，2011年，第188页注十三。

④彭裕商：《读〈郭店楚墓竹简〉札记》，《古文字研究》（第24辑），北京：中华书局，2002年，第393页。

“㝬”即周厉王胡的本名。[①] 楚简中“㝬”字或作“”（《包山简》165），通常读为姓氏“胡”。“胡”与“何”相通，《诗经·墉风·相鼠》：“不死何为?”“何”字《烈女传》引作“胡”。《左传·哀公五年》：“何党之乎?”“何”字《史记·齐太公世家》作“胡”。“胡”从“古”声，与“盍”声相通，《韩诗外传·卷六》有“船人盍胥”，《新序·杂事》作“船人固桑”，《说苑·卷八》作“舟人古乘”。[②]

一般认为，“㝬”字中的“夫”也是声符。[③] 而我们又知道，楚文字“灋”中的“去（盍）”常常写成“夫”，如“”（上博简九《陈公治兵》简11）、“”（郭店简《老子》甲简31）。何琳仪先生曾说：“盍旁或伪作、形，颇似夫形。或说，从夫声。法、夫均属帮纽。”[④]结合“㝬（胡）”字的情况来考虑，“或说”的看法是有道理的。战国以前的“灋”字左上角基本都写作“去（盍）”，如“”（西周早期·大盂鼎）、“”（春秋早期·戎生鼎），到了战国以后才出现写为“夫”的情况，如上文提到的上博简、郭店简中的“灋”字，《封许之命》简8中的“”字也属于于相同现象，区别只是“”字保留了“去”下的“口”形。另外，“去（盍）”字在单独书写、或作为其他字的部件的时候，目前似乎还没有发现讹变为“夫”字的，大概也可以说明“灋”字中的“去（盍）”形变为“夫”，并不是一般性质的书写变异，而是变形声化现象。

此前所见战国出土材料中“灋”字还有一种写法形作“”，见于《中山王方壶》铭文，何琳仪先生在分析该字时曾说：“从户，法声。或说，户为叠加声符。盍、户均属匣纽。”[⑤]“户”声也与“可”声相通。《大戴礼·武王践阼》：“无行可悔。”《说苑·敬慎》作：“无行所悔”。《说文·金部》：“鉛，可以句鼎耳及炉炭。”王筠《句读》：“可，当作所。”[⑥]《史记·淮阴侯列传》：“非信无所与计事者。”《汉书》“所”作“可”。《后汉书·窦宪传·燕然山铭》：“兹所谓一劳而久逸。”《文选》“所”作“可”。《尚书·无逸》：“君子所其无逸?”裴学海《古书虚字集释》卷九：“‘所’犹‘何’也。”[⑦]

---

①唐兰：《周王㝬钟考》，《唐兰先生金文论集》，北京：紫禁城出版社，1995年，第34—42页。

②按“胥”心母鱼部、“桑”心母阳部，二字音近相通。《说苑》“乘”当为“桑”之讹，说见卢文昭《群书拾补》。

③大西克也：《论古文字资料中的‘害’字及其读音问题》，《古文字研究》（第24辑），中华书局，2002年，第304页。黄德宽：《古文字谱系疏证》，北京：商务印书馆，2007年，第1643页。

④何琳仪：《战国古文字典—战国文字声系》，北京：中华书局，1998年，第1425页。

⑤何琳仪：《战国古文字典—战国古文声系》，第1426页。

⑥王筠：《说文句读》卷二十七，北京：中国书店，1983年，第6页。

⑦裴学海：《古书虚字集释》，北京：中华书局，1980年，第790页。

因此，我们支持“[illegible]”字中“户”为叠加声符的意见，清华简《封许之命》简 8 的“[illegible]”字构造模式可以与《中山王方壶》“[illegible]”字类比，该字可隶定为“[illegible]”，右上“可”字是叠加声符，仍从整理者说读为“废”。

二、《郑文公问大伯》“伊閖”即“伊阙”说

清华简《郑文公问大伯（甲、乙）》有“伊閖”一词，其中“伊”字甲本作“洢”，乙本作“[illegible]”，所在辞例如下：①

桒（世）及虐（吾）先君武公，西鹹（城）洢閖（涧），北邉（就）鄔（邬）、鄩（刘），縈厄（轭）郢（蔿）、竽（邘）之国，鲁、衞（卫）、鄝（蓼）、郗（蔡）来见。

整理者在只在“閖”后括注“涧”而未加解释，不知其取“涧瀍”之“涧”，还是取“溪涧”之“涧”。我们认为，“閖”当读为“阙”，“洢（泲）閖”即著名的伊阙塞。

“閖”字见于《说文》，《说文 · 门部》：“閒，隙也。从门，从月。閖，古文閒。”段玉裁注：“此篆各本体误，《汗简》等书皆误，今考正。与古文恒同，中从古文月也。”章太炎说：“《说文》：‘月，阙也。太阴之精。象形。’‘外，远也。卜尚平旦，今若夕卜，于事外矣。’寻夕卜之说甚迂，门部之閒作閖，外即月字。”②从古文字资料来看，他们的说法是完全正确的。

关于“閒”字的构形，前人多以为会意字。徐锴曰：“夫门夜闭，闭而见月光，是有閒隙也。”阮元曰：“閒字月在门上，徐锴所谓夜门闭而见月光，是有閒隙，非谓月在门内也。可见古文取象之妙。”③但也有学者认为“閒”为形声字，马叙伦说：“隙也当作门隙，今俗谓门缝是也。从门，月声。”④现在看来，马叙伦的说法是有道理的。

甲骨文的“外”字，张玉春先生认为当分析为从卜，月声。⑤ 林澐先生说：“张玉春说，周代在应读外的卜字上加注月旁以为声符，成为表外的专用字，这很对。月、外古音均为月部疑母，故外字是从卜月声的形声字。从月的閒字，或写成閖（玺 0183）；从月的亘字，或写成死（楚帛书），都说明东周时月、外仍同音，故以外为月。”⑥曾侯乙墓竹简和天星观

①李学勤主编：《清华大学藏战国竹书》（陆），上海：中西书局，2016 年，“图版”第 60、66 页。

②章太炎：《文始》，《章太炎全集（七）》，上海：上海人民出版社，1999 年。

③阮元：《积古斋钟鼎彝器款识》卷三，清嘉庆九年刊本。

④马叙伦：《说文解字六书疏证》卷二十三，上海：上海书店，1985 年，第 25 页。

⑤张玉春：《说外》，《东北师范大学学报》，1984 年第 5 期。

⑥林澐：《王、士同源及相关问题》，《林澐学术文集》，北京：中国大百科全书出版社，1998 年，第 22—29 页。

楚简有"䡋"字,学者认为即"䡈"之异体。[①] "阴"、"阥"为异体,则"肙"字当从"月"得声,可与"外"从"月"声互证。《说文》以为肙字从肉、八声,当是据讹变后字形立说,非其朔义。

战国金文也有外、閒相通的例子。例如:

(1)载之笲策。(中山王嚳壶,《集成》9735)[②]"笲策"即"简策"。[③]

(2)恒贞吉,少外有慐,志事少迟得。(《包山》199号简)[④]

(3)少有慐于躬身与宫室,且外(间)有不顺。(《包山》210号简)

李零先生认为"少外"即"少间","外有不顺"即"间有不顺"。[⑤]

古音牙音字常可与齿音字相通。例如:"散宜生"或作"柬宜生"(清华简《良臣》),"霰"字或作"霓"(清华简《筮法》)。故从外声之字又可以与元部齿音字相通,《岳麓书院藏秦简(壹)·为吏治官及黔首》简46:"吏有五过:一曰夸而夬,二曰贵而企,三曰亶(擅)折割,四曰犯上不知其害,五曰间(贱)士贵货贝。""间"读"贱",可与前两例互证。

上文提到的"䡋"字,陈伟先生隶定为"䡅",读为"輚(栈)车"之"輚(栈)",正好与"间"读为"贱"平行。[⑥] 上博简《灵王遂申》有"䡋驷"字,孟蓬生先生认为:"'䡋驷'即《诗经·秦风·小戎》之'俴驷'。'俴驷',或以为不着甲之四马,或以为着薄甲之四马,但从出土文献来看,此说未必正确。本文'䡋驷'当指代四马所驾之'栈车'。"[⑦]

月声古音与阙声相通。《说文·月部》:"月,阙也。太阴之精。象形。"段玉裁注:"月阙叠韵。《释名》曰:'月,缺也,满则缺也。'"月、阙古音同在月部,又同隶牙音,故可以相通。"閖"从外声,外从月声,则"閖"借为"阙",应该是没有问题的。

---

①裘锡圭、李家浩:《曾侯乙墓竹简释文与考释》,《曾侯乙墓(上)》,北京:文物出版社,1989年,第518页;陈伟:《车舆名试说(二则)》,《古文字研究》(第28辑),北京:中华书局,2010年,第384—388页;萧圣中:《曾侯乙墓竹简释文补正暨车马制度研究》,北京:科学出版社,2011年,第179—180页。

②中国社会科学院考古研究所:《殷周金文集成(修订增补本)》第六册,北京:中华书局,2007年,第5145—5146页。

③朱德熙、裘锡圭:《平山中山王墓铜器铭文的初步研究》,《文物》1978年第1期。

④湖北省荆沙铁路考古队:《包山楚简》,北京:文物出版社,1991年。下例同此。

⑤李零:《包山楚简研究(占卜类)》,《中国典籍与文化论丛》第1辑,北京:中华书局,1993年,第435页;陈伟:《楚简中某些"外"字疑读作"间"试说》,简帛网,2010年5月28日;陈伟《关于秦封泥"河外"的讨论》,简帛网,2010年11月12日;网友"暮四郎":《外卒铎"外卒"小考》,简帛网,2014年3月15日,http://www.bsm.org.cn/bbs/read.php? tid=3172。

⑥陈伟:《车舆名试说(二则)》,《古文字研究》第28辑,北京:中华书局,2010年,第384—388页。

⑦孟蓬生:简帛网"《灵王遂申》初读"第18楼跟帖,2013年1月10日,http://www.bsm.org.cn/bbs/read.php? tid=3023&page=2。

开头所引简文中“北逯”之“逯”当训为“至”或“到”,与传世文献中的“造”、“歗”、“㨉”音义相近。①《尚书·盘庚中》:“其有众咸造。”孔传:“造,至也。”《说文·止部》:“歗,至也。从止,叔声。”字亦作“㨉”。《方言》:“㨉,到也。”《广雅·释诂一》:“㨉,至也。”王念孙疏证:“㨉之言造也。造亦至也。造与戚古同声。”

从地理位置来看,伊阙塞在周郑交界之处,为兵家必争之地。《左传·定公六年》:“周儋翩率王子朝之徒,因郑人将以作乱于周。郑于是乎伐冯、滑、胥靡、负黍、狐人、阙外。”《左传·定公八年》:“秋,晋士鞅会成桓公侵郑,围虫牢,报伊阙也。”杜预注:“六年,郑伐周阙外,晋为周报之。”可知“阙外”当即“伊阙之外”。

前引简文大意是说,郑武公在西面的伊阙塞筑城,向北扩张至鄡(𨛍)、鄦(刘)一带,扼住了郢(蔿)、竽(邘)等国南下的咽喉地带,鲁、衛(卫)、鄝(蓼)、郗(蔡)等国都前来朝见。

参考文献

李学勤主编:《清华大学藏战国竹简(伍)》,上海:中西书局,2015 年。
李学勤主编:《清华大学藏战国竹简(陆)》,上海:中西书局,2016 年。
黄德宽:《古文字谱系疏证》,北京:商务印书馆,2007 年。
何琳仪:《战国古文字典——战国古文声系》,北京:中华书局,1998 年。
湖北省荆沙铁路考古队:《包山楚简》,北京:文物出版社,1991 年。

Two Notes on Tsinghua Bamboo Slips

Meng Yuelong
(Beijing Normal University)

Abstract:There is a special character 瀍 in text *Fengxuzhiming*, reviewers supposed it was a mistake influenced by the character “*zhi*(智)”. This article considers the character 瀍 should be written as 㪅, the 可 in this character is a phonetic sign. Reviewers thought the character 阴 in text *Zhengwengongwendabo* ought to be interpreted as 涧, but gave no explanation. This article considers 阴 should be interpreted as 阙, 泎阴 in the text refers to the famous mountain pass *Inquesai*(伊阙塞).

Keywords:Tsinghua Bamboo Slips;Fengxuzhiming;Zhengwengongwendabo

①孟蓬生:《越王差徐戈铭文补释》,《中国文字研究》,郑州:大象出版社,2009 年第 1 辑。

《广韵》注文所含直音注音释读*

赵　庸

（华东师范大学中文系）

提要：《广韵》注文中有94处对注文用字进行直音注音。这些注音或可补《广韵》正切收音之缺，或可补《广韵》字头收字之缺，或可提示中古字形关系，或可反映混韵现象。注音字的选取无对应被注音字所有读音的要求，音注盖多有文献来源。这些直音注音不单反映中古语音，还于形、义有所揭示。

关键词：《广韵》；直音；注音；形音义

《广韵》注音的主要方式是大韵下依次排列小韵，同小韵的字读音相同，小韵首字下出注反切，如某字另有读音，有时会将又音示明在注文中，通常居于注文最末。如阳韵"央鸯殃袂鉠秧霙胦泱"九字同小韵，"央"下注"於良切"，"秧"字注："莳秧。又於丈切。"治韵书者，通常关注的就是这些小韵反切和注中又音。

《广韵》还有些注音，散见于注中，所注只是注文用字，非小韵所辖字头，韵书编修者以其音当注，便加以反切或直音。如铣韵方典切"匾"字注："匾㔟，薄也。㔟，汤奚切。"先韵古贤切"鲣"字注："鮦大曰鲣，小曰鮵。鮵音夺。""㔟""鮵"皆非字头，而出注音。这类音注数量少，但既然是非常规之注，其注必有原因。目前，对此类音注鲜见关注。

反切注音和直音注音是传统上最主要的两种注音方法。两种方法的出现时间、流行时间、音注原理不同，使用上大同之外也存小异，宜分类析之。现检得《广韵》注文所含直

* 本文为国家社科基金青年项目（16CYY048）、国家社科基金重大项目（18ZDA296）的阶段性成果。感谢编辑部和匿名审稿专家为本文的修改提出宝贵意见，谨致谢悃！文中谬误概由作者负责。

音注音 94 条，一一研读，获知见如下。

一、直音注音可补《广韵》正切收音之缺

《广韵》小韵首字下所注反切通常称为正切。若一字收于几处，则有正切几读。不过，韵书正切收音并非全备，音读不入韵书既有编修者筛选之意，也有遗漏之失。筛选而不取者常非习见之音，遗漏失收者则不拘于此。遇国名、地名、人名姓等专名，或者先贤音注等特殊读音，相较僻用，《广韵》正切不收而见注于注文，明辨音读，可补正切收音之缺。遇漏收之音，注文见收，补缺亦然。

> 兹，疾之切。龟兹，国名。龟音丘。（《广韵·之韵》）

按：音丘即音溪母尤韵。《广韵》“龟”字见居追切见脂、居求切见尤，去鸠切溪尤未收字。《集韵》祛尤切溪尤收字：“龟，龟兹，西域国名。”《龙龛手镜·龟部》亦收：“龟……又音丘，龟兹，国名也。”合《广韵》注。“龟音丘”可补《广韵》“龟”字正切收音之缺。

> 吾，五加切。《汉书》金城郡有允吾县。允音铅。（《广韵·麻韵》）

按：音铅即音以母仙韵合口 A 类。《广韵》“允”字见余准切以準 A，与专切以仙合 A 未收字。《集韵》余专切以仙合 A 有字：“允，允吾，县名，在金城郡。”可证《广韵》音注。“允音铅”可补《广韵》“允”字正切收音之缺。

> 蟜，巨娇切。蠪蟜，蚁也。蠪音龙。（《广韵·宵韵》）

按：音龙即音来母钟韵。《广韵》“蠪”字见卢红切来东一，力钟切来钟未收字。《尔雅·释虫》：“蠪，朾蚁。”《释文》：“谢音聋来东一，郭音龙来钟。”《集韵》卢钟切来钟收字：“《博雅》蚵蠪，蜇蜴也，一曰朾蚁。”“蠪音龙”可补《广韵》“蠪”字正切收音之缺。

> 成，是征切。……汉有广汉太守古成云，古音枯。高祖功臣有阳成延。后汉有密县上成公，白日升天。晋戊己校尉燉煌车成将，古成氏之后。《史记》有形成氏。（《广韵·清韵》）

按：音枯即音溪母模韵。《广韵》“古”字见公户切见姥，苦胡切溪模未收字。古成，姓。《通志·氏族略》：“古成氏，《风俗通》：‘苦成之后，后随音改焉。有广汉都尉古成云、姚

兴给事中黄门侍郎古成诜,又将军古成和。'"《字汇补·口部》音"溪姑切溪模"。《广韵》"古音枯"音读有源,可补"古"字正切收音之缺。

> 鞶,居转切。《尔雅》曰:"革中辨谓之鞶。"车上所用皮也。辨音片。(《广韵·狝韵》)

按:音片即音滂母霰韵。《广韵》"辨"字见符蹇切並狝、蒲苋切並裥,普面切滂霰未收字。《集韵》见收于匹见切滂霰,合《广韵》"辨音片"。《尔雅·释器》:"革中绝谓之辨,革中辨谓之鞶。"郭璞注:"辨音片。"郭注为《广韵》此注之由来,此注可补《广韵》"辨"字正切收音之缺。

> 欘,直角切。《尔雅》云:"拘欘谓之定。"欘,锄也。拘音劬。本亦作斪斸。斸,陟玉切。(《广韵·烛韵》)

按:音劬即音群母虞韵。《广韵》"拘"字见举朱切见虞,其俱切群虞未收字。《尔雅·释器》:"斪斸谓之定。"郭璞注:"斪音衢群虞。"《庄子·达生》:"吾处身也,若厥株拘。"《释文》:"其俱反群虞,郭音俱见虞。"可见"拘"字群母虞韵读非蒙"斪"字而有,"拘"本有该读。"拘音劬"可补《广韵》"拘"字正切收音之缺。

二、直音注音可补《广韵》字头收字之缺

《广韵》收25237字,《集韵》收53525字,多一倍有余。尽管《集韵》增收的多为异体字,不过仍然说明《广韵》于字或字形的收录尚有空间。不同时代汉字使用情况不同。早期行用字后期可能弃用,早期不存在的字或字形后期可能得以新造,加之一字多形,一形多字,正俗之辨,古今之异,诸如此类,林林总总,以至古时字书收字固有稳定范围,但于非核心、非高频用字,是否收取常有出入,甚至一书之内正文和注文亦不得统一。《广韵》注文注音涉字偶与字头收字有出入,注文有字而字头无,遇此类,可据以补字头收字之缺,也可借以寻绎当时的文字使用情况。

> 栩,况羽切。柞木名。《说文》云:"杼也。其实皁,一曰樣。"樣音象。(《广韵·麌韵》)

按:"樣"《广韵》字头未收。《集韵》收字,养韵似两切邪养"樣""橡"并出,注:"《说

文》:‘栩实也。’或作橡。”《说文·木部》收“樣”不收“橡”:“樣,栩实也。”小徐注:“樣,今俗书作橡。”段注云:“樣橡,正俗字。”《篆隶万象名义·木部》出字头“樣”,“橡”附于“樣”注下:“樣,辞两反。实也,橡实也。橡,栎子,樣字。”《玉篇》:“樣,辞两切。栩实也。”“橡,同上。”可见,“樣”为正字,“橡”为后出俗字。P.4917、《切三》详两反邪养:“橡,木实。”《王一》《王三》详两反①:“橡,木实。亦作樣。”《王二》详两反:“橡,木实。”《广韵》徐两切邪养:“橡,栎实。”同小韵均有“象”字,均未将“樣”收作字头。韵书时期,“栩实”义当是“橡”行而“樣”废,故韵书字头均不收“樣”字。“樣音象”可补《广韵》字头收字之缺。

> 礐,卢获切。䃚礐,石声。䃚音廓。(《广韵·铎韵》)

按:“䃚”《广韵》字头未收。注文另见“轠”字注:“䃚轠,车声。”“䃚礐”“䃚轠”拟声联绵词,“䃚”拟声字,无实义,众籍鲜见。《集韵》铎韵光镬切“椁”“槨”“䃚”并出,注:“《说文》:‘葬有木䈇也。’或作槨。亦从石,盖古或用石。”音廓溪铎、光镬切见铎异音,《广韵》《集韵》“䃚”为同形字。《广韵》“䃚音廓”可补字头收字之缺。

三、直音注音提示中古字形关系

中古字书于形音义关系的揭明有一些惯常方法,如借直音注音来表示被注音字和注音字的字形关系,如《龙龛手镜》有俗字以正字注音例②,《广韵》直音又音有正字以俗字注音例③。注文某字如需说明字形或辨明用字问题,《广韵》随文出注,有些便采用直音法。被注音字和注音字通常是异体字、通假字,被注音字和条目字头通常是正俗字。

(1)直音注音提示被注音字和注音字是异体字

> 㢮,移爾切。岃㢮,沙丘状。岃音逦。(《广韵·纸韵》)

按:《篆隶万象名义·山部》:“岃,山脊也。逦字。”《玉篇·山部》:“岃,岃㢮,山卑长也。或作逦迤。”《尔雅·释丘》:“逦迤,沙丘。”郭璞注:“旁行连延。”合《广韵》释义。岃㢮、逦迤,异形联绵词,“岃”同“逦”。“岃音逦”以注音提示“岃”“逦”为异体字。

①《王一》卷残,“详两反”不可见,同小韵“象”字也不可见。

②张涌泉:《〈龙龛手镜〉读法四题》,《旧学新知》,杭州:杭州大学出版社,1999年,第102—112页。

③赵庸:《〈广韵〉“又音某”中“某”字异读的取音倾向》,《汉语史研究集刊》第十二辑,成都:巴蜀书社,2009年,第331—344页。

啬，所力切。爱惜也，又贪也，悭也，又积也，亦姓。《说文》作嗇，爱濇也。从来、㐭。来，麦也。来者，㐭而藏之，故田夫谓之啬夫。㐭音廪。（《广韵·职韵》）

按：《广韵》泽存堂本作“稟”，俗误，楝亭本作“廪”，是。《说文·㐭部》：“㐭，谷所振入也。”“廪，㐭或从广、禀。”“㐭”“廪”上古即同字。《集韵》寝韵力锦切“㐭”“廪”并出。《玉篇·㐭部》：“㐭，藏米室也。亦作廪。”《通志·六书略》：“㐭，即廪字。”中古二字亦同。然“㐭”生僻，“廪”习用，《切三》、P.3693背、《王一》、《王三》字头有“廪”无“㐭”，P.3693背、《王一》出“㐭”于“廪”字注文。《广韵》增收字头，“㐭”居次于“廪”，注“上同”，是注文“㐭音廪”以同字注音，以熟注生，实可见“㐭”“廪”的异体关系。

（2）直音注音提示被注音字和注音字是通假字

莫，慕各切。无也，定也，《说文》本模故切，日且①冥也，从日在茻中。茻音莽。……（《广韵·铎韵》）

按：“茻”“莽”本各字。《说文·茻部》：“茻，众艸也。”“莽，南昌谓犬善逐兔艸中为莽。”后“艸茻”义常以“莽”通“茻”。段注“茻”字云：“经传艸莽字当用此。”朱骏声通训定声：“经传草茻字皆以莽为之。”《广韵》用“茻音莽”说明“艸茻”义“茻”“莽”通假。

㡿，昌石切。逐也，远也，又㡿候。《说文》曰：“却行也。从广、屰。”屰音逆。（《广韵·昔韵》）

按：“屰”“逆”本各字。《说文·干部》：“屰，不顺也。”《说文·辵部》：“逆，迎也。”段注“屰”字云：“后人多用逆，逆行而屰废矣。”段注“逆”字云：“今人假以为顺屰之屰，逆行而屰废。”“逆”通“屰”中古时已然。《篆隶万象名义·干部》：“屰，宜戟反。不从也。逆字。”《玉篇·干部》：“屰，宜戟切。《说文》曰：‘不顺也。’今作逆。”《广韵》以“屰”字僻用，故取“逆”字注其音。

（3）直音注音提示被注音字是条目字头的异形借用俗字

缲，苏遭切。上同。俗又作縿，縿本音衫。（《广韵·豪韵》）

按：“缲”“縿”本各字。《说文·糸部》：“缲，帛如绀色，或曰深缯。”“縿，旌旗之斿也。”中古俗书“喿”多作“参”形，“縿”为“缲”异形借用之俗写。S.617“縿”字注“苏劳

①《广韵》泽存堂本作“旦”，误，钜宋本、黎本、元泰定本作“且”，《说文》“莫”训作“日且冥也”，据改。

反”，苏劳反即苏遭切，《龙龛手镜 · 糸部》“缲”“縿”并出，亦可证。“縿”《广韵》音所衔切，同小韵有“衫”字。《广韵》以“本音”二字提示“缲”借形作“縿”，遂“缲”“縿”为正俗字，“縿”另有本义本音。

> 黮，食荏切。上同。俗又作椹。椹本音砧。（《广韵 · 寝韵》）

按：“椹”本为“砧”义字，《战国策 · 秦策》：“今臣之胸不足以当椹质，要不足以待斧钺。”《尔雅 · 释宫》：“椹谓之榩。”郭璞注：“斫木櫍也。”《释文》：“本或作砧，同张林反。”“桑葚”字作“椹”为后起之借用异形。《广韵》以“本音”说明“椹”实为另字，“桑葚”义“黮”“椹”之形构成正俗字关系。

> 本，布忖切。本末，又始也，下也，旧也。《说文》曰：“木下曰本。从木，一在其下。”俗作夲，夲自音叨。（《广韵 · 混韵》）

按：“本”“夲”本各字。《说文 · 木部》：“本，木下曰本。从木，一在其下。”《说文 · 夲部》：“夲，进趣也。从大十，大十者，犹兼十人也。”“本”后俗作“夲”。“夲”字《说文》音“读若滔”。“滔”“叨”同音，《广韵》土刀切。《广韵》以“自音”提示“夲”为“本”异形借用俗字，“夲”本义音叨。

四、直音注音反映混韵现象

《广韵》正切及又音多有混韵现象。如“睢”，隹声，微2部，当入脂韵，《广韵》收于支韵许规切，反映正切的支脂混韵。“婠”一丸切下注“又古旦切见翰”，翰韵无字，实际收于换韵古玩切，反映又音的翰换混韵。《广韵》混韵涉及一等重韵（覃谈、咍灰泰韵系）、二等重韵（佳皆夬麻、山删、咸衔、耕庚韵系）、止摄（支脂之微韵系）、流摄（尤幽韵系）、开合口对立韵（歌戈、痕魂、寒桓韵系）、外转纯四等韵和三等韵（先仙、萧宵、青清、添盐韵系）等，多与中古音变大势相合，透露中古韵类合并信息①。《广韵》注文所含直音注音，也有混韵现象。两条反映正切字音的混韵现象（“尥”“俟”），一条反映直音注音字读音的混韵现象（“篇”），如下。

①赵庸：《〈广韵〉不入正切音系之又音释疑》，《语言科学》，2014年第3期。赵庸：《〈广韵〉与实际收音处音切不一致之又音释疑》，《汉语史研究集刊》第十八辑，成都：巴蜀书社，2014年。

勜，乌孔切。勜𡯂，屈强皃。𡯂音轧。（《广韵·董韵》）

按：𡯂，《广韵》乙辖切影辖开，轧，《广韵》乌黠切影黠开。乙声，上古质 2 部，中古当入黠韵，“𡯂”“轧”均当为黠韵字。“𡯂”乙辖切为黠韵混入辖韵读，《广韵》黠辖相混常见。“𡯂音轧”不误，可证《广韵》“𡯂”字正切混韵。

𥳑，息浅切。籫𥳑，今人户版籍也。籫音牵上声。（《广韵·狝韵》）

按：籫，《广韵》去演切溪狝开 A。牵，《广韵》苦坚切溪先开、苦甸切溪霰开，音牵上声即音牵茧切溪铣开。“牵”声，上古真 1 部，中古入先韵系不入仙韵系。“牵上声”与“籫”同音，反映铣韵和狝韵重纽 A 类相混。

万，莫北切。虏复姓，北齐特进万俟普。俟音其。（《广韵·德韵》）

按：俟，《广韵》渠希切群微、床史切崇止。其，《广韵》居之切见之、渠之切群之。矣声、其声，上古之部，中古当入之韵系，“俟”“其”均当读之韵系。“俟”渠希切为之韵混入微韵之读，《广韵》之微相混常见。“俟音其”不误，音其即音渠之切，可证《广韵》“俟”字正切渠希切混韵之实。

五、直音注音不要求被注音字和注音字读音完全匹配

《广韵》注文中的直音注音，被注音字和注音字的读音数不固定。下表作一统计，去掉被注音字未在《广韵》中作为字头出现而仅出现于注文的 2 条记录（“樣”“𥗿”），统计条目为 92 条，也即被注音字和注音字的基础字数都是 92 字。48.91%（=45/92）的被注音字有异读，26.09%（=24/92）的注音字有异读，51.09%（=47/92）的条目被注音字读音数和注音字相同，40.22%（=37/92）的条目被注音字读音数多于注音字，8.70%（=8/92）的条目被注音字读音数少于注音字。

表一

被注音字读音数	1	2	2	3	4	3	1	1	2
注音字读音数	1	2	1	1	1	2	2	3	3
被注音字/注音字基础字数	40	7	16	10	2	9	6	1	1

被注音字、注音字的读音情况多样，识读直音注音需一字一论。

（1）被注音字 1 音，注音字 1 音。40 条条目中除 4 条补缺正切收音（“虌”“允”“古”“拘”）、1 条反映正切混韵（“尣”）外，35 条都是被注音字和注音字同音。如：

表二

条目字头	条目反切	直音注音	被注音字	注音字	被注音字反切	注音字反切
䊩	母官	鼽音求	鼽	求	巨鸠	巨鸠
尬	古拜	尲音缄	尲	缄	古咸	古咸
葍	方副	葍音福	葍	福	方六	方六

（2）被注音字 2 音，注音字 2 音。7 条条目中除 1 条反映正切混韵（“侯”）外，6 条都是被注音字和注音字一读相同，一读相异。

表三

条目字头	条目反切	直音注音	被注音字	注音字	被注音字反切	注音字反切
鸙	渠羁	鵌音余	鵌①	余	以诸、同都	以诸、视遮
堤	是支	提音题	提	题	杜奚、是支	杜奚、特计
蜇	息移	载音刺	载	刺	七赐、七吏	七赐、七迹
荼	食遮	荂音吁	荂	吁	况于、芳无	况于、王遇
憸	七廉	俺音猒	俺	猒	一盐、於剑	一盐、於艳
篖	眉殒	篨音塗	篨	塗	同都、丑居	同都、宅加

（3）被注音字 2 音、注音字 1 音，被注音字 3 音、注音字 1 音，被注音字 4 音、注音字 1 音。28 条条目中除 2 条补缺正切收音（“龟”“辨”）外，26 条都是注音字读音和被注音字的一读相同。如：

表四

条目字头	条目反切	直音注音	被注音字	注音字	被注音字反切	注音字反切
鶞	丑伦	鳻音汾	鳻	汾	符分、布还	符分

①《广韵》字头字形作“鵌”，与直音被注音字之“鵌”同旁异构，为同字。

续表

条目字头	条目反切	直音注音	被注音字	注音字	被注音字反切	注音字反切
阏	乌前	氏音支	氏	支	章移、子盈、承纸	章移
澹	徒滥	淡音琰	淡	琰	以冉、徒甘、徒敢、徒滥	以冉

26条中，有3条被注音字同义异读，但是注音字只有一读，从音义配合的角度来说，直音注音有遗漏。见下表，括号内为释义。

表五

条目字头	条目反切	直音注音	被注音字	注音字	被注音字反切	注音字反切
膍	都奚	胜音奚	胜	奚	胡鸡（膍胜）、古携（膍胜）	胡鸡
咀	子与	㕮音甫	㕮	甫	方矩（㕮咀）、扶雨（㕮咀）	方矩
聉	吐猥	頪音隗	頪	隗	五罪（痴颠）、鱼既（痴頪）、迚①怪（痴頪）	五罪

（4）被注音字3音，注音字2音。9条条目中有8条被注音字和注音字只有一读相同，1条被注音字和注音字有两读相同（“媕”）。

表六

条目字头	条目反切	直音注音	被注音字	注音字	被注音字反切	注音字反切
狋	巨员	氏音精	氏	精	子盈、章移、承纸	子盈、子姓
麊	莫袍	犛音猫	犛	猫（貓）	莫交、里之、落哀	莫交、武瀌
娿	乌何	媕音庵	媕	庵	乌含、乌合、衣俭	乌含、乌合
蝚	耳由	蛭音质	蛭	质	之日、丁悉、丁结	之日、陟利
诇	徒揔	订音挺	订	挺	徒鼎、他丁、丁定	徒鼎、特丁
抟	持兖	緷音浑	緷	浑	胡本、古本、王问	胡本、户昆
罕	呼旰	枹音扶②	枹	扶	防无、缚谋	防无、甫无
谷	卢谷	蠡音离	蠡	离	吕支、落戈、卢启	吕支、丑知
[illegible]	古协	穧音剂	穧	剂	在诣、子计、子例	在诣、遵为

①《广韵》泽存堂本作“他”，透母，误，元泰定本、《集韵》作“迚”，《王一》《王三》作“知”，均为知母，据改。

②《广韵》泽存堂本作“抱”，误。音扶即防无切，泽存堂本防无切下有“枹”，同《汉书·地理志》《水经注·河水》，据改。

(5)被注音字1音、注音字2音,被注音字1音、注音字3音,被注音字2音、注音字3音。8条条目中除1条反映直音注音字混韵(“籣”)外,7条都是被注音字读音和注音字的一读相同。

表七

条目字头	条目反切	直音注音	被注音字	注音字	被注音字反切	注音字反切
眭	许规	盱音吁	盱	吁	况于	况于、王遇
頋	息移	顮音精	顮	精	子盈	子盈、子姓
朴	薄胡	劕音还	劕	还	户关	户关、似宣
检	居奄	捡本音敛	捡	敛	良冉	良冉、力验
苗	丑六	蓨音挑	蓨	挑	吐彫①、他历	吐彫、土刀、徒了
骙	古穴	驫音光	驫	光	古黄	古黄、古旷
莫	慕各	蹖音莽	蹖	莽	模朗	模朗、莫补、莫厚

除第(1)类外,其他类别,无论是被注音字读音数和注音字相同的第(2)类,还是被注音字读音数多于注音字的第(3)(4)类,还是被注音字读音数少于注音字的第(5)类,被注音字和注音字的读音都不构成完全的对应关系,通常只有一读对应。这说明注文所含直音注音,选字不存在被注音字和注音字读音完全匹配的工作原则。

《广韵》又音注音比《切韵》系前书增多使用直音法,有些直音又音不但为《广韵》新加,而且以直音字兼概被注音字数音,以简驭繁②。如宅耕切“憕”字注“又音澄”,“憕”“澄”二字在庚韵直庚切、蒸韵直陵切两处并见,“又音澄”为《广韵》新加。

注文所含直音注音和直音又音都属直音法,但是前者只需满足一音对应,后者力求多音对应,注音原则及注音字的选取标准不同。后者既为《广韵》新造,前者盖多有文献来源。《广韵》注文所含直音针对注文中出现的烦难字进行注音,这些字音通常用于专名或特定语义,韵书直接摘引文献音注更为便宜,而文献音注讲究音、义对当,文献音注的直音音注本即无兼概被注音字数音的必要。

---

①《广韵》吐彫切字头作“蓧”。

②赵庸:《〈广韵〉“又音某”中“某”字异读的取音倾向》,《汉语史研究集刊》第十二辑,成都:巴蜀书社,2009年,第331—344页。

六、余论

《切韵》系前书注文比较简单,通常只有简单训释,既少字形的说明,也少注文见字的注音,反映韵书的原始功用和文献面貌。有宋一代,《广韵》作为官修韵书,有规范语言文字的意图,所以虽仍为韵书,但有字书化的发展趋向,如增繁注文释义,增加字形说明,语音方面最常见的是增加字头又音的出注,而注文用字读音的出注也是字书化的表现之一。如上文分析,这些注文中的直音注音,不仅仅是简单的音注,往往还和特定的词义搭配,和字形也有牵涉,对研究中古汉语和韵书等中古文献都有价值。

参考文献

裘锡圭:《文字学概要》(修订本),北京:商务印书馆,2013 年。
余迺永:《新校互注宋本广韵》(定稿本),上海:上海人民出版社,2008 年。
张涌泉:《〈龙龛手镜〉读法四题》,《旧学新知》,杭州:杭州大学出版社,1999 年。
张涌泉:《汉语俗字研究》(增订本),北京:商务印书馆,2010 年。
赵庸:《〈广韵〉"又音某"中"某"字异读的取音倾向》,《汉语史研究集刊》第十二辑,成都:巴蜀书社,2009 年。
赵庸:《〈广韵〉不入正切音系之又音释疑》,《语言科学》,2014 年第 3 期。
赵庸:《〈广韵〉与实际收音处音切不一致之又音释疑》,《汉语史研究集刊》第十八辑,成都:巴蜀书社,2014 年。
周祖谟:《唐五代韵书集存》,北京:中华书局,1983 年。

The Paper on the *Zhi-yin*(直音)Phonetic Notations in the Notes of *Guangyun*(广韵)

Zhao Yong
(East China Normal University)

Abstract:There are 94 *zhi-yin*(直音)phonetic notations in the notes of *Guangyun*(广韵). These notations can add the readings of the *Zheng-qie*(正切), can add the characters in the text, can give the cues of the relationships of the characters, or can reflect the mistakes of the final confusion. There was no need to choose the noting characters which had the all readings as the noted ones. Maybe a lot of the phonetic notations came from the earlier literatures.

These *zhi-yin*(直音)phonetic notations not only reflects the readings in the mid-ancient times, but also as a cue to study the character shapes and the meanings.

Keywords: *Guangyun* (广韵); *zhi-yin* (直音); phonetic notation; character shape, reading and meaning

《厦门方言英汉辞典》文白异读考*

马重奇　马睿哲

（闽南师范大学闽南文化研究院　　福建师范大学文学院）

提要：英国传教士麦嘉湖编撰的《厦门方言英汉辞典》对厦门方言的文白异读作了详尽的标注，首次为闽南方言的文白异读做出重大贡献。然而，其中存在一些把文读音误标为白读音，把白读音误标为文读音，若不加以纠正，势必造成思维的混乱。本文在对校该辞典的基础上，找出其中70个误把白读音标为文读音的例字，34个误把文读音标为白读音的例字，并与《广韵》反映的中古音和普通话读音逐一进行比较和考证。

关键字：厦门方言英汉辞典；闽南方言辞书；文白异读；勘误考证

一、文白异读定义与麦氏标注原则

文白异读是汉语方言中一种特有的现象，存于许多汉语方言之中。文读音，又称文言音、读书音；白读音，又称白话音、说话音。闽南方言的文白异读现象尤其复杂。李荣先生说过："方言内部的文白异读，大概是方言互借的结果。概括的说，北京的文白异读，文言音往往是本地的，白话音往往是外地借来的。其他方言区的文白异读，白话音是本地的，文言音往往是外来的，并且比较接近北京音。"①徐通锵也指出："文白异读在汉语中是一种常见的语言现象，是语词中能体现雅/土这种不同风格色彩的音类差异。……'文'与'白'代表两种不同的语音系统，大体说来，白读代表本方言的土语，文读则是以

* 本文选题来源于马重奇主持的国家社会科学基金重大项目《海峡两岸闽南方言动态比较研究》（10ZD&128）。

①李荣：《音韵存稿》，北京：商务印书馆，1982年，第115页。

本方言的音系所许可的范围吸收某一标准语（现代的或古代的）的成分，从而在语音上向这一标准语靠拢。”①通俗地说，文读音就现代汉语而言“比较接近北京音”，就古代汉语而言则比较接近《广韵》音。本文引用了高本汉、王力、董同龢三位著名音韵学家的《广韵》拟音和普读音作为比较，对《厦门方言英汉辞典》中的文白异读进行考证。

《厦门方言英汉辞典》里记载了丰富的文白音读材料，反映了 130 多年前福建厦门方言的语音事实。该辞典是由英国传教士麦嘉湖所著，1883 年在英国伦敦出版。麦嘉湖在《厦门方言英汉辞典》中记录厦门方言时，注意到闽南方言存在文读与白读两套语音系统，在通篇作了详尽的标注。作者在辞典的《前言》中说：“当在一个字的右上角标注一个‘°’符号，表示这个字记录的是白读音，没有标注则表示这个字记文读音。”根据笔者统计，《厦门方言英汉辞典》共收汉字 106987 个，其中标示为文读字的有 60258 个，标为白读字的有 46729 个。首次为闽南方言的文白异读的研究做出重大贡献。笔者查阅辞典中所有文读与白读的标示字，发现麦嘉湖在辞典中对于文读音与白读音的判断总体较为准确，但仍有少数字属错误标注。本文旨在纠正这些误标字。

二、白读音误为文读音考证

《厦门方言英汉辞典》中误将白读音标为文读音的例字 70 个，笔者逐一进行分析考证如下：

（1）桱（页1）：算盘杆，麦嘉湖（简称“麦”）标音 kì^{n}［kĩ^{3}］，右上角无°符号，视为文读音。按：《广韵》桱，古定切，见青去；高本汉（简称“高”）拟音［kieŋ］，王力（简称“王”）拟音［kieŋ］，董同龢（简称“董”）拟音［kiɛŋ］②；普通话（简称“普”）读作 jìng。可见，麦标音属［ĩ］韵母，与以上三家的韵母拟音不符，说明桱字音应为白读音，而非文读音。

（2）涎（页14）：龙涎香，麦标音 iên［ian^{5}］，右上角无°符号，视为文读音。按：《广韵》涎，夕连切，邪仙平；高拟音［zi̯ɛn］，王拟音［zĭɛn］，董拟音［zjæn］；普读作 xián。可见，麦标音属零声母，与以上三家的声母拟音不符，说明涎字音应为白读音，而非文读音。

（3）透（页25）：透过，麦标音 thaù［t‘au^{3}］，右上角无°符号，视为文读音。按：《广韵》透，他候切，透候去；高拟音［t‘ə̯u］，王拟音［t‘əu］，董拟音［t‘u］；普读作 tòu。可见，麦标音属

①徐通锵：《历史语言学》，北京：商务印书馆，1991 年，第 348—349 页。

②高本汉、王力、董同龢对《切韵》的拟音引自《香港中文大学中国文化研究所学报》1968 年第一卷，周法高教授的拟音见《论切韵音》，并参考他们的有关著作。

[au]韵母,与以上三家的韵母拟音不符,说明透字音应为白读音,而非文读音。

(4)吸(页47):呼吸,麦标音 khip[k‘ip^{4}],右上角无°符号,视为文读音。按:《广韵》吸,许及切,晓缉入;高拟音[xi̯ɐp],王拟音[xiĕp],董拟音[xjĕp];普读作 xī。可见,麦标音属[k‘]声母,与以上三家的声母拟音不符,说明吸字音应为白读音,而非文读音。

(5)带(页48):带子,麦标音 tòa[tua^{3}],右上角无°符号,视为文读音。按:《广韵》带,当盖切,端泰去;高拟音[tɑ̯i],王拟音[tɑi],董拟音[tɑi];普读作 dài。可见,麦标音属[ua]韵母,与以上三家的韵母拟音不符,说明带字音应为白读音,而非文读音。

(6)担(页51):负担,麦标音 tà^{n}[tã^{3}],右上角无°符号,视为文读音。按:《广韵》担,多旱切,端寒上;高拟音[tɑ̯n],王拟音[tɑn],董拟音[tɑn];普读作 dàn。可见,麦标音属[ã]韵母,与以上三家的韵母拟音不符,说明担字音应为白读音,而非文读音。

(7)凭(页61):凭据,麦标音 pîn[pin^{5}],右上角无°符号,视为文读音。按:《广韵》凭,扶冰切,并蒸平;高拟音[b‘i̯əŋ],王拟音[b‘ĭəŋ],董拟音[b‘jəŋ];普读作 píng。可见,麦标音属[p]声母、[in]韵母,与以上三家的声母、韵母拟音不符,说明凭字音应为白读音,而非文读音。

(8)况(页66):境况,麦标音 hóng[hɔŋ^{2}],右上角无°符号,视为文读音。按:《广韵》况,许访切,晓阳去;高拟音[xi̯wɑŋ],王拟音[xiwaŋ],董拟音[xjuɑŋ];普读作 kuàng。可见,麦标音属[ɔŋ]韵母,与以上三家的韵母拟音不符,说明况字音应为白读音,而非文读音。

(9)展(页75):展开,麦标音 phién[p‘ian^{2}],右上角无°符号,视为文读音。按:《广韵》展,知演切,知仙上;高拟音[ti̯ɛn],王拟音[tĭɛn],董拟音[tjæn];普读作 zhǎn。可见,麦标音属[p‘]声母,与以上三家的声母拟音不符,说明展字音应为白读音,而非文读音。

(10)押(页85):押送,麦标音 ah[aʔ^{4}],右上角无°符号,视为文读音。按:《广韵》押,乌甲切,影狎入;高拟音[ʔɑp],王拟音[ap],董拟音[ʔap];普读作 yā。可见,麦标音属[aʔ]韵母,与以上三家的韵母拟音不符,说明押字音应为白读音,而非文读音。

(11)莞(页86):莞荽,麦标音 oân[uan^{5}],右上角无°符号,视为文读音。按:《广韵》莞,古丸切,见桓平;高拟音[kwɑ̯n],王拟音[kuɑn],董拟音[kuɑn];普读作 guān。可见,麦标音属零声母,与以上三家的声母拟音不符,说明莞字音应为白读音,而非文读音。

(12)珊(页86):珊瑚,麦标音 sien[sian^{1}],右上角无°符号,视为文读音。按:《广韵》珊,苏干切,心寒平;高拟音[sɑ̯n],王拟音[sɑn],董拟音[sɑn];普读作 shān。可见,麦标音属[ian]韵母,与以上三家的韵母拟音不符,说明珊字音应为白读音,而非文读音。

(13)嗽(页88):咳嗽,麦标音 sàu[sau^{3}],右上角无°符号,视为文读音。按:《广韵》嗽,苏奏切,心侯去;高拟音[sə̯u],王拟音[səu],董拟音[su];普读作 sòu。可见,麦标音属[au]韵母,与以上三家的韵母拟音不符,说明嗽字音应为白读音,而非文读音。

(14)蟋(页91):蟋蟀,麦标音 sek[sik^{4}],右上角无°符号,视为文读音。按:《广韵》蟋,息七切,心质入;高拟音[si̯ĕt],王拟音[sĭĕt],董拟音[sjet];普读作 xī。可见,麦标音与属[ik]韵母,与以上三家的韵母拟音不符,说明蟋字音应为白读音,而非文读音。

(15)甲(页93):护甲,麦标音 kah[kaʔ^{4}],右上角无°符号,视为文读音。按:《广韵》甲,古狎切,见狎入;高拟音[kɑp],王拟音[kap],董拟音[kap];普读作 jiǎ。可见,麦标音属[aʔ]韵母,与以上三家的韵母拟音不符,说明甲字音应为白读音,而非文读音。

(16)狱(页135):牢狱,麦标音 gék[ɡik^{8}],右上角无°符号,视为文读音。按:《广韵》狱,鱼欲切,疑烛入;高拟音[ŋi̯wok],王拟音[ŋĭwok],董拟音[ŋjuok];普读作 yù。可见,麦标音属[ɡ]声母、[ik]韵母,与以上三家的声母、韵母拟音不符,说明狱字音应为白读音,而非文读音。

(17)鸭(页135):鸭子,麦标音 ah[aʔ^{4}],右上角无°符号,视为文读音。按:《广韵》鸭,乌甲切,影狎入;高拟音[ʔɑp],王拟音[ap],董拟音[ʔap];普读作 yā。可见,麦标音属[aʔ]韵母,与以上三家的韵母拟音不符,说明鸭字音应为白读音,而非文读音。

(18)苍(页143):苍白,麦标音 chheng[ts'iŋ^{1}],右上角无°符号,视为文读音。按:《广韵》苍,七冈切,清唐平;高拟音[ts'ɑ̯ŋ],王拟音[ts'ɑŋ],董拟音[ts'ɑŋ];普读作 cāng。可见,麦标音属[iŋ]韵母,与以上三家的韵母拟音不符,说明苍字音应为白读音,而非文读音。

(19)杆(页170):钓鱼杆,麦标音 koa^{n}[kuã^{1}],右上角无°符号,视为文读音。按:《集韵》杆,居寒切,见寒平;高拟音[kɑ̯n],王拟音[kɑn],董拟音[kɑn];普读作 gān。可见,麦标音[uã]韵母,与以上三家的韵母拟音不符,说明杆字音应为白读音,而非文读音。

(20)淹(页173):淹没,麦标音 im[im^{1}],右上角无°符号,视为文读音。按:《广韵》淹,乙咸切,影咸平;高拟音[ʔɐ̆m],王拟音[ɐm],董拟音[ʔɐm];普读作 yān。可见,麦标音属[im]韵母,与以上三家的韵母拟音不符,说明淹字音应为白读音,而非文读音。

(21)精(页194):妖精,麦标音 tsia^{n}[tsiã^{1}],右上角无°符号,视为文读音。按:《广韵》精,子盈切,精清平;高拟音[tsi̯ɛŋ],王拟音[tsĭɛŋ],董拟音[tsjɛŋ];普读作 jīng。可见,麦标音属[iã]韵母,与以上三家的韵母拟音不符,说明精字音应为白读音,而非文读音。

(22)安(页222):惠安,麦标音 oa^{n}[uã^{1}],右上角无°符号,视为文读音。按:《广韵》安,乌寒切,影寒平;高拟音[ʔɑ̯n],王拟音[ɑn],董拟音[ɑn];普读作 an。可见,麦标音[uã]韵母,与以上三家的韵母拟音不符,说明安字音应为白读音,而非文读音。

(23)屏(页223):屏风,麦标音 pîn[pin^{5}],右上角无°符号,视为文读音。按:《广韵》屏,府盈切,帮清平;高拟音[pi̯ɛŋ],王拟音[pĭɛŋ],董拟音[pjɛŋ];普读作 píng。可见,麦标音属[in]韵母,与以上三家的韵母拟音不符,说明屏字音应为白读音,而非文读音。

(24)龟(页223):乌龟,麦标音 ku[ku^{1}],右上角无°符号,视为文读音。按:《广韵》龟,居求切,见尤平;高拟音[ki̯ə̯u],王拟音[kĭəu],董拟音[kju];普读作 guī。可见,麦标音属[u]韵母,与以上三家的韵母拟音不符,说明龟字音应为白读音,而非文读音。

(25)锭(页242):银锭,麦标音 tiā^{n}[tiã^{7}],右上角无°符号,视为文读音。按:《广韵》锭,丁定切,端青去;高拟音[tieŋ],王拟音[tieŋ],董拟音[tiɛŋ];普读作 dìng。可见,麦标音[iã]韵母,与以上三家的韵母拟音不符,说明锭字音应为白读音,而非文读音。

(26)冻(页258):霜冻,麦标音 tàng[taŋ^{3}],右上角无°符号,视为文读音。按:《广韵》冻,多贡切,端东去;高拟音[tuŋ],王拟音[tuŋ],董拟音[tuŋ];普读作 dòng。可见,麦标音[aŋ]韵母,与以上三家的韵母拟音不符,说明冻字音应为白读音,而非文读音。

(27)姆(页270):衣姆仔(洗衣工),麦标音 m^{2}[m^{2}],右上角无°符号,视为文读音。按:《广韵》姆,莫后切,明侯上;高拟音[mə̯u],王拟音[məu],董拟音[mu];普读作 mǔ。可见,麦标音属声化韵[m],与以上三家的声母、韵母拟音不符,说明姆字音应为白读音,而非文读音。

(28)僧(页280):蜜佗僧,麦标音 tseng[tsiŋ^{1}],右上角无°符号,视为文读音。按:《广韵》僧,苏增切,心登平;高拟音[səŋ],王拟音[səŋ],董拟音[səŋ];普读作 sēng。可见,麦标音属[ts]声母、[iŋ]韵母,与以上三家的声母、韵母拟音不符,说明僧字音应为白读音,而非文读音。

(29)闽(页314):福建,麦标音 bân[ban^{5}],右上角无°符号,视为文读音。按:《广韵》闽,武巾切,明真平;高拟音[mi̯ĕn],王拟音[mĭĕn],董拟音[mjen];普读作 mǐn。可见,麦标音属[b]声母、[an]韵母,与以上三家的声母、韵母拟音不符,说明闽字音应为白读音,而非文读音。

(30)苔(页326):青苔,麦标音 thî[t‘i^{5}],右上角无°符号,视为文读音。按:《广韵》苔,徒哀切,定咍平;高拟音[d‘ɑ̯i],王拟音[d‘ɑi],董拟音[d‘Ai];普读作 tái。可见,麦标音属[t‘]声母、[i]韵母,与以上三家的声母、韵母拟音不符,说明苔字音应为白读音,而非文读音。

(31)过(页350):过错,麦标音 kòe[kue^{3}],右上角无°符号,视为文读音。按:《广韵》过,古卧切,见戈平;高拟音[kuɑ̯],王拟音[kuɑ],董拟音[kuɑ];普读作 guò。可见,麦标音属

[ue]韵母,与以上三家的韵母拟音不符,说明过字音应为白读音,而非文读音。

(32)官(页351):官员,麦标音 koa^{n}[kuã^{1}],右上角无°符号,视为文读音。按:《广韵》官,古丸切,见桓平;高拟音[kwɑ̭n],王拟音[kuɑn],董拟音[kuɑn];普读作 guān。可见,麦标音属[uã]韵母,与以上三家的韵母拟音不符,说明官字音应为白读音,而非文读音。

(33)葱(页353):大葱,麦标音 chhang[ts'aŋ^{1}],右上角无°符号,视为文读音。按:《广韵》葱,仓红切,清东平;高拟音[ts'uŋ],王拟音[ts'uŋ],董拟音[ts'uŋ];普读作 cōng。可见,麦标音属[aŋ],与以上三家的韵母拟音不符,说明葱字音应为白读音,而非文读音。

(34)嘴(页356):嘴巴,麦标音 chhùi[ts'ui^{3}],右上角无°符号,视为文读音。按:《广韵》嘴,祖委切,精支上;高拟音[tsjwiẹa],王拟音[tsǐwe],董拟音[tsjue];普读作 zuǐ。可见,麦标音属[ts']声母、[ui]韵母,与以上三家的声母、韵母拟音不符,说明嘴字音应为白读音,而非文读音。

(35)笑(页366):笑谈,麦标音 chhiàu[ts'iau^{3}],右上角无°符号,视为文读音。按:《广韵》笑,私妙切,心宵去;高拟音[si̯ɑu],王拟音[sǐɛu],董拟音[sjæu];普读作 xiào。可见,麦标音属[ts']声母、[iau]韵母,与以上三家的声母、韵母拟音不符,说明笑字音应为白读音,而非文读音。

(36)件(页367):物件,麦标音 kiā^{n}[kiã^{7}],右上角无°符号,视为文读音。按:《广韵》件,其辇切,群仙上;高拟音[g'ɪ̭ɛn],王拟音[g'ǐɛn],董拟音[g'jæn];普读作 jiàn。可见,麦标音属[k]声母、[iã]韵母,与以上三家的韵母拟音不符,说明件字音应为白读音,而非文读音。

(37)栏(页372):畜栏,麦标音 nôa^{n}[nuã^{5}],右上角无°符号,视为文读音。按:《广韵》栏,落干切,来寒平;高拟音[lɑ̭n],王拟音[lɑn],董拟音[lɑn];普读作 lán。可见,麦标音属[n]声母、[uã]韵母,与以上三家的声母、韵母拟音不符,说明栏字音应为白读音,而非文读音。

(38)烂(页375):腐烂,麦标音 nōa^{n}[nuã^{7}],右上角无°符号,视为文读音。按:《广韵》烂,郎旰切,来寒去;高拟音[lɑ̭n],王拟音[lɑn],董拟音[lɑn];普读作 làn。可见,麦标音属[n]声母、[uã]韵母,与以上三家的声母、韵母拟音不符,说明烂字音应为白读音,而非文读音。

(39)榄(页380):橄榄,麦标音 ná[na^{2}],右上角无°符号,视为文读音。按:《广韵》榄,卢敢切,来谈上;高拟音[lɑ̭m],王拟音[lɑm],董拟音[lɑm];普读作 lǎn。可见,麦标音属[n]声母、[ã]韵母,与以上三家的声母、韵母拟音不符,说明榄字音应为白读音,而非文读音。

(40)平(页406):平仄，麦标音 piâ^{n}[piã^{5}]，右上角无°符号，视为文读音。按:《广韵》平，房连切，并仙平；高拟音[b'i̯ɛn]，王拟音[b'ĭɛn]，董拟音[b'jæn]；普读作 píng。可见，麦标音属[p]声母、[iã^{5}]韵母，与以上三家的声母、韵母拟音不符，说明平字音应为白读音，而非文读音。

(41)脉(页410):脉搏，麦标音 méh^{n}[mẽʔ^{8}]，右上角无°符号，视为文读音。按:《广韵》脉，莫获切，明麦入；高拟音[mwɛk]，王拟音[mwæk]，董拟音[muæk]；普读作 mài。可见，麦标音属[ẽʔ]韵母，与以上三家的韵母拟音不符，说明脉字音应为白读音，而非文读音。

(42)晶(页414):水晶，麦标音 tsi^{n}[tsĩ^{1}]，右上角无°符号，视为文读音。按:《广韵》晶，子盈切，精清平；高拟音[tsi̯ɛŋ]，王拟音[tsĭɛŋ]，董拟音[tsjɛŋ]；普读作 jīng。可见，麦标音属[ĩ]韵母，与以上三家的韵母拟音不符，说明晶字音应为白读音，而非文读音。

(43)莫(页451):欲知莫得，麦标音 bóh[boʔ^{8}]，右上角无°符号，视为文读音。按:《广韵》莫，慕各切，明铎入；高拟音[mwɑ̯k]，王拟音[mwæk]，董拟音[muɑk]；普读作 mò。可见，麦标音属[b]声母、[oʔ]韵母，与以上三家的声母、韵母拟音不符，说明莫字音应为白读音，而非文读音。

(44)肠(页458):烟肠，麦标音 chhiâng[ts'iaŋ^{5}]，右上角无°符号，视为文读音。按:《广韵》肠，直良切，澄阳平；高拟音[ȡ'i̯ɑŋ]，王拟音[ȡ'ĭaŋ]，董拟音[ȡ'jɑŋ]；普读作 cháng。可见，麦标音属[ts']声母，与以上三家的声母拟音不符，说明肠字音应为白读音，而非文读音。

(45)鳞(页458):鱼鳞，麦标音 lân[lan^{5}]，右上角无°符号，视为文读音。按:《广韵》鳞，力珍切，来真平；高拟音[li̯ĕn]，王拟音[lĭĕn]，董拟音[ljen]；普读作 lín。可见，麦标音属[an]韵母，与以上三家的韵母拟音不符，说明鳞字音应为白读音，而非文读音。

(46)够(页459):足够，麦标音 kàu[kau^{3}]，右上角无°符号，视为文读音。按:《广韵》够，古侯切，见侯平；高拟音[kə̯u]，王拟音[kəu]，董拟音[ku]；普读作 gòu。可见，麦标音属[au]韵母，与以上三家的韵母拟音不符，说明够字音应为白读音，而非文读音。

(47)津(页464):分泌物，麦标音 tin[tin^{1}]，右上角无°符号，视为文读音。按:《广韵》津，将邻切，精真平；高拟音[tsi̯ĕn]，王拟音[tsĭĕn]，董拟音[tsjen]；普读作 jīn。可见，麦标音属[t]声母、[in]韵母，与以上三家的声母、韵母拟音不符，说明津字音应为白读音，而非文读音。

(48)息(页466):休息，麦标音 sit[sit^{4}]，右上角无°符号，视为文读音。按:《广韵》息，相即切，心职入；高拟音[si̯ək]，王拟音[sǐək]，董拟音[sjək]；普读作 xī。可见，麦标音属[it]韵母，与以上三家的韵母拟音不符，说明息字音应为白读音，而非文读音。

(49)墓(页469)：坟墓，麦标音 bōng[bɔŋ^{7}]，右上角无°符号，视为文读音。按：《广韵》墓，莫故切，明模去；高拟音[muo]，王拟音[mu]，董拟音[muo]；普读作 mù。可见，麦标音属[bɔŋ^{7}]声母、[ɔŋ]韵母，与以上三家的声母、韵母拟音不符，说明墓字音应为白读音，而非文读音。

(50)朴(页480)：朴实，麦标音 phoh[p'oʔ^{4}]，右上角无°符号，视为文读音。按：《广韵》朴，匹角切，滂觉入；高拟音[p'ɔk]，王拟音[p'ɔk]，董拟音[p'ɔk]；普读作 pǔ。可见，麦标音属[oʔ]韵母，与以上三家的韵母拟音不符，说明朴字音应为白读音，而非文读音。

(51)沉(页480)：下沉，麦标音 tiâm[tiam^{5}]，右上角无°符号，视为文读音。按：《广韵》沉，直深切，澄侵平；高拟音[ɖ'i̯əm]，王拟音[ɖ'ǐĕm]，董拟音[ɖ'jem]；普读作 chén。可见，麦标音属[t]声母、[iam]韵母，与以上三家的声母、韵母拟音不符，说明沉字音应为白读音，而非文读音。

(52)六(页481)：数量，麦标音 lák[lak^{8}]，右上角无°符号，视为文读音。按：《广韵》六，力竹切，来屋入；高拟音[li̯uk]，王拟音[lǐuk]，董拟音[ljuk]；普读作 liù。可见，麦标音属[ak]韵母，与以上三家的韵母拟音不符，说明六字音应为白读音，而非文读音。

(53)截(页484)：掐断，麦标音 tsóeh[tsueʔ^{8}]，右上角无°符号，视为文读音。按：《广韵》截，昨结切，从屑入；高拟音[dz'iet]，王拟音[dz'iet]，董拟音[dz'iɛt]；普读作 jié。可见，麦标音属[ueʔ]韵母，与以上三家的韵母拟音不符，说明截字音应为白读音，而非文读音。

(54)壅(页498)：施肥，麦标音 èng[iŋ^{3}]，右上角无°符号，视为文读音。按：《集韵》：壅，於用切，影钟去；高拟音[ʔi̯woŋ]，王拟音[ǐwoŋ]，董拟音[juoŋ]；普读作 yōng。可见，麦标音属[iŋ]韵母，与以上三家的韵母拟音不符，说明壅字音应为白读音，而非文读音。

(55)房(页502)：文房，麦标音 pông[pɔŋ^{5}]，右上角无°符号，视为文读音。按：《广韵》房，步光切，并唐平；高拟音[b'wɑ̯ŋ]，王拟音[b'uɑŋ]，董拟音[b'uɑŋ]；普读作 fáng。可见，麦标音属[p]声母、[ɔŋ]韵母，与以上三家的声母、韵母拟音不符，说明房字音应为白读音，而非文读音。

(56)静(页505)：静止，麦标音 sīm[sim^{7}]，右上角无°符号，视为文读音。按：《广韵》静，疾郢切，从清上；高拟音[dz'i̯ɛŋ]，王拟音[dz'ǐɛŋ]，董拟音[dz'jɛŋ]；普读作 jìng。可见，麦标音属[s]声母、[im]韵母，与以上三家的声母、韵母拟音不符，说明静字音应为白读音，而非文读音。

(57)胸(页509):胸部,麦标音 heng[hiŋ^{1}],右上角无°符号,视为文读音。按:《广韵》胸,许容切,晓钟平;高拟音[xi̭woŋ],王拟音[xĭwoŋ],董拟音[xjuoŋ];普读作 xiōng。可见,麦标音属[iŋ]韵母,与以上三家的韵母拟音不符,说明胸字音应为白读音,而非文读音。

(58)轻(页520):轻视,麦标音 khun[k‘un^{1}],右上角无°符号,视为文读音。按:《广韵》轻,去盈切,溪清平;高拟音[k‘i̭ɛŋ],王拟音[k‘ĭɛŋ],董拟音[k‘jɛŋ];普读作 qīng。可见,麦标音属[un]韵母,与以上三家的韵母拟音不符,说明轻字音应为白读音,而非文读音。

(59)梅(页522):媒人,麦标音 bôe[bue^{5}],右上角无°符号,视为文读音。按:《广韵》梅,莫杯切,明灰平;高拟音[mwɑ̭i],王拟音[muɒi],董拟音[muAi];普读作 méi。可见,麦标音属[b]声母、[ue]韵母,与以上三家的声母、韵母拟音不符,说明梅字音应为白读音,而非文读音。

(60)碎(页526):破碎,麦标音 chhùi[ts‘ui^{3}],右上角无°符号,视为文读音。按:《广韵》碎,苏内切,心灰去;高拟音[swɑ̭i],王拟音[suɒi],董拟音[suAi];普读作 suì。可见,麦标音属[ts‘]声母、[ui]韵母,与以上三家的声母、韵母拟音不符,说明碎字音应为白读音,而非文读音。

(61)千(页534):数量,麦标音 chheng[ts‘iŋ^{1}],右上角无°符号,视为文读音。按:《广韵》千,七然切,清仙平;高拟音[ts‘i̭ɛn],王拟音[ts‘ĭɛn],董拟音[ts‘jæn];普读作 qiān。可见,麦标音属[iŋ]韵母,与以上三家的韵母拟音不符,说明千字音应为白读音,而非文读音。

(62)梁(页536):木梁,麦标音 niû^{n}[niũ^{5}],右上角无°符号,视为文读音。按:《广韵》梁,吕张切,来阳平;高拟音[li̭ɑŋ],王拟音[lĭaŋ],董拟音[ljɑŋ];普读作 liáng。可见,麦标音属[n]声母、[iũ]韵母,与以上三家的声母、韵母拟音不符,说明梁字音应为白读音,而非文读音。

(63)变(页542):变化,麦标音 pì^{n}[pĩ^{3}],右上角无°符号,视为文读音。按:《广韵》变,彼眷切,帮仙去;高拟音[pi̭ɛn],王拟音[pĭɛn],董拟音[pjæn];普读作 biàn。可见,麦标音属[ĩ]韵母,与以上三家的韵母拟音不符,说明变字音应为白读音,而非文读音。

(64)狼(页556):狼狈,麦标音 liông[liɔŋ^{5}],右上角无°符号,视为文读音。按:《广韵》狼,鲁当切,来唐平;高拟音[lɑ̭ŋ],王拟音[lɑŋ],董拟音[lɑŋ];普读作 láng。可见,麦标音属[iɔŋ]韵母,与以上三家的韵母拟音不符,说明狼字音应为白读音,而非文读音。

(65)筒(页570):风筒,麦标音 tâng[taŋ^{5}],右上角无°符号,视为文读音。按:《广韵》筒,徒红切,定东平;高拟音[d‘uŋ],王拟音[d‘uŋ],董拟音[d‘uŋ];普读作 tǒng。可见,麦标音属[t]声母、[aŋ]韵母,与以上三家的声母、韵母拟音不符,说明筒字音应为白读音,而非文读音。

(66)乡(页573):乡下,麦标音 hiu^{n}[hiũ^{1}],右上角无°符号,视为文读音。按:《广韵》乡,许良切,晓阳平;高拟音[xi̭ɑŋ],王拟音[xĭaŋ],董拟音[xjɑŋ];普读作 xiāng。可见,麦标音属[iũ]韵母,与以上三家的韵母拟音不符,说明乡字音应为白读音,而非文读音。

(67)仓(页578):货仓,麦标音 chhng^{1}[ts'ŋ^{1}],右上角无°符号,视为文读音。按:《广韵》仓,七冈切,清唐平;高拟音[ts'ɑ̭ŋ],王拟音[ts'ɑŋ],董拟音[ts'ɑŋ];普读作 cāng。可见,麦标音属[ŋ]韵母,与以上三家的韵母拟音不符,说明仓字音应为白读音,而非文读音。

(68)脚(580页):水脚(挑水者),麦标音 kioh[kioʔ^{4}],右上角无°符号,视为文读音。按:《广韵》脚,居勺切,见药入;高拟音[ki̭ɑk],王拟音[kĭak],董拟音[kjɑk];普读作 jiǎo。可见,麦标音属[ioʔ]韵母,与以上三家的韵母拟音不符,说明脚字音应为白读音,而非文读音。

(69)井(页585):水井,麦标音 tsí^{n}[tsĩ^{2}],右上角无°符号,视为文读音。按:《广韵》井,子郢切,精清上;高拟音[tsi̭ɛŋ],王拟音[tsĭɛŋ],董拟音[tsjɛŋ];普读作 jǐng。可见,麦标音属[ĩ]韵母,与以上三家的韵母拟音不符,说明井字音应为白读音,而非文读音。

(70)昨(页597):昨天,麦标音 tsā[tsa^{7}],右上角无°符号,视为文读音。按:《广韵》昨,在各切,从铎入;高拟音[dz'ɑ̭k],王拟音[dz'æk],董拟音[dz'ɑk];普读作 zuó。可见,麦标音属[a]韵母,与以上三家的韵母拟音不符,说明昨字音应为白读音,而非文读音。

三、文读音误为白读音考证

《厦门方言英汉辞典》中误将文读音标为白读音的例子 34 个,现逐一进行分析考证如下:

(1)怜(页9):可怜,麦标音 liên[lian^{5}],右上角标°符号,视为白读音。按:《广韵》怜,落贤切,来先平;高拟音[lien],王拟音[lien],董拟音[liɛn];普读作 lián。可见,麦标音属[l]声母、[ian]韵母,较为接近中古音和普通话,说明怜字音应为文读音,而非白读音。

(2)思(页14):相思,麦标音 si[si^{1}],右上角标°符号,视为白读音。按:《广韵》思,息兹切,心之平;高拟音[sji],王拟音[sĭə],董拟音[sji];普读作 sī。可见,麦标音属[s]声母、[i]韵母,较为接近普通话,说明思字音应为文读音,而非白读音。

(3)庙(页15):祖庙,麦标音 biāu[biau^{7}],右上角标°符号,视为白读音。按:《广韵》庙,眉召切，明宵去；高拟音[mjĭɛu]，王拟音[miæu]，董拟音[mjæu]；普读作 miào。可见，麦标音属[b]声母、[iau]韵母，较为接近普通话，说明庙字音应为文读音，而非白读音。

(4)荽(页55)：香菜，麦标音 sui[sui^1]，右上角标°符号，视为白读音。按：《广韵》荽，息遗切，心脂平；高拟音[sjwi]，王拟音[swi]，董拟音[sjuei]；普读作 suī。可见，麦标音属[s]声母、[ui]韵母，较为接近中古音和普通话，说明荽字音应为文读音，而非白读音。

(5)司(页75)：公司，麦标音 si[si^1]，右上角标°符号，视为白读音。按：《广韵》司，息兹切，心之平；高拟音[sji]，王拟音[sĭə]，董拟音[sji]；普读作 sī。可见，麦标音属[s]声母、[i]韵母，与中古音和普通话同，说明司字音应为文读音，而非白读音。

(6)胖(页86)：胖，麦标音 phàng[pʻaŋ^3]，右上角标°符号，视为白读音。按：《广韵》胖，匹绛切，滂桓去；高拟音[pʻuɑ̭n]，王拟音[pʻuɑn]，董拟音[pʻuɑn]；普读作 pàng。可见，麦标音属[pʻ]声母、[aŋ]韵母，与普通话同，说明胖字音应为文读音，而非白读音。

(7)袈(页87)：袈裟，麦标音 ka[ka^1]，右上角标°符号，视为白读音。按：《广韵》袈，古牙切，见麻平；高拟音[kɑ]，王拟音[ka]，董拟音[ka]；普读作 jiā。可见，麦标音属[k]声母、[a]韵母，与中古音同，说明袈字音应为文读音，而非白读音。

(8)勒(页94)：勒马，麦标音 lék[lik^8]，右上角标°符号，视为白读音。按：《广韵》勒，卢则切，来德入；高拟音[lək]，王拟音[lək]，董拟音[lək]；普读作 lè。可见，麦标音属[l]声母、[ik]韵母，与中古音接近，说明勒字音应为文读音，而非白读音。

(9)饥(页101)：饥荒，麦标音 ki[ki^1]，右上角标°符号，视为白读音。按：《广韵》饥，居依切，见微平；高拟音[kjḙi]，王拟音[kĭəi]，董拟音[kjəi]；普读作 jī。可见，麦标音属[k]声母、[i]韵母，较为接近中古音和普通话，说明饥字音应为文读音，而非白读音。

(10)珑(页112)：小巧玲珑，麦标音 long[lɔŋ^1]，右上角标°符号，视为白读音。按：《广韵》珑，卢红切，来东平；高拟音[luŋ]，王拟音[luŋ]，董拟音[luŋ]；普读作 lóng。可见，麦标音属[l]声母、[ɔŋ]韵母，与中古音和普通话同，说明珑字音应为文读音，而非白读音。

(11)花(页133)：花枝招展，麦标音 hoa[hua^1]，右上角标°符号，视为白读音。按：《广韵》花，呼瓜切，晓麻平；高拟音[xwɑ]，王拟音[xwa]，董拟音[xua]；普读作 huā。可见，麦标音属[h]声母、[ua]韵母，与中古音和普通话同，说明花字音应为文读音，而非白读音。

(12)疾(页137)：痢疾，麦标音 tsít[tsit^8]，右上角标°符号，视为白读音。按：《广韵》疾，秦悉切，从质入；高拟音[dzʻḭĕt]，王拟音[dzʻĭĕt]，董拟音[dzʻjet]；普读作 jí。可见，麦标音属[ts]声母、[it]韵母，与中古音接近，说明疾字音应为文读音，而非白读音。

(13)响(页139)：回声，麦标音 hiáng[hiaŋ^2]，右上角标°符号，视为白读音。按：《广韵》

响,许两切,晓阳上;高拟音[xi̯ɑŋ],王拟音[xĭaŋ],董拟音[xjaŋ];普读作 xiǎng。可见,麦标音属[h]声母、[iaŋ]韵母,与中古音接近,说明响字音应为文读音,而非白读音。

(14)五(页168):五彩,麦标音 ngó.[ŋɔ²],右上角标°符号,视为白读音。按:《广韵》五,疑古切,疑模上;高拟音[ŋuo],王拟音[ŋu],董拟音[ŋuo];普读作 wǔ。可见,麦标音属[ŋ]声母、[ɔ]韵母,与中古音接近,说明五字音应为文读音,而非白读音。

(15)灰(页202):灰色,麦标音 hoe[hue¹],右上角标°符号,视为白读音。按:《广韵》灰,呼恢切,晓灰平;高拟音[xwɑ̯i],王拟音[xuɒi],董拟音[xuAi];普读作 huī。可见,麦标音属[h]声母、[ue]韵母,与中古音和普通话接近,说明灰字音应为文读音,而非白读音。

(16)豚(页207):小猪,麦标音 thûn[t'un⁵],右上角标°符号,视为白读音。按:《广韵》豚,徒浑切,定魂平;高拟音[d'uən],王拟音[d'uɐn],董拟音[d'uən];普读作 tún。可见,麦标音属[t']声母、[un]韵母,与中古音和普通话接近,说明豚字音应为文读音,而非白读音。

(17)琵(页210):琵琶,麦标音 pî[pi⁵],右上角标°符号,视为白读音。按:《广韵》琵,房脂切,並脂平;高拟音[b'ji],王拟音[b'i],董拟音[b'jei];普读作 pí。可见,麦标音属[p]声母、[i]韵母,与中古音和普通话接近,说明琵字音应为文读音,而非白读音。

(18)庭(页221):家庭,麦标音 têng[tiŋ⁵],右上角标°符号,视为白读音。按:《广韵》庭,特丁切,定青平;高拟音[d'ieŋ],王拟音[d'ieŋ],董拟音[d'iɛŋ];普读作 tíng。可见,麦标音属[t]声母、[iŋ]韵母,与中古音和普通话接近,说明庭字音应为文读音,而非白读音。

(19)揽(页222):抱住,麦标音 lám[lam²],右上角标°符号,视为白读音。按:《广韵》揽,卢敢切,来谈上;高拟音[lɑ̯m],王拟音[lɑm],董拟音[lɑm];普读作 lǎn。可见,麦标音属[l]声母、[am]韵母,与中古音接近,说明揽字音应为文读音,而非白读音。

(20)姐(页266):小姐,麦标音 tsiá[tsia²],右上角标°符号,视为白读音。按:《广韵》姐,兹野切,精麻上;高拟音[tsi̯ɑ],王拟音[tsĭa],董拟音[tsja];普读作 jiě。可见,麦标音属[ts]声母、[ia]韵母,与中古音接近,说明姐字音应为文读音,而非白读音。

(21)掀(页276):掀开,麦标音 hien[hian¹],右上角标°符号,视为白读音。按:《广韵》掀,虚言切,晓元平;高拟音[xjĭɐn],王拟音[xiæn],董拟音[xjɐn];普读作 xiān。可见,麦标音属[h]声母、[ian]韵母,与中古音和普通话接近,说明掀字音应为文读音,而非白读音。

(22)皮(页295):表皮,麦标音 phî[p'i⁵],右上角标°符号,视为白读音。按:《广韵》皮,符羁切,並支平;高拟音[b'jiĕ],王拟音[b'i],董拟音[b'jĕ];普读作 pí。可见,麦标音属

[p‘]声母、[i]韵母,与中古音和普通话接近,说明皮字音应为文读音,而非白读音。

(23)耔(页342):耔,麦标音 tsí[tsi²],右上角标°符号,视为白读音。按:《广韵》耔,即里切,精之上;高拟音[tsji],王拟音[tsǐə],董拟音[tsji];普读作 zǐ。可见,麦标音属[ts]声母、[i]韵母,较为接近中古音和普通话,说明耔字音应为文读音,而非白读音。

(24)死(页347):死亡,麦标音 sí[si²],右上角标°符号,视为白读音。按:《广韵》死,息姊切,心脂上;高拟音[sji],王拟音[si],董拟音[sjei];普读作 sǐ。可见,麦标音属[s]声母、[i]韵母,与中古音和普通话接近,说明死字音应为文读音,而非白读音。

(25)奖(页364):褒奖,麦标音 tsiáng[tsiaŋ²],右上角标°符号,视为白读音。按:《广韵》奖,即两切,精阳上;高拟音[tsi̯aŋ],王拟音[tsǐaŋ],董拟音[tsjɑŋ];普读作 jiǎng。可见,麦标音属[ts]声母、[iaŋ]韵母,与中古音和普通话同,说明奖字音应为文读音,而非白读音。

(26)谱(页385):曲谱,麦标音 phó.[p‘ɔ²],右上角标°符号,视为白读音。按:《广韵》谱,博古切,帮模上;高拟音[puo],王拟音[pu],董拟音[puo];普读作 pǔ。可见,麦标音属[p‘]声母、[ɔ]韵母,与中古音接近,说明谱字音应为文读音,而非白读音。

(27)榴(页389):石榴,麦标音 liû[liu⁵],右上角标°符号,视为白读音。按:《广韵》榴,力求切,来尤平;高拟音[li̯ə̯u],王拟音[lǐəu],董拟音[lju];普读作 liú。可见,麦标音属[l]声母、[iu]韵母,较为接近中古音和普通话,说明榴字音应为文读音,而非白读音。

(28)苓(页399):苦苓,麦标音 lēng[liŋ⁷],右上角标°符号,视为白读音。按:《广韵》苓,郎丁切,来青平;高拟音[lieŋ],王拟音[lieŋ],董拟音[liɛŋ];普读作 líng。可见,麦标音属[l]声母、[iŋ]韵母,与中古音和普通话接近,说明苓字音应为文读音,而非白读音。

(29)诵(页424):念,麦标音 siōng[siɔŋ⁷],右上角标°符号,视为白读音。按:《广韵》诵,似用切,邪钟去;高拟音[zi̯woŋ],王拟音[zǐwoŋ],董拟音[zjuoŋ];普读作 sòng。可见,麦标音属[s]声母、[iɔŋ]韵母,与中古音接近,说明诵字音应为文读音,而非白读音。

(30)荫(页472):树荫,麦标音 ìm[im³],右上角标°符号,视为白读音。按:《广韵》荫,於禁切,影侵去;高拟音[ʔi̯əm],王拟音[ǐěm],董拟音[jem];普读作 yīn。可见,麦标音属零声母、[im]韵母,与中古音接近,说明荫字音应为文读音,而非白读音。

(31)岭(页484):山岭,麦标音 lēng[liŋ⁷],右上角标°符号,视为白读音。按:《广韵》岭,良郢切,来清上;高拟音[li̯ɛŋ],王拟音[lǐɛŋ],董拟音[ljɛŋ];普读作 lǐng。可见,麦标音属[l]声母、[iŋ]韵母,与普通话同,说明岭字音应为文读音,而非白读音。

(32)衣(页493):花衣,麦标音 i[i¹],右上角标°符号,视为白读音。按:《广韵》衣,於希切,影微平;高拟音[ʔe̯i],王拟音[ǐəi],董拟音[jəi];普读作 yī。可见,麦标音属零声母、

[i]韵母,与普通话同,说明衣字音应为文读音,而非白读音。

(33)买(页569):买通,麦标音 mái[mai^{2}],右上角标°符号,视为白读音。按:《广韵》买,莫蟹切,明佳上;高拟音[mɑi],王拟音[mai],董拟音[mæi];普读作 mǎi。可见,麦标音属[m]声母、[ai]韵母,与中古音和普通话同,说明买字音应为文读音,而非白读音。

(34)泪(页582):眼泪,麦标音 lūi[lui^{7}],右上角标°符号,视为白读音。按:《广韵》泪,力遂切,来脂去;高拟音[ljwi],王拟音[lwi],董拟音[ljuei];普读作 lèi。可见,麦标音属[l]声母、[ui]韵母,与中古音和普通话接近,说明泪字音应为文读音,而非白读音。

四、小结

综上所述,《厦门方言英汉辞典》把白读音误为文读音的例字有 70 个,把文读音误为白读音的例字有 34 个。前者"白读音误为文读音",可以归纳出白读音的八种类型;而后者是把"文读音误为白读音",基本上与中古音和普通话读音接近或相同。但探讨文白异读误判的原因还是必要的。

首先,《厦门方言英汉辞典》把白读音误为文读音,这些白读音大致可以分为以下八种类型:第一,白读声母、韵母与文读声母、韵母的差异:凭(並蒸)pîn[pin^{5}],狱(疑烛)gék[gik^{8}],僧(心登)tseng[tsiŋ^{1}],闽(明真)bân[ban^{5}],苔(定咍)thî[t'i^{5}],栏(来寒)nôa[nua^{5}],烂(来翰)nōa^{n}[nuã^{7}],榄(来敢)ná[na^{2}],平(并仙)piâ^{n}[piã^{5}],莫(明铎)bóh[boʔ^{8}],肠(澄阳)chhiâng[ts'iaŋ^{5}],津(精真)tin[tin^{1}],墓(明暮)bōng[bɔŋ^{7}],沉(澄侵)tiâm[tiam^{5}],静(从静)sīm[sim^{7}],碎(心队)chhùi[ts'ui^{3}],梁(来阳)niû^{n}[niũ^{5}],筒(定东)tâng[taŋ^{5}]。第二,白读阳声韵母与文读阳声韵母的差异:况(晓漾)hóng[hɔŋ^{2}],押(狎)ah[aʔ^{4}],珊(寒)sien[sian^{1}],苍(唐)chheng[ts'iŋ^{1}],淹(咸)im[im^{1}],屏(清)pîn[pin^{5}],冻(送)tàng[taŋ^{3}],葱(东)chhang[ts'aŋ^{1}],鳞(真)lân[lan^{5}],壅(用)èng[iŋ^{3}],房(唐)pông[pɔŋ^{5}],胸(钟)heng[hiŋ^{1}],轻(清)khun[k'un^{1}],千(仙)chheng[ts'iŋ^{1}],狼(唐)liông[liɔŋ^{5}],昨(从铎)tsā[tsa^{7}]。第三,白读鼻化韵母与文读阳声韵的差异:桱(径)kì^{n}[kĩ^{3}],担(旱)tà^{n}[tã^{3}],杆(寒)koa^{n}[kuã^{1}],精(清)tsia^{n}[tsiã^{1}],安(寒)oa^{n}[uã^{1}],件(狝)kiā^{n}[kiã^{7}],锭(迥)tiā^{n}[tiã^{7}],官(桓)koa^{n}[kuã^{1}],晶(清)tsi^{n}[tsĩ^{1}],变(线)pì^{n}[pĩ^{3}],乡(阳)hiu^{n}[hiũ^{1}],井(静)tsí^{n}[tsĩ^{2}]。第四,白读阴声韵母与文读阴声韵母的差异:透(候)thaù[t'au^{3}],带(泰)tòa[tua^{3}],嗽(候)sàu[sau^{3}],龟(尤)ku[ku^{1}],过(过)kòe[kue^{3}],够(候)kàu[kau^{3}]。第五,白读入声韵母与文读入声韵母的差异:蟋(质)sek[sik^{4}],甲(狎)kah[kaʔ^{4}],鸭(狎)ah[aʔ^{4}],脉(麦)méh^{n}[mẽʔ^{8}],息(职)sit[sit^{4}],朴(觉)phoh[p'oʔ^{4}],截(屑)tsóeh[tsueʔ^{8}],六(屋)lák [lak^{8}],脚$_{(药)}$kioh[kioʔ^{4}]。第六,白读声化韵母与文读阴声韵母、阳声韵母的差异:姆$_{(厚)}$m^{2}[m^{2}],仓$_{(唐)}$chhng^{1}[ts'ŋ^{1}]。第七,白读声母与文读声母的差异:涎$_{(邪)}$iên[ian^{5}],吸$_{(晓)}$khip[k'ip^{4}],展$_{(知)}$phién[p'ian^{2}],莞$_{(见)}$oân[uan^{5}],嘴$_{(精)}$chhùi[ts'ui^{3}],笑$_{(心)}$chhiàu[ts'iau^{3}],梅$_{(灰)}$bôe[bue^{5}]。第八,白读阴去调与文读平声调的差异:够$_{(侯)}$kàu[kau^{3}]。以上例字均属白读音误为文读音,多数是韵母的文白差异,其次是声母和声调的差异。

其次,《厦门方言英汉辞典》中出现"白读音误为文读音"还是"文读音误为白读音"的主要原因有:第一,一百多年前的排版、校对、印刷过程中白读字右上角"°"符号有可能漏标,导致把"白读音误为文读音"的现象。第二,闽南方言文白异读系统非常复杂,有时很难辨别得清楚,有可能造成把"文读音误为白读音"。第三,西方传教士虽然十分重视厦门方言的文白异读,但在具体实践中仍尚有不够完善之处。因此,当我们在研究西方传教士方言文献的文白异读系统时,应该认真审定材料的准确性,务必逐字进行考证,而不能盲目遵从原文。

参考文献

董同龢:《汉语音韵学》,北京:中华书局,2001年。

李荣:《音韵存稿》,北京:商务印书馆,1982年。

马重奇:《明正德本〈六音字典〉"土音"研究(一)》,《古汉语研究》,2012年第4期。

〔瑞典〕高本汉著,赵元任、罗常培、李方桂合译:《中国音韵学研究》,北京:商务印书馆,1995年。

王力:《汉语音韵》,北京:中华书局,1980年。

徐通锵:《历史语言学》,北京:商务印书馆,1991年。

〔英〕麦嘉湖(John Macgowan):《厦门方言英汉辞典》(又称《英厦辞典》),伦敦,1883年。

周法高:《论切韵音》,《香港中文大学中国文化研究所学报》第一卷,1968年。

A Comparative Analysis of the Literary and Colloquial Pronunciation Systems in the *English and Chinese Dictionary of the Amoy Dialect*

Ma Chongqi Ma Ruizhe

(Minnan Normal University, Fujian Normal University)

Abstract: The English and Chinese Dictionary of the Amoy dialect, compiled by the British missionary Rev. J. Macgowan has made a detailed description of the colloquial reading and literary reading of the Amoy dialect, making a great contribution for the first time in the research of literary reading and colloquial reading. However, some of the colloquial reading are mistakenly marked as literary reading, and some of the literary reading are mistakenly marked as colloquial reading. If it is not corrected, it will cause the confusion of thinking. On the basis of the school dictionary, this paper finds out 70 cases which mistook the colloquial reading as the literary reading, 34 cases which mistook the literary reading as colloquial reading, and compare with the middle ancient sound reflected in the "Guang Yun" as well as the Mandarin pronunciation.

Keywords: 130 years ago; Minnan dialect dictionaries; literary readingand colloquial reading; Corrigendum textual research

关于汉语侗台语关系词判别的几点反思*

游 帅

(中国社会科学院语言研究所)

摘要:通过考察目标关系词在相应语言内部是否存在有规律分布的同源序列,可以对该词的来源进行初步判断。借助这一方法,对郑伟先生《释古越语"市"及相关音韵现象——兼论〈颜氏家训〉"南染吴越"的词汇表现》一文中所举的四组汉语侗台语的"关系字(词)"材料进行了考察,认为它们均属汉语固有词,并不能反映江东方言对山越语的沾染借用,并且其中"凯"、"咘"、"櫼"三例作为汉语侗台语关系词的可靠性存在欠缺。在"关系词"研究中,一要注意同源关系的考察,二要注意意义的准确对应,三要注意语音的规律对应,四要注意对方言本字的考察。

关键词:侗台语;关系词;同源关系;方言本字

一 引言

《颜氏家训·音辞》有"南染吴越,北杂夷虏。皆有深弊,不可具论"的著名论断,一直以来多被视作魏晋南北朝时期汉语与少数民族语接触事实的命题,广受学界关注。其中"南染吴越"中的"吴"、"越"并举,有学者视为包括了江东土著、百越语两方面。《汉书·地理志》"粤地"条注,"自交趾(今越南北部)至会稽(今浙江绍兴一带),七八千里,百越杂处,各有种姓。""百越"分布极广、人数众多,根据分布地区不同,已知者有"山越"

* 基金项目:国家社科基金重大项目"中国古代方言学文献集成"(16ZDA202);中国博士后科学基金第62批面上资助项目(2017M621014);中国博士后科学基金第11批特别资助项目(2018T110181)。本文写作过程得到了孟蓬生、王志平等先生的指导,谨表谢忱。文中错漏,概由本人负责。

(散居在江汉一带的越人部落)、"於越"、"瓯越"、"杨越"、"骆越"、"闽越"、"夔越"、"滇越"等多个种姓。这些不同种姓的越人,后来就发展演变成为现今各地不同名称操侗台语的各民族。

这样,"南染吴越"的命题实际也就可以进一步衍生出对侗台语与汉语关系问题的探讨。学界就该问题长期以来做了许多努力和尝试,尽管至今尚存争论,但围绕相关问题在材料搜集整理方面还是取得了不少进展。一批汉语同侗台语之间的"关系词"被发掘公布,所谓关系词,是指两种语言之间词义相同或相关,语音上有一定对应关系的词。关于汉语侗台语"关系词"所代表的这两种语言之间的关系是发生学上的同源关系,还是历史上语言的接触关系,一直以来都是学界争论的核心焦点。就侗台语而言,固有词、汉借词并存并用是较为普遍的一种现象,如果我们承认侗台语与汉语的关系是"由语言接触而形成的一种语言联盟"①,那么也就意味着我们可以暂时不用去考虑同源关系对两者关系词材料的干扰。② 事实上对于同源与借用,如果不就两种语言预先设置一种关系模式的假说,我们是很难有效展开进一步讨论的。即便一直倾向主张汉台同源观点的李方桂先生在《汉-台语》一文中也承认其文中相关的材料比较"仅仅是汉台语可能关系的一个试释",并说"我们还没有办法确定哪些词源是可以接受的,哪些不行,也没有一个判断是否是借词的标准。"③

在以上前提下,我们再去考察相应的"关系词"材料。首先要解决的问题是,这些"关系词"中哪些是汉语固有的,哪些是民族语。

理论上看,作为"关系词"所涉及的两方,它们的角色要么是借用一方,要么就是被借用一方,因而这种关系也就存在两种可能的方向。如果某一"关系词"能够被证明其原本就是一方所固有的,那么毫无疑问它所蕴含的关系方向也就可以得到明确了。判断某一关系词是否为汉语固有词,最直接有效的手段就是结合历史文献的音义考察。假设认定某关系词系汉语对民族语的借用,这种关系也就意味该词语形式在民族语中出现得比汉

---

①陈保亚:《论语言接触与语言联盟》,北京:语文出版社,1996 年,第 4 页。

②并且,我们迄今还很难找到汉语、侗台语之间真正有对应关系的同源词。根据语言同源理论,由同一母语分化而来的各语言,相互间必然要有若干相似因素,包括基本词汇的同源和相应的语法形式。倪大白(2010:60)经过调查分析认为,现有所谓汉台同源的种种根据中,只剩下单音节、词序和虚词等几项语言类型特征,而非亲属语言间本质的、内在的要素。汉语与侗台语的多项共同点并非谱系特征,不过是类型特征而已。在亲缘关系尚未明确的情况下,并不能把类型特征人为地看作决定谱系的标准。

③李方桂:《Sino—Tai》,载《Genetic Relationship, Diffusionand Typological Similarities of East and Southeast Asian Languages》,1976 年,第 237—238 页。

语早,即并非汉语固有词。对于这种形式的观点直接证实是存在极大困难的,因为民族语的历史文献十分匮乏。但相反我们拥有着海量的汉语历史文献,因而可以进行反向证伪,即通过汉语研究的多渠道证明该词为汉语固有词,本文就是试图借助汉语同族词的研究角度对"关系词"研究进行的相应切入与探索。

语言之间借用关系的一个主要形式是语词的借用,一般而言这种借用都是一种零散地、非体系性地借用,基本不会发生以词族为单位借用的情况。① 因此我们可以通过考察目标关系词在相应语言内部是否存在有规律分布的同源序列,对该词的来源进行初步判断。除此之外,方言本字问题也是我们在考察"关系词"中需要面临的一项重要问题。由于汉语方言词语中音义变化或字形改变,使得词语和字形失去了联系,这就产生了方言本字问题,如果能够借助文献材料的比较分析通过找回本字,这也将极大地有助于我们对相应关系词来源的判断。关于这些问题,我们可以试结合一些具体研究的实例逐次进行分析。

二 对材料的考察与反思

《中国语文》2018 年第 2 期刊载有郑伟先生《释古越语"市"及相关音韵现象——兼论〈颜氏家训〉"南染吴越"的词汇表现》一文,该文最后附举了数条江东方言与百越语的"关系字(词)"材料。我们现摘录其中四组具有代表性的材料讨论如下:

>①凯 * khəi^{3},《方言》卷十三:"盂谓之榼……椀谓之铫,盂谓之铫。"郭璞注:"椀亦盂属,江东名盂为凯,亦曰瓯也。蠲、玦两音。"可见江东方言的"凯"也只是"盂"义语素的标音字而已。《广韵·海韵》苦亥切。侗台语"甑子":龙州 khai^{1},仫佬 khɤe^{1},布依 zai^{1},泰语、老挝 hai^{1},拉珈 sai^{1}。擦音声母 s-/z-/ç-均由 kh-辅音弱化而来。

按:事实上"甑子"是一种蒸饭用的炊具,略像木桶,有屉子而无底。而《方言》中所举之"盂"则是一种碗一类的器具,是实底的。二者显然还是存在较大差异。即便如此,

①那么会不会存在这样一种情况:即一些民族语借词在更早的时期进入汉语后,因为经常使用,故也具有了一定的同源派生能力。我们认为是不会的,因为就汉语对民族语实际借用的普遍情形而言,基本词汇的借用情况绝少,相关借词无论是稳定性还是使用范围都相对有限,因而也就并不具备很强的同源派生能力。

我们姑且先不论“甑子”一类的器具与盂、椀之属进行的意义对比是否足够严格。郑伟先生认为江东方言的“凯”也只是“盂”义语素的标音字而已,并未对“凯”字做进一步的考察。

《方言》卷五:“盂,宋、楚、魏之间或谓之盌。盌谓之盂,或谓之铫锐。盌谓之櫂,盂谓之柯。海岱东齐北燕之间,或谓之盎。”“柯(閜)”指代“盂”一类器具的用法很早就已经出现。《荀子·正论》:“故鲁人以糖,卫人用柯,齐人用一革,土地形制不同者,械用备饰不可不异也。”这句话的意思即“鲁国人用碗,卫国人用盂,齐国人用整块皮制作的器皿。土地环境风俗习惯不同的地方,器械用具设备服饰不能不有差别。”湖北江陵凤凰山 10 号汉墓出土遣册记有:“小于(盂)一具”、“柯一具”、“赤杯三具”,在湖北荆州萧家草场 26 号汉墓出土遣策上,亦有用例。江苏仪征胥浦 101 号西汉墓出土的漆耳杯上,字则写作“苛”。又或作“閜”,《说文·门部》:“閜,大开也。从门,可声。大杯亦为閜。”《方言》卷五:“閜,桮也,其大者谓之閜。”汉李尤《杯铭》:“小之为杯,大之为閜,杯閜之用,无施不可。”柯、閜、苛属音近通假。而《方言》卷十三:“盂谓之槛……椀谓之盦,盂谓之铫。”郭璞注:“椀亦盂属,江东名盂为凯,亦曰瓯也。”

柯古音见纽歌部,凯古音溪纽微部。我们认为柯、凯系同源词,凯为柯之方言音转。可表之如下:

词头	词义	声纽	韵部
柯	盂	见	歌
凯	盂	溪	微

孟蓬生认为平行互证法是一种既适用于训诂学又适用于词源学的研究方法,它的基本公式是:

a1:a2=b1:b2=c1:c2……

这里的 a1 和 a2 等代表两个可以发生关系的音或义,也可以代表两个同源词。① 如果我们将“柯:凯”看作“a1:a2”的话,按照这一同源词的判定公式,我们则需要补充若干组它们的平行关系。

从可得声者多含大义,其他如:诃言大声,《说文·言部》:“诃,大言而怒也。从言可声。”又如舸言大船,《方言》卷九:“南楚、江、淮、湘,凡船大者谓之舸。”左思《吴都赋》:“弘舸连轴,巨槛接舻。”阿言大陵,《说文·自部》:“阿,大陵也。”嗬言大笑,《玉篇》:“嗬,

①孟蓬生:《上古汉语同源词语音关系研究》,北京:北京师范大学出版社,2001 年,第 48 页。

大笑也”等。

从岂得声之字,亦多含大之义。除“凯”之外,其他如剴,《说文·刀部》:“剴,大镰也。”又如塏,《文选》张衡《西京赋》:“处甘泉而爽塏。”李周翰注:“塏,大也。”又如磑,《文选》宋玉《高唐赋》:“振陈磑磑。”张铣注:“磑磑,山之峻大貌”。柯,古音属见母歌部;凯,古音属溪母微部。二字古音旁纽双声,韵部歌、微旁转。

我们可以将它们整理如下:

词头	词义	声纽	韵部
诃	大声	晓	歌
舸	大船	见	歌
阿	大陵	影	歌
啁	大笑	晓	歌
剴	大镰	见	微
塏	地势高	溪	微
磑	山之峻大貌	疑	微

又閜:闓

《说文·门部》:“閜,大开也。从门,可声。”同部亦有:“闓,开也。从门,岂声。”《晋书·后妃传》:“扃闓既阖,窈窈冥冥。”《方言》卷六:“开户,楚谓之闓。”而前面已举到《说文》同部亦谓:“閜,大开也。”《史记·司马相如列传》:“谽呀豁閜,阜陵别隝。”“閜”从“可”得声,古音晓纽歌部,“闓”从“岂”得声,古音溪纽微部。閜、闓二字亦当属同源关系。“柯”之于“凯”亦犹“閜”之于“闓”也。可表之如下:

词头	词义	声纽	韵部
閜	大开	晓	歌
闓	开	溪	微

从可得声与从岂得声者分别在大义、开义、盂义上构成平行例证。由此我们可据以推断表“盂”义之“凯”当属汉语固有词。该条材料并不能用来辅证江东方言对山越语的沾染借用关系,显然也就更不能视作魏晋南北朝时期“南染吴越”的词汇表现了。

②帉 ＊Phǐwən^2,《方言》卷四:“帑,大巾也。嵩岳之南,陈颍之间谓之帑。”郭璞注:“江东呼巾帉耳。”《说文》:“楚谓大巾曰帉。抚文切。”侗台语“裙子”:邕宁

phən^{5}，武鸣 vun^{3}，布依 vin^{3}，锦语 fin^{3}/win^{3}。其中武鸣等的唇齿擦音 f-/v-/w-显然都是从双唇音声母变来的。

按：帉，《说文·巾部》："楚谓大巾曰帉。"段玉裁注："帉，帉同。"《广雅·释器》："帉，巾也。"王念孙《疏证》："巾者，所以覆物，亦所以拭物"《玉篇·巾部》："帉，拭物巾。"《说文·巾部》："幡，书儿拭觚布也。"朱骏声《通训定声》："幡，即拭布也。"帉，古音滂母文部。幡，古音滂母元部。二字声纽相同，韵部文元旁转。

另《说文·糸部》："繙，繙冤也。从糸番声。"《广韵·元韵》："繙，繙帉，乱取"，《集韵·桓韵》："繙，乱也。"又《文选》马融《长笛赋》："蚡缊繙纡，缊冤蜿蟺。"李善注："蚡缊繙纡，声相纠纷貌。""蚡缊"、"繙纡"皆指声音纷乱貌。"蚡缊"亦即"纷纭"也。《广雅·释诂三》："纷，乱也。"《楚辞·招魂》："放陈组缨，班其相纷些。"王逸注："纷，乱也。"《楚辞·刘向〈九叹·远逝〉》："肠纷纭以缭转兮，涕渐渐其若屑。"王逸注："纷纭，乱貌也。""繙纡"、"繙帉"、"蚡缊"、"纷纭"，均系同源。

又《广雅·释丘》："墦，冢也。"《孟子·离娄下》："卒之东郭墦间。"焦循《正义》引程瑶田《通艺录·沟洫疆理小记》云："墦之言坟也。"

又《尔雅·释天》："祭天曰燔柴。"陆德明《释文》："燔，犹焚也。"《汉书·宣帝纪》："相燔烧以求食。"颜师古注："燔，焚也。""焚"或作"燌"，《集韵·支韵》："焚，火灼物也。或作燌。"又"燌"亦同"炃"，《集韵·恨韵》："炃，火艳。或从贲。"

故"幡"之于"帉(帉)"，犹"繙"之与"纷"，"墦"之与"坟"，"燔"之与"炃"也。其平行关系可以表示如下：

词头	词义	声组	韵部
幡	拭布	滂	元
帉(帉)	拭物巾	滂	文

词头	词义	声组	韵部
繙	乱	滂	元
纷	乱	滂	文

词头	词义	声组	韵部
墦	冢	並	元
坟	墓	並	文

词头	词义	声组	韵部
燔	焚	並	元
炃(熉)	焚	並	文

以上我们所例举的几组平行例证可以很整齐清楚地证明幡与帉的同源关系,我们在汉语层面考察"帉"的词源意义是能够呈现出很强的系统性和规律性的。因而,"帉"实际也是一个汉语固有词,并不能反映江东方言对山越语的沾染借用。而且其意义应当指代的是拭巾一类的东西,与裙子一类的意义仍有一定距离。

仅就意义对应而言,与其将表示大巾的"帉"视作所谓的"江东、百越"关系词,倒不如直接将"裙(帬)"看作汉语、侗台语的关系词。试看壮侗诸语"裙"的说法有:武鸣壮 win^3,kun^2;龙州壮 $kwen^2$;仫佬族 $kwən^2$;水语 $çən^3$;毛南 cun^2;通什黎 $ku:n^4$(汉裙),等。对应于汉语"裙"*ghǐwən 契合度反倒要更高一些。

以上两条是我们借助同源关系考察的方法回应旧说疑点的实际用例。从中总结反思,我们在相应关系词的对比工作中,尤其需要注意以下两点:其一,同源关系的考察。应借助平行互证方法积极考察目标关系词在相应语言中的同源关系情况,其核心诉求是要判断该目标词在相应语言中同源词的有无问题。对目标词同源关系考察得越全面,也就越有利于提高我们结论的可靠性,包括帮助我们排除一些个别的、偶然的非本质联系,进而为我们对具体关系词来源的判断提供更坚实的支撑。其二,意义的准确对应。如果双方意义的对比就无法做到严格可靠,那么那种语音关系上的对应显然也就不具备太多可信度,而更多的只是一种偶然相关罢了。何九盈先生在《所谓"亲属"语言的词汇比较问题》一文中也曾经举例谈到过意义对比的问题。何先生认为"人类的音节结构、语音形式总是有限的,而各语言的词汇是极为丰富的。以丰富的词汇与有限的音节相对比,即使是两种根本不同的语言,要找出词汇上的对应关系,这并不困难,因为语音形式少则相同之处必然多。所以必须要调查研究乃至制定严格的对比规则。"①这一认识当然也适用于我们的"关系词"研究。

③櫼*$xǐɛ^1$,《方言》卷五:"𧅊,陈楚宋魏之间或谓之箪,或谓之櫼,或谓之瓢。"黎语"勺子"$hwei^1$,"调羹"$hwei^1(keŋ^2)$(中央民族学院,1985:115),当与"櫼"字有关。

按:《广雅·释器》:"瓥,瓢。"王念孙《疏证》:"瓥即《方言》櫼字也。《众经音义》卷

①何九盈:《语言丛稿》,北京:商务印书馆,2006年,第76页。

十八引《广雅》作‘鬳瓜’，音羲。‘鬳瓜’从鬳声，‘𤬛’从虘声；鬳、虘并从虍声。是‘鬳’与‘虘’同声，故从‘鬳’之字或从‘虘’。《方言》注云：‘今江东呼勺为㰎，音羲。’《众经音义》云：‘江南曰瓢㰎，蜀人言蠡㰎。’《汉书·王莽传》：‘立斗献。’颜师古注：‘献，音犧。谓斗魁及杓末如勺之形也。’献从鬳声而读为犧，犹鬳瓜从鬳声而读为犧矣。”

孙诒让《札迻》卷二：“《集韵·五支》云：‘㰎，蠡也，或作欂。’陆羽《茶经》云：‘瓢，一曰犧杓，剖瓠为之，或刊木为之。晋永嘉中，余姚人虞洪入瀑布山采茗，遇一道士，云：“吾丹丘子，祈子他日瓯牺之馀乞相遗也。”犧，木杓也。’陆书‘犧’当为‘欂’之讹，亦即‘㰎’之或体。虞洪所传，正晋时江东方语也。”

丁惟汾《方言音释》：“㰎为瓠之异文，㰎古音读乎，‘乌乎’《大学》作‘於戏’，瓠亦读乎音也。”按：㰎，古音晓母歌部；瓠，古音匣母鱼部，二字旁纽双声，韵部歌鱼通转。盖㰎初多剖瓠以为之，故或写作“鬳瓜”，即今之瓢勺，又有刊木以为之者，故作“㰎”从木。“㰎”之方言本字当系“瓠”，而“瓠”早在先秦时代就已被作为常用词汇使用，《诗·小雅·南有嘉鱼》：“南有樛木，甘瓠累之。”《庄子·逍遥游》：“魏王贻我大瓠之种，我树之成而实五石，以盛水浆，其坚不能自举也。”其得名盖自食用的瓠。古代人们普遍使用掏空后的葫芦（古称“瓠”）作为盛水器，由食用变为器用，其名不变，仍称“瓠”。后来人们使用陶冶技术制作出了陶土或金属材质的酒器，因其外形似瓠，故仍取“瓠”作为称呼①。

而基于“瓠”出发，我们又可以找到一系列与之相关的同源词。《诗经·豳风·七月》：“七月食瓜，八月断壶。”毛传：“壶，瓠也。”《尔雅·释木》“壶枣”郭璞注：“今江东呼枣大而锐上者为壶。壶，犹瓠也。”郝懿行：“壶与瓠古通用。《释文》引孙云‘枣形上小下大似瓠，故曰壶’，与郭义同。”古人壶、瓠可通称。《鹖冠子·学问篇》：“中流失船，一壶千金。”《刘子·随时篇》“壶”作“瓠”。《扪虱新话》云：“壶圆而善浮，故取以济尔。……《庄子》亦曰今子有五石之瓠，以为大尊而浮之江湖。瓠与壶正是一类，其善浮尚矣。”又《说文》：“瓠，匏也。”朱骏声《通训定声》：“今苏俗谓之壶卢，瓠即壶卢之合音。”“壶卢”即今之所谓“葫芦”也，“壶”正是“葫”、“芦”二字的合音。

除此之外，据郝士宏考证，与“葫芦”音义相近者还有诸如昆仑、昆吾、昆于、梡橱、浑沦、浑沌、囫囵等②。并采齐佩瑢先生的意见认为囫囵、葫芦等均有圆转之意③。由此可推断作为“㰎”之本字的“瓠”当为汉语固有词，自然也就不应视作江东方言对山越语的

①这就像人们将金属或塑料材质的舀水器仍称为“瓢”一样。今天很多地方将炒锅一类的器具也称作炒瓢。

②郝士宏：《释壶、壹》，《古文字研究》第25辑，北京：中华书局，2004年，第297页。

③齐佩瑢：《训诂学概论》，北京：商务印书馆，2015年，第36页。

沾染借用关系的表现了。

事实上，在壮侗诸语中，黎语的“勺子”hwei^{1}，“调羹”hwei^{1}是一种相对孤立的语音形式，像“勺子”在壮语中读为 si:k^{8}，临高语中读为 sak^{8}，“调羹”在壮语中读为 tiu^{2}keŋ^{1}，布依语中读为 tɛu^{4}kɯn^{6}，水族语中读为 thja:u^{4}kən^{3}等都可以很整齐地看出是借自汉语的“勺”或“调羹”。相较于古汉语中鱼歌部合韵的大量材料及其呈现的规律性，其他壮侗诸语在“勺”或“调羹”的词义上均不存在与黎语相类似的语音形式，而欲从历史材料入手推测侗台语相应的音转规律则更是无从谈起①。

我们在对待此类情况时，尤应谨慎，不宜随意认定此类材料的关系词性质。关系词的判定很大程度上还是要取决于意义相同或相关的词根之间的语音对应关系是否存在规律性。这种规律性既应包含关系词双方音节上的对应，这是历时层面的；也应该包括语言内部的对应，换言之指需考察在该语言内部诸语之间的音节对应是否相对整齐，亦即共时层面上的对应。毕竟就现有文献资料看，很多民族语的历史无从考辨，更无法建立与古汉语相平行的音系，在这种横跨数千里、上下几千年的情况背景下，仅仅围绕一些相对孤立的现象采取简单对音的方式，存在着极强的随意性，是有很大风险的一种做法。

> ④渹（瀞）＊tʂhǐaŋ，《世说新语·排调》：“丞相以腹熨弹棋局曰：‘何乃渹！’刘既出，人问：‘见王公云何？’刘曰：‘未见他异，唯闻作吴语耳！’”《集韵》：“瀞、䁝、渹，楚庆切，冷耶。吴人谓之瀞。”可比较布依语各方言表示“冷”的语素，如兴义巴结 ɕeŋ^{4}，安龙天桥 ɕiiŋ^{4}，平塘凯西 tsian^{4}，安顺黄腊 tɕiaŋ^{4}，清镇西南 tsiaŋ^{4}，水城田坝 tɕiaŋ^{3}等（喻世长，1959:221）

按：“渹”同“瀞”。《类篇·水部》：“渹，冷也。吴人谓之瀞。瀞亦作渹。”《说文·水部》：“瀞，冷寒也。”徐灏《说文解字注笺》曰：“此与仌部清音义略同。”《广雅·释诂》：“瀞，寒也。”王念孙《疏证》亦云：“瀞与清字通。”章太炎《新方言·释天》：“福州谓寒为清，若通语言冷矣。”《墨子·节用中》：“夏服絺绤之衣，轻且清则止。”《礼记·曲礼上》：“凡为人子之礼，冬温而夏清。”郑玄注：“温以御其寒，清以致其凉。”文廷式《纯常子枝语》卷三：“余谓‘瀞’、‘渹’皆‘清’字别体也。”清，古音属清母耕部；瀞，古音属初母耕部，二字声纽同属齿音，韵部相同。“清”当即为“渹（瀞）”之方言本字。就这一认知，罗杰瑞

①王志平先生提醒，即便按照这种简单对音的思路，黎语“勺子”hwei^{1}、“调羹”hwei^{1}与“魁（羹斗）”khuəi的语音契合似乎都要比“檅”高。

也已经有过详审论述①。

此条材料中所涉之“淯(瀙)”,作为一个相对生僻的字,使得我们在解释其来源时很容易出现切入角度的偏差。然而我们需要明确的一点是,生僻字并不等同于生僻词。“淯”所代表冷寒之义在汉语内部古已有之,是一个使用非常普遍的意义。实际简单考察之后,我们可以发现“清”在冷寒意义上在汉语中存在系列同源词。关于此问题,实际张永言先生早有研究文章进行过阐发②,他从《广雅·释诂》中撷取了“沧、瀙、冷、洞、清、涇、淬”七个字(词)按照语音分为三组:

1.tʃ‘-/ts‘-:瀙、清、沧、淬

2.g‘-/γ-/k-:洞、涇

3.l-:冷

最终张先生经考察后认为《广雅》所著录的以上一系列“寒”义词,尽管从表面上看来语音歧异,但是追本返始,却是同出一源。我们认为张永言先生的以上判断是基本可信的。下面我们可以择取一例对其稍作补充论证。

如清:滄。《说文·仌部》:“滄,寒也。”段玉裁注:“此与《水部》沧音义皆同。”从冫从氵理无二致。“沧”亦同“濸”。又《广雅·释器》:“苍,青也。”《诗·郑风·出其东门》:“缟衣綦巾。”毛传:“綦巾,青艾色。”孔颖达疏:“苍即青也。”《吕氏春秋·离俗》:“而自投于苍领之渊。”高诱注:“苍领,或作青令。”“清”之于“滄”犹“青”之于“苍”。其平行关系可以示意如下:

词头	词义	声纽	韵部
清	寒也,冷也	清	耕
滄(濸)	寒	清	阳

词头	词义	声纽	韵部
青	草木绿	清	耕
苍	草色也	清	阳

又《广雅·释虫》:“蜻蛉,仓螘也。”王念孙:“此上色青者为蜻蛉。蜻蛉之言苍筤。《说卦传》:‘震为苍筤竹。’《九家易》云:‘苍筤,青也。’又转之则为桑根,桑根犹言苍筤耳。”《说文·虫部》:“蛉,蜻蛉也。从虫令声。一名桑根。”蜻蛉、苍筤同源。

①罗杰瑞:《闽语里的古方言字》,《方言》1983 年第 3 期,第 202—211 页。
②张永言:《张永言语文学论集》,上海:复旦大学出版社,2015 年,第 228—248 页。

汉王延寿《鲁灵光殿赋》:“鸿爌炾以爣阆,飂萧条而清泠。”“清泠”即清凉寒冷之意。李白《答王十二寒夜独酌有怀》:“孤月沧浪河汉清。”王琦辑注:“沧浪,犹苍凉,寒冷之意。”故“清泠”犹“沧浪”也,二者同源。

以上皆为清、滄同源的平行例证。由此我们可据以推断表示寒冷义的“渹”应当属于汉语固有词。倘一定要在汉语侗台语关系词的框架下讨论该词,我们也只能认为布依语各方言表示“冷”的语素应系借自汉语,而非早期汉语对侗台语的沾染借用。

在对待此类情况时,我们实际要首先解决的是方言本字问题。面对此类材料,借助文献材料的比较分析通过找回本字,应当说是判断相应关系词来源工作的应有之义。

三 余语

日本学者桥桥本万太郎《语言地理类型学》中曾经做过这样的表述:“农耕民型语言,由于原先并不相同的语言,逐渐被文明中心地的语言同化,因此在词汇中出现了‘奇妙’的现象:抽象词汇、文化词汇都能看出它们的一致性,而被认为不易变化的亲属关系、人体名称等方面的基本词汇反倒存在差异。”①

由此返观本文所涉及的四条材料,包括“凯”、“帤”、“櫼”三例均属于普通名物词,在经过比较考察之后,我们发现它们与壮侗诸语或在意义上无法严格对应,或在语音上的对应关系缺乏规律性,因而我们对它们作为汉语侗台语关系词的可靠性保持怀疑。而“渹”属于抽象词汇,其与侗台语表“冷”语素的对应则是符合桥本先生对汉语与侗台语关系的论述的。

综合以上讨论,我们认为在汉语与侗台语关系词研究中有以下需要注意的几点:一,应注意目标关系词在汉语同源词层面的考察;二,应注意目标关系词意义的对应是否准确;三,在语音对比时要适当注意语音的规律对应;四,在利用历史方言材料时,不可忽视对其本字的考察。

参考文献

郑伟:《释古越语“市”及相关音韵现象——兼论〈颜氏家训〉“南染吴越”的词汇表现》,《中国语文》2018 年第 2 期。

倪大白:《侗台语概论》,北京:民族出版社,2010 年。

①〔日〕桥本万太郎著,余志鸿译:《语言地理类型学》,北京:世界图书出版公司北京公司,2008 年,第 10 页。

湖北省荆州市周梁玉桥遗址博物馆:《关沮秦汉墓简牍》,北京:中华书局,2001 年。
裘锡圭:《湖北江陵凤凰山 10 号汉墓出土简牍考释》,《文物》1974 年第 7 期。
少数民族语言研究所第五所室:《壮侗语族语言词汇集》,北京:中央民族学院出版社,1985 年。
徐宝华,宫田一郎:《汉语方言大词典》,北京:中华书局,1999 年。
孟蓬生:《上古汉语同源词语音关系研究》,北京:北京师范大学出版社,2001 年。
华学诚等:《扬雄方言校释汇证》,北京:中华书局,2006 年。
丁惟汾:《方言音释》,济南:齐鲁书社,1985 年。

Reflections on the Discrimination of Relative words Between Chinese and Kam-Tai Languages

You Shuai
(Chinese Academy of Social Sciences)

Abstract: Study on four relative words chosen from *the Etymon of Fu in the Ancient JiangDong Dialect and its Phonological Explanation*, It is considered that they belong to the Chinese native words, and can't reflect the borrowing of Kam-Tai Languages by the Jiangdong dialect in the Wei, Jin, and the northern and southern Dynasties. In the study of "relation words", We should pay attention to the investigation of the homologous relationship firstly, secondly we should pay attention to the exact correspondence of the meaning, thirdly we should pay attention to the correspondence of the law of phonetics, and fourthly we should pay attention to the investigation of original dialect word.

Keywords: Kam-Tai Languages; Relative Words; Homologous Relations; The Original Dialect Word.

◎词汇学与词汇研究

说秦简牍中“徼”的含义及时空问题*

翁明鹏

（中山大学中文系、出土文献与中国古代文明研究协同创新中心）

提要：文章补充解释了秦简牍中“徼”的含义和时空问题，发现秦始皇时期的语言里只有“故徼”“故塞”“故徼外”“故塞外”“故塞徼外”却未见单独的“徼”“塞”“徼外”“塞外”的提法，这恐怕跟秦始皇大一统帝国的边界意识相比于先秦和汉代都比较薄弱或淡化有关。此外，秦代简牍中的“徼”带有“故秦国”的附加含义，《岳麓（肆）》的“徼中”是“故徼中”的省称，《岳麓（伍）》的“徼外”是“故徼外”的省称。从目前的材料看，记录“统一王朝国家边境之外”这个音义的“徼外”最早出现在张家山汉简中。

关键词：秦简牍；徼；时空问题

《岳麓书院藏秦简（肆）》（下文简称《岳麓（肆）》）公布了秦代的《亡律》，引发了学者们对秦代逃亡案例和相关术语等方面的讨论。如周海锋、欧扬两位先生就对此进行过较

* 本文是国家社科基金重大项目“战国文字诂林及数据库建设”（项目编号：17ZDA300）、国家社会科学基金项目“秦至西汉简帛文献中字形与音义关系研究”（批准号：13BYY104）和国家“2011 计划”出土文献与中国古代文明研究协同创新中心博士创新资助项目“秦简牍字词关系研究”（项目编号：CTWX2017BS029）的部分成果。拙文的写作一直得到陈师斯鹏先生的悉心指导，并得到了王博凯、谢坤、吴纪宁、黄浩波、张驰、荣德恒等先生的帮助，匿名审稿专家提出了很多宝贵的修改意见和建议，在此一并致谢！

为深入的研究，取得了一些成果。① 但是，其中仍有许多问题需要进一步研究，如"徼"的含义及时空问题。下面，笔者不揣谫陋，略陈鄙见，并就正于各位方家。

检目前所见秦简牍，用为边塞义的"徼"凡 41 例，大致出现在以下六种场合："出徼"（凡 2 例，仅见于抄写于统一前的睡虎地秦简《法律答问》中，意思是逃亡出秦国国境，秦代文献尚未之见）、"故徼外"（凡 11 例）、"故塞徼外"（凡 7 例）、"故徼"（凡 15 例）、"徼中"（凡 4 例）和"徼外"（凡 2 例），兹各举数例如次：

（1）把钱偕邦亡，出徼，得。（《睡简·法律答问》5）

（2）告人曰邦亡，未出徼阑亡。（《睡简·法律答问》48）

以上为"出徼"。

（3）唯故徼外盗，以邮行之。（《岳麓（肆）》197）

（4）故徼外蛮夷……（《岳麓（肆）》303）②

（5）皆以送道亡故徼外律论之。（《岳麓（伍）》046）

（6）诸尝战北、耎、故徼外盗不援。（《岳麓（伍）》317）

以上为"故徼外"。

（7）诱隶=臣=（隶臣、隶臣）从诱以亡故塞徼外蛮夷。（《岳麓（伍）》101）

（8）而捕道故塞徼外蛮夷来为间。（《岳麓（伍）》170）

（9）治道故塞徼外蛮夷来为间及来盗略人。（《岳麓（伍）》182）

以上为"故塞徼外"。

（10）作县官及当戍故徼而老病居县。（《岳麓（肆）》292）

（11）均地远故徼。（《岳麓（伍）》225）

（12）毋塞者曰故徼。（《里耶（壹）》8—461）

---

①周海锋：《〈为狱等状四种〉中的"吏议"和"邦亡"》，《湖南大学学报（社会科学版）》，2014 年第 4 期。周海锋：《岳麓书院藏秦简〈亡律〉研究》，《简帛研究二〇一六》（春夏卷），桂林：广西师范大学出版社，2016 年。欧扬：《岳麓秦简〈亡律〉"亡不仁邑里、官者"条探析》，《简帛研究二〇一六》（春夏卷），桂林：广西师范大学出版社，2016 年。

②此句"蛮"下一字作，整理者阙释，窃以为乃"夷"字。"蛮夷"之"夷"《岳麓（肆）》又作（简 101）、（简 102）等形，之轮廓、笔画和辞例皆与之形近，可知为"夷"字无疑。

(13)☐□□问令曰郡有故徼□□故徼☐(《里耶(贰)》9—1771)

以上为“故徼”。

(14)其得徼中。(《岳麓(肆)》100)

(15)亡徼中蛮夷,黥其诱者。(《岳麓(肆)》101)

以上为“徼中”。

(16)吏捕告道徼外来为间及来盗略人。(《岳麓(伍)》176)

(17)隶臣捕道徼外来为间者一人,免为司寇。(《岳麓(伍)》176)

以上为“徼外”。

关于“徼”,周海锋先生说:“所谓徼中蛮夷是指服从秦统治的少数民族政权管辖区,与睡虎地秦简中出现的‘属邦’性质相近;‘徼中蛮夷’依旧由蛮夷实际控制,秦朝政府并不委派官员前去管辖,这也是与‘道’最为显著的差别。徼外蛮夷与徼中蛮夷相对,指不接受秦统治的少数民族政权管辖区。故‘徼’不能单纯地解释为‘塞’,‘徼中’‘徼外’与地理上的远近或无关系,较之‘徼外蛮夷’,‘徼中蛮夷’或离秦之核心统治区域更远。‘徼中’与‘徼外’可能亦不以是否设置关塞、离秦国距离远近为主要区别特征,而以是否臣服于秦国为标志。”①今按,周先生在时间用语上比较模糊,一下说秦朝的“徼外”和“徼中”,一下又说秦国的“徼外”和“徼中”。其实,《岳麓(肆)》中根本没有表示“秦朝国家边境之外”这一音义的“徼外”。最新公布的《岳麓(伍)》有“徼外”,然其是“故徼外”的省称。“徼中”这个术语也一点不含糊,非常明确地是指统一前秦国的“故徼中”。下面我们分别来谈。

先来看“徼外”。《岳麓(伍)》中有2例“徼外”,乍一看恐怕会误以为是指“秦朝国家边境之外”,但实际上它是“故徼外”的省称。请看下列令文:

(18)捕以城邑反及非从兴殹(也),而捕道故塞徼外蛮夷来为间,赏毋律。今为令:谋以城邑反及道故塞徼外(170)蛮夷来欲反城邑者,皆以为以城邑反。(171)……吏捕告道徼外来为间及来盗略人、谋反及舍者,皆勿赏。隶臣捕道徼外来为间者一人,免为司₌寇₌(司寇,司寇)为(176)庶人。道故塞徼外蛮夷来盗略人而

①周海锋:《岳麓书院藏秦简〈亡律〉研究》,第168页。

> 得者，黥劓（劓）斩其左止（趾）以为城旦。前令狱未报者，以此令论之。斩为城(177)旦者，过百日而不死，乃行捕者赏。县道人不用此令。廷卒乙廿一。(178)隶臣捕道故徼外来诱而舍者一人，免为司＝寇＝（司寇，司寇）为庶人。其捕数人者，以□☐(179)数人共捕道故塞徼外蛮夷来为间及来盗略人、以城邑反及舍者若诇告，皆共其赏。欲相移，许之。(180)告道故塞徼外蛮夷来为间及来盗略人、以城邑反及舍者，令、丞必身听其告辤（辞），善求请（情），毋令史(181)治道故塞徼外蛮夷来为间及来盗略人、以城邑反及舍者，死辠不审，耐为司寇。(182)(《岳麓（伍）》170—171……176—182)

上述令文主要涉及四种罪名："为间""盗略人""以城邑反"及"（知有人以城邑反而）舍者"，方式均为"道故塞徼外蛮夷来"（简170），这从后面的"今为令"（简170）三字总领全部令文可以证明。因此"今为令"以下的"徼外""故徼外"和"故塞徼外蛮夷"三者互文见义，"徼外"确实是"故徼外"之省称。①

除上述"故徼外"蒙上下文可省称"徼外"之外，其余"徼外"均与"故"字结合构成"故徼外"，"故"字不出现，"徼外"也绝不单用。其中唯一一类"徼外"没有跟"故"字紧密结合而被周海锋先生误认为有单用之"徼外"的是"故塞徼外蛮夷"。其实，这是周先生把"故塞徼外蛮夷"的语法层次给分析错了。我们先用层次分析法来分析"故塞徼外蛮夷"这个短语："塞"和"徼"两个词先组成联合短语"塞徼"作为"故塞徼外蛮夷"的第一层（底层）结构，然后"塞徼"再与形容词"故"组成偏正短语"故塞徼"作为"故塞徼外蛮夷"的第二层结构，然后"故塞徼"再与方位词"外"组成偏正短语"故塞徼外"作为"故塞徼外蛮夷"的第三层结构，最后"故塞徼外"再与"蛮夷"组成偏正短语"故塞徼外蛮夷"作为"故塞徼外蛮夷"的第四层（表层）结构。因此"故塞徼外蛮夷"其实是"故塞外蛮夷"和"故徼外蛮夷"的合称，作为底层结构的语义成分"徼"不能够越级跟属于第三层结构的"外"直接组合，《岳麓（肆）》简303有"故徼外蛮夷"一语亦可证明。可见中心语"蛮夷"的修饰语是"故徼外"而非"徼外"。此外，上揭例句中还屡见"故徼"一词，里耶8——461号木方上也有"边塞曰故塞"和"毋塞者曰故徼"的用语规定，陈伟等先生注云："塞，多指边界

---

①有学者研究本令文认为"'故塞徼外''故徼外''塞徼外''徼外'是相互混用的，可能后面两种皆为前二者的省称。这种混用现象即表明，故塞徼与塞徼应该是一个意思，否则在如此严格的秦律令中，两个意涵相距甚远的名词被弄混恐怕会导致很严重的后果"，参武汉高校读简会：《〈岳麓书院藏秦简（伍）〉研读记录（三）》，简帛网2018年7月5日，http://www.bsm.org.cn/show_article.php?id=3187。今按，说"徼外"是"故徼外"的省称是正确的，但说"塞徼外"是"故塞徼外"的省称却没有依据，因为本条令文和目前所见秦简牍中均未曾出现过单独的"塞徼外"一语。

上可以据险固守的要塞。……随着秦的统一，疆域的拓展，秦原来的边塞不再是边境，故而边塞称为‘故塞’。毋塞者，指虽是边境但没设要塞可以据守。同样由于边境线的变化，没设塞的边境被改称为‘故徼’。”①在秦始皇帝国时期②的语言里“故徼”“故塞”“故徼外”“故塞外”“故塞徼外”均常见却从来不见与之相对的“徼”“塞”“徼外”“塞外”，这恐怕反映出完成统一大业的秦始皇帝国时期的边境意识相比于先秦和汉代都比较薄弱。从语言学上讲，这恐怕也说明在秦始皇时期的秦帝国眼中只有秦国“故塞”“故徼”“故徼外”“故塞外”“故塞徼外”的概念而对大一统帝国之“徼”“塞”“徼外”“塞外”的概念模糊。因为“词的意义是客观事物在人们头脑中的概括反映，这种反映通过一定的语音形式显示。换句话说，词义是用语音形式固定下来并加以体现的人们对客观事物的一种认识和评价”。③ 既然秦代人脑中对“徼”“塞”“徼外”“塞外”等概念较为模糊，我们自然就很难在他们的语言中看到相应的词。而这跟秦帝国的大一统思想有密切的联系。秦统一前中华大地上的各诸侯国均有自己的边界线和关塞，所以大家都有很强烈和清晰的“徼”和“塞”的概念，如上引睡简《法律答问》中的“出徼”指的就是已经逃离出秦国国境的一种逃亡状态。秦始皇征服东方六国和一些蛮夷统一全国之后，四海归一，天下定于一尊，于是“普天之下莫非王土”的大一统观念就被他们拿来使用了。他们主观上（或一厢情愿地）认为大一统的国家是没有边界的，那么与“故徼”相对的“今徼”或“徼”的概念自然也就很模糊不清，这从上揭秦始皇时期的《岳麓（肆、伍）》中从来不见用不带任何修饰语的“徼”来表示“秦朝边境”这一音义的语言现象以及不再出现“出徼”这一法律术语即可证明。他们主观上大概只承认秦国有边界而不承认秦帝国有边界。所以“徼”和“塞”在秦代的语言里就带有了时代特征，均指统一前秦国的“故徼”和“故塞”，简牍中加上一个“故”字恐怕只是更加明确“徼”和“塞”在秦代语言里的含义罢了。秦统一前由一些少数民族（所谓的“蛮夷”）建立的政权自成国家，秦征服他们统一全国之后，他们就被

①陈伟主编，何有祖、鲁家亮、凡国栋撰著：《里耶秦简牍校释（第一卷）》，武汉：武汉大学出版社，2012年，第158—159页。

②《岳麓（肆、伍）》抄写于秦统一后是无疑的，因为里面有大量以“事”表{事}、以“乡”表{乡}、以“予”表{予}、以“泰”表{太}等统一后习用的字词关系和“皇帝”“泰上皇”“黔首”等秦统一以后才出现的词。简文中虽然有很多秦始皇二十六年以前的纪年，但是多为“XXX年以来”的表达，不能据以说明这些简文是秦始皇统一前抄写的。譬如某高校为了提高博士生的培养质量，在2018年制定新规说“2015年以来入学的博士生必须在核心期刊上至少发表3篇论文才能毕业”，那我们并不能说这份新规是在2015年书写印发的。《岳麓（肆）》简289有“泰上皇元年以前”的句子，我们同样不能理解为这是秦庄王时期的文献。

③张联荣：《古汉语词义论》，北京：北京大学出版社，2000年，第2页。

纳入到了秦朝的统治范围内,于是他们自然就变成了“故塞徼外蛮夷”“故徼外蛮夷”和“(故)徼中蛮夷”了。

另外,秦简牍中的“邦亡”也可作为秦代边境意识模糊的证据。“邦亡”是统一前的法律术语,意思是逃离秦国国境或故地而前往他邦。邦,国也。秦统一后国家的概念当然是清晰的,那么逃离秦朝的疆域依然是“邦亡”的罪名,但我们在统一后的秦简牍中尚未发现“邦亡”一语,这也可从侧面说明秦代在主观上确实不愿意承认有其他与之敌对称雄的国家存在。战国时期七国各自争霸称雄,秦国不论从主观上还是从客观上都无法否认这个事实。但是秦横扫六国之后,他们成为了中华大地上的唯一主宰,自然就可以独自称雄了。

此外,从秦始皇诸刻石的内容我们也能隐约看到秦朝国家边界观念模糊和淡化的事实。请看以下石刻文字:

(19)讨伐乱逆,威动四极,武义直方。……乃今皇帝,壹家天下。(峄山刻石)

(20)皇帝临位,作制明法,臣下修饬。二十有六年,初并天下,罔不宾服。亲巡远方黎民,登兹泰山,周览东极。(泰山刻石)

(21)普天之下,抟心揖志。……皇帝之明,临察四方。……皇帝之德,存定四极。……六合之内,皇帝之土。西涉流沙,南尽北户。东有东海,北过大夏。人迹所至,无不臣者。……今皇帝并一海内,以为郡县,天下和平。(琅邪台刻石)

(22)威燀旁达,莫不宾服。烹灭强暴,振救黔首,周定四极。普施明法,经纬天下,永为仪则。(之罘刻石)

(23)武威旁畅,振动四极,禽灭六王。阐并天下,甾(灾)害绝息,永偃戎兵。皇帝明德,经理宇内,视听不怠。(东观刻石)

(24)地势既定,黎庶无繇,天下咸抚。(碣石刻石)

(25)圣德广密,六合之中,被泽无疆。(会稽刻石)①

今按,这些刻石屡言“四极”,如“威动四极”“存定四极”“周定四极”“振动四极”等,“极”就是极致、尽头,“四极”就是四方之尽头,即无所不包也。先秦习惯以四至的形式来描述一块地盘的大小,如西周恭王时期的《五祀卫鼎》说“氒(厥)逆(朔)疆眔厉田,氒(厥)东疆眔散田,氒(厥)南疆眔散田,眔政父田,氒(厥)西疆眔厉田”②,“眔”就是及、至

①以上刻石内容参王辉、陈昭容、王伟:《秦文字通论》,北京:中华书局,2016 年,第 98—102 页。

②马承源主编:《商周青铜器铭文选(三)》,北京:文物出版社,1988 年,第 131 页。

的意思;《左传·僖公四年》记齐桓公描述齐国可征伐之范围云“东至于海,西至于河,南至于穆陵,北至于无棣”①,《国语·齐语》记述齐桓公正其封疆也说“地南至于岱阴,西至于济,北至于河,东至于纪酅”②;秦国封宗邑瓦书云“北到于桑匽之封”③;汉代人司马迁在描述秦朝疆界时说“地东至海暨朝鲜,西至临洮、羌中,南至北向户,北据河为塞,并阴山至辽东”(《史记·秦始皇本纪》)④。而上引秦朝琅邪台刻石的那段话除了用“四极”“六合”等表示无所不包的表述外,它在描述秦代疆界时并不用“罙”“至”“到”这些比较明确的字眼而改用“涉”“过”这种模糊的词。“西涉流沙”的含义并不是“西至流沙”,而是渡过流沙河还要往西的意思。“北过大夏”也并不是“北至大夏”,而是越过了大夏还要往北。同样是对秦朝疆域的描述,秦代人与汉代人用词显然不同,这足以说明他们在国家边界意识上的差异。“人迹所至,无不臣者”更说明了只要有人到的地方都是秦帝国的统治范围。

综上所述,秦国文献中“徼”与“塞”义近,本就是指边塞,即国家边境。进入秦代后,它们带上了“故秦国”的附加含义,指的是故秦国的边境而非秦王朝的边境。

但是到了汉代以后,这种情况发生了巨大变化。请看下列文献:

(26)徼外人来入为盗者,要(腰)斩。(张家山汉简《二年律令·盗律》61)

(27)然而楚王恃战胜自强,汉王收诸侯,还守成皋、荥阳,下蜀、汉之粟,深沟壁垒,分卒守徼乘塞。(《史记·黥布列传》)

(28)朝鲜王满,故燕人也。……秦灭燕,属辽东外徼。汉兴,为其远,难守,复修辽东故塞,至浿水为界,属燕。燕王卢绾反,入匈奴,满亡命,聚党千余人,魋结蛮夷服而东走出塞,渡浿水,居秦故空地上下障。……会孝惠、高后时天下初定,辽东太守即约满为外臣,保塞外蛮夷,毋使盗边;蛮夷君长欲入见天子,勿得禁止。……传子至孙右渠,所诱汉亡人滋多,又未尝入见,真番旁众国欲上书见天子,又拥阏不通。元封二年,汉使涉何谯谕右渠,终不肯奉诏。何去至界上,临浿水,使御刺杀送何者朝鲜裨王长。即渡,驰入塞,遂归报天子曰“杀朝鲜将”。上为其名美,即不诘,拜何为辽东东部都尉。朝鲜怨何,发兵攻袭杀何。天子募罪人击朝鲜。其秋,遣楼船将

①杨伯峻编著:《春秋左传注(修订本)》,北京:中华书局,2009年第3版,第290页。

②徐元诰撰,王树民、沈长云点校:《国语集解》,北京:中华书局,2002年,第232页。

③陈炜湛、唐钰明编著:《古文字学纲要(第二版)》,广州:中山大学出版社,2009年第2版,第201、244页。

④〔汉〕司马迁撰,〔宋〕裴骃集解,〔唐〕司马贞索隐,〔唐〕张守节正义:《史记》,北京:中华书局,2014年,第308页。

军杨仆从齐浮勃海;兵五万人,左将军荀彘出辽东:诛右渠。(《史记·朝鲜列传》)(秦王政二十五年攻打辽东,得燕王喜)

(29)南至牂牁为徼。(《史记·司马相如列传》)

(30)邓通免,家居。居无何,人有告通盗出徼外铸钱。(《汉书·佞幸传》)

(31)外及匈奴、西域,徼外蛮夷,皆即授新室印绶,因收故汉印绶。(《汉书·王莽传》)

(32)及安帝元初中,日南塞外檀国献幻人,能变化吐火,自支解。又善跳丸,能跳十丸。其人曰:"我海西人。"则是大秦也。自交州外塞檀国,诸蛮夷相通也;又有一道与益州塞外通大秦。人皆粗长大平正,若中国人,故云外国之大秦,而其国常自言是中国一别。(《后汉纪·孝殇皇帝纪》)

(33)日南徼外蛮夷献白雉、白兔。(《后汉书·光武帝纪》)

(34)辽东徼外貊人寇右北平、渔阳、上谷、太原。(《后汉书·光武帝纪》)

(35)蜀郡徼外羌率种人遣使内附。(《后汉书·孝和孝殇帝纪》)

(36)永昌徼外僬侥种夷贡献内属。(《后汉书·孝安帝纪》)

(37)九真徼外夜郎蛮夷举土内属。(《后汉书·孝安帝纪》)

(38)日南徼外叶调国、掸国遣使贡献。(《后汉书·孝顺孝冲孝质帝纪》)

上揭文献中"徼外""徼""出塞""塞外""徼外蛮夷""某地+徼外+种族或国家"等用语开始频繁出现,这与秦代多见"故徼""故塞""故徼外""故塞外""故塞徼外"而暂时不见"徼""塞""徼外""塞外"的情形形成了鲜明对比。通过秦统一前、秦、汉、魏晋的这些文献我们可以清楚地看到"徼""塞"含义的演变。"徼"在统一前秦文献中指秦国的边界,因为与秦国同时存在的还有东方六国,秦国还不是天下的主宰。进入秦帝国之后,由于受到大一统思想的影响,秦代人主观上或一厢情愿、自以为是地认为普天之下莫非王土,人迹所至皆为秦地,国家的边界概念自然就模糊和淡化了,反映在语言中便是尚未见"徼""塞""徼外""塞外"而多见"故徼""故塞""故徼外""故塞外""故塞徼外"等的说法。到了汉代,随着大一统国家的边境意识逐渐清晰和强化,"徼"开始频繁地记录"统一王朝的国家边境"这一音义,这应该是汉朝对周围世界认识的扩大(如知道西域的存在)以及与周边政权力量对比发生变化(如匈奴的逐渐强大)的结果。

下面来谈"徼中"。"徼中"皆见于《岳麓(肆)》,凡 4 例,均不加"故"字。乍一看,"徼中"也容易被误解为"秦代国家边境以内"。其实,"徼中"亦并非指当时秦帝国的边境以内而是指秦国的边境以内,它是和"故塞徼外""故徼外"相对的一个法律术语。请看下列律文：

(39)☑□主，不自出而得，黥颜頯，畀其主。之亡徼中蛮夷而未盈(099)岁，完为城旦舂。奴婢从诱，其得徼中，黥颜頯；其得故徼外，城旦黥之；皆畀主。(100)诱隶＝臣＝(隶臣、隶臣)从诱以亡故塞徼外蛮夷，皆黥为城旦舂；亡徼中蛮夷，黥其诱者，以为城旦舂；亡县道，耐其诱者，以为隶臣。(101)道徼中蛮夷来诱者，黥为城旦舂。其从诱者，年自十四岁以上耐为隶臣妾，奴婢黥颜頯，畀其主。(102)……(缺简)……颜頯，其得故徼外，城旦黥之，皆畀主。(103)(《岳麓(肆)》099-103)①

律文中简100的“徼中”和“故徼外”对立，简101的“徼中”和“故塞徼外”对立。虽然简102的“道徼中蛮夷来诱者”因其后缺简而不能找到对应之语，然《岳麓(伍)》中却有“道故徼外来诱”(简179)可资对照。可见《岳麓(肆)》中其实并没有“徼中”和“徼外”对立的情况。如果把秦始皇时期语言里的“徼”理解为“秦朝的国家边境”，那么“徼中”的反义词显然只能是秦朝的“徼外”而不能是秦国的“故徼外”或“故塞徼外”。而如果“徼中”的反义词是“故徼外”或“故塞徼外”，那么“徼中”就只能理解成秦国的“故徼中”。只是因为“徼中”与“故徼外”或“故塞徼外”总是作为一组反义词同时出现，于是它就可以省称“徼中”了。这与《岳麓(伍)》的“故徼外”可省称“徼外”一样完全符合语言的经济原则。同时，这也再一次说明了“徼”在秦代语言里已经带有了“故秦国”的附加含义。以此推测，简099有“徼中蛮夷”，那么它前面所缺的内容当中应该也有“故徼外蛮夷”或“故塞徼外蛮夷”。简102的情况与简099相似，它的后面缺简，所缺的内容当中应该也有“故徼外蛮夷”或“故塞徼外蛮夷”。简103有“其得故徼外”，它的前面缺简，所缺的内容当中照例应该有“其得徼中”。

综上，笔者运用出土和传世文献的材料补充解释了秦简牍中“徼”的含义及时空问题。我们从秦始皇时期的语言里只见“故徼”“故塞”“故徼外”“故塞外”“故塞徼外”而未见单独的“徼”“塞”“徼外”“塞外”出发，对照汉代语料中“徼”的用法，认为秦始皇时期的“徼”并不用来记录“秦代国家边境”这一音义，而是用来表示“秦国国境”，我们推测这跟完成统一大业的秦始皇帝国的边境意识相比于先秦和汉代都比较薄弱或淡化有一定的关系。而到了汉代，“徼”就用来表示“汉王朝国家边境”这一音义了，这应该是汉朝对周围世界认识的扩大(如知道西域的存在)以及与周边政权力量对比发生变化(如匈奴的逐渐强大)的结果。

①简099—简100的编联是有问题的，笔者拟另文讨论。另，律文中的“颜”本作“顔”，文中用宽式隶定。

当然,我们目前见到的秦代简牍资料只是冰山一角,上文也只是根据现有的语料做出的一些推测和判断,所述是否正确,还需更多新出土秦文献资料的佐证。

2018 年 4 月 25 日初稿
2018 年 8 月 26 日二稿
2018 年 11 月 8 日三稿

Discussion on the Meaning and Space-time Issues of the Term"Jiao"(徼) in the Qin Bamboos

Weng Mingpeng
(Sun Yatsen University)

Abstract: This essay supplemented and interpreted the meaning and space-time issues of the and "Jiao"(徼) in Qin Bamboos. In my study, I discovered that we can only find terms such as "Gujiao"(故徼), "Gusai"(故塞), "Gujiaowai"(故徼外), "Gusaiwai"(故塞外), "Gusaijiaowai"(故塞徼外) which all meant "the former borders of Qin kingdom" but no contemporary borders like "Jiaowai"(徼外) in the texts of Qin Shihuang period. I suppose that this phenomenon genuinely related to the weaker border conception the centrism Qin authority hold. Furthermore, the term "Jiao"(徼) in all Qin bamboos had a extra meaning of "former Qin kingdom", for examples, "Jiaozhong"(徼中) in Yuelu Bamboos IV and "Jiaowai"(徼外) in Yuelu Bamboos V are both abbreviations for "former borders". Based on the available data, the earliest "Jiaowai"(徼外) with record the meaning of "out of the unified dynasty state's border" we can find was in the Zhangjiashan Han Bamboos.

Keywords: Qin bamboos; "Jiao"(徼); Space-time issues.

黄巢诗与联句的语言密码*

曾　思

（四川大学文学与新闻学院）

提要：传说黄巢所作的《题菊花》诗及其联句，最早记载于南宋后期的文献《贵耳集》中，这也是宋朝唯一的记载。此诗和联句的语言，留下了太多宋朝习用语的痕迹。“蕊寒”“香冷”“一处开”“总首”“赭黄衣”等词和短语，大都是宋朝诗人惯用的意象语言。在唐朝及先唐文献中，“蕊寒”“总首”以及“一处开”等词语搭配，全无用例；“香冷”指向花，只有一例，且非菊花；“赭黄衣”也仅有一例，出现于不易流传的僻见书籍中。一个五岁的儿童，能首创出如此多的艺术语言，这在古代有记载的早慧儿童之中，绝无仅有。语言密码的破译，诸多的关联得出一个结论：它们不可能是唐人黄巢之作。

关键词：黄巢；《题菊花》；蕊寒香冷；总首；《贵耳集》

一

黄巢《题菊花》诗，现代颇获赞誉。论者公认是一首立意新颖，托物言志的好诗。今据《全唐诗》①，录全诗如下：

飒飒西风满院栽，蕊寒香冷蝶难来。他年我若为青帝，报与桃花一处开。

＊本文为四川大学研究生科研创新基金项目“古代韵文辞例研究”（项目号：2018YJSY025）的阶段性成果。

①本文所引唐诗、宋诗、宋词未注明版本者，分别引自《全唐诗》，北京：中华书局，1960年。《全宋诗》，北京：北京大学出版社，1991年。《全宋词》，北京：中华书局，1991年。因涉及篇目较多，恕不一一注明页码。

众所周知,黄巢是唐朝末年很有影响的历史人物。此诗相传是黄巢五岁时所作。关于此诗及其背后的传说,最早记录于南宋后期张端义《贵耳集》一书中①。

前人对此有附和者,也有质疑者。今本《贵耳集》的出版说明中,认为此诗“表达了一种人民的襟怀,要为人民大众带来自己的春天,这就不是站在封建统治阶级立场的文人所能写的”②。有的学者认为,这是黄巢少年时所写的作品,如丁芒(1991:363);吴小林(1999:1093)等。有的学者则宽泛地说,这是黄巢起义前所作,如韩兆琦(1993:616)等。这些意见虽然有分歧,但有一点是一致的,即都认为是黄巢的作品。尽管他们存有疑惑,但都相信诗作为真。然而这些论说都忽略了逻辑关联,回避了一个至关重要的论据问题。即此诗的本事,都围绕着五岁孩子的诗作这一中心展开。仅仅怀疑,便无限地推测其作诗时间的可能性,不能证明它不是五岁孩子之作,难以服人。

钱锺书先生在《容安馆札记》中说到:“此诗不见南宋以前记载。以洪景庐《唐人万首绝句》之买菜求益,而亦未采及黄巢只字,其为伪托,不问可知”③。钱先生之说有理,可惜没有留下论述证明的文字。刘美崧认为这首诗并非黄巢所作,推断其为伪作④。遗憾的是,刘文的分析论证存在问题。这些结论仍然是建立在“推论”的基础上,难以被学界认同,以至于此诗至今仍在流行的教科书中,被广泛采用。

二

要想从根本上解决黄巢《题菊花》诗的问题,需要实证,而不是推论。破译其语言密码,是探求真相的直接且重要的途径。

诗歌创作中,意象具有传承性。在语言习惯的影响下,对于诗人来说,意象的传承还会成为集体记忆,写作过程中,无意识地就写进了自己的诗篇之中。从历史语言学的角度考察,一位诗人的作品,一首诗作,密码都在一定的年代之中。切入的角度正确,方法得当,破译密码并不困难。

“蕊寒香冷蝶难来”的“蕊寒”一词,表现诗人的主体性很强。花蕊本没有寒热的感觉,是诗人移情于物。要想使用这样的意象语词,没有较深的艺术修养,是不可能写出

①《全唐诗》中的《题菊花》诗与《贵耳集》所载,末句有两字异文,不过并不影响论证。

②〔宋〕张端义:《贵耳集》,北京:中华书局,1959 年,第 2—3 页。

③钱锺书:《钱锺书手稿集 · 容安馆札记》(第二册),北京:商务印书馆,2003 年,第 1385 页。

④刘美崧:《〈题菊花〉等三首诗是黄巢写的吗?——兼谈对“冲天”的理解》,《江西社会科学》,1981 年第 2 期,第 88—93 页。

的。在此之后，将“蕊寒”二字连文使用的诗句，是宋朝韩琦《重阳二首·其一》：“一天秋色清吟笔，万蕊寒香发醉颜。”不过从韩诗的语词组合与节奏来看，两个词不是紧密的结合，而是把“万蕊”“寒香”分别作为一个意义单位使用。到了南宋，朱熹《墨梅》：“梦里清江醉墨香，蕊寒枝瘦凛冰霜。”这是将“蕊寒”作为独立的意象语词在使用，而且“蕊寒香冷”和“蕊寒枝瘦”的形式结构、平仄交替完全相同。如果说二者的诗语意象有传承关系，那么究竟是朱熹在承袭黄巢，还是“黄巢”暗学朱熹？黄巢是圣人朱熹眼中的“盗贼”，朱熹会学或潜意识地传承吗？换一个角度来看，假如晚于朱熹的某文人学此，或潜意识中承袭，那么受文化名人榜样的影响熏陶，就是顺理成章的了。《贵耳集》的作者是晚于朱熹的文人。

“蕊寒”一词被大量使用，正是始于南宋。如管道昇《画梅》：“雪重琼枝嫩，霜浓玉蕊寒”①，也用于写梅。喻良能《次韵季野弟蜡梅》：“蕊寒金粉腻，香重麝脐开。”在此后的诗词中，传承不绝。还应指出，“蕊寒”后再连两字主谓结构而成的并列短语结构，也常见于南宋。因此，合理的解释只有一个，即黄巢诗“蕊寒香冷”的语言现象，应该产生于南宋朱熹诗作之后。

“香冷”一词，唐诗中虽然有几例，但是用于花的，唯有朱庆馀《早梅》：“艳寒宜雨露，香冷隔尘埃”，而其他诗例，皆用于指佛寺香火或居家的香炉之冷。例如许浑《晨起二首·其一》：“蕲簟曙香冷，越瓶秋水澄。”可见唐朝以前，甚至是整个唐朝，花之“香冷”，都并非是主流的习用语。可是到了宋朝，使用情况大不相同。“香冷”被用来描写各种花。例如北宋寇准《池上秋书》：“霜叶声干飘夕照，露荷香冷泣秋风”，用于荷花。韦骧《和董公肃十日菊二首·其二》：“香冷朝犹盛，人疏势可嗟”，用于菊花。黄庭坚《丙寅十四首效韦苏州·其六》：“江梅香冷淡，开遍未全疏”，用于梅花。南宋之例，就更多更广了。方岳《将入仙都》：“苦作春阴愁又绝，蕙花香冷雨疏疏”，用于蕙花。陈杰《得菊花绝黄》：“谁与凛秋料理悲，木樨香冷未梅时”，用于木樨花。宋词之中，多不胜数。例如向子湮《卜算子》：“梦绕阳台寂寞回，沾袖余香冷。”姜夔《暗香》：“但怪得、竹外疏花，香冷入瑶席。”元明清三朝的诗词中，写花之香冷者极多，而且水仙、莼花等其他花也有用“香冷”之例。如果说“黄巢”诗中的“香冷”，是宋代语言文化氛围的产儿，自然是合情合理的。

寇准继承了朱庆馀花之“香冷”的意象，将其移用于荷花。金秋荷叶残败，偶尔能见到零星的几朵荷花，但已不复盛夏的风姿，面对即将谢幕的生命，纵然还有断断续续的香气飘来，也都是“冷”的，随风消散的。“香冷”用于花，在宋朝的使用频率剧增，是受到了

①胡晓明主编：《历代女性诗词鉴赏辞典》，上海：上海辞书出版社，2016年，第222页。

寇准诗句的影响。南宋赵蕃《十月见菊二首 · 其一》“黄花狼籍晚犹香,冷蝶频来著意忙”,此诗与“黄巢”诗都是写菊花,用词造句和意境何其相似!

“香冷”在宋朝成为诗家用语之后,还产生了背离本义的变化。例如姜夔《念奴娇 · 闹红一舸》:“嫣然摇动,冷香飞上诗句。”微风拂过,荷花摇动,犹如佳人嫣然一笑,清香的花有意识地飞入诗句之中。姜夔不再用“香冷”写花之余香、残香一类衰退的意象,奇思妙语地用“冷香”表达盛放时的花之清香。

“一处开”这样的组合搭配,在唐诗及先唐诗中全无用例。这一组合搭配,看上去虽然通俗易解,实则很有诗味。除此诗外,宋末元初仅有一例,即宋无《二乔卷》:“汉宫早有君王见,金屋须教一处开。”此后为明清诗人沿用。假如从南宋后期开始使用这一组合结构,那么元明清都有,传承不断,符合诗歌语言意象传承的规律;相反,如果是始于黄巢诗,那么从五代到整个宋朝的三百多年之中,并无一例,则是失传,这不符合诗歌语言意象的传承规律。

再看“飒飒”,唐诗用得很多,但这个联绵词的表意种类颇为复杂,用于与秋风关联者少。用作象声词时,例如李商隐《无题四首 · 其二》“飒飒东风细雨来,芙蓉塘外有轻雷”,用于春风。杜甫《乾元中寓居同谷县作歌七首 · 其五》“四山多风溪水急,寒雨飒飒枯树湿”,用于寒雨。李颀《听董大弹胡笳声兼寄语弄房给事》“迸泉飒飒飞木末,野鹿呦呦走堂下”,用于泉水。“飒飒”指疾速的样子,例如杜甫《石龛》:“奈何渔阳骑,飒飒惊烝黎。”“飒飒”指衰老的样子,例如杜甫《承沈八丈东美除膳部员外阻雨未遂驰贺奉寄此诗》:“徒怀贡公喜,飒飒鬓毛苍。”“飒飒”用霜色比喻发须,这与后来乃至如今的习用语义相差甚远。

但“飒飒”在宋诗中,指向秋风寒冷者极多,成为了习用的词义。例如刘翼《癸卯十月同林子宜拜扫先师乐轩墓因和南谷寺壁间韵》:“秋风飒飒已华颠,男女犹赊嫁娶钱。”许棐《秋风辞》:“飒飒秋风来,衣衾愁未整。”该词在北宋的使用尚已如此,南宋诗歌中更是不胜枚举。例如程公许《寿制使董侍郎》:“秋云阴阴压边城,秋风飒飒飞边尘。”陆游《公无渡河》:“秋风飒飒兮纸钱投波,从公于死兮下饱蛟鼍。”

至于“飒飒西风”这个组合,先唐无例,唐五代罕见。仅有南唐李中一例,其《秋日途中》:“疏林一路斜阳里,飒飒西风满耳蝉。”宋朝以后的用例增多,例如傅察《七月二十五日登舟》:“飒飒西风如送客,萧萧晚雨欲留人。”李正民《中秋对月》:“飒飒西风破残暑,迢迢银汉泻长空。”这样的组合搭配,时代的痕迹很深。

一首七言绝句28个字,使用的词语数量有限。这一首诗中,除去诗人们惯用的“满院栽”“难来”“他年”“桃花”等通俗的语词之外,还能剩下多少词语可供分析考证?既然有如此多的词语、词语组合搭配的习惯密码,都透露出它并非唐诗,极有可能是宋诗的语言信息,那么它与黄巢所作或黄巢同时人伪托的结论,支持的可信度还剩几分?

三

与此诗同一出处的,还有黄巢的联句。语言现象也关联紧密,完全形成了连锁的证据。兹引原文于下:

> 黄巢五岁,侍翁、父为菊花联句。翁思索未至,巢信口应曰:"堪与百花为总首,自然天赐赭黄衣。"①

联句也是诗歌的一种形式。这里的两句,也同于平仄和谐的格律诗句。

其中的"总首",是最有力的论据,甚至可以一语破的,揭露黄巢作品的真相。总首是统领、头领之义,不难理解。按理说,这个词语很难做语言断代的考察,没有太多研究的价值。但是,唐朝及先唐的任何文献,都没有留下使用的痕迹。这个语词出现于五代后期,流行于宋朝,南宋时期,尤其活跃。例如《太平广记·卷二百七十》引王仁裕《玉堂闲话》,记后梁末年事"乃泣拜其总首,且告其夫适遭屠戮之状。总首闻之,潜召其徒,据时执缚,唯一盗得逸"②。五代仅此一例。由北宋入南宋的徐梦莘《三朝北盟会编·卷二百三十五》:"水寨乡兵总首陈彦等二百人"③。李心传《建炎以来系年要录·卷一》:"更相推立总首,保守疆土"④。既然"总首"一词的上限不超过五代后期,那又怎么会是出自唐人黄巢之口呢?

此外,"赭黄衣"一词,唐诗没有一例,唐朝以前也都没有用例。"赭黄袍"唐初有用例,但是很快就不用了。《旧唐书·舆服志》记太宗时,"其常服,赤黄袍衫"⑤。《新唐书·车服志》:"至唐高祖,以赭黄袍、巾带为常服。……既而天子袍衫稍用赤、黄,遂禁臣民服"⑥。宋人李上交《近事会元》专设一条"帝王服赤黄袍衫",转述之后,云:"唯以黄袍

---

①〔宋〕张端义:《贵耳集》,第68页。

②〔五代〕王仁裕:《玉堂闲话》,《五代史书汇编》,杭州:杭州出版社,2004年,第1877页。

③〔宋〕徐梦莘:《三朝北盟会编》,上海:上海古籍出版社,1987年,第1687页。

④〔宋〕李心传:《建炎以来系年要录》,北京:中华书局,1985年,第27页。粗略统计,此书中"总首"的使用频率高达9例。

⑤〔后晋〕刘昫等撰:《旧唐书》(第六册),北京:中华书局,1975年,第1938页。

⑥〔宋〕欧阳修等撰:《新唐书》(第二册),北京:中华书局,1975年,第527页。

及衫,后渐用赤、黄,遂禁士庶不得以赤、黄为衣服杂饰”①。语言习惯约定俗成,虽然“袍”“衣”只有一字之差,却犹如楚河汉界之别。唐代不称衣,惯例如此,而且诸如赭黄服、赭黄装、赭黄裳一类词,唐朝都不用。这如同今天我们称 T 恤、T 恤衫,但却通常不说 T 恤衣、T 恤裳。

“赭黄衣”在诗中始见于五代和凝《宫词百首》,其中有两例,分别是“御楼初见赭黄衣”“应缘认得赭黄衣”。黄巢死后十几年,和凝才出生,不可能是黄巢受到和凝诗的影响而作。北宋时,“赭黄衣”的称谓通行。王珪《宫词》:“焚香重熨赭黄衣,恐怕朝阳进御迟。”欧阳修《夫人阁五首·其四》:“皎洁冰壶清水殿,三千争捧赭黄衣。”北宋以后的类书、诗话、笔记杂著等广为转引这些作品,而内容本身又都是诗词。

有一例唐人使用“赭黄衣”的文字须注意,即姚汝能《安禄山事迹·卷下》:“庆绪使人三十里外,将赭黄衣以送思明”②。《新唐书·艺文志》著录了姚书,《旧唐书·经籍志》无。北宋初年官修的《太平御览》《太平广记》都无征引,特别是《太平广记》,书中征引了有关安禄山故事的很多唐五代文献,类型颇杂,却没有引《安禄山事迹》一处。既然北宋初年的大学者群体都没见过这本书,可见该书在北宋以前名声不广,流传受限。这符合唐代后期雕版印刷书籍并不普及的历史背景。姚汝能并非名人,此书也非儿童诵读所必须。黄巢有何特殊能力熟读此书,还将语词转换到诗歌的创作之中?其次,姚书在宋代书籍广为刻印的过程中,刻字工匠等有可能受时代习惯称谓的影响,将“赭黄袍”改成“赭黄衣”。再则,即使文字没有问题,也仅是唐代孤证,而其他的语言密码指向,都不认同是唐朝的作品,这一孤证还有什么用处呢?此外还有五岁儿童、格律平仄、主题、意境等方面的疏离排斥,可以说它完全失去了作为反证的论据支撑。

黄巢诗及联句的语言密码已解,现在可以得出结论:它们不可能是唐人黄巢的作品。

四

既然已经辨明“它们不可能是……”,应该到此为止了。然而不妨再比较一下幼儿创作的可能与不可能。

黄巢不可能五岁就写出如此优秀的诗歌和联句,就目前古代有记载的早慧儿童的创

①〔宋〕李上交:《近事会元》,《景印文渊阁四库全书》(第八五〇册),台北:台湾商务印书馆,1986 年,第 257 页。

②〔唐〕姚汝能:《安禄山事迹》,曾贻芬校点,上海:上海古籍出版社,1983 年,第 41 页。

作,历史上没有一个五岁儿童“可能”。黄巢没有条件和能力可以例外。

远则不引,且看唐宋。有关儿童早慧的记录不少,但是,唐宋时没有一个早慧的儿童能够在五岁时完成优秀诗歌等创作。《新唐书》记载杜甫上赋颂时自述:“自七岁属辞,且四十年”。《宋史》记录晏殊“七岁能属文”,这是很多人知道的“神童”。《金史》记载元好问“七岁能诗”。不过这些取得了文学创作辉煌成就的名人,文献中也没有记载他们七岁时写的究竟是怎样的文和诗,或许只是语句通顺的一段话,押韵的顺口溜一类作品,那也实在没有记载的必要。但是,黄巢的却有清楚完整的记录。另外,需要注意的是,史书中只是记载这些儿童“能”诗文,不是“善”“擅”诗文。文献记录中,留下了早慧儿童创作的具体内容的,最著名的一例可能是寇准的事例。曾慥《类说》卷五十七引《陈辅之诗话》说:“寇莱公八岁吟华诗云:‘只有天在上,更无山与齐。’”①这两句诗,意思清楚易懂,不合格律,没有成熟的谋篇布局,符合学养不厚的儿童作品的特点,与“黄巢”之作的用意深刻大不相同,而且此诗的作者寇准已经八岁,不是五岁。

偏偏宋朝有五岁儿童作诗,就是假托的方仲永神话,可是经王安石认真检验,失实的神话故事就解体了。《贵耳集》的作者张端义由此受启发,也刻意神化黄巢。卷中记载了另一条黄巢的奇闻。原文如下②:

> 盗亦有道。黄巢后为缁徒,曾住大刹。禅道为丛林推重。临入寂时,指脚之下,有“黄巢”二字。

如此明显的荒诞神说,与诗句的虚构假托同源。

参考文献

〔宋〕张端义:《贵耳集》,北京:中华书局,1959年。

〔清〕永瑢等撰:《四库全书总目提要》(第二十三册),上海:商务印书馆,1931年。

丁芒:《丁芒诗论》,南京:江苏文艺出版社,1991年。

傅璇琮等编:《中国诗学大辞典》,杭州:浙江教育出版社,1999年。

韩兆琦主编:《文史英华·诗卷》,长沙:湖南出版社,1993年。

刘美崧:《〈题菊花〉等三首诗是黄巢写的吗?——兼谈对“冲天”的理解》,《江西社会科

①〔宋〕曾慥:《类说》,《景印文渊阁四库全书》(第八七三册),台北:台湾商务印书馆,1986年,第996页。〔宋〕祝穆:《古今事文类聚》卷四十六“八岁”条引寇准此诗时,“华”字下有“山”字。

②〔宋〕张端义:《贵耳集》,第39页。

学》,1981 年第 2 期。
钱锺书:《钱锺书手稿集·容安馆札记》(第二册),北京:商务印书馆,2003 年。

The Language Code of Huang Chao's Poetry

Zeng Si
(Sichuan University)

Abstract: The earliest record of Huang Chao's *Tijuhua*(题菊花) and the joint poem sentence was *Gui'erji*(贵耳集), which was published in the late Song Dynasty. This book was the only record of Huang Chao's poetry in Song Dynasty. There were too many traces of language in this poetry and the joint poem sentence, which were the idioms of the Song Dynasty. Most of the words and phrases were the Song Dynasty's image languages, such as *Ruihan*(蕊寒), *Xiangleng*(香冷), *Yichukai*(一处开), *Zongshou*(总首), *Zhehuangyi*(赭黄衣) and so on. In the Tang Dynasty and the pre Tang, there was no example of *Ruihan*(蕊寒), *Zongshou*(总首), *Yichukai*(一处开) in the poems. There was only one example that *Xiangleng*(香冷) used to describe flowers. *Zhehuangyi*(赭黄衣) was also one example, which was appeared in the book that was not easy to circulate. Among the ancient records of precocious child, this was the only one who can create so many artistic words in the age of five years old. All the clues leads to the conclusion that they cannot be written by Huang Chao in Tang Dynasty.

Keywords: Huang Chao; *Tijuhua*(题菊花); *Ruihanxiangleng*(蕊寒香冷); *Zongshou*(总首); *Gui'erji*(贵耳集)

◎训诂学研究

郑玄《毛诗笺》基于对文语境的训释及其特色*

白　如

（北京师范大学文学院）

提要：《毛诗笺》在改易《毛传》时，对对文语境的不同理解是其中的影响因素之一。郑玄认定相对称的结构形式即为对文语境，其内部处在相同位置的语词在词性类别、语义特征方面应当保持高度一致。基于这一认识，郑玄对《毛传》相关训释中一些词性不一致的地方进行了调整，对于《毛传》所认定的类义关系也进行了进一步的细化处理。当《毛诗笺》与《毛传》就小序所代表的义理思想有不同理解时，郑玄则既照应经义思想，又遵循其自身对对文语境的理解，从而对相关语词进行成组的系统改易。从《诗经》本身的特点来看，郑玄基于对文语境所作出的一些训释未必可取，其屡用校勘改字的方式来贯彻自身训释理念的做法也多为人所诟病。这样一些训释虽然并非完全得当，但从训释生成的角度看，郑玄从中体现出的极为鲜明的训释理念是值得关注的。

关键词：《毛诗笺》；对文语境；训释理念；校勘改字

在中国的传统典籍文献中，采用相对称的语言结构形式来传情达意、敷陈铺排的文句不胜枚举。在训诂学领域，多将这种结构中处在相应位置，且具有同义、反义或类义关系的语词称之为对文。对文这一概念虽然着眼于两个或多个词之间的对应关系，但这种

---

* 评审专家对论文的概念表述及具体例证提出不少指导意见，谨致谢忱。

关系的成立则依赖于语词所处的相对称的结构形式，本质上属于上下文语境对内部语词的影响。所以我们从语境的视阈出发，将对文所处的相对应的结构形式称之为“对文语境”。

《诗经》素以重章叠句、回环复沓的特点著称，据张巧云的统计，《诗经》中的对文多达 1451 则①，历代训释者对于《诗经》对文亦多有关注。孔颖达在《毛诗正义》中就数次运用“相对”“对”等用语来分析毛郑训释。《毛传》《毛诗笺》虽未明言这一概念，但对于对文语境的认识已经渗透到了具体的字词训释当中。翻检《传》《笺》我们发现：郑玄之所以对《毛传》的部分训释进行改易，其中一个重要的影响因素便是二者对对文语境有着不同的认识。《毛诗笺》对于对文语境制约功能的理解和阐释功能的挖掘均很有特点，由此所体现出来的训释理念值得关注。

需要说明的是，训释的生成是多重证明材料和训释方法综合作用的结果，我们这里也只是对其中一种因素进行挖掘和探讨，并不排除其他因素的影响。另外，郑玄基于其自身对对文语境的理解而做出的训释并非全部得当，我们的分析更关注的是相关训释的生成过程，并非全部认同其改易《毛传》的训释结果。

一、对文语境对内部语词的制约

语境对于其内部语词都有或多或少的限定及约束作用。对文语境的表层语言结构形式相对称，因而郑玄认为相对应位置语词的深层语法框架及语义特征也应当一致。细究毛郑对于一些对文语词的不同训释，产生差异的一个重要因素就在于二人对于对文语境的认定有不同看法，就对文语境对内部语词的约束力度有不同把握。

1.1 词性类别的制约

在个别训释中，《毛传》对相对位置语词的训释有时会出现词性类别不统一的现象，这是因为《毛传》认为相对称的结构未必一定属于对文语境，言可成义即可（关于这个问题我们在第三部分将进行详细论述）。郑玄则多将相对称的结构形式认定为对文语境，并将相对位置的词注释为同一词性。

(1) 一章：岂曰无衣？与子同袍。(《秦风·无衣》)

袍，襺也。(《毛传》)

---

①据统计，《诗经》中共有单句对文 488 则，句间对文 360 则，章间对文 415 则，篇间对文 188 则。见张巧云：《〈诗经〉对文研究》，山东师范大学硕士论文，2008 年，第 13、17、23、30 页。

二章:岂曰无衣?与子同泽。(《秦风·无衣》)

泽,润泽也。(《毛传》)

泽,亵衣,近污垢。(《毛诗笺》)

三章:岂曰无衣?与子同裳。(《秦风·无衣》)

《无衣》中一章和三章的“袍”“裳”均为服饰类名词,《毛传》将相对位置的“泽”释为动词“润泽”,而郑玄则认为“泽”与“袍”“裳”应当保持词性的一致。又参考《齐诗》异文“襗”,故将“泽”处理为借字,表示贴身的内衣。《周礼·天官·玉府》:“掌王之燕衣服。”郑玄注:“燕衣服者,巾絮寝衣袍襗之属。”此处之“襗”亦表此义。

(2)我将我享,维羊维牛,维天其右之。(《周颂·我将》)

将,大。享,献也。(《毛传》)

将,犹奉也。我奉养我享祭之羊牛,皆充盛肥腯,有天气之力助。言神飨其德而右助之。(《毛诗笺》)

《毛传》训释“将”为形容词“大”,与同句内相对位置的“享”词性不同。[①] 郑玄将“将”训释为动词“奉”,与“享”一样同表进献义。“将”的“进献”义从其“持有”义发展而来。此义在《诗经》中还有不少用例,如《小雅·楚茨》:“或剥或亨,或肆或将。”《毛诗笺》:“有肆其骨体于俎者,或奉持而进之者。”又如《小雅·鹿鸣》:“吹笙鼓簧,承筐是将。”表示宴会上主人向宾客进献币帛。

(3)百礼既至,有壬有林。(《小雅·宾之初筵》)

壬,大。林,君也。(《毛传》)

壬,任也,谓卿大夫也。诸侯所献之礼既陈于庭,有卿大夫,又有国君,言天下遍至,得万国之欢心。(《毛诗笺》)

“壬”与“林”在同句内处于相对位置,《毛传》将“壬”训释为形容词“大”,将“林”训释为名词“君”,二者词性不一致。依孔颖达的解读,此处“大”表示祭祀之礼盛大隆重。《毛诗正义》:“此酒食百众之礼既献而至于祖时,则有祭祀之大礼,有孝子之人君。”郑玄则认为“壬、林”两词词性应当一致,且同为名词,故将“壬”处理为“任”的借字。“任”有

①《毛传》之所以采用“将,大也”的训释,是为了与小序“祀文王与明堂也”相照应。而“大享”是明堂之祭的别称。参见凌丽君:《〈毛传〉言内言外语境关系辨析及对其训释的影响》,《北京师范大学学报》2014年第1期,第92页。

职位、责任之义，郑玄据此认为“壬”指代的是“卿大夫”。① 整句描写的是卿大夫与国君一同参加祭祀典礼的场景。

1.2 语义特征的制约

在对文语境中，相对位置语词的语义关系通常有同义、反义、类义三种情况。《毛诗笺》对于对文语义关系的认识也不出此范围，但对于语义关系内部更深层次的语义特征则有不少自己的理解。这类情况主要集中在类义关系中。在下面《下泉》和《扬之水》这两首诗的相关训释中，《毛传》对于对文语词的训释已经基本符合“类义”的要求，但郑玄则多在《毛传》所认定的类义基础上继续细化，以求达到对文语词语义特征的高度一致。

(4) 一章：洌彼下泉，浸彼苞稂。(《曹风·下泉》)
稂，童粱。(《毛传》)
稂当作‘凉’，凉草，萧蓍之属。(《毛诗笺》)
二章：洌彼下泉，浸彼苞萧。(《曹风·下泉》)
萧，蒿也。(《毛传》)
三章：洌彼下泉，浸彼苞蓍。(《曹风·下泉》)
蓍，草也。(《毛传》)

“稂”《毛传》训为“童粱”，是长在禾苗之中的杂草。《说文》作“蓈”：“蓈，禾粟之穗生而不成者谓之董蓈。”“萧”“蓍”依《毛传》训释同属于野草类，郑玄认为野草与禾苗杂草仍为异类，有违对文语境对语义关系的内在要求。故将“稂”处理为假借，本字为与“稂”同在来母阳部的“凉”，凉草即狼尾草。总体来看，《毛传》的训释是将三个词的类义处理为“草类”，而郑玄则细化为“野草类”。二者的差异在于对语义特征把握的宽严程度不一致。

(5) 一章：扬之水，不流束薪。(《王风·扬之水》)
二章：扬之水，不流束楚。(《王风·扬之水》)
楚，木也。(《毛传》)
三章：“扬之水，不流束蒲。”(《王风·扬之水》)
蒲，草也。(《毛传》)

①马瑞辰则将“壬”和“林”均处理为形容词：“壬、林承上‘百礼’言，有壬状其礼之大也，有林状其礼之多也。”马瑞辰：《毛诗传笺通释》，北京：中华书局，2015 年，第 750 页。

蒲,蒲柳。(《毛诗笺》)

“薪”“楚”“蒲”处于相对位置。“薪”字毛郑皆未训释,当作常用义“柴禾”理解。“楚”《毛传》训释为“木也”,意为木类植物,郑玄亦无异议。“蒲”《毛传》理解为蒲草,是生长在水边的一种草本植物。而郑玄则将“蒲”训释为“蒲柳”,也就是水杨,属于木类植物。因为郑玄认为“薪”“楚”皆为木类植物,“蒲”训为“蒲草”则不符合这一类义范畴,所以修改了《毛传》训释。《经典释文》引孙毓云:“蒲草之声不与戍、许相协,笺义为长。”说明在上古音中“蒲”字有两个读音,各自对应着蒲草和蒲柳两个词义。郑玄的训释更符合押韵要求。可见声韵线索也是郑玄修改《毛传》训释的依据之一。

郑玄不仅对于被释词的语义特征把握得更为细致,同时也特别关注同一类义范畴之内语词之间的平行关系。在类义共同点的基础上又进一步关注到内部语词之间的细微差异。并将此差异与事理、礼制等其他要素相结合,运用到字词训释之中。

(6)一章:子之丰兮,俟我乎巷兮。(《郑风·丰》)
巷,门外也。(《毛传》)
有亲迎我者,面貌丰丰然丰满,善人也,出门而待我于巷中。(《毛诗笺》)
二章:子之昌兮,俟我乎堂兮。(《郑风·丰》)
堂当为枨。枨,门梱上木近边者。(《毛诗笺》)

“堂”字《毛传》未加训释,当作其常用义理解。《说文·土部》:“堂,殿也。”“堂”为古人房屋中的前室或正寝。郑玄之所以进行改字,是因为第一章中的“巷”表示街里中的道路,如果第二章中的“堂”表示前室,二者的位置关系则有失连贯。所以依据声韵线索找到了与“堂”同为阳部字的“枨”。“枨”表示门两旁所竖的木柱。《尔雅·释宫》:“枨谓之楔。”郭璞注:“门两旁木。”这样一来第一章中君子在门外之巷中,第二章君子在门下,二者的位置关系更为紧密。《毛诗正义》:“上言待于门外,此言待之于门,事之次,故易为枨也。”孔颖达所说的“事之次”正是郑玄所突显的位置次第关系。

(7)定之方中,作于楚宫。(《鄘风·定之方中》)
楚宫,楚丘之宫也。(《毛传》)
楚宫,谓宗庙也。(《毛诗笺》)
揆之以日,作于楚室。(《鄘风·定之方中》)
室犹宫也。(《毛传》)

楚室，居室也。君子将营宫室，宗庙为先，厩库为次，居室为后。（《毛诗笺》）

“宫”“室”为近义词，二者有同有异。《说文·宫部》：“宫，室也。”《说文解字注》：“按宫言其外之围绕，室言其内。析言则殊，统言不别也。”“宫、室”在先秦文献中均可用来指一般的房屋，后来逐渐分工明确，“宫”指雄伟高大的皇家建筑，“室”指用于居住的内室。《毛传》取其同，将“楚宫”等同于“楚室”，而《毛诗笺》则侧重体现二者的差异。此外，郑玄还依据礼制的相关理念，进一步指明“宫、室”的所指对象。“君子将营宫室”这段文字取自《礼记·曲礼》。古人崇尚慎重追远，所以在营造宫室时先造宗庙，后造居室。所以在郑玄看来，“楚宫”“楚室”虽同属房屋类词语，但既有形制上的差异，也有营造顺序的先后次第。

二、经学义理对对文语境中相关语词的影响

在小学为经学服务的传统典籍中，语词解读最终指向的目的是经学义理的阐释。在《诗经》中，经学义理主要通过小序来体现，而小序往往言简意赅，这就需要训释者通过一番“解码”来与字词训释相衔接。在这过程中，不同训释者会对义理思想的具体体现方式有不同的处理思路。《毛诗笺》有时就会出于对义理的不同理解来改易《毛传》训释。当涉及到对文语境时，郑玄既会与经义思想相照应，又会遵循对文语境的制约规则，从而对对文语词进行成组的系统改易。

(8) 国虽靡止，或圣或否。民虽靡膴，或哲或谋，或肃或艾。（《小雅·小旻》）

靡止，言小也。（《毛传》）

靡，无。止，礼。膴，法也。言天下诸侯今虽无礼，其心性犹有通圣者，有贤者。民虽无法，其心性犹有知者，有谋者，有肃者，有艾者。王何不择焉？置之于位而任之为治乎？（《毛诗笺》）

《小旻》小序：“大夫刺幽王也。”《毛传》的训释是将“止”理解为居止容身之义。其对于“靡膴”没有训释，说明“膴”当理解为其常用义“多、盛”。整句意思表示国家虽然不大、民众也不多，但仍有一些有才智的圣人、有谋略的贤者。郑玄则对于句意有着不同的理解，在他看来，《毛传》将句意解读为“国家小、民众少”，似乎与小序的联系不够紧密。故将“止”理解为行为、容止之义，“靡止”表示无礼。与此相对应，“靡膴”则表示无法。但“膴”并无法度义，郑玄的训释实为假借义，本字为“模”，“膴”“模”二字均为鱼部字。

整句意思是国家虽然不讲礼制、民众也没有法度,但仍有一些圣者与贤人。《毛诗笺》训释中突出“礼制”和“法度”,是为了能够更好地突显当时纲纪败坏、礼法沦丧,从而达到刺幽王的目的。

又如《唐风·蟋蟀》中的“居”“外”“忧”三词,毛郑对这三个词各有一套自己的看法,究其根源是二人理解小序的侧重点存在差异。《毛传》侧重突显小序中的“礼乐”这一要素,《毛诗笺》的解读则更为具象化。

(9)一章:无已大康,职思其居。(《唐风·蟋蟀》)

君虽当自乐,亦无甚大乐,欲其用礼为节也,又当主思于所居之事,谓国中政令。(《毛诗笺》)

二章:无已大康,职思其外。(《唐风·蟋蟀》)

外,礼乐之外。(《毛传》)

外,谓国外至四境。(《毛诗笺》)

三章:无已大康,职思其忧。(《唐风·蟋蟀》)

忧,可忧也。(《毛传》)

忧者,谓邻国侵伐之忧。(《毛诗笺》)

《蟋蟀》小序:“刺晋僖公也。俭不中礼,故作是诗以闵之,欲其及时以礼自虞乐也。”《毛传》训“外”为“礼乐之外”,就是为了照应小序中对于“礼”的描述。第三章中《毛传》训“忧”为“可忧”,表示使人忧虑的事,按照孔颖达的解读亦与礼乐相关。《毛诗正义》:“二章‘其外’,《传》以外为礼乐之外,则‘其居’谓以礼乐自居,则‘职思其外’谓常思礼乐,无使越于礼乐之外也。‘职思其忧’,传曰‘忧,可忧’,谓逾越礼乐,至于荒淫,则可忧也。”《郑笺》对于这三个字的理解主要是从国家内政外交的角度来着眼的。“居”为“国中政令”,指国内之事,与此相对应,“外”则指“国外至四境”,指国家外交方面的事宜。“忧”则指代邻国侵伐。

《诗经》中的兴喻之辞将抽象的义理与诗文中具体的物象联系了起来,是“意义转换机制的枢纽”①。面对小序所提供的义理信息,毛郑有时会对意义转换的角度有不同看法,体现在具有对文结构关系的兴喻之辞的说解上,二人的训释就会有成组的差异。

①刘毓庆:《郑玄〈诗〉学的基本框架及其价值取向》,《山西大学学报(哲学社会科学版)》,2007年第3期,第19页。

(10) 一章:敝笱在梁,其鱼魴鳏。(《齐风·敝笱》)

兴也。鳏,大鱼。(《毛传》)

鳏,鱼子也。魴也,鳏也,鱼之易制者,然而敝败之笱不能制。兴者,喻鲁桓微弱,不能防闲文姜,终其初时之婉顺。(《毛诗笺》)

二章:敝笱在梁,其鱼魴鱮。(《齐风·敝笱》)

魴鱮,大鱼。(《毛传》)

鱮,似魴而弱鳞。(《毛诗笺》)

三章:敝笱在梁,其鱼唯唯。

唯唯,出入不制。(《毛传》)

唯唯,行相随顺之貌。(《毛诗笺》)

《敝笱》小序:"刺文姜也。齐人恶鲁桓公微弱,不能防闲文姜,使至淫乱,为二国患焉。"此诗讽刺的是文姜与其哥哥齐襄公之间不正当的关系,同时也讽刺鲁桓公不能防微杜渐,终致祸乱发生。以上三句均为起兴之辞,从表面上看,毛郑对于鱼类名物的训释有不同看法,实则是对兴喻的角度有不同理解。《毛传》认为魴鳏鱮均为大鱼。"敝笱"这种破败的捕鱼筐,没有办法制约大鱼,所以将"其鱼唯唯"解释为"出入不制",比喻鲁桓公昏庸无能,不能够管束嚣张的文姜。而《毛诗笺》认为魴、鳏、鱮均为小鱼,将"唯唯"理解为"行相随顺之貌"。是用小鱼在破败的鱼篓中自由出入,来比喻文姜常来回往返于齐国和鲁国之间,以此来突出了鲁桓公的无能羸弱。

三、《毛诗笺》"对文语境"相关训释理念的审视

通过上文的分析我们可以看到,郑玄基于对文语境的训释有一个前提,即认定相对称的语言结构形式皆为对文语境。在此基础上认为对文语境对内部语词有着极强的规约作用:对应位置语词的词性类别及语义特征应当相同,阐释经学义理的角度亦应一致。上述郑玄对《毛传》训释的改易,在其自身训释理念的体系内是合乎逻辑的,但是否皆可取用,则未必尽然。其中的一个核心问题便是:郑玄所遵循的对文语境的认定规则及规约作用,是诗文本身所具有的还是训释者所赋予的?下面我们就通过对两则例证来审视这一问题。

(11) 一章:卢令令,其人美且仁。(《齐风·卢令》)

二章:卢重环。其人美且鬈。(《齐风·卢令》)

鬈，好貌。(《毛传》)

鬈读当为权。权，勇壮也。(《毛诗笺》)

三章：卢重鋂，其人美且偲。(《齐风·卢令》)

偲，才也。(《毛传》)

才，多才也。(《毛诗笺》)

“仁”“鬈”“偲”处于相对位置，郑玄不仅关注到三者之间纵向的类义关系，而且还关注到被释词与相邻语词的横向组合关系。《说文·髟部》：“鬈，发好貌。”《毛传》为词义训释，而郑玄则认为此处“鬈”为假借字。因为第一章“其人美且仁”和第三章“其人美且偲”的“仁”和“偲”均是不同于“美”的特质。郑玄认为此处的“鬈”如果理解为“好貌”就会与“美”重复。《毛诗正义》：“《笺》以诸言且者，皆辞兼二事，若鬈是好貌，则与美是一也。‘且仁’‘且偲’既美而复有仁才，则‘且鬈’不得为好貌，故易之。”正是出于这样的考虑，所以郑玄将被释词处理为假借。《毛诗笺》此处之“权”疑为转写讹误，本字当为“攉”。“攉”表示勇猛有力，与“拳”“捲”同源。《小雅·巧言》：“无拳无勇，职为乱阶。”《毛传》：“拳，力也。”《说文·手部》：“捲，气势也。《国语》：‘有捲勇。’”今本《国语》作“有拳勇”。张参《五经文字·木部》：“权，从手者古拳握字，今不行。”

(12) 一章：鲁道有荡，齐子发夕。(《齐风·载驱》)

发夕，自夕发至旦。(《毛传》)

襄公既无礼义，乃疾驱其乘车以入鲁竟。鲁之道路平易，文姜发夕由之往会焉，曾无惭耻之色。(《毛诗笺》)

二章：鲁道有荡，齐子岂弟。(《齐风·载驱》)

言文姜于是乐易然。(《毛传》)

此岂弟犹言发夕也。岂读当为闿。弟，《古文尚书》以弟为圛。圛，明也。(《毛诗笺》)

“发夕”与“岂弟”处于相对位置。郑玄将这两句诗认定为对文语境，“发夕”与“岂弟”为同义关系，“发夕”为黎明之时①，则“岂弟”亦当为此义。于是郑玄参考《尔雅·释言》“恺悌，发也”的训释，将“岂弟”处理为假借，本字为“闿圛”。“闿圛”为同义连用，二

①马瑞辰《毛诗传笺通释》：“古者日入以后，日出以前，通谓之夕。以其时天已将明，谓之发明。亦曰明发。以其时天已将明，而日尚未出，谓之发夕。”马瑞辰：《毛诗传笺通释》，北京：中华书局，2015 年，第 311 页。

字皆表光明义。"闿"本义为开启,引申为光明。"圛"《说文》训为"回行也"表示光明,则为"睪"之借字。今本《尚书 · 洪范》有"曰蒙曰驿",古本作"圛",郑玄所见《古文尚书》作"弟"。《广雅 · 释诂》:"睪,闿,明也。"王念孙《广雅疏证》:"睪之言奕奕也。《方言》:'睪,明也。译,见也。'《小尔雅》:'斁,明也。'《洪范》曰'圛'。《史记 · 宋世家》'圛'作'涕'。《集解》引郑氏书注云:'圛者,色泽而光明也。'……闿之言开明也。"①

以上郑玄基于对文语境所作出的训释,虽对于语词间语义关系的考量细致入微,但诗文原义是否的确如此,则需商榷。如《卢令》一诗,第一章赞颂德行之美,第二章感叹容貌之美,第三章称扬才干之美也未尝不可。而《载驰》一诗中的"岂弟"一词在先秦文献中十分常见,又写为"恺悌"或"恺弟"②,义皆为欢乐,也就是《毛传》所云之"乐易"。朱熹《诗集传》:"岂弟,乐易也,言无忌惮羞愧之意也。"从诗文整体表意的角度来看,"岂弟"理解为"乐易"诗意也可连贯。郑玄纵然有《尔雅》的训释作为参考,但不采用被释词的常用义而援引更为生僻的词进行校勘改字,这种做法还是值得商榷的。黄焯先生专就郑玄此处的训释提出反对意见:"诗三百篇皆古乐章,其章句措置之法,往往异于他文,故有辞意限于字句音节不能完具者,则以前后章互足其义。而风诗间采民俗歌谣之作,反复咏叹者特多,故有一义而离为数章、析为数句者。若专执一章一句而立解,则鲜有合矣。自康成作《笺》,已不全了此处。"③

诗歌是动之于中而发之于外的感性化产物,语词之间的关系虽然受到语言客观规律的制约,但并不是比照着严格的逻辑关系而排布的。章太炎先生就对于过分拘泥于词例而忽视文章整体含义的做法并不赞同。《国故论衡 · 明解故上》:"发词例者,谓俪语则词性同,其可以去诘诎不调者矣。汰甚则以高文典册,下拟唐宋文牒之流。"④王念孙、王引之父子多据对文结构来解决古籍中的一些训诂难题,黄侃先生也提出不同看法:"古人行文,非若后世之整齐画一,王氏往往以今绳古,未见其必然也。"⑤也就是说,先秦以前的文献在字句上未必如后世对偶工整、词性统一。所以如果一味地拿词例的规则去为先秦训诂寻求新解,则未必符合上古时期的行文表达习惯。

①王念孙:《广雅疏证》,北京:中华书局,1983 年,第 112 页。

②《小雅 · 蓼萧》:"既见君子,孔燕岂弟。"《大雅 · 旱麓》:"岂弟君子,神所劳矣。"《汉书 · 张禹传》:"宣为人恭俭有法度,而崇恺弟多智,二人异行。"

③黄焯:《诗说》,武汉:长江文艺出版社,1981 年,第 33 页。

④章太炎:《国故论衡》,上海:上海古籍出版社,2003 年,第 71 页。

⑤黄侃先生反驳的是王引之在《经义述闻》中提出的观点:"经文数句平列,义多相类。如其类以解之,则较若画一。否则,上下参差,而失其本指矣。"王引之:《经义述闻》,南京:江苏古籍出版社,1985 年,第 774 页。黄侃:《文字声韵训诂笔记》,武汉:武汉大学出版社,2013 年,第 219 页。

四、结语

郑玄曾论及其撰写《毛诗笺》的著述宗旨:“注《诗》宗毛为主。毛义若隐略,则更表明。如有不同,即下己意,使可识别。”①从前文的分析我们可以看出,对文语境是郑玄申表“己意”、别立新解时的影响因素之一。郑玄对于对文语境有一套自己的训释理念:对于结构形式相对称的表达,多认定为对文语境,且认为对应位置语词的词性类别和语义特征应当相类,阐释经学义理的角度亦应一致。《毛传》虽然也对对文语境的制约作用有所认识,但在一些训释中约束的力度并没有《毛诗笺》这样严格。针对这些训释,郑玄往往基于其自身对对文语境的理解,加之其他旁证材料、训释方法的综合运用,来对《毛传》训释进行改易。

郑玄基于对文语境的这种训释理念在其《三礼注》中也有所体现,乔秀岩先生在其《郑学第一原理》一文中采用“结构取义”这一术语来概括郑玄在《周礼注》中体现的训释理念:“结构取义即郑玄观察上下文来推定经文词句意义的解释方法。”②据我们考察,“结构取义”之“结构”通常也具有相对称的特征,与“对文语境”较为相似。乔秀岩还提到:“郑玄解释词义,特重上下文之对应关系,不泥于常训、常例、通例等。”③这与郑玄在《毛诗笺》中利用校勘改字来贯彻其对对文语境的理解的做法可以说是一脉相承的。

郑玄《毛诗笺》在基于对文语境进行训释的过程中体现出了极为细致精密的观察与思考。但个别训释从《诗经》本身的行文特点来看,未必合乎诗文原义。这样一些训释仅就结果而言也许并不可取,但从训释生成的层面来观察,站到其整体训释理念、训释体系的角度进行审视,则能更好地理解这些训释背后的用意所在。同时我们也应注意到:郑玄在改易《毛传》训释时所依循的线索多是被释词较为客观的语音信息,所找寻的本字的相关训释也大多有据可循。可以说,郑玄在践行其自身训释理念之时仍不僭越被释词的客观语言事实。

参考文献

凌丽君:《〈毛传〉言内言外语境关系辨析及对其训释的影响》,《北京师范大学学报》,

①转引自〔唐〕孔颖达:《毛诗正义》,台北:艺文印书馆,1956年,第12页。

②〔日〕乔秀岩:《郑学第一原理》,《北京读经说记》,台北:万卷楼图书股份有限公司,2013年,第230页。

③同上,第237页。

2014年第1期。
刘毓庆:《郑玄〈诗〉学的基本框架及其价值取向》,《山西大学学报》(哲学社会科学版),2007年第3期。
〔日〕乔秀岩:《北京读经说记》,台北:万卷楼图书股份有限公司,2013年。
张巧云:《诗经》对文研究,山东师范大学硕士论文,2008年。

The Explanation and its Characteristics Based on the "*Dui Wen*" (对文) Context in the *MaoShiJian* (《毛诗笺》) Written by Zheng Xuan

Bai Ru
(Beijing Normal University)

Abstract: The different understanding ofthe "*Dui Wen*" (对文) context is one of the factorswhich influenced Zheng Xuan to change the explanation of *MaoZhuan* (《毛传》). Zheng Xuan believed that the symmetrical structurewas the "*Dui Wen*" (对文) context. The words in the same position of "*Dui Wen*" (对文) context should be highly consistent in terms of grammatical relations and semantic features. Based on this idea, Zheng Xuan adjusted some inconsistencies of the part of speech and made a further elaboration on the classificatoryrelation in *MaoZhuan*(《毛传》). In addition, When *MaoShiJian*(《毛诗笺》) and *MaoZhuan*(《毛传》) had different understandings of the concept of "*XiaoXu*" (小序), Zheng Xuan not only followed the thought of the meaning of the classics, but also followed his own understanding of the "*Dui Wen*" (对文) context and carried out systematic changes on theassociatedwords. According to the characteristics of *ShiJing*(《诗经》), some interpretations of*MaoShiJian*(《毛诗笺》) based on the "*Dui Wen*" (对文) context may not be true. Changing word in collating by Zheng Xuanare also criticized by many researchers. Although some of the explanations may not be completely appropriate, from the perspective of the generation of interpretation, Zheng Xuan's extremely distinctive concept of explanation is worth paying attention to.

Keywords: *MaoShiJian*(《毛诗笺》); "*Dui Wen*" (对文) Context; Changing Word in Collating; the Idea in the Explanation

◎语法研究

从跨层结构到副词:“难于”的演化历程与表达功用*

——兼论“X 于”的副词化趋势

杜可风

(上海师范大学语言研究所)

提要:现代汉语中“难于”存在跨层短语、粘宾动词和副词的连续统,随着“难于”的功能拓展,使用范围进一步扩大,其后成分可以是名词性成分 NP,用来引进比较对象,还可以修饰、限制谓词性成分 VP,衍生出委婉否定的语用功能。“难于”经历了由跨层结构演变为粘宾动词的过程,随后又在语法化的道路上继续前进,逐渐虚化为副词。“难于”的语法化是从行域到知域,从句法到词法的演化过程。

关键词:难于;功能扩展;委婉否定;重新分析

介词“于”在汉语历时演化过程中,表现出介引功能不断弱化的特征,这种功能上的演变会导致词汇系统的变化,一些双音节“X 于”结构表现出较强的词汇特征,有些已经成为典型的词汇词。据统计,2016 年修订的《现代汉语词典(第 7 版)》收录双音词“X

---

* 本文初稿得到导师张谊生老师、曹秀玲老师的悉心指导;本文曾在“第二十次现代汉语语法学术讨论会”(广州,2018 年 10 月 9—12 日)上宣读,方梅、唐正大、鲁承发等老师提出了宝贵意见;《励耘语言学刊》匿名审稿专家和编辑部都提出了进一步修改的建议,谨此一并致谢。

于”多达44条①。由此,汉语中形成一部分“X于”类粘宾动词,而且这种粘宾动词又呈现虚化的倾向。

在现代汉语共时层面,“终于”“过于”早已是典型的“X于”类副词,学者们对这两个词都进行过深入的探讨和研究,专题研究见刘红妮(2010)和朱福妹、马贝加(2017)。但还存在一些不典型的“X于”类副词,其中“难于”在《现代汉语词典(第7版)》(2016:938)中的释义是:动词,不容易;不易于。而《现代汉语八百词(增订本)》(1999:410)中的解释却是:“难于”同副词“难以”,表不容易;不易于。主要用在动词前。多用于书面语。

综观前人时贤的研究,关于“难于”的副词化历程,只有陈晨(2016)有过简单论述②。根据掌握的材料来看,已有研究对“难于”词性的辨析不够全面,语料较为欠缺,因此有必要作进一步研究。鉴于此,本文主要运用语法化、附缀化等相关理论结合现代汉语事实进行深入探析。最后,本文对一批已经完成副词化和正向副词演化的“X于”类词进行分析。

本文现、当代用例引自北京大学中国语言学研究中心语料库及网络上的报道与博客等(略有删节),古代用例引自陕西师范大学的《汉籍全文检索系统(第四版)》,并经过排除式删选,所引例句全部注明出处。

一、性质特征与句法分布

本节主要描述现代汉语中“难于”存在跨层短语、粘宾动词、副词的共时现象。

1.1 跨层短语“难于”

“难于”引进比较对象的用法一直沿用至今,最经典的是李白《蜀道难》中的名句,现代汉语仿古出现了大量类似的句子。例如:

(1)此案虽属个别,但反映的问题却带有普遍性。去年兴起的承诺制一度方兴未艾,可在一些单位,由承诺引发的纠纷也不断发生,核心问题是诺言变戏言,兑现难于上青天。(1998年《人民日报》)

①《现代汉语词典(第7版)》中收录双音节“X于”共44个,其中动词37个,副词2个,介词3个,兼类词2个。

②据我们调查,目前为止,汉语语言学界只有一篇硕士论文对“难于”的词汇化进行了简短的考察,还未出现任何一项专门探讨“难于”副词化的研究成果。

(2)据悉,目前不少高消费的饮食、娱乐、游艺等场所,大部分是靠公款支撑。只要这些饭店、夜总会没有几家关门的、转产的,相反生意仍然很兴隆,那就很难说奢侈浪费真的取得了多大成果。因为:“由俭入奢,易于落水;由奢入俭,难于登天。”看来,反对奢侈浪费是要打一场持久战的。(1998年《人民日报》)

“难于”有引进比较对象的用法,后接成分为一般为指称性的。例如:

(3)换言之,只让汉人们也尝到一些甜头,开放政权之一角落,作为一种妥协之条件而止。邹容也说:“至于科举清要之选,虽汉人居十之七八,然主事则多额外,翰林则益清贫,补缺难于登天,开坊类于超海。”(钱穆《中国历代政治得失》)

(4)引导和帮助学生树立正确人生观、世界观,教师是关键。育人难于教书。教师的责任不仅在授业解惑,更主要的是发挥人类灵魂工程师的作用,在政治觉悟、思想素质、道德修养等方面以身示范,成为学生的楷模。(1995年12月《人民日报》)

例(3)中说话人使用“难于”引进“补缺”的对象“登天”;例(4)中“难于”后接“育人”比较的一方“教书”。“难于”前后成分既可具体,也可抽象,前后成分都是指称化的。例如:

(5)她坚持认为,黑人女性和白人女性会处于分裂状态,除非白人女性既为根除男人统治又为根除种族主义而斗争。她的观点是“作黑人难于作女人”。(李银河《女性主义》)

(6)陈独秀为遂母意娶了高大众;鲁迅把与朱安女士的结合看成是母亲赐给自己的“一件礼物”等等。总之,这种二律背反的特殊混合绝不是几个人的命运悲剧,它恰恰是证明了新旧交替时期实践高于认识、行动难于思想的道理。(《读者》(合订本))

例(5)(6)中“难于”分别比较事情的两个方面,“作黑人”和“作女人”、“行动”和“思想”都为指称性成分。

1.2 粘宾动词“难于”

“难于”作为粘宾动词,其中“于”已是词缀。“难于”不能单用,其后接成分一般为体词或体词性短语,句法结构为“难于+NP”。例如:

(7)50和60年代间,除了古巴以外,全球各国均不曾出现过任何足以扰乱这种微妙平衡关系的重大革命变化。政治层面既被牢牢控制,其与经济之间的发展便也

难于分野。(艾瑞克·霍布斯鲍姆《极端的年代》)

(8)或者对他这样说:“你看来很烦恼。是否有些什么使你不愉快的事情呢?”这种应对能表现出你的不失于人的理智,不难于人的良好素养,从而赢得旁人的尊重,获得对方的认同,改变他的消极心态,改善与增进双方关系。(《为人处世36计》)

(9)听到那衰弱的脚踏着楼梯的声音,我觉得非常悲哀。这老年人给我的一切印象,都使我对于人生多一个反省的机会,且使我感觉到人类的关系,在某一情况下,所谓人情的认识,全是酸辛,全是难于措置的纠葛。(沈从文《灯》)

例(7)中粘宾动词“难于”后接名词“分野”;例(8)“难于”后接名词短语“人的良好素养”;例(9)“难于”作为粘宾动词,后接宾语“措置的纠葛”。

此外,从词汇化角度看,“难于”从跨层结构到粘宾动词,已完成词汇化,在句中作粘宾动词。例如:

(10)“我们只有两人护送,不够分配,我想你们虽被妖法所迷,一半也是前缘,英若尔锋就在此地分别自行择配成为夫妇。既省得回家以后难于婚嫁,又可结伴同行,省却许多麻机那近的便在下山以后,你们觉得这方法可好?”(李凉《新蜀山剑侠传》)

(11)春秋战国晚期从吴越崛起了剑,刚开始是一种短剑,后来到了战国晚期,到了秦汉,汉的初期,出现了铁的甚至钢制的长剑,剑达到了辉煌的时期。但不久它就慢慢地衰退下来,因为在真正的战场上来讲,剑的实用价值不如刀,它容易折断,技术又相对难于刀。刀是以砍劈为主的技术,剑是以刺为主的技术。(马明达《钤记中华(四)——武术》)

例(10)(11)中“难于”后面分别接名词“婚嫁”、“刀”,可以确定以上例句中的“难于”为粘宾动词。

1.3 副词性“难于”

从现代汉语共时层面看,存在着不典型的副词“难于”,吕叔湘(1999)指出,“难于”同副词“难以”,表不容易;不易于。从句法上看,“难于”后面一般修饰谓词或谓词性短语,句法结构为“难于+VP”,表示由于一定的原因,故而不容易做到。例如:

(12)全真道大建宫观、广收门徒的活动,从邱处机住长春宫起,一直持续到尹志平、李志常掌教期间。在这三十余年里,到底建了多少宫观,收了多少门徒,现已难

于详考。(卿希泰《中国道教》)

(13)这类问题都反映了部分大学生在走向独立过程中的自我困惑,他们往往因盲目的自我探索,耗费了许多精力,而又难于摆脱各种心理上的不良状态,因此大学生的心理辅导工作就显得格外重要了。(王登峰;张伯源《大学生心理卫生与咨询》)

从检索语料可知,“难于”除了可以修饰动词,还常常修饰形容词,如“乐观、平静、和谐、统一、一致、全面、流行、持久、久远”等。例如:

(14)自由民主联会副主席邬维庸说,彭定康的施政报告仍然固执地坚持他去年提出的“政改方案”,这使人们对中英争拗的前景难于乐观。(1993年10月《人民日报》)

(15)我过去几十年在探索中国“国民性”的时候曾经一再陷入苦恼,这些年来在国外讲述中国文化时也有很多疑团无法解开,国际上对中华民族的种种曲解、误解和诽谤又常常让我难于平静。(当代\网络语料\余秋雨博客)

(16)我们的一些年轻同志因了一两篇文章、一两支歌曲、一两部戏而成名,受到大众喜爱,这固然是好事。但是如果他们把这些看成是摆谱的资本,从此即以大腕自居,亨气冲天,习惯于被捧着、哄着而招摇过市,这便是十分浅薄的了,其艺术生命则难于久远。(1995年7月《人民日报》)

“难于”中的“难”是副词性语素,“于”作为附缀性成分已不具有介引功能。根据源形式构造,“难于”具有较强的文言语体色彩,所以多用于书面语,逐渐形成一些四字格习语。例如:

(17)在当时篡夺相寻的变乱情形下,认真讲起纲常名教,特别是君王大义来,在时君听来,既未必投机,而在这般世代臣事各不同王朝的士大夫们自己,实也有些难于启齿。(王亚南《论科举制》)

(18)在广西的崇山峻岭中视察未来的铁路线时,宋蔼龄表现了一个女子令人难于置信的旺盛精力和体力,她甩掉了平素穿的高跟鞋和长裙子,换上了平底胶鞋、美国牛仔裤,显出一种潇洒和干练。(陈廷一《宋氏家族全传》)

(19)无论是李白、崔颢,还是冰心、艾芜,他们都是很能写的人,可以让我们凭借着他们的诗文来谈论,而实际上,许多更强烈的漂泊感受和思乡情结是难于言表的,只能靠一颗小小的心脏去满满地体验。(余秋雨《乡关何处》)

"难于"还经常用在介词结构前面,处于介词短语前,可以很清晰的看到分界。例如:

(20)关于当时物价的记载,在史籍中也逐渐增多起来,但由于各国货币制度不统一,铸币的轻重大小差别很大,难于和后代比较。(阴法鲁;许树安《中国古代文化史》)

(21)一般来说,如果面临职业选择方面的冲突,往往很容易产生情绪性的反应。这种情绪波动又会使他们难于对自己的问题有一个清醒的认识,如此恶性循环,就很容易出现心理健康方面的问题。(王登峰;张伯源《大学生心理卫生与咨询》)

从以上例句可以看出,"难于"已经不再是小句或句子的唯一动词,其后还有其他谓词性成分,这样一来,"难于"便处于动词前,谓语中心的地位发生动摇,功能逐渐唯状化。"难以"和"难于"在构造和词义方面相似①,现在基本上都已是能充当状语的副词,句中"难于"可以用否定副词"难以"进行替换。随着高频使用,"难于"的功能逐渐扩展为否定副词。

二、结构演化与表达功能

我们发现副素"难"的语义特征多为[+不易],因而说话人在进行语义表达时,副词"难于"常常以委婉的语气表达否定的意思,可是又不同于完全否定的"不能"。"难于"的表达功能逐步拓展,使用范围进一步扩大。

2.1 行域到知域

"难于"的历时演化是从行域到知域的变化,从"难于"的前后句组看②,根据上下文语境确定"难于"衍生出委婉的否定功能,语义重心后移。例如:

(22)今年的考题难于往年。(转引自吕叔湘主编《现代汉语八百词》(增订本))

(23)对方不识好歹,肆无忌惮,不等于我就应该放肆,话一说错了,歪曲了自己的身分,受害人终竟是自己。对于霍守谦,我束手无策,觉得有点难于控制。(梁凤仪《九重恩怨》)

①张谊生(2015)略微论述了"难X",提出哪些用法应该归入方式副词,哪些用法可以归入不完全否定副词,需要进一步探讨。

②张谊生提出语言单位应分为三级六组,即语素、语素组,词、词组,句子、句组。

例(22)中“难于”属于行域层面的跨层短语,语义重心还在“难”上;例(23)中说话人明确表态“对于霍守谦束手无策,不可能控制他”,“难于”在句中表否定的概念意义明确可知,表述重心为后项谓词性成分。

Givón(1971)提出一个著名的论点:“今天的词法曾是昨天的句法。”在现代汉语共时平面存在表层形式相似而内在性质不同的“难于”,由跨层短语而粘宾动词,最后副词化的“难于”。例如:

(24)于是,问题出现了,学生往往会出现过份依赖数学软件的倾向。例如,Mathematica 符号运算功能能解决许多求导与求积问题,特别是求积更难于求导。学生会问,微分与积分的题目在计算机上按按键盘就能解决,还有必要去背那么多的导数与积分公式吗?(冷劲松《“数学实验”教学的几个点体会》)

(25)关于破无明,并不是难于登天。我们苟能猛然省悟,一切境相皆如空花水月,不可求、不可得,一放一切放,只一觉即可破除!(元音老人《佛法修正心要》)

(26)情绪性的人觉醒程度和反应强度大;在婴儿期时表现为经常哭闹,儿童期时易激动、难于相处,成年时表现为喜怒无常。(黄希庭《心理学导论》)

从句法、语义上看,例(24)“难于”是跨层短语,“于”有介引功能,用于比较;例(25)“难于”作为粘宾动词,可以受其他副词的修饰,如“不是”,其后接成分一般是 VP,而且不可以换成“难以”;例(26)“难于”是副词,具有不完全否定义,可以与“难以”互换。“难于”经过从行域到知域的变化。

2.2 委婉否定

“难于”主要表示“相当不容易”,在一定语境中表示不完全否定义,可以使语气变得委婉,经常用在表假设的否定格式“不/没有 VP”后项。例如:

(27)如果没有余英时教授的指导,《秋水》也难于问世。余英时教授虽然没有亲身参与写稿、看稿,但是由于他的精神上的鼓励,笔者也就鼓起勇气来创办这个刊物。([美]木令耆《美国华人文学》)

(28)实践中提高是各行各业,各个层次的职业人员都必须经历的,具有十分重要意义的过程和归宿。不实践就难于有效地辨别是非、不实践就难于丰富自己的经验、不实践就难于发现自己的不足。(曾鹏飞《技术贸易实务》)

(29)学习市场营销,有助于提高个人适应环境变化的能力,在市场经济条件下,不懂市场营销,就难于把握社会对人才的需求,作为个人也难于根据这种需求为自

已确定发展方向，个人才能的发挥将会受到很大的限制。（张庚淼；王柏林《市场营销》）

根据回溯推理是从结果出发的原则①，例（27）可以推出"《秋水》的问世是因为余英教授的指导"；例（28）"辨别是非、丰富经验、发现不足是要实践的"；例（29）"把握人才需求确定发展方向是要懂市场营销的"。因此，以上例句中的"难于"都带有委婉的否定义。

《古代汉语虚词词典》（1999）指出用于谓语前、作状语，表示不容易实现某种动作行为的"难"是副词，可译为"难以"、"难于"等。现代汉语中"难于"的句法功能大大扩展，除了可以充当谓词，还可以在句中作状语，"难于"和"难以"不但可以互换，而且经常前后配合使用。例如：

（30）政务公开或情报自由，是当今世界行政管理领域的基本潮流。但为了公共安全、行政效率及行政公正，任何国家的政府机构都有一些需要保密也必须保密的政务隐私，想让政府完全透明的主张在理论上难于成立，在实践中既有害又难以操作。（孙肖远《服务型政府政务公开机制的建构》）

（31）童年早期儿童的观察力随年龄有所发展。3、4岁儿童观察的目的性很差，尽管教师指定了观察任务，在具体观察时，往往由于某些无关细节的吸引，儿童会把主要任务忘记了。他们的观察也难以持久，更难于发现所观察事物的内在联系。（方富熹；方格《儿童的心理世界——论儿童的心理发展与教育》）

从以上例句可以看出，"难于"和"难以"的句法功能相似，在句中只能充当状语，一般用来修饰谓词性成分。例（30）中根据前后语境，说话人用"难于"委婉的表述了"让政府完全透明的主张是不可能成立的"；例（31）中阐述了"既然儿童的观察难以持久，就可能不会发现事物的内在联系"。

三、词汇化过程与演化机制

"难于"处在充当状语的位置，更容易重新分析为副词。"难于"后必须出现谓词性成分，而且在句中不能单独充当谓语，这样的句法位置导致了重新分析。

①关于"回溯推理"，请参看蒋严（2002）、沈家煊（2004）、侯瑞芬（2009）等。

3.1“难于”的词汇化

“难于”中“于”表示语法义,所以“难于”在语义上多体现为“难”的语义特征。“难”为形声字,本义为鸟名,假借为“难易”的“难”,表示做起来费事的。《汉语大字典》和《汉语大词典》中对“难”的释义如下:都有“不可;不好;不能”,从词典中可以看出,当主体是第一人称时,“难”具有意动用法,其语义特征为[+意动]、[+感到困难]、[+不易]、[+不能],基于以上语义特征分析,主体带有强烈的主观性。当主体不是第一人称时,“难”具有使动用法,其语义特征为[+使动]、[+使困难]。

何乐士、敖镜浩、王克仲(1985)将用在谓语前,表示不易实现某种动作行为的“难”归为副词,并且统一译为“难于”、“难以”等。例如:

(32)学校的教育,很难适应同一班级中不同兴趣爱好和发展水平学生的个别需要,社会教育可以弥补这些方面的不足。(邢陪新《精彩的第二课堂》)

(33)这种经济的政治的变化一经形成,国家的政治权力就不是全把握在官僚手里,官僚也不可能任意侵夺普通公民的权力;在这种场合,即使官吏不难找到个别机会作一些不负责任、不讲效率,甚至假公济私的勾当。(王亚南《中国官僚政治研究》)

“难于”的源结构是“难+于+NP”,即形成“形+介”的线性非句法结构,这种结构形式在先秦文献中就已存在。表示“不容易”的“难”在古汉语中比较常用,而且经常与介词“于”组合出现在比较句中。例如:

(34)民之外事,莫难于战,故轻法不可以备之。(《商君书·外内第二十二》)

(35)孙子曰:凡用兵之法,将受命于君,合军聚众,交和而舍,莫难于军争。(《孙子·军争篇第七》)

(36)老子曰:天下莫易于为善,莫难于为不善。(《通玄真经》)

(37)孔子曰:“凡人心险于山川,难于知天;天犹有春秋冬夏旦暮之期,人者厚貌深情。”(《庄子·第三十二列御寇》)

以上例句中,“难于”都是用于引进比较的对象,例(34)(35)中“战”、“军争”都是名词性成分;例(36)中“易于”和“难于”对举,“为不善”是指称化的名词性成分,意思是“没有比做不好的事更难的了”;例(37)“险于”与“难于”对举,意思为“人心比山川凶险,比天时难测”。

秦汉时期，随着功能的扩展，“难+于”不再限于引进比较对象，后接成分为谓词性成分的用例明显增多，“于”的介引功能减弱，从语音的角度看“难+于”还未成词。例如：

(38)今边郡困乏，父子共犬羊之裘，食草莱之实，常恐不能自存，难于动兵。师古曰：“不可以兵事动之。”(《汉书·列传第四四》)

(39)永平八年，举孝廉，稍迁；建初中，拜杨州刺史。当过江行部，中土民皆以江有子胥之神，难于济涉。(《后汉书·列传第三四》)

(40)昭君丰容靓饰，光明汉宫，顾景斐回，竦动左右。帝见大惊，意欲留之，而难于失信，遂与匈奴。(《后汉书·列传第七九》)

从语言发展的角度看，副词形成的句法环境一般是处于谓词性成分前，“难于”与后续成分VP在线性序列上相邻使用，而且都是谓词性的，根据语义重心后移原则，VP语义具体实在，“难于”就很容易向副词演化。从检索的语料看，南北朝时期，受双音化趋势影响，“难于”呈现向副词发展的倾向。例如：

(41)暹寻迁中书监，兼并省右仆射。是时法网已严，官司难于剖决，系狱者千余人。(《北史·列传第二十》)

(42)时皇后爱少子东平王俨，愿以为嗣，武成以后主体正居长，难于移易。(《北史·列传第三五》)

(43)顷代陵夷，九流乖失。其有勇退忘进，怀质抱真者，选部或以未经朝谒，难于进用。(《梁书·武帝纪上》)

例(41)中“诉讼不易分析、解决”；例(42)“武成的地位不易动摇、改变”；例(43)“没有被朝谒的不易选拔引用”。上述例句中语义重心后移到VP上，“难于”逐渐趋向副词。

隋唐时期，“难于”主要表示“不易或不能做某事”，其用频越来越高，形成了大量四音节“难于VP”。例如：

(44)宰臣李泌等虽奉诏简择，难于取舍，由是百僚皆和。(《大慈恩寺·卷二十一·诗文》)

(45)安禄山以讨君侧为名，归罪杨氏，表陈其恶，乃牒东京送表。议者以其辞不利杨氏，难于传送，又恐他日禄山见殛，及使大理主簿召皎送表至京。(《广异记·召皎》)

依据以上“难于”的词汇化过程,“难于”的演化路径可以图示化如下:

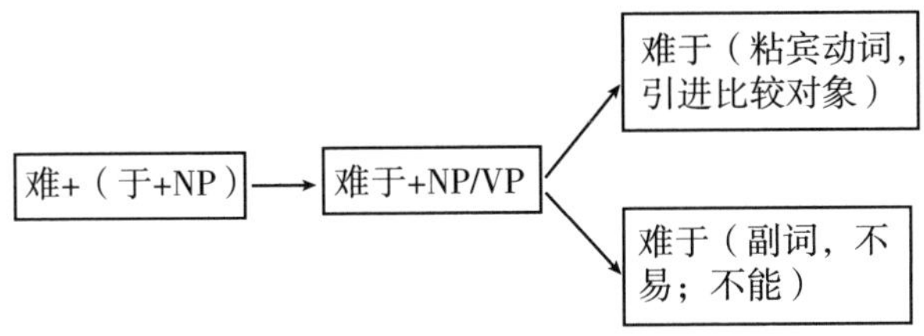

3.2 演化机制

从语言历时发展看,处在谓词性成分前是副词“难于”得以形成的条件之一,语义虚化也是“难于”副词化的又一动因。在“难于+VP”结构中,后接成分为谓词性成分,语义重心转向后项 VP。据此而言,可以认为这一结构中“难于”的功能具有摹状性,语义逐渐抽象化、虚化。例如:

(46)因为积累了更多的关于经济的知识,还因为新工业存在的问题也更为普遍地为人们所熟悉,这样一来,少数人的聪明才智要支配经济舞台就不那么容易,垄断的地位就更难于建立和保持。(阿瑟·刘易斯《经济增长理论》)

(47)我们感到满意的时期并不长久,因为我们发现,另一方面,敌人正在建造一些变相的发射场所,这些场所不那么精密复杂,却更加仔细地加以伪装,所以,也就比较难于发现和击中。(温斯顿·丘吉尔《第二次世界大战回忆录》)

例(46)重在表达“垄断地位不易建立和保持”,其语义重心在“难于”之后;例(47)重在表述“伪装的场所不易发现和击中”,“难于”用来限制“发现和击中”。

张谊生(2010)指出,在“V/$A_{单}$”和“于”的组合中,附缀构造和韵律音步正好契合,所以,相当一部分附缀“于”完成了向词缀“于”的转化,“于”进入词内得以保留,汉语中出现“敢于、勇于”等一批“词根+构词后缀”的双音节词。“难于”的形成就是“难”在表“不容易”义的基础上,随着“于”的介引功能逐渐弱化和双音化趋势词汇化而来的。“难于”先经历了由跨层结构演变为粘宾动词的过程,然而这并没有结束,粘宾动词“难于”又在语法化的道路上继续前进,逐渐虚化为副词。另外,前项的“难于”由前景信息变为背景信息,由此,很容易向副词演变。

由于认知角度的变化,“难于”重新分析,Langacker(1977)将重新分析定义为:没有改变表层表达形式的结构变化。一个可分析为(A,B),C 的结构,经过重新分析后,变成了 A,(B,C)。因此,经过跨层结构词汇化形成的新词,都有一个对原来形式的重新分析过程,副词"难于"也是如此。

3.3 鉴别标准

判定副词"难于"的前提是"难+于+VP"结构的出现,因此,我们通过考察"难+于+VP"结构的句法、语义方面的不同,拟出鉴别副词"难于"的三条标准:

1)判断"难+于+VP"中的"难于"是不是一个复合词,可以把"于+VP"移到谓语前,如果句义改变,那么可以鉴定"难于"是复合词;

2)在"难+于+VP"结构中,如果话题具有"不易,不能"语义特征,而且能与"难以"互换,其为副词"难于";

3)"难+于+VP"中,VP 部分是语义重心,则为副词"难于"。

根据以上标准,我们检索到南北朝时期,"难于"有副词化的趋向,择要举例如下:

(48)敬仲表诉,帝以诏命既行,难于追改,擢敬仲祠部郎中。卒于章武太守。(《北齐书·列传第一五》)

(49)帝在宴席,口敕以为中书监,命中书郎李愔于树下造诏。愔以收一代盛才,难于率尔,久而未讫。(《北齐书·列传第二九》)

(50)从还寿阳,武帝有受禅意,而难于发言,乃集朝臣宴饮。(《南史·列传第五》)

(51)初,高祖迁洛,而在位旧贵,皆难于移徙,时欲和合众情,遂许冬则居南,夏便居北。(《魏书·列传第三》)

以上四例的话题都具有"不易,不能"的语义特征,VP 部分是所述事件的语义重心,"于"的介引功能渐趋消失,"于"是词缀,不再是附缀①。

四、从述宾到状中的"X 于 VP"

现代汉语中"终于"和"过于"是典型的副词,在句中作状语,使用频率非常高。"终于""过于"的源结构都是"动词+介词",属于跨层结构,经历了跨层结构而词汇化的过程。其中"急于""苦于""羞于"用来修饰后面的谓词性成分,对谓词性成分加以限定。

①关于附缀化,请参看张斌(2013)的介绍和分析,另可参看 Zwicky and Pullum(1983)及 Zwicky(1985)的相关论述。

4.1 其他“X 于”的副词化趋势

现代汉语中“X 于”类词在从动词向副词演化,“急于”“羞于”在现代汉语中形成了固定的结构形式,“苦于”经常放在否定格式的前项。例如:

(52)目前,早期教育问题已引起社会和家庭的重视,这是一种进步。但应该引起注意的一种倾向是,不少家长“望子成龙”心切,急于求成,不考虑孩子的负担,给予过重的学习任务,而且教育方法也不得当。(《儿童心理教育》)

(53)今天,我本想把自己当时那一片眷恋之情诉说给她听。可又想,老朋友会面时是不该谈这些的。再说,我们俩还跟从前一样,羞于启齿。虽然,我们都早已跨过不惑之年,但还是不好意思说出个“爱”字。(《读者》(合订本))

(54)本村农民谭泽奇打算饲养生猪,但苦于没有资金、不懂饲养技术,谭兴华主动借给他 8000 元钱,并给予具体指导,使他家当年投产,当年见效,一举甩掉了贫困帽子。(1994 年《报刊精选》)

“急于”表达预设义,即说话人预设(presupposition)事情会朝着心理预期设想的方向发展,“急”的语义特征多为[+述人][+着急],因而说话人在进行表达时,蕴涵的语义大多是说话人的心理期望。“急于”主要用来修饰后面谓词性成分,此时语义重心偏向后项成分。例如:

(55)与一个被证实过的模式挪过来复制而变大的企业相比,这之间有很多不同,我最大的顾虑是,风险投资进来后我们会急于赢利。(张向东《创业者对话创业者》)

(56)汪精卫为了摆脱孤立地位,急于讨好蒋介石,抢先在会议上提出:“惟有请预备会议即日催促蒋介石同志继续执行国民革命军总司令职权,才是解决党务、政务、军事问题的当务之急。”(陈廷一《蒋氏家族全传》)

“羞于”一般后接谓词性短语,是对其后成分的方式或状态进行修饰、说明。例如:

(57)如果我们能把眼光放得远一点,拿出一点对自己未来负责的态度,就不难发现,这类速朽的东西不会在文学史上留下什么痕迹,甚至可能在不远的将来连作者自己都会羞于提及。(1995 年 8 月《人民日报》)

(58)这难道不是上帝之子的声音,不是这甘自折磨、甘愿清苦、正无法阻挡地走向毁灭的上帝之子徒劳地使出全部力气从内心深处喊出的声音? 我为什么就羞于

表露自己的想法?(歌德《少年维特之烦恼》)

"苦于"一般用于对后面谓词性成分加以限定,用来说明谓词性成分的一种状态,还经常用在转折句中。例如:

(59)莫利斯一听,更觉蹊跷,便马上塞给她20美元,恳切地说:"我曾当过多年管道工,能干这活。不瞒您说,我现在正苦于找不到工作,请您帮帮我,让我干!"(朱樱《奥丽别墅间谍战》)

(60)香港系自由贸易区,什么都能买到,惟不易通过海关检查。申光此去虽然购到一批器材,却苦于无法运回内地。(杨耀健《南方局地下无线电通讯网》)

总之,"终于""过于"已完成副词化,是汉语中典型的副词,"难于"正在经历副词化的过程,"急于""羞于""苦于"主要是修饰、限定谓词性成分,句法结构由述宾向状中发展,句法功能趋向副词。据此,关于汉语中一系列"X于"类词的副词化现象还有待进一步探讨。

4.2 相关"X于"的副词化梯度

现代汉语中"X于"的语法化程度不一,"终于""过于"副词化程度最高,"难于""急于""羞于""苦于"是一批新兴的副词,其语法化梯度可以通过一些方法来鉴别,如:A.正反提问法,即状中式"X于VP"一般不能正反重叠成"X不X"的形式进行提问;B.替换提问法,即状中式"X于VP"结构中前项X和后项VP之间,在表达意义上一般是修饰或限制的关系。换句话说,前项X通常用来说明后项VP的时间、程度、状态、方式,后项VP是前项X所描写的对象,常常可以用"X于做什么"等疑问词语进行提问;C.核心替代法,即在一定的语言环境中,后项VP可以替代整个结构"X于VP",单独作谓语。根据以上方法列表如下:

	终于	过于	难于	急于	羞于	苦于
A	+	+	+	-	(+)	(+)
B	+	+	+	+	+	+
C	+	+	-	(+)	(+)	+

注:"+"表示符合鉴别方法,已成为副词;"-"表明不符合鉴别方法;"(+)"处在中间地带

通过检索网络语料,发现少数例句中"羞于""苦于"可以正反重叠成"X不X"进行提问。例如:

(61)在中国没有几个人有那么高的工资供消费。一天一百多退休工资不是说羞于不羞于出口的问题,逼上梁山的实例还少吗?(老黑《树现象》)

(62)如今好多学子一定是辗转于各大招聘会,在城市之间奔波,应该很辛苦,可是,这些都是人生的一部分,不管你苦不苦于工作的压力,这是一个难得的经历,哪怕是和寝室出去逛逛也好……(新浪博客《大四,你准备好了吗?》)

因此,不管选择什么样的界定标准,都很难做到对内有普遍性,对外有排他性。

五、结语和余论

综上所述,首先,从性质特征与句法分布看,现代汉语中“难于”存在着跨层短语、粘宾动词和副词的连续统,根据用例,副词“难于”的使用频率高于跨层短语、粘宾动词“难于”。其次,从结构演化与表达功能看,随着“难于”的功能扩展,使用范围进一步扩大,其后成分除了可以是名词性成分 NP,还可以修饰、限制谓词性成分 VP,“难于”的语法化是从行域到知域,衍生出委婉否定的语用功能,是从句法到词法的演化过程。再次,从词汇化过程与演化机制看,源形式“难+于”连用在先秦时期就已出现,用于引进比较对象,秦汉时期,“难+于”后接谓词性成分的用例明显增多,南北朝时期,随着双音化趋势,“难于”有向副词发展的倾向;“难于”的语法化机制主要是语义泛化、韵律制约、重新分析等;从句法、语义方面提出鉴别“难于”演化为副词的三条标准。最后,探讨现代汉语中“急于”“羞于”“苦于”的副词化趋向,提出了一系列鉴定方法。其实,现代汉语中“近于”“疲于”也有副词化倾向,值得进一步探讨①。

语言中的这种虚化现象还在进行中,而且将会一直继续。因此,不管是语言研究还是语言教学,乃至编撰各种词典,都必须树立起发展的、动态的语言观,必须对语料进行穷尽式的检索与分析,唯有如此,才能揭示语言的本质,才能提出合乎事实的解释。

参考文献

陈晨:《“难 X”双音词词汇化及相关问题研究》,华中师范大学硕士学位论文,2016 年。

董秀芳:《汉语的句法演变与词汇化》,《中国语文》,2009 年第 5 期。

何乐士、敖镜浩、王克仲:《古代汉语虚词通释》,北京:北京出版社,1985 年。

①迄今为止,通行的语文词典,像《现代汉语词典》(2016 第 7 版)、《现代汉语规范词典》(2014 第 3 版),都没有为“羞于”“近于”“疲于”列目。

刘丹青:《重新分析的无标化解释》,《世界汉语教学》,2008 年第 1 期。
刘红妮:《“终于”的词汇化——兼谈“X 于”词汇化中的介词并入》,《阜阳师范学院学报(社会科学版)》,2010 年第 2 期。
吕叔湘:《现代汉语八百词》(增订本),北京:商务印书馆,1999 年。
沈家煊:《复句三域“行、知、言”》,《中国语文》,2003 年第 3 期。
王明洲:《介词“于”的演化模式与动因及其多样性后果》,上海师范大学博士学位论文,2014 年。
吴福祥:《汉语语法化研究的当前课题》,《语言科学》,2005 年第 2 期。
谢雯瑾:《“于”及其“V/A 于 X”的发展与演化》,上海师范大学硕士学位论文,2008 年。
张谊生:《从错配到脱落:附缀“于”的零形化后果与形容词、动词的及物化》,《中国语文》,2010 年第 2 期。
张谊生:《汉语否定的性质、特征与类别》,《汉语学习》,2015 年第 1 期。
张谊生:《从介词悬空到否定副词——兼论“无以”与“难以”的共现与趋同》,《语言教学与研究》,2015 年第 4 期。
赵元任:《汉语口语语法》,北京:商务印书馆,2001 年。
朱德熙:《语法讲义》,北京:商务印书馆,1982 年。
朱福妹、马贝加:《再议副词“终于”的产生》,《语言研究》,2017 年第 4 期。
Hopper, Paul J.& Traugott, Elizabeth C.*Grammaticalization*.Cambridge:Cambridge University Press,1993.
Givón, Talmy. *Historical syntax and synchronic morphology*: *an archaeologist's field trip*, Chicago Linguistic Society ,Volume 7, 1971.

From Cross-structure to Adverb: the Evolution and Expressive Function of *Nanyu*(难于)
——also on the adverb tendency of "X*Yu*"

Du Kefeng
(Shanghai Normal University)

Abstract:In modern Chinese, there is a continuum of cross-structure, visco-object verb and adverb in *nanyu*(难于). With the expansion of the function of *nanyu*, the scope of use is further expanded, and the latter elements can be used to introduce comparative objects except for the nominal component NP. The pragmatic function of euphemism and negation can also be derived by modifying and limiting the predicate component VP. *Nanyu* has gone through the process of changing from cross-structure to visco-object verb, and then went on the way of grammaticalization, gradually turning it into adverb. The grammaticalization of *nanyu* is the evolution process from acting domains to knowing domains, from syntax to lexical.

Keywords: *nanyu*(难于); functional expansion; euphemism; reanalysis

描摹性副词与形式动词共现时的分布限制与位移选择*

——兼论不同分布的功能差异与表达效果

王伟民
（上海师范大学语言研究所）

提要：描摹性副词与形式动词的共现搭配情况较为复杂，不同性质的描摹性副词与形式动词共现时分布也各异。能与形式动词共现的描摹性副词，在典型情况下，有前置、后置、移位三种分布，其中移位式可以后移定语化，这些副词在句法、语义、认知等方面都有自身特点。“后移定语化”需要一定句法环境，复杂状语、宾内定语、特殊句式等因素都对其移位有一定影响。移位后有特殊的表达功用和语用效果，表现为时间上的恒久和临时，性质上的限定与分类，概念上的概括与评价。

关键词：描摹性副词；分布；形式动词；移位

一、引言

现代汉语中，描摹性副词与形式动词共现时，可以在形式动词前作状语，也可后移作形式动词所带宾语（由指称性谓词充当的宾语）的宾内准定语。① 例如：

全力进行反击——进行全力反击

* 本文得到了张谊生教授的多次指导，在此表示诚挚感谢。本文曾在“第二十次现代汉语语法学术讨论会”上宣读，与会专家李宗江先生、邵洪亮先生给予了宝贵的修改意见，在此一并表示感谢。匿名审稿专家对本文提出了重要修改意见，受益匪浅，同样予以衷心感谢。文中谬误概由本人负责。

①形式动词后的描摹性副词所充当成分的性质，尚有争论，本文不详细讨论，采用“准定语”说法。

断然予以否决——予以断然否决

前句中"全力"等词作状语,后句它们移到形式动词后,作"名动词"的准定语。很多学者已经注意到这一现象,并进行了相关讨论。张谊生(2000:31)认为"绝大多数描摹性副词都可以充当名动词的定语",史金生(2011:25)则认为"具备这一特征的只是描摹性副词的一部分,很多描摹性副词不能充当动名词的定语",二者虽然观点不同,但都承认描摹性副词可以充当名动词定语这一事实。除此,许双华(2004)、吕瑞卿(2006)、于丽丽(2008)、杜群尔(2010)、刁晏斌(2012)等学者在研究形式动词过程中,也注意到了这一现象,从各自的角度进行了相关的描写与论述。综合来看,已有的研究多是在讨论其他方面问题时,提及这一现象,没有将这一现象作为主要关注重点,因此与这一现象相关的很多问题都没有解决。例如:是否所有的描摹性副词与形式动词共现时都有以上的分布,不同的分布有哪些限制条件,描摹性副词定语化后具有哪些表达功用等等。

本文拟对这一问题进行专门研究,尝试寻找上述问题的答案。文章除引言和结论,大体分为四个部分,首先考察描摹性副词与形式动词共现时的分布情况,其次分析不同分布所受的限制,再次讨论后移作准定语的句法环境,最后探讨后移定语化的表达功用和语用效果。

为称说方便,文中将"描摹性副词"称为"副词",无特殊说明所说"副词"都指描摹性副词,"形式动词"标记为"DV"。本文语料来自人民网、CCL 语料库和百度搜索,全部标注出处,个别例句略有修改。

二、性质与分布

我们首先从张谊生(2000)所收录的副词中,选取 100 个词作为研究对象,考察它们与典型 DV"进行""予以"的共现情况,初次考察范围限定在人民网和 CCL。再次考察扩大范围,在百度搜索中进一步考察副词与 DV 的共现情况。①

①张文将副词分为方式、状态、情状、比况等 4 类,我们从每类副词中选择 25 个词,共 100 个词进行考察。在每个大类选词时,照顾到其下的各个小类,尽量将有代表性的小类中的典型词选出来,做到所选择词能够反映整体面貌。为准确考察,排除干扰,兼类词不在我们考察范围内,此外单音节词因为节律的原因,情况较为特殊,也不在我们的考察范围内,只考察双音节。本次考察的搭配情况限制在紧邻使用的情况,即"进行如实"和"如实进行"这些情况。在人民网和 CCL 调查的数据见文后附表,篇幅原因,未列百度搜索数据。

2.1 搭配与移位

从首次考察结果看,副词与 DV 的搭配情况是不平衡的,一部分词与 DV 较少共现搭配,我们暂时称其 A 类,另一部分则较多地与 DV 搭配,我们称为 B 类。

A 类

A 类词在人民网和 CCL 中基本没有与 DV 共现使用的情况,共有 65 个,其中表情状词有"勃然、惨然"等 23 个;表方式有"翘首、只身"等 19 个;表比况有"赤膊、穿梭"等 18 个;表状态有"按理、驾机"等 5 个。例如:

(1)在当前"互联网+"的大势下,智能家居勃然兴起(*勃然予以兴起),空调的智能化、健康化、舒适化趋势已成为行业共识。(《科龙"省电宝"新品助阵能效强者引领节能风》,2015-11-11,人民网)

(2)党的十九大即将召开,东营的百姓都在翘首以盼(*进行翘首以盼)。(《面对石油行业下行压力石油城东营加快产业转型升级步伐》,2017-10-03,人民网)

"勃然予以兴起""进行翘首以盼"这类表达一般不说。虽然考察中有个别 A 类词与 DV 配合使用,但数量很少,接受度也较低。

B 类

这类中可以出现在 DV 前面和后面的有"定量、实地"等 19 个词,占该类词的 54.3%,暂称其为"移位式",将该类词移位到 DV 后面,作准定语的现象称为"后移定语化"。另一部分词分为两类,一类经常出现在 DV 前,较少出现在 DV 后,我们称之为"前置式",有"如期、照常"等 11 个,比例为 31.4%;一类经常出现在 DV 后,较难在前出现,暂称为"后置式",有"明令、无端"等 5 个,比例为 14.3%。例如:

(3)检查线上,教员对每名伞兵从上到下、从前到后逐个进行检查。(《组图:解放军空降兵新战士夜间跳伞》,2016-03-04,人民网)

(4)抢修队员对电杆逐根进行巡视,将分支线路逐一断开,对用户进行逐个检查,确保主线路尽快恢复供电。(《临海支援余姚突击队灾区抢修全面展开》,2013-10-17,人民网)

(5)日本海上自卫队机组人员将与越南军方进行交流,顺便进行休养、补给。(《日本 P3C 巡逻机停降越南日媒称其为制华动作》,2016-02-18,人民网)

(6)超市发商贸集团经理介绍,这个集团由几家商贸公司合并而成,已有 50 家店铺进行连锁经营,去年营业额突破了 8 亿元。(《人民日报》1998 年 1 月)

"顺便进行休养、补给"可以说,但"进行顺便休养、补给"接受度就非常低。同样,"进行连锁经营"为正常表达,"连锁进行经营"则很少说。"逐个"可以自由地居前或后移。

以上的结论是在典型环境中得出的,"进行""予以"是典型的DV,语料来源也多为正规书面语言,所以我们的结论只在一定范围正确,脱离典型环境的情况,还要进一步考察。

2.2 范围与典型

在百度搜索中,我们进一步调查了该情况,结果显示,后置式、前置式呈现出与移位式相同的共现分布。例如:

(7)在贾母的亲自导演下,在事关切身利益的王熙凤配合下,贾母对金玉良缘迎头予以痛击,让王夫人、薛姨妈当场打脸。(《红楼梦里的婆媳斗争》,2017-10-05,搜狐网)

(8)房地产政策可能在落实方面进行悄然放松,尤其在限购政策方面。(《大摩:房地产政策或在落实方面悄然放松》,2012-03-15,腾讯网)

百度中的用例比人民网和CCL接受度低,所出现的语体也不如二者正式。所以,我们说这些用例是非典型的。对于A类,我们同样在百度中进行了搜索,除少数几个词外,很少出现与"进行""予以"搭配使用的例子,据此我们得出初步结论,A类词几乎在任何环境下都不与DV共现搭配。

综合考察情况,我们认为,副词与DV搭配要区分典型情况和非典型情况。A类与B类的区分,在任何情况下都基本一致。B类内部,在典型环境下,存在后移定语化与非后移定语化之分,在非典型的环境下,B类词一般都可后移定语化。据此,在非典型的条件下,我们可以把考察结果概括为,就能与DV共现的副词来说,一般情况下,都可以分布在DV后作定语,但内部存在着典型和非典型之分。简列如下:

副词{A类; B类{典型; 非典型}}

就目前情况看,非典型后移虽然有一定用例,但其接受度还要进一步检验,正式书面语体较容易接受的还是典型环境下的移位式。同其他副词相比,这些典型的移位式有其自身特点,这些特点决定了它更容易后移。

三、搭配限制与移位制约

本节从句法、语义、认知等角度出发,结合典型环境,探讨副词这些不同分布形成的原因,暂不涉及非典型的情况。

3.1 配合与选择

DV 对宾语有一定选择性,朱德熙(1985)认为"虚化动词所带的宾语只能是表示动作的双音节词"。刁晏斌(2004:41)指出"并不是所有的实词都可以做虚义动词的宾语,比如大量的名词和形容词,就不能做虚义动词的宾语。即使在动词中,能做虚义动词宾语的也只是其中的一部分"。对于 DV 所带的谓词性宾语,从语义上讲,一般认为,应具有一定的"能动性",所谓"能动性"是指复杂的动作、行为或心理活动,如果某些词语缺少能动性,一般就不能充当 DV 宾语。

通常情况下,描摹性副词与动词搭配时也有一定的选择性,表现为某个副词只能与某些动词搭配,不能与其他动词配合使用。如"另眼",一般只能修饰"相看、相待"等几个词或词组。这种选择性间接影响了它与 DV 的配合使用。与副词惯常搭配的动词如果缺少能动性或能动性不强,就不能与 DV 搭配使用,相应地副词就很难与 DV 一起共现组合。A 类词就是这样的情况,下表是部分 A 类词对动词的选择情况。①

副词	动词、形容词(词组)
寂然	离去、独居、死去、无声、不动
悠然	自得、闲逛、漫步、神往
蔚然	成风、兴起、成林
循循	善诱、教导

这些动词都在一定程度上缺少能动性,像"无声、独居"等词基本没有能动性,"死去、叹息"等词虽有能动性,但相对都较弱。这些词(组)与 DV 的搭配接受度都较低。例如:

?? 予以寂然离去?? 寂然予以离去

?? 进行悠然闲逛?? 悠然进行闲逛

①转引自张斌主编《现代汉语虚词词典》附录(二)情态副词与动词、形容词搭配表。张斌主编:《现代汉语虚词词典》,北京:商务印书馆,2013 年。

副词居前时,因语义一般指向后面的宾语,因此也受"选择性"影响,所以无论在前还是在后,能动性都影响了它与 DV 的搭配使用。

3.2 内涵与外延

一般情况下,"描摹性副词的表义功用主要在于使表述更为生动、鲜明,重在相关行为内涵的形象性"①,该类词的意义大都与动作行为或变化的内涵直接相关。如"暗中、轮流"等词,表达的是动作行为或变化进行的方式,"全力、蓄意"表达的是行为发出者的情感、态度。就后移定语化而言,在其他条件满足的前提下,副词意义与动作内涵越接近就越容易后移,反之则较难后移。前置式词较难后移,一个重要原因就是它们的意义与内涵距离较远。这部分词与动词结合较为松散,中间可以插入较复杂的介词结构。例如:

(9)佘清舟今日再次表示,将坚持继续履行许可合同,照常按照合同约定在风行网上播放江苏卫视综艺节目,并且将一直坚持播放到 2014 年 7 月 31 日合同期满。(《侵权盗播还是"一女二嫁"? 江苏卫视风行网互诉法庭》,2014-01-22,人民网)

(10)袭击发生后,埃及安全部队连日在西奈半岛和其他地区对恐怖分子及其藏匿处实施打击。(《埃及军警打死 14 名恐怖嫌疑人》,2017-11-29,人民网)

"照常"表示"某种动作、情况按照过去正常的情况进行,不因条件变化而改变"②,与"播放"的内涵关系不大。"连日"表达的是"实施打击"在某段时间内,较为频繁地连续发生,也与其内涵无根本联系。

副词后移定语化后,限定了所修饰的动作或行为的范围,有某种分类的作用(下文将详细讨论),认知上人们一般容易从内涵或与内涵联系密切的方面给相关事物或动作分类,较少从外延上分类。我们会认为"暗中采访"是采访的一个类,但很少认为"照常采访"是一个类。正是这个原因,意义与动作行为内涵较远的前置式较少后移。

3.3 控制与实施

一般情况下,副词定语化后形成的某种方式或状态下的动作行为,可以控制或改变,人们可以选择施行这样的动作行为,也可以选择不施行。例如:

(11)早先,电影创作者把诸多传统文化元素进行如实演绎或者虚构升华,一一

①参见张谊生著《现代汉语副词研究》,上海:学林出版社,2000 年,第 40 页。

②释义引自北京大学中文系 1955 级、1957 级语言班编《现代汉语虚词例释》,北京:商务印书馆,2010 年,第 628 页。

搬上大银幕时,我们自己的观众的确能够迅速产生认同感,并获得某种视听满足感。(《中青报:讲述中国故事不是自娱自乐》,2016-12-15,人民网)

(12)此前有人指认作案者为华山景区的保安,但景区予以断然否认,并称是两拨游客冲突所致。(《景区岂能成"惊"区》,2012-10-08,人民网)

"如实"意为"按照实际情况"①,是否"按照实际情况演绎",行为人可以控制。"断然"意为"表示十分坚决而毫不迟疑,有果断的意思"②,具有这些情状的动作行为,行为人可以通过调控自身状态,予以实现,是可控的。

这种可控性与 DV 对宾语的要求相契合,DV 意义为施加或实施某些动作行为,当某些动作行为不受控制,就谈不上"施加或实施"了。例如:

(13)a.3 月 9 日,美韩如期进行联合军事演习。(《朝鲜火箭发射在即且看日本是否拦截》,2009-03-25,人民网)

b.? 3 月 9 日,美韩进行如期联合军事演习。

b 句中,副词后移后,句义虽然基本能够理解,但总觉得别扭,接受度较低。"如期"意思是"按照期限","联合军事演习"是否"如期"受多种因素影响,不受行为者直接控制。

除以上论述的因素,还有一些因素影响分布。前置式"埋头、联袂、亲手"与动词结合后具有可控性,与动词内涵联系也较为紧密,但却较少后移。这些词与人体五官直接相联系,语义较为具体。认知上,人进行某些动作行为时,首先要调动相应五官,之后再进行动作行为,主体对这一客观事实有基本认知,反映到语言中,表现为这些副词一般在动词之前,较难后移。后置式与所修饰中心语结合得较为紧密,表现出较强的"粘谓"性质,较难离开中心语,因此较少出现在 DV 前面。还有一部分词一般不与 DV 配合,原因是具有形象色彩,如脉脉、耿耿等词,这些形象色彩与 DV 所在的语体要求相背。

综上,副词与形式动词的共现分布受句法、语义、认知等多方面因素制约,就移位定语化来说,如果副词可以反映动词的内涵特征,与动词结合后具有可控性,一般可以后移,反之不能。当然具备上述条件的副词不能在任何条件都能后移,要在一定句法环境允许的情况下才可能后移。

①副词释义一般引自《现代汉语词典》(第七版),其他词典释义予以特殊说明。

②释义见张斌主编《现代汉语虚词词典》,第 157 页。

四、句法环境与后移倾向

这里的句法环境是与后移定语化相关的形式上的因素,着重分析移位式副词在什么情况下需要后移,什么情况下不能后移。

4.1 复杂与简单

DV 状语的复杂程度对后移定语化有一定影响。一般情况下,如果状语较为复杂,①副词往往需要后移,作 DV 宾语的宾内定语。例如:

(14)高博文得饶一尘魏派嫡传,团内两位苏州评弹国家级代表性传承人陈希安(沈派)和赵开生以及《珍珠塔》的薛派传人薛惠君等前辈也纷纷对其进行悉心指导、倾囊相授。(《高博文:评弹界的"吴韵一哥"》,2013-07-05,人民网)

(15)鲁贵民郑重地表示:"我们要在全国范围内和永康展开战略合作,凡是有合伙人的地方,我们都会从政策等各方面予以全力支持!"(《刘永宏公益爱心惠及10万多近视孩子》,2016-04-12,人民网)

上例中,副词都不宜前置,DV 前状语较多,位置拥挤,没有副词位置,相比之下 DV 宾语过于单薄,前后不对称,再加上副词与宾语语义上的联系,表达中往往将副词后移定语化。如果将副词前置,则会形成特别复杂的状语,表达啰嗦,造成理解困难。试比较:

(16)? ……薛惠君等前辈也纷纷悉心对其进行指导、倾囊相授。

(17)? ……我们都会全力从政策等各方面予以支持!

例(16)和例(17)都是 4 层状语,过于繁琐,理解困难,不易接受。此外,状语中如有与副词语义相近或相关的成分,副词一般后移,避免造成语义重复、多余。

在状语相对简单的情况下,副词前置或后移,比较自由。例如:

(18)然而,当记者问撒切尔夫人是否打算放弃爵位、重登政坛时,她断然予以否认。(《作家文摘》1994 年)

(19)但是,对于他加入西班牙籍可获得 100 万欧元的报道,卡洛斯予以断然否

①我们所说的复杂和简单,是就层次而言,不是就数量说的,如"也纷纷对其进行悉心指导"[也[纷纷[对其[进行悉心指导]]]],"进行"有 3 层状语,我们就认为这些状语是复杂状语。

认。(《新华社新闻报道》2004 年 10 月)

在状语相对简单的情况下,副词前置还是后移,取决于发话人的表达需要。在状语相对复杂的情况下,因为句法位置的挤压,副词倾向于后移。

4.2 排斥与阻隔

所谓"排斥"是指,一般情况下,副词与 DV 宾语的定语成分相排斥,DV 宾语带定语时,副词一般不能后移。另一方面,副词后移定语化后,宾语一般也不能再前加修饰成分。例如:

(20)a.冯治安又协同秦德纯前往庞炳勋处,予以当面警告,最后迫使庞不敢轻举妄动。(《抗战时期的冯治安将军》,2013-10-18,人民网)

b.? ……予以当面(的)严厉警告,最后迫使庞不敢轻举妄动。

c.? ……予以严厉(的)当面警告,最后迫使庞不敢轻举妄动。

b 句和 c 句接受度都很低,但我们用"口头"替换"当面",得到的 c′句,接受度就相对较高。试比较:

(21)c′.……予以严厉的口头警告,最后迫使庞不敢轻举妄动。

"口头警告"是定中结构,"当面警告"是状中结构,一个是体词性的,一个是谓词性的,这一区别对接受度产生了直接影响。当"当面警告"这类结构直接在 DV 后面时,受 DV 影响,整体指称化。一旦离开 DV,之间插入其他成分,因为这个成分的阻隔,DV 对其影响减弱,会造成指称性弱化或消失,这样的后果就是其常规的陈述功能恢复,这与 DV 对宾语的要求相矛盾,造成整个结构接受度较低。而"口头警告"本身就是体词性结构,无论有无阻隔,都是指称性的,与 DV 的要求相契合,因此整个结构接受度也较高。

我们将"当面(的)严厉警告"进行相同的替换,得到 b′句,我们发现其接受度却不高。例如:

(22)b′.? ……予以当面的口头警告,最后迫使庞不敢轻举妄动。

这可能与副词的"粘谓"性质相关,副词与它所修饰的中心语之间结合紧密,一般中间不能插入其他成分。"当面"与"警告"之间有"口头"阻隔,副词不能直接修饰中心语"警告",这种情况造成整个表达接受度很低。另一方面"口头警告"是体词性结构,副词修饰它们缺少理据性。"进行当面的口头警告"去掉 DV 后,"当面的口头警告"很难成立。

4.3 共性与个性

胡裕树、范晓(1995:273—281)从“句子要素的配列”,分析了DV所构成的句式,将其分为12类。① 本文讨论的移位式可以在该分类中的S_1[名(施事)+介+名(受事)+DV+动]、S_3[名(受事)+介+名(施事)+DV+动]、S_6[名(施事)+DV+动]类句式中自由后移定语化。例如:

(23)马克里对上述指控予以断然否认,并通过律师提出上诉,但2个月后遭联邦上诉法庭驳回。(《阿根廷联邦法官裁定马克里总统与非法窃听案无关》,2015-12-30,人民网)

(24)委内瑞拉政府对于上述指责断然予以否认。(《内贾德美国“后院”找朋友》,2012-01-10,人民网)

(25)求职者张先生在入职体检中,被医院私自进行乙肝检查,并告知用人单位,致使张先生被拒录用。(《首宗医院泄露携乙肝病毒案作出判决:当事者获赔》,2011-12-16,人民网)

(26)两次考试共收取三四十万元,所收费用未开具发票,收支结余情况并未公布,被他们进行私自挪用。(《安徽省委书记王学军集中回复113条网友留言》,2015-10-21,人民网)

(27)周涛心生怨气,回家后回忆起白天的情景,越想越难受,便暗中进行调查,得知黄晓晓男朋友叫罗杰,是一名教师。(《男子不甘前女友移情别恋 非法拘禁情敌被判刑2年》,2014-03-10,人民网)

(28)接警后,海淀警方成立以刑警牵头的专案组进行暗中调查。(《团伙盘踞颐和园敲诈黑导游6人被抓获》,2015-07-21,人民网)

三类句式都有相应的一些变体,大部分情况下,在这些变体中副词都可以自由后移定语化,限于篇幅不再一一举例。

S_1类句式,在某些情况下,“名(施事)”可以不出现,形成“介+名(受事)+DV+动”的变体,我们将其称为“S_1'”。S_1'整体可以充当主语、宾语、定语等句法成分,充当这些成分时,一般情况下,与在S_1中情况相同,副词可以前置,也可以后置。S_1'还可以位于介词框架之中,这种情况下副词一般倾向于后移,较少前置。例如:

①原文各类句式用数字与字母符号化,为论述方便改为汉字。汉字表述形式转引自刁晏斌(2004:42—43),略有改动。

(29) a. 经查,该车核载 6 人,司机在对车辆内部进行私自改装后实际载客 24 人,超员 300%。(《违法成农村交通事故主因安全意识普遍淡薄》,2013-07-09,人民网)

b.? 经查,该车核载 6 人,司机在私自对车辆内部进行改装后实际载客 24 人,超员 300%。

b 句相对于 a 句接受度较低,表达时一般倾向于使用 a 句。b 句副词前置,形成较为复杂的状语,不利于准确表达,这点前文已经论述。

在句法限制的情况下,移位式词的前置或后移大都是强制性。实际表达中,副词所在的句法环境,很多时候没有上述讨论的条件与限制,这时副词的后移定语化多受语用因素影响。

五、表达功用和语用效果

相对于状语,副词作准定语有特定的表达作用,这些作用影响了表达中副词的前置或后移。后移定语化之所以出现,多是出于追求表达效果的需要。

5.1 恒久与临时

移位后副词处于定语位置,位置的差异形成了不同的表达效果。定语位置典型的语义特征是静止性,状语典型的语义特性之一是变化性。同样的副词在不同位置上,人们在时间性上对它们的感知是不同的。状语位置上副词表达的方式状态,因“变化性”,人们往往将它们识别为临时性。定语位置上的副词,因为定语“静止性”位置义的影响,人们一般认为其表达的方式状态比较稳定、恒久。① 这一认识在句法上也有所表现,主要为定语化后的副词能与一些表达时间长久的成分共现。例如:

(30) 杨晓群指出,鹰潭市将一如既往地支持龙虎山丹霞地貌开发及旅游产业转型升级,希望各位专家(也)一如既往地对龙虎山进行悉心指导和热心帮助。(《第十二届中国丹霞学术讨论会暨龙虎山世界遗产保护利用研讨会举行》,2011-08-30,人民网)

(31) 李彬认为,在朝鲜出口武器方面,长期以来美朝一直在进行暗中较量,从执行联合国制裁决议来说,美国的这个举动不会受到指责。(《朝古军事合作对美国是

①参看沈家煊(1999)、张国宪(2000、2006)。

难题考验美国智慧》,2013-07-18,人民网)

例(30)中去掉"一如既往地",将副词前置,变为"希望各位专家悉心对龙虎山进行指导",表达依然可以接受。但加上"一如既往地","希望各位专家一如既往地悉心对龙虎山进行指导"接受度就相应地降低了一些。这其中固然与状语的复杂有关,但人们对时间性的感知也是不可忽略的重要因素。

5.2 限定与分类

前文已经谈过,副词后移定语化后,具有从方式、状态、情状等方面限定中心语范围的作用,与单独的中心语相比,带有准定语的中心语范围缩小了,成为中心语概念下属的一个小类。例如:

(32)据了解,这次微山全县有4500多名干部参加了"民情考试"……。同时,对测试对象联系户进行当面调查和电话调查。(《山东微山:联户干部"民情考试"熟悉农户率低于50%停职检查》,2014-01-08,人民网)

(33)但是上述的记录并不够客观,人们更希望对疼痛进行定量描述,用数字来描述疼痛的剧烈程度。(《稍有不适就喊疼,可你知道疼痛怎么测量吗?》,2017-05-19,人民网)

"当面调查"和"电话调查"对举,很明显把它们看作"调查"下属的两个小类。"定量描述"后面的"用数字来描述疼痛的剧烈程度"是对"定量描述"的进一步解释,此处"定量描述"被看成描述疼痛的一类方法。如果"定量"前置,句子变为:

(34)但是上述的记录并不够客观,人们更希望对疼痛定量进行描述,用数字来描述疼痛的剧烈程度。

似乎也能说得通,但显得啰嗦,"用数字来描述疼痛的剧烈程度"多余。动词在DV后指称化以后,发话人想对指称后的概念,进行限定、描写的话,最容易选择的是它表达陈述功能时的一些修饰成分,描摹性副词意义实在,相对于其他副词更容易作准定语。当需要对这些概念进一步分类,区分不同性质时,使用描摹性副词作准定语是很自然的事。

5.3 概括与评价

具体表达中,对于前文出现的某些事件或行为,当下文需要提及时,发话人往往用副词后移定语化的方式,对前文出现的事件或行为进行概括。例如:

(35)有些小青年将普通汽车排气管改成了跑车排气管,有的私自油改气,等等,这些在我省都是不允许的,我省禁止对汽车进行私自改装的行为。(《私改汽车保险不赔改装爱车应适度》,2012-10-16,人民网)

(36)针对救治工作需要,天津的专家分成 2 组,国家卫计委选派的专家分成了 2 个定点组和 1 个巡视组,采取集中专家、集中资源、集中患者、集中救治的“四集中”方式,进行全力救治。(《天津各大医院紧急救治伤员共收治伤员 701 人》,2015-08-14,人民网)

“私自改装”是概括“普通汽车排气管改成了跑车排气管,有的私自油改气”等行为,“全力救治”是对“四集中”的救治方式的概括。概括之后似乎也表达了发话人的评价,如例(36)中,发话人认为“国家卫计委选派的专家分成了 2 个定点组和 1 个巡视组,采取集中专家、集中资源、集中患者、集中救治的‘四集中’方式”是“全力救治”的方式,是对“救治”的评价。用指称化的方式概括事件、行为,本身就表达了发话人的判断,而这种判断会或多或少地表现出某些倾向性评价。

有时 DV 后的定中结构不是对前文具体的事件、行为的概括,而是前面出现的表陈述的(相同词语构成的)状中结构的指称化。例如:

(37)对巡视反馈意见中提到的不如实报告个人有关事项处理偏轻的 2 名干部,对照未进行如实报告时的适用规定分别给予免职和诫勉谈话的严肃处理。(《中共同济大学委员会关于巡视整改情况的通报》,2017-08-30,人民网)

例子前文中的“如实报告”一般认为是陈述性的,在 DV 后面都指称化了,表示某种抽象的动作或行为。

六、结论与余论

经过抽样分析,我们发现描摹性副词与 DV 共现搭配的情况比较复杂。有很大一部分副词不与 DV 共现使用,能与 DV 搭配使用的副词,在非典型的环境中看,居前或居后都可,也就是大都能后移定语化,就典型的环境看,受句法、语义、认知等因素限制,有些副词只能出现在 DV 前,有些则只能在后,还有一部分前后都可以,后移定语化只是其中一部分。移位式是否后移受到复杂状语、宾内定语、特殊句式的影响与限制,在这些因素影响下,前置或后移一般是强制性的,脱离这些句法因素影响,副词前置或后移是相对自由的。副词后移定语化后,形成了特殊的功用效果,具体讲为时间上的恒久与临时,性质上的定性与分类,说明上的概括与评价,当然这些是从不同角度观察得出的结论,实际上它们的很多方面是有交叉的。

本文所做的调查,只是抽样调查,虽然能在一定程度上反映描摹性副词的情况,但终究不是封闭考察,难免有些情况考察不到,可能会有一些遗漏的地方,相应结论也要全面考察后进一步验证。另外副词后移定语化的句法表现有哪些还可继续寻找。关于定语化的语用动因还要继续探索。从语料库的情况看,定语化的例子在 CCL 很少,但在人民网中却大量地出现,这里面有语体的原因,也有历时发展因素,副词状语后移定语化现象呈现出逐渐增多的趋势,其历时的发展脉络及原因还要进一步分析。

参考文献

北京大学中文系 1955 级、1957 级语言班:《现代汉语虚词例释》,北京:商务印书馆,2010 年。
刁晏斌:《虚义动词论》,南开大学博士毕业论文,2004 年。
刁晏斌:《两岸四地现代汉语常用词"进行"使用情况对比考察与分析》,《武陵学刊》,2012 年第 3 期。
杜群尔:《现代汉语形式动词研究》,上海师范大学硕士论文,2010 年。
胡裕树、范晓:《动词研究》,郑州:河南大学出版社,1995 年。
胡裕树、范晓:《动词研究综述》,太原:山西高校联合出版社,1996 年。
吕瑞卿:《形式动词"加以""进行"研究》,上海外国语大学硕士论文,2007 年。
吕叔湘:《汉语句法的灵活性》,《中国语文》,1986 年第 1 期。
史金生:《现代汉语副词连用顺序和同现研究》,北京:商务印书馆,2011 年。
卢建:《可换位摹物状语的句位实现及功能分析》,《语言研究》,2003 年第 1 期。
沈家煊:《不对称和标记论》,南昌:江西教育出版社,1999 年。
沈家煊:《"名动词"的反思:问题和对策》,《世界汉语教学》,2012 年第 1 期。
沈家煊、张姜知:《也谈形式动词的功能》,《华文教学与研究》,2013 年第 2 期。
许双华:《形式动词虚化问题及"加以"宾语性质讨论》,《艺术科技》,2014 年第 6 期。
杨虹:《现代汉语形式动词研究》,上海师范大学硕士论文,2009 年。
于丽丽:《现代汉语形式动词研究》,苏州大学硕士论文,2008 年。
张斌:《现代汉语虚词词典》,北京:商务印书馆,2013 年。
张国宪:《现代汉语形容词的典型特征》,《中国语文》,2000 年第 5 期。

张国宪:《性状的语义指向规则及句法异位的语用动机》,《中国语文》,2005 年第 1 期。
张国宪:《性质、状态和变化》,《语言教学与研究》,2006 年第 3 期。
张谊生:《状词与副词的区别》,《汉语学习》,1995 年第 1 期。
张谊生:《现代汉语副词的性质、范围与分类》,《语言研究》,2000 年第 2 期。
张谊生:《现代汉语副词研究》,上海:学林出版社,2000 年。
朱德熙:《现代书面汉语里的虚化动词和名动词》,《北京大学学报》,1985 年第 5 期。
中国社会科学院语言研究所词典编辑室:《现代汉语词典》(第 7 版),北京:商务印书馆,2016 年。

附表:

类别		序号	词项	DV+d		d+DV	
				人民网	CCL	人民网	CCL
B类	移位式	1	定量	330	1	13	1
		2	实地	415	0	368	0
		3	逐个	337	26	407	93
		4	悉心	105	0	16	0
		5	当面	218	0	270	0
		6	全力	459	17	426	20
		7	断然	32	7	38	8
		8	蓄意	14	0	19	0
		9	奋力	10	0	17	0
		10	潜心	15	0	41	0
		11	预先	238	6	177	13
		12	率先	19	0	446	0
		13	随时	129	0	470	16
		14	轮流	130	0	302	0
		15	暗中	105	0	283	0
		16	私自	63	0	174	0
		17	如实	205	7	120	0
		18	稳步	14	3	16	7
		19	彻夜	26	0	15	0
B类	前置式	1	如期	1	0	32	0
		2	照常	1	0	25	0
		3	悄然	3	0	60	0
		4	顺便	0	0	28	0
		5	亲手	3	0	20	0
		6	联袂	1	0	16	0
		7	悉数	4	0	23	0
		8	决意	0	0	12	0
		9	火速	2	0	16	0
		10	埋头	0	0	16	0
		11	连日	4	0	33	1
	后置式	1	无端	78	0	5	0
		2	连锁	38	0	6	0
		3	迎头	3	12	0	0
		4	百般	15	0	1	0
		5	明令	14	0	1	1
A类		1	按理	8	0	0	0
		2	比肩	0	0	0	0
		3	闭目	0	0	1	0

类别	序号	词项	DV+d		d+DV	
			人民网	CCL	人民网	CCL
A类	4	勃然	1	0	0	0
	5	惨然	0	0	0	0
	6	赤膊	2	0	5	0
	7	穿梭	0	0	0	0
	8	姗姗	0	0	0	0
	9	猝然	3	0	0	0
	10	定然	0	0	0	0
	11	斗胆	0	0	0	0
	12	恶言	1	0	0	0
	13	放步	0	0	0	0
	14	飞速	2	0	5	1
	15	粉墨	0	0	0	0
	16	蜂拥	0	0	0	0
	17	拂袖	1	0	0	0
	18	肝胆	0	0	0	0
	19	裹足	0	0	0	0
	20	后脚	1	0	0	0
	21	岌岌	1	0	0	0
	22	疾步	0	0	0	0
	23	寂然	0	0	0	0
	24	驾机	0	0	6	0
	25	借尸	0	0	0	0
	26	借题	0	0	1	0
	27	斤斤	0	0	0	0
	28	迥然	0	0	0	0
	29	踽踽	0	0	0	0
	30	遽然	3	0	0	0
	31	决然	2	0	0	0
	32	慨然	0	0	1	1

类别	序号	词项	DV+d		d+DV	
			人民网	CCL	人民网	CCL
A类	33	历历	0	0	0	0
	34	另眼	0	0	0	0
	35	妙手	1	0	0	0
	36	默然	3	0	0	0
	37	翩翩	0	0	0	0
	38	平步	0	0	0	0
	39	翘首	1	0	0	0
	40	屈驾	1	0	0	0
	41	随手	2	0	4	0
	42	偷眼	0	0	0	0
	43	托故	0	0	0	0
	44	唾手	0	0	0	0
	45	万般	3	0	0	0
	46	惘然	0	0	0	0
	47	蔚然	0	0	0	0
	48	细声	0	0	0	0
	49	悻然	1	0	0	0
	50	循循	1	0	0	0
	51	一应	0	0	1	0
	52	毅然	1	0	8	0
	53	应声	1	0	0	0
	54	悠然	0	0	0	0
	55	鱼贯	1	0	0	0
	56	沾沾	0	0	0	0
	57	照价	1	0	1	0
	58	振臂	1	0	0	0
	59	只身	0	0	0	0
	60	恣意	6	0	7	0
	61	绝口	0	0	0	0

类别	序号	词项	DV+d		d+DV	
			人民网	CCL	人民网	CCL
A类	62	巧言	0	0	0	0
	63	洗耳	0	0	0	0
A类	64	击节	0	0	0	0
	65	漫天	0	0	0	0

注:“DV”为形式动词(进行、予以),“d”代表描摹性副词。原始数据不超过 500 条的全部统计,超过 500 条的,只统计前 500 条数据。人民网统计时间截止到 2018 年 1 月 1 日。

The Distribution Restriction and Shift Selection on the Co-occurrence of Descriptive Adverbs and Dummy Verbs, as well as the Function Difference and Expression Effect of Different Distribution

Wang Weimin

(Shanghai Normal University)

Abstract: The co-occurrence of descriptive adverbs and dummy verbs is more complex. Descriptive adverbs of different properties have different distributions when they co-occur with dummy verbs. In typical context, there are three distributions of front, rear and shift for the descriptive adverbs that can be co-occuring with the dummy verb. The adverbs of corresponding distribution have their own characteristics in syntax, semantics and cognition. The type of shifting can be move to the back for attributive in certain syntactic environment, and the factors such as complex adverbial, attributive in the object and special sentence structure have certain influence on its shifting. There are special expression functions and pragmatic effects after the shift, which are characterized by the constant and temporary nature of time, the qualification and classification of nature, and the generalization and evaluation of the concept.

Keywords: descriptive adverb; distribution; dummy verb; shift

现代汉语否定极性副词的性质、范围与类别

郑玉贵

（山东师范大学外国语学院）

提要：否定极性副词是副词中一个特殊的类别，是指一些对否定性语境有依赖性，经常或只用于否定结构的副词。本文依据相关判定标准共框定出25个成员，根据对否定性语境的依赖程度高低可划分为严格否定极性副词和非严格否定极性副词。根据允准成分的类型不同可划分为"极强否定极性副词""强否定极性副词"和"弱否定极性副词"。根据与否定词的组合自由度，各成员在自由与不自由之间呈现出一个非离散性的连续统。

关键词：否定极性副词；显性否定；隐性否定；极性敏感特征

一、引言

汉语中大多数的副词都既能在肯定性语境也能在否定性语境中使用，且意义和功能保持不变，并不具有明显的极性①特征。如副词"绝对"，既可以修饰肯定命题，如例(1)，也可以修饰否定命题，如例(2)。然而汉语中也有些副词的语境分布是具有倾向性的，有些只能或经常出现在肯定性语境中。如副词"重新"，只能修饰肯定命题，如例(3)。如果添加否定词将命题极性改为否定，则句子不合法。而有些副词只能或经常出现在否定性语境中。如副词"万万"，只能修饰否定命题，如例(4)，如果去掉否定词将命题极性改为肯定，则句子不合法。

①"极性"是指命题情态的肯定和否定两极。

(1)队长,我相信你,绝对相信你。(张平《十面埋伏》)

(2)我不相信,绝对不相信璇子是精神病!(1995年《作家文摘》)

(3)见高亦陀来到,招弟开始往脸上拍粉,重新(*①)抹口红。(老舍《四世同堂》)

(4)做哥哥的他,万万不能(*能)坐视呀!(矛盾《子夜》)

像"重新"这样只能或经常出现在肯定性语境中的副词可以称为"肯定极性副词";像"万万"这样只能或经常出现在否定性语境中的副词可以称为"否定极性副词";像"绝对"这样不受语境分布限制,可以在肯定否定语境中自由使用的副词可以称为"无极性副词"。本文拟重点讨论汉语中的"否定极性副词"。

副词研究虽然是汉语语言研究的热点之一,但是基于极性视角的副词研究起步较晚,且研究主要集中于否定极性副词的数量统计及个别副词的意义分析比较上,如胡国清(2004)、孙琴(2005)、陈佳宏(2006)、葛金龙(2012)、宋伟萍(2013)等。目前对这类词缺乏整体性的研究,尚未形成统一的名称,各个学者列出的具体成员不同,数量也多少不一。这些都说明我们对这类词尚未有清楚的认识,需要进一步界定和分析考察。

本文从极性视角切入,以副词的所有成员为背景,首先探讨"否定极性副词"的概念和范围,进而提出否定极性副词的判定标准并框定出其具体成员。为更好地发现该类副词成员的共性与差异,最后还将对其进行次类划分。本文语料主要取自北京大学中国语言学研究中心现代汉语语料库(CCL),为简洁行文,对部分例句进行了删截。

二、否定极性副词的范围与判定标准

2.1 否定极性副词的范围

关于否定极性副词的范围,目前汉语学界大致有广义和狭义两种观点。持广义观点的葛金龙(2012)认为汉语中的否定极性副词依据其内部构成中是否包含否定成分可分成两类:一是不含否定的否定极性副词,如"从来、绝、丝毫"等;二是内含否定的否定极性副词,如"未免、无从、不必"等。前者不能直接表达否定判断的含义,对否定仅起修饰和限制的作用;后者词的结构形式为否定("不、无、未"等)+焦点,内部包含了表否定的词

①符号"*"表示句子表达不合法。

素,直接表达否定含义①。其他学者一般持狭义观点,即只包括不内含否定的否定极性副词②。文贞惠(2003)认为"无从""未免"等这些在词形构成上内部包含有起否定作用的词素并由此表达否定含义的词语,它们构成的否定不是语法上的否定关系,只能以逻辑上的意念为基础构成概念上的否定③。我们认为此类词语内部的"不""无""未"等已降格为词内语素,其独立性大大降低,同时它们后续命题的极性特征也没有明确要求。基于以上原因,本文拟取其狭义范围,只研究内部不含否定的否定极性副词。

2.2 否定性语境的形成手段

汉语的否定表达主要有两种手段:显性否定表达和隐性否定表达。显性否定表达是指带有否定词"不""没(有)""别"等否定词的否定表达,否定的含义显而易见,无需推导。隐性否定表达是指不带有否定词的否定,其否定的含义隐含在肯定表述中。从表达的具体形式上看主要有"词语否定"和"句否定"两种方式。所谓的"词语否定"主要是指一些含有负面价值判断、带有消极性的隐性否定词语,如袁毓林认为"防止"类、"避免"类、"差欠"类、"拒绝"类等隐性否定词语内部虽然不包含否定词但可以表达跟包含否定词的分析形式相当的否定性意义④。所谓的"句否定"主要是指包括"祈使句、条件句、意愿句、疑问句"等在内的虚拟句。虚拟句表达的是现实中不存在或尚未发生的事件,这类句子在表达动作行为或事件尚未发生的同时,通常还渗透出说话人遗憾、后悔、反对或者羡慕等情绪。在蕴含现实否定性存在的同时有时还反映出说话人的否定性情绪。它们形成的隐性否定语境有时也可以成为某些否定极性副词的允准语境。

2.3 否定极性副词的概念界定

本文研究的否定极性副词是指副词中一部分对否定性语境有依赖性,经常或只用于否定结构的副词。这里所说的否定结构主要是指显性否定结构,即由"不""没(有)""无"等否定词构成的否定,否定结构的语法功能即可以是句子的谓语部分,也可以是谓语以外的句中的某个成分。例(5)中"断断"修饰否定结构谓语,整个句子是否定句。例(6)整个句子是肯定句,但"丝毫"修饰否定结构"未变",一起作"中国人"的定语。

①葛金龙:《汉语的否定极性副词》,《汉语学习》,2012 年第 1 期,第 47—49 页。

②具体参见安汝磐:《谈多用于否定式词语》,《北京师范学院学报》,1991 年第 4 期,第 48—52 页;郑剑平:《副词修饰含"不/没有"的否定性结构情况考察》,《四川师范大学学报(社会科学版)》,1996 年第 2 期,第 72—78 页;胡清国:《否定形式的格式制约》,2004 年,第 76—80 页;孙琴:《现代汉语否定性结构专用副词的考察》,2005 年,第 7—11 页;陈佳宏:《与否定无标记关联的语气副词研究》,2006 年,第 5—8 页;宋伟萍:《现代汉语否定极性副词分析》,2013 年,第 7—12 页。

③文贞惠:《现代汉语否定范畴研究》,上海:复旦大学博士学位论文,2003 年,第 31—33 页。

④袁毓林:《动词内隐性否定的语义层次和溢出条件》,中国语文,2012 年第 2 期,第 99—102 页。

(5)不管稿子改动幅度多大,先生断断<u>不许加上他的名字</u>。(1994 年《作家文摘》)

(6)我感到自己还是一个土生土长丝毫<u>未变</u>的中国人。(1996 年《人民日报》)

需要说明的是,否定极性副词出现的典型语境是由否定结构形成的否定语境,但是并不代表该类副词就只能修饰否定结构,部分否定极性副词有时还可以出现在由隐性否定表达,如词语否定(“拒绝”或“难以”等)、句否定(反问句、条件句等)等形成的蕴涵否定含义的语境中。

2.4 否定极性副词的判定标准

本文在综合以往研究的基础上,主要依据以下三条标准来界定汉语的否定极性副词。

(a)词典释义。这类词其实已经受到学界的关注,同时在词典收录时也已经注意到了这类词的存在,在词典释义时大部分已经注明“只在否定句中使用”“多用在否定句中”“多用于否定式”等。本文在框定该类副词的具体成员和数目时以多个版本的词典为参照,凡是在词典释义中注明“只与或者多与否定结构”搭配的副词以及虽然没有明确标注类似字样,但是在解释中已经表明该词与否定结构搭配的倾向,实际使用时不能与肯定结构自由换用的词等均属于我们考察的范围。例如“从来”一词在《现代汉语词典》(第 7 版)①中被认为是副词,表示“从过去到现在(多用于否定式)”,如“他从来不失信/这种事我从来没听说过”。词典在对该词的解释中就使用了“多用于否定式”的标注法。而《现代汉语词典》(第 7 版)②对“了(liǎo)”作副词使用时的释义为:表示完全(不);一点儿(也没有),如“了不相涉”“了无惧色”“了无进展”等。释义中虽未明确标注“只用于否定式”或“多用于否定式”的字样,但括号内的“不”和“也没有”表明了该词作副词使用时与否定结构搭配的倾向,例词如果去掉否定词“不”“无”,变成“了相涉”“了惧色”“了进展”等将成为不合法的词语。因此,这类词也将是本文考察的范围。

由于目前对于副词的范围,各家尚未取得一致的共识。另外,在一些文言和地域方

①中国社会科学院语言研究所词典编辑室编:《现代汉语词典》(第 7 版),北京:商务印书馆,2016 年,第 218 页。

②中国社会科学院语言研究所词典编辑室编:《现代汉语词典》(第 7 版),2016 年,第 820 页。

言色彩浓厚的副词收录问题上采取的态度也不统一。本文参照的7部词典①收录的副词数量不一,有多有少。因此,我们认为取各家所长,采取综合各版本词典的做法能更穷尽性地筛选出所要研究的否定极性副词。经过吸取众家之见合并取最大集之后,初步得到的否定极性副词数目为28个,它们分别是"从、从来、并(表语气)、又(表语气)、毫、丝毫、绝(表语气)、决、决计、决然、断、断断、断乎、断然、概、一概、根本、压根儿、始终、千万、万、万万、全然、切、了(liǎo)、死、死活、迟迟"等。

(b)通过统计比例进一步验证。究竟在多大程度上受否定性语境允准才能判定该副词倾向于出现在否定性语境,属于否定极性副词呢?首先搭配否定结构的比例应远高于搭配肯定结构的比例,其中与否定结构搭配的比例至少应该超过60%。接下来我们通过语料库数据统计对以上副词与肯定否定结构的搭配比例进行调查。

根据对CCL语料库中的文学作品进行统计,我们发现以上28个副词中绝大部分副词与否定结构的搭配比例都超过了六成,其中"从""毫""断""概""决"等副词与否定结构搭配的比例为100%。"始终""死活""从来"等是肯否兼用的否定极性副词,搭配比例情况如表1所示。它们与否定结构搭配的比例有高有低,但都超过了总比例的六成,比例越高说明其对否定性语境的依赖程度越强烈。

表1 部分副词与肯定否定结构搭配比例表

副词	总数	否定结构		肯定结构	
		数目	比例	数目	比例
始终	397	274	69%	123	31%
死活	26	20	76.9%	6	23.1%
从来	176	166	94.3%	10	5.7%

根据搜集到的语料,副词"决然""决计"和"断然"与否定结构的搭配比例远远低于与肯定结构,因此不能归入否定极性副词,具体数据如表2所示:

①主要参照的7部词典分别是:姜汇川等编:《现代汉语副词分类实用词典》,北京:对外贸易教育出版社,1989年;王自强:《现代汉语虚词词典》,上海:上海辞书出版社,1998年;侯学超:《现代汉语虚词词典》,北京:北京大学出版社,2004年;张斌:《现代汉语虚词词典》,北京:商务印书馆,2005年;朱景松:《现代汉语虚词词典》,北京:商务印书馆,2007年;北大中文系1955、1957级语言班:《现代汉语虚词例释》,北京:商务印书馆,2010年;中国社会科学院语言研究所词典编辑室编:《现代汉语词典》(第7版),2016年。

表 2“决然”“决计”“断然”与肯定否定结构搭配比例表

副词	总数	否定结构		肯定结构	
		数目	比例	数目	比例
决然	49	12	24.5%	37	75.5%
决计	69	16	23.2%	53	76.8%
断然	180	24	13.3%	156	86.7%

(c)肯否兼用的否定极性副词其肯定用法受到制约。部分否定极性副词虽然能与肯定结构搭配,但是相对于与否定结构搭配的自由,与肯定结构的搭配很受限制①。它们或者不能与典型的动作动词直接搭配使用,通常需要前接“能”“会”等情态助动词等,或限于与“是”“像”等状态动词搭配使用等。以副词“始终”为例,其与肯定结构搭配时受诸多限制,如能直接搭配的动词以非典型的边缘动词“是”占最大比例,其余是一些表状态、心理、认知等内容的状态动词,如“以为”“相信”“认为”等。或者搭配动作动词时需要前接情态助动词或受体态副词“在”“着”等的修饰。

综上,我们认为汉语否定极性副词应包括以上除“决然”“决计”和“断然”外的其余25个副词。需要特别说明的是,语言中很多词是多义词,它们可能兼跨几个词类,拥有多个义项。几个义项中有的义项多用于否定结构,而有的义项则没有这方面的倾向。因此,我们所说的否定极性副词并不是说它的每个义项都是如此。比如:在《现代汉语词典》(第7版)②中“绝”一词共有八个义项,第六、七义项都是作副词用,但是第六义项(表最高程度“极、最”)只能跟肯定结构搭配,而第七义项(表“绝对”)才只用于否定结构,如“绝无此意”。

三、否定极性副词的类别

原型范畴理论认为:各范畴内有典型成员和非典型成员的区别,各成员之间地位并不平等,从典型到非典型形成一个非离散性的连续统③。如前所述,否定极性副词是对否定性语境比较敏感,只能或经常用于否定结构的一类副词,从这一定义就可以看出该范

①有关否定极性副词与肯定结构的搭配状况我们已另撰文《否定极性副词与肯定结构的共现状况及原因》讨论。

②中国社会科学院语言研究所词典编辑室编:《现代汉语词典》(第7版),2016年,第713页。

③吴为善:《汉语音律句法探索》,上海:学林出版社,2006年,第35页。

畴内的成员具有差异性。为更好地发现此类副词内部成员之间所具有的共性特征与个性差异,以下拟对否定极性副词的类别进行划分。

3.1 根据对否定性语境依赖程度的类别划分

3.1.1 严格否定极性副词

所谓的严格否定极性副词是指那些强制性要求只能与否定性语境同现,与肯定性语境相排斥的副词。值得注意的是,这里的否定性语境不单包括通过“不”“没(有)”等否定词实现的显性否定语境,还包括通过词语否定(“拒绝”“难以”等)或句否定手段(反问句或条件句等)实现的隐性否定语境。根据否定表达手段的不同,严格否定极性副词内部又可以进一步分为“极强否定极性副词”和“强否定极性副词”,前者只能与显性否定语境共现,而后者除了可与显性否定语境共现,也可与隐性否定语境共现,但两者都与肯定性语境相排斥。通过对 CCL 语料库中的语料分析,我们发现属于严格否定极性副词的有“从、毫、丝毫、断、断断、断乎、决、绝(表语气)、概、了(liǎo)、死、万、万万、并(表语气)、又(表语气)、迟迟、千万、切”等,共计 18 个成员。其中除“又(表语气)、迟迟、千万、切”外的 14 个成员在句子中都强制性地要求只能被带否定词的显性否定语境允准,不能被隐性否定语境允准,否定极性敏感①等级超强,可称之为“极强否定极性副词”。“又(表语气)、迟迟、千万、切”等 4 个成员不但能被显性否定语境允准,还能被隐性否定语境允准,但与肯定性语境排斥,否定极性敏感性等级相对较强,可称之为“强否定极性副词”。以副词“千万”为例,“千万”除了典型地与否定结构共现外,如例(7),还可以搭配肯定结构,如例(8)。但主要与“留心”“留神”“当心”“注意”等“小心”类隐性否定动词的肯定结构连用。袁毓林认为“小心”类隐性否定动词表示人为了防止危险错误等不如意的事情发生而要求把思想意志等精神主要集中到某种事物、行为、事件或某个方面。其意义可归纳为:集中精神于某个方面,以便“不+发生不如意的事情”,属于语用推论层面上的否定性意义②。再以“又(表语气)”为例进行说明,表语气的“又”即可以被显性否定表达允准,如例(9)。也可以被隐性否定表达“反问句”允准,如例(10)。但它不能被肯定性语境允准,如果把例(9)中的否定结构变成肯定结构,句子会变得不合法。

(7)这是最好的机会,千万不要错过。(钱钟书《猫》)

(8)这一次,我们希望他对自己的病情不要轻视,千万注意保重身体。(1994 年

①“极性敏感”是指某些词语对语境分布非常敏感,具有倾向于只在否定或肯定性语境中使用的一种属性。

②袁毓林:《动词内隐性否定的语义层次和溢出条件》,《中国语文》,2012 年第 2 期,第 105 页。

《人民日报》)

(9)你又不是(*是)俺的大王,凭啥叫俺下拜?(李文澄《努尔哈赤》)

(10)即使说了,又有什么作用呢?(张清平《林徽因》)

3.1.2 非严格否定极性副词

所谓非严格否定极性副词是指那些倾向性地较多用于否定性语境的副词。相对来说,这类副词对否定性语境的依赖程度比较弱,除了搭配显性否定表达以及隐性否定表达外,还可以非自由地搭配一些肯定表达,否定极性敏感等级相对较弱,也称之为"弱否定极性副词"。25 个成员中除去 18 个严格否定极性副词后剩下的都是非严格否定极性副词。通常它们在词典中也有标示,如"多用在否定句中"或者"多用于否定式"等。以"从来"为例,例(11)修饰带否定词"不"的否定谓语。例(12)是修饰隐性否定动词"拒绝",虽然表面上是肯定结构,但实际上隐含表达否定性含义"不接受"。例(13)是修饰肯定谓语"是"。

(11)柳原现在从来不跟她闹着玩了。(张爱玲《倾城之恋》)

(12)李敏心脏有病,说话不能高声,从来拒绝记者上门。(1993 年《人民日报》)

(13)这人从来是个得理不让人的主儿。(1994 年《报刊精选》)

可见,否定极性副词成员内部在实际使用时的允准成分有很大差异,以上根据对否定性语境的依赖程度将否定极性副词进行了次类划分,具体结果如表 3 所示。

表 3　否定极性副词的极性敏感强弱分类表

极性敏感强弱类型		副词成员	谓语类型
严格否定极性副词	极强否定极性副词	从、毫、丝毫、断、断断、断乎、决、绝(表语气)、概、了(liǎo)、死、万、万万、并(表语气)	仅限于搭配带"不、没(有)"等否定词的显性否定表达。
	强否定极性副词	又(表语气)、迟迟、千万、切	搭配带"不、没(有)"等否定词的显性否定表达;搭配词语否定或句否定等隐性否定表达。
非严格否定极性副词	弱否定极性副词	从来、根本、压根儿、死活、全然、始终、一概	搭配带"不、没(有)"等否定词的显性否定表达;搭配词语否定或句否定等隐性否定表达;受限制地搭配某些肯定表达。

3.2 根据与否定词组合自由度的类别划分

所谓的组合自由度是指与否定词组合时，有些成员与否定词之间的关系比较自由，中间可以插入其他的成分，有些成员与否定词之间的关系比较不自由，中间一般不能插入其他的成分。根据成员与否定词组合时的自由程度不同可将该类副词分成 3 类：自由类、限制类和不自由类（粘着类）。

3.2.1 自由类

自由类成员与否定词组合的自由度最高，它们与否定词有两种组合形式：一种是连续组合，即成员和否定词直接组合；一种是间隔组合，即成员与否定词之间插入其他成分，插入的成分可以是充当述语的动词或形容词，部分虚词或者介词结构等。以副词“根本”为例，如例（14）是“根本”与“不”连续组合。例（15）—例（17）都是间隔组合，分别间隔了动词“想”，副词“就”以及介词结构“对那些”。根据考察，自由类成员数目最多，除了“根本”外，还包括“从来、始终、迟迟、丝毫、一概、压根（儿）、又、死活、决、绝、断断、断乎”等，共计 13 个副词。

（14）可这些小青年一唱起抒情小调、电影插曲什么的就来劲了，根本不用点名、激将。（1985 年《解放军报》）

（15）上完春晚之后观众的反应会是什么样的，你根本想不到吧？（鲁豫有约《沉浮》）

（16）不行，这位先生根本就不具备应聘的条件，你不能被录用。（窦应泰《李嘉诚家族传》）

（17）她根本对那些不感兴趣。（百合《哭泣的色彩》）

自由类成员内部还可根据间隔组合内部可插入成分种类的多少，再细分为自由类和相对自由类。所谓的“相对自由类”是指与否定词间隔组合时中间可以插入的成分比较单一，主要以动词或形容词为主，构成“V 不 C”结构，主要包括“迟迟、决、绝（表语气）、断断、断乎”等 5 个副词。所谓的“自由类”是指与否定词间隔组合时可以间隔的成分除了动词或形容词外，还应可以间隔一些虚词或者介词结构等成分，甚至可以相互组合后再与否定词连接，除上面例举的“根本”外，还包括“压根儿、从来、始终、丝毫、一概、又、死活”等 8 个副词。

3.2.2 限制类

限制类成员也可称相对不自由类，是指那些与否定词组合时需要和某些成分同现，否则句子不合法，与自由类成员相比，较为受限制。主要包括“万、千万、万万”3 个副词。

我们注意到这三个副词与否定词同现时需要一些限制条件:它们都不能直接修饰动词的否定结构"不+VP",必须有"能、要、可"等助动词的同现句子才能合法。例(18)如去掉助动词"可"句子则不成立。它们可以修饰"V 不 C"结构,但对该结构的内部成分要求比较高。如例(19)"千万"仅限于修饰"V 不得"形式。"万万、万"多修饰"V+不+趋向动词"结构,如例(20),与"没(有)+VP"结构组合时其中的 VP 仅限于"想、料、料想"等少数几个表心理活动的动词,如例(21)。而"千万"则根本不能与"没(有)+VP"结构组合。可以看出这些副词虽然即可以与否定词连续组合,也可以间接组合,但都需要有一定的限制条件作为前提,因此说相对不太自由。

(18)我告诉你,千万不可(*不)轻举妄动。(张平《十面埋伏》)

(19)我和他又是初交,千万失信不得。(周而复《上海的早晨》)

(20)他万想象不到天佑会死,而且死得这么惨!(老舍《四世同堂》)

(21)万没有想到,援军能奋力拼杀。(李文澄《努尔哈赤》)

3.2.3 不自由类(粘着类)

不自由类也可称粘着类,是指那些与否定词共现时自由度极低,必须直接组合,中间不能插入任何其他成分的副词,主要包括"从、毫、概、了(liǎo)、并、断、切、死"等 8 个副词。例如:

从不夸耀　*从(也/都/就等虚词)不夸耀　*从(介词结构)不夸耀

毫不逊色　*毫(也/都/就等虚词)不逊色　*毫(介词结构)不逊色

据此,在否定极性副词与否定词组合的自由度之间可以建立一个连续统,自由类和不自由(粘着)类是相对的,倘若把自由类成员定位在连续统的最左端,那么不自由(粘着)类成员将定位在连续统的最右端,而其他几个组合类型则呈离散状态分布在连续统的不同位置上:

表 4　各成员与否定词组合自由度的连续统

自由类	相对自由类	相对不自由类	不自由类
根本、压根儿、从来、又、始终、毫、一概、死活	迟迟、决、绝、断断、断乎	千万、万、万万	从、毫、概、并、断、切、死、了(liǎo)、丝毫

四、结论

本文依据词典标注、语料库定量分析以及与肯定性语境搭配比较受限制这三条标准共框定出25个否定极性副词。根据对否定性语境的依赖程度可将其二分为严格否定极性副词和非严格的否定极性副词。严格否定极性副词内部,有一些副词只能被否定词的显性否定表达允准,否定极性敏感特征极为强烈,可称为“极强否定极性副词”;有一些副词既可以被显性否定表达允准也可以被隐含否定表达允准,但与一般的肯定性语境相排斥,否定极性敏感特征相对较强,可称为“强否定极性副词”。非严格否定极性副词一般既能被以上两种否定表达允准,也能受限制地搭配一些肯定性表达,否定极性敏感特征相对较弱,也可称为“弱否定极性副词”。此外,根据否定极性副词与否定词组合的自由度,我们还在各成员之间建立了一个非离散性的连续统,从自由到不自由,依次为自由类>相对自由类>相对不自由(限制)类>不自由(粘着)类。

否定极性副词作为一类特殊的副词,它们究竟具有什么样的语义、句法及语用功能特征?否定极性副词的形成机制以及发展演变的过程又是怎样的?这些问题都还值得我们进一步去研究和探讨。

参考文献

陈佳宏:《与否定无标记关联的语气副词研究》,上海师范大学硕士学位论文,2006年。
葛金龙:《汉语的否定极性副词》,《汉语学习》,2012年第1期。
龚卫东、蒋勇:《国外极性词语的梯级研究》,《外语学刊》,2006年第6期。
胡清国:《否定形式的格式制约》,华中师范大学博士学位论文,2004年。
宋伟萍:《现代汉语否定极性副词分析》,浙江大学硕士学位论文,2013年。
孙琴:《现代汉语否定性结构专用副词的考察》,广西师范大学硕士学位论文,2005年。
张谊生:《现代汉语副词的性质、范围与分类》,《语言研究》,2000年第2期。

The Nature, Scope and Classification of Negative-Polarity Adverbs in Chinese

Zheng Yugui
(Shandong Normal University)

Abstract: As a special category in adverbs, negative-polarity adverbs refer to adverbs which rely deeply on negative context, being used often or only in negative structures. Twenty five words are selected in this paper according to related standards. According to the degree of dependence on negative context, they can be divided into strictly negative-polarity adverbs and not-strictly negative-polarity adverbs; according to the types of sanctioning element, they can be divided into "very strong negative-polarity adverbs" "strong negative-polarity adverbs" and "weak negative-polarity adverbs"; and according to the freedom degree of combination with negative words, negative-polarity adverbs exhibit a non-discrete continuity between freedom and non-freedom.

Keywords: negative-polarity adverbs; explicit negation; implicit negation; polarity sensitivity

“有”与“N”组构的语义负向偏移*

——以“有意见”为例

陈 伟

（上海外国语大学国际文化交流学院）

提要：文章以“有”与“N”组构并发生语义负向偏移的个案“有意见”为例，从语义发生偏移的制约因素来探究语义负向偏移的根本原因。通过对相关语料的考察与分析，发现知域“有意见”的语义负向偏移现象发生在评价性的语境中，并且其关涉对象必须是无标记的。从名词“意见”的配价情况来看，知域“有意见”实际存在两个关涉对象，通过语句推导，得知其关涉对象的隐涵属性义成分含有负向[-正常]义素，这是语义发生负向偏移的关键。并认为，“有+N”语义发生负向偏移的原因具有一致性，其语用因素为关联理论下的弱暗含效应。

关键词：有+N；语义偏移；有意见；负面评价；属性义

一、引言

“有”与“N”组构的语义偏移，是指当“N”为中性名词时①，“有+N”所呈现出的语义偏移现象。比如“有”与“文化”“能力”“水平”“问题”“意见”等中性名词组构，既有表褒义色彩的“有文化”“有能力”“有水平”，也有表贬义色彩的“有问题”“有意见”等。在现

* 本文为国家级重大项目“对外汉语教学语法大纲研制和教学参考语法书系”（17ZDA307）的阶段性成果。

①关于“中性名词”的提法具体参看吕叔湘：《中性词与褒贬义》，《中国语文》，1983年第5期；邹韶华：《名词在特定语境中的语义偏离现象》，《中国语文》，1986年第4期；邹韶华：《中性词语义偏移的类型与成因》，《外语学刊》，2007年第6期。

代汉语中,"有+N"结构以语义的正向偏移居多,负向偏移为数较少①。与之对应的是,学界关于"有+N"语义正向偏移的研究成果较多②,而对于"有+N"语义负向偏移的现象进行专题研究的却少有涉及,到目前为止仅有温锁林在谈论"有+N"语义正向和负向偏移的同时,指出造成语义负向偏移的原因是"有"与"N"相互作用的影响造成的,但具体原因尚待进一步发掘。上述研究都未对"有+N"语义负向偏移的条件和制约因素进行分析,也未从语义学视角对深层动因进行探究。有鉴于此,本文试图以"意见"为切入点,对"有+N"语义负向偏移的现象进行深入分析和解释。主要涉及以下几个方面的问题,一是"有"与"意见"各义项间的关系如何;二是制约"有意见"语义偏移的条件有哪些;三是"有意见"语义负向偏移的原因是怎样产生的,其中后面两个问题是本文所要讨论的重点。

通过查阅各大词典关于"意见"各义项的收录情况,得知关于其义项的解释情况可分为中性义和贬义两类。《辞源》释"意见"为见解、主张③,例如"高祖曰:'众人纷纭,意见不等,朕莫知所从'"。《辞海》对"意见"一词的释义为:对事物的看法、想法,例如"交换意见、征求意见";狭义为"信念"的同义词,广义为信念和想象的统称④。《现代汉语词典》(第七版)对"意见"的解释为:对事情的一定的看法或想法,例如"咱们来交换交换意见";(对人、对事)认为不对因而不满意的想法,例如"我对于这种做法有意见"⑤。《现代汉语规范词典》解释"意见"为:看法、主张,例如"正确的意见、交换意见";对人或事物不满意的想法,例如"对这种脱离群众的做法,我有意见"⑥。在上述词典中,《辞源》和《辞海》解释"意见"为中性义,后两部现代汉语词典则增加了负面的义项,由此可见,"意见"的负向语义偏移现象是在现代汉语中才出现的。问题是,现代汉语中的"意见"是本身就能表贬义,还是"有意见"整体结构赋予的?

---

①温锁林、刘元虹:《从"含蓄原则"看"有+NP"的语义偏移现象》,《汉语学报》,2014 年第 1 期。统计关于"有+N"发生语义正向偏移的中性名词约有 120 例,负向偏移的约有 20 例。

②较有代表性的成果如下,刘春卉:《"有+属性名词"的语义语法特点——兼谈与名词性状化无关的一类"很+名"结构》,《山东师范大学学报》,2007 年第 1 期;温锁林:《汉语的性状义名词及相关问题》,《语言教学与研究》,2010 年第 1 期;李先银:《容器隐喻与"有+抽象名词"的量性特征——兼论"有+抽象名词"的属性化》,《语言教学与研究》,2012 年第 5 期;刘文秀:《现代汉语"有+N"结构的构式分析》,《语言教学与研究》,2017 年第 3 期;束定芳:《"有+零度(中性)名词"结构的认知和语用阐释》,《当代修辞学》,2018 年第 6 期。

③何九盈、王宁、董琨:《辞源》(第 3 版),北京:商务印书馆,2015 年,第 1515 页。

④夏征农、陈至立:《辞海》(第六版典藏本),上海:上海辞书出版社,2011 年,第 5342 页。

⑤中国社会科学院语言研究所:《现代汉语词典》(第 7 版),北京:商务印书馆,2016 年,第 1545 页。

⑥李行健:《现代汉语规范词典》(第 3 版),北京:外语教学与研究出版社,2014 年,第 1565 页。

金英、胡英彬曾研究过“意见”的语义偏移,指出该词最初见于《后汉书·王充等列传》,实例是“夫遭运无恒,意见偏杂,故是非之论纷然相乖”,并确认“意见”最初的感情色彩是中性的①。本文认为,现代汉语中的“意见”本义为“见解或主张”,在单用时之所以表达负面义,比如“人家对他的意见很多”②,并非是其自身就能够表达,而是由于“有”和“意见”作为一个整体放到具体的语境中使用,“有”和“意见”产生了概念整合,与此同时“意见”在该结构中被赋予了“非正常”义,于是发生了语义偏移。形式上的依据是“有意见”在语义偏移前,作为基式可以自由扩展,比如“有几点意见”,其中的“意见”表本义是中性的;作为语义偏移后的“有意见”不可以自由扩展,而且能够被程度副词修饰,如“很有意见”“非常有意见”等。谭景春从历时角度论证过在“‘很’+‘有+N’”结构出现后,“很+N”结构才出现,并认为前一结构是“N”向形容词性用法转变的形式基础③。刘春卉同样也认为副词修饰下的“N”即为“有+N”,只不过是在省略“有”的情况下造成的④。

中性词的语义偏移必须处在一定的格式中,其中“有+N”是较为典型的格式⑤。“有意见”在“有+N”中又是较为典型的语义偏移形式,而“意见”一词,相较于李先银⑥和温锁林、刘元虹⑦在“有+N”分析中所列举的“看法”“脾气”“手段”“说法”“情绪”等,语义更为明晰、义项更为分明,且使用频率相对较高,以此为例进行研究,更有利于探讨“有+N”的语义负向偏移现象。

二、“有意见”的语义分析

“有意见”是一个同形多义的组构形式,根据“有”与“意见”二者之间不同义项之间

①金英、胡英彬:《从历时与共时角度看“意见”的语义偏移》,《苏州大学学报》,2012 年第 5 期,第 133 页。

②《现代汉语词典》(第 7 版)第 1545 页对“意见”的第二条释义“(对人、对事)认为不对因而不满意的想法”的第二个例子是“人家对他的意见很多”,该句中的“意见”并未放入“有+N”结构中,也表达负面义。

③谭景春:《名词词类转变的语义基础及相关问题》,《中国语文》,1998 年第 5 期。

④刘春卉:《“有+属性名词”的语义语法特点——兼谈与名词性状化无关的一类“很+名”结构》,《山东师范大学学报》(人文社会科学版),2007 年第 1 期。

⑤邹韶华:《名词在特定语境中的语义偏离现象》,《中国语文》,1986 年第 4 期。

⑥李先银:《容器隐喻与“有+抽象名词”的量性特征——兼论“有+抽象名词”的属性化》,《语言教学与研究》,2012 年第 5 期。

⑦温锁林、刘元虹:《从“含蓄原则”看“有+NP”的语义偏移现象》,《汉语学报》,2014 年第 1 期。

的组构,可将“有意见”划分为两类。接下来我们对“有意见”的语义类别进行划分,并分析其概念域的归属情况。

2.1“有意见”的语义类别

2.1.1“有意见 1”即“有(领有义)+意见(对事情的一定的看法或想法)”

清王筠的《说文释例》说:“有”字从又从肉会意。近代毛公鼎、令鼎诸古字形断定“有”字系从又持肉之象。可知,“有”的古文字字形为“手里提着肉”的会意字,其原型义为领有或拥有。因此,表示领有的“有”是其本义。东汉许慎的《说文解字 · 心部》释“意”为“志也。从心察言而知意也。从心,从音”。例如:“若以吾意,诸侯皆叛,则晋可为也。”(《国语 · 卷十二 · 晋语六》)(大意为:假如按照我的想法/意愿,诸侯全都背叛,那么我们国家就可以有所作为了。)可知,“意”是会意字,其本义为人的想法或意愿,后来引申出了见解或意向之义,如“吾意不异卿”(《南齐书》)。《说文解字 · 见部》释“见”为“视也。从儿,从目。”例如,“见群龙无首,吉”。(《周易》)可知,“见”也是会意字,其本义为见到或看见,后来逐渐出现了见解或见识的意思,如“拙见如此,尚望尊裁”(《镜花缘》)。

经历时语料分析,“意”与“见”到后来都演变出见解、意见这一义项,可以说语义近乎相同。由于受汉语双音化的影响,最终合并到了一起,这符合徐流先生关于“同义复词”的提法①。“意”与“见”虽然语义都有所引申,但组合使用后与其本义基本相同,因此,我们将对表事情有一定看法或想法义的“意见”视作本义。“有意见$_1$”则是本义“有”与本义“意见”的组合,语义较为实在,没有发生语义偏移,一般后接言说动词。例如:

(1)“大家想想办法,有意见提出来!”杨军接着说。会议在最紧张的气氛里进行,三个班的正副班长争抢发言。(吴强《红日》)②

(2)革命老人谢觉哉谈到写文章的问题时也说过,写文章主要是因为有意见要发表,通过文章表达自己的思想感情。(《人民日报海外版》2000 年 10 月 30 日)

(3)其间当然也牵涉到汇丰的利益,所以凯密伦亦有意见发表。(高阳《红顶商人胡雪岩》)

---

①关于“同义复词”的提法具体参看徐流:《论同义副词》,《古汉语研究》,1990 年第 4 期。他认为两个词根结合在一起,表示的是同一概念,指同一事物,单个的语素义相同,就应视为同义复词。

②本文注明出处的例句均来自北京大学 CCL 汉语语料库和北京语言大学 BCC 语料库,少数未注明出处的为自拟例句,为节省篇幅不一一注明。令有极个别来自辞书或其他渠道的例句,在文中已详细注明。

2.1.2"有意见 2"即"有(领有义)+意见(对人、对事不满意的想法)"

据CCL和BCC现代汉语语料库调查统计显示，这类组构形式占绝大多数，相较于"有意见$_1$"而言，使用频率更高和范围更广。"有意见$_2$"所指称的对象既可以是具体的人、物、组织机构等，也可以是抽象的事物、事件、行为方式、性格、品行等，如抽象名词性成分"制度、政策、措施、方针、安排、行为、方法、做法、说法、情绪、品德、现象、处理方式"等，还可以用以指人或事物的某种属性，与"有意见$_1$"不同，"有意见$_2$"是"有"字本义与"意见"一词负面引申义组合，语义已经发生了负向偏移，语义所指一般在其前部。例如：

(4)当时，俺表面上接受了父亲的训导，但是内心里却隐藏着不满，仍然对父亲的好战情绪有意见。(李文澄《努尔哈赤》)

(5)这些问题不处理好，农民有意见，就会影响农业和农村经济的发展。(《人民日报》1994年第1季度)

(6)然而，在一些地方，"双休日"却成为某些领导干部公费潇洒的大好时机，成为一种新的不正之风，群众对此很有意见。(《人民日报》1995年12月)

(7)欧阳雪说："刘冰开着那辆宝马到处晃悠，有时叶晓明工作用车都找不到人，刘冰报账的汽油费和手机费都特别高，冯世杰和叶晓明他们对这事挺有意见，只是碍于面子侧面跟我提了提。"(电视剧《天道》)

2.2"有意见"的概念域

沈家煊先生提出概念系统中存在"行域、知域、言域"三个不同的概念域①。根据"有意见"两项语义类别之间不同，得知"有意见$_1$"和"有意见$_2$"分别对应"行域"和"知域"两个概念域。例如：

(8)小明有意见要提。 [行域]

(9)大家对老王有意见。 [知域]

例(8)是说小明不仅是存有意见，而且还要将意见提出来，与提意见的行为直接相关，因此"有意见$_1$"属于行域；例(9)是大家对老王行为或品行已有所了解，并在此基础上对老王这个人的某种属性特点持有负面的论断，因此"有意见$_2$"属于知域。

行域义是最基本的，由此引申出虚化的知域义，其引申的途径是隐喻②。通过上文关

①沈家煊：《复句三域"行、知、言"》，《中国语文》，2003年第3期。

②沈家煊：《三个世界》，《外语教学与研究》，2008年第6期。

于"有意见"的分析可知,行域义的"有意见$_1$"为基本义,而知域的"有意见$_2$"是通过引申而得。行域义的"有意见$_1$"主语论元具有[+生命性]和[+人]的语义特征,是具体名词。知域义的"有意见$_2$"从表面来看有时指具体事物,如例(9),但主语论元其实是事物的某种属性,语义所指一般是抽象名词,如例(4)—例(7),如果所指为具体事物,那说明其抽象的属性义被隐含了,如例(9)。

在这两个语义域中,行域的"有意见$_1$"所涉及的是与动作行为有关的客观叙述,而知域的"有意见$_2$"涉及的则是与语境有关的主观评价,其语义所指必须依赖于相关语境,受话者需要进行推论才能理解。这是因为"有意见$_2$"一经使用,言者需调动已知百科知识对关涉对象的某种情状进行评价,这必然会涉及到言者的主观推断,体现言者的主观性,而受话者则需要根据言者的表达立场来判断才能知晓其用意。

在例(9)中,虽然"有意见"的预设成分(即老王的属性义成分)没有出现,但也可以根据常识性的语感来断定言者的评价性行为是贬义的。那么,为什么知域的"有意见$_2$"语义具备负向偏移功能,又在什么样的情况下会发生偏移呢?下面我们从"有意见$_2$"语义发生负向偏移的外部条件和内部因素对其进行全面分析。

三、"有意见"的语义偏移条件

行域的"有意见$_1$"是一个语义实指的述宾结构,可插入数量结构指称"意见"的数量,如"有一个意见""有几点意见""有多个意见"等,其后往往后接表示言说行为的动词性成分,如"有一个意见要提""有两点意见需讲一下""有多个意见要发表"等。知域的"有意见$_2$"出现在例(4)—例(7)的语境中,意义偏向于消极,是具有贬义倾向的短语。其中,有些也可插入概数数量结构,如"他对老师有<u>一点</u>意见"和"酒店管理服务不到位,客人有<u>一些</u>意见",但这里的"一点"和"一些"并不是从数量上来修饰名词"意见"的,而是针对"意见"的程度来说的,用来指称言者主观认定的程度义。除此之外,"有意见"还具备性质形容词的属性,可受副词"很""挺""非常"等修饰作述宾短语,如"对这种情况,海外捐助人<u>很</u>有意见""他们对这件事<u>挺</u>有意见"等。这说明"有意见$_2$"与"有意见$_1$"相比,语法意义有较大的区别。

当"有意见"单独出现的时候,很难断定其表达的是没有任何感情色彩的中性义还是贬义色彩的负面义。而当"有意见$_2$"出现在特定语境中就会发生语义负向偏移,我们需要考虑的问题是,在什么样的条件下会发生语义偏移?通过考察相关语料,我们发现"有意见"发生语义的负向偏移是需要一定条件的,下面我们将从三个方面对其进行分析:

3.1 共现成分的语义特征

成分间的共现组合除符合基本的句法要求外，还必须符合语义上的搭配限制。主要表现为以下两点：一是，发生语义负向偏移的“有意见”句的前部话语信息倾向于负面义；二是，直接关涉对象不能含有[+贬义]的语义特征。

3.1.1 负面搭配义

搭配义是指“词语通过和一些经常同时出现的词的联想来传递的意义”①。在上文所举的“有意见”例句中，例(4)的“不满”、例(5)的“不处理好”、例(6)的“不正之风”、例(7)的“晃悠、找不到人”等都是负面用语，明显表达了言者的不满。但有些“有意见”句则并非如此，但同样能够表达负面的语义色彩。例如：

(10)温家宝回应道：“科研立项以及经费拨付，不少部门有意见。(《人民日报》2011年02月13日)

(11)有人说：“给知识分子落实政策，工人有意见。”(《人民日报》1983年02月16日)

在以上两句中，并未看到与消极义相关的负面用语，之所以能够被读者理解为负面义，是因为在话语理解过程中，人们遵循了 Grice 会话合作原则理论中“量的准则”这一条规律②，读者在缺省直接负面信息提醒的情况下，势必会去找寻有关已知信息特征方面的言外之意。例(10)的“经费”和例(11)的“政策”与“有意见”搭配，自然就会被理解为是负面的，这是因为一旦牵涉到金钱类、政策类、道德类、行为类等容易造成纠纷的属性类名词时，“有意见”几乎都表负面义，至于为什么表负面义，下文将给予解释。

3.1.2 关涉对象的语义特征

“有意见$_2$”的语义关涉对象本身一般不能含有[+贬义]和[-正常]的语义特征，也就是说其主语不能是有标记的。比如一般不能说“*对这个小偷有意见”“*对这个人渣有意见”等，因为“小偷”和“人渣”本身就含有[+贬义][-正常]义素，与之搭配会造成语义重复，没能提供有价值的新信息。“有意见$_2$”的关涉对象既可以是人，也可以是事物或事件。如果指人，则是指人的某种不良行为特性。例如：

(12)房屋分配得不够合理，有些干部住房过宽，也是工人对领导有意见的一个

①Leech G. *Semantics*. Harmondsworth: Penguin BooksLtd, 1974, p.23.

②量的准则是 Grice(1975)所提出的会话合作原则中的其中一条语用原则，意思是说话人为达到交谈目的所需要的信息要适量，既不能多也不能少。

原因。(《人民日报》1957 年 12 月 18 日)

如果指事物或事件,则是指事物或事件的某种性状。例如:

(13)嫩江古渡变通途,为两岸群众带来方便。但对过桥的收费办法,群众很有意见。(《人民日报》1988 年 11 月 19 日)

(14)"小鬼,我提个意见行不行呵?"他对值班警卫员说。"首长对伙食有意见,你就多指示吧!"警卫员含着笑说。(魏巍《东方》)

在以上三例中,"有意见"的关涉对象分别是"领导""收费办法""伙食",这些名词性成分没有任何褒贬义的色彩,之所以语义呈贬义倾向,是由评价性语境赋予的。

3.2 评价性的语言环境

"语义偏移"和"评价性的语言环境"是密切相关的,汉语的语义偏移多数发生在评价性的语言环境之中。语义偏移的发生不是由于特殊的词进入了特殊的格式,而是特殊的格式进入了特殊的语境带来的结果①。"有意见$_1$"与"有意见$_2$"的区别,即所在语言环境的不同,前者是在直陈性的语言环境中,后者是在评价性的语言环境中。例如:

(15)了解社区自治管理情况或者有意见要反映也不必跑居委会,只要登陆社区网站就能畅所欲言。(《文汇报》2002 年 3 月 31 日)

(16)当价格在某些时候、某些地方,是向低浮动时,那里的干部群众会高兴,当向高浮动时,群众生活中的某些方面会有所影响,就会有意见,发牢骚。(1994 年报刊精选)

在例(15)直陈性语境中,"有意见"保持原义,属于行域;在例(16)评价性语境中,"有意见"的语义发生了偏移,属于知域。那么,直陈性语言环境和评价性语言环境有什么区别呢?

在形式上,例(15)行域的"有意见"在句中并不是独立充当谓语,还有"要反映"的意向性动作,该句存在两个谓语。而例(16)知域"有意见"相对于领属者"群众"来说是唯一表评价性的谓语,即便有其他谓语如"有所影响",也是直陈性的并非是评价性的。

从关涉对象的表现来看,行域"有意见"的领属者可以不直接呈现出来,如例(15)。而知域的"有意见"的关涉对象(主语)则必须在相关语境中呈现出来,因为处在评价性

①张治:《汉语中性格式的语义偏移》,《汉语学习》,2008 年第 3 期,第 48 页。

语境中的"有意见"涉及的事件是事物的性状,"有意见$_2$"又指某人对某事负面的看法或想法,所以其领属者必须呈现出来才能被受话人理解,如例(16)。

因此,评价性语言环境相对于直陈性语言环境不同之处为:一是,对于其领属者来说,"有意见$_2$"只能作为唯一表评价性的谓语;二是,"有意见$_2$"关涉的领属者必须呈现出来才能被人理解。

四、"有意见"的语义负向偏移原因

"有意见"句表达命题的方式有所不同,表行域义的"有意见$_1$"出现在中性语境中,如例(1)—例(3);表知域义的"有意见$_2$"多数出现在贬义语境中,如例(4)—例(7)。但是,通过察看语料发现有一类较为少见的情况,即知域的"有意见$_2$"在语境中去掉前后话题义的关涉并单独呈现时,同样也可以表达负面的语义色彩。例如:

(17)这次对裁判判罚有意见的不止中国队一家。(《人民日报》1994 年第 1 季度)

(18)"我对医卫界有些事情有意见。"他操着熟练的普通话说。(《人民日报》1998 年)

由以上两例可见,即便没有负面的预设成分,大家也可以通过语感得知"有意见"同样表达负面的评价义。那么,为什么在没有负面义的语境中,也会让人感觉到"有意见"的语义向负面偏移呢?

Jakobson 提出"有标记(marked)和无标记(unmarked)是指一对成分中是否带有区别性特征"①,这种区别性特征可以把这个成分跟另一个成分区别开。如例(17)(18)所关涉的对象"裁判判罚""医卫界有些事情"是有定的,而且是有标记的。这种有标记性是从两个方面来体现的:

一是,从形式上来看,知域的"有意见$_2$"产生语义偏移,往往都是处在某人对某事有意见的特定格式里,即"有意见$_2$〈某人对某事〉",如例(17)"〈中国队对裁判判罚〉"、例(18)"〈我对医卫界有些事情〉"。而行域的"有意见$_1$"表达的则是某人有意见要表达,也处在一个特定的格式里,即"有意见$_1$〈某人表达某事〉"。

二是,语义上知域的"有意见$_2$"具有区别性,如例(17)、例(18)的"裁判判罚"和"医

①Jakobson R., *Structure of the Russian verb*. Berlin: Mouton Publishers, 1984, p.114.

卫界有些事情”具有区别性,也可以说是非正常的。下文将由此来展开探讨造成其语义偏移的关键因素。

4.1“有意见”的实际关涉对象

袁毓林在现代汉语名词配价的研究中最先提出,“有些名词在语句中也有配价的要求,表现为支配性名词要求在语义上受其支配的从属名词与之共现”,并指出“有”是二价动词,“有意见”的“意见”在相关搭配中则是二价名词,表示观念/情感类二价名词属于抽象名词,如“成见”“顾虑”“想法”“看法”“城府”“意见”“问题”等①。朱德熙按照名词和量词的关系,把名词分为5种,并指出抽象名词的前面只能加“种、点儿、些”等量词②。以上中性抽象名词与“有”搭配构成的“有+N”都会发生负向语义偏移。

通过袁毓林先生的研究,我们得知“有意见$_2$”实际关涉两个对象,也就是说,“有意见$_2$”需要两个配项才能够被人们清晰地理解,否则就会产生歧义,例如:

(19)? 老王有意见

(20)这件事老王有意见

例(19)语义不完整,是一个歧义句,既可以是行域“有意见$_1$”,当“老王有意见要提”讲;又可以是知域“有意见$_2$”,当“老王对某件事有意见”讲。之所以会造成这样的歧义,原因是配项的空缺造成的,如例(20)添加了“这件事”后,语义就完整了。“有意见”的语义关涉情况如下:“有”是二价动词,带“老王”和“意见”两个配项,而“意见”则带“这件事”和“老王”两个配项。从语义关涉来看,抽象名词“意见”一般是某人对某事的评价或看法,它需要有两个配项与之共现,如果其中一个配项不出现,那么其语义的组合就不完整。由以上分析可知,“有意见”需要两个关涉对象才不会产生歧义,一个是“意见”的领属者,另一个是“意见”的指称对象。

“有意见$_2$”之所以在没有负面义的语境中语义也呈负向偏移,是因为人们处理有标记贬义句的心理操作步骤要比无标记行域义的一般语句复杂,需要有一个基于会话共识性的先设才能成立。此外,有标记而且具有区别性的特征需要在规约化的评价语境下才能进行正常会话,因为负面评价的解读难以从其构成成分的意义直接获得③。因此,需从语句自身的整体意义推导出另外的意义或另外的一些信息才能够得以解读,这与“有意

①袁毓林:《现代汉语名词的配价研究》,《中国社会科学》,1992年第3期,第205—207页。

②朱德熙:《语法讲义》,北京:商务印书馆出版社,1984年,第41—42页。

③方梅:《负面评价表达的规约化》,《中国语文》,2017年第2期,第133页。

见”的规约性有关。

4.2“有意见”的规约隐涵

当知域“有意见$_2$”出现在相关语境中，所关涉的对象是有标记的，标记的确立是根据其语义的区别性特征。一个不含任何语义倾向的普通名词是无标记的，必须在有定指性的语义或形式支撑下，才能确定其可辨识度高、区别性明显的特点。由上文可知，“有意见”应该有“人物”和“事件”两个关涉对象，但“事件”有时会出现在前后文语境中，其所在句中则被隐含，仅出现所关涉的“人物”。例如：

(21)江青同志，你要注意呢！别人对你有意见，又不当面对你讲，你也不知道。(《报刊精选》1994年)

(22)1991年9月，公司党委在群众中调查，发现群众对有的党员有意见。(王朔《人民日报》1996年)

以上两例中的“有意见”关涉的对象分别是“江青”和“有的党员”，但是其所指应该是“事件”，也就是“有意见”在这里应该有两个配项，即例(21)“(江青)$_1$的(行为)$_2$”和例(22)“(有的党员)$_1$的(行为)$_2$”，这样才是完整的语义结构。通过语料库检索发现，“有意见”的实际用例有些仅涉及“人物”，该现象无法在“有意见”本身或相关语境中找到线索，需要从语境参数之外的语义深层结构去寻求解释。

由上文可知，知域“有意见$_2$”是评价性的，并非是句子固有的意义(本义)，而是根据相关语境及用法引申出的含义，也就是说“有意见$_2$”直接关涉到的并非是显而易见的“人物”，而是与之相关的某个被隐涵的“行为”，且具有规约性。沈加煊曾指出，隐涵义不是通过逻辑推理推导出来的，它不是语句固有的、稳定不变的意义成分①。因此，更为确切地说应该是“规约隐涵”，即语言系统内的隐涵，是无须借助语境参数就可直接从语句中析出的那些非真值条件意义②。这个理论能够更为形象地解释为什么在“有意见”句中，即便与“人物”有关的“行为”被隐涵，并且有些句子没有贬义色彩的词语，一样可表负面义。

“有意见$_2$”所在句的“规约隐涵”功能示例如下：

(23)S 老王对妻子有意见。隐涵：S1 老王对妻子(?)不满。

---

①沈家煊：《不对称和标记论》，北京：商务印书馆，2015年，第70页。

②王跃平：《语义预设与规约隐涵》，《扬州大学学报》，2007年第1期，第35页。

(24)S老王对公司有意见。隐涵:S1老王对公司(?)不满。

(25)S老王对案件有意见。隐涵:S1老王对案件(?)不满。

以上三例"有意见"句的三类关涉对象(人物、事物、事件)都隐涵了属性义,并且是低于社会正常值的某种属性①。如例(23)老王对妻子(低于社会正常值某属性)的不满;例(24)老王对公司(低于社会正常值某属性)的不满;例(25)老王对案件(低于社会正常值某属性)的不满。这说明"有意见"关涉对象的属性成分不仅被"规约隐涵"了,而且还含有[-正常]义素,由于其属性是低于社会正常值的,因此可以将其定义为:负向[-正常]义素。

依据Grice会话合作理论中量的准则这一条,听话人在这种情况下,势必会去找寻有关已知信息特征方面的言外之意②。这种"言外之意"即是"有意见"所关涉对象的属性成分,由于其缺省的属性义都含有负向[-正常]义素,这就是"有意见"在即便没有负面义的语境中,也会发生语义负向偏移的原因。

五、余论

以往,先贤关于"有"与"N"组构的研究,多是集中于"有"字的意义、"N"的特性或者"有+N"出现条件这三个方面进行探讨,并用认知语言学相关理论对正向或负向偏移现象进行解释,虽有一定解释力,但是尚未触及到制约"有+N"发生语义偏移的深层因素。本文以"有意见"为抓手,通过一系列语义及语境分析,发现"有+N"语义负向偏移的动因与关涉对象所隐涵的负向[-正常]义素有关。

从语义所指和微观语境来看,"有意见"与"有+N"结构同属隐性的评价性行为,而且偏向"不好""不良"等贬义色彩。这类"有+N"结构可码化为"某人+对+负向[-正常]人物/事物/事件+有+N",如"N"为"看法""说法""情绪""议论""脾气"等中性名词。由于"有+N"结构带有较强的言者主观性,所以被"规约隐涵"了的"负向[-正常]"属性义可谓是因人而异,本文仅探讨言者主观认定"人物/事物/事件"为负面义的情况。

还有一个疑问,为什么要用"有+N"这种形式来表达负面语义呢?

我们认为,这主要是基于一种委婉的表达方式,避免直陈式的表达。比如,可用"有

①"低于社会正常值"等同于"低于社会平均值"。关于社会平均值的提法,参见石毓智:《论社会平均值对语法的影响》,《语言科学》,2004年第6期。

②金英、胡英彬:《从历时与共时角度看"意见"的语义偏移》,《苏州大学学报》,2012年第5期,第36页。

脾气"来指代不礼貌或态度差,避免直言"脾气差";可用"有手段"来指代阴狠毒辣,避免直言"手段阴险";可用"有状况"来指代出现不好的情况,避免直言"状况不良"。负向偏移的"有+N"是言者通过该结构来表达负面义,用不带贬义形容词修饰的中性名词,说明言者将自身放置在一个中立客观的立场上去评价,避免了主观评价可能会担负的责任。这正是发话人主动拉开与表达直陈义之间的距离,寻求适合当前语境的所指,获取最佳关联解读。邓兆红认为,这是一种委婉的表达方式,可以消除符号与所指的直接关联,拉开二者的距离,淡化词语与客观事物之间的关联性,而隐去的成分可被称作是最佳关联性引导下的弱暗含①。在某些交际情境中,发话人之所以不用直陈的方式将属性成分表达出来,是因为要传达额外的含义,激发受话人相关的背景知识,借助弱暗含来帮助话语获取关联性,以达到最佳的交际效果。

Semantic Negative Deviation of *You*(有)and N
——taking *you yijian*(有意见)as an example

Chen Wei
(Shanghai International Studies University)

Abstract: Based on negative semantic deviation of "you"(有) and "N" organization, it takes *you yijian*(有意见)as the research object, and aims to reveal the basic motivation of the negative deviation from the semantic shift factors. Researching and analyzing the related linguistic data, the negative semantic deviation of *youyijian*(有意见) occurs in the appraisive contexts, and the object concerned is unmarked. Considering the cordination valence of the noun "yi jian"(意见), *youyijian*(有意见)in the domain of knowing involves two objects. And according to the relevant statements, its implicit attribute ingredients contain negative direction [-normal]semanteme, which is the key to the semantic negative deviation. It is concluded that the reasons for the negative semantic deviation are consistent in *you*+N structures, and the pragmatic factors are weak entailment under the relevance theory.

Keywords: *you*(有)+N; semantic deviation; *youyijian*(有意见); negative comment; implied meaning

①邓兆红,陈新仁:《委婉语修辞效果的关联论阐释——兼论心理距离说》,《外语学刊》,2016 年第 6 期,第 27 页。

“走+$N_{脏器}$”网络新义获得与演变机制*

陈建萍　杜　丹

（上海体育学院国际教育学院；上海外国语大学国际文化交流学院）

提要：“走心”“走肾”这一类“走+$N_{脏器}$”网络新词语义，其本义源于古代汉语中医语域，是由“走+$N_{处所}$”结构从空间域向身体域投射，形成药物进入脏器语义。在历时演变中，由“走”古今速度变化及$N_{脏器}$功能转喻，形成“走+$N_{脏器}$”网络新义。该类结构核心成员为“走心”。“走肾”网络新义获得由“走心”网络新义平行演化而来。“走胃”“走胆”等“走+$N_{脏器}$”结构是否能获得网络新义，取决于人们对该脏器功能的认知的普遍度及语用心理。

关键词：身体域；中医语域；走心；走肾；平行演化

一、引言

“脏器”指人体内部器官，如心、脾、肺、肾、肝等。“走+$N_{脏器}$”指的是“走心、走肾、走胃”等结构，目前该结构在网络语域较为流行。例如：

(1)他学过表演没有？根本就没走心嘛，不会走心，压根就不是干表演的料！①

* 本文属于教育部规划项目“语言动态观下语法和修辞界面的同形结构研究”（项目编号：15YJA740044）、上海外国语大学重大项目“主要生源国学习者汉语学习与认知多角度研究”（项目编号：KX161076）、上海外国语大学导师引领研究项目“现代汉语非常规句法结构的浮现与演化”（项目编号：201601045）的成果之一。初稿曾于2017年8月27日在复旦大学“现代汉语语法前沿论坛”上宣读，得到与会老师指导。

①本文语料来源：北京大学CCL语料库、北京语言大学BCC语料库以及百度网络查找。

(电影《中国式离婚》)

(2)现在也只有台湾能为华语片奉献这种真正“走心”的片子了!(《逆光飞翔更有爱》2017-06-15)

(3)世间女孩分三种,一种走心,一种走肾,一种走流量。(环球佳丽 2015-01-06)

(4)年底,最走胃的广告!(bao123li 2016-03-02)

以上“走心”在例(1)中语义为:用心;在例(2)中语义为:令人感动;例(3)“走肾”语义为:性爱;例(4)“走胃”语义为:美味。这三个结构中,只有最高频用例“走心”目前已收录在2016年出版的《现代汉语词典(第7版)》中。在此以前,学者对“走心”结构已多有关注。程文文、孔德超,杨淋、宋晓岩,李淑敏分别对“走心”语义类型,来源及为何能流行提出了各自见解①。而“走肾、走胃”尚未见论述。在以上学者论述中,对流行语外部影响因素分析较为到位,而在新词语义获得、成因等方面,如宋晓岩、李淑敏认为“走心”是来自“堵心”“虐心”的仿词结构②;孔德超、杨淋认为“走心”中“用心”与“不用心”语义属于反义互训等都有待商榷或存在探索空间,而前人研究某些观点也启发了笔者,如孔德超、杨淋指出古代“走心”在中医中的用例③。

“走+$N_{脏器}$”结构的网络新义究竟是通过何种途径获得?该结构在古代汉语中已经存在,古今同构是否存在承继演变关系?本文试图通过对“走+$N_{脏器}$”类新词语义获得途径探索,从语言内部探求其网络新义形成及演变的制约机制。

二、“走心”语义分析

通过百度搜索,发现“走心”“走肾”“走胃”网络用法出现时间以“走心”最早,“走胃”最迟,三者使用频率以“走心”最高,“走胃”最低。以下是笔者在百度检索三词出现频率约数对照表。

①程文文:《“走心”的新义》,《语文建设》,2015年第19期,第66页。

②宋晓岩、李淑敏:《流行语“走心”管窥》,《韶关学院学报》,2016年第3期,第104页。

③孔德超、杨淋:《释“走心”》,《汉字文化》,2016年第2期,第54页。

表 1:“走心”“走肾”“走胃”网络出现时间及数量约数表

时间段	走心	走肾	走胃
2000.01.01-2001.01.01	1	0	0
2001.01.01-2002.01.01	12	0	0
2002.01.01-2003.01.01	21	3	0
2003.01.01-2004.01.01	15	7	0
2010.01.01-2011.01.01	192	52	0
2015.01.01-2016.01.01	3220000	568000	5730
2016.01.01-2017.01.01	5900000	881000	21700
2017.01.01-2018.01.01	10200000	2020000	40300

以“用心”为语义的第一例“走心”在网络出现于 2000 年,以“性爱”为语义的第一例“走肾”出现于 2002 年,以“美味”为语义的第一例“走胃”出现于 2013 年。从“走+$N_{脏器}$”出现时间先后及使用频率,“走心”为该类新词中的典型。由此,我们通过对“走心”语义分析,探索“走+$N_{脏器}$”类网络新义获得途径及彼此之间是否具有共性制约机制。

2.1 共时平面“走心”语义分析

北京语言大学 BCC 语料库中设有“微博”栏,其语料时效性较强,从该语料库获得“走心”网络语料如下:

(5)学生上课不走心,老师急家长更急,但能怎么办,人就是不走心。(BCC 微博)

(6)现在也只有台湾能为华语片奉献这种真正“走心”的片子了!(BCC 微博)

以上“走心”语例中,其语义指向①人与物两类。例(5)中“走心”语义指向人,指学生是否肯在学习上化心思,有“用心”义;该“走心”为动词用法;例(6)“走心”指向物,语义指向中心语“片子”,说明物(片子)是否令人感动,语义为“令人感动”,作为定语,为形容词用法。

在现代汉语平面上,“走心”还存在其他语义。在北大 CCL 与北语 BCC 语料库中,除“走心”网络新义外,“走心”另还有三种语义,例如:

①语义指向指的是结构中相同位置的成分可能跟其他不同位置的多个成分中的一个相联系的现象。详见陆俭明、沈阳:《汉语和汉语研究十五讲》(第二版),北京:北京大学出版社,2016 年,第 191 页。

(7)且黄芪味入脾而气走肺,枣仁味入肝而色走心;故借用不悖。(药方《历代古方验案按》)

(8)是故亲疏皆危,外内咸怨,离散逋逃,人有走心。(东汉《全汉文》)

(9)说着说着说错啦! 怎么回事? 走心啦!(相声小品《中国传统相声大全》)

“走心”在例(7)语义为“(药性)进入心脏”;例(8)中为“逃跑的心思”义;例(9)中为“心不在焉”义;这三例虽然均从CCL与BCC现代汉语语料库查得,但从其出处可见,例(7)(8)属于古汉语范畴,只有例(9)属于现代汉语。而“走心”现代汉语“心不在焉”与网络新义“用心,令人感动”语义截然相反。那么,“走心”网络新义来自何处? 与以上语义是否有所关联?

“走心”一词在《现代汉语词典(第5版)》(2005)、《新华新词语词典》(2003)均没有收录。在《汉语大词典》(1985:1068)中收录“走心”两义项分别为:一、离心,变心;二、心不在焉;这两义均与“走心”网络新义相反。在《现代汉语词典(第7版)》(2016:1754)中收录两义项为:一、走神,分心;二、用心,上心。其中第二个义项与网络义一致,从《现代汉语词典》第5版没有收录“走心”网络义到第7版中收录,可见“走心”的网络新义已经进入现代汉语系统。另与网络新义有关的义项,主要在方言词典中。在许宝华、宫田一郎《汉语方言大词典》(1999:2476)中“走心”两义项分别为:一、肯用脑(北京方言,冀鲁方言);二、变心(官话)。程文文认为“走心”网络新义来自方言词典中“北京官话”及“冀鲁方言”中“肯用脑”一义。若说方言在一定程度上可作为普通话母体,尤其是“北京官话”,与普通话血缘更为亲近,导致“走心”中“用心”义流行,但同属于“官话”的“走心”中的“变心”义却没因此而走热,原因何在? “走心”网络新义的形成究竟如何形成,首先需要探寻该结构来源。

2.2 历时平面“走心”语义演变

在现代汉语平面上,“走心”几种语义是彼此引申还是各自形成? 为何三种语义在使用过程中,三种常规语义均逐渐消失,却出现了“用心、令人感动”的网络新义? 现代汉语言与古代汉语一脉相承,我们从古代汉语出发,从认知角度,探索“走心”网络新义形成途径。

从例(7)(8)可知“走心”古义有二:一为中医语境“药性进入心脏”,二为“逃跑的心思”。下文具体考察其与网络新义之间的关系。

通过北大CCL与北语BCC古代汉语语料库检索,“走心”语义为“药性进入心脏”使用频率超过其他“逃跑的心思”“心不在焉(不用心)”的两语义用例。

表 2:古代"走心"各语义数量比较表

"走心"语义	语例总数	经过或进入心脏	逃跑、离开的心思	心不在焉(不用心)	用心
CCL(古汉)	9	6	2	1	0
BCC(古汉)	301	251	39	1	0

从 BCC 语料库数量对比可见,"走心"表示在人体内部"经过或进入心脏"的共 251,占总数的 83%。而从语例出现时间先后而言,第一例"走心"出现在成书大致为战国时期的《黄帝内经》:

(10)此为三合也手太阳之正;指地,别于肩解,入腋走心,系小肠也。(诸子百家《医家 · 黄帝内经灵枢》)

在古代汉语语料库中,"走肾、走脾、走胆、走肝、走胃、走(心/心包/脾/胃/肝/肺/胆)经"等"走+$N_{脏器}$"结构在中医语域大量使用。

而第一例表示"逃跑、离开的心思"的语例即为上文例(8),出现时间为东汉时期。

从语例出现时间先后及使用频率,我们有理由认为:在"走心"各义项中,作为人体内部"(药性)进入心脏"为古代汉语中优势语义。

以上古代汉语"走心"两义,其形成途径并不一致。笔者认为,第一,"走心"中"(药性)进入心脏"义为空间域的"走"在人体域投射而成。理由如下:

"走"在空间域具有"走+$N_{目的地}$"结构,如"走鲁、走梁"①等。在中国人对客观世界认知中,人体与外界具有对应性。客观世界中有路径通道,人体内部各器官之间有经脉贯通。《灵枢 · 经脉》中载:"经脉十二者,伏行分肉之间,深而不见;……诸脉之浮而常见者,皆经脉也。"②在中医理论中,人体内有奇经八脉,五脏六腑,其中五脏为"心、脾、肝、胆、肾"。这些脏器如同外界路径中的处所,可由气血沟通。在中国人认知中,人体内部分布与外界空间分布的相似性,使人体内部环境与物理世界客观路径之间能建立映射关系。因而,当物质进入人体内部,其经过人体内部各个器官的过程时,人们将之与人在外界物理空间行走相关联。使"走"的意象图式,从客观世界"走+$N_{目的地}$"映射为"走+$N_{脏器}$"结构,表达中药/食物在人体内部行进的方式或趋向,形成"归入"语义。如图所示:

①"走+$N_{目的地}$"结构形成详见陈建萍:《互动视角下"走+A"构式承继理据探索》,《语言教学与研究》,2018 年第 4 期,第 46 页。

②傅维康、吴鸿洲:《国学大讲堂 · 黄帝内经导读》,北京:中国国际广播出版社,2007 年,第 73 页。

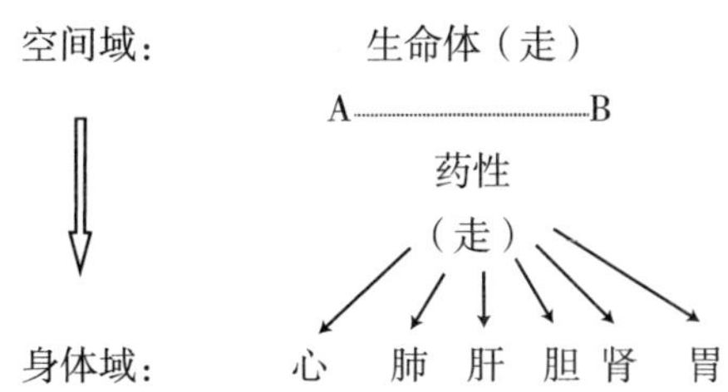

图 1:"走+$N_{处所}$"空间域与身体域投射示意图

"走"从空间域到身体域的投射，形成了"走心、走肺、走胃、走肝、走肾、走胆、走（心/心包/脾/胃/肝/肺/胆）经"一系列"走+$N_{脏器}$"结构。这些结构在古代汉语中，除"走心"外，全部应用于中医语境。

第二，"走心"另一不属于中医语境的语义"逃跑的心思"，语例较少，其语义来自"走"与"心"两语素并置形成定中结构。"走"在古义为"快速行进"，当其"快速行进"参照物为起点时，则语义为"快速离开"，从而形成"逃跑"义①。而中国古人认为"心"是人思考的器官。"心之官则思"《孟子·告子上》。在朱熹的集注本中，训"官"为司，司职功能之义，因此"心"的功能为"思考"，"心"在功能关联下，转喻为"心思"。"走心"语义二"逃跑的心思"由此而来。

新词的出现有很多不确定因素，但是一些与传统结构或词汇具有相同或相似形态的新词，其语义用法必定与原型有关。从以上古代汉语"走心"两义来源分析，我们认为，"走心"本义为中医语域中"（药性）进入心脏"，在古汉语中高频使用成为优势语义，优势语义在人们脑海中的固化，对新义的产生具有促发作用。"走心"网络新义"用心，感动"与其古代汉语"（药物）进入心脏"义具有关联性。

三、"走心"网络新义获得途径

"走心"网络新义有二：分别为"用心"义与"令人感动"义。我们认为"用心"义先于"令人感动"义获得，为古代汉语中医语域的"走心"义抽象转喻而成，以下证明。

3.1"用心"义获得

"走心"网络新义"用心"义从中医语域"归入心脏"转化而来，关键点即前文所述的在中国人前概念中，"心"是思考的器官。使古文"走心"语义从"事物（药性/食物）等进入心脏"向"把外界事物放入内心思考"转化。而"心"在"思考功能"关联下，使具象"心"

①王力等主编，蒋绍愚等增订：《古汉语常用字字典》（第 4 版），北京：商务印书馆，2005 年，第 520 页。

向抽象的“心思”转喻，“走心”语义转喻为“用心思、用心”；而现代汉语“走心”中“心不在焉，不用心”语义则是“走”语义由古代“快速行进”转为现代“匀速行进”过程中，由于速度放慢，导致“走”意象图式中“路径”凸显，使表达空间域的语言结构“走+$N_{处所}$”中的$N_{处所}$不再限于目的地，而可以是“走”在路径中的经过点，如“走后门”①。“走”匀速行进意象投射到人体内部，产生的相应语义为“五脏”可以成为(药性/食物)经停之处，可进可出。当“心”因其思考功能而抽象为“心思”语义时，“走心”中“(药性/食物)等经过心脏”中的“出”义抽象转喻为“心不在焉，不用心”。由此可归结“走心”语义演变途径为：

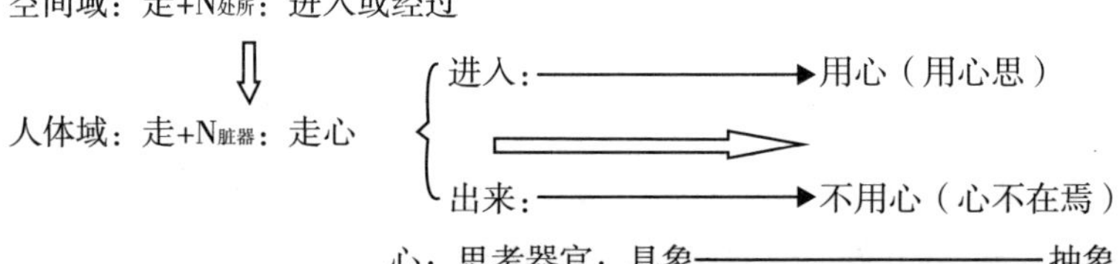

图 2:“走心”中“不用心/用心”相反语义获得示意图

而在 BCC 语料库中，“心”从具象到抽象的转喻过程在古代汉语中已经发生。

(11)一众员外说：“李小宝，年纪轻轻说话不走心里所发，信嘴乱塌，人家总说高三尺到哪来高六尺过？”(靖江宝卷《集藏·宝卷》)

《靖江宝卷》为明清时讲经及讲世俗故事，例(11)中“说话”属于人思考后的言语表达，该句中的“心”则为思考器官，说明明清时期，“心”已从具象的心脏向抽象功能转化。

如果说，“走心”从人体域映射角度，并通过“走”古今语义速度变化，“心”从具象物体到抽象功能的转化，解释了“走心”语义中“用心”与“不用心”两种相反语义形成途径。那么，为何在网络新义获得过程中，“走心”的“用心”语义挤兑了“心不在焉”义？这可从语言内部词汇分工与乐观原则来解释。

在古代汉语中，“走心”高频用法为“心”作为具象名词，“走心”用于中医学领域。“心”作为抽象名词“心思”，表示“用心思”的只有以上例(11)以“走心里”非典型结构 1 例，表示“不用心”的也只有 1 例。例如：

(12)走心散意但念六欲。(大藏经《宗镜录》)

①该“走后门”仅指空间位移中“通过后门”语义，如：“工作人员告诉吴仪：‘门口让香港记者堵住了，请部长走后门吧。’”(报刊精选：1994)，与惯用语“走后门”语义不同。

例(12)出自《宗镜录》,该书成书于隋唐与两宋之间,说明"走心"的"不用心"语义形成于此时。而例(11)(12)均为孤例,两者不存在数量上可比性。当"走心"抽象转喻为"用心"和"不用心"之后,形式相同语义相反,在识别时势必借助外部语境。解决该问题较为简便的方式,便是由另造一词加以形式区分,但如何造词同样依赖于人们对外界事物的认知水平。

随着科学发展,民国以后,人们逐渐意识到人体思考的器官其实不是"心",而是"脑"。虽然语言形式表达会滞后于社会变化,但在CCL语料库中,民国时期还是出现了第一例表示"心思不在了"的另一个词汇——"走神",例如:

(13)法禅僧往喊声处一回头,稍一走神,北侠的手腕就这么一颤。(民国小说《雍正剑侠图(中)》)

上例可见人们已经认为人脑是思考的器官,故能将"神"转喻为"心思"。而自"走神"出现,其表示"注意力不集中、心不在焉"义大量使用,在现代汉语BCC多领域语料库中,共有1492例,"走神"已经成为现代汉语通用词汇,取代了"走心('不用心')"表示"心不在焉"义。当然,由于语言的滞后性,在现代汉语中,还留有"心、神"通用语例。例如:

(14)粗鲁刀子稍微走了心神。(夏娃《小婢寅月》)

另"分心走神"分词并举形式,在BCC现代汉语多领域语料库出现36例。由此可见,虽然"走神"取代了"走心"中"心不在焉"义,但是在语言中还留有彼此共现的痕迹。

在现代汉语"走心"两语义中,"用心"高频胜出的另一理由在于语用中的"乐观原则"。Boucher & Osgood通过心理实验证明一条规律:人总是看重和追求好的一面,摒弃坏的一面。这条规则称为"乐观假说"(Pollyanna Hypthesis)①。这一假说可以解释语言词汇中褒义词的使用频率总是高于贬义词。而在"走心"同形反义词使用过程中,同样可以运用乐观原则来解释:在无语境支撑时,人们更乐意使用"走心"中的褒义,导致"走心"中的"用心"褒义挤兑了其贬义"心不在焉"义。

在词汇语义分工与乐观原则作用下,"走心"从身体域抽象转喻后的相反双重语义中,"用心"这一褒义语义逐步成为"走心"的主导语义。

---

①Boucher, J. & C. E. Osgood, The Pollyanna hypothesis. *Journal of verbal learning and Verbal Behavior* 1969Vol,8(1):pp1-8.

3.2“令人感动”义获得

当“走心”在明清时期以“走心里”非典型结构形成“用心”义雏形，而在现代汉语中挤兑“心不在焉”义固化“用心”义。其高频使用过程中，语义有所引申。

（15）人越长大，越觉得让你走心的事情越少。（《爱情故事，谢谢你曾走进我的心里》2013-10-17）

在该例句所在文本具体语境中，那些事情，是作者用心去做的，而那些事情，也是多年后作者想起来令她感动的。因此，在该例句中“走心”可做“用心”和“令人感动”义两解。

而从语言事实操作中，在例（15）的“人越长大”后添加入分句“就越懒”，那么后分句中“走心”语义为“用心”，表达的是人越长大越不肯在事情上花心思；而当在“人越长大”之后添加分句“经历越多”，之后分句的“用心”则解释为“令人感动”义，表达的是人在阅历增长后对世事的麻木之感。由此可见，从真实语境及句法操作，均可证明“走心”从“用心”义逐渐发展出形容词性语义“令人感动”。

（16）新专辑目前听到的几首歌，歌词都很走心，会流泪起床上班.我真的没睡醒。（BCC 微博）

在例（16）中，“我”会“流着泪起床上班”，是因为“歌词”进入了“我”的心里，让“我”心里很感动。而从句法形式上，主语不再是发出的动作生命体，而是对物品的描述，这个物品具有令人感动的特质。例（16）中“走心”为该结构的形容词用法。

从以上（15）（16）可见“走心”中“令人感动”语义演变轨迹为：

“走心”：用心思在某事某物 ——→ 令（生命体）感动 ——→（物品）令人感动
（事、物被用心）

图 3：“走心”中“令人感动”网络新义获得示意图

在“走心”从“生命体被感动”移情为“物品令人感动”，“走心”获得“令人感动”语义，在句法形式上，可充当定语修饰名词，可用“最”“很”修饰。例如：

（17）这是我今天看到关于感恩节最走心的一句话。（BCC 微博）

在例（17）中，“走心”之前可用副词“最”修饰，“走心”可修饰名词“一句话”，其语义为“令人感动”。

四、"走肾"网络新义形成

随着"走心"在网络高频使用,"走肾"这一本亦用于中医语域的结构也在网络出现,其语义也脱离了古代汉语中医语域,表达的是"性爱"义。那么,"走肾"网络新义与古代汉语原义有何关联?其网络新义形成是否与"走心"网络新义有关?

4.1"走肾"现代汉语语义

在2000年,"走心"与"走肾"网络使用数量分别为1例与零,可见这些在古代汉语中医语域高频使用的结构,在现代社会已随中医的没落而罕用。在现代汉语中,"走肾"共存三种语义,从北语BCC现代汉语料库检索如下。例如:

(18)男女对待异性的区别:女人看到帅哥的时候走心,男人看到美女的时候走肾。(BCC微博)

(19)我先说喝茶有点老气横秋,又说喝咖啡显得绅士,最后承认茶水使我走肾,夜里睡不踏实。(王朔《浮出海面》)

(20)豆是一种有效的补肾品。据中医理论,豆乃肾之谷,黑色属水,水走肾,所以肾虚的人食用黑豆是有益处的。(BCC微博)

在例(18)中"走肾"语义为"性爱";例(19)句为"排泄很快";例(20)句中为"进入肾脏"。而古代汉语"走肾"只用于中医语境,例如:

(21)五味各走其所喜,谷味酸,先走肝,谷味苦,先走心,谷味甘,先走脾,谷味辛,先走肺,谷味咸,先走肾。(诸子百家《医家·黄帝内经灵枢》)

在北大CCL及北语BCC古代汉语语料库中,"走肾"各为1例与129例,其使用语域全为中医语境,语义为"(药性)进入肾脏"。我们有理由认为该语义为"走肾"本义。而"排泄得快"语义,在古代"走肾"语料中无一发现,只在CCL语料库现代汉语存在3例,其出现时间段介于古代汉语"(药性)进入肾脏"义与当代网络新义"性爱"之间,因此,我们认为"排泄得快"是两者之间的过渡语义。从词义演变的角度,我们有理由认为三者具有承继演变关系。

4.2"走肾"新义获得理据

"走肾"一词古已有之,在当前能获得网络新义,其理据有三,一为该复合词语义古今承继演变，二为“走心”网络新义的影响，三为人们在语用上委婉心理的促使。

“走肾”语义演变，属于“走+$N_{脏器}$”平行演化。平行演化指的是语义相同或相关的语言形式经历相同的语义演变或语法化过程①。前文论述了“走+$N_{脏器}$”由“走+$N_{处所}$”结构映射而成的形成机制。在语言历时演变过程中，“走”在空间域语义从快速到匀速，路径的释放，使人们对相应投射到人体域的“走+$N_{脏器}$”中的N，也从单纯的中药药性归入处，可多层次理解成为“归入处或经停处”。同理，“走肾”结构，从本义“药性归入肾脏”，逐步扩大到“液体经过肾脏”语义，“走肾”结构中“排泄得快”的语义由此产生。同时，“肾”的功能与“性”有关，在“肾”由具象向抽象转喻过程中，其功能作为相关链接点，与“性”有关的表达使“走肾”语义转喻成为可能。

而“走肾”作为“性爱”语义出现，与“走心”新义出现密切相关。首先，在网络新义出现时间先后上，“走心”早于“走肾”两年；其次，在网络语言使用过程中，这两词几乎同语境对举出现指代精神肉体两领域。例如：

(22)男人都走肾不走心吗？（豆瓣小组 2014-06-25）

(23)世间女孩分三种，一种走心，一种走肾，一种走流量。（环球佳丽 2015-01-06）

(24)恋爱先走肾后走心的星座男。（星座 www.xzw.com 2016-09-18）

在网络新义中，“走心”有“用心、令人感动”二义，皆属精神层面。“走心”与“走肾”对举出现，使“走肾”新义囿定在肉体层面。而“肾”作为人体脏器，与性功能有关，由此，“走肾”在“走心”对举促使下，形成“性爱”语义。由此，从“走肾”自身词义演变及外部“走心”网络新义促使两个因素，导致“走肾”网络新义“性爱”形成。其网络新义获得路径可图示为：

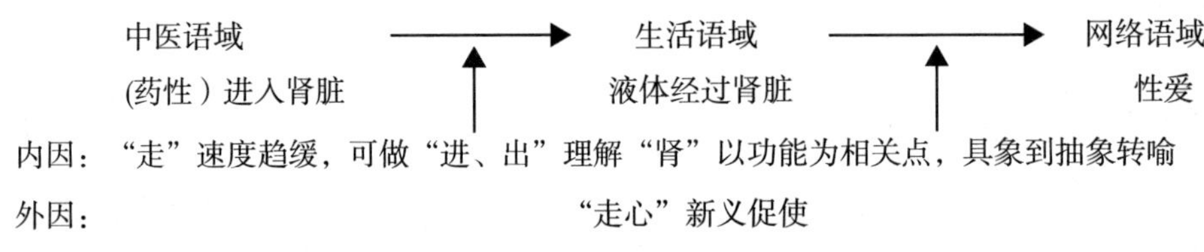

图 4:“走肾”语义演变示意图

①Bybee 等在讨论语法化理论的假说时称之为“普遍路径（universal paths）”。详见 Bybee, Joan, Revere Perkins and William Pagliuca, *The Evolution of Grammar*, Chicago: university of Chicago Press, 1994.p14-15. Lyle Campbell 在总结语义演变的可能和方向时称之为“平行的语义转变（parallel semantic shifts）”。详见 Lyle Campbell, *Historical Linguistics: an Introduction, Cambridge, Massachusetts*: MIT Press, 1999, p270.

第三,“走肾”在“走心”促使下出现“性爱”新义后,能固化流行与中国人对“性爱”的避讳心理有关。在中国人心目中,“性”与隐私、不洁、肮脏相关联,是个不可谈论的话题。故在汉语语言系统中,其行为多用其他言辞代替以示避讳。而“走肾”一词恰恰契合了这种语用心理。而随着现代意识的加强,“性”话题逐渐褪去其不洁、肮脏的附加色彩,允许社会公众谈论。尤其在网络虚拟空间,人们的心理自由度大于现实空间,谈论“性爱”频度增加,从而对指称该事物的语言有使用需求。在中国人传统避讳心理与社会开放度互动影响下,“走肾”新义“性爱”逐步流行。

五、余论:“走+$N_{脏器}$”类网络新词预测

通过以上对“走心”“走肾”网络新义获得路径探讨,可见它们是由空间域“走+$N_{处所}$”投射到身体域形成“走+$N_{脏器}$”结构,在中国古代应用于中医语域。而随着现代中医的式微,其相关用语使用频率下降。而其同构语言形态,及形成该结构的语言机制,为新义的产生提供契机。而“走胃、走胆、走肺”等古代中医用语结构是否能够在现代复活、在网络语境注入新义,我们认为取决于以下几个条件。

首先,从“走心”与“走肾”的新义产生过程中,“心、肾”从具体身体脏器转喻为抽象语义,其转喻的关键点在于这些脏器功能关联。譬如“胃”有承受食物,消化食物的功能,“肺”有呼吸功能等。而这些功能在人们意识中熟知固化程度,对网络新义产生具有一定影响。

其次,“走+$N_{脏器}$”是否在网络语境偶发使用,基本受“走心”的促使。而其固化,还受到语用心理的影响。通过网络搜索,发现“走胃、走胆、走肺”均有使用,其中以“走胃”较为高频,例如:

(25)撒的网有点多,多捕了几条鱼儿,哎……还是那句老话,走胃不走心吧。(BCC 微博)

(26)不走心不走肾,走胃,男女都行,快一点来约啊。(文恋吧 2014-12-18)

(27)原标题:走胃也走心(微饭 APP 凤凰资讯 2015-12-30)

(28)年底,最走胃的广告!(bao123li 2016-03-02)

(29)今天打算走心,不走胃。(搜狐 2017-01-21)

其中例(25)已经收入 BCC 语料库,其他语例来自网络,从 2014 到 2017 均有出现。

其语义为“吃”或“美味好吃”。出现语境均与“走心”或“走肾”连用。“走胃”通过“胃”的功能转喻,也是在“走心”“走肾”平行演化机制作用下形成。在“走+$N_{脏器}$”类词汇中,“走”的语义相同,而“心、肾、胃”等属于身体内部器官,且各具功能。可见,“走胃”在网络环境下,有逐渐复活的趋势。“走+$N_{脏器}$”其他词汇是否能在该机制作用下,获得网络新义再度流行,还需要时间证明。

参考文献

陈建萍:《“走+$N_{处所}$”惯用语结构语义成因及其教学》,《现代语文》,2017 年第 12 期,第 74 页。

The Semantic Acquisition and Evolutionary Mechanism of Emerging Internet Words in the Form of “走 (zou) + Nviscera”

Chen Jianping Du Dan
(Shanghai University of Sport;Shanghai International Studies University)

Abstract: This paper tries to explore the evolution of the meanings of emerging Internet words in the form of “走 (zou) + $N_{viscera}$” such as “走心 (zouxin)” and “走肾 (zoushen)” in both a diachronic and a synchronic perspective. The form “走 (zou) + $N_{viscera}$” is the result of a projection of the structure “走 (zou) + N_{place}” from a space-related domain to a body-related domain. And the core word of this structure, “走心 (zouxin)”, while originating its meaning from traditional Chinese medicine, acquires its new Internet meaningbased on a change in the meaning of the character “走 (zou)” in terms of speed between ancient Chinese and contemporary Chinese. The new Internet meaning of “走肾 (zoushen)” is developed in parallel with “走心 (zouxin)”. The paper also tries to forecast whether new Internet meanings will be acquired for words like “走胃 (zouwei)” and “走胆 (zoudan)”, with hypotheses on the conditions.

Keywords: body-related domain; traditional Chinese medicine domain; 走心 (zouxin); 走肾 (zoushen); parallel evolution

“要不”“不然”的连接功能及异同分析*

王　博

（华中师范大学文学院）

提要：“要不”和“不然”在现代汉语中的语法功能非常相近，但目前研究的主要关注点在于它们各自的特点，对两者之间的差别研究得还不够透彻。文章在总结“要不”和“不然”功能的研究成果的基础上，着重对“选择类”和“因果类”连接功能展开了进一步的考察，接着进一步分析“要不”和“不然”在连接功能下的差异。最终得出，“不然”在表示选择、建议和因果方面受到限制，即在选择关系中不能表示“相容性”选择，在建议关系中不能表示“命令式”建议，在因果关系中不能表示“说明性”因果和“醒悟性”因果。这种情况的产生是由“不然”所具有的强调前分句的特殊功能决定的。

关键词：“要不”；“不然”；连接功能；差异分析

一、引言

现代汉语中的“要不”是表示假言转折关系的连接词，相当于“否则”。《现代汉语八百词》认为，连词“要不”有两种功能——一个是“如果不这样；否则。引进表示结果或结论的小句”；另一个是“引进与上文交替的情况”。并且进一步认为，“要不”同“要不然”，“要不然”基本上同连词“不然”，假设语气较重①。大多数学者对于这一论断都有反思，

---

* 文章写作得到了本人导师王洪涌老师的悉心指导，陆方喆老师、朱斌老师、罗耀华老师、姚双云老师也对本文提出了宝贵的修改意见，谨此致谢。文中疏漏之处概由本人负责。

①吕叔湘：《现代汉语八百词（增订本）》，北京：商务印书馆，1999年，第102页。

大致可以分为两类，一类是单独考察某一个连词的功能和用法，如陈若君①，史金生②等，另一类是研究这类连词的功能和用法差别，如张斌③，曹秀玲、张磊④，吕明臣⑤等。

从总体上看，学者们对于“要不”“不然”这类连接词在连接功能上的多样性，都有着不同的看法和研究侧重，但对于这类词之间的差别研究得不是很透彻。本文就试图从前人的相关研究出发，进一步考察“要不”和“不然”连接功能的特点，在此基础上着重比较两者之间的差异，并讨论这种差异产生的可能原因，从而补充现有研究中的不足。

二、对“要不”连接功能的进一步考察

通过总结相关文献，我们可以将“要不”的语法功能大致归为假转、选择、建议、因果这四种。但通过进一步考察语料，我们发现“要不”在“选择”和“因果”这两种基本功能下的表现还能进一步细化。

2.1 选择

一般认为，“要不”在表选择时所连接的选择项是互斥的，表示的是“不相容的选择”⑥。但我们发现“要不”所连接的两个选择项之间也可以互不排斥，这时的“要不”可以和“或者”替换。如：

(1)他俩要不睡得很晚，要不一早出门，作息不定时，与教书先生不一样。（亦舒《如果墙会说话》）⑦

(2)我曾经希望自己成为一位童话作家，要不就是一位实实在在作品的拥有者，如果我能够成为这两者中的任何一个，我想我内心的痛苦将会轻微得多。（余华《活着》）

---

①陈若君：《“要不(要不然)”的篇章连接功能》，《语言教学与研究》，2000年第3期，第66—72页。

②史金生：《“要不”的语法化——语用机制及相关的形式变化》，《解放军外国语学院学报》，2005年第6期，第6—13页。

③张斌：《试论“否则”和“不然”的连接功能及其差异》，《励耘语言学刊》，2009年第2期，第239—256页。

④曹秀玲、张磊：《“否则”类连词的语法化梯度及其表现》，《汉语学习》，2009年第6期，第11—21页。

⑤吕明臣：《“不然”格式的语义分析》，《郑州大学学报(哲学社会科学版)》，2010年第5期，第112—114页。

⑥参考陈若君：《“要不(要不然)”的篇章连接功能》，《语言教学与研究》，2000年第3期，第66—72页；史金生：《“要不”的语法化——语用机制及相关的形式变化》，《解放军外国语学院学报》，2005年第6期，第6—13页。

⑦若无特别标注，所有语料均来源于BCC语料库。

(3)克里姆林宫领导人以不倦的耐心等待着力量对比变得对他们有利的时日的到来,以便把西欧置于要不就投降要不就战争的进退两难境地。(人民日报 1974-03-17)

邢福义认为,“或者”能够表示“可能性选择”、“交替性选择”和“措词性选择”。其中,“可能性选择”和“交替性选择”的根本区别在于,前者连接的选择项是“未然的”,后者连接的选择项是“已然的”①。

由此我们可以推测,“交替性选择”表示的是“已然”,表意的重点就在于描写事件的发生状况,选择的意义很弱;而“可能性选择”的选择项由于是未然的,所以就具有不确定性,表现在选择上就具有相容和不相容这两种倾向。将“或者”的这种表义特征与例句中的“要不”作类比,我们就能够对“要不”的“选择类”功能做出进一步的划分:

例(1)中的“要不”连接的“睡得很晚”和“一早出门”是“已然”的状况,表意的重点在于描述“作息不定时”这一状况,提供选择的意义很弱,所以表示的是“交替性选择”;而例(2)(3)连接的是“未然”的状况,是说话者对可能出现的情况的预估,所以表示的是“可能性选择”,具体来说,既有相容的可能性,如例(2);也有不相容的可能性,如例(3)。

由此可得,“要不”在表示选择关系时兼有交替性选择和可能性选择的双重功能,而在可能性选择之下既能够表示不相容的选择,也能够表示相容的选择。

2.2 因果

按照前后分句之间的关系,因果句一般可以分为说明性因果和推断性因果②。但除此之外,还存在一种“醒悟性因果”,这种因果关系“重在对认识过程的表述”,“难怪”类因果句就是典型的醒悟性因果句③。对于“要不”来说,其连接的前后分句之间的确存在推断性因果和醒悟性因果这两种关系。如:

(4)不是腾讯官方发的吧,要不不会这么便宜。(微博)

(5)银行似乎不太喜欢这样的表扬,要不不会云遮雾罩的写个“某”。(科技文献)

(6)“好家伙,半个钟头 500 块没啦!游戏厅里这百八十口子得扔进去多少钱?!”鲁晓峰摇着头说。“要不怎么叫老虎机呢!”(阿登《书惑》)

①邢福义:《汉语复句研究》,北京:商务印书馆,2001 年,第 244—247 页。

②邢福义、汪国胜:《现代汉语(第二版)》,武汉:华中师范大学,2011 年,第 261 页。

③谢晓明:《“难怪”因果句》,《语言研究》,2010 年第 2 期,第 64—69 页。

但在同样表示因果关系的句式中,“难怪”比“要不”在语气上要更加强硬一些。如上述几个表示因果关系的例句在用“难怪”替换时就需要一定的条件:

(4)′不是腾讯官方发的,难怪这么便宜。(去掉推测语气)

(5)′银行不太喜欢这样的表扬,难怪云遮雾罩的写个“某”。(去掉推测语气)

(6)′“好家伙,半个钟头500块没啦!游戏厅里这百八十口子得扔进去多少钱?!”鲁晓峰摇着头说。“难怪叫老虎机呢!”(去掉反问语气标记词“怎么”)

除此之外,“要不”因果句在转化为“因为……所以……”这样表示客观说明性因果关系的句子时也会受到一定的限制。如例(4)(5)用“因为……所以……”换说时就需要去掉“吧”“似乎”“不会”①等表示推测语气的语言成分,例(6)则只能保留具有客观因果关系的“半个钟头500块没了”和“叫老虎机”这两个分句,变为“因为半个钟头500块没了,所以叫老虎机”。

以上提到的“要不”因果句与说明性因果句、推断性因果句有共同的语义基础,这正是三种句式能够互相转换的前提条件,但同时它们表达的语气又有所不同,这就使得三者在转换过程中存在一定的限制。由此我们便可以得到,“要不”能够直接表达推断性因果,而表达醒悟性和说明性因果关系时则存在限制。

通过总结和分析前人的研究,我们发现无论是“选择关系”还是“因果关系”,都未免有“一叶障目”之嫌。为了能更全面地了解“要不”的功能,我们着重对“选择”和“因果”这两类关系的内部功能重新进行了考察,这也便于我们在下文与“不然”展开比较研究。

三、对“不然”连接功能的进一步考察

词典中对“不然”的解释大多采用与“要不”互训的方式②,“不然”本身的用法特点并没有解释清楚。学者们往往根据这一点来展开研究。如邢福义将“不然”归入“否则”类

①审稿专家认为“不会”是否定性的,所以“要不”与“因为……所以……”表示的语义关系是相反的。但我们认为,这里的“不会”更多的是表示一种推测性的语气,否定意义较弱,“要不”因果句与说明性因果句之间的差异仍然表现在语气上。感谢审稿专家提出的宝贵意见。

②详见中国社会科学院语言研究所词典编辑室编:《现代汉语词典》(第7版),北京:商务印书馆,2016年,第110页,第1525页;北京大学中文系1955、1957级语言班:《现代汉语虚词例释》,北京:商务印书馆,1996年,第106页,第449页。

句式,并根据分句之间语义关系的不同细分出六种类型[①];曹秀玲、张磊在此基础上,将"否则"类句式的功能归并为"推论、选择、建议、醒悟"这四种,并指出"不然"主要具备前三种用法[②];吕明臣的观点也与之相似[③]。由此,"不然"与"要不"的差别似乎就在于表达因果关系这一功能上。但通过考察语料,我们发现实际情况并非如此:

首先,在"因果"功能之下,"不然"和"要不"并不构成对立,两者在某种情况下能够相互替换。如:

(7)a.小珠爷爷后来当然没走成,不然他怎么会在阳台上望天?(张鲁镭《家有宝贝》)

b.这两人准有见不得人的事。要不他们怎么不肯接近别人?(冯骥才《高女人和她的矮丈夫》)

(8)a.只怪我当初没有答应,不然也不会有今天!(巴金《家》)

b.我知道你确实赔了,要不也不会拖这么久。(莫言《四十一炮》)

其次,在"选择"和"建议"这两种功能下,"不然"和"要不"也不完全同一。如:

(9)a.其他的人,要不就是墙头草,要不就是各打算盘,完全没把他这个总舵主当回事儿。(月色随风《女亲王》)

*b.其他的人,不然就是墙头草,不然就是各打算盘,完全没把他这个总舵主当回事儿。(替换后句子不合法)

(10)a.立即有士兵低声的担忧道:"大人看样子好像很危险,要不下去帮忙!"(流浪诗人《大明孤狼》)

?b.立即有士兵低声的担忧道:"大人看样子好像很危险,不然下去帮忙!"(替换后接受程度不高)

所以,从现有的研究来看,主要问题有三:第一,"不然"是否能够表示因果关系?第二,在选择和建议这两个功能上,"不然"与"要不"是否存在差异?第三,如果两者之间存在差异,造成这种差异的原因是什么?这将是我们接下来要讨论的主要内容。

---

①邢福义:《汉语复句研究》,北京:商务印书馆,2001年,第309页。

②曹秀玲、张磊:《"否则"类连词的语法化梯度及其表现》,《汉语学习》,2009年第6期,第11—21页。

③吕明臣:《"不然"格式的语义分析》,《郑州大学学报(哲学社会科学版)》,2010年第5期,第112—114页。

四、“要不”与“不然”的功能异同考察

依据目前的研究，我们总结出“要不”与“不然”的功能差异如表 1 所示：

表 1 现有研究中关于“要不”和“不然”的功能差异

	假转	选择	建议	因果
要不	+	+	+	+
不然	+	+	+	?

其中，大部分研究都没有对“要不”和“不然”在“假转”“选择”“建议”这三个功能下的具体表现进行区分，在“因果”关系上还存在争议。通过进一步观察，我们发现除假转关系之外，“要不”“不然”的差异表现要比上表更加复杂一些，具体表现如下：

4.1 假转

(11)我和你娘商量着把羊卖掉，换些米回来，要不一家人都得挨饿了。(余华《活着》)

(12)有嫌疑的学生总得调查清楚，不然不好交代。(王火《战争和人》)

例(11)(12)中的“要不”和“不然”可以互相替换而不改变句子意思，这说明在表示假转关系方面，两者能够一一对应。所以假转功能可以看作是“要不”和“不然”共同具有的功能。

4.2 选择

(13)您要么当火枪手要么当教士，二者只能选择其一，不能二者都当。(大仲马《三个火枪手》)

(14)要么照我的意思办，不然，就照你三哥的意思办！(转引自邢福义①)

(15)要不照我的意思办，不然，就照你三哥的意思办。(用“要不”替换后语气变委婉)

(16)? 不然照我的意思办，不然，就照你三哥的意思办。(用“不然”替换后接

①邢福义：《汉语复句研究》，北京：商务印书馆，2001 年，第 323 页。

受度不高)

例(3)中"要不……要不……"表示选择的结构与例(13)"要么……要么……"句式表达的功能类似,但两者相比,"要不"的主观性更强,语气更加婉曲①。例(14)和例(15)的对比也能够说明这一点。

那么"不然"与"要不"相比,情况如何?直接从言语功能和意义上看,我们很难发现两者的区别。但从形式来看,通过词语替换得到的例(16)接受程度不高。通过检索语料,我们发现"不然"一般不能双用②,但能和"要不""要么"组合使用,且"不然"只能连接后项,如例(14)(15)。所以要弄清"不然"和"要不"在选择功能方面的差别,我们可以以"要么"为中介,比较"要不""要么""不然"三者在形式上的区别,由形式上的不同推导出功能方面的差异。

如前所述,"要不"在形式上有单用和双用两种情况,单用一般表示限选,双用既能够表示限选,也能够表示任选;"要么"在形式上除单用和双用之外,还能够多用,语气强硬,只能表示"非此即彼"的限选;"不然"在形式上比较特殊,既不能双用,也不能多用,只能单用,和"要么"相比,语气更加缓和,一般表示任选。根据这一点,我们总结出三者形式、功能、语气三方面的差别如表2所示:

表2 "要么""要不""不然"在形式、语气和功能上的差异

	形式			功能		语气
	单用	双用	多用	限选	任选	
要么	+	+	+	+	−	强硬
要不	+	+	−	+	+	缓和
不然	+	−	−	−	+	缓和

邢福义认为,在"要么"句式中,后选择项"表示某种不好的结果"③。由此我们可以推测,既然后分句是一种不好的结果,那么在这种对立中,说话人的主观态度就有避免后分句,强调前分句的倾向。据此我们可以得出,单用的"要么"具有强调前分句的特殊功能:

①邢福义:《现代汉语的"要么P,要么Q"句式》,《世界汉语教学》,1987年第2期,第13—18页。

②根据BCC语料库的检索结果,表选择意义的"不然……不然……"的有效语料只有5条,并且全部来源于微博,书面语中几乎不使用。

③邢福义:《汉语复句研究》,北京:商务印书馆,2001年,第255页。

(17)你可以不专业化,但一定要做大,要么就不做。(科技文献)

(18)政委可顾不上这些,他仍然喊:"快放下武器,要么你就死路一条啦。"(余华《细雨中呼喊》)

例(17)中的"要么"连接的前选择项是"做大",后选择项是"不做",按照说话人的意图,显然是在强调前项;例(18)连接的前选择项是"放下武器",后选择项是"死路一条",表现的依然是强调前选择项的功能。

这种强调前分句的功能在单用的"要不"和"不然"中也有所体现。如:

(19)她一定是醉了,要不一定是他疯了。不过看样子他没有疯,他显得很平静,就像是在议论天气一样。(玛格丽特·米切尔《飘》)

(20)可以打电话去找他,不然你就自己跑一趟(转引自吕叔湘①)

例(19)中,前分句"她醉了"和后分句"他疯了"显然是前分句更加容易接受,也更加符合客观现实,所以单用"要不"以强调前分句;例(20)中"打电话找到他"是说话人预期的结果,而"自己跑一趟"是这种预期没有实现的结果,所以用"不然"连接来强调前项。

由此可得,对前分句的强调,是单用的"要么""要不""不然"共同具有的功能。但在实际的使用中,三者的区别也很明显:

对于"要么"来说,单用除了具有突出前项的功能之外,还能够表示"并立"。我们认为,这种单用表示并立的功能是由双用或者多用形式下的功能迁移而来的,因为在很多双用和多用的情况下,即使删去前面的一个"要么",也不影响句子意义的表达,此时形式上是单用的,但也仍然保持"并立"的功能。这也可以从另一个角度来理解,即"要么"单用连接前后分句时,"前分句留有'要么'的空位"②。如:

(21)a.我想回油田去,要么就提前退休,回老家,放放牛。(转引自邢福义③)

b.我想要么回油田去,要么就提前退休,回老家,放放牛。(前分句增加"要么",语义基本不变)

而通过进一步观察,我们发现"要不"也具有这样的功能。如:

①吕叔湘:《现代汉语八百词(增订本)》,北京:商务印书馆,1999年,第102页。

②邢福义:《汉语复句研究》,北京:商务印书馆,2001年,第255页。

③同上。

(22)两个人无济于事,要不就是上千人,要不就是一个人。(维克多·雨果《九三年》)

(23)我退了几步,看了看四周,觉得自己就是个骗子,要不就是个电灯泡。(塞西莉亚·艾亨《限期十四天》)

例(22)(23)说明,表示选择时,“要不”单用和双用都能成立。双用时,前分句的“要不”可以删去而不影响句子意义的正确表达,而单用时在言语功能上更加突出了前分句的重要性。如果在前分句加上“要不”,句子也能够成立,只是不再具有选择的倾向性,两个选择项的地位趋于平等。

由此我们可以初步得出结论,“要么”“要不”这类连词形式上的多用和功能上的多用大致上是呈正相关的,形式越单一,连接功能就越单一。这样我们就将图表中三者形式上的梯度变化与功能上的区别联系起来了——“要么”在形式上存在单用、双用和多用三种形式,“要不”也有单用和双用两种形式,所以这两者既有强调前项,又有并立的作用;而“不然”只有单用这一种形式,所以“不然”只能强调前项,而不具备并立的功能。如表3所示:

表3 “要么”“要不”“不然”的形式差异与连接项之间的关系差异

	形式			连接项之间的关系	
	单用	双用	多用	强调前项	并立
要么	+	+	+	+	+
要不	+	+	−	+	+
不然	+	−	−	+	−

以下例句也正好说明了“不然”的这一特点:

(24)a.他晚上不是读书,就是写点儿什么,再不然就是听听音乐。(转引自《现代汉语词典》(第7版)①)

*b.他晚上不然读书,不然写点儿什么,再不然就是听听音乐。(多用“不然”,句子无法成立)

①中国社会科学院语言研究所词典编辑室编:《现代汉语词典》(第7版),北京:商务印书馆,2016年,第111页。

(25) a.斐诺的小报后来靠着这一类的文章大出风头,版面占到两栏,专谈巴黎生活的花花絮絮,描写一个人物,一个典型,再不然是平常的或者古怪的事。(巴尔扎克《幻灭》)

*b.斐诺的小报后来靠着这一类的文章大出风头,版面占到两栏,专谈巴黎生活的花花絮絮,不然描写一个人物,一个典型,再不然是平常的或者古怪的事。(双用"不然",句子无法成立)

那么我们还可以进一步思考,为什么多用或者双用的"不然"不能成立,而将前一个"不然"换成"要不"或者"要么"就能够成立了?我们认为,这和"不然"表示选择时强调前分句的单一功能直接相关。因为"不然"在表示选择时需要强调前分句,所以在它前面必须出现一个选择项,而在多用或者双用的结构中,第一个"不然"前面没有选择项,此时句式的连接不顺畅。为了解决这个问题,就需要用"要不、要么"来替换第一个"不然",因为对于"要不、要么"来说,它们对于前分句的强调并不是强制性的,所以前面不必出现句子。

4.3 建议

"建议"从本质上讲也是在提供一种"选择",但两者的差别还是非常明显的。除了形式上单用,双用的差别之外,典型的"选择"与典型的"建议"之间的区别还表现在两个方面:第一,"选择"的语义重心可能在前分句,也可能在后分句,甚至可能前后两项地位均等,而"建议"的语义重心一般在后分句;第二,表示"选择"的连词既能够连接未然的选项,也能连接已然的选项,而表示"建议"的连词所引出的一定是未然的事情。如:

(26) 如果有一个人能把我的微博从头看到尾的话,就明白我所说的话到底是真还是假了。不然,你把我的头颅凿开看看?(微博)

(27) 我真的不知道桌上那块鸡排是你的宵夜,不然,我去买一块还你嘛!(微博)

(28) 张沛说:"不然今天去我们家玩吧,我们家新来的保姆做的饭很好吃。"(颜歌《五月女王》)

建议表示的言语功能可以分为"提供"和"命令"两种,表示"提供"时语气舒缓,表示"命令"时语气强硬。"要不"在表示建议时兼有这两种功能①。而"不然"的情况不同,一

①陈若君:《"要不(要不然)"的篇章连接功能》,《语言教学与研究》,2000 年第 3 期,第 66—72 页。

般用在疑问句式中,如例(26),在非疑问句式中,常常会出现“嘛”“吧”等语气词,如例(27)(28)。这些证据表明,“不然”表建议时语气缓和,相对于既能表示“建议”,又能表示“提供”的“要不”来说,“不然”只能表示“提供”。对比以下例子能够更直观地说明这一点:

(29)a.那算了,你通报他一声,就说我没啥事儿,就想给他敬个礼。要不你替我向他打个立正举个手算啦!(劳马《老史》)

? b.那算了,你通报他一声,就说我没啥事儿,就想给他敬个礼。不然你替我向他打个立正举个手算啦!(替换为“不然”接受程度不高)

(30)a.立即有士兵低声的担忧道:“大人看样子好像很危险,要不下去帮忙!”(流浪诗人《大明孤狼》)

? b.立即有士兵低声的担忧道:“大人看样子好像很危险,不然下去帮忙!”(替换为“不然”接受程度不高)

例(29)中前分句语气强硬,所以后分句只能用“要不”连接,用“不然”接受程度不高;例(30)的语境表示的是一种危急情况,这种情况下就只能用“要不”表示命令,语气坚决,用“不然”则无法表现这种语气。这正说明了两者在表示建议方面的差别。

4.4 因果

在现有的研究中,很少有学者提到“不然”的因果关系,只有部分学者认为“不然”不具备表示“醒悟类”因果关系的功能①,那么“不然”在表示因果关系上的功能到底如何?这是我们要讨论的。

(31)难道公子襄早已找到了吗?不然“忘情天书”又怎会在他手里?(温瑞安《大侠传奇》)

(32)那老狗是不是死啦?不然“阴阳手”怎么会到你的手里?(卧龙生《小郎的绝招》)

(33)a.银行似乎不太喜欢这样的表扬,要不不会云遮雾罩的写个“某”。(科技文献)

b.我纳闷的是银行似乎不太喜欢这样的表扬,不然不会云遮雾罩的写个“某”。

①参见史金生:《“要不”的语法化——语用机制及相关的形式变化》,《解放军外国语学院学报》,2005年第6期,第6—13页;曹秀玲,张磊:《“否则”类连词的语法化梯度及其表现》,《汉语学习》,2009年第6期,第11—21页。

(用“不然”替换之后语义基本不变)

根据邢福义的观点,“甲乙两事之间只要存在因与果相互顺承的关系,都是广义的因果关系;属于这一关系范畴的复句,都是因果类复句”①。在例(31)(32)中,前后分句之间存在因果关系,并且将“不然”与同样表示因果关系的“要不”替换之后,得到的例(33b)也很自然。这说明“不然”能够表示因果关系。这种因果关系通常借助疑问或者否定形式来表达,从言语功能来看,属于“推断性因果”。

而之所以在前人的研究中没有提到“不然”的因果类功能,其主要原因在于对“因果类”功能的范围界定存在偏差。史金生等人的研究将表示醒悟意义的“难怪”作为界定的标准,能够用“难怪”的地方一般能够用“要不”,但不一定能用“不然”。如:

(34)要不他没来呢,原来他生病了。(转引自史金生②)

(35)难怪他没来呢,原来他生病了。(用“难怪”替换语义不变)

(36)*不然他没来呢,原来他生病了。(用“不然”替换无法成立)

我们认为,用这种方法最多只能说明“不然”在表示醒悟性因果关系上受到限制,而不能说明“不然”不具有表示因果的功能。这种限制是由“不然”出现的句法环境和表达的语气这两方面共同决定的。如上文所述,一方面,“不然”具有强调前分句的倾向,所以“不然”前面需要有一个分句,否则难以成立;另一方面,“不然”在表示因果关系时大多采用疑问和否定形式,推测意义强。例(36)从结构上看,在没有上下文语境的情况下,“不然”前面缺少一个分句,句式连接不顺畅;从语气上看,“不然”所连接的分句是感叹形式,语气强硬,与“不然”所表示的“推测”语气不符。这两点决定了例(36)难以成立。

另一方面,“不然”因果句的构成条件和语气限制也决定了它不能表现典型的“说明性因果关系”。因为说明性因果所表现的因果关系是“最典型、严格意义上的因果关系”③,排斥具有推测意义的疑问句式和其他语气词。

综上所述,我们可以对“要不”与“不然”在连接功能上的差异进行更细致的划分,如表4所示:

---

①邢福义:《汉语复句研究》,北京:商务印书馆,2001年,第40页。

②史金生:《“要不”的语法化——语用机制及相关的形式变化》,《解放军外国语学院学报》,2005年第6期,第6—13页。

③邢福义:《汉语复句研究》,北京:商务印书馆,2001年,第40页。

表 4 "要不""不然"连接功能的差异

	假转	选择			建议		因果		
		交替性	可能性		提供式	命令式	说明性	推断性	醒悟性
			相容	不相容					
要不	+	+	+	+	+	+	(+)①	+	(+)
不然	+	+	−	+	+	−	−	+	−

五、余论

本文基于现有的关于"要不""不然"在形式特点、句法环境、言语功能等方面的研究,重新审视两者在连接功能方面的差异,并着重从"选择""建议""因果"这三个方面展开对比。从现有研究来看,同为"否则"类连词的"要不然"的地位还没有完全确定,对"要不然"的研究也不太充分。大部分词典都将"要不然"看作是"要不"的同义词,部分学者也持相同的观点②。但史金生提出这类词不能完全同义,"不然"和"要不然""不能表示'难怪'的意义",并且认为"要不然"在某种条件下和"不然"是同义的③,这就和一些学者的观点产生了冲突。那么"要不然"的连接功能是否具有特殊性?与"不然"和"要不"的关系到底如何?还有待深入研究。

A Study of Conjunctive Functions of "Yaobu(要不)" "Buran(不然)" and Their Differences

Wang Bo

(Central China Normal University)

Abstract: In modern Chinese, "*Yaobu*" is similar to "*Buran*". Relevant studies pay more attention to the function of their own, and less attention to differences between them. In this study, according to the existing researches, the function of two conjunctions has been fur-

①(+)表示存在限制。

②参见陈若君:《"要不(要不然)"的篇章连接功能》,《语言教学与研究》,2000 年第 3 期,第 66—72 页;曹秀玲,张磊:《"否则"类连词的语法化梯度及其表现》,《汉语学习》,2006 年第 6 期。

③史金生:《"要不"的语法化——语用机制及相关的形式变化》,《解放军外国语学院学报》,2005 年第 6 期。

ther revealed, especially the function of Choice and Suggestion. Based on that, it also has been revealed that there are many differences between the two conjunctions in the conjunctive function. In conclusion, there are limits for "*Buran*" in the function of Choice, Suggestion and Causality: for choice, "*Buran*" is confined to make incompatible choice; for suggestion, "*Buran*" is confined to provide a proposal; for causality, "*Buran*" is confined to make a deduction. Those features are originated from the function of "*Buran*" that imposes emphasis on the front clause.

Keywords: *Yaobu*(要不); *Buran*(不然); the function of conjunction; a study of difference

副词“就”的小量义、排他性与话语否定*

——兼谈拂逆句中“就”与“偏”“硬”的用法差异

武钦青　李铁范

（上海师范大学对外汉语学院；淮北师范大学文学院）

提要：说话者的预期量与话语否定密切相关，超过说话者预期的主观大量，低于预期的主观小量，都不符合人们“理想化的认知模型”，具有较低的情理值。副词“就”经常用在贬抑性构式、反问句及拂逆句中表达话语否定与其小量义和排他性有关。语气副词“就”与“偏”“硬”都可用在拂逆句中，“就”选择焦点项，强调主观情态；“偏”表示偏离，强调主观故意；“硬”表示态度坚决，强调强行、执拗，这些细微的差异可在句法上得以验证。

关键词：“就”；话语否定；主观小量；排他性；拂逆句

一、引言

现代汉语中“就”经常用在表达否定意义的话语当中，贬抑、拂逆、反问等可看为广义上的否定，它们的话语意义必须经过推理才能获得，例如：

（1）就你！还好意思说我！你自己丈夫生病了，叫你卖房子还不舍得，别说那房子也有你丈夫一半钱。（六六《双面胶》）

＊本文为国家社科基金重大项目“对外汉语教学语法大纲的研制和教学参考语法书系（多卷本）（17ZDA307）”的阶段性成果。写作过程中得到方绪军教授的悉心指导，写成后曾在第八届现代汉语虚词研究与对外汉语教学国际学术研讨会（2018 泉州）上宣读，得到史有为、杜道流、蒋静忠等诸位先生指教，在此一并致谢，文中疏漏概由本人负责。

(2)回到家里,老奶奶和她娘都不住口的埋怨:"就你能!"(古柏《棉花姑娘出了嫁》)

(3)女儿暴跳如雷:"我就要去,看你怎么样!"(冯德全《这样说孩子最能接受》)

例(1)"就"与人称代词连用,可以看为一个贬抑性构式,它来源于反问句。反诘实在是否定的方式,反诘句里没有否定词,这句话的用意就在否定,反诘句里有否定词,这句话的用意就在肯定①。据强星娜调查,"就"后含人称代词的名词性成分具有消极性,如"就我这没记性的""就你这么笨的人""就他那样"等,并认为这些名词性成分都具有贬损性的评价形态②。其实,"就"后只出现人称代词如例(1)或者不是名词性成分如例(2)也具有贬损性的评价形态。例(2)中"能"为形容词,是指"有能力的",在这里是反语用法。例(3)是"就"在拂逆句中的用例,"拂逆"是违背,不顺从。

反问、反语以及拂逆都可以看作否定,可见副词"就"与否定有密切的关联,胡德明认为"就"与反问句是有关联的,原因是"就"可以表示绝对或极端的说法,或表"竟然、偏偏"是与反问句的语用含义相吻合的③,但并未进一步考察"就"为什么具有绝对或极端说法,以及为什么"就"会表示"竟然""偏偏"。现代汉语中"就"的语义很复杂,但是"就"具有强调功能得到了学界的共识,如"就"可以强调短时内即将发生或很久以前已经发生,强调数量多寡,也可以加强肯定等④。但我们不能笼统的说"就"在否定的话语表达中是强调,更要关心的是为什么会强调,强调什么。本文的研究目的就是寻求副词"就"与话语否定关联的内在理据,并以拂逆句中"就"与"偏""硬"的用法差异为例,具体分析三者表拂逆语气的句法表现及语义基础。

二、副词"就"的小量义与排他性

2.1 话语否定与主观量的大小

话语否定是互动交际中说话人对话语环境中的刺激根据个人情理系统和情感系统做出的否定性的反应或评价,它基于刺激-反应的框架在运作⑤。现代汉语副词往往参与

①吕叔湘著:《中国文法要略》,北京:商务印书馆,2015年,第405页。

②强星娜:《作为有标记话题结构的一种"就"字句——兼与"连"字句、"像"字句比较》,《语言教学与研究》,2013年第2期。

③胡德明:《"就"与反问句关联的理据》,《汉语学报》,2008年第4期。

④吕叔湘编:《现代汉语八百词》(增订本),北京:商务印书馆,1999年,第315—316页。

⑤李先银著:《现代汉语话语标记研究》,北京:世界图书出版公司,2017年,第38页。

到话语否定当中来，比如例(1)—(3)中“就”的用法，都是说话者针对语境中刺激做出的否定性评价或反应。有的副词用法已经规约化为贬抑性构式，例如：

(4)“搓个澡都舍不得，还局长呢，整个一农民工！”(人民网《追记黑龙江省优秀共产党员、宝清县政协副主席于海河》2014-2-17)

(5)都什么年代了，香港的地铁都在用普通话报站名。(李可《杜拉拉升职记》)

(6)叶奕雄显然不耐烦了说：又来了，三句话不离本行。(雪静《旗袍》)

沈家煊认为“还”“又”为增量副词，并且分析了“还”的元语增量用法，元语增量是对所陈述的命题表明了说话者的主观态度，即认为语境命题提供的信息量不足，主表命题才提供足够的信息量①。我们认为例句中的“还”“都”“又”都为增量用法，表明了说话者的主观态度。如果从基本义上看，“都”表示范围的总括；“还”表状态的延续；“又”表重复，总括、延续及重复往往会伴随着数量或程度的增加，也就意味着量的增加，当量的增加超过了说话者的期待量或者说预期量时就容易与话语否定相关联。量的增减是量的计算过程，量的大小是量的计算结果，超过说话者预期的主观大量，低于预期的主观小量，都不符合人们“理想化的认知模型”，具有较低的情理值，情理值是外部事物或事件联系性大小②，对情理值的理解往往是以人们的认知经验为基础的，如“大学生”与“识字多”具有高情理值，“小学生”与“识字多”为低情理值。量的增减造成的“过犹不及”“少则不够”都偏离了人们的常规认识，因此具有较低的情理值，话语否定的表达和理解就是情理的激活或推理过程。“就”所在的句子经常表达话语否定就跟它的主观小量密切相关。

2.2 已往对副词“就”主观量的研究

陆丙甫整合了“就”的各个义项认为“就”的基本作用是限制范围，有强调“少量”的语气，如时间上的早、快，空间上的近，推理上的直截了当，意志上的说一不二等③。陈小荷首先提出的主观量的概念，同时指出“就”不论前指还是后指都表示主观小量④。李宇明认为如果“就”前面出现了限定范围的词语，特别是表范围小的词语，以及表时间短或不经意之类的词语时，“就”后面的量也可以是主观大量⑤。周守晋认为现代汉语副词

①沈家煊：《与副词“还”有关的两个句式》，《中国语文》，2001年第6期。

②张旺熹著：《汉语语法的认知结构研究》，上海：学林出版社，2016年，第24页。

③陆丙甫：《副词“就”的义项分合问题》，《汉语学习》，1984年第1期。

④陈小荷：《主观量问题初探：兼谈副词“就”“才”“都”》，《世界汉语教学》，1994年第4期。

⑤李宇明著：《汉语量范畴研究》，武汉：华中师范大学出版社，2000年，第124页。

“就”表达结构中的主观量,实际上是“起点化”或“终点化”的语义关联成分,“就”的基本语义、语义指向以及表达功能建立在[+起点]←就(达成)/就→达成[+终点]之上的①。陈立民认为“就”表示实际偏离预期,即实际在时间上先于预期,或者在数量上少于预期②。金立鑫、杜家俊采用实验的方法,证明了在最简结构中表达的意义是“主观少量”和“为实现短时将来”,在“X 就 Y 了$_2$”中可以用“低就高了”做统一解释,也就是说“就”前面成分为表示低量,后面成分表示高量,如“七点就起床了”表达是“七点”早于应该起床的时间;“起床就七点”表达起床的时间应该早于七点,都是“前低后高”③。

2.3 副词“就”的小量义与排他性

从已往的研究可以看出,大部分学者主张副词“就”表达的是小量义,因为表小量与其语义的引申发展一脉相承,《说文解字》上对“就”的解释为:“就,高也。从京,从尤。”④,可见“就”的本义是表示“到高处去住”,后来引申为“趋近、完成”,这时可以认为“就”是空间移位的行为动词,空间上距离的缩短到数量的“少”,时间的“短”或“早”,伴随着认知域从“行”域到“知”域的转移。“就”的这种语义引申是隐喻机制在起作用,隐喻是一种认知方式,它是用一个具体的概念来理解一个抽象的概念,也就是从一个认知域到另一个认知域的投射,“知”的概念比“行”的概念更加抽象,因此经常会用前者隐喻后者。但是“就”后面的数量成分经常会表示主观大量,例如:

(7)两个人就喝了十瓶汽水。

(8)一共三杯,我就喝了两杯。

我们赞成陈小荷观点,他认为“两个人就喝了十瓶汽水”这样的句子“就”后虽有数量词,但重音一般都会在“就”的前面,“就”只表示前面数量词语的主观小量,后面的数量词虽言多但不是由“就”直接决定的而是由于前后对比才显示出来的⑤。在“十个人就喝两瓶汽水”中说话者重点强调的两瓶汽水数量少。潘海峰也认为“就”只表示主观小量义,例(8)这个句子强调的是主语“我”,句子的主语“我”具有小量义或始元义⑥。李宇明

①周守晋:《“主观量”的语义信息特征与“就”、“才”的语义》,《北京大学学报》(哲学社会科学版),2004年第3期。

②陈立民:《也说“就”和“才”》,《当代语言学》,2005年第1期。

③金立鑫,杜家俊:《“就”与“才”主观量对比研究》,《语言科学》,2013年第3期。

④许慎著:《说文解字》,北京:中华书局,1963年,第111页。

⑤陈小荷:《主观量问题初探:兼谈副词“就”“才”“都”》,《世界汉语教学》,1994年第4期。

⑥潘海峰著:《汉语副词的主观性与主观化研究》,上海:同济大学出版社,2017年,第212页。

认为当“就”前有限制性范围副词时“就”后的量为大量，但是“就”所强调的焦点仍是其前面的成分①，例如：

(9)这次敌人来，全村光粮食就损失了五十来石，还有六条牛，四条驴，连上房子家具，零零碎碎总共加起来，少说也有几十万。(马烽《吕梁英雄传》)

(10)战略战术计划的制定十分谨慎，异常周密，仅写成的文字就达数万页，绘制的地图和示意图多达数千张。(沈永兴《二战全景纪实》)

Rooth 提出焦点的选项语义学理论，把焦点定义为选项的集合②，例(9)的焦点选项集合为{……，粮食，六条牛，四条驴，房子家具，……}；例(10)的焦点选项集合可认为{……，写成的文字，绘制的地图，绘制的示意图，……}，而“就”主要是强调选项集合中“粮食”“写成的文字”。也就是说在使用“就”时排除了的其它选项，“就”在表示小量的同时具有排他性。蒋静忠、魏红华把“就”看作一个焦点敏感算子，根据焦点的选项语义学理论指出“就”的两个语义功能，一是使焦点引出的选项集合变成一个有序集合，肯定焦点以及焦点蕴含的选项，排斥焦点不蕴含的选项，并使焦点选项带上主观小量义，二是从选项中选取其一，排斥其他③。如下图：

图一：“就”的两个语义功能(转引自蒋静忠、魏红华)

“就”的功能一：{X1，X2，X3，X4，X5，X6，……}(汽水就五瓶，多了没有)

“就”的功能二：{X1，X2，X3，X4，X5，X6，……}(这地就产煤，不产别的矿物)

以上用例可以认为通过对范围副词“就”重读来加强语气进行强调，一旦范围副词“就”带上说话人的主观情感，我们亦可以把它看为语气副词，这需根据语境具体分析。“就+人称代词+X”表达话语否定的用法经历了主观化的过程，“就”也由范围副词成为了语气副词，例如：

(11)就她会做出你说的那种缺德事儿，真是！(叶楠《祝你运气好》)

(12)就她那么个娘们儿，也值当我去死？值当我去掉两只手？(刘心武《小墩子》)

(13)她？就她？你也太小瞧我贾志新了吧？谁正眼儿瞧过她呀！(电影电视

①李宇明著：《汉语量范畴研究》，2000 年，第 123—124 页。

②Rooth，M.*Association with Focus*.Ph.D. dissertation. Amherst：University of Massachusetts，1985.

③蒋静忠，魏红华：《焦点敏感算子“才”和“就”后指的语义差异》，《语言研究》，2010 年第 4 期。

《家有儿女》)

例(11)中“就”为范围副词,说话人认为能做出这种缺德事儿的人,除了“她”没有别人。例(12)(13)中的“就”为语气副词,两句的区别在于,例(12)后面出现对“她”的主观贬抑性评价成分“那么个娘们儿”,“娘们儿”是对女性的贬抑性称代,前面再加上修饰语“那么个”这种消极评价更加明显,因为在现代汉语中“这(那)+名词性成分”具有负面评价的社会规约义。例(13)中说话者对“她”的评价成分并未直接出现,但我们仍然可知整个句子就是对“她”的否定。范围副词“就”是以具体的人或物为比较对象从而选择焦点项排斥焦点外的其它选项,语气副词“就”是以“理想化认知模型”为比较基点,来选取焦点项,从而强调焦点项所具有的特征。“理想化认知模型”是人们在认识事物的过程中所形成的统一的、理性化的及常规化的概念①,它是以人们的认知经验为基础,语气副词“就”没有明确的比较对象,如例(12)当言者说出“就她那么个娘们”时无意与其他具体某个人进行比较,只是说明“她”的行为不符合自己的认知期待,言者之所以做出这样的判断就是基于理想化的认知。

不可否认,“就”后成分也可以是肯定性成分,但经过对语料的考察就会发现,此时的“就”字句有具体的焦点选项集,包括表达话语否定的反语用法,例如:

(14)你来了就好。他们都不听我的,就你心好。(毕淑敏《预约死亡》)

(15)我看咱们分场,噢,不,咱们半截河农场的知青,就你最行。(张抗抗《隐形伴侣》)

(16)宋思明:“奇怪,一个女孩子,怎么喜欢吃这么野蛮的东西。”海藻白了他一眼说:“老土。就你文明。这多好吃啊!像豆腐一样的绵滑。”(六六《蜗居》)

(17)这家里好像就你能,就你是个人物!才十三岁就像个小妈似的,滚一边去!(池莉《你是一条河》)

以上用例中“就”可以用“只有”替换,具有排除其他选项的小量义,是表达赞扬的肯定义,如例(14)(15),还是怨责进而试图制止某种说法或行为的否定义,如例(16)(17),在于话语双方的互动推理。

“就”排他性语义的产生与其小量义密切先关,当我们说“教室里就一个人”时表示

①Lakoff, G. *Woman, Fire and Dangerous Things: what categories reveal about the mind*. Chicago: University of Chicago Press, 1987:284.

来的人少的同时也排除了其他人的到来。“就”用在拂逆句中是其小量义主观化的结果，更多的是“就”排他性语义的体现，表达了说话者强烈的主观情感，例如：

(18)傅老：啊，又有什么消息，说说么。

和平：我就不说，就不说，就不告诉您。(电视电影《家有儿女》)

(19)老郑(递烟)：哎，你戒了三天烟，还能站着跟我说话这就是证据。

傅老：你戒了三天酒还能够自己走到我家里来也根本不可能，把你的破烟拿走，告诉你老子今天还就不破这个戒了，想让我上钩，没门儿！(同上)

“就”在拂逆句中不是处于话轮的起始位置，而是处于引入的话题之后的位置，“就”对这一话题进行提取并加以强调。按照周守晋的观点，“就”前后成分分别是心理预期维度上的起点和终点①。例(18)中傅老的心理预期是“和平说说新的消息给他听”这也就是和平应答过程中的起点，和平根据傅老的预期用“就不说”来排除傅老的预期，使之成为言语场景中心理预期维度上的终点。在拂逆句中说话者用“就(不)X”排斥听话者心理预期维度上的任何其它选项，表明了说话者坚决的态度。

此外，吕叔湘指出“就”在“A就A”格式中表示容忍或无所谓的态度②，例如：

(20)丢就丢了吧，着急也没用。(吕叔湘1999用例)

(21)大就大点儿，凑合着穿吧。(同上)

同样可以用“就”的排他性来解释，例(20)(21)这样的用例经常出现在应答句的答句中，在说话者做出应答之前前提事件如“丢东西”“衣服买大了”是必须存在的，说话者把前提事件当作话语的起点。张滟认为在“A就A”中前一个“A”是说话人提取情景语境中的事件或元素来作为话语起点，同时因为“就”的限止义，使用“就A”又把“A”置于的终点位置，这个终点实际上反映事件发生的实际状况并未达到预期，因而不如意，就容易形成负面评价③。我们则认为当说话者使用“就A”时，排斥了事件发生后的其它行为，只能容忍目前的状况。“丢就丢了”排斥因为“着急”所带来的行为比如“急哭”“急得睡不着”等，“大就大点”排斥“退款”“更换”等行为。所以从这种意义上来说，表容忍或无所

①周守晋：《“主观量”的语义信息特征与“就”、“才”的语义》，《北京大学学报》(哲学社会科学版)，2004年第3期。

②吕叔湘编：《现代汉语八百词》(增订本)，1999年，第318页。

③张滟：《结构性话语标记：语义—句法界面——以“A就A”为例》，《当代修辞学》，2014年第1期。

谓态度的“A 就 A”也可以看为一种话语否定。

三、拂逆句中“就”与“偏”“硬”的用法差异

3.1 句法表现与限制

杜道流对拂逆句中“还”的研究具有启发性，他认为“还”是一个拂逆标记①，但仍然有可待商榷的地方，如文中所举例句如果去掉“还”句子仍然可认为是拂逆句。

(22)姐想通了！离婚！姐还不伺候你们了！(引自杜道流 2014)

(23)我还就跑这发帖了，我还就说他们无能了，咋的吧。(同上)

(24)豆豆不能挤，我还偏挤了，皮肤好了！(同上)

例(22)拂逆的表达跟“不”有关，因为否定副词本身就可以表达拂逆语气，再如：

(25)我不要托派妈妈，我不要，我不要啊！(王蒙《恋爱的季节》)

(26)我不让他去，他非要去。(引自吕叔湘 1980)

在例(23)例(24)中“就”与“偏”所传达拂逆语气更加明显，如果去掉“就”“偏”句子是不合法的。除了“不”“非”外，“就”“偏”“硬”等也可以用于拂逆句中加强违逆口气，我们可以把它们看作表示逆转态的语气副词，“逆转态”是由于说话者对某种情况或现象的主观否定，因此而形成的对立或转折②，例如：

(27)外商说：“该项目报纸已公告不收了，怎么还收？”征收者说：“我就收，你能怎么样！”(1996 年《人民日报》)

(28)冯老兰说：“你说是两回事，我偏说是一回事。”(梁斌《红旗谱》)

(29)傍晚放学，妈又让我洗头，我硬不洗。妈很气。(枫雨《童年》)

虽说三者都可以用于拂逆句，但在对北京大学语料库及国家语委语料库中拂逆句的调查基础上，就会发现它们在具体的使用过程中具有不同的倾向性③。

---

①杜道流：《拂逆句中的语气副词“还”》，《汉语学习》，2014 年第 3 期。

②张谊生著：《现代汉语副词研究》，北京：商务印书馆，2014 年，第 62 页。

③本章节的语料来源于北京大学语料库及国家语委语料库，因为所选语料的范围限制，只能反映“就”“偏”“硬”在拂逆句中句法表现的倾向性。

（一）对主语的选择

从拂逆的对象来说，可以分为拂逆听话者的意愿，拂逆说话者的意愿，拂逆话语双方以外的其他人的意愿。“偏”不受主语人称的限制，三种拂逆形式都可以使用，它是典型的拂逆标记，我们在北大语料库中没有发现“就”前主语除第一人称代词以外，其它如第二、第三人称代词或其他名词性成分表拂逆的用法。例如：

（30）“你管不着！”马威的话更难听。“我偏（就）要管！”李子荣说完嘻嘻的一笑。（老舍《二马》）

（31）叫你别让他们过来，你偏（＊就）要让他们过来见我。（余华《活着》）

（32）这个家庭中柔弱的幼子，这个平时对父母恭敬孝顺的王惠然，这一次居然敢造反，敢违抗父母之命，不让他“下海”，他偏（＊就）下海！（相朴《太阳，你什么时候欠起脚跟》）

这说明“就”大多数用法是在即时对话中违逆听者的意愿，并且违逆行为并没有真正付诸行动，属于未然事件。“硬”则不同，它所在的违逆句中，一般是表达拂逆他人意愿，如例（34）（35），拂逆自己意愿的我们只发现1例，如例（33），且违逆行为一般已经发生，属于已然事件。例如：

（33）我硬要你们回故乡去，你们却是不肯。那一晚我骂了一阵，已经是朦胧的想睡。（郁达夫《茑萝行》）

（34）1992年4月30日，医生发现你便血严重，让你住院，你硬是不肯。（1994年报刊精选）

（35）我还记得分手的那夜情景：他硬要我先走，我不愿先走。（三毛《我的婚姻》）

（二）带“不”单独使用

在拂逆句中“就”“偏”可以和否定副词“不”连用，并且省略核心谓词性成分，“硬”则不行，例如：

（36）“偏不告诉你，偏不，偏不！”她还是笑着，可是笑的声儿，恐怕只有我听得出来，微微有点不自然。（老舍《爱的小鬼》）

（37）谢天谢地又有了声音，是柳萌弱小而坚定的声音：“就不！就不！”（张炜《柏慧》）

（三）与能愿动词连用的情况

既然拂逆是对意愿的否定，那么就自然可以跟表意愿的能愿动词连用，现代汉语常用的表意愿的能愿动词有要、想、肯、愿意等，经过对大量的语料调查分析后发现，“就”“偏”“硬”在拂逆句中都可以与表意愿的能愿动词“要”连用，可参看上文中的例句。如果形式上是肯定形式，“硬”只能与“要”连用，语料中没有发现“硬想”“硬肯”“硬愿意”等表示拂逆的用法，如果形式上是否定形式即能愿动词前有“不”的情况，“硬”不能与“想”搭配使用，例如：

(38)虚竹道：“小僧将他们远远引开，你和乌老大便可乘机下山，回到你的缥缈峰去啦。”那女童道：“多亏你还替我设想。可是我偏（*硬）不想逃走！”（金庸《天龙八部》）

(39)“有钱了不起啊，我就（*硬）不想帮你，看你能怎么样？”吴铮对着手机气呼呼地骂道。（网络资料）

胡虹对表意愿的能愿动词与“就”“偏”搭配使用的情况做了考察，发现“偏”的用例比“就”的用例少得多①，两者在拂逆句中的使用情况也是同样如此。除了表意愿的能愿动词外在拂逆句中“就”“偏”很少与其他类能愿动词共现，“偏”受到的限制更大，例如：

(40)“小男孩不能一边吃奶酪一边到处乱跑。”“我就（*偏）能。”他说。（帕特里克·怀特《人树》）

例(40)中第一个“能”可以表示允许，小男孩回答的“能”可以认为是表示能力。总之，在拂逆句中“就”“偏”“硬”与表意愿的能愿动词搭配使用的比较多，特别是“要”，因为拂逆就是对意愿的违背。与其它能愿动词搭配受到一定的限制，如表示在对情理、事理判断的能愿动词“应该”和在表准许、允许的能愿动词“准”②前我们可以用“就”不能用“偏”“硬”。究其原因是因为三者的意义不同，“就”是经过选择排除其它选项，“应该”与“不应该”，“准”与“不准”为言者提供两种可能选项。“偏”“硬”更多的是强调主观意愿，与“应该”“准”的语义相冲突。三者的凸显差异见下文相关论述。

①胡虹：《语气副词“偏”与“就”的比较研究》，扬州大学硕士学位论文，2014年。

②关于能愿动词的分类我们参看了刘月华等著：《实用现代汉语语法》（增订本），北京：商务印书馆，2001年，第171页的分类。

（四）与其它语气副词共现的情况

三者都可以与语气副词“还”连用，并且在所查找的语料中“还”只能位于“就”“偏”“硬”之前，例如：

(41)行啦行啦！你不就是为了逼我承认服务态度不好吗？嘿！我还就不承认！（刘心武《缺货》）

(42)爹，您不就是舍不得吗？您舍不得，我还偏要了！（朱秀海《乔家大院》）

(43)不管张振江怎么推辞，赵文安还硬向办公室外走。（李方立《初春的一天》）

“偏”可以与转折性语气副词“却”“倒”搭配使用，“就”“硬”却不能，因为“偏”表偏离的基本义是与“却”“倒”的转折义相吻合的，例如：

(44)你想让我哭，我却偏要笑，每一次低我，总使我更高，赞美似露珠，诋毁是肥料，风来树更长，雨去山愈姣。（汪国真微博2015-1-7）

(45)世人定然猜度我对此女有恋情。我倒偏要清白照顾她。（翻译作品《源氏物语》）

（五）“就”“偏”的连用共现

拂逆句中“硬”不与“就”“偏”连用，“就”“偏”在一起使用，“就偏”用例很多，而“偏就”表拂逆的在语料库没有发现，大部分都是“偏偏就”，例如：

(46)罗部长不叫我游，我就偏要游。（权延赤《红墙内外》）

(47)贺尚书道：“我偏偏就要先审你，你能怎么样？”（古龙《陆小凤传奇》）

3.2 语义基础与凸显差异

“就”“偏”“硬”都可以用在拂逆句表达话语否定，也就是反预期的主观情态，但是三者表达拂逆的语义基础不同，自然语用侧重也会有细微的差异。上文提到“就”表达拂逆与其小量义与排他性有关，强调所选焦点项，排斥除焦点项以外的其他选项，在拂逆句中排斥的是听话人的预期，因此“就”在拂逆句中主要作用是强调焦点项。“偏”本义是“歪斜、不居中”很容易投射到事件上表达“偏向某一方”，也就预示着结果与事实相反，由此衍生出“偏”表示故意跟外来要求或客观情况相反，表达的是“事与愿违”。关于“就”“偏”的语义演变，学者关注较多，这里不再赘述。《现代汉语八百词》没有收录“硬”作为语气副词的用法[①],但是在日常口语中这种用法也比较常见。“硬”原指物体的坚固、结实,与“软”相对,如例(48)。由物指人,引申为人意志的顽强、强硬,如例(49)。这两种都是“硬”形容词用法,当说话者认为人顽强、强硬的言行不合时宜时,便衍生出了语气副词的用法表“强行、执拗”,如例(50),这便是“硬”在拂逆句中的含义,表达的是固执地做某事。

(48)山原川泽,土有硬软。(杜佑《通典·食货二》)

(49)那妇人常把些言语来撩拨他,武松是个硬心直汉,却不见怪。(施耐庵《水浒传》第三十二回)

(50)小人身边略有些东西。若是他好问我讨时,便送些与他。若是硬问我要时,一文也没。(施耐庵《水浒传》第二十八回)

因此“就”“偏”“硬”虽然都可以用在拂逆句句中,但是仔细体会,就会发现它们各有侧重,“就”选择焦点项,进行主观强调;“偏”表示偏离,强调主观故意;“硬”表示态度坚决,强调强行、执拗。例如:

(51)你不让干,我就要干。(引自吕叔湘 1999)

(52)不让我去,我偏去。(《现代汉语词典(第 7 版)》)

(53)不让他去,他硬要去(同上)

“就”的语气副词用法是范围副词主观化的结果,例(51)中说话者从“干与不干”做出与听话者预期相反的选择“干”,进而表达拂逆;例(52)用“偏去”表达的是说话者故意违背听话者的意愿“不让我去”;例(53)表达的是“他”不听从说话者的意见“强行或执拗地要去”。这种微小的差异在上文中它们对句法选择的倾向性也能得到很好的体现,拂逆句中“就”大多数用法是在对话中违逆听者的意愿,主语一般都是“我”,如例(51)且违逆行为并没有真正付诸行动,属于未然事件,即当说话人说“你不让我干,我就要干”时,此时“还没有干”,这说明“就”具有更强的交互主观性。“硬”是指行为上的坚决与执拗且违逆行为一般已经发生如例(52),所以一般不能直接跟“不”连用,也不能直接说“硬不!”,“偏”本身意义就是表示“偏离”所以在拂逆句中受限较少,“就”“偏”往往要与能愿动词“要”搭配而“偏”不需要。“就偏”连用比“偏就”常用[②],说明“偏”与其后成分结合

---

①吕叔湘编:《现代汉语八百词》(增订本),1999 年,第 318 页。

②上文也提到“偏偏就”在拂逆句中也比“偏就”常用,关于“偏”与“偏偏”的具体用法差异可以参看石定栩:《评价副词与背景命题——“偏偏”的语义与句法特性》,《外语教学与研究》,2017 年第 6 期。

更加紧密。

四、结语

“就”经常用在贬抑性构式、反问句及拂逆句中表达话语否定与其小量义和排他性密切相关,我们这里说的否定是广义的否定,包括反预期、反驳、拂逆等,它们之间有区别也有交叉。超过说话者预期的主观大量,低于预期的主观小量,都不符合人们“理想化的认知模型”,具有较低的情理值,较低的情理值也就会产生话语否定。语气副词“就”与“偏”“硬”都可用在拂逆句中,“就”选择焦点项,强调主观情态;“偏”表示偏离,强调主观故意;“硬”表示态度坚决,强调强行、执拗,这些细微的差异可在句法上得到有效验证。

A Study of the Small-quantity Expression, Exclusiveness and Discourse Negation of the Adverb*Jiu*(就)
——Concurrently Talk about the Different Usage between*Jiu*(就) and *Pian*(偏), *Ying*(硬) in agonistic sentences

Wu Qinqing Li Tiefan

(Shanghai Normal University;Huaibei Normal University)

Abstract:The speaker's expected quantity is closely related to the discourse negation, either the subjective diminishing role that exceeds the speaker's expected or the subjective diminishing role that is lower than the expected does not conform to people's "Idealized Cognitive Model", causing a lowreasonable value. The adverb *Jiu*(就) is often used in the construction of derogatory, rhetorical question, irony or agonistic sentences to express that discourse negation is related to small-quantity expression and exclusiveness. Mood adverb *jiu*(就) and *pian*(偏), *ying*(硬) can all be used in agonistic sentences, *jiu*(就) chooses the focus and emphasizes the subjective modality; *Pian*(偏) means deviation, emphasizing subjective intention; *Ying*(硬) means firm and forceful, and these subtle differences can be syntactically verified.

Keywords:*jiu*(就); discourse negation; subjective incrementing role; exclusiveness; agonistic sentence

语体对句式的塑造:虚拟位移表达的实现方式*

白雪飞

(上海师范大学对外汉语学院)

提要:虚拟位移具有非叙事性,属于说明性语体。虚拟位移与真实位移在时体、语气情态、补语成分以及否定、被动等句法操作方面有很大差异。语体对虚拟位移具有句法塑造作用,表现在两个方面:一是对语法成分的塑造,表现为对时间信息、语气情态和补语成分的限制;二是对句法操作的制约,表现为否定表达和被动操作受限。

关键词:虚拟位移;语体动因;语法塑造;说明性;非叙事性

位移事件可分为两类:真实位移与虚拟位移。如:

(1)为追寻当年红军长征的足迹,盛夏时节,我们翻越海拔4000多米的巴郎山。(《人民日报》1996-11-04)

(2)公路翻越莽莽昆仑,巍巍唐古拉,横跨千里草原,茫茫戈壁,气势恢宏,堪称公路史上之巨作。(《当代汽车报》2006-10-08)

所谓“真实位移”,指的是主体发生了物理移动,如例(1),主体“我们”发生了空间位

* 基金项目:上海市哲学社会科学规划青年课题“基于类型学视野的汉韩虚拟位移表达式的多维研究”(2018EYY007)。本文曾在复旦大学“现代汉语语法前沿”论坛(2017年8月25日—27日,上海)上宣读,张谊生教授、王珏教授等提出了许多宝贵意见,谨致谢忱。

置的变化,即“翻越巴郎山”,描述的是动态的移动过程;所谓“虚拟位移(fictive motion)”①,是指主体没有发生任何物理移动②,如例(2)的“公路”并未移动,但却与“翻越”搭配,构成了“公路翻越”这种与现实情况不符的表述,这种语言现象我们在生活中习焉不察,是一种主观的、假想的移动,即“虚拟位移”。虚拟位移是对静态空间场景的动态描述,即通过假想的移动过程来描述某一具有空间延展性物体的位置、形状或走向。

关于汉语虚拟位移表达的研究,前人时贤已有相关论述,但从语体视角进行的研究并不多见,本文主要考察语体特征对虚拟位移的句法塑造,语料主要来自北京大学现代汉语语料库。

一、虚拟位移的语体归属

在汉语语法研究中,语体没有得到足够的重视,许多现象笼统地冠之以“能说”与“不能说”,难以深入,“能说”与“不能说”是相对的,在特定语体中二者的对立会变得模糊甚至颠倒,因此语体对语法具有影响。陶红印认为以语体为核心的语法描写应该是我们今后语言研究的最基本的出发点③。

根据王德春对语体的定义,语体指的是由于人类社会生活的复杂性,在不同的社会活动领域内进行交际时,由于不同的交际环境,就形成了一系列运用语言材料的特点,这就是言语的功能变体,简称“语体”④。方梅认为语体是决定语句结构和语篇结构的基本类别,语体的差异可以从不同角度去分析⑤。Longacre 依据[±时间连续性](temporal succession)和[±关注动作主体](agent orientation),把语体分为叙事(narration)、操作指南(procedural discourse)、行为言谈(behavioral discourse)和说明(expository discourse)

①Talmy 在《Toward a Cognitive Semantics Vol. Ⅰ: Concept Structuring Systems》(Cambridge: The MIT Press 2000 年,第 106—138 页)一书中将虚拟位移分为 6 类:散射型(emanation)、模式路径型(pattern paths)、相对框架型(frame-relative motion)、显现路径型(advent paths)、达至路径型(access paths)和共延路径型(coextension paths),本文仅以共延路径型虚拟位移为研究对象,如无特别说明,文中的虚拟位移均指共延路径型虚拟位移。

②位移事件要区分绝对和相对,就哲学层面来说,运动具有绝对性,是无时无刻不存在的。虚拟位移是对静态位移主体的主观的、假想的移动,是说位移主体没有发生相对的运动。

③陶红印:《试论语体分类的语法学意义》,《当代语言学》,1999 年第 3 期,第 23 页。

④王德春:《语体略论》,福州:福建教育出版社,1987 年,第 11 页。

⑤方梅:《语体动因对句法的塑造》,《修辞学习》,2007 年第 6 期,第 1 页。

四类①。

根据虚拟位移的构成要素和功能语义来看，其具有说明性语体的性质，因为虚拟位移关注位移主体，但抑制事件性与过程性，即抑制时间起始—终结的变化过程，所以位移动词具有无界性。

将虚拟位移归为说明性语体的原因如下：

从表达目的来看，虚拟位移是对主体的描写与说明，叙述者赋予主体（如“街道、铁路、城墙”等）以动态移动特征（如“伸展、穿过、绵延”等），以叙述者的视线移动来观察主体的位置、形状或走向，是典型的“以动写静”；

从表达特点来看，虚拟位移不同于真实位移，其不依靠时间顺序来支撑，没有前后的时间连贯关系，与事件过程无关（非叙事性），位移动词具有无界性，主体也并非典型施事，空间观察顺序构成了说明的主线。

二、语体对语法成分的塑造

位移表达要考虑语体因素，语体的不同会导致语法模式的不同。虚拟位移是对认知画面的表述，虚拟位移句大多是在描写一个场景，具有某种“画面感”，受制于说明性语体的限制，虚拟位移的句法表征以及相关的句法操作都会受到部分抑制。

2.1 时间信息的限制

虚拟位移表达的事件是处于持续过程中的静态事件，不反映真实变化，是描述某种事物的性质和状态，具有状态性（stative）和非事件性（non-eventive），即观察不到事件起始、过程和终结，事件具有均质的（homogeneous）时间结构。如：

（3）招山是一座巨大的山，跨越好几个县，人在里头失踪一点也不奇怪，但有一种说法却很奇怪。（残雪《残雪自选集》）

（4）丁仪和汪淼一下车，午后灿烂的阳光就令他们眯起了眼，覆盖着麦田的华北大平原在他们面前铺展开。（刘慈欣《三体》）

例（3）的“招山跨越好几个县”和例（4）的“华北大平原在他们面前铺展开”都是对整体意象的隐喻化描写，是叙述者对一个空间静态物体的心理扫描，“跨越、铺展”为均质的时间结构，具有[+无界]的语义特征。虚拟位移只允准[+持续义]的成分来显化时间信

①Longacre, *The Grammar of Discourse*. New York: Plenum Press.1983: 3.

息:如持续体“着”和进行体“下去”,或是表持续义的时间副词“一直”等。戴耀晶指出“着”具有动态/静态二重性①,静态的“着”和“下去”以及“一直”等[+持续义]成分可以进入这种非叙事语体,以吻合虚拟位移表达的状态性和非事件性。如:

(5)在首都北京东直门到建国门的那段区域,一条条宽畅幽静的林荫大道环绕着一幢幢精美别致的建筑群,不同肤色、各种着装的男女,及各种名牌轿车出出进进。(庄士军《国中之“国”的卫士们》)

(6)更迷人的是海边的沙滩,平直的延伸下去,永远没有止境。(朱邦复《巴西狂欢节》)

(7)梯田如练似带,从山脚一直盘绕到山顶,层叠而上,小山如螺,大山似塔。(《南国早报》2001-06-15)

以上三例反映的都是持续中的静态事件,是对主体“林荫大道、沙滩、梯田”的形状特征与分布样式的描写与说明,“着、下去、一直”的功能就是显化句式所表达的静态、持续特征。由于虚拟位移表达的都是非真实事件句,具有持续、静态、均质的语义特点,不明示起始、过程和终结的变化,所以排斥具有过程义的时间成分,如时间副词“已经、终于”、实现体标记“了”、经历体标记“过”、起始体标记“起来”等,如:

(8)a 林荫大道[*已经]环绕一幢幢精美别致的建筑群。

b 林荫大道环绕着[*了/过]一幢幢精美别致的建筑群。

(9)a 广阔的欧亚大陆[*终于]一直延伸下去。

b 广阔的欧亚大陆一直延伸下去[*起来]。

而真实位移表达的事件都表现出非均质的(heterogeneous)时间结构,即事件进程的每一瞬间都与其他瞬间的情状不同,反映出变化特征和位置移动,表达时间的相关成分就会得到允准。如:

(10)危险正在一步步接近。牢门外,值班看守员的手已经伸向晾在最左边的那件衣服。(罗广斌《红岩》)

(11)突然,车窗暗了下来,原来,列车钻进了英法海底大隧道。(《人民日报》1996-07-18)

①戴耀晶:《现代汉语时体系统研究》,杭州:浙江教育出版社,1997年,第81页。

(12)她用手指比划着我的伤口,发现用创口贴无法贴住伤口,于是拿起绷带,扯开一段,绕着我的腰部,一圈一圈的环绕起来。(沧海一梦《极品蓝颜》)

“手已经伸向最左边的那件衣服”“列车钻进了英法海底大隧道”和“拿起绷带一圈一圈的环绕起来”是真实的位移事件,主体发生了实际的位置移动,动作过程表现为非均质性,因而可以用时间副词“已经”和时体标记“了、起来”标示其动作过程各阶段的状态,这是叙事语体的表达方式。

总而言之,在虚拟位移这种非叙事的说明性语体中,允准静态“着”、继续体“下去”和“一直”,限制“了、过、起来”以及“已经、终于”等,反映出虚拟位移限制表达起始、终结等时间过程的结构,表明这类句式突显动作主体,关注状态性而不关注事件性。

2.2 语气情态的限制

齐沪扬指出语气表达了说话人对句子内容的某种态度,语气是通过语法形式表达的说话人针对句子命题的一种主观意识①;Palmer 认为情态则表达出说话人对命题成立与否的判断,是说话人的主观态度与观点在语法上的表现②。非叙事说明语体的虚拟位移是客观意向实体在心智中隐喻性的动态位移,虚拟位移句多出现在书面语体中,极少用于口语语体,因此口语语体中常用的语法成分,如语气词(“了、啊、吧”等)和评注性副词(“确实、果然”等)等的使用就受到了限制。而描写位移动词的描摹性副词(如“缓缓、层层、层叠、巍然、赫然”)则能得到允准。如:

(13)全画以黄洋界纪念碑为主景,盘旋而上的公路,曲折蜿蜒[* 了/啊],横贯全幅,连接着远处的罗霄山脉主峰。(《新浪网》2013-11-06)

(14)30 公里长的大路两侧,展现在人们眼前的是一幅幅城乡一体的风景画:一幢幢马赛克贴墙的楼群拔地而起;一条条宽阔繁华的商业街道向村庄绵延伸展[* 啊/吧]。(《人民日报》1995-01-09)

(15)不知不觉,他发现自己正驶向一排收费亭,后面是壮观的通向基比斯坎的混凝土堤道,堤道缓缓[* 确实]上升,划一条弧线向远处延伸。(西德尼·谢尔顿《恶魔的游戏》)

(16)乍暖还寒的 3 月,从天津至霸州 70 多公里的路段上,数百座高大的桥墩巍然[* 果然]昂立,数十公里长的路基蜿蜒伸展……(《人民日报》1994-04-06)

---

①齐沪扬:《论现代汉语语气系统的建立》,《汉语学习》,2002 年第 4 期,第 1 页。

②Palmer, *Mood and Modality*. Cambridge: Cambridge University Press.1986: 8.

例(13)、(14)的"了、啊、吧"等语气成分之所以在句法上得不到允准,是因为它们的口语语体属性与虚拟位移的书面语体属性相悖。例(15)、(16)"缓缓"与"巍然"是对位移动词"上升、昂立"的客观描写,若换成体现叙述者立场、态度的副词"确实"与"果然",语义不能允准。

此外,虚拟位移主体不具有施动性和能动性,一般不涉及叙述者的观点与态度和对命题内容真伪、愿望、义务、评价、可能性、盖然性与必然性的判断,因而句法上也限制情态成分。如:

(17)而穿过一个月洞门后,竟是一处江南苏州风味的花园,太湖石叠成小山,曲板桥[* 能]跨过萍藻丛生的池塘,临塘的轩馆支开窗板露出琴台,曲折游廊旁有丛竹或紫藤,如此等等。(刘心武《刘心武选集》)

(18)西藏和平解放后,川藏、新藏、中尼等公路沿着古"麝香之路"[* 可以]伸展到祖国的西陲边关。(《人民网》2001-07-19)

例(17)、(18)表达叙述者对事件成立的可能性的情态成分"能、可以"也受到语体制约,均不能出现在语言表层。而真实位移主体具有施动性和能动性,除了表达位移的命题信息,叙述者对位移事件成立的可能性会得到激活。如:

(19)所幸田野里多是大秋庄稼,容易掩护,加上加强排共有百十人的队伍,分两拨倒替着跑,转眼之间跑出五里路,如果再能跨过前面公路,躲过赵匪四团左右两个炮楼,就可能赶上关团长的队伍,免除被敌人切断的危险。(李英儒《野火春风斗古城》)

(20)而我的双目只在悲哀,泪水像月光。你可以伸展你的肢体,撒碎月的完整。(玛丽·格丽娜《爱是一棵月亮树》)

例句中的"队伍跨过公路、你伸展你的肢体"都是真实位移,而非描写静态场景,叙述者对位移事件的真值或现实性状态的态度、命题成立的可能性与必然性得到关照,情态成分"能、可以"就会得到允准。值得注意的是,叙述者主观移情(empathy),赋予虚拟位移主体以"拟人"特征时,会允准表达叙述者情感、态度的成分。如:

(21)两根纤细、闪亮的铁轨延伸过来了。它勇敢地盘旋在山腰,又悄悄的试探着前进,弯弯曲曲,曲曲弯弯,终于绕到台儿沟脚下,然后钻进幽暗的隧道,冲向又一道山梁,朝着神秘的远方奔去。(铁凝《哦,香雪》)

例(21)“勇敢地、悄悄的”是叙事者主观移情的结果,这类表达情感、态度的成分进入虚拟位移这种说明性的非叙事语体是一种有标记的表达,是叙述者“寓情于物”的直接写照,这类描写,在本文搜集到的 1029 条虚拟位移语料中,仅有 4 例。

2.3 补语成分的限制

虚拟位移句不是陈述具体事件在时间链条上的前后变化状态,而是描写主体所具有的性质和状态,具有非事件性。动作性和时间性在虚拟位移中受到抑制,因而句法上也限制动量补语和时量补语。如:

(22)一条公路沿着海滩穿行[＊无数趟、好多次],再往前是广阔的滩涂。(王晋康《七重外壳》)

(23)这是一幢米黄色的小楼,四周由雪杉、红桧树环绕[＊好多遍、无数回],门前有一泓碧波潺潺的温泉,住所恬静而幽雅。(窦应泰《于凤至旅居美国的寂寞岁月》)

(24)从火炬照亮的地方看,这条巷道笔直向前,缓缓上升[＊好一会了]。巫师会的成员们绝不会相信还存在这样一条通道。(弗诺·文奇《真名实姓》)

(25)历史上曾是人员往来与物资流通的“东西方文明的桥梁”,在世界范围发挥过重要作用的丝绸之路就从这里蜿蜒而过,举世闻名的欧亚大陆桥也由此向西延伸[＊好几个世纪]。(《铁道货运》2005-09-15)

例(22)、(23)“穿行”“环绕”不能后补动量补语;例(24)、(25)“上升”“延伸”也限制时量补语。表示动作或行为的数量、次数的动量补语和表示动作延续的时量补语都是事件句中动词的补充成分,虚拟位移句中,位移动词只是对位移主体的描写与说明,位移动词不具有动作性和时间性,不具有动作起始、持续和终结的变化过程,作为补充成分,语义上得不到允准。而在真实位移中,位移动词摆脱了说明性语体的限制,动作性与时间性得到激活,动量补语和时量补语在句法上就会得到允准。如:

(26)起先,他看不出有什么奇怪的地方,试着穿行了两次,也未觉出有何玄妙之处。从任何一点看来,要想从这些钟上探求武功方面的奥秘,是不可能的了。(东方英《武林潮》)

(27)在山中绕了许多天,忽然有一天山路越来越少,当太阳在他背后的时候,他远远的看见了平地。(老舍《骆驼祥子》)

上述二例,“穿行、绕”恢复了动作性与时间性,可以带上动量补语成分“两次”和时量补语成分“许多天”。动量补语与时量补语是否受限,关键就看是表达事件句的叙事语体还是非事件句的说明性语体。

趋向补语是动词所表动作、行为趋向的补充成分,既可进入叙事语体的真实位移句中,也可进入非叙事语体的虚拟位移句中。如:

(28)李自成勒马冲到亲兵的前边去,在乌龙驹的臀部猛抽一鞭。乌龙驹腾跃起来,随即向老营的山寨飞奔而去。(姚雪垠《李自成》)

(29)老头子钻进了木板棚子,放下洒壶,舒舒服服坐下来,找开一个塑料包,细心地卷开了叶子烟。(映泉《同船过渡》)

(30)山道向直插云天的高峰延伸上去,我们在山道紧贴山麓向右强烈曲折的端角处站住了。(礼平《晚霞消失的时候》)

(31)直道像巨蟒一样,气势磅礴地冲出山岭丛林,直对七里川北岸的庙沟和洛河北侧的引桥爬来,进入另一个缓坡。(徐伊丽《探秘秦直道》)

前二例“起来、进”等趋向补语是对真实位移的位移动词“腾跃、钻”的趋向补充,时体标记“了”也可以共现,如例(29);后二例“上去、出”等趋向补语是对虚拟位移的位移动词“延伸、冲”的趋向补充。趋向补语之所以能进入真实位移句和虚拟位移句,是因为其是对动作本身的趋向状态进行描写与补充,而动量补语与时量补语只能进入真实位移句,是因为二者与动作性、时间性紧密关联。趋向补语对语体的兼容性要强于动量补语与时量补语,后者一般只能出现在表达事件句的叙事语体中。

三、语体对句法操作的制约

说明性语体对虚拟位移句的语法成分的塑造,不仅体现在对时间信息、语气情态、补语成分的限制,也体现在对句法操作的限制。

3.1 否定表达的选择

虚拟位移是对静态主体空间分布的恒定、惯常状态的描写与说明,受制于主体的[-有生性]和[-意愿性],虚拟位移的否定方式也受到部分限制,否定标记只能选择“没有”,而不能选择“不”。如:

(32)取过地图后,才发现原来这时候的平壤城没有[* 不]横跨大同江,更不是

在江东,竟然是在江西,也就是说大同江并非是平壤的天险!(李小明《隋唐英雄芳名谱》)

(33)那是一条既狭窄而又弯曲的坡道,二见泽一知道,其坡道尽头通向京滨高速公路,由于要钻山洞,所以没有[* 不]横穿铁路的交叉点。(大薮春彦《魔影狂人》)

“平壤城横跨大同江、坡道横穿铁路的交叉点”等虚拟位移句的否定选用“没有”,而不用“不”。吕叔湘指出“没有”用于客观叙述,限于指过去和现在,不能指将来;“不”用于主观意愿,可指过去、现在和将来①。虽然虚拟位移是从叙事者的主观视角来表达的,但其表达的目的最终是对客观静态场景的描写和说明,因而限制表达主观意愿的成分,如否定词“不”等。其次,主体“平壤城、坡道”具有[-有生性]和[-意愿性],因而只可取“没有”否定。而真实位移句就没有这种限制,否定既可取“不”来否定,也可取“没有”否定。如:

(34)可是贞弓在取了钥匙在手之后,她却不伸向右边的门柄,反倒伸向左边,移开了一片凸出的浮雕,露出了一个隐蔽的锁孔来。(倪匡《连锁》)

(35)他看小鱼秧子抢着往水上窜;看见泥鳅翻跟斗;看见岸上一个小圆洞里有一个知了爬上来,脊背上闪着金绿色的光,翅膀还没有伸展,还是湿的,软的,乳白色的。(汪曾祺《看水》)

例(34)是主观意愿的否定,例(35)是客观陈述的否定。位移主体“贞弓、知了”具有[+有生性]和[+意愿性],两例分别采用“不”和“没有”来否定,但时体义、情态义有别。李瑛认为“不”表示说话者的主观否定;“不”表示句中主语的主动否定②。而客观性动词除了表示假设关系以外,只能用“没有”否定。虚拟位移对否定词的选择性使用,反映出语体因素对句法操作的动态性影响。张伯江指出任何一种语体因素的介入,都会带来语言特征的相应变化③。

3.2 被动化操作受限

虚拟位移能否进行被动化操作(passivization operation),一方面受制于位移主体的[-施动性]特点,一方面也受制于位移动词的性质。先看位移主体的施动性制约被动化操

①吕叔湘:《现代汉语八百词(增订本)》,北京:商务印书馆,1999 年,第 383 页。

②李瑛:《“不”的否定意义》,《语言教学与研究》,1992 年第 2 期,第 62 页。

③张伯江:《语体差异和语法规律》,《修辞学习》,2007 年第 2 期,第 1 页。

作。如:

(36)东孚中学位于国道324线旁,师生们每日都要横穿35米宽的公路[35米宽的公路每日都要被师生们横穿]。(《厦门晚报》1997-12-13)

(37)连接晋豫两省的东南门户——209国道运城至平陆三门峡大桥段,横穿中条山脉[?? 中条山脉被209国道横穿]。(《人民日报》2000-06-09)

例(36)的"师生们"是"横穿"的真实位移主体,具有[+有生性]、[+施动性]和[+意愿性],位移动词具有高及物性,被动化操作不受限制。Shibatani认为被动句的施事在句法表现上是受限制的,被动化对主语是施事与否要求比较严格①。例(37)的"209国道"是"横穿"的虚拟位移的主体,具有[-有生性]、[-施动性]和[-意愿性],被动化操作受限,但宋文辉认为句式所体现的主观因素的介入,可以使客观上施事性较弱的成分变为施事性较强的成分②,因而可以进行被动化操作,如:

(38)提起南美洲的厄瓜多尔,人们第一时间会想到石油、祖母绿和香蕉,也许对地理有兴趣的人还会想到这个国家被赤道穿过,国土分列南北半球。(《厦门日报》2002-05-22)

在每一个关系性述义中,各个被突显的参与者是不对称的,其中一个叫做射体(Trajector,简称tr),它是最突显的参与者;另一个为界标(Landmark,简称lm),标示了关系述义中其他被次突显的实体,为射体的定位提供参照点。"射体"与"界标"的位置不是一成不变的,会受到突显对象的不同而发生转换。例(38)中位移主体"赤道"与"这个国家"发生了射体与界标的颠倒,主动句"赤道穿过这个国家"中"赤道"是射体,"这个国家"是界标,而被动句中受到移情焦点的选择,受事"这个国家"成为射体,置于主语位置。正是由于突显的对象不同,同一客观事件才会产生不同的识解方式,从而形成了语言的不同句型和表达形式。

再看位移动词的性质制约被动化操作。如:

(39)沙漠公路,犹如一条黑色巨龙,腾跃于黄沙褐浪间,将"死亡之海"搅醒、激活。生机与希望,冉冉升腾于这片毫无生气的地方。(《人民日报》1996-05-25)

①Shibatani, *Passive and related constructions: A Prototype Analysis. Language*, 1985: 837-842.

②宋文辉:《主观性与施事的意愿性强度》,《中国语文》,2005年第6期,第508页。

(40)公路蜿蜒在山岭和丛林间,其间,汽车摆渡湄公河,行驶约两小时,至半山间一片开阔地,高高的南俄河水坝巍然屹立在眼前。(《人民日报》1993-04-19)

(41)黄褐色的公路顺着缅甸的村寨后侧延伸,消失在茫茫林海中。(《人民日报》1996-02-18)

上述三例,位移主体相同,但动词"腾跃、蜿蜒、延伸"是不及物的一价动词,范晓指出具有"+多价性"、"+动结性"的动词是被字句谓语动词的典型①,因此一价动词不能满足被动化操作对谓语动词[+多价性]、[+动结性]的要求,很难进行被动化。其实,诸如这类虚拟位移句,多是在对静态的空间场景的描写与说明,位移动词实际上都没有发生真正的空间位移,若排除主观移情因素的考虑,实际上都很难进行被动化操作。位移主体处于画面语域中话题(topic)位置,开启言谈话轮,为其后陈述建立叙事框架,具有篇章延续性,一般常用在主动句中,但是也发现少数虚拟位移采用中动句形式表被动语义。如:

(42)记者眼见这种田园的开拓过程,纵横的水管盘绕在田地里,开销成本显然不低,但却可以省下不易多得的淡水,显然值得。(《人民日报》2000-11-08)

曹宏认为中动句是一种受事主语句(patient-subject sentence)②。简单来说是用主动的形式表示被动的意义③,汉语主动句典型的认知框架是"施-动-受",施事和受事以及受事受到的影响构成了说话人的范域(scope),当受事成分"纵横的水管"作为射体提醒受话人注意时,受事从原先的宾语位置提升到主语位置,成为舞台表演区(onstage region)中的主要焦点,施事作为背景而隐含,可见虚拟位移受认知因素的影响,可以有条件地采用中动句来进行被动化操作。

四、结语

虚拟位移是对空间静态主体的一种主观、假想的移动,并未发生真实位移,就其语体归属看,属于非叙事的说明性语体,是叙述者赋予位移主体以动态移动特征,以叙述者视线所及的观察顺序介绍位移主体的形状、走向和姿态等,是典型的"以动写静",不依靠时

①范晓:《被字句谓语动词的语义特征》,《长江学术》,2006年第2期,第79页。

②曹宏:《论中动句的句法构造特点》,《世界汉语教学》,2004年第3期,第39页。

③由于汉语缺乏严格意义上的形态标记,中动句的识别需要根据句子中相关成分的施受关系而确定。详见曹宏(2004)。

间顺序来支撑,没有前后的时间连贯关系,与事件过程无关,位移动词具有无界性,句中限制表达叙述者立场、态度和意愿的成分。在时体、语气情态、补语成分以及否定、被动等句法操作方面,叙事语体的真实位移与非叙事语体的虚拟位移有很大差异。语体动因对虚拟位移具有句法塑造作用,表现在两个方面:一是对语法成分的塑造,即对时间信息、语气情态和补语成分的限制;二是对句法操作的制约,表现为否定表达的选择和被动化操作受限。

不同的交际需求会导致不同的语法选择,虚拟位移区别于真实位移的一个重要表现就是二者在语体选择上的有别。

The Shaping of Sentence Patterns by Linguistic Style: Realization of Fictive Motion Expressions

Bai Xuefei

(Shanghai Normal University)

Abstract: The expressions of fictive motion are non-narrative, they are belong to expository discourse. There are great differences between the expressions of fictive motion and factual motion in tense, mood, modality, syntactic elements, syntactic operations of negative and passive. The syntactic shaping function of linguistic style for fictive motion can be found in two aspects: One is the shaping of grammatical elements, which is represented by the restriction of time information, mood modality and complement component. The other one is the restriction of syntactic operation, which is manifested as the choice of negative expression and the restriction of passive operation.

Keywords: Fictive motion; Stylistic Motivation; Grammar Modeling; Expository; Non-Narrative

晋南方言“到”的用法及其语法化*

李仙娟

（陕西师范大学文学院、运城学院中文系）

提要:“到”在晋南方言是个使用频率颇高、语法功能发达的常用词,它的用法非常丰富且独特。“到”作动词,表示“到达”、“使令、容任”义;作介词,相当于“朝、往、从、依照”等,兼作“处置式”和“被动式”的语法标记。文章主要考释“到”语法化的动因和历程,探索“到”兼作处置式与被动式标记的来源,归纳其类型化的意义。“到”在兼语句的容任义是其语法化关键的一步。合适的句法位置、语义的相宜性、高频的使用率和方言内部系统的协调都对“到”的发展演变有一定的影响。

关键词:晋南方言;“到”字句;语法化;处置标记;被动标记;类型学

晋南,指山西西南境地,主要包括运城、临汾所辖各县市。晋南方言属于中原官话汾河片。关于“到”的研究,杜克俭在《临晋方言的“到”字句》中有过细致的描述,文中提到临晋方言“到”主要有三种用法:一是作动词,分行为动词和使令动词;二是作介词,相当于“往”“依照”“把”“被”的用法;三是作助词①。杜文主要从语法功能方面分析“到”的不同用法。赵雪莹在《山西省平陆县平陆方言中介词“给”“到”的特殊用法》中介绍“到”在平陆方言可作介词,“到+处所名词/方位词语”表示动作的起点,相当于普通话“从”,并从句类角度对“到”的特殊用法进行概述②。张邱林在《陕县方言的几种介词语法现

* 基金项目:国家社科基金重大招标项目——西北地区汉语方言地图集(15ZDB106);教育部人文社科项目——晋冀两省太行山沿麓晋语语音研究(17YJC740038)阶段性成果。

①杜克俭:《临晋方言的“到”字句》,《语文研究》,2000 年第 2 期。

②赵雪莹:《山西省平陆县平陆方言中介词“给”“到”的特殊用法》,《文学界》,2012 年第 11 期。

象》中提到陕县“到”相当于“从”义，表示起点、经过、处所、来源的时候用“到”①，且这种现象在晋南的闻喜、芮城、运城、临汾以及广东台山、开平、新会、恩平等地也有反映②。笔者在2015年9月—2016年8月对晋南方言进行了大量调查，结果发现“到[tau˔]”的用法在晋南分布非常广泛，使用相当频繁。然而“到”作动词，表示“到达”、“使令”、“容许”义；作介词时，相当于“从”、“往、朝”、“依照”等，并且兼作处置式和被动式语法标记，这些用法之间存在的内在关系，“到”在晋南的地理分布状况，其语法化机制及其作为处置式和被动式语法标记的成因，皆需深入研究与探讨。本文主要以运城方言为调查点，着重分析上述问题。文中例句皆笔者田野调查所得③。

一、“到”的语义特征和语法功能

“到”在运城方言作动词和介词两种用法。作动词时，分行为动词和使役动词。作介词时，既能表动作起始的方向，相当于“从”；又能介引动词宾语，表处置；还可引进动作的施动者，表被动。

1.1 动词“到”

1.1.1 行为动词“到”

“到”表“到达、达到”义，在句中作谓语，构成“S+到+NP”格式。NP表示处所或时间宾语，S可省略或隐含，这种用法与普通话相同。例如：

(1)我到屋就跟他说，你放心。我到家了就和他说，你放心。

(2)到年下咾，我妈就回来啦。到过年的时候，我妈妈就回来了。

1.1.2 使役动词“到”

“到”有使令、容许的含义，相当于普通话“让”，作兼语结构“S+到+NP+VP”的第一动词。例如：

(3)老师到我回去取钱去。老师让我回去取钱。

(4)都休挡她，到她走。都不要拦她，让她走。

①张邱林：《陕县方言的几种介词语法现象》，《汉语方言语法研究的新视角——第五届汉语方言语法国际学术研讨会论文集》，上海：上海教育出版社，2013年，第305—307页。

②许宝华、宫田一郎主编：《汉语方言大词典》，北京：中华书局，1999年，第3323页。

③文中例句皆笔者自拟，经调查合作人李胜林老师核实，在此深表谢意。文中错漏概由作者负责。

(5)都嫑理他,到他哭,看他能哭到啥时候。都不要理他,让他哭,看他哭到什么时候。

“到”作兼语动词时语义有细微差别,例(3)表使令,例(4)表容许,例(5)表任凭、听凭。其中 NP 大多为人称代词或指人名词,S 可省略。从句类看,大多为祈使句,蕴含命令、请求、建议等口气,表示未然事件。

“到”作使役动词时,另外存在一种类型,形式上亦是“S+到+NP+VP”,但并非兼语句,语法功能也不完全一致。其中 S 作 VP 的宾语,NP 是 VP 的主语。这种格式与被动句非常接近,但整个句子表达的是未然事件。例如:

(6)我奈钱到他赶紧还,我还等着盖厦呢。我的钱让他赶紧还,我还等着它盖房子呢。

(7)衣服都到她洗,可不半天洗不完。衣服都让她洗,所以好长时间都洗不完。

“有定性的受事宾语常常被话题化。”①句中 S 属于话题化的受事宾语,VP 不是 NP 的主观意图,并不是 NP 所期盼的,真正的使役主语(施事)并未出现,或省略或隐含。这种形式很容易通过重新分析,发展成被动句。

1.2 介词“到”

1.2.1“到”相当于“往、朝”,与表方位的词语组合,构成“到 NP”短语,用在动词前面作状语,表示动作位移的方向、终点。例如:

(8)你到后头立。你往后面站。

(9)端端走,到东拐就瞅着啦。直直走,朝东拐就看见了。

“到”表示“往、朝”义时,还可构成“到+AP+(里)+VP”格式,在句中作状语。其中 AP 与 VP 多数为单音节的形容词、动词,表示动作发展的程度或方向。例如:

(10)他再偷钱,就到死里打。他再偷钱,就往死里打。

(11)没事,就到烂里扯。没事,就往烂里撕。

1.2.2“到”相当于“从”,构成“到+NP+VP”格式,在句中充当状语,表示动作的出发点。

(12)这么黑啦才到地里回来。天这么黑了才从田地里回来。

---

①石毓智:《语法化的动因与机制》,北京:北京大学出版社,2006 年,第 68 页。

(13)我爸到北京回来啦。我爸从北京回来了。

例句中NP为处所名词或代词,但并不表示动作到达的目的地,而是动作出发地,句中常有“来、回来”等趋向动词相对应,相当于普通话“从”。因而辨析“到”后面的处所宾语是起点或终点,主要根据“到”后面动词的性质。若动词表示的是朝着说话人所在地的话,那么“到”的宾语为动作出发点,否则为动作终点。

1.2.3“到”表示动作依据的一种方式或标准,含有“依照、按照”的含义。

(14)到我说就算啦,再休寻伢啦。依照我的意思就算了,再不要找他了。

(15)你瞅着,就到这么写。你看着,就照这样写。

1.2.4“到”相当于介词“把”,构成“S+到+NP+VP”格式。

(16)到门(给)关咾。把门关了。

(17)你到椅子(给)搬过来。你把椅子搬过来。

(18)我俩正说话着,伢他猛猛嘞走到跟前,到人(给)惊了一下。我们两个正在说话,他猛然走到前面,把我们吓了一跳。

(19)今个倒灶死啦,刚出门就到钱(给)没啦。今天倒霉死了,刚出门就把钱丢了。

句中S可省略或隐含,“到”与其后宾语构成介词短语作状语,整个句式表示S对NP主观上或客观上施加影响或进行处置,从而产生某种结果。所以VP可以是施动性较强的动词,如“关、搬”,也可以是施动性较弱的动词,如“惊惊吓、没丢失”,但主语对介词宾语的影响依然较强。句子的谓语中心在VP上,“给”经常出现在动词的前面,作助词,主要是配合“到”,突出强化VP对介引宾语的影响力或处置结果。

当然,有的“到”字句仅表说话人对听话人的一种建议、提议等。例如:

(20)天冷啦,到衣服穿厚些。天冷了,把衣服穿厚一些。

(21)到饭吃饱咾再走。把饭吃饱了再走。

1.2.5“到”相当于介词“被”,含有被动义,构成“S+到+NP+VP”格式。例如:

(22)新买几天奈车子到人(给)偷啦。刚买几天的自行车被人偷了。

(23)(鞋)寻不着,肯定是到狗娃(给)拉跑啦。(鞋)找不着,估计是被小狗拉走了。

(24)风刮嘞可大啦,路上兀电线杆都到刮断啦。风刮得很大,路上的电线杆都被刮断了。

例句中 VP 都是及物动词，具有较强施动性，即 VP 对主语 S 产生一定的影响。“到”与 NP 构成介词短语，引进施动者，已然成了被动标记。语义上，“到”字句往往表达不如意、意外的或消极方面的事情。例句“自行车丢了”“狗娃拉走鞋子”“电线杆刮断”都不是主语期望的结果。形式上，句末有完成体标记“啦”。助词“给”也可出现在动词前面，加强“到”的被动语势。

1.3“到”综合运用

“到”更为特殊的用法是，两个或三个“到”可以共现于一句话中，但各自语法功能和语义并不相同，是“到”介词用法与动词功能相互作用的一种套合结构。在日常口语中，一个句子使用两个“到”常见，三个“到”的使用频率较低。例如：

(25)你到娃到饭吃咾再说行不行？你让娃把饭吃了再说行不行？

(26)娃刚到外前进来就到狗咬啦。孩子刚从外面进来就被狗咬了。

(27)你到锨拿上到羊圈行[xuo53]头到兀粪铲净。你把铁锹拿上到羊圈里头把羊粪铲干净。

(28)要变天啦，咱妈到你到院里到衣服收咾。快要变天了，咱妈让你去院子把衣服收了。

二、“到”语法化机制与动因

相比普通话而言，晋南方言“到”的语义及语法功能更为丰富，尤其“到”作为处置标记和被动标记。而不同方言选择什么词语作语法标记，很难从文献资料中梳理发展脉络，只能从共时语义中进行探寻。① 下面我们就对“到”语法化历程加以说明，进一步探究其形成机制。

2.1“到”由动词虚化为介词

石毓智、李崇兴在谈到词语语法化时曾提到三个基本条件：语义相宜性、合适的句法环境、足够高的使用频率。② “到”基本义是“到达”，本身是表示位移性的动词，带有一定的方向性。在运城口语交际中，“到”非常活跃，经常用在表处所或位置、方向的宾语前

①何洪峰：《试论汉语被动标记产生的语法动因》，《语言研究》，2004 年第 4 期。
②李崇兴、石毓智：《被动标记“叫”语法化的语义基础和句法环境》，《古汉语研究》，2006 年第 3 期。

面,若句中有其它动作性较强的动词时,“到”很容易由句中主要谓语动词逐步转化为次要意义的动词,然后虚化为带有方向性或某种方式的介词,随之语义也发生变化。例如:

(29)你到哪搭拾下这么一个箱子?你从哪里捡来这个箱子?

(30)到你妈这岸撂,覅砸到人唠。往你妈这边扔,不要砸到别人了。

(31)落花生奈根要到深里扎才能结下。花生的苗必须往深里扎根才能结下果实。

(32)不会你还不知道学,就到你姐兀么装。不会你还不知道学,就按照你姐那样的方式装(苹果)。

值得一提的是(29),“到”相当于“从”。由行为动词“到”演变为表示动作起始点的介词“到”,主要是语义视点的反转,将终点看作源点。(31)是(30)的进一步语法化,“到”搭配对象由具体的方位词扩展到抽象的词语(AP+里)上面。

2.2“到”由行为动词到使役动词

“到”作位移动词,表示人或物到达某处所或时间的终点位置,这是“到”的基本语义。“到”搭配对象由处所词到时间词的发展,再到表人名词或代词的引申,不仅使用范围在扩展,其语义也在发生变化。当“S+到+NP+VP”结构中有其它行为动词出现时,谓语中心可能会发生转移。再加上特殊句法位置的影响,S与NP主要表示生命度高的人称代词或指人名词,使“到”的基本义+[对象性]、+[位移性]、+[方向性]发生转变,不再带有位移的性质,保留+[对象性]、+[方向性]语义,从而引申出使役义,促使“到”演变为使役动词,整个句子重新分析,演变为兼语句。例如:

(33)你到他先做作业。你让他先做作业。

(34)你到他吃饱咾再走。你让他吃饱了再走。

(35)这事你大人就覅管了,到他得各人解决。这事大人就不要管了,让他们自己解决。

上述例句“到”表示“使令、允许、容任”之义,NP既是“到”的宾语,又是VP的主语,作整个句子的兼语成分。“到”的行为动作义到容许义的转变,使得“到”的动作义有所弱化,同时也表明“到”不是具有强烈支配关系的高及物动词,这为“到”语法化为被动标记准备了一定的条件。据石毓智分析,“最有可能发展成被动标记的动词应该是低及物性的,即对兼语的支配程度较低。”①正如动词“叫、让”在兼语句的“容任”义为其进一步

①石毓智:《语法化的动因与机制》,北京:北京大学出版社,2006年,第39—65页。

发展为被动标记准备了语义基础与句法环境。

2.3“到”语法化为被动标记和处置标记

2.3.1“到”语法化为被动标记

使役动词“到”为其向被动标记发展准备了语义基础和句法环境。因为二者的表层结构相同,只是内部语义关系不同。“被动和役使的兼用是许多语言或方言中普遍存在的现象。例如凉山彝语、景颇语;上海、广州等地的方言”。① 即使役句转化为被动句的条件有三:主语为受事;使役动词后的情况是已经实现的;谓语动词是及物的②。例如:

(36)你赶紧到你妈知道这事。你赶快让你妈知道这事情。

(37)你到我穿上衣服咾再走。你让我穿上衣服了再走。

例句“到”含有“容许”的语义,构成“S+到+NP+VP”格式,S、NP 一般是有生命的人或动物,整个句子表达出允许、容许某人(某物)做某事的语义,S 对 NP 有一定的控制力或影响力。VP 是一个动宾结构(V+O),O 是受事。根据汉语特点,主语 S 可以省略或隐含,受事可以话题化出现于句首,这样就成了“受事+(施事)+到+兼语+动词”的句式,这种形式很接近被动式,但还不是真正的被动句,表达的是未然事件。例句(36)(37)转化为这样的句子:

这事(你)赶紧到你妈知道。/衣服(你)到我穿上再走。

当主语 S 与兼语 NP 不再局限于指人名词,可以扩展到生命度较低的其他事物或现象(非人称主语)时,而且 S 是 VP 的受事,VP 后面有其他附加成分,NP 是 VP 的施事者,在语义上,NP 对 S 施加了影响或外力,S 受到一定的影响,从而产生 VP 的结果;或者由于话题化的原因,“到”后的受事名词出现在谓语之前,即受事宾语 O 话题化出现在句首,VP 是 NP 的主观意愿,又影响到句中的 S,整个句子表达的是已然事件时,那么,“S+到+NP+VP”中“到”就已经语法化为被动式的标记。例如:

(38)小猪娃到老母猪踏死啦。小猪被母猪踏死了。

(39)新出奈苜蓿全到禾鼠咬啦。新长出的苜蓿全被田鼠啃了。

(40)地里奈果子全到冷子打啦。地里的苹果全被冰雹打了。

(41)良心到狗吃啦。良心被狗吃了。

---

①陈力、曲秀芬:《时体范畴的出现与“让”的语法化》,《语言与翻译》,2008 年第 2 期。

②江蓝生:《汉语使役与被动兼用探源》,《近代汉语探源》,北京:商务印书馆,2007 年,第 227 页。

以上例句显示：

第一，句中S（"小猪娃"、"苜蓿"、"果子"、"良心"）与NP（"老母猪"、"禾鼠"、"冷子"、"狗"）的范围都已延伸到动物类的名词或无生命度、抽象的事物名词上，NP可以独立执行自己的行为。

第二，动词"踏、咬、打、吃"都是及物动词，后面附有动态助词"啦"（了），其语义成分指向前面S"小猪娃、苜蓿、果子、良心"，动作导致或影响主语S发生了变化，整个谓语表示已然事件。

第三，"小猪娃"与"老母猪"、"苜蓿"与"禾鼠"、"果子"与"冷子"、"良心"与"狗"分别构成受事与施事的关系，因而"到"演变为被动式标记。这也进一步说明在合适条件下，使役句子进行重新分析，改变原来的内部结构，使役动词会语法化为被动标记。

2.3.2"到"发展为处置标记

张丽丽曾将使役结构分作使役和致使用法两类，其中致使又分有意致使、无意致使和描述致使三种类型。① "到"由使役动词演变为处置标记与致使义用法有关，而且只有当句子具有［事主使］、［非有意］的语义特征时方成立。兼语式"S+到+NP+VP"与典型处置式的语法结构"$S_{施事}$+标记+$NP_{受事}$+VP"很接近，若动作的受事能够进入NP的位置，就有可能引起"到"的语法功能与语义发生变化，也就进一步促使"到"语法化为处置式标记②。至此谓语VP由NP能够操控演变为不可操控。例如：

（42）你吃完饭到碗放案上就行啦。你吃完饭把碗放到案板上就行了。

（43）夜个风刮嘞可大啦，到门口奈树都刮断啦。昨天风刮得特别大，把门口的树都刮断了。

（44）猪到庄稼拱嘞不成景啦。猪把庄稼拱得不象样了。

（45）外头可冷着，快到我冻日塌啦。外面特别冷，快把我冻死了。

（46）你就挣这么多钱，这下到你妈高兴死啦。你就挣这么多钱，这下子把你妈高兴坏了。

上述例句有以下几个特点：

第一，S与NP不再局限指人的名词或代词的范围内，已扩展到生命度低或无生命的事物上，其位置上的成分出现多样化。例句S位置上出现"风、猪"等名词，NP位置上出

①张丽丽：《汉语使役句表被动的语义发展》，《语言暨语言学》，2006年第1期。

②黄晓雪、贺学贵：《从〈歧路灯〉看官话中"叫"表处置的现象》，《中国语文》，2016年第6期。

现“碗、树、庄稼”等生命度低的事物。

第二,S 对 NP 施加了一定的影响或有一定的控制力,致使 NP 发生 VP 变化,这并不是 NP 的主观意愿或倾向。或者 S 通过 VP 实现对 NP 的控制,NP 不再操控 VP,反而发展为 VP 的受事。例(43)大风对树带来一定的影响,使得树木被刮断。例(44)猪对庄稼实施了一定的外力,结果庄稼受到很大破坏。

第三,部分句子有小句出现,前后带有因果关系,主语 S 可省略或隐含,句中的主要谓语动词在 VP 上,VP 的及物程度没有特别限制,例如“冻”“高兴”就是及物程度比较低的动词,整个句式表达的是致使义的处置句。

因而“到”已演化为介词,作处置式语法标记。“到”演化为被动标记与处置标记的语法功能,与“到”的语义变化与句法环境都有着密切的关系,“到”在方言中的高频使用也是其语法化的一个因素。

三、“到”作“处置标记”与“被动标记”的类型学意义

处置式与被动式拥有共同的语法标记,这一现象在汉语方言中普遍存在。石毓智、王统尚在《方言中处置式和被动式拥有共同标记的原因》一文中,通过大量的方言材料分析,把同一词汇形式作为方言的处置标记和被动标记的类型分为三种①,“到”兼表处置式和被动式语法标记应该归入第三类,即“叫、让”义动词向处置式和被动式的发展。这类词的共同特点是都含“容许、使役”语义,属及物性不太高的动词,这就具备了向处置式和被动式语法标记发展的语义条件,而且都可出现在兼语句中充当第一动词,因而“到”演变为语法标记与“叫、让”属于一种类推现象。目前学者对“叫、让”字句的分析资料显示,“叫、让”语法化为介词,表被动和处置的语法标记在明清之际完成②;“到”在普通话语法化为引进处所关系的介词与作动词补语成分的助词,在唐五代已经形成③。根据历史文献资料,“到”语法化为处置和被动标记的痕迹很难发现,据此我们推论,“到”在晋南方言语法化为处置标记和被动标记,应该是一种区域方言现象,而且时间上也不会太早,也是在近代时期完成。

①石毓智、王统尚:《方言中处置式和被动式拥有共同标记的原因》,《汉语学报》,2009 年第 2 期。

②朴乡兰:《汉语“教/叫”字句从使役到被动的演变》,《语言科学》,2011 年第 6 期。

③曾海清:《也论“到”的语法化——兼与北京大学刘子瑜先生商榷》,《安徽大学学报》,2009 年第 6 期。

“到”作为处置标记或被动标记，在晋南的使用区域比较广，具体分布见下表①。

晋南方言处置标记和被动标记使用分布表

方言点	处置标记	被动标记
运城	到、给、把	到[tau33]、叫[tɕiau33]
临猗	到、给、把	到[tau44]、叫[tɕiau44]
河津	叫、把	叫[tʂau44]
万荣	把	叫[tʂau33]
闻喜	拿[la213]	叫[tɕiau31]
永济	到、把	到[tau44]、叫[tɕiau44]
夏县	把	叫[tɕiau33]
新绛	□[mao53]	叫[tʂao53]
绛县	□[mau31]、拿	□[tsau31]
襄汾	到、把	到[tau21]
吉县	把、给	叫[tɕiau33]
垣曲	把、到	到[tɔo53]
侯马	到	到[tau51]、叫[tɕiau51]
霍州	把	到[tau213]
临汾	得、把	得[tei21]、叫[tɕiau55]

上表显示晋南方言处置标记或被动标记的地理分布与发展演变并不均衡。有的方言两种语法标记同用“到”，如运城、临猗、襄汾、永济、侯马、垣曲等地；有的方言选用其一，如霍州；还有部分方言不用“到”，如万荣、闻喜、夏县、新绛、绛县、临汾等地，由此说明“到”在晋南各县的语法地位并不相同，语法化程度并不同步。“到”不是晋南方言处置式或被动式唯一的口语标记，受普通话与周边方言的影响，“把”、“叫”分别作处置式与被动式标记的分布区域有进一步扩展趋势，“到”语法标记处于相对萎缩的状态。

“到”与“叫”之间存在什么关系呢？“到”是不是“叫”的一种音变？我们认为二者是独立的关系。《广韵》中“到”属端母号韵去声字，“叫”属见母啸韵去声字。在晋南方言中，“叫”声母为[tɕ]，部分方言白读为[tʂ]，例如万荣、河津、新绛等地。王临惠曾指出这

①侯精一、温端政：《山西方言调查研究报告》，太原：山西高校联合出版社，1993年，第285页。

是山西方言见系字腭化的一个类型。“河津等地的方言见组细音声母 k、kh 在 i 的作用下，前化为 c、ch，然后以韵母相同为条件与同韵摄的章组、知组等开口字声母发生合并，并随之脱落了 i 介音”①，在这些方言中，往往只存在“叫”作为处置或被动的语法标记，二者不会同时存在。在“到”作为语法标记的方言中，“到［tau⁼］”≠“叫［tɕiau⁼］”，二者同时存在一种方言中，都是非常口语化的方言词，它们的语法功能并不完全一致。因而在晋南方言中，“到”与“叫”是彼此独立的语法标记，各自发挥着不同的语法作用。

“到”会不会来源于“着”？“着”在运城有四种读音：［tʂhuo13］阳平、［tʂhuo21］轻声、［tʂɤ21］轻声、［tʂau33］去声。“着”的几种读音与运城方言古今音韵演变规律是吻合的。从词汇意义和语法功能来看，我们将它们分别记作着$_1$，着$_2$，着$_3$，着$_4$。

“着$_1$［tʂhuo13］”作动词，来源于古“附着”义，今义为“感受、受到；燃烧；灯发光；接触；焦了、糊了”等，例如：着凉、着急、着火、一着一灭、着地、(菜)着了。

“着$_2$［tʂhuo21］”作助词，用在谓词后作补语，表示动作达到目的或有了结果，或者表示动作、状态的一种不好的结果，例如“打着了、吃着了、热着了”。“吃着了”既表示吃上了，也可以理解为吃坏了肚子，产生了不如意的效果。

“着$_3$［tʂɤ21］”作动态助词，表持续义。例如“灯还亮着呢”、“饭正做着呢”。

“着$_4$［tʂau33］”作形容词，语义为“对、好”，例如：“这回写着，不敢再差啦这次写对，不能再错了”、“天气不着啦，要变天啦天气不对劲了，要变天了(可能会刮风下雨)”。

近代汉语“着”表被动、处置的用法来源于古澄母药韵入声字，表“附着”义。后来引申出“遭遇”“使役”义，这是“着”表被动、处置标记的来源。根据运城古今语音演变规律，此标记应读着$_1$［tʂhuo13］。实际上运城方言被动、处置标记“到［tau33］”与着$_1$［tʂhuo13］并无语音上的演变或对应关系，“到”的语义、语法功能与“着”也不相一致，所以我们推测“到”与“着”并无渊源关系。

从类型学的角度看，晋南方言“到”的特点说明汉语方言是自成系统，与普通话既有对应又有不一致的地方。“到”语法化为处置和被动标记是晋南方言独特的一面。而动词“到”演变为处置或被动标记，也不是仅存于晋南，在关中大荔、蒲县、周至、岐山等地、山东菏泽、安徽歙县也存在此现象。②

“到”在各地方言的语法化方向、程度并不一致。有的方言语法化为助词，表示动作或状态的持续，相当于普通话的“着”，如南昌、黎川方言等；有的用在形容词和表示程度

①王临惠：《汾河流域方言的语音特点及其流变》，北京：中国社会科学出版社，2003 年，第 122—124 页。
②李蓝：《汉语方言中的处置式和把字句(上)》，《方言》，2013 年第 1 期。

补语之间，相当于“得”，如广州、厦门话等；另外也有方言语法化为介词，相当于“往”，如金华、黎川、海口、乌鲁木齐等地的方言。① 因而方言词语的语法化既是方言内部系统相互作用的结果，也是外部语言接触与周边强势方言影响的表现。

不同方言区的人们从不同的认知角度去理解，“到”可能就会演变为不同的结果，或者相同语法功能位置出现不同语法标记或同时使用几种标记，也说明“不同语言中同类词语的概念结构还决定了它们语法化方向的差异”。②

四、结语

“到”在晋南方言发展演变的轨迹，我们大致可以勾勒出来：“到”基本义为“到达、达到”，是行为动词，后面跟处所宾语，后来接时间宾语，之后又进一步扩展到表人的名词，引申出“容许”义，发展为使役动词，形成“S+到+NP+VP”的兼语句式。这是“到”演变为处置标记和被动标记的关键一步。后来“到”的词汇意义逐渐减弱，S 与 NP 的范围进一步扩大，所表事物的生命度逐步减小，二者之间演变为施受关系，VP 为句子的主要谓语动词，动词前后又有附加成分，“到”具有了向处置式和被动式发展的句法位置和语义基础，加上“到”的高频使用，从而使得“到”逐步虚化为介词，演变为处置和被动的语法标记。由此推论，我们得到“到”在晋南方言的语法化路径：

“到”动词，到达、达到→介词，往、从、依照

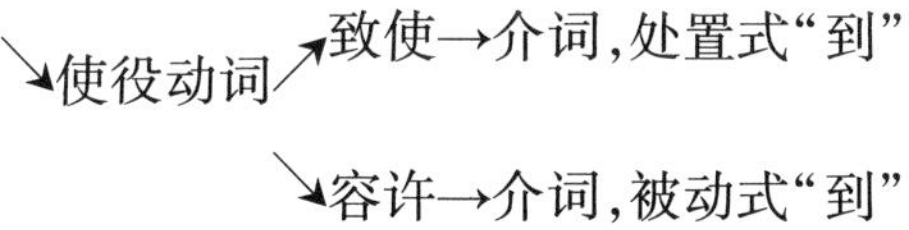

The Usage and Grammaticalization of*Dao*(到) in Southen*Jin*(晋) Dialects

Li Xianjuan

(Shanxi Normal University, Yuncheng University)

Abstract: *Dao*(到) is a commonly used word with high frequency and developed grammatical function in southern *Jin*(晋) dialects. Its usage is very rich and unique. *Dao*(到) means “to arrive”, “to enforce” or “to tolerate” as a verb, and means “facing, toward,

①李荣主编：《现代汉语方言大词典（综合本）》，南京：江苏教育出版社，2012 年，第 2187—2189 页。

②石毓智、王统尚：《方言中处置式和被动式拥有共同标记的原因》，《汉语学报》，2009 年第 2 期。

from, and according to" as a preposition, and so on. It also serves as a grammatical mark of "disposal" and "passive". This article mainly examines the causes and course of grammaticalization of *Dao*(到), explores the source of *Dao*(到) as both disposal and passive mark, and summarizes the significance of its typology. *Dao*(到) means "to tolerate" in bi-constituent sentences is a key step for its grammaticalization. In addition, the proper syntactic position, semantic appropriateness, high frequency usage and the coordination of the internal system of dialects all have certain influence on the development and evolution of *Dao*(到).

Keywords: Southern Jin(晋) dialects; *Dao*(到); grammaticalization; disposal marker; passive marker; typology

◎辞书研究

《汉语大词典》引用古籍书证应避免的问题*

——以引《埤雅》书证为例

陈波先

（豫章师范学院文化与旅游学院）

提要：《汉语大词典》在引用古籍书证的准确性方面堪称上乘。但由于《汉语大词典》篇幅浩瀚，编纂人员众多，难免在引用古籍书证时出现讹误，文章以《汉语大词典》引《埤雅》书证为例，论析了《汉语大词典》引用古籍书证应避免的五个问题。

关键词：汉语大词典；埤雅；书证

释义精当，书证准确，是一部高质量语文辞书的必要条件。《汉语大词典》（以下简称《大词典》）在释义和书证方面都堪称上乘，也是至今出版的汉语文辞书中，收词最多，规模最大的一部具有权威性的大型工具书。正因如此，人们冀希《大词典》臻于完善，减少瑕疵。然而由于该词典的篇幅浩瀚，编纂人员众多，难免会出现"千虑一失、挂一漏万"之处。本文仅以《埤雅》为例，就《大词典》在引用古籍书证方面存在的讹误，从避免的角度谈一点自己的看法。

* 本文为国家社会科学基金重大项目"汉语词源学理论建设与应用研究"（17ZDA298）；江西省社会科学规划青年项目《〈埤雅〉名物训诂的学术价值研究》研究成果（18YY26）。《励耘语言学刊》匿名审稿专家提出了宝贵的修改意见，在修改过程中请教了暨南大学王彦坤教授，特表谢忱。

《埤雅》①,北宋初年陆佃(1042—1102)所著。该书是一部名物训诂专书,共二十卷。其中《释鱼》二卷、《释兽》三卷、《释鸟》四卷、《释虫》二卷、《释马》一卷、《释木》二卷、《释草》四卷、《释天》二卷,共释名物词二百九十七条。该书对名物的得名缘由和异名俗称,名物外形和特性都有详细的描述;又引经据典,有时在引用古籍、先贤之说时还附加作者自己的按语。因此该书的内容十分广博、使用的词语也较繁复。《大词典》直接引用《埤雅》为书证七十八例,问题书证二十四例,约占百分之三十一。笔者以为《大词典》引用古籍书证,应注意避免以下问题:

一、割裂原文

割裂原文是指《大词典》在引用古籍原文为书证时把原本为一句话的原文割裂开来,以致引文句意不足的现象。其例有②:

> 【蜂台】①蜂王居处。《埤雅·释虫》:"蜂采取百芳酿蜜,其房如脾,今谓之蜜脾,其王之所居叠积如台,语曰蜂台。"③(第8卷第906页④)

按:《埤雅》卷十《释虫·蜂》:"言蜂善辛螫,藏精育毒,虽小,不可不慎。采取百芳酿蜜,其房如脾,今谓之蜜脾。其王之所居,叠积如台。语曰'蜂台蚁楼',言蜂居如台,蚁居如楼也。"《大词典》只引用了"语曰'蜂台'",割裂了"蜂台蚁楼"这一俗语,且《大词典》此句书证引用不全,宜补出"言蜂居如台,蚁居如楼也",更能诠释"蜂台"之"蜂王居处"义。

> 【哑$_2$蝉】即寒蜩。蝉的一种。一说指雌蝉。《埤雅·释虫》:"寒蜩即今哑蝉。哑蝉初瘖,及得寒露冷风乃鸣……《方言》原其始,故谓之瘖蝉。今雌蝉亦哑,陶隐居(弘景)所谓哑蝉,雌蝉也。"(第3卷第375页)

按:《埤雅》卷十一《释虫·寒蜩》:"寒蜩即今哑蝉。哑蝉初瘖,及得寒露冷风乃鸣,

---

①本文按语引用的《埤雅》为《文渊阁四库全书》本,在论述文字讹误、脱文、衍文时,参比《丛书集成初编》影印《五雅全书》本及《北京图书馆古籍珍本丛刊》影印成化十五年(1479)刘氏刊嘉靖二年(1523)长洲王氏重修本《埤雅》。

②文章分析《大词典》的例子按论述问题重要性的先后排列。

③《大词典》引"蜂采取百芳酿蜜"之"蜂"字,当加括号,《埤雅》原文无"蜂"字。

④括号中的内容为该词条在《大词典》中的卷数和页数,下同。

故《蓺莬论》云:‘秋风至而寒蝉吟。’正谓此也。然则《方言》原其始,故谓之瘖蝉。今雌蝉亦哑,陶隐居所谓‘哑蝉,雌蝉也,不能鸣’者,然与寒蜩初瘖又异矣。”据此,《大词典》引用有两处割裂:一是“《方言》原其始”少引“然则”,使句意无转折;二是陶隐居的引文不全,“不能鸣”亦是陶隐居《本草经集注》文,为释“哑蝉”,宜于原引文后补出“‘不能鸣’者”。《本草纲目》卷四十一《虫部 · 蚱蝉》亦引陶弘景“哑蝉,雌蝉也,不能鸣”句。

【枫天枣地】占卜器具。因以枫木为盖,枣木为底盘,故称。《埤雅 · 释木》:“所谓丹枫,其材可以为式。《兵法》曰‘枫天枣地,置之槽则马骇,置之辙则车覆’是也。旧说枫之有瘿者,风神居之……故造式者以为盖也,又以大霆击枣木载之。所谓枫天枣地,盖其风雷之灵在焉,故能使马骇车覆也。”(第4卷第1191页)

按:“所谓丹枫”是承上而言,“其材可以为式”为启下之语。陆佃阐述了“丹枫”得名之由,但《大词典》不引,致使句意不足。《埤雅》卷十三《释木 · 枫》:“枫似白杨,有脂而香,今之香枫是也,木厚叶弱枝,善摇,故字从风作,音从风也。叶作三脊,霜后色丹,所谓丹枫。其材可以为式。《兵法》曰‘枫天枣地,置之槽则马骇,置之辙则车覆’是也。旧说枫之有瘿者,风神居之……故造式者以为盖也,又以大霆击枣木载之。所谓枫天枣地,盖其风雷之灵在焉,故能使马骇车覆也。”由此观之,“叶作三脊,霜后色丹”句,《大词典》宜引,并改“所谓丹枫”后之逗号为句号。

【马绊】②指蛟。宋陆佃《埤雅》卷一:“蛟,龙属也,其状似蛇而四足,细颈,颈有白婴,大者数围,卵生,眉交,故谓之蛟;亦蛟能交首尾束物焉,故谓之蛟也,俗呼马绊。”(第12卷第777页)

按:所引《埤雅》,见卷一《释鱼 · 蛟》,原文作:“蛟,龙属也,其状似蛇而四足,细颈,颈有白婴,大者数围,卵生,眉交,故谓之蛟;亦蛟能交首尾束物焉,故谓之蛟也。俗呼马绊,以其如此。”由此观之,《大词典》宜引“以其如此”,该句阐述了“马绊”之所以得名之由。

【柔暖】柔软温暖。《埤雅 · 释鸟》:“鹅毛柔暖而性冷,宜覆婴儿。”(第4卷第952页)

按:《埤雅》卷六《释鸟 · 鹅》:“俗云鹅毛柔暖而性冷,宜覆婴儿。”《大词典》少引“俗云”。

【毒烈】①毒性剧烈。《埤雅·释虫》:"蝮蛇怒时毒在头尾,螫手则断手,螫足则断足,蛇之尤毒烈者也。"(第 7 卷第 824 页)

按:《埤雅》卷十《释虫·虺》:"虺,一名蝮,博三寸,首大如擘。旧说蝮蛇怒时毒在头尾,螫手则断手,螫足则断足,蛇之尤毒烈者也。"《大词典》少引"旧说"。

【步斗】步罡踏斗。《埤雅·释鸟》:"鹤雌雄相随,如道士步斗。"(第 5 卷第 332 页)

按:《埤雅》卷六《释鸟·鹤》:"今鹤雌雄相随,如道士步斗,履其迹而孕。"据此,《大词典》少引"今"字;又宜引"履其迹而孕"句,因为此句是"鹤雌雄相随"如步斗的作用。

【鸨】①鸟名……常群栖草原地带,飞止有行列,足健善驰,能涉水。《埤雅·释鸟》:"鸨性群居如雁,自然而有行列。"(第 12 卷第 1074 页)

按:《埤雅》卷九《释鸟·鸨》:"《说文》曰:'毕,相次也,从匕从十。'盖鸨性群居如雁,自然而有行列,故从毕,《诗》曰'鸨行',以此故也。"据此,《大词典》少引"盖"字,无"盖"字,则语气由揣测变成肯定,与原来文意不符。

【静缓】平和缓慢。《埤雅·释兽》:"猴性躁急,猿性静缓。"(第 11 卷第 574 页)

按:《埤雅》卷四《释兽·猨》:"《家语》曰:'五九四十五,五为音,音主猨,故猨五月而生;四九三十六,六为律,律主鹿,故鹿六月而生。'或曰猴性躁急,猨性静缓,故猨从爰。"据此,"或曰"与"猴性躁急,猿性静缓"是为一句,《大词典》宜引出"或曰"。

二、误把引文当本文

误把引文当本文是指《大词典》引用古籍书证时误把古籍引文当成古籍本文。其例有:

【驼鹿】亦作"駞鹿"。哺乳动物。形状略像牛,比牛高大,角很大,角的上部扁平呈铲形,四肢细长,尾短。体色棕、黄、灰混合;四肢下部白色。善游泳。肉可食,皮可制革。我国东北地区有出产。又叫麋、犴或罕达犴。《埤雅·释兽二》:"又北方戎狄中有麋鹿、驼鹿,极大而色苍,尻黄而无斑,亦鹿之类,角大而有文,坚莹如玉,其茸亦可用。"(第 12 卷第 823 页)

按:《埤雅》卷四《释兽·麋》:"《药议》曰:'按《月令》:冬至麋角解,夏至鹿角解。阴阳相反如此。……又北方戎狄中有麋鹿、驼鹿,极大而色苍,尻黄而无斑,亦鹿之类,角大而有文,坚莹如玉,其茸亦可用。'"据此,"又北方戎狄中有麋鹿、驼鹿,极大而色苍,尻黄而无斑,亦鹿之类,角大而有文,坚莹如玉,其茸亦可用"亦北宋沈括《梦溪笔谈·药议》文①,《大词典》误把此句当成《埤雅》本文。

【吟蛩】①亦作"吟蛬"。蟋蟀的别名。《埤雅·释虫》:"蟋蟀之虫,随阴迎阳,一名吟蛬。"(第3卷第220页)

按:《大词典》此例书证,既误把引文当《埤雅》本文,又割裂原文。《埤雅》卷十《释虫·蟋蟀》:"《诗》曰:'十月蟋蟀入我床下。'言蟋蟀,微物也,犹知随时,可以人而不如乎?故曰:'物有微而志信,人有贱而言忠也。'《传》曰:'蟋蟀之虫,随阴迎阳。'一名吟蛬,秋初生,得寒乃鸣。"据此,"蟋蟀之虫,随阴迎阳"是《传》文②;又《大词典》是在释"吟蛬"义,引《传》文似不妥,当引"秋初生,得寒乃鸣"句,因为此句是说明"吟蛬"得名之由。

【乂[1]】④治疗。《埤雅·释草》:"艾可乂疾,久而弥善。"(第1卷第626页)

按:《埤雅》卷十七《释草·艾》:"旧说燕薜恶艾。《字说》曰:'艾可乂疾,久而弥善。'"由此观之,《大词典》误把《字说》之"艾可乂疾,久而弥善"当成《埤雅》本文。

【乾$_2$皋】鹦鹉的别名。《埤雅·释鸟》:"乾皋断舌则坐歌,孔雀拍尾则立舞。"(第1卷第790页)

按:《埤雅》卷八《释鸟·凤》:"按:师旷《禽经》曰:'青凤谓之鹖,赤凤谓之鹑,黄凤谓之焉,白凤谓之鹔,紫凤谓之鷟。'又曰:'乾皋断舌则坐歌,孔雀拍尾则立舞,人胜之也;鸾入夜而歌,凤入朝而舞,天胜之也。'"据此,"乾皋断舌则坐歌,孔雀拍尾则立舞"为《禽经》文,而非陆佃之言。《大词典》误把引文当成《埤雅》本文。

【蝇粪点玉】比喻完美的事物遭到玷污或正直的人遭到谗人的诽谤诬蔑。《埤雅·释虫》:"青蝇粪尤能败物,虽玉犹不免,所谓蝇粪点玉是也。"(第8卷第979页)

---

①参见陈波先《〈埤雅〉校点本校点商榷续三十七则》,《绍兴文理学院学报(人文社会科学版)》,2018年第1期,第60页。

②据清代《渊鉴类函》卷四百四十八《虫豸部四·蟋蟀》(《文渊阁四库全书》本)可知,"蟋蟀之虫,随阴迎阳"是《易通·系卦》文。

按:《埤雅》卷十《释虫·蝇》:"段氏云:'苍蝇声雄壮,青蝇声清聒,其声皆在翼。'又曰:'青蝇粪尤能败物,虽玉犹不免,所谓蝇粪点玉是也。'盖青蝇善乱色,苍蝇善乱声。"由此观之,《大词典》所引非《埤雅》本文,而是段氏之言。

【扇拂】即拂尘。用以拂除尘埃和驱除蚊蝇的用具。《埤雅·释鸟》:"〔孔雀〕尾有金翠,五年而后成……人采其尾以饰扇拂。"(第7卷第365页)

按:《大词典》引用的此句,出自《博物志》。《埤雅》卷七《释鸟·孔雀》:"《博物志》云:'孔雀尾多变色,或红或黄,喻如云霞,其色无定。人拍其尾则舞。尾有金翠,五年而后成。始生三年,金翠尚小,初春乃生,三四月后复凋,与花萼俱衰荣。雌者不冠,尾短,无金翠。人采其尾以饰扇拂,生取则金翠之色不减。……每欲山栖,先择置尾之地,故欲生捕者候雨甚,往擒之,尾霑而重,不能高翔,人虽至,且爱其尾,不复騫扬也。'"且《大词典》所引此句,后世文献亦云出自《博物志》,如明代刘文泰等人编《本草品汇精要》卷二十八《禽部下品·羽虫》明确指出为《博物志》文。

三、文字讹误、脱文、衍文

《大词典》在《前言》中说:"为了编纂本书,搜集了七百多万张资料卡片,所引例证,都是从古今著作原书摘录下来的第一手资料,准确可靠。"但由于《大词典》篇幅浩瀚,引证繁多,亦有文字讹误、脱文、衍文。

3.1 文字讹误

【痱癗】亦作"痱磊"。小肿。亦泛指疹样小粒块。《埤雅·释鱼》:"蟾除吐生,腹白背黑,皮上多痱磊,跳行舒迟。"(第8卷第331页)

按:《大词典》所引此句,文渊阁本、丛书集成初编本、北图珍本丛刊本皆作"蟾蜍吐生,腹大背黑,皮上多痱磊,跳行舒迟"。故此,《大词典》错讹两字,一是"除"字,应作"蜍"字;二是"白"字,应是"大"字。

【鱓$_2$更】传说鼍夜鸣应更,故名。《埤雅·释鱼》:"今鼍象龙形,一名鱓,夜鸣应更,吴越谓之鱓更,盖如初更辄一鸣而止,二更再鸣也。"(第12卷第1260页)

按:"二更再鸣也"句,文渊阁本、丛书集成初编本、北图珍本丛刊本皆作"二即再鸣也”。据此,“更”字乃“即”字之误。

3.2 脱文

【六六】④鲤鱼的别称。《埤雅·释鱼》:“鲤三十六鳞,具六六之数,阴也。”(第2卷第27页)

按:《埤雅》卷一《释鱼·龙》:“龙八十一鳞,具九九之数;九,阳也。鲤三十六鳞,具六六之数;六,阴也。”据此,《大词典》该书证脱一“六”字。

【旁行】④步履歪斜;横行。《埤雅·释鱼》:“〔蟹〕旁行,故今语谓之旁蟹。”(第6卷第1593页)

按:《大词典》“旁蟹”引《埤雅·释鱼》:“〔蟹〕旁行,故今里语谓之旁蟹。”①对比可知,《大词典》“旁行”条义项④引《埤雅》书证脱一“里”字。

【市】⑦比喻人或物类会聚而成的场面。《埤雅·释虫》:“蝇成市于朝,蚊成市于暮。”(第3卷第683页)

按:《大词典》“蚊市”引《埤雅·释虫》:“俗云,蚊有昏市。盖蝇成市于朝,蚊成市于暮。”②据此观之,《大词典》“市”的第七个义项引《埤雅》脱一“盖”字。《大词典》“蚊市”条释义所引《埤雅》书证有“盖”字,则可知晓此句为推测语气。

【浑深】①水浊而深。《埤雅·释鱼》:“故里语曰:‘洛鲤伊鲂,贵于牛羊。’言洛以浑深宜鲤,伊以清浅宜鲂。”(第5卷第1522页)

按:《大词典》所引书证出自《埤雅》卷一《释鱼·鲂》。文渊阁本、丛书集成初编本、北图珍本丛刊本皆作“伊以清浅宜鲂也”,故《大词典》此义项书证脱一“也”字。

3.3 衍文

【生津】②分泌唾液;增益津液。《埤雅·释草》:“今人望梅生津,食芥坠泪,此五液之自外至者也。”(第7卷第1502—1503页)

---

①罗竹风主编:《汉语大词典》(第6卷),上海:汉语大词典出版社,1992年,第1599页。

②罗竹风主编:《汉语大词典》(第8卷),上海:汉语大词典出版社,1992年,第869页。

按:《大词典》所引书证出自《埤雅》卷十五《释草 · 芥》。“此五液之自外至者也”句,文渊阁本、丛书集成初编本、北图珍本丛刊本皆作“此五液之自外至也”,疑《大词典》所引书证衍“者”字。

四、句读失误

《大词典》引用古籍书证时,或出现句读失误。其例有:

> 【祸鸟】鸮的别名。《埤雅 · 释鸟》:“鸮大如斑鸠,绿色,所鸣其民有祸。《证俗》云:‘鸮,祸鸟也,今谓之画乌,盖声之误也。’《草木疏》曰:‘恶声之鸟也,入人家凶,贾谊所赋鹏鸟是也。’”(第7卷第936页)

按:“盖声之误也”似可移出《证俗》引文之外。理由有二:一是清王夫之《诗经稗疏》卷一《陈风》“鸮”条:“《埤雅》引《俗证》言‘鸮,祸鸟,俗谓之画乌。’皆足证鸮之别为一类,而非鸮,尤非鸺鹠。”①二是从《埤雅》体例而言,《埤雅》另有两处指声之误,均为陆佃之言,而非引文,即《释木 · 木瓜》“木李大于木桃,似木瓜而无鼻,其品又下木桃,亦或谓之木梨,梨盖声之误也”;《释木 · 榛》“江南有小栗,谓之茅栗,此读芧为茅之误也”。又陆佃著《埤雅》述己意时,多用“盖”字,这是该书通例。如上文“枫天枣地”条之“所谓枫天枣地,盖其风雷之灵在焉,故能使马骇车覆也”;“鸨”条《大词典》少引一“盖”字;“鱓$_2$更”条之“吴越谓之鱓更,盖如初更辄一鸣而止,二即再鸣也”等。

五、卷次、章节错乱

《大词典》在《凡例》“四、释义用语与例证”中言:“本词典的例证,一般均标明时代、作者、书名、篇名或卷次章节,并按时代顺序排列。”但《大词典》引用古籍书证,亦有卷次、章节错乱者。其例有:

> 【龙火】③天之阴火。宋陆佃《埤雅 · 释兽》:“内典曰:‘龙火得水而炽,人火得水而灭。’”②(第12卷第1462页)

---

①出自王夫之《诗经稗疏》(《文渊阁四库全书》本)。所引《俗证》,盖为误记,宜为“《证俗》”。

②《大词典》书证引“《内典》曰”之“曰”字,乃“云”字误。文渊阁本、丛书集成初编本、北图珍本丛刊本皆作“《内典》云”。

按:《大词典》此条引文应出自《埤雅》卷一《释鱼 · 龙》,而不是《释兽》。又"内典"是一著作,宜加书名号。《埤雅》另两处引用《内典》,即《释鱼 · 鳖》"《内典》曰'鹤影生,鳖思生'";《释鸟 · 鹤》"《内典》曰'鹤影生'"。

《大词典》引用古籍书证的这五个问题,究其原因,可分为三种:一、"割裂原文"、"误把引文当本文"大概是《大词典》的编纂者只从词义解释的角度出发,摘取所需古籍的部分原文,却没有考虑到原文上下语境的连贯性所致;二、"句读失误"则由于《大词典》的编纂者没有注意到所引古籍撰写的体例,或是没有注意分析语言要素,或是没有深究古代文物制度等,本文所论析的《大词典》"句读失误"是没有注意到《埤雅》撰写的体例所致;三、"文字讹误、脱文、衍文"及"卷次、章节错乱"则由于《大词典》的编纂者疏于校勘所致。

上述五个问题,不仅见于《汉语大词典》,一些引用古籍书证的大、中型语文辞书也或多或少地存在着。这影响了辞书的质量,也给读者准确理解词义及梳理词义的源流带来困惑,不便,甚至误导。文章提出来,目的是引起学界注意,使今后出版的语文辞书避免或者减少出现类似的问题。

参考文献

陈波先:《〈埤雅〉校点本校点商榷续三十七则》,《绍兴文理学院学报(人文社会科学版)》,2018 年第 1 期。

罗竹风主编:《汉语大词典》,上海:汉语大词典出版社,1992 年。

上海人民出版社、迪志文化出版有限公司、书同文电脑技术开发有限公司:《文渊阁四库全书》(全文电子版),上海:上海人民出版社,香港:迪志文化出版有限公司,1999 年。

Han Yu Da Ci Dian(汉语大词典)Should Be Avoided When Citing Ancient Books as a Documentary Evidence

——To Quote *PiYa*(埤雅)as a Documentary Evidence

Chen Boxian

(YuZhang Normal University)

Abstract:*Han Yu Da Ci Dian*(汉语大词典) is first-class in terms of the accuracy of citing ancient books as documentary evidence. However, due to the vast space of *Han Yu Da Ci Dian*(汉语大词典), there are many editors, and it is inevitable that there will be a fallacy when citing ancient books as a documentary evidence. The article uses *Han Yu Da Ci Dian*（汉语大词典） to quote *PiYa*（埤雅）as a documentary evidence as an example, and analyzes the reference of *Han Yu Da Ci Dian*（汉语大词典）. Five questions that should be avoided when ancient books are used as documentary evidence.

Keywords: *Han Yu Da Ci Dian*（汉语大词典）;*PiYa*（埤雅）;documentary evidence

从中西文化交流视野看罗明坚“葡汉辞典”中概念的诠释翻译*

王慧宇

（中山大学哲学系）

提要：第一位获准进入中国内地传教的耶稣会士罗明坚编撰完成了一本“葡汉辞典”。作为第一本中西文辞典，此文献在中西文化交流史上有着极为重要的意义。在明清中西文化首次相遇之际，这本“辞典”不仅是一本工具书，还反映了传教士如何理解中华文化和如何尝试建立双方对话基础等问题。文章在对“辞典”编撰者等存疑问题考证的同时，通过考察“辞典”选词倾向、编撰结构和核心概念的翻译操作，进一步分析罗明坚在用汉语表述哲学、宗教词汇的译介方式和对中国文化的关注点等内容。

关键词：罗明坚；“葡汉辞典”；中西文化交流；中西核心概念译介

文明交流、互鉴可以超越文明隔阂、冲突，进而推动不同文明传统间相互理解、尊重、信任。明清之际中西方文明在平等、尊重的基础上展开文化交流，通过晚明士大夫和西方传教士的努力，中国和欧洲第一次正视对方，真正以信任理解的态度考察对方的经典、文化、风土人情。耶稣会士将西方神哲学、科学带入中华开启了西学东渐的序幕，促进了中国思想自身脉络中的实学思潮的发展；他们也将儒家经典、中国历史地理等介绍回欧洲，影响了莱布尼茨（Gottfried Wilhelm Leibniz，1646—1716）、伏尔泰（Voltaire，1694—1778）等启蒙思想家，促进了欧洲文明的自我革新。

---

* 基金项目：国家社科基金青年项目（18CZJ016），广东省十三五规划青年项目（GD17YZX02），广州市人文社会科学重点研究基地资助项目。

这次西学东渐和中学西传的开创者正是耶稣会士罗明坚(Michele Ruggieri,1543—1607),正是他完成了西方人用中文创作的第一本著作,第一次将儒家经典译介到欧洲,第一次绘制了中国地图集等等。在关注其开创性事业的同时,也不能忽视中国传统思想的环境对于外来的罗明坚带来的各种挑战,而首当其冲的障碍就是语言。同时,语言背后蕴藏的中西方思想文化差异问题对西方人则更是一道鸿沟。为了更好地了解中国、扎根工作,并为后续中西文化深入交流打下基础,罗明坚编撰了现存最早的中西文辞典——"葡汉辞典"手稿。

这份"葡汉辞典"手稿作为已知最早的中西文辞典,已有学者从语言学的角度对其研究,但其作者罗明坚并非专业语言研究者,并不以精准为翻译原则,辞典翻译上自难展示更多的专业性。因此,本文更将"葡汉辞典"看作一份"西学东渐"著作,在对辞典作者等存疑点进一步考证的基础上,重点对辞典中所收录的哲学、宗教等方面词汇深入分析,挖掘"葡汉辞典"在文化交流方面的特质,以此探究罗明坚对于晚明中国文化的认识过程。

一、"葡汉辞典"手稿概况

这部已知最早的中西文辞典并非独立的出版物,而是以约120页的手稿形式呈现。手稿现存于罗马耶稣会档案馆①。2001年魏若望将手稿中辞典部分影印编为《葡汉辞典》出版②。辞典采用我们今日通用的字母顺序进行编排,其中每一词条分三部分:左为葡萄牙语单词,中为中文的拉丁注音,右为中文。其中也有部分葡萄牙词汇,没有相应的中文词汇及注音。辞典共收录6000余个葡语词条,对应的汉字条目约有5400余个。手稿中文书写工整,应有中国文人协助誊写。但在个别词条的旁边有后补充的中西文简单标注,也有一些条目的汉语字迹相对潦草,应为欧洲人手笔③。最值得注意的是,部分词条在中文后还附有意大利文或拉丁文注释④。辞典词条丰富不仅涵盖了日常用语,更包括大量欧洲神哲学用词,并对中国宗教文化相关语词尤为关注。

---

①藏于罗马耶稣会档案馆,编号为Jap-Sin. I198。此手稿长23厘米宽16.5厘米,共有189页,其中辞典部分涵盖手稿中的32至156页,并且还有多个空白页。

②魏若望编:《葡汉辞典》,旧金山大学利玛窦中西文化历史研究所、葡萄牙国家图书馆、东方葡萄牙学会联合出版,2001年。

③例如"Polo doceo——天之极"一词,"天之极"三个汉字运笔极为扭曲,很可能出自传教士之手。

④这些词条这主要集中在32、32v、33、33v几页,例如"Abano——scie' zi——扇子——Ventaglio"(32)。

二、"葡汉辞典"作者及编撰时间小考

对于此部"葡汉辞典"的作者,学界存在一定争议。最早关注此手稿的学者德礼贤(Pasquale M. d'Elia,1890—1963)推论辞典为罗明坚和利玛窦(Matteo Ricci,1552—1610)合作,但缘于其并未展开推论,也多有学者对此提出质疑。观点集中在以下几点:一,辞典由罗明坚、利玛窦合编,如德礼贤如此推断;二,编撰者可能是葡萄牙航海家,部分国内学者基于辞典语言和用语特点给出此推论;三,辞典为利玛窦个人所编,美国学者邓恩(George H. Dunne,1905—1998)持此观点。

认为作者为葡萄牙航海家者,主要是基于两点思考:一,辞典为葡萄牙文,即便不使用意大利文或许也应该使用拉丁文;二,辞典中有不少粗鄙词汇,航海、商贸等词汇偏多,学术词汇不够丰富①。质疑点一的提出主要是出于对16世纪时代背景考察的不够细致所致。当时由于"保教权"的原因,从欧洲派遣至远东地区(菲律宾除外)的传教士皆需由葡萄牙同意,并只能搭乘葡萄牙商船从欧洲前往远东地区,可以说远东传教士都能熟练使用也必须使用葡萄牙语。如被称为"远东开教宗徒"的沙勿略(Francois Xavier,1506—1552)虽为西班牙人,但其在亚洲的各类书信基本都是用葡萄牙语写成的。针对质疑点二,虽然辞典中有大量日常用语,有些甚至粗鄙,但不能武断地推论传教士不会接触到这些词汇。作为一本辞典的编撰者,即使他们不使用某些词汇,也不会凭借个人好恶就将其排除之外。而辞典中存在大量的哲学、宗教用语显然不是航海家关注的内容,关注这些学术性的术语其最大可能则是传教士。

基于此,对于辞典作者的探讨主要集中在传教士身上。当时能完成此项工作的传教士只可能是罗明坚和利玛窦。邓恩的推论主要站在"利玛窦中心论"的立场,盲目地将耶稣会早期在华作品归结为利玛窦的功劳,不仅辞典如此,包括罗明坚"四书"译本等也都存在是利玛窦所作的争论。张西平曾反驳过包括德礼贤在内诸多学者认为辞典为利玛窦和罗明坚合著的观点,认为是罗明坚的作品②。但张西平的反驳主要是基于对辞典后散页文献的分析,相关散页手稿通过研究可确定为罗明坚所作。但由于辞典和散页文件很可能是由他人重新编撰在一起,通过散页来支撑辞典的作者为罗明坚显然证据不够充分。

---

①姚小平:《从晚明〈葡汉词典〉看中西词汇的接触》,《当代外语研究》,2014年第9期。

②张西平:《〈葡华辞典〉中的散页文献研究》,《北京行政学院学报》,2016年第1期。

笔者基于更全面充分地考察推断“葡汉辞典”手稿的作者为罗明坚。首先,最有力的证据是笔迹的对比。笔者将辞典手稿与罗马意大利国家图书馆的罗明坚的“四书”手稿笔迹对比①,不难发现,辞典手稿中除 A 至 C 条目的葡萄牙文笔迹为其他人外,自 D 条目开始的西文基本皆出自罗明坚之手。如下图选取辞典手稿中的一页和罗明坚的拉丁文《大学》手稿中的一页对比,特别在 f,p,l 等字母上二者笔迹基本一致。

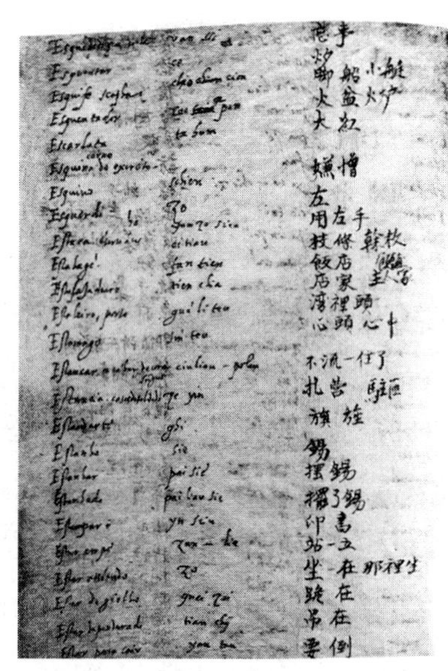

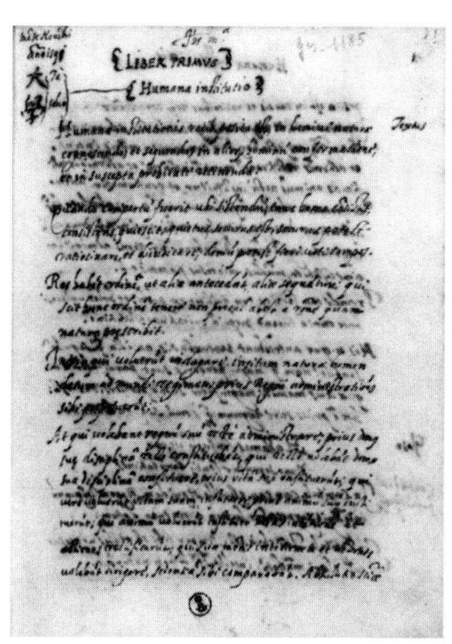
{LIBER PRIMUS}
{Humana institutio}

其次,在涉及中国哲学相关词条的翻译理解上,辞典与罗明坚的观点一致。如“lume’——qua’ lia’——光亮、明白”(113v)②,特别在左侧标注了汉字“明德”,并注有葡萄牙文 lume natural,而罗明坚的拉丁文《大学》中“明德”的翻译正是 lumen naturae。辞典中涉及很多晚明宗教、文化相关的词条,如命、诗等,而这些问题正是罗明坚在华期间关注的重点。

综上,这份“葡汉辞典”的编撰者应为罗明坚。无论是笔迹抑或观点实难推断出利玛窦的痕迹。利玛窦或许是作为罗明坚的助手,协助罗明坚完成部分辅助工作,完成了这部“葡汉辞典”。

关于辞典的写作时间,在手稿的最后一页,签有“Laus Deo Virginique Matri, Divis

①此手稿藏于罗马意大利国家图书馆伊曼努尔二世馆藏(BibliotecaNazionale V. Emanuele II di Roma)、编号为 FondoGesuitico [3314] 1185。

②本文所引用的辞典条目,皆按照葡萄牙单词、注音、中文词汇及魏若望所编的《葡汉辞典》页码的格式列出,下文皆同。

Gervasio et Protasio. Amen. Jesus”,意思为“赞美主和童贞圣母玛利亚,在圣哲瓦西奥和普罗塔西奥节日,阿门,主耶稣”①。圣哲瓦西奥和普罗塔西奥节日是在6月19日,但手稿中却未见具体年份相关的信息。但依旧可以借助辞典中一些词条的翻译,来推断其大致写作时间。与《天主实录》中词汇比较,可以看出“葡汉辞典”与《天主实录》有很多共同之处②,如:Inferno被译为“地狱”(109v),Alma被译为“魂灵”(40),Credo dos artigos da fe被翻译成“有信实”(63v),而《天主实录》更详细地解释为“诚信天主事实”或“事情”。不过,辞典中Aguoabenta(37v)中文为空白,而在《天主实录》中被译为“圣水”。辞典中Anjo(42v)中文为空白,而《天主实录》译成“天人”。这些例子表明,“葡汉辞典”成书时间不晚于《天主实录》,据此可推断“葡汉辞典”大概完成于1579年至1584年间③。

三、“葡汉辞典”中哲学、宗教词汇的特点

这本“葡汉辞典”除了一般辞典所具备的日常用语外,由于其编撰者为传教士,其中更存在较多神哲学相关概念,本文重点也在讨论这些词条的特点。一方面,可通过这些词考察罗明坚在汉语语境下建构西学体系的尝试;另一方面,分析辞典有关中国宗教、中国知识界等词汇,也可进一步探讨一个有信仰的西方知识分子首次接触中华文明时的关注点。正如亚里士多德所讲:“口语是心灵的经验的符号,而文字则是口语的符号。”④通过考察罗明坚等传教士进行语言学习时所关注、理解的语词,有助于理解他们接触及经验到的晚明世界,以此来探讨他们对中国文化的理解和对中西差异的调和问题。

3.1 辞典宗教词汇译介特点

“葡汉辞典”中有近90条西方神哲学、宗教相关的词条、概念。如:

Alma——cuo’ lin——魂灵(40)

---

①杨福绵:《罗明坚和利玛窦的〈葡汉辞典〉》(历史语言学导论),魏若望编,《葡汉辞典》,2001年,第99—134页。

②现存于罗马耶稣会档案馆,编号为Jap. Sin Ⅰ,189,书名为《新编西竺国天主实录》的著作。若无特殊说明,本文《天主实录》皆指此版本。

③Zamponi凭罗明坚及利玛窦书信推论“葡汉辞典”所说的6月19日指示1583年6月19日,在澳门完成。参Raul Zamponi. *Per una nuova immagine del dizionario portoghese-cinese attribuito a Matteo Ricci e Michele Ruggieri*.In *Attualità di Ricci*: *testi*, *fortuna*, *interpretazioni*, ed. by F. Mignini, Quodlibet, Macerata, 2012, pp. 65-101.但是,笔者认为不能完全确定罗明坚在澳门完成这部辞典,所以将时间限定在《天主实录》完成之前,即1579—1584年间。

④亚里士多德:《范畴篇》,北京:商务印书馆,1959年,第55页。

Bemafortunado——scin sie'——神仙(51v)

Contalque——niêchinciu——念经珠(61)

Crer——sin——信(63v)

Criador——Tianciusunuanue——天主生万物(63v)

Crux, Cruxuficio, Cruxuficar, Cruxado——sciezi——十字(64)

Ermitaõ——seu sehin——修行、修道(94)

Esperar confiar——van cau-sin——望—靠—信(96v)

Espirito——uusehin-scin cuo'——无形—神魂(97)

Estima——ngoi——爱、敬(98v)

Fazer oraçaõ——nien chjn——念经、诵经(101)

Frejra——ni cu——尼姑(104v)

Idolo——scin sia'——神像(108)

Igresia——ssi——寺(108)

Inferno——tiyo——地狱、阴府(109v)

Massaneiro Statuario——zau pu sa ti——造菩萨的(115)

Mayoral——cia' lau, tau cia'——长老、道长(115v)

Orar——niê chin——念经、诵经(124v)

Oraçaõ——chin——经(124v)

Peccatomortal——cium zui, ta zui——重罪、大罪(128)

Perfumar de sanc[ti]ficaõ——sciau schia'——烧香、焚香(129v)

Perlado——scie' si- cia' lau——禅师、长老(129v)

Rezar——nien chin——念经、诵经(140)

Rosairo——nia' chin ciu——念经珠,数株、念株(141)

这些词汇中既有西方宗教的“魂灵”“神魂”“十字”,又有佛教的“尼姑”“寺”“烧香”“禅师”,以及涉及宗教和世俗两方面的“爱”“敬”等。从词条的复杂构成来看,这本辞典并非是特别为传教工作所准备。其更多是对晚明广东宗教“三教合一”状况的描述,呈现了一个外国人入华后的直观认识。辞典中众多的宗教相关词汇一方面缘于晚明三教汇通下宗教的繁荣,另一方面也与编撰者主观上的关注倾向有莫大关系。

在这些宗教相关词汇中,西方宗教相关词汇尤其值得关注。在这些西方宗教、哲学词条的翻译中,罗明坚已就中西思想互释调和做出了尝试。在辞典中主要用了三种方式译介这些概念：一是借用佛道用语来译介，如 Abito de Frade（神父穿的衣服）译为“道衣、法服”，Igreja（教堂）译为“寺”，Santo（天主教的圣）译为“仙”，Inferno 翻译为地狱、阴府等；二是重新选择汉语意译，如“Alma——cuolin——魂灵”（40）“Espirito——无形—神魂”（97）；三是利用汉语音译，如“Pormerce de deus——ingueidius——因为嘇師（132）”等。

第一种借用佛道词汇的译介方式与佛教初入中原时利用儒道词汇的格义近似。好处是利于中国人直观理解，但也容易造成概念的混同。特别是同为宗教的天主教终究要面临和佛道划清界限的问题。其中有些宗教特色并不突出的译名如“地狱”等延续至今，而有些概念则伴随传教士对中国文化，特别是儒释道三家的理解不断深入而修正。如罗明坚将 Santo 译为“仙”，在其后来的诗文《圣图三象说观音者知》中，也有“跪下右边仙气象，长成阐教度凡蒙”①以“仙气”来翻译天主教的“圣神”。但在罗明坚之后，伴随着亲儒排佛策略的不断强化，利玛窦等传教士则用较为通用但偏向儒家的“圣”来翻译此概念。

如将辞典放在整个明清之际中西文化交流文献系统中来看，随着传教士对中国了解的深入，用佛道格义是在不断减少，也有部分用儒家术语格义的情况，更多是采用意译和音译翻译其概念。意译和音译更多体现了罗明坚等传教士的理解与创造，如罗明坚在辞典中用“魂灵”来翻译西方哲学、宗教重要概念 Alma，就是将汉语中固有的“魂”与“灵”重新组合形成一个中国人能理解大概含义但却很少使用的“新词”。“Criador——天主生万物”也是如此，中国人知“天”，知“主”但鲜用“天主”。罗明坚将二字组合，中国人虽不明内涵但也知其字面大概含义。这两个译名都延续至今②，这种翻译方式不仅将理解诠释蕴涵其中，便于中国人的理解，同时也尽可能避免了和佛道的混同。

在音译的同时罗明坚等传教士们也采用音译的方式来译介强调西方特有的概念。例如，“Pormerce de deus——ingueidius——因为嘇師”（132）的翻译。Pormerce de Deus 今日汉语直译为“上帝（天主）赐福我”，其中罗明坚特别将 Deus 译作“嘇師”，这正是取自 Deus 的发音的汉字。辞典中已有了“天主”一词后，又用“嘇師”音译强化，其中更体现出传教士在重要概念翻译上的细致考量。我们再综合考察罗明坚最为重要的著作《天主实录》，其中也将天主的意译和音译共用。“天庭之中，真有一位为天地万物之主，吾天

①本文所引中文诗皆出自陈纶绪（Alber Chan）文章中所附的罗明坚中文诗手稿影印稿，下文皆同。Albert Chan. *Michele Ruggieri, S.J.* (1543-1607) *and his Chinese Poems*. Monumenta Serica, 1993, 41: 129-176.

②其中 Alma 一词在罗明坚《天主实录》中沿用“魂灵”译名，利玛窦在《天主实义》中改为“灵魂”。

竺国人称之谓‘了无私’是也”①。先解释“天主”一词“天庭之中天地万物之主”,同时配以拉丁文 Deus 的发音汉语“了无私”来强调其特性。如此中国人既能了解天主全能之含义,又清楚地知道此神为西方特有,不与其他宗教混同。

3.2 辞典词条与罗明坚对儒佛的判断

从辞典词汇条目可看出,罗明坚等传教士选择的佛、道和民间宗教术语多为日常用语,多指向一般宗教生活,如“Fazeroraçaõ——nienchjn——念经、诵经”(140)“orar——niê chin——念经、诵经”(124v)“DeitarSortes——chieusiê-uenpo -ta cua——求仙、问卜、打卦”(75)等。这正是传教士当时对中华文化各类情况了解还处于表面的真实反映。但值得注意的是,辞典中某些问题相关的词条相较其他数量上较多。若结合罗明坚相关著作,则不难发现这些辞典中出现较多的问题也是其讨论中西宗教异同上的关注点。

以“命运”问题为例,辞典中有众多关于“命”“造化”“时运”相关含义词条,如:

Bemauenturanea——hauzaucua——好造化、好命(51v)

Bemditoso——hauzaucua——好造化(51v)

Boaventura dita——hau min——好命、好造化(53v)

Desastrado——scie sci-tai scie’——失时、退时、命不济(77v)

Desaventurado——min chium——时运相左、命穷、造化不济(78)

Desditoso——uu zau cua——无造化、勿造化(79)

Dita——zau cua——造化(83v)

Ditoso——hau min——好命、好际运(83v)

Estea boa——hau min——好命、命华(98v)

Estea maa——po hau min——不好命、命丑(98v)

Malditoso——po hau zau fa, po hau min——不好造化、不好(115v)

Maaventura——min ceu——命丑(116)

Prospero——hau min——好命(134v)

Ventura——min zau cua——命、造化(154)

Venturoso——hau zau cua ti——好造化的,好命(154)

Vida——min——命(154v)

①罗明坚:《新编西竺国天主实录》,钟鸣旦、杜鼎克编,《耶稣会罗马档案馆明清天主教文献》,台北:利氏学社,2002 年,第一册,第 11 页。

“命运”问题词条之多,概念间区分之细致已超过一本日常辞典应有的范围,这恰恰与罗明坚对“命定”问题关注一脉相承。他尤为关注中国思想中的“命”“造化”“报应”问题,在《天主实录》中还给予了严厉驳斥:

> 或曰:予闻人之贫富寿夭,皆出于命,未知是否?
>
> 曰:人之贫富寿夭,要皆天主之所赋也。
>
> 或曰:天主至公,则当赏善而罚恶可也。吾观世人,固有恶者而富贵,亦有善者而贫穷,何也?
>
> 曰:善恶而见报者,其事固少。至于死后,善者魂灵升于天堂而受福快乐,悠久无疆;恶者魂灵坠于地狱受刑,苦楚万状,永远不脱。此其事甚大也。然其间亦有为恶而富贵者,行恶之中,亦有小善者存,故天主以钱财见报之,若死后则必加之以刑矣。亦有为善而贫贱,为善之中,亦有小恶犯焉,故天主以贫贱见报之。至于死后,必加之以福矣。故吾曰:万事皆由天主,而不出于命也。①

罗明坚对中国思想中的“命定”思想极为排斥,并认为这是佛教异端的谬误。一方面报应论与天主教神义论无法相容,另一方面报应指导的道德行为也与传教士推崇的亚里士多德德性伦理理论格格不入。在罗明坚之后,利玛窦等后继传教士都将“命定”思想及“报应”理论予以驳斥。

辞典中还涉及到中国思想中的一个重要概念——“鬼”。“鬼”的问题一直是传教士关注的重点,传教士对“鬼”往往也有不同的理解②,而对与鬼相关的祭祀问题的判断也是造成后来“礼仪之争”的导火索之一。辞典中与“鬼”相关的词条并不多,包括:

> Demonio——quei——鬼(76)
>
> Diabo——quei——鬼(83)
>
> Endemonihado——quei mi liau——鬼迷了、妖祟所惑、邪使(89v)
>
> Offertar a pagode’——cci cuei-——祭鬼(124)
>
> oratorio di pagode’——san toj scin ca’——神柜、神龛(124v)

①罗明坚:《新编西竺国天主实录》,钟鸣旦、杜鼎克编,《耶稣会罗马档案馆明清天主教文献》,2002年,第一册,第24—25页。

②如龙华民(NicoloLongobardo,1559—1654)将“鬼神”理解为物质,卫方济(François Noël,1651—1729)将其理解为“毁灭及生产之神”等,可参见梅谦立:《耶稣会士卫方济对鬼神的理解》,《北京行政学院学报》,2018年第5期。

Pagode—— scin sya' - pu sa ——神像 - 菩萨(126)

前三条都是从西方魔鬼的意义上来理解“鬼”，在罗明坚的西班牙文“四书”手稿中也有此译法，如“非其鬼而祭者”中的“鬼”也被罗明坚译为 demonio。值得注意的是，罗明坚在其中特别列出了“祭鬼”这一词条，并将其理解为奉献给神像或菩萨。对罗明坚而言，在某种神像或祖先牌位祭献，就是祭鬼。在编撰辞典时，他并没有把拜佛与祭祖之间区分开来，而是视为同一类型。而随着罗明坚对中国文化认识地不断深入，他也在调整着自己对于“鬼”的判断，如在其“四书”手稿中就从完全邪恶的、为兼具善恶的、或者是全善的三方面来理解“鬼”①。甚至在“质诸鬼神而无疑”翻译上直接将鬼神译为“天使(ángeles)”。从辞典到《天主实录》、再到“四书”译本从概念翻译上的变迁，则可清楚看出罗明坚对中国文化认识逐步深入。

辞典中亦有罗明坚对于儒家文化较为关注的条目，如：“Doutor——giucie——儒者、士、文士、秀才”(85)“Letrado——giucie——儒者、书生”(112)“Lido letrado——giucie'——儒者”(112v)。其中 Doutor 为西方的博士，Letrado、Lido letrado 都有文采横溢的含义。在罗明坚等传教士的眼中，儒者都代表了丰富的学识和过人的教养，特别是在注重知识的耶稣会传统中博士甚至比神职人员有更为崇高的地位，而罗明坚本人也是法学博士出身。

值得关注的是，辞典中还有多条涉及“诗”的条目，如：

Motetto——co-chio-——歌-曲、诗词(121)
Prosa——poscisci——不是诗、赋词、歌文、赞(134v)
Poeta——sci um——诗翁、诗家、诗客(131)
Trona——zo sci——做诗、吟哦、咏唱
Tronador——sci um——诗翁家，Trona——sci——诗(152)
Verso——chiusciu——一句诗(154)

对于诗的热衷恰恰也是罗明坚不同寻常之处。对于一般的外国人来说，掌握中文已属不易，但罗明坚在华期间写作了 34 组中文诗，来华传教士无出其右者。或许他在接触中文过程中就对中文诗颇感兴趣，因此在辞典中有不少关于诗的条目。自唐朝以来，格

①关于罗明坚西班牙文“四书”手稿对于“鬼神”概念三种不同意义上的释译，可参见梅谦立、王慧宇：《耶稣会士罗明坚与儒家经典在欧洲的首次译介》，《中国哲学史》，2018 年第 1 期。

律诗便作为科举考试的内容,因而格律诗已成为中国士人必备的文学技能之一。罗明坚作诗显然不是单纯因为倾慕或为了学习汉语,更多是看重诗词在士大夫的相互交往中加强友谊的作用双方思想交流。

3.3 罗明坚对中国文化认识的局限

罗明坚对于中国文化传统理解的偏颇在辞典中也有显现。如“Piadoso——慈悲、恻隐”(130v)一条中,罗明坚显然没有区分出佛家慈悲和儒家恻隐之间的差异。在佛教中,慈悲多从居上位者对全部个体无差别的悲悯;而在儒家思想中,恻隐作为四端之一,是人之为人的基础,是个体对个体本然发动的不忍之心。两者是有本质的区别,但初来中国的罗明坚显然没有充分理解。还有一些情况是罗明坚只看到了字面的浅层含义,而未关注到在儒家等传统中的重要含义。如“工夫”一词,罗明坚都是从“Artelho——scieugni——手艺、工夫”(46)“Cousa de muytaobra——to cum fu——多工夫”(123v)“Occupar——pa cu’fu——把工夫”(123v)“Occupaçaõ——cumfu——工夫”(123v)“Travalho——cum——工夫”(150v)这些日常含义来理解,没有注意到“工夫”一词在宋明儒学道德修养中的重要地位。不仅此处,罗明坚在翻译“十诫”时就用了“当礼拜之日,禁止工夫”。而“禁止工夫”很容易遭到儒家的抵触,随着和儒家思想交流互动的深入,后继传教士已认识到此问题,在重订罗明坚的《天主实录》时就将“工夫”全部改为“百工”,避免歧义。

结　语

“葡汉辞典”是第一部中西文辞典,其所收录词汇和编撰特点在一定程度上反应了罗明坚等传教士在初入中国时所接触到的、最直观的晚明世界。回归到中西文化交流、宗教对话问题上,从关注到这本辞典中罗明坚对相关宗教、哲学词汇的翻译理解方面入手,才能真正发掘作者在编撰中的创造性尝试的价值。分析辞典的词条一方面帮助我们重塑当时西方人对中国文化、中国知识界的直观看法,帮助今天的我们反思中国文化的特质;另一方面也在学术上为研究辞典编撰史提供丰富材料,为研究早期来华传教士的天主教词汇在中国语境下的表述等问题提供丰富资源。将罗明坚的“葡汉辞典”到《天主实录》,再到“四书”译本作为一个整体,可以呈现他对中华传统文化理解不断深入的过程。将罗明坚的著作到利玛窦等后继传教士的著作,再到徐光启等士大夫的西学著作和莱布尼茨等早期汉学家作为一个整体,则可以呈现中西不同文明从接触到拒斥、到融合汇通、到吸收发展的全过程。作为第一部中西文辞典,“葡汉辞典”还有太多内容等待学界继续挖掘。

参考文献

Albert Chan.*Michele Ruggieri, S.J.* (1543–1607) *and his Chinese Poems*. Monumenta Serica, 1993, 41:129–176.

Raul Zamponi.*Per una nuova immagine del dizionario portoghese-cinese attribuito a Matteo Ricci e Michele Ruggieri*. In *Attualità di Ricci: testi, fortuna, interpretazioni*, ed. by F. Mignini, Quodlibet, Macerata, 2012, pp. 65–101.

王铭宇:《明末天主教文献所见汉语基督教词汇考述》,《汉语学报》,2013 年第 4 期。

王铭宇:《罗明坚、利玛窦〈葡汉辞典〉词汇问题举隅》,《励耘语言学刊》,2014 年第 1 期。

魏若望编:《葡汉辞典》,旧金山大学利玛窦中西文化历史研究所、葡萄牙国家图书馆、东方葡萄牙学会联合出版,2001 年。

Research on the Conceptual Interpretation of Michele Ruggieri's "Portuguese-Chinese Dictionary" from the Perspective of Cultural Exchange between China and the West

Wang Huiyu

(Sun Yat-sen University)

Abstract: Michele Ruggieri, the first Jesuit who obtained the permission to live in China, completed a "Portuguese-Chinese Dictionary". As the first Chinese-Western dictionary, this document takes a very important place in the history of Chinese and Western cultural exchanges. In the Ming and Qing dynasties, Chinese and Western culture met for the first time. This "dictionary" not only is a reference book, but also reflects the missionaries′ understanding of Chinese culture and the attempt to establish the basis of dialogue between the two sides. This article analyzes the editor of the "dictionary", and examines the way of compiling the "dictionary". This essay also discusses how Ruggieri expresses philosophical and religious core concepts in Chinese and his focuson Chinese culture.

Keywords: Michele Ruggieri; "Portuguese-Chinese Dictionary"; Cultural Exchange between China and the West; Translation of Chinese and Western core Concepts

《励耘语言学刊》征稿启事

《励耘语言学刊》是北京师范大学文学院主办的学术集刊，为半年刊，主要刊发汉语言文字学领域的研究成果。创刊于 2005 年，2017 年起由中华书局出版。

本刊的宗旨是：继承、弘扬中国传统语言文字学的理论、方法和求实的学风，积极吸取现代语言学的最新成果，关注新兴学科的发展和语言文字的社会应用，追求学术真理，提倡探索创新。

本刊常设栏目主要有：特稿、学术争鸣、文字学研究、音韵学研究、训诂学研究、汉语史研究、《说文》学研究、章黄学术研究、现代汉语研究、语法研究、词汇语义学研究、语言学理论研究、方言调查与研究、学术动态等。

本刊一贯秉持学术的公正性，采用匿名审稿制度，在语言文字学界享有良好的声誉。现已被"中国期刊网"、"万方数据"、"维普网"等文献数据库收录，属于《中文社会科学引文索引（CSSCI）》（2017—2018）来源集刊。

本刊诚邀海内外同仁赐稿。稿件相关事项如下：

（一）刊物实行匿名审稿制度，采用、修改或退稿的意见或通知，由编辑部转达作者。审稿时间一般为三个月。审稿期间，请勿一稿多投。除特别转载的文章，本刊只发表第一次发表的稿件。

（二）稿件字数以 10000 字以内为宜，就重要或复杂理论问题的探讨，不受字数限制。刊物使用简化字，文中的古文字，请扫描成像。

（三）来稿请附 300—400 字的中文提要，以及 3—5 个关键词，并译成英文。提要请指出本文的主要结论、观点和方法，主要创新点。在正文导语中说明本文研究课题的前人研究情况，本课题研究的必要性。基金项目等请在标题下以" * "注释形式标注。另页附作者简介及联系方式（工作单位、通信地址、电子邮箱、手机号码）。

（四）正文、标题一概使用宋体五号字，引文用仿宋体，左侧缩进 2 字符。请规范、准确使用标点符号。文章内所分各节，小标题序数大写（一、二……）；各节内若再分小节，用阿拉伯数字（1.1、1.2……）；注释采用页下注，每页重新编号。常用古籍可不注，其他注释及参考文献格式请参考以下格式，同一篇内再次引用可省去出版社，出版年：

［清］戴震：《书〈广韵〉四江后》，《戴震文集》，北京：中华书局，1980年，第84页。

吕叔湘：《疑问·否定·肯定》，《中国语文》，1985年第4期。

中国社会科学院语言研究所词典编辑室编：《现代汉语词典》（第7版），北京：商务印书馆，2016年。

Fangkui Li, *Languages and Dialects of China. Chinese Linguistics*, Volume 1, 1973.

Chomsky&Halle, *The Sound Pattern of English*. New York: Harper and Row, 1968.

引文用仿宋体，左侧缩进2字符，引文出处请于句后注明。如：

（1）牧获羌。（《合集》39490）

（2）游文于六经之中，留意于仁义之际。（《汉书·艺文志》）

（3）黯然销魂者，惟别而已矣。（《文选·别赋》）

（五）来稿从网上提交电子文本，请同时以word格式和pdf两种格式附件发送至编辑部电子邮件地址：liyunyuyan@126.com。纸质稿件请寄：北京新街口外大街19号北京师范大学文学院《励耘语言学刊》编辑部收，邮编：100875。